Dinah Jefferies

Die Frau des Teehändlers

Roman

Übersetzung aus dem Englischen
von Angela Koonen

BASTEI LÜBBE TASCHENBUCH
Band 17529

Dieser Titel ist auch als E-Book erschienen

Vollständige Taschenbuchausgabe
der bei Lübbe Paperback erschienenen Paperbackausgabe

Titel der englischen Originalausgabe: »The Tea Planter's Wife«
Originalverlag: Penguin Random House UK

Für die deutschsprachige Ausgabe:

Titelillustration: © Masterfile/Robert Harding Images; Peonies, engraved by Prevost (colour litho), Redoute, Pierre Joseph (1759–1840) (after)/Private Collection/ Photo © Christie's Images/Bridgeman Images; © Arcangel Images/CollaborationJS; © shutterstock: tommaso lizzul | vectorkat | 06photo
Umschlaggestaltung: Kirstin Osenau
Satz: Dörlemann Satz, Lemförde
Gesetzt aus der Bembo
Druck und Verarbeitung: CPI books GmbH, Leck – Germany
Printed in Germany
ISBN 978-3-404-17529-1

5 4 3 2

Sie finden uns im Internet unter www.luebbe.de
Bitte beachten Sie auch: www.lesejury.de

PROLOG

Ceylon, 1913

Die Frau hob den schmalen weißen Briefumschlag an die Lippen und zögerte. Während sie ihre Entscheidung überdachte, lauschte sie den lieblichen Tönen einer fernen singhalesischen Flöte und drehte den Umschlag spielerisch zwischen den Fingern. Dann klebte sie ihn zu und lehnte ihn gegen die Vase, in der die roten Rosen welkten.

Am Fußende des Himmelbetts stand der alte Diwan. Dunkles Holz und Seidenmoiré mit lederner Sitzfläche, unter der sich Stauraum verbarg. Sie hob sie an, nahm ihr cremeweißes Hochzeitskleid heraus und drapierte es über die Rückenlehne eines Stuhls. Naserümpfend nahm sie den Geruch von Mottenkugeln wahr.

Sie wählte eine Rose aus, brach die Blüte ab und schaute zu ihrem Kind, dankbar, dass es noch schlief. Vor der Frisierkommode hielt sie sich die Blüte an die blonden Haare. So fein und seidig, hatte er immer gesagt. Kopfschüttelnd warf sie die Rosenblüte beiseite. Nicht heute.

Auf dem Bett lagen die Säuglingssachen in wahllosen Häufchen. Mit den Fingerspitzen berührte sie ein frisch gewaschenes Wolljäckchen. Stundenlang hatte sie daran gestrickt, bis ihr die Augen brannten. Daneben lag das weiße Seidenpapier bereit. Ohne weiteres Zögern faltete sie das blaue Jäckchen zusammen, hüllte es in das dünne Papier und trug es zum Diwan, um es hineinzulegen.

Jedes einzelne Kleidungsstück wurde zusammengelegt, in Papier eingeschlagen und hineingepackt, zu den Wollmützen, Babyschühchen, Nachthemdchen und Strampelanzügen. Blau, weiß, blau, weiß. Zuletzt kamen die Mulltücher und Frotteewindeln, die sie Kante auf Kante faltete. Als sie fertig war, betrachtete sie prüfend die Arbeit ihres Vormittags. Der Anblick ließ keinen Zweifel mehr in ihr aufkommen, trotz allem, was er bedeutete.

Rasch sah sie nach dem Kind. Die flatternden Lider kündigten sein Aufwachen an. Sie musste sich beeilen. Das Kleid, für das sie sich entschieden hatte, war aus Seide, leuchtend seegrün, nicht ganz knöchellang und hatte eine hoch sitzende Schärpe. Es war ihr Lieblingskleid und stammte aus Paris. Sie hatte es bei der Abendgesellschaft getragen. In dieser Nacht war sie schwanger geworden, dessen war sie sicher. Sie hielt inne. Würde es als verletzende Anspielung verstanden werden, wenn sie es trüge? Das ließ sich schwer einschätzen. Mir gefällt die Farbe, sagte sie sich. Ich trage es vor allem der Farbe wegen.

Das Kind wimmerte und fing an, sich zu beschweren. Sie schaute auf die Uhr, hob es aus der Wiege und setzte sich in den Stillsessel am Fenster, wo ein wenig Zugluft ihr kühlend über die Haut strich. Die Sonne stand hoch am Himmel, und es wurde bereits heiß. Irgendwo im Haus bellte ein Hund, und vom Küchentrakt wehten Essensgerüche heran.

Sie knöpfte ihr Nachthemd auf, um eine blasse geäderte Brust frei zu machen. Das Kind fing an zu saugen. Es hatte kräftige Kiefer. Ihre Brustwarzen waren rissig und wund, und um den Schmerz auszuhalten, musste sie sich auf die Lippe beißen. Sie lenkte sich ab, indem sie ihren Blick durch das Zimmer wandern ließ. Alles war mit Erinnerungen verbunden: der geschnitzte Schemel aus dem Norden, die Nachttischlampe, für die sie den Schirm genäht hatte, der Teppich aus Indochina.

Als sie dem Kind über die Wange streichelte, hörte es auf zu saugen, hob das Händchen und griff nach ihrem Gesicht. Ein tief berührender, inniger Moment. Das wäre der Augenblick für Tränen gewesen.

Nach dem Wickeln legte sie es auf das Bett und hüllte es in ein weiches Häkeltuch. Als sie fertig angekleidet war, nahm sie es in einen Arm und schaute noch ein letztes Mal durch das Zimmer. Sie schloss den Deckel des Diwans, warf die Rosenblüte in den Papierkorb und strich über die Rosenköpfe in der Vase, die dabei Blätter verloren. Sie fielen an dem Briefumschlag vorbei und landeten wie Blutspritzer auf dem dunklen Holzboden.

Sie zog die französischen Fenster auf, um einen Blick in den Garten zu werfen, und sog die von Jasminduft geschwängerte Luft ein. Der Wind hatte sich gelegt. Die Flöte war verstummt. Sie hatte mit Angst gerechnet, stattdessen fühlte sie sich erleichtert. Das war alles, und es war genug. Entschlossen ging sie hinaus, tat einen unvermeidlichen Schritt nach dem anderen, und als sie das Haus hinter sich ließ, stellte sie sich das zarteste Lila vor, die Farbe der Gelassenheit.

ERSTER TEIL

Das neue Leben

1

Zwölf Jahre später, Ceylon, 1925

Den Sonnenhut in der Hand, lehnte sich Gwen an die salzverkrustete Reling und schaute wieder nach unten. Sie hatte die wechselnde Farbe des Meeres seit einer Stunde beobachtet und Papierschnipsel, Orangenschalen und Gemüseabfälle vorbeitreiben sehen. Da die Farbe von Dunkeltürkis zu Grau übergegangen war, wusste sie, dass es nicht mehr lange dauern würde. Sie beugte sich ein Stückchen hinaus, um einem silbernen Stück Stoff hinterherzusehen.

Als das Schiffshorn tutete, laut, anhaltend und sehr nah, ließ sie erschrocken die Reling los. Dadurch glitt ihr das Satintäschchen mit dem feinen Perlenzugband, das Abschiedsgeschenk ihrer Mutter, vom Handgelenk und fiel über Bord. Hastig griff sie danach, aber zu spät. Es wirbelte in die Tiefe und versank im schmutzigen Wasser. Mitsamt ihrem Geld und Laurence' Brief.

Sie blickte sich um, und in ihr regte sich das Unbehagen, das sie seit der Abreise von England nie ganz hatte abschütteln können. Du kannst von Gloucestershire kaum weiter weg sein als in Ceylon, hatte ihr Vater gesagt. Während sein Satz in ihrem Inneren nachhallte, drang überraschend eine andere Stimme an ihr Ohr, die eindeutig zu einem Mann gehörte, aber ungewöhnlich schmeichelnd klang.

»Neu in Asien?«

Mit ihren violetten Augen und dem blassen Teint zog sie viel Aufmerksamkeit auf sich, daran war sie gewöhnt. Sie drehte sich um und musste in die Sonne blinzeln.

»Ich … Ja. Ich reise zu meinem Mann. Wir haben kürzlich geheiratet.« Sie stockte und konnte sich gerade noch besinnen, nicht weiterzuplappern.

Vor ihr stand ein mittelgroßer, breitschultriger Mann mit

einer kräftigen Nase und hellbraunen Augen. Seine schwarzen Brauen und die dunkle, glänzende Haut machten sie sprachlos. Ein bisschen nervös starrte sie ihn an, bis er sie freimütig anlächelte.

»Sie haben Glück. Im Mai ist die See viel rauer. Ich nehme an, er ist Plantagenbesitzer, Ihr Mann«, sagte er.

»Wie kommen Sie darauf?«

»Es gibt gewisse Typen.«

Gwen schaute an sich hinunter auf ihr beigefarbenes Kleid. Es hatte eine tiefe Taille, war aber langärmlig und hochgeschlossen. Sie wollte kein »gewisser Typ« sein, sah aber ein, dass sie, abgesehen von dem Chiffonschal, trist erscheinen könnte.

»Ich habe Ihr Missgeschick gesehen. Der Verlust Ihrer Tasche tut mir leid.«

»Das war dumm von mir«, sagte sie und hoffte inständig, nicht zu erröten.

Wäre sie mehr wie ihre Cousine Fran, würde sie jetzt eine Unterhaltung mit dem Fremden anfangen. Stattdessen betrachtete sie den kurzen Austausch als beendet und drehte sich wieder zur Reling hin, um zuzusehen, wie sich das Schiff Colombo näherte. Über der flimmernden Stadtkulisse erstreckte sich ein kobaltblauer Himmel bis zu fernen violetten Bergen. Es gab Schatten spendende Bäume, und Schwärme von Möwen kreisten schreiend über unzähligen Booten. Kribbelnde Erregung erfasste sie. Laurence hatte ihr gefehlt, und einen Moment lang erlaubte sie sich, von ihm zu träumen. Träumen konnte sie mühelos, aber die Wirklichkeit war aufregend genug und verursachte ihr Schmetterlinge im Bauch. Sie atmete tief die Hafenluft ein, und statt des erwarteten salzigen Geruchs nahm sie andere kräftige Aromen wahr.

»Wonach riecht es hier?«, fragte sie und drehte den Kopf nach dem Mann, der noch an derselben Stelle stand.

Er schnupperte. »Zimt und wahrscheinlich Sandelholz.«

»Es ist etwas Süßes dabei.«

»Jasmin. In Ceylon gibt es viele blühende Pflanzen.«

»Wie hübsch!«, sagte sie. Aber zu den angenehmen Gerüchen gesellte sich ein abstoßender.

»Ich fürchte, es riecht auch nach Abwasser.«

Sie nickte. Vielleicht war es das.

»Ich habe mich noch nicht vorgestellt. Mein Name ist Savi Ravasinghe.«

»Oh.« Sie stutzte. »Sie sind … Ich habe Sie beim Dinner nicht gesehen.«

Er wurde ernst. »Kein Passagier der ersten Klasse, wollten Sie wohl sagen? Ich bin Singhalese.«

Jetzt erst bemerkte sie, dass er hinter dem Seil stand, das die Reisenden der ersten Klasse von den anderen trennte. »Es freut mich, Sie kennenzulernen.« Sie zog sich den weißen Handschuh aus. »Ich bin Gwendolyn Hooper.«

»Dann müssen Sie Laurence Hoopers neue Frau sein.«

Sie nickte verblüfft und fasste an den großen Ceylon-Saphir an ihrem Ring. »Sie kennen meinen Mann?«

Er neigte den Kopf. »Ich bin ihm begegnet, ja. Aber jetzt muss ich mich verabschieden.«

Erfreut über die Begegnung, streckte sie ihm die Hand hin.

»Ich hoffe, Sie werden in Ceylon sehr glücklich, Mrs. Hooper.« Er ignorierte ihre Geste und legte die Hände vor der Brust aneinander, wobei er eine Verbeugung andeutete. »Mögen sich Ihre Träume erfüllen!« Mit geschlossenen Augen hielt er einen Moment lang inne, dann entfernte er sich.

Gwen war ein wenig befremdet. Da sie jedoch an Wichtigeres zu denken hatte, ging sie schulterzuckend darüber hinweg. Sie sollte sich lieber ins Gedächtnis rufen, welche Anweisungen Laurence ihr in dem Brief gegeben hatte.

Zum Glück gingen die Passagiere der ersten Klasse zuerst von Bord und damit auch sie. Dabei kam ihr der Singhalese wieder in den Sinn. Sie empfand eine gewisse Faszination. Einen so exotischen Menschen hatte sie noch nicht kennengelernt, und es wäre sicher unterhaltsam gewesen, wenn er ihr weiterhin Gesellschaft geleistet hätte. Aber natürlich durfte er das nicht.

Die glühende Hitze war ein Schock. Darauf war sie nicht vorbereitet gewesen. Ebenso wenig auf die vielen leuchtenden Farben und den Kontrast zwischen greller Sonne und schwarzem Schatten. Lärm drang auf sie ein: Glockengebimmel, das Hupen der Schiffshörner, die Stimmen der Passagiere und das Summen von Insekten, die sie umschwirrten. Im Strom der Leute fühlte sie sich wie das Treibgut auf dem Wasser. Als sich lautes Trompeten in die Geräuschkulisse mischte, blickte sie staunend zum Frachtkai, wo ein Elefant den Rüssel in die Höhe reckte.

Nachdem sie sich sattgesehen hatte, betrat sie das Hafenamt und traf Vereinbarungen für ihren Schrankkoffer. Dann setzte sie sich in der feuchtheißen Luft auf eine Bank, wo ihr einzig ihr Sonnenhut Schatten spendete. Ab und an verscheuchte sie damit die Fliegen, die ihr über das Gesicht krabbeln wollten. Laurence hatte versprochen, am Passagierkai auf sie zu warten. Bisher war jedoch nichts von ihm zu sehen. Sie versuchte, sich zu erinnern, was er ihr für den Notfall geraten hatte, und entdeckte Ravasinghe, der soeben am Ausgang der zweiten Klasse das Schiff verließ. Sie vermied es, zu ihm hinzusehen, und hoffte, seiner Aufmerksamkeit zu entgehen, da sie gerade aus Verlegenheit über ihre peinliche Lage errötet war. Gwen drehte sich weg und beobachtete, wie am anderen Ende des Kais Teekisten auf einen Lastkahn geladen wurden.

Der Abwassergestank hatte die angenehmen Düfte längst überlagert, und nun kamen andere üble Gerüche hinzu: von Fett, Ochsenkot, verwesendem Fisch. Und während sich der Kai mit verdrossenen Passagieren und aufdringlichen Straßenhändlern füllte, die wertlose Edelsteine und minderwertige Seide an den Mann bringen wollten, wurde ihr vor Nervosität schlecht. Was sollte sie tun, wenn Laurence ausblieb? Er hatte versprochen, sie abzuholen. Sie war erst neunzehn Jahre alt, und er wusste, dass sie ihr Zuhause auf Owl Tree Manor bisher nur ein, zwei Mal verlassen hatte, um mit Fran nach London zu fahren. Sie fühlte sich allein und mutlos. Zu schade, dass ihre Cousine nicht mit ihr zusammen gereist war, sie war gleich nach der Hochzeit von ihrem Anwalt weggerufen worden. Obwohl Gwen großes Vertrauen zu Laurence hatte, war sie doch unangenehm überrascht.

Eine Schar halb nackter brauner Kinder flitzte durch die Menschenmenge, bot Zimt an und bettelte mit großen, Mitleid heischenden Augen um Rupien. Ein Junge, der höchstens fünf Jahre alt war, streckte Gwen ein Bündel Zimtstangen hin. Sie hielt es sich schnuppernd an die Nase. Der Junge sprach mit ihr irgendein Kauderwelsch. Leider besaß sie keine einzige Rupie, und ihr englisches Geld hatte sie verloren.

Sie stand auf und schlenderte umher. Kurz kam ein wenig Wind auf, und irgendwo setzten beunruhigende, dunkel dröhnende Schläge ein. Trommeln, dachte sie. Recht laut, aber nicht so laut, dass sich der Rhythmus erkennen ließ. Sie wollte sich jedoch nicht weiter von ihrem Handkoffer entfernen, den sie bei der Bank gelassen hatte. Plötzlich hörte sie Ravasinghe rufen, und ihr brach der Schweiß aus.

»Mrs. Hooper! Sie dürfen Ihr Gepäck nicht unbewacht lassen.«

Sie wischte sich mit dem Handrücken über die Stirn. »Ich habe es im Auge behalten.«

»Die Menschen hier sind arm und stehlen gelegentlich. Kommen Sie, ich werde Ihren Koffer tragen und Ihnen einen kühleren Platz zum Warten zeigen.«

»Das ist sehr freundlich von Ihnen.«

»Nicht der Rede wert.« Er nahm sie nur mit den Fingerspitzen beim Ellbogen und bahnte ihr einen Weg durch das Hafengelände. »Das ist die Church Street. Schauen Sie, da drüben am Rand von Gordon Gardens, da steht ein Suriya, auch bekannt als Tulpenbaum.«

Der dicke Stamm hatte tiefe Furchen wie die Falten eines weiten Rockes und ein Blätterdach, das mit seinen leuchtend orangen, glockenförmigen Blüten einen rötlichen Schatten warf.

»Darunter ist es ein wenig kühler. Auch wenn Sie bei der Nachmittagshitze kurz vor dem Monsun wenig Linderung verspüren werden.«

»Wirklich, Sie brauchen nicht bei mir zu bleiben.«

Er lächelte skeptisch. »Ich kann Sie in unserer Stadt nicht allein lassen. Sie sind hier fremd und ohne einen Penny.«

Sie nickte freundlich, denn im Grunde war sie froh über seine Gesellschaft.

Sie gingen zu dem bezeichneten Baum und verbrachten dort eine weitere Stunde. Gwen stand an den Stamm gelehnt, und unter ihrem Kleid tropfte der Schweiß. Worauf hatte sie sich nur eingelassen, als sie sich bereit erklärt hatte, in Ceylon zu leben? Der allgemeine Lärm war angeschwollen. Ravasinghe musste sehr laut reden, obwohl er nahe bei ihr stand.

»Sollte Ihr Mann bis drei Uhr nicht kommen, werden Sie es mir hoffentlich nicht übel nehmen, wenn ich vorschlage, dass Sie im *Galle Face Hotel* warten. Dort ist es luftig. Es gibt Ventilatoren und Getränke, und Sie werden es entschieden kühler finden.«

Es behagte ihr nicht, sich vom Hafen zu entfernen. »Aber wie soll Laurence wissen, dass ich dort bin?«

»Das wird er sich denken können. Jeder angesehene Brite geht ins *Galle Face.*«

Sie schaute zur imposanten Fassade des *Grand Oriental.* »Nicht in dieses?«

»Nein, bestimmt nicht. Glauben Sie mir.«

Ein Windstoß blies ihr eine Sandwolke ins Gesicht, und ihre Augen begannen heftig zu tränen. Hastig blinzelnd rieb sie sich die Lider und hoffte, dass er wirklich vertrauenswürdig war. Vielleicht hatte er recht. In dieser Hitze konnte man umkommen.

Ein Stück von ihnen entfernt, unter flatternden weißen Bändern, die in mehreren Reihen über die Straße gespannt waren, hatte sich ein kleiner Menschenauflauf gebildet. In der Mitte zwischen bunt gekleideten Frauen stand ein Mann in brauner Kutte und gab hohe, sich ständig wiederholende Töne von sich. Ravasinghe bemerkte Gwens Neugier.

»Der Mönch vollführt eine Reinigungszeremonie«, erklärte er. »Die Pirith wird oft am Totenbett verlangt, es verspricht einen guten Übergang. Er tut es vermutlich, weil an dieser Stelle etwas Schlimmes passiert ist, oder zumindest ist dort jemand gestorben. Der Mönch will den Ort von verbliebener Bosheit reinigen, indem er den Segen der Götter erbittet. In Ceylon glauben wir an Geister.«

»Sind die Leute hier Buddhisten?«

»Ich bin einer, aber es gibt auch Hindus und Mohammedaner.«

»Auch Christen?«

Er nickte.

Als sie um drei Uhr immer noch warteten, trat Ravasinghe einen Schritt weg und streckte auffordernd die Hand aus. »Nun?«

Da sie nickte, rief er einem Rikscha-Fahrer etwas zu, der nur mit einem Turban und einem schmutzig erscheinenden Lendentuch bekleidet war.

Schaudernd sah sie, wie mager der Mann war. »Ich werde doch sicher nicht da einsteigen müssen?«

»Wäre Ihnen ein Ochsenkarren lieber?«

Errötend sah sie zu einem Karren mit riesigen Holzrädern und einem Sonnendach aus Schilfmatten, unter dem ovale, orangefarbene Früchte aufgehäuft waren.

»Ich bitte um Vergebung, Mrs. Hooper. Ich sollte Sie nicht necken. Ihr Mann lässt mit solchen Karren Teekisten transportieren. Wir fahren gewöhnlich in einem kleinen Buggy mit nur einem Ochsen und einem Dach aus Palmblättern.«

»Wie heißen diese Früchte?«

»King Coconuts. Man verwendet nur ihren Saft. Haben Sie Durst?«

Sie hatte Durst, schüttelte aber den Kopf. Auf der Mauer hinter Ravasinghe klebte ein Plakat mit einer dunkelhäutigen

Frau im gelb-roten Sari, die einen Korb auf dem Kopf balancierte. Sie war barfuß und hatte goldene Ringe an den Fußgelenken und einen gelben Schal über dem Kopf. *Mazzawattee Tea* stand auf dem Poster. Gwen bekam feuchte Hände, und ihr wurde plötzlich schummrig vor Angst. Sie war wirklich sehr weit von zu Hause weg.

»Wie Sie sehen, gibt es hier nur wenig Automobile«, sagte Ravasinghe gerade. »Und eine Rikscha ist sicherlich schneller. Wenn Ihnen dabei unwohl ist, können wir weiter warten, und ich versuche, einen Pferdewagen zu bekommen. Oder ich begleite Sie in der Rikscha, wenn Ihnen das angenehmer ist.«

In dem Moment fuhr ein großes schwarzes Automobil hupend zwischen den Fußgängern, Radfahrern und Ochsenkarren hindurch und verfehlte nur knapp etliche schlafende Hunde. Laurence, dachte Gwen erleichtert, doch als sie durchs Fenster des vorbeirollenden Fahrzeugs spähte, sah sie, dass zwei Europäerinnen darin saßen. Eine schaute Gwen an und verlieh ihrer Missbilligung regen Ausdruck.

Das trieb Gwen zur sofortigen Entscheidung. Gut, dann eben eine Rikscha, dachte sie.

Vor dem *Galle Face Hotel* standen dünne Palmen, die im Wind schwankten, und das Haus selbst wirkte an seinem Platz am Meer sehr britisch. Als Ravasinghe sich mit dem einheimischen Gruß herzlich lächelnd von ihr verabschiedet hatte, tat es ihr leid, ihn weggehen zu sehen. Aber sie begab sich an den zwei geschwungenen Treppen vorbei in den einigermaßen kühlen Palmensaal und ließ sich dort nieder. Sie fühlte sich augenblicklich wie zu Hause. Froh, sich von dem Ansturm der Eindrücke erholen zu können, schloss sie die Augen. Sollte Laurence jetzt eintreffen, böte sie ein jämmerliches Bild, und das wollte sie keinesfalls. Sie nippte an ihrer Tasse Ceylon-Tee und ließ den Blick über die Sitzgruppen schweifen. In einer Ecke wies ein diskretes Schild den Weg dorthin, wo sich Damen die Nase pudern konnten.

In dem süß duftenden, mit vielen Spiegeln versehenen Raum spritzte sie sich Wasser ins Gesicht und legte einen Tropfen Après L'Ondée auf, das sie zum Glück in den Handkoffer und nicht in ihr Seidentäschchen gepackt hatte. Gwen fühlte sich klebrig. Der Schweiß rann ihr die Arme hinunter. Sie steckte sich die Haare neu hoch, sodass sie im Nacken ordentlich saßen. Sie seien die krönende Pracht an ihr, hatte Laurence gesagt. Wenn sie die Haarnadeln herauszog, hatte sie lange dunkle Locken. Als sie einmal bemerkt hatte, sie überlege, sie nach der Flapper-Mode kurz zu tragen wie Fran, hatte er ein entsetztes Gesicht gemacht, im Nacken eine Locke herausgezupft und sich über Gwen geneigt, um sein Kinn an ihrem Scheitel zu reiben. Danach legte er die Hände an ihre Wangen und blickte sie an.

»Schneide dir nie die Haare ab! Versprich mir das!«

Sie nickte nur und sagte nichts, weil die Berührung ein köstliches Kribbeln und alle möglichen, unbekannten Empfindungen auslösten.

Ihre Hochzeitsnacht war wundervoll gewesen und ebenso die Woche danach. In ihrer letzten gemeinsamen Nacht waren sie beide nicht zum Schlafen gekommen, und er hatte vor Morgengrauen aufstehen müssen, um rechtzeitig nach Southampton und an Bord des Schiffes zu gelangen, das ihn nach Ceylon bringen würde, wo er geschäftlich zu tun hatte. Er war enttäuscht, weil sie ihn nicht begleitete, aber sie versicherten einander, die Zeit werde schnell vorbeigehen, und er nahm es ihr nicht übel, dass sie auf Fran warten wollte. Sowie er fort war, bedauerte sie die Entscheidung und wusste nicht, wie sie die Trennung ertragen sollte. Als Fran dann wegen einer Immobilie, die sie vermieten wollte, noch länger in London aufgehalten wurde, entschied sich Gwen, allein zu reisen.

Mit ihrem bezaubernden Aussehen hatte Gwen keinen Mangel an Kavalieren gehabt, doch sie hatte sich auf den ersten Blick in Laurence verliebt. Fran hatte sie zu einem Musical-Abend nach London mitgenommen, und als Laurence Hooper sie angegrinst hatte und auf sie zugestürmt war, um sich vorzustellen, war sie verloren gewesen. Danach sahen sie sich jeden Tag, und als er ihr den Heiratsantrag machte, sah sie mit glühendem Gesicht zu ihm auf und sagte ohne Zögern Ja. Ihre Eltern waren nicht besonders erfreut, dass ein siebenunddreißig Jahre alter Witwer ihre Tochter heiraten wollte. Ihr Vater brauchte ein bisschen Überredung, war aber beeindruckt, als Laurence anbot, die Leitung der Plantage einem Verwalter zu übertragen und wieder in England zu leben. Gwen wollte davon jedoch nichts hören. Wenn sein Herz an Ceylon hing, dann wollte sie mit ihm dort leben.

Als sie die Tür der Damentoilette hinter sich schloss, sah sie Laurence mit dem Rücken zu ihr in der großen Eingangshalle stehen, und ihr stockte der Atem. Sie fasste an die Perlenkette in ihrem Nacken, rückte den blauen Tropfenanhänger zurecht, sodass er in der Mitte saß, und blieb, beeindruckt von der Intensität ihrer Empfindungen, still stehen, um Laurence' Anblick in sich aufzunehmen. Er war groß und breitschultrig, hatte kurzes hellbraunes Haar, das an den Schläfen grau war. Als ehemaliger Zögling des Winchester College sah er aus, als strömte ihm Selbstvertrauen durch die Adern, wie ein Mann, den Frauen bewunderten und Männer respektierten. Doch er las Robert Frost und William Butler Yeats. Dafür liebte sie ihn – und weil er bereits wusste, dass sie weit entfernt war von dem sittsamen Mädchen, das die Leute in ihr sehen wollten.

Als hätte er ihren Blick gespürt, drehte er sich um. Sie sah seine Erleichterung und das breite Lächeln, mit dem er auf sie zuschritt. Er hatte braune Augen und ein markantes Kinn. Das Grübchen daran und die Art, wie seine Haare sich an der Stirn wellten und an dem zweifachen Wirbel am Hinterkopf abstanden, fand sie unwiderstehlich. Weil er Shorts trug, konnte sie sehen, wie braun seine Beine waren, und hier wirkte er viel rauer als im kühlen England auf dem Land.

Übermütig rannte sie ihm entgegen. Einen Moment lang hielt er sie von sich weg, dann zog er sie in die Arme, drückte sie an sich, dass sie kaum noch Luft bekam, und drehte sich mit ihr im Kreis. Ihr Herz raste noch, als er sie endlich losließ.

»Du ahnst nicht, wie sehr ich dich vermisst habe«, sagte er. Seine Stimme klang tief und ein bisschen schroff.

»Woher wusstest du, dass ich hier auf dich warte?«

»Ich habe den Hafenmeister gefragt, wohin die schönste Frau Ceylons gegangen ist.«

Sie lächelte. »Wie schmeichelhaft, aber das bin ich natürlich nicht.«

»Das Hinreißendste an dir ist, dass du nicht weißt, wie schön du bist.« Er nahm ihre Hände. »Es tut mir sehr leid, dass ich zu spät gekommen bin.«

»Das ist nicht schlimm. Ich hatte einen Aufpasser. Er sagte, er kennt dich. Ravasinghe heißt er, glaube ich.«

»Savi Ravasinghe?«

»Ja.« Sie fühlte ein Kribbeln im Nacken.

Er zog die Brauen zusammen. Zu gern hätte sie die Fältchen berührt, mit denen er älter aussah, als er war. Er hatte schon ein bewegtes Leben hinter sich, und das machte ihn für sie umso anziehender.

»Nun gut«, sagte er und gewann seine gute Laune rasch zurück. »Jetzt bin ich hier. Das verflixte Auto hat Schwierigkeiten gemacht, aber zum Glück konnte McGregor es reparieren. Ich werde uns hier ein Zimmer besorgen. Zum Zurückfahren ist es jetzt zu spät.«

Nachdem die Formalitäten an der Rezeption erledigt waren, zog er sie an sich, und als seine Lippen ihre Wange streiften, ging ihr Atem unwillkürlich heftiger.

»Dein Schrankkoffer wird mit dem Zug transportiert«, sagte er. »Jedenfalls bis Hatton.«

»Ich weiß. Ich habe mit dem Mann im Hafenbüro gesprochen.«

»Richtig. McGregor wird einen Kuli anweisen, ihn am Bahnhof mit dem Ochsenkarren abzuholen. Kommst du mit den Sachen in dem Handkoffer bis morgen aus?«

»Einigermaßen.«

»Möchtest du Tee?«, fragte er.

»Du?«

»Was denkst du wohl?«

Vor Freude hätte sie am liebsten laut gelacht, grinste aber still, während Laurence an der Rezeption bat, ihnen das Gepäck sofort hinaufbringen zu lassen.

Arm in Arm gingen sie nach oben. Hinter der Biegung der Treppe überkam Gwen eine unerwartete Scheu. Er ließ sie los, um selbst voranzugehen und aufzuschließen, dann stieß er die Tür auf.

Sie nahm die letzten paar Stufen und schaute in das Zimmer.

Durch die hohen Fenster fiel die Abendsonne herein und färbte die Wände rosa. Die Nachttischlampen brannten bereits, und es duftete nach Orangen. Alles sprach deutlich von Intimität. Vor Verlegenheit wurde ihr heiß. Der Augenblick, den sie herbeigesehnt hatte, war da, und nun stand sie zögernd in der Tür.

»Gefällt es dir nicht?«, fragte er mit erwartungsvollem Blick.

Ihr schlug das Herz bis zum Hals.

»Liebling?«

»Es ist wunderbar«, brachte sie hervor.

Er kam zu ihr und löste ihr die Haare. »So ist es schöner.«

Sie nickte. »Sie werden jeden Moment das Gepäck hereinbringen.«

»Ein paar Augenblicke sind uns wohl vergönnt«, widersprach er und berührte mit der Fingerspitze ihre Unterlippe. Doch wie aufs Stichwort klopfte es an der Tür.

»Ich gehe das Fenster öffnen«, sagte sie, froh über einen Vorwand, dem Zimmer den Rücken zukehren zu können, damit der Hoteldiener ihre törichte Angst nicht sah.

Das Zimmer ging aufs Meer hinaus. Sie drückte das Fenster halb auf und schaute über das Wasser, das silbrig und golden in der Sonne schimmerte. Auch in England hatten sie schon eine Woche zusammen verbracht, aber England war weit weg, und bei dem Gedanken fühlte sie sich den Tränen nahe. Sie schloss die Augen und hörte, wie der Diener das Gepäck abstellte. Sowie sich die Tür hinter ihm schloss, drehte sie sich zu Laurence um.

Er grinste schief. »Stimmt etwas nicht?«

Sie senkte den Kopf und starrte auf den Boden.

»Gwen, sieh mich an!«

Sie blinzelte hastig. Es wurde still. Ihre Gedanken rasten. Wie sollte sie erklären, was in ihr vorging, nachdem sie in einer Welt angekommen war, die sie nicht verstand? Aber es war nicht nur das. Unter seinem Blick fühlte sie sich nackt, und das verunsicherte sie. Damit es nicht noch peinlicher wurde, hob sie den Kopf und ging sehr langsam ein paar Schritte auf ihn zu.

Er wirkte erleichtert. »Jetzt war ich einen Moment lang beunruhigt.«

Ihre Beine fingen an zu zittern. »Ich bin bloß töricht. Alles ist noch so neu … Du bist so neu.«

»Wenn das alles ist, das lässt sich leicht beheben«, meinte er und kam lächelnd auf sie zu.

Sie lehnte sich an ihn, und ihr wurde schwindelig, als er sich an dem Knopf ihres Kleides zu schaffen machte.

»Lass mich dir helfen.« Sie griff hinter sich und schob den Knopf durch die Schlinge. »Da gibt es einen Trick.«

Er lachte. »Den muss ich unbedingt lernen.«

Eine Stunde später war Laurence eingeschlafen. Nach der langen Wartezeit war die Leidenschaft groß gewesen, intensiver als in der Hochzeitsnacht. Gwen dachte an die ersten Augenblicke ihrer Ankunft. Es war ihr vorgekommen, als saugte die Hitze ihr die Kraft aus. Ein Irrtum. Sie hatte reichliche Kraftreserven gehabt, auch wenn sich ihre Arme und Beine jetzt schwer anfühlten. Schläfrig lauschte sie den Geräuschen der Außenwelt, die durchs Fenster hereinwehten. Neben Laurence zu liegen kam ihr schon ganz natürlich vor, und sie schmunzelte über ihre Nervosität. Sie beugte den Kopf ein wenig in den Nacken, damit sie ihn betrachten und zugleich weiter seinen kräftigen Körper spüren konnte. Der Moment war vollkommen. Von allen anderen Empfindungen befreit, fühlte sie reine Liebe. Alles würde gut werden. Ein paar Minuten noch genoss sie seinen Geruch und sah zu, wie die Schatten im Zimmer länger wurden und die Dunkelheit hereinbrach. Dann schloss sie tief seufzend die Augen.

2

Zwei Tage danach wachte Gwen früh auf. Die Sonne schien durch die Musselinvorhänge. Sie freute sich darauf, mit Laurence zu frühstücken und sich von ihm herumführen zu lassen. Schnell setzte sie sich auf, um ihre Zöpfe zu lösen, dann schwang sie die Beine aus dem Bett und stellte die Füße auf das glatte, weiße Fell des Bettvorlegers. Spielerisch schob sie die Zehen hinein und fragte sich, von welchem Tier es wohl stammte. Auf dem Stuhl am Bett hatte jemand einen hellen seidenen Morgenmantel bereitgelegt. Sie stand auf und zog ihn sich über.

Am vergangenen Abend waren sie bei Sonnenuntergang auf der Plantage angekommen, die in einer hügeligen Landschaft lag. Gwen hatte vor Müdigkeit Kopfschmerzen gehabt, und das kräftige Rot-Violett des Abendhimmels hatte ihr in den Augen wehgetan, sodass sie kurz nach der Ankunft zu Bett gegangen war.

Jetzt tappte sie ans Fenster und zog die Vorhänge zur Seite. Mit einem tiefen Atemzug schaute sie in den ersten Morgen in ihrer neuen Welt und blinzelte in die Helligkeit. Der Lärm, der ihr entgegenschlug, war erstaunlich: ein fortwährendes Summen, Pfeifen und Zwitschern.

Ein lieblicher, blühender Garten senkte sich in drei Terrassen zum See hin ab, mit Pfaden, Stufen und Bänken, die geschickt darin verteilt standen. Der See war eine silberglänzende Pracht. Die gestrige Autofahrt, die furchterregenden Haarnadelkurven, Schluchten und holprigen Straßen, auf denen sie mit Übelkeit gerungen hatte, waren augenblicklich vergessen. Rings um den See erstreckte sich ein samtig grüner Gobelin aus Teesträuchern, symmetrisch und schnurgerade, zwischen denen die

Pflückerinnen in ihren leuchtend bunten Saris wie hineingestickte Vögel erschienen.

Vor ihrem Schlafzimmerfenster wuchs ein Pampelmusenbaum, daneben ein ihr unbekannter Baum, der voll kirschenartiger Früchte hing. Sie beschloss, sich welche zum Frühstück zu pflücken. Auf dem Tisch draußen saß ein kleines Tier, halb Affe, halb Eule, wie es schien, und starrte sie mit tellergroßen Augen an. Sie hatte in einem riesigen Himmelbett geschlafen, das von einem Mückennetz umgeben war. Das Laken war noch fast glatt. Sie fand es sonderbar, dass Laurence nicht die Nacht bei ihr verbracht hatte. Er hatte ihr wohl nach der Reise ungestörten Schlaf gönnen wollen und war in sein eigenes Zimmer gegangen. Als sie die Tür knarren hörte, fuhr sie herum. »Oh, Laurence, ich ...«

»Lady, ich bin Naveena, ich soll Ihnen aufwarten.«

Gwen betrachtete die gedrungene kleine Frau, die in einem langen, blau-gelben Wickelrock und einer weißen Bluse vor ihr stand. Ihr rundes Gesicht war runzlig, und die dunklen verschatteten Augen gaben nicht das Geringste preis. Ein langer grauer Zopf hing ihr den Rücken hinunter.

»Wo ist Laurence?«

»Mr. Hooper ist zur Arbeit. Schon seit zwei Stunden.«

Ernüchtert setzte Gwen sich auf das Bett.

»Sie wünschen das Frühstück hier?« Naveena deutete auf den kleinen Tisch am Fenster. Einen Moment lang sahen sie einander schweigend an. »Oder auf der Veranda?«

»Ich möchte mich vorher waschen. Wo ist das Bad?«

Die Dienerin ging zur anderen Seite des Zimmers. Dabei verbreitete sie einen ungewöhnlich würzigen Duft.

»Hier, Lady. Hinter dem Wandschirm ist Ihr Badezimmer, aber der Latrinenkuli kommt noch.«

»Der Latrinenkuli?«

»Ja, Lady, er kommt bald.«

»Ist das Wasser heiß?«

Die Dienerin wackelte mit dem Kopf. Gwen wusste nicht

recht, ob das Ja oder Nein bedeuten sollte, und ihre Verständnislosigkeit war ihr wohl anzusehen.

»Es gibt einen Holzheizkessel. Albezia-Holz. Heißes Wasser haben wir morgens und abends eine Stunde lang.«

Gwen nahm das gefasst auf und versuchte, selbstsicherer zu klingen, als sie sich fühlte. »Also gut. Ich werde mich waschen und dann draußen frühstücken.«

»Sehr wohl, Lady.«

Die Dienerin zeigte auf die französischen Fenster. »Die Tür zur Veranda. Ich werde gehen und wiederkommen. Bringe den Tee für Sie nach draußen.«

»Was für ein Tier ist das da?«

Die Dienerin schaute zum Fenster, doch das Tier war verschwunden.

Nach der feuchten Hitze in Colombo empfand Gwen den strahlenden, aber leicht kühlen Morgen als angenehm. Gleich nach dem Frühstück pflückte sie sich eine Kirsche von dem Baum, eine hübsche dunkelrote, und biss hinein. Doch sie schmeckte sauer, und Gwen spuckte sie aus. Sie zog sich ihren Schal um die Schultern und machte sich auf, das Haus zu erkunden.

Als Erstes ging sie den breiten, hohen Gang entlang, der von einem zum anderen Ende des Hauses führte. Der dunkle Holzboden glänzte, und an den Wänden hingen Öllampen. Sie schnupperte. Mit dem Zigarrengeruch hatte sie gerechnet, aber es roch auch stark nach Kokosöl und Politur. Laurence bezeichnete das Haus als »Bungalow«, doch es gab eine geschwungene Treppe, die von dem luftigen Flur in den ersten Stock führte. Gegenüber stand ein schöner Chiffonnier mit Einlegearbeiten aus Perlmutt, und daneben entdeckte Gwen eine Tür. Sie drückte sie auf und betrat einen geräumigen Salon.

Überrascht von der Größe, öffnete sie einen der vielen braunen Fensterläden und sah, dass man auch von hier auf den See blickte. Nachdem sie Licht hereingelassen hatte, schaute sie sich um. Die Wände waren in dem denkbar hellsten Blaugrün gestrichen und strahlten erfrischende Kühle aus. Es gab bequeme Sessel und zwei helle Sofas voller Kissen, die mit Vögeln, Elefanten und exotischen Blüten bestickt waren. Über der Rückenlehne des einen lag ein Leopardenfell ausgebreitet.

Den Boden bedeckten zwei Perserteppiche in Marineblau und Creme. Gwen streckte die Arme aus und drehte sich schwungvoll im Kreis. Hier gefiel es ihr. Sehr sogar.

Ein tiefes Knurren erschreckte sie, und sie stellte fest, dass sie einem schlafenden Hund auf die Pfote getreten war. Ein schwarzer Labrador?, überlegte sie. Vielleicht kein reinrassiger. Sie wich einen Schritt zurück und fragte sich, ob er wohl bissig war. In dem Moment kam ein Mann herein, der sich fast lautlos bewegte. Er war im mittleren Alter, hatte schmale Schultern, ein längliches, gelbbraunes Gesicht und trug einen Sarong, eine Jacke und einen Turban, alles in Weiß.

»Der alte Hund heißt Tapper, Lady. Mr. Hoopers Lieblingshund. Ich bin der Butler, und hier ist ein leichtes Mittagessen.« Er hob demonstrativ sein Tablett und stellte es auf einen Satz Tische. »Unser eigener Broken Orange Pekoe.«

»Tatsächlich? Ich habe gerade erst gefrühstückt.«

»Mr. Hooper wird nach zwölf zurückkommen. Sie werden das Pausenhorn hören, und dann kommt er.« Er deutete auf ein Regal beim Kamin. »Da liegen Zeitschriften für Sie.«

»Danke.«

Es war ein großer, mit Bruchsteinen eingefasster Kamin, daneben standen Zange, Schaufel und Schürhaken aus Messing und ein Korb mit Holzscheiten. Sie lächelte. Das versprach gemütliche Abende zu zweit am Feuer.

Bis zu Laurence' Rückkehr blieb ihr noch eine Stunde. Darum ließ sie den Tee stehen und beschloss, sich draußen umzusehen. Da sie erst in der Abenddämmerung angekommen waren, hatte sie vom Haus wenig erkennen können. Sie ging zurück in den Eingangsflur, drückte einen der dunklen Türflügel auf, über denen ein hübsches Lünettenfenster Licht hereinließ, und fand sich auf der Treppe unter einem schattigen Vordach wieder. Ein kiesbestreuter Fahrweg, an dem abwechselnd blühende Tulpenbäume und Palmen standen, führte vom Haus weg und wand sich die Hügel hinauf. Einige Blüten lagen am Rand im Gras.

Gwen hatte Lust auf einen Spaziergang, ging aber zunächst um die Seite des Hauses zu einer überdachten Veranda, von der man ebenfalls auf den See blicken konnte. Sie hatte acht dunkle Holzpfeiler, einen Marmorboden und Korbmöbel, und der Tisch war bereits für den Lunch gedeckt. Entzückt beobachtete sie, wie ein gestreiftes Eichhörnchen an einem Pfeiler hinaufhuschte und hinter einem Deckenbalken verschwand.

Sie kehrte zurück zur Front des Hauses und wanderte den Fahrweg hinauf. Je höher sie kam, desto klebriger fühlte sie sich, aber sie wollte erst beim zwanzigsten Baum zurückblicken. Während sie zählte und den Rosenduft einatmete, wurde es heiß, doch zum Glück nicht so wie in Colombo. Zu beiden Seiten gab es breite Rasenstreifen mit Büschen, die große herzförmige Blätter und rosa-weiße Blüten hatten.

Beim zwanzigsten Baum zog sie sich das Tuch von den Schultern und drehte sich um. Alles flimmerte, der See, das rote Dach des Hauses, sogar die Luft. Sie atmete tief ein, als könnte sie die Schönheit in sich aufnehmen: die duftenden Blüten, die hinreißende Aussicht, das leuchtende Grün der Plantage, das Zwitschern der Vögel. Es war berauschend. Nirgends war es still, überall schwirrte, summte und raschelte es.

Von ihrem erhöhten Aussichtspunkt aus war der Grundriss des Hauses zu sehen. Die Rückseite verlief parallel zum See mit der überdachten Veranda zur Rechten, und an einer Seite war ein Anbau erfolgt, der den kurzen Schenkel eines L bildete. Daneben lag ein Hof, und ein Weg führte zu einer Wand hoher Bäume, wo er verschwand. Gwen atmete ein paar Mal tief die saubere Luft ein.

Das hässliche laute Tuten des Pausenhorns unterbrach die Ruhe. Sie hatte nicht bemerkt, wie die Zeit vergangen war. Ihr

Herz schlug höher, als sie Laurence neben einem anderen Mann von den hohen Bäumen her zum Haus schreiten sah. Er war sichtlich in seinem Element, wirkte zupackend und dominant. Sie warf sich den Schal um die Schultern und sauste los. Aber den steilen Fahrweg hinunterzurennen war schwieriger, als ihn hinaufzuwandern, und nach ein paar Minuten rutschte sie auf den losen Kieseln aus, blieb mit dem Fuß an einer Wurzel hängen und stürzte. Der Aufprall trieb ihr den Atem aus der Lunge.

Als sie wieder Luft bekam und aufstehen wollte, konnte sie mit dem linken Fuß nicht auftreten. Sie rieb sich die aufgeschrammte Stirn, und ihr war so schwindlig, dass sie sich erst einmal hinsetzte. Es kündigten sich Kopfschmerzen an, die von der Sonne herrührten. Da es vorhin noch kühl gewesen war, hatte sie nicht an den Sonnenhut gedacht. Hinter den Bäumen war ein schriller Schrei zu hören, wie von einer Katze oder einem Kind, das sich wehgetan hatte. Oder vielleicht von einem Schakal. Sie wollte nicht abwarten, ob er zum Vorschein kommen würde, und zwang sich aufzustehen. Diesmal ließ sie sich vom Schmerz nicht beeindrucken und humpelte zum Haus zurück.

Als sie ins Blickfeld der Haustür gelangte, kam Laurence heraus und eilte ihr entgegen.

»Ich bin so froh, dich zu sehen!«, rief sie außer Atem. »Ich war dort oben, um die Aussicht zu genießen, und bin gestürzt.«

»Schatz, das ist gefährlich. Da gibt es Schlangen. Grasschlangen, Baumschlangen, die den Garten von Ratten freihalten. Und alle möglichen beißenden Ameisen und Käfer. Du solltest nicht allein spazieren gehen. Noch nicht jedenfalls.«

Sie zeigte zur Plantage hinüber. »Die Frauen dort sind auch im Freien, und ich bin nicht so zart besaitet, wie ich aussehe.«

»Die Tamilen kennen das Land«, hielt er ihr entgegen. »Aber egal. Halte dich an meinem Arm fest, dann bringe ich dich ins Haus. Ich werde Naveena bitten, dir den Knöchel zu verbinden. Ich kann auch den Arzt aus Hatton rufen, wenn du möchtest.«

»Naveena?«

»Die dir das Frühstück gebracht hat.«

»Ach, ja.«

»Sie war früher mein Kindermädchen, und ich mag sie. Wenn wir mal Kinder haben ...«

Gwen zog die Brauen hoch und lächelte. Er grinste, dann beendete er den Satz. »... wird sie auf sie aufpassen.«

Sie streichelte über seinen Arm. »Und was werde ich dann tun?«

»Hier gibt es jede Menge Arbeit. Das wirst du bald sehen.«

Auf dem Weg ins Haus spürte sie seinen warmen Körper an ihrer Seite. Trotz des schmerzenden Knöchels setzte das vertraute Kribbeln im Unterleib ein, und sie fasste Laurence am Kinn und legte den Daumen in das Grübchen.

Nachdem ihr Fuß bandagiert war, setzten sie sich zusammen auf die überdachte Veranda.

»Und?«, fragte er mit einem Funkeln in den Augen. »Gefällt es dir hier?«

»Es ist wunderbar, Laurence. Ich werde hier sehr glücklich sein mit dir.«

»Ich mache mir Vorwürfe, weil du gefallen bist. Ich wollte gestern Abend noch mit dir gesprochen haben, aber deine Kopfschmerzen waren so schlimm, da habe ich es aufgeschoben. Es gibt ein paar Dinge, die du wissen musst.«

»So?« Sie blickte auf.

Er zog die Stirn kraus, und als er die Augen zusammenkniff, war klar, woher er die Runzeln hatte.

»Zu deiner Sicherheit: Halte dich aus den Angelegenheiten der Arbeiter heraus. Du brauchst dich um die Hütten nicht zu kümmern.«

»Die Hütten?«

»Da leben die Plantagenarbeiter und ihre Familien.«

»Aber das klingt interessant.«

»Ehrlich gesagt, gibt es da nicht viel zu sehen.«

Sie nahm das schulterzuckend hin. »Was noch?«

»Am besten gehst du nie ohne Begleitung irgendwohin.«

Sie schnaubte.

»Nur bis du mit allem vertraut bist.«

»Na gut.«

»Gestatte nur Naveena, dich im Nachthemd zu sehen! Sie wird dir jeden Morgen um acht den Tee ans Bett bringen.«

Gwen lächelte. »Und wirst du diesen Tee mit mir gemeinsam trinken?«

»Wann immer ich kann.«

Sie hauchte ihm einen Kuss entgegen. »Ich kann es kaum erwarten.«

»Ich auch nicht. Und nun mach dir keine Sorgen! Du wirst bald verstanden haben, wie hier alles abläuft. Morgen wirst du die Frauen anderer Plantagenbesitzer kennenlernen. Vor allem Florence Shoebotham. Sie ist ein komischer alter Vogel, könnte dir aber eine große Hilfe sein.«

»Ich habe gar nichts anzuziehen.«

Er grinste. »So gefällst du mir. McGregor hat schon jemanden zum Bahnhof geschickt, damit er deinen Koffer abholt. Und später werde ich dir das Hauspersonal vorstellen. Offenbar ist auch von Selfridges eine Kiste für dich gekommen. Mit Dingen, die du vor der Abreise bestellt hast, nehme ich an.«

Sie streckte die Arme über den Kopf. Bei dem Gedanken an das Waterford-Kristall und das schöne neue Abendkleid bekam sie augenblicklich gute Laune. Das Kleid war der letzte Schrei, kurz, mit gestuften Fransenbordüren in Silber und Rosa. Sie musste an den Tag in London denken, als Fran darauf bestanden hatte, dass sie es kaufte. Nur noch zehn Tage, dann würde Fran auch eintreffen. Eine Elster schwebte über den Tisch und schnappte sich ein Brötchen aus dem Korb. Gwen lachte, und Laurence fiel mit ein.

»Hier gibt es viele Tiere. Ich habe ein gestreiftes Eichhörnchen unters Dach flitzen sehen.«

»Es sind zwei. Sie haben da oben ein Nest. Sie tun aber nichts.«

»Mir gefällt das.« Gwen griff nach seiner Hand, und als er ihre an die Lippen zog, durchlief sie ein wohliger Schauder.

»Nur eins noch, Liebling. Fast hätte ich es vergessen, aber es ist wahrscheinlich das Wichtigste. Der Haushalt ist allein deine Angelegenheit. Ich werde mich in nichts einmischen. Das Personal hat dir zu gehorchen und nur dir.«

Er überlegte kurz.

»Du wirst feststellen, dass sich einige Missstände eingestellt haben. Die Dienerschaft konnte zu lange frei schalten und walten. Es mag ein wenig mühsam werden, sich durchzusetzen, aber du wirst sie dir schon erziehen.«

»Laurence, das wird mir Freude bereiten. Aber du hast mir noch gar nichts über die Plantage erzählt.«

»Nun, wir beschäftigen Tamilen. Das sind ausgezeichnete Arbeiter, im Gegensatz zu den Singhalesen. Hier wohnen gut fünfzehnhundert. Wir haben eine kleine Schule eingerichtet und gewähren Medikamente und ärztliche Behandlung. Sie bekommen diverse Zusatzleistungen und verbilligten Reis und haben einen Laden.«

»Und wie wird der Tee hergestellt?«

»In unserer Teefabrik. Das ist ein aufwendiges Verfahren. Irgendwann werde ich dich herumführen, wenn du möchtest.«

»Das wäre schön.«

»Gut. Nachdem das besprochen ist, schlage ich vor, du hältst ein Mittagsschläfchen«, sagte er und stand auf.

Die Arme um sich geschlungen, schaute Gwen über die Reste des Mittagessens. Sie holte tief Luft und atmete langsam aus. Das war der passende Moment. Als Laurence sich hinabbeugte, um sie auf die Stirn zu küssen, schloss sie die Augen und konnte ein freudiges Grinsen nicht unterdrücken, doch als sie die Augen öffnete, war er schon vom Tisch weggetreten.

»Wir sehen uns heute Abend«, sagte er. »Es tut mir sehr leid, Liebling, aber ich muss jetzt mit McGregor sprechen. Die Fabriksirene heult um vier, und ich werde außer Haus sein, doch schlaf ruhig weiter!«

Sie spürte, wie heiße Tränen ihr in die Augen stiegen, und tupfte sie mit ihrer Serviette weg. Laurence hatte viel Arbeit, das wusste sie, und natürlich ging die Plantage vor. Aber bildete sie sich das bloß ein, oder war ihr schöner, einfühlsamer Mann ein klein wenig distanziert?

3

Am nächsten Abend stand Gwen an ihrem Fenster und schaute in den Sonnenuntergang. Himmel und Wasser hatten fast den gleichen Goldton angenommen, und der See lag zwischen Hügeln in verschiedenen Sepiaschattierungen. Sie wandte sich ab und kleidete sich sorgfältig an, dann betrachtete sie sich im Spiegel. Die Dienerin hatte ihr geholfen, silberne Perlenschnüre durch die schwere Haarrolle im Nacken zu fädeln, und jetzt zupfte Gwen ein Löckchen daraus hervor. Laurence gab eine kleine Abendgesellschaft, um sie als die neue Hausherrin vorzustellen. Dafür wollte sie blendend aussehen, hatte sich aber entschieden, das neue Kleid für einen Abend mit Fran aufzuheben. Dann könnten sie zusammen Charleston tanzen.

Diesen Abend trug sie das Kleid aus hellgrüner Seide mit der Spitze am Ausschnitt, der ein wenig gewagter als bei ihren übrigen Kleidern war. Natürlich hatte es eine tief sitzende Taille und Chiffongodets, die am gefährlich kurzen Saum spitz herabhingen. Es klopfte an der Zimmertür.

»Herein.«

Laurence öffnete schwungvoll die Tür und blieb wie angewurzelt stehen, um sie anzustarren.

Er trug einen schwarzen Abendanzug mit weißem Hemd, weißer Weste und weißer Fliege und hatte sich offenbar an einem Scheitel versucht. Gwen zitterte unter seinem langen bewundernden Blick und hielt den Atem an.

»Ich … du … meine Güte, Gwendolyn!« Er schluckte.

»Du siehst auch sehr gut aus, Laurence. Ich hatte mich schon beinahe an deine Shorts gewöhnt.«

Er kam zu ihr, legte einen Arm um sie und gab ihr einen

Kuss auf den Haaransatz im Nacken. »Du siehst hinreißend aus.«

Sie war ganz vernarrt in das Gefühl, wenn sein warmer Atem über ihre Haut strich, und wusste, die Nacht würde wundervoll werden. Sobald sie in seiner Nähe war, fühlte sie sich begehrt und war restlos überzeugt, dass nie etwas schiefgehen würde.

»Im Ernst. In dem Kleid wirst du alle anderen in den Schatten stellen.«

Sie sah an sich hinunter. »Es ist recht kurz.«

»Vielleicht brauchen wir alle ab und zu ein bisschen frischen Wind hier. Vergiss nicht deine Stola! Nach Sonnenuntergang kann es trotz Kaminfeuer ein bisschen kühl werden, wie du gestern Nacht wahrscheinlich bemerkt hast.«

Den Abend zuvor hatte Laurence sich mit geschäftlichen Dingen befassen müssen, sodass es nicht zur Zweisamkeit am Kamin gekommen war. Um neun Uhr hatten die Diener, einzeln und streng nach ihrer Wichtigkeit geordnet, ihr ihre Aufwartung gemacht. Zuerst der Butler, der die übrige Dienerschaft unter sich hatte, dann der Chefkoch, allgemein Appu genannt, der entweder eine Glatze hatte oder sich die Haare bis zur Kopfmitte wegrasierte. Das übrige Haar war zu einem ausgefallenen Knoten zusammengebunden. Er hatte leicht asiatische Züge, als hätte er Vorfahren aus Indochina, und er trug eine lange weiße Schürze über einem blau-goldenen Sarong. Nach ihm kam Naveena und brachte heiße Ziegenmilch, die mit Honig gesüßt war – nicht mit Palmzucker, wie sie erklärte, bevor sie ihr mit einem charmanten Lächeln eine gute Nacht wünschte. Die Nächsten waren die fünf Hausdiener. Sie reihten sich vor ihr auf und sagten ihr im Chor Gute Nacht. Zuletzt kamen die Küchenkulis, die bloß auf ihre nackten Füße starrten und sich verbeugten. Bald nach dem ausgefeilten Vorstellungsritual schützte Gwen Schmerzen im Fußgelenk vor und ging allein zu Bett.

Jetzt schmunzelte sie über das sonderbare Erlebnis.

»Was ist so lustig?«, fragte Laurence.

»Ich dachte nur gerade an die Dienerschaft.«

»Du wirst dich bald an sie gewöhnt haben.«

Laurence küsste sie auf die Lippen. Er roch nach Seife und Zitrone. Arm in Arm verließen sie das Schlafzimmer, um sich zum Salon zu begeben, wo vor dem Dinner Cocktails serviert werden sollten.

»Was für ein Duft ist es, den die Dienerin verströmt?«, fragte sie.

»Du meinst Naveena?«

»Ja.«

»Ich weiß es nicht. Wahrscheinlich riecht sie nach Kardamom und Muskat. Das ist schon so, solange ich denken kann.«

»Seit wann arbeitet sie hier?«

»Seit meine Mutter sie aufgestöbert und als Kindermädchen eingestellt hat.«

»Die Ärmste. Ich kann mir gut vorstellen, wie du als Junge hier herumgetobt bist.«

Er lachte. »Mutter hat so etwas wie eine Familienchronik zusammengestellt, mit Briefen, Fotografien, Geburtsurkunden, Eheschließungsdokumenten, lauter solchen Dingen. Jedenfalls glaube ich, es könnten auch einige Fotos von Naveena dabei sein, als sie noch jünger war.«

»Die würde ich sehr gern sehen. Ich will alles über dich wissen.«

»Ich habe mir das selbst noch gar nicht angesehen. Verity hat das ganze Zeug in England in einem Karton. Übrigens freue ich mich sehr darauf, dass du sie kennenlernst.«

»Schade, dass deine Schwester nicht zur Hochzeit kommen konnte! Aber vielleicht kann sie die Familienalben mitbringen, wenn sie uns besucht.«

Er nickte. »Natürlich.«

»War Naveena auch Veritys Kindermädchen?«

»Nein, meine Schwester hatte eine jüngere, das heißt, bis sie dann ins Internat ging. Es war schlimm für sie, als unsere Eltern starben. Da war sie erst zehn, das arme Mädchen.«

Gwen nickte. »Was wird aus Naveena, wenn sie zu alt zum Arbeiten ist?«

»Dann sorgen wir für sie«, sagte er und öffnete die französischen Fenster. »Lass uns über die Veranda gehen!«

Sie trat ins Freie und musste lachen. Es herrschte ein ohrenbetäubender Lärm – *rat-tat-tat, twii-twii, tepp-tepp.* Rascheln, Pfeifen und raue Kehl- und Klopflaute steigerten sich und verebbten, um sogleich wieder anzuschwellen. Dazwischen kurzes Wasserrauschen, begleitet von durchdringendem *Scrii-scrii-scrii,* und bei alldem zirpten die Grillen in einem fort. Drüben im dunklen Gebüsch tanzten Dutzende leuchtende Punkte.

»Glühwürmchen«, sagte er.

Unten am See brannten Fackeln.

»Ich dachte, wir könnten hinterher einen Nachtspaziergang unternehmen«, meinte Laurence. »Bei Fackelschein und Mondlicht ist der See fantastisch.«

Sie lächelte und freute sich über die exotische Geräuschkulisse.

»Und nachts läuft man nicht Gefahr, einem Wasserbüffel zu begegnen. Die können im Dunkeln schlecht sehen und ziehen sich nachmittags, wenn es am heißesten ist, ins Wasser zurück.«

»Ach, tatsächlich?«

»Täusche dich nicht! Sie sind gefährlich und durchbohren oder zertrampeln dich, wenn sie gerade angriffslustig sind. Keine Sorge, hier gibt es nicht viele. Aber oben auf den Horton Plains sind sie zahlreich.«

So traten sie von draußen in den Salon. Florence Shoebotham und ihr Mann Gregory waren die ersten Gäste. Mr. Shoebotham fing mit Laurence am Barschrank ein Gespräch an. Gwen nippte an einem Sherry und unterhielt sich mit seiner Frau, die die breiten Hüften und schmalen Schultern der typischen Engländerin hatte und recht groß war. Sie trug ein hellgelb geblümtes Kleid, das fast bis zu den Knöcheln reichte, und hatte eine piepsige Stimme, was bei einer Frau ihrer Größe befremdlich klang.

»Nun, Sie sind noch ein junges Ding, nicht wahr?«, meinte Florence, deren Kinnwülste beim Sprechen wackelten. »Ich hoffe doch, Sie werden die Sache meistern.«

Gwen musste sich ein Lachen verkneifen. »Meistern?«

Florence schüttelte sich das Sofakissen in ihrem Rücken auf und nahm es auf den Schoß, während sie näher an Gwen heranrückte. Sie hatte eine niedrige Stirn. Ihre Haare waren grau meliert und wirkten störrisch. Sie roch ein wenig nach Gin und Schweiß.

»Ich bin sicher, Sie werden sich bald an unsere Lebensweise gewöhnen. Nehmen Sie einen Rat von mir an, Mädchen, und seien Sie nie unnötig freundlich zu den Dienern! Das ist nicht gut. Sie mögen es nicht und werden Sie dafür nicht respektieren.«

»In England war ich zu unserem Hausmädchen immer freundlich.«

»Hier ist das anders. Die dunklen Rassen sind nun einmal nicht so wie wir. Freundlichkeit hilft ihnen nicht. Überhaupt nicht. Und die Mischlinge sind noch schlimmer.«

Während weitere Gäste eintrafen, saß Gwen betroffen auf dem Sofa. Sie fand es abscheulich, Menschen als »Mischlinge« zu bezeichnen.

»Behandeln Sie sie wie Kinder und schauen Sie Ihrem Dhobi auf die Finger. Erst letzte Woche habe ich bemerkt, dass mein chinesischer Seidenpyjama gegen einen alten Fetzen ausgetauscht worden ist, der ganz sicher vom Straßenmarkt in Hatton stammt.«

Gwen kam völlig ins Schwimmen und wurde aufgeregt. Wie sollte sie dem Dhobi auf die Finger sehen, wenn sie nicht einmal wusste, was ein Dhobi ist?

Sie schaute sich im Salon um. Eine kleine Abendgesellschaft hatte es werden sollen, aber es waren schon mindestens ein Dutzend Paare gekommen, und noch war reichlich Platz für weitere. Sie versuchte, den Blick ihres Mannes aufzufangen. Als es ihr gelungen war, musste sie lachen. Laurence unterhielt sich mit einem kahlköpfigen Mann, dessen Ohren rechtwinklig abstanden.

»Vermutlich sprechen sie über die Teepreise«, sagte Florence, die ihrem Blick gefolgt war.

»Gibt es ein Problem damit?«

»Oh, nein, Liebes! Ganz im Gegenteil. Wir alle machen glänzende Geschäfte. Der neue Daimler Ihres Gatten sollte Sie davon überzeugen.«

Gwen lächelte. »Er ist wirklich famos.«

Der Hausdiener an der Tür schlug einen Gong.

»Nun machen Sie sich keine Sorgen! Falls es etwas gibt, fragen Sie nur! Ich werde Ihnen sehr gern helfen. Ich weiß noch gut, wie es ist, jung und frisch verheiratet zu sein. Da hat man so viele neue Eindrücke zu verkraften.« Florence legte ihr Kissen beiseite und hielt ihr die Hand hin. Gwen begriff, dass das ein Befehl war, und erhob sich, um ihr aufzuhelfen.

Im Speisezimmer brannten die silbernen Leuchter. Es sah sehr hübsch aus. Alles glänzte und funkelte, und es duftete nach den Wicken, die überall in den Vasen standen. Gwen bemerkte eine herausgeputzte, ziemlich junge Frau, die Laurence anstrahlte. Sie hatte grüne Augen, elegante Gesichtszüge und einen langen Hals. Ihre blonden Haare sahen von vorn wie ein wogender Bob aus, doch als sie sich zur Seite drehte, erkannte Gwen, dass sie einen raffinierten Knoten trug. Sie war mit Rubinen behängt, trug dazu aber ein schlichtes schwarzes Kleid. Gwen hoffte, sie könnten Freundinnen werden, und versuchte, sie auf sich aufmerksam zu machen.

Der freundliche Brillenträger, der zu ihrer Linken saß, stellte sich als John Partridge vor. Sie musterte sein leicht fliehendes Kinn, den kleinen borstigen Schnurrbart und die freundlichen grauen Augen. Er hoffe doch, sie lebe sich gut ein, und sie solle ihn John nennen.

Als sie sich ein wenig länger unterhielten, waren alle Blicke auf Gwen gerichtet, aber bald fingen die Leute wieder an, den neusten Klatsch aus Nuwara Eliya auszutauschen, wer wer sei und was wer wem getan habe und warum. Das meiste verstand Gwen nicht, da sie die Betreffenden nicht kannte, und außerdem fiel es ihr schwer, dafür Interesse aufzubringen. Erst als es still wurde und der Mann mit den Segelohren auf den Tisch schlug, merkte sie auf.

»Eine verdammte Schande, wenn Sie mich fragen! Man hätte den ganzen Haufen erschießen sollen.«

Von dem einen oder anderen hörte man ein »Bravo!« und »Sehr richtig!«, während der Mann seine Hetzrede fortsetzte.

»Worüber sprechen sie, John?«, flüsterte Gwen.

»In Kandy hat es neulich einen Tumult gegeben. Wie es scheint, ist die britische Regierung ziemlich brutal mit den Schuldigen umgegangen. Das hat jetzt einen Aufruhr nach sich gezogen. Aber es geht das Gerücht, dass das gar kein Protest gegen die Briten war, sondern etwas mit Gedenkblumen zu tun hatte.«

»Also sind wir nicht in Gefahr?«

Er schüttelte den Kopf. »Nein. Das nehmen nur ein paar alte Colonels zum Anlass, sich darüber auszulassen. Das Ganze hat vor zehn Jahren angefangen, als die Briten auf eine Versammlung von Mohammedanern schossen. Das war eine ziemlich unüberlegte Handlung.«

»Das hört sich nicht zufriedenstellend an.«

»Nein. Wissen Sie, der Ceylonesische Nationalkongress verlangt eigentlich nicht die Unabhängigkeit, sondern nur mehr Autonomie.« Er schüttelte den Kopf. »Aber wenn Sie mich fragen, müssen wir vorsichtiger auftreten. Bei allem, was in Indien vorgeht, wird es nicht lange dauern, bis auch Ceylon davon erfasst wird. Die Entwicklung steckt noch in den Anfängen, doch glauben Sie mir, da braut sich was zusammen.«

»Sagen Sie, sind Sie Sozialist?«

»Nein, meine Liebe, ich bin Arzt.«

Sie lächelte angesichts seines belustigten Blickes, doch dann wurde er ernst.

»Das Problem ist, nur drei Kandyer wurden in den Rat gewählt. Folglich verließen dieses Jahr einige von ihnen den Ceylonesischen Nationalkongress und haben die Kandyer Nationalversammlung gegründet. Auf die sollten wir ein Auge haben, auf die und die Young Lanka League, die inzwischen zur Auflehnung gegen die Briten aufruft.«

Gwen schaute zum anderen Ende des Tisches, wo Laurence saß, und hoffte auf das vereinbarte Zeichen, damit die Damen sich zurückziehen konnten. Doch er blickte gerade missmutig ins Leere.

»Wir ernähren sie, kümmern uns um sie, geben ihnen ein Dach über dem Kopf«, sagte einer der Herren. »Die Vorschriften werden mehr als erfüllt. Was wollen sie denn noch? Ich persönlich …«

»Wir können sehr wohl mehr tun«, unterbrach Laurence ihn sichtlich ungehalten. »Ich habe eine Schule eingerichtet, doch kaum ein Kind besucht sie. Es ist Zeit, dass wir eine Lösung finden.«

Seine Stirnlocke stand ab, ein sicheres Zeichen, dass er sich mit den Fingern durch die Haare gefahren war. Das tat er immer, wenn ihm unbehaglich zumute wurde. Er sah damit jungenhaft aus und weckte in Gwen das Verlangen, ihn zu umarmen.

Der Arzt tippte ihr auf die Hand.

»Ceylon ist … nun ja, Ceylon ist Ceylon. Sie werden bald zu einem eigenen Eindruck kommen«, sagte er. »Der Wandel ist noch fern, aber wir werden vor Gandhis Botschaft von der Swaraj nicht ewig sicher sein.«

»Swaraj?«

»Nationale Selbstregierung.«

»Aha. Wäre das denn schlecht?«

»Zu diesem Zeitpunkt, wer weiß?«

Nachdem die Gäste gegangen waren und sie sich in ihr Zimmer begeben hatte, freute sie sich, als Laurence hereinkam und sich aufs Bett fallen ließ. Da im Kamin ein Feuer brannte, war es zu warm. Würden sie jetzt zusammen an den See gehen?

»Komm her, Liebling!«, sagte er. »Leg dich zu mir!«

Sie kam seiner Bitte nach und streckte sich angezogen auf der Tagesdecke aus. Er stützte sich auf einen Ellbogen und lächelte sie an.

»Mein Gott, bist du schön!«

»Laurence, wer war die Blonde in Schwarz? Ich hatte keine Gelegenheit, mich mit ihr zu unterhalten.«

»Schwarz?«

»Ja. Es gab nur eine.«

Er runzelte die Stirn. »Du meinst wohl Christina Bradshaw. Ihr Mann war der Bankier Ernest Bradshaw. Daher der viele Schmuck.«

»Sie sieht nicht aus wie eine trauernde Witwe.« Nach kurzem Schweigen sah sie ihn forschend an. »Laurence, du liebst mich doch, oder?«

Er wirkte überrascht. »Wo kommt das jetzt her?«

Sie biss sich auf die Lippe und überlegte, wie sie sich ausdrücken sollte. »Aber du hast nicht … Also, ich will sagen, dass ich mich ein bisschen einsam fühle, seit wir hier sind. Ich möchte mit dir zusammen sein.«

»Wir sind gerade zusammen.«

»Das meine ich nicht.«

Als er nichts darauf sagte, wurde Gwen unsicher. »Was für ein Baum ist das, der vor meinem Fenster steht? Er sieht aus wie ein Kirschbaum.«

»Ach du je, du hast doch keine der Früchte gegessen, oder?«

»Doch.«

»Die sind ungenießbar. Man macht Chutney daraus. Ich rühre das Zeug nicht an.« Plötzlich rollte er sich auf sie, hielt ihre Arme fest und küsste sie. Sie mochte den leichten Alkoholgeruch seines Atems. Ihr wurde heiß. Erwartungsvoll öffnete sie die Lippen. Er zog den Umriss ihres Mundes mit der Fingerspitze nach, und sie spürte, wie ihr ganzer Körper nachgab. Aber dann passierte etwas Seltsames. Er holte Luft und wurde starr, und sein Blick bekam etwas Erschreckendes. Sie berührte ihn an der Wange, um diesen verstörenden Ausdruck zu vertreiben, doch Laurence starrte sie an oder blickte durch sie hindurch, als wüsste er nicht, wer sie war. Dann schluckte er, stand auf und ging hinaus.

Einen Moment lang war sie wie gelähmt, dann rannte sie zur Tür und rief nach ihm. Doch nach ein paar Schritten auf dem Flur sah sie, dass er bereits auf der Treppe nach oben war. Es kam nicht infrage, dass die Diener sahen, wie sie ihrem Mann hinterherrannte. Daher kehrte sie in ihr Zimmer zurück. Noch atemlos lehnte sie sich von innen gegen die Tür, schloss die Augen und überließ sich dem Gefühl der Einsamkeit. Damit war auch ihr Traum vom Spaziergang am nächtlichen See geplatzt. Was war nur mit Laurence los?

Sie zog sich aus und legte sich ins Bett. Da sie an unkomplizierte Gefühle gewöhnt war, fand sie das alles sehr verwirrend. Mit der Sehnsucht nach Laurence' Umarmung überkam sie schweres Heimweh. Ihr Vater würde ihr jetzt die Hand tätscheln und sagen: Kopf hoch, und ihre Mutter würde ihr wahrscheinlich eine Tasse Kakao bringen und mitfühlende Blicke zuwerfen. Cousine Fran würde ihr nach dem hoffnungslosen Versuch, ein ernstes Gesicht zu machen, raten, sich ein dickeres Fell zuzulegen. Gwen wünschte, sie wäre mehr wie Fran. Niemand billigte es, wenn Fran zu diesem Medium ging, dieser Madame Sostarjinski, und trotzdem tat sie es ständig. Und wer wollte es ihr verübeln, nachdem ihre Eltern beim Untergang der Titanic umgekommen waren?

Gwen war so aufgewühlt, dass sie nicht einschlafen konnte. Vermutlich würde sie die ganze Nacht wach liegen. Sie drehte sich auf den Rücken und starrte an die Decke. Laurence muss seine Gründe haben, dachte sie, aber für diesen sonderbaren Ausdruck in den Augen fiel ihr kein vernünftiger ein.

4

Eine Woche war vergangen. Gwen saß im Salon und wartete auf das Hauspersonal, das sie zu sich bestellt hatte. Inzwischen war sie an die Diener gewöhnt, die auf leisen Sohlen kamen und gingen. Sie hatte die Abläufe des Haushalts beobachtet und sich dazu Notizen gemacht. Laurence hatte noch immer nicht das Bett mit ihr geteilt. Es schien stets einen Grund zu geben, dem sie nichts entgegensetzen konnte. Sie sah Naveena schon nicht mehr ins Gesicht, wenn sie ihr den Tee ans Bett brachte. Der Dienerin fiel sicherlich auf, dass Gwen allein schlief. Bei der Aussicht, zum Gegenstand allgemeinen Mitleids zu werden, wurde Gwen vor Verlegenheit flau, doch sie wusste, dass sie das Problem selbst lösen musste.

Sie straffte die Schultern und beschloss, vorerst nicht mehr daran zu denken, sosehr es sie auch aufwühlte. Wahrscheinlich plagte Laurence ein Problem mit der Plantage. Ganz bestimmt würde er sich bald wieder fangen. In der Zwischenzeit würde sie sich beschäftigen und ihm eine gute Ehefrau sein. Natürlich sah sie sich nicht in direkter Konkurrenz zu seiner ersten Frau Caroline. Sie wollte nur, dass er stolz auf sie war.

Es klopfte an der Tür. Sie wischte sich die feuchten Hände am Rock ab. Herein kamen Naveena, der Appu, der Butler und zwei Hausdiener.

»Sind wir damit vollzählig?«, fragte Gwen lächelnd und klatschte in die Hände, um ihre Nervosität zu überspielen.

»Die Küchenkulis haben zu tun«, erklärte Naveena. »Und die anderen Hausdiener auch. Mehr kommen nicht.«

Der Butler und Naveena waren Singhalesen, die übrigen Tamilen. Gwen hoffte, dass alle Englisch verstanden und gut miteinander auskamen.

»Nun, ich habe diese kleine Versammlung einberufen, damit jeder versteht, was ich vorhabe.« Sie schaute alle nacheinander an. »Ich habe mir eine Liste der verschiedenen Arbeitsbereiche gemacht und habe ein paar Fragen.«

Niemand sagte ein Wort.

»Erstens: Woher kommt unsere Milch? Ich habe auf dem Anwesen noch keine Kühe gesehen.«

Der Appu hob die Hand. »Die Milch kommt jeden Tag, von Büffeln unten im Tal.«

»Ach so. Wir haben also keinen Mangel?«

Er nickte. »Und wir haben zwei Ziegen, nicht wahr?«

»Ausgezeichnet. Nun meine nächste Frage: An welchem Tag kommt der Dhobi?«

»Sie müssen das mit ihm vereinbaren, Lady.«

»Spricht er Englisch?«

»Er spricht auch Englisch, nicht sehr gut.«

»Aber ausreichend?«

Der Koch wackelte mit dem Kopf.

Sie hatte noch immer nicht herausgefunden, ob das Ja oder Nein hieß. Wenigstens wusste sie jetzt aber, dass der Dhobi der Mann war, der sich um die Wäsche kümmerte. Sie hatte auch erfahren, dass er für mehrere Anwesen arbeitete, und wollte versuchen, ihn exklusiv zu bekommen.

Gwen blickte in erwartungsvolle Gesichter. »Nächster Punkt: Ich möchte einen kleinen Küchengarten anlegen.«

Die Diener schauten einander unsicher an.

»Ein Garten in der Küche?«, fragte der Appu.

Sie schmunzelte. »Nein, ich möchte einen Garten, um darin Gemüse für die Küche zu ziehen.«

Er nickte, und alle strahlten.

»Wir haben so viel Land, da ist das nur vernünftig. Doch ich werde Arbeiter brauchen, die ihn bestellen.«

Der Butler zuckte mit den Schultern. »Wir sind keine Gärtner, Lady. Wir haben einen Gärtner.«

»Ja, doch für einen allein wird das zu viel Arbeit sein.« Sie hatte den Gärtner gesehen: einen außerordentlich fetten, kleinen Mann mit schwarzem Wuschelkopf und einem Hals, der so breit war wie der Kopf.

»Er kommt zu jeder Zeit, Lady, aber fragen Sie Mr. McGregor«, sagte Naveena. »Er gibt vielleicht Leute ab.«

Gwen war ihm noch immer nicht offiziell vorgestellt worden, und das war die ideale Gelegenheit. Sie stand auf.

»Vielen Dank. Das ist für heute alles. Über Veränderungen der täglichen Arbeitsabläufe werde ich mit jedem einzeln sprechen.«

Die Diener verbeugten sich, und Gwen verließ zufrieden den Salon.

Außer dem Labrador gab es auch zwei junge Spaniels, Bobbins und Spew, mit denen sie sich angefreundet hatte, indem sie stundenlang Stöckchen warf und mit ihnen herumtollte. Die beiden folgten ihr jetzt den Flur entlang, während sie mit ihren Gedanken zu Laurence zurückkehrte. Erschrocken presste sie die Lippen aufeinander. Was sollte sie Fran sagen, die jeden Tag eintreffen konnte? Sie konnte ihren Mann schlecht zwingen, zu ihr ins Bett zu kommen. Aber einen Versuch würde sie unternehmen. Vor ihrer Hochzeit hatten sie darüber gesprochen, eine Familie zu gründen. Je mehr Kinder, desto besser, hatte er gesagt, mindestens fünf. Wenn sie jetzt daran dachte, wie schön es mit ihm in England und in dem Hotel in Colombo gewesen war, dann fand sie sein Verhalten völlig unbegreiflich.

Es war fast Zeit für den Lunch, und sie beschloss, Laurence gleich hinterher in ihr Zimmer zu locken und eine Erklärung zu verlangen. Es war sein freier Tag. Da konnte er unmöglich Arbeit vorschützen.

Nachdem sie zusammen gegessen und sich den Mund mit der bestickten Leinenserviette abgewischt hatten, stand Gwen auf und streckte die Hand aus. Sie sehnte sich danach, ihn anzufassen. Er nahm sie und ließ sich von ihr hochziehen. Seine Hände waren kühl. Gwen legte den Kopf schräg und blickte ihn verführerisch an.

»Komm!«

In ihrem Zimmer schloss sie die Läden, ließ das Fenster aber offen, damit noch Luft hereinkam. Er stand reglos da, und einen Moment lang schauten sie einander stumm an.

»Ich bin gleich wieder da«, sagte sie.

Sein Gesicht verriet keinerlei Regung.

Sie ging in ihr Bad, schlüpfte aus dem Kleid, knöpfte die Seidenstrümpfe los und rollte sie hinunter. Wegen der Hitze verzichtete sie auf ein Korsett; noch an Bord des Schiffes hatte sie es abgelegt. Sie zog das französische Spitzenhemd und den Schlüpfer, den Strumpfgürtel und die Ohrringe aus und behielt nur die Halskette an. Vollkommen nackt bis auf die Perlen schaute sie in den Spiegel. Ihre Wangen waren rosig von den zwei Gläsern Wein, und sie gab ihren Lippen mit ihrem Rigaud Rouge in Persian Blush einen Hauch Farbe. Sie betrachtete sich, während sie es mit dem Finger verteilte und auch ein wenig an die Kehle rieb. »Munition«, wie Fran Puder und Rouge nannte.

Als sie ins Zimmer zurückkehrte, saß Laurence mit geschlossenen Augen auf dem Bett. Auf Zehenspitzen ging sie zu ihm und stellte sich vor ihn. Er öffnete die Augen nicht.

»Laurence?«

Sie neigte ihm ihre Brüste entgegen. Einen Moment lang hielt er sie an der Hüfte von sich weg, dann öffnete er die Augen und blickte zu ihr hoch. Sie sah zu, wie er eine Brustwarze in den Mund nahm, und bekam weiche Knie. Fast wurde sie ohnmächtig bei dem Gefühl, das sie durchströmte, und es wurde noch stärker, als er ihr die Erregung vom Gesicht ablas.

Ein Weilchen blieb es dabei, dann ließ er sie los. Ihr Herz klopfte heftig, während er sich die Schuhe von den Füßen trat, die Hosenträger abstreifte, sich Hose und Unterwäsche auszog. Er drückte sie aufs Bett, und ihre Nackenhaare richteten sich auf, als er sich breitbeinig auf sie legte und sich zurechtrückte. Im nächsten Moment keuchte sie unter einem Lustgefühl, bei dem ihr Herz gegen die Rippen hämmerte und das ihr den

Atem raubte. Erregt von der Hemmungslosigkeit, bohrte sie die Fingernägel in seinen Rücken. Doch dann änderte sich etwas. Sein Blick wurde leer, und er bewegte sich zu schnell. Sie hatte ihn dazu ermuntert, konnte nun aber nicht mithalten, und da plötzlich keine Verbindung mehr zwischen ihnen bestand, gefiel es ihr nicht mehr. Wie konnte er sich so schnell von etwas hinreißen lassen, das nichts mit ihr zu tun zu haben schien? Sie bat ihn, es langsamer zu tun, doch er schien sie nicht zu hören, und nach ein paar Sekunden stöhnte er, und es war vorbei.

Er richtete sich auf, drehte aber den Kopf weg, während er allmählich zu Atem kam.

Ein paar Augenblicke lang rang sie mit ihren Gefühlen. »Laurence?«

»Es tut mir leid, wenn ich dir wehgetan habe.«

»Hast du nicht. Laurence, sieh mich an!« Sie drehte seinen Kopf herum. In Wirklichkeit hatte es ein bisschen wehgetan. Bestürzt über die Leere in seinem Blick, füllten sich ihre Augen mit Tränen. »Liebling, sag mir, was los ist! Bitte.« Sie wollte von ihm etwas hören, das ihn ihr zurückbrachte.

»Ich fühle mich so …«

Sie wartete.

»Es liegt daran, dass ich hier bin«, sagte er schließlich und sah sie dabei so elend an, dass sie die Hand hob, um ihn tröstend zu streicheln. Er nahm sie und küsste ihre Handfläche. »Es liegt nicht an dir. Du bist mir teuer. Bitte glaub mir das!«

»Woran liegt es dann?«

Er ließ ihre Hand los und schüttelte den Kopf. »Es tut mir leid. Ich kann das nicht.« Damit zog er sich hastig an und verließ das Zimmer.

Wie verändert er war! Fassungslos zog sie sich die Kette vom Hals. Die Schnur riss, und die Perlen prasselten auf den Boden. Warum konnte er es nicht? Sie wünschte es sich so sehr, und in dem festen Glauben an seine Liebe hatte sie sich entschlossen, eine gute Ehefrau und Mutter zu sein. Er hatte sie begehrt, wirklich begehrt – auch in Colombo noch! Und nun, nachdem sie so weit gekommen war, wusste sie nicht, wohin sie sich wenden sollte.

Gwen musste eingeschlafen sein, denn sie hatte Naveena nicht hereinkommen hören. Sie erschrak, als sie die Augen öffnete und die Singhalesin auf dem Stuhl am Bett sitzen sah, das weiche runde Gesicht gleichmütig, auf dem Schoß einen Krug und auf dem Nachttisch die aufgesammelten Perlen in einer Untertasse.

»Ich habe Limonade für Sie, Lady.«

Sie schaute so freundlich, dass Gwen in Tränen ausbrach. Naveena fasste ihr sacht mit den Fingerspitzen an den Arm. Gwen starrte auf die raue braune Hand, die neben ihrer Blässe so dunkel erschien. Naveena sah aus, als besäße sie die Weisheit der Jahrhunderte, und Gwen fühlte sich von ihrer Ruhe angezogen. Sie hätte sich gern von ihr in den Arm nehmen und übers Haar streichen lassen, dachte aber an Florence Shoebothams Rat und wandte sich ab. Sie sollte mit den Dienern keinen zu vertrauten Umgang pflegen.

Ein wenig später wollte Gwen unbedingt noch etwas von dem Tag retten und zog sich hastig an, doch sie blieb aufgewühlt. Diesmal dachte sie daran, den Sonnenhut mitzunehmen, und beschloss zu erkunden, was hinter den hohen Bäumen an der Seite des Hauses lag. Es war ruhig, und die Luft stand in der Nachmittagshitze. Sogar die Vögel schliefen. Nur das Summen der Insekten war zu hören. Sie ging zur Hintertür hinaus und am See vorbei. Ein zart lila Dunst lag darüber, so weit das Auge reichte. Gwen hatte Lust, sich das Kleid auszuziehen und ins Wasser zu steigen, doch da Laurence gesagt hatte, sie dürfe nur unter Aufsicht schwimmen, verzichtete sie darauf.

Die grünen Hügel jenseits des Sees sahen nun blau aus, und die bunten Gestalten der Pflückerinnen verschwammen darin. Dennoch erinnerten sie mit den umgehängten Körben und den

Saris in allen erdenklichen Farben an exotische Vögel. Sie wusste nun, dass die Arbeiter alle Tamilen waren und die Singhalesen Lohnarbeit für eine Schande hielten, auch wenn einige sehr gern im Haus arbeiteten, und dass die Plantagenbesitzer sich darum nach Indien gewandt hatten.

Laut Laurence lebten einige tamilische Familien schon seit Generationen hier. Er hatte zwar auch gesagt, sie solle sich von ihnen fernhalten, doch Gwen wollte sehen, wie sie wohnten. Sie stellte sich behagliche Häuschen und pausbäckige Kinder vor, die in Hängematten unter Bäumen schliefen.

Gwen gelangte in den Hof am Küchentrakt, der bis zu den Bäumen reichte. Das Haus und die Terrassen am See bildeten die übrigen zwei Seiten des Rechtecks. Gerade als sie die Kiesfläche überqueren wollte, humpelte ein zerlumpter Mann auf die offene Küchentür zu. Er streckte beide Hände aus und wackelte mit dem Kopf. Ein Küchenjunge kam heraus, schrie ihn an und stieß ihn weg. Dabei stürzte der Mann. Der Küchenjunge versetzte ihm einen Tritt, dann ging er energisch ins Haus und warf die Tür hinter sich zu.

Gwen zögerte einen Moment. Doch da der Fremde stöhnend liegen blieb, nahm sie all ihren Mut zusammen und lief zu ihm.

»Haben Sie sich wehgetan?«, fragte sie.

Der Mann schaute sie mit schwarzen Augen an. Seine Haare waren ungepflegt, und er hatte ein breites, sehr dunkles Gesicht. Als er antwortete, verstand sie kein Wort. Er zeigte auf seine nackten Füße, und sie sah eine eiternde Wunde.

»Du lieber Himmel, damit können Sie nicht herumlaufen! Hier, nehmen Sie meinen Arm!«

Der Mann blickte sie ausdruckslos an. Darum nahm sie seine Hand und half ihm auf. Nachdem er sich auf sie stützte, ermutigte sie ihn mit Gesten, mit ihr zur Küche zu gehen. Er schüttelte den Kopf und wollte sich abwenden. Sie hielt ihn fest.

»Aber Sie müssen mitkommen. Die Wunde muss gereinigt und behandelt werden.« Sie deutete auf den Fuß. Der Mann versuchte, sich loszumachen, doch aufgrund seines Zustandes war sie die Stärkere.

Als sie es bis zur Küchentür geschafft hatten, drehte Gwen den Knauf und stieß sie auf. Drei Augenpaare sahen zu, wie sie mit dem Fremden eintrat. Keiner der drei Diener rührte sich. Gwen zog einen Stuhl unter dem Tisch hervor und setzte den Mann darauf.

Die Küchenjungen murmelten untereinander auf Tamil. Der Mann schien sie zu verstehen und wollte aufstehen. Gwen drückte ihn an der Schulter auf den Stuhl zurück, dann schaute sie sich um. Es roch nach Petroleum. Sie entdeckte, dass zwei Fliegenschränke und mehrere cremefarbene Geschirrschränke mit den Beinen in Schüsseln standen. Damit keine Insekten hineinkrabbeln konnten, nahm sie an. Es gab zwei niedrige Waschbecken und einen Herd, der offenbar mit den daneben aufgestapelten Holzscheiten geheizt wurde. Es roch außerdem nach Schweiß, Kokosöl und nach dem Curry, das es zum Lunch gegeben hatte. Ihr erstes.

»Also«, sie zeigte auf zwei große Wasserbottiche neben den Becken, »ich brauche eine Schüssel mit lauwarmem Wasser und Verbandsmull.«

Die Küchenjungen starrten sie an. Sie wiederholte den Satz und fügte ein »Bitte« hinzu. Dennoch rührte sich niemand. Gwen überlegte noch, was sie nun unternehmen sollte, als der Koch hereinkam. Sie lächelte ihn an, weil sie annahm, bei ihm etwas zu erreichen, denn schließlich wünschte er ihr regelmäßig eine gute Nacht und war bei der Besprechung freundlich gewesen. Doch ein Blick in sein Gesicht sagte ihr, dass er die Situation missbilligte.

»Was ist das?«, fragte er.

»Ich habe Wasser verlangt, damit ich die Wunde des Mannes reinigen kann.«

Der Koch pulte sich in den Zähnen, dann stieß er einen leisen Pfiff aus. »Das dürfen Sie nicht.«

Gwen wurde allmählich ärgerlich. »Was soll das heißen, ich

darf nicht? Ich bin die Hausherrin und muss darauf bestehen, dass Sie die Küchenjungen anhalten, meiner Aufforderung nachzukommen.«

Er schien versucht zu sein, ihr die Stirn zu bieten, dann aber besann er sich wohl auf seine Stellung, brummte einen der Jungen an und zeigte auf eine der Spülen. Der Küchenjunge setzte sich in Bewegung und kam kurz darauf mit einer Schüssel Wasser und einigen Mullstreifen zurück. Gwen sah, dass Laurence recht hatte. Die Dienerschaft hatte viel zu lange ihren eigenen Willen gehabt. Sie tauchte ein Stück Mull ins Wasser und reinigte die Wunde, solange der Mann es ertrug.

»Der Fuß ist schlimm infiziert«, sagte sie. »Wenn die Wunde nicht behandelt wird, könnte er ihn verlieren.«

Der Koch zuckte mit den Schultern, und in seinem Blick lag Auflehnung. »Die Arbeiter kommen nicht ins Haus.«

»Wissen Sie, was ihm zugestoßen ist?«, fragte sie.

»Ein Nagel, Lady.«

»Wo steht das Jod?«

Die Küchenjungen sahen den Koch an, der erneut die Schultern hob.

»Jetzt aber schnell, ich brauche Jod!«, forderte Gwen, deren Verspannung zwischen den Schulterblättern zunahm.

Der Koch ging an einen Wandschrank und holte mit kaum verhohlenem Ärger ein Fläschchen heraus. Es spielt keine Rolle, was der Koch darüber denkt, sagte sich Gwen, Hauptsache dem armen Mann wird geholfen.

»Und einen Verband«, fügte sie hinzu.

Der Koch nahm eine Verbandsrolle heraus und reichte sie und die Flasche Jod einem Küchenjungen, der beides Gwen gab.

»Er hat sich selbst verwundet, Lady«, sagte der Koch. »Sehr fauler Mann. Macht Ärger.«

»Das ist mir gleich. Und da Sie schon einmal dabei sind, geben Sie ihm einen Beutel Reis! Hat er Familie?«

»Sechs Kinder, Lady.«

»Dann geben Sie ihm zwei Beutel Reis!«

Der Koch sperrte empört den Mund auf, besann sich aber eines Besseren und wies einen Küchenjungen an, den Reis zu holen.

Nachdem Gwen mit dem Verbinden fertig war, half sie dem Arbeiter unter den stummen Blicken der Diener aufzustehen. Es war mühsam, mit ihm nach draußen zu gelangen, und sie hätte eine helfende Hand gebrauchen können, denn er musste, auf sie gestützt, neben ihr her hüpfen. Doch sie schafften es auch allein und bewegten sich auf die hohen Bäume zu. Hinter ihnen in der Küche machte die Dienerschaft ihrer Empörung Luft. Gwen hielt den Kopf aufrecht und ging mit dem Mann den ausgetretenen Pfad zwischen den Bäumen entlang. Als er sie losließ und den bandagierten Fuß aufsetzen wollte, um allein weiterzugehen, schüttelte sie den Kopf.

Viele Baumwurzeln kreuzten den Weg, und ein Schwarm von Insekten umschwirrte sie, die Gwen verscheuchte, indem sie mit dem freien Arm wedelte. Sie gingen etwa eine halbe Meile durch wässrig grünes Licht mit eingestreuten grellen Sonnenflecken. Es roch intensiv nach Laub, Erde und modernden Pflanzen. Sie kamen so langsam voran, dass Gwen bald nicht mehr wusste, welche Entfernung sie zurückgelegt hatten.

Nach einer Weile waren Kinderstimmen zu vernehmen, und der Wald lichtete sich. Ein Stück weiter am Weg sah Gwen eine Reihe aneinandergebauter Holzhütten mit Blechdach, etwa ein Dutzend. Überall zwischen den Bäumen standen noch mehr solcher Baracken, einige mit Blech-, andere mit Palmblattdächern. Zu jeder gehörte eine Reihe kleinerer Verschläge, die zweifellos Sägemehlklosetts enthielten, denn es stank entsetzlich. Auf Wäscheleinen hingen Saris in leuchtenden Farben, und überall lagen Abfälle verstreut. Etliche alte Männer im Lendentuch saßen mit gekreuzten Beinen vor ihrer Hütte und rauchten übel riechenden Tabak. Rings um sie scharrten magere Hühner im Erdboden. Eine Schar Kinder rannte spielend umher.

Aus einer Hütte kam eine Frau. Als sie Gwen mit dem Mann sah, rief sie ihm laut etwas zu und befahl drei der Kinder zu sich. Die übrigen umringten Gwen aufgeregt schnatternd und zeigten auf diverse Teile ihrer Kleidung. Eins der frecheren fasste ihren Rock an.

»Hallo«, sagte sie und streckte die Hand aus, doch das Mädchen wich plötzlich scheu zurück. Sie nahm sich vor, beim nächsten Mal Süßigkeiten mitzubringen.

Die Kinder hatten sehr dunkle, glänzende Haut, schwarze wellige Haare, dünne Glieder und vorgewölbte Bäuche. Sie schauten sie mit schönen braunen Augen an, doch der Blick war nicht kindlich. Ein oder zwei sahen krank aus, und alle waren unterernährt.

»Sind das Ihre Kinder?«, fragte sie den Mann.

Er zuckte nur mit den Schultern.

Die Frau kam auf Gwen zu und verbeugte sich, danach hielt sie den Blick gesenkt. Sie trug einen Mittelscheitel und hatte breite Nasenlöcher, markante Wangenknochen und lange Ohrläppchen. Der Mann gab ihr die zwei Reisbeutel. Daraufhin sah sie Gwen an, doch ihr Blick war schwer zu deuten. Gwen meinte, Abneigung oder vielleicht auch Angst darin zu lesen. Es mochte sogar Mitleid darin liegen, und wenn es Mitleid war, so verstand sie das am wenigsten. Diese Frau besaß so wenig, und Gwen hatte alles. Auch der Schmuck der Tamilin bestand nur aus aufgefädelten Samenkapseln. Die Frau verneigte sich noch einmal, dann ging sie zu ihrer Hütte zurück, zog den zerschlissenen Vorhang zu und verschwand dahinter. Die Hütten hatten eine Fläche von etwa zehn mal zwölf Fuß, waren also nicht einmal so groß wie Laurence' Stiefelkammer, und nachts musste es darin kalt sein.

Innerhalb weniger Augenblicke färbte sich der Himmel rot. Gwen hörte die Grillen zirpen, und unten am See setzte der Chor der Frösche ein. Sie ließ den Arm des Mannes los und trat einen Schritt zurück, dann drehte sie sich um und rannte zurück in das Waldstück.

Unter den Bäumen war es dunkel, da das hohe Blätterdach das restliche Tageslicht aussperrte. Ein Angstschauder durchlief sie. Sie hörte es rascheln und knacken, lautes Schnauben. Laurence hatte erzählt, es gebe Wildschweine, die manchmal Menschen angriffen. Sie fragte sich, welche Tiere da sonst noch sein könnten. Rehe vielleicht, ganz gewiss Schlangen. Baumschlangen, Grasschlangen. Die waren vermutlich nicht allzu gefährlich. Aber wie stand es mit Kobras? Sie lief schneller. Laurence hatte sie gewarnt, und sie hatte nicht auf ihn gehört. Was hatte sie sich dabei gedacht? In der stickigen Dunkelheit fiel ihr das Atmen immer schwerer, und der Pfad war nicht mehr zu erkennen. Sie musste sich von Baum zu Baum tasten, und als sie sich in Ranken verfing, strauchelte sie und schrammte sich die Stirn und den Arm an einem Stamm auf.

Ihr Herz raste vor Angst, bis sie das erleuchtete Haus durch die Bäume schimmern sah, und erst als sie in den Hof taumelte, konnte sie wieder frei atmen.

Doch dann rief eine barsche Männerstimme sie an. Das musste der Nachtwächter sein.

Verflixt, dachte sie, als sie den schottischen Akzent erkannte. Ausgerechnet er, und das, nachdem sie sich vorgenommen hatte, einen guten Eindruck auf ihn zu machen.

»Ich bin's, Gwendolyn Hooper«, sagte sie und stellte sich ins Licht, sowie sie bei der Tür anlangte, wo er stand.

»Was zum Henker hatten Sie da im Wald zu suchen?«

»Entschuldigen Sie vielmals, Mr. McGregor.«

»Sie mögen im Haus das Sagen haben, doch Sie werden feststellen, dass alles, was auf der Plantage passiert, meine Angelegenheit ist. Und Sie, Mrs. Hooper, sollen nicht in die Nähe der Hütten gehen. Ich nehme an, dort sind Sie gewesen?«

Da sie sich unangemessen behandelt fühlte, hob sie die Stimme. »Ich habe nur versucht zu helfen.«

Sie blickte auf die geplatzten Äderchen an seinen Wangen. Er war ein bulliger Mann mit rötlichen Haaren, die an den Schläfen bereits dünn wurden, und einem dicken Hals mit der

Neigung zum Doppelkinn. Sein Schnurrbart war rotblond, seine Lippen schmal und die Augen stahlblau. Er fasste sie recht grob am Oberarm.

»Sie tun mir weh«, sagte sie. »Ich wäre Ihnen dankbar, wenn Sie die Hand wegnähmen, Mr. McGregor.«

Er blickte sie unfreundlich an. »Ihr Mann wird davon erfahren, Mrs. Hooper.«

»Da haben Sie völlig recht.« Ihr selbstsicherer Ton überraschte sie selbst. »Das wird er.«

Enorm erleichtert sah sie Laurence just in dem Moment aus dem Haus kommen. Zwar wirkte er nicht unfreundlich, als er und McGregor sich schweigend ansahen, aber es herrschte eine gewisse Anspannung. Der Augenblick ging vorüber, und Laurence hielt ihr die Rechte hin. »Komm, du solltest dich frisch machen gehen.«

Kraftlos lächelnd nahm sie seine Hand.

»Lass es gut sein, Nick!«, meinte Laurence »Es ist nichts Schlimmes passiert. Gwen wird bald wissen, wie hier der Hase läuft.«

McGregor sah aus, als wollte er aufbrausen, sagte aber kein Wort.

»Aller Anfang ist schwer. Das müssen wir berücksichtigen.« Dann legte Laurence einen Arm um sie. »Komm, ich bringe dich hinein!«

Nach dem hastigen Rückweg durch das dunkle Waldstück fühlte sie sich verletzlich. Sie fand McGregor beunruhigend, doch nicht nur ihn, auch die Zustände in der Arbeitersiedlung machten ihr zu schaffen. Und obwohl sie sich mit Laurence nicht ganz so wohlfühlte wie vor dem Zwischenfall im Schlafzimmer, war sie überaus froh, seinen Arm zu spüren, und hoffte, es ergäbe sich eine Gelegenheit zu besprechen, was zwischen ihnen passiert war.

Am nächsten Morgen, nachdem sie einen neuen Putzplan geschrieben und zwei Stunden lang versucht hatte, die Haushaltsbücher zu verstehen, legte sie sie erst einmal beiseite. Über McGregors Verhalten hinwegzugehen war schon schwieriger, zumal sie seine Hilfe brauchte, um Gärtner zu bekommen.

Gwen nahm ihre Skizze für die blumenumrankte Gartenlaube vom Tisch. Vielleicht Jasmin und schmiedeeiserne Gitter, dachte sie beim Hinausgehen.

Der See schimmerte unter einem strahlend blauen Himmel, dunkelblau im Schatten, in der Sonne silbrig und stellenweise grünlich. Sie ging an der blauen Jacaranda vorbei und nahm einen Blütenduft wahr, den sie noch nicht kannte. Zwei Elstern flogen vom Rasen auf. Die Halme waren steifer, als sie es aus England kannte, doch er war gut gepflegt und sauber gemäht. Sie wollte irgendwo einen Platz nach ihren Wünschen gestalten, aber ohne den alten Tamilen zu verärgern, der den Rasen und die Blumenbeete als sein Eigentum betrachtete. Sie würde Laurence nach einem Stück Boden für den Küchengarten fragen müssen, doch jetzt schaute sie sich erst einmal nach einer Stelle für die Laube um.

Bobbins und Spew liefen ihr wie üblich vor den Füßen herum. Sie warf den Ball möglichst weit, und er verschwand im Gebüsch nahe der Stelle, wo die Elstern nach Würmern gepickt hatten.

»So«, sagte sie. »Den müsst ihr erst mal finden!«

Spew war der Mutige von den beiden, und wo der Ball landete, da würde auch Spew hinflitzen. Sie sah ihn auf dem Bauch durch eine Lücke ins grüne Dickicht rutschen.

Gwen war gereizt. Als sie am Morgen nach Laurence gesucht hatte, war sie Naveena begegnet, die mitteilte, sie habe ihr gerade eine Nachricht von ihm auf die Frisierkommode gelegt.

Nachdem sie den Umschlag aufgerissen hatte, hatte Gwen in seiner kraftvollen, schrägen Handschrift lesen müssen, dass sie ihn zwei weitere Tage nicht sehen würde. Sie hatten keine Gelegenheit zum Reden gehabt. Nun war er nach Colombo gefahren, um Fran abzuholen. Und als Friedensrichter und inoffizieller Polizeirichter musste er außerdem am Gericht in

Hatton eine Anzeige erstatten. In einem Dorf in der Umgebung war es nach Streitereien zu Gewalt gekommen, sodass er unter den Einheimischen Frieden stiften und den wahren Täter ermitteln musste.

Gwen bekam plötzlich Heimweh. Sie ermahnte sich, sich zusammenzureißen, es ärgerte sie aber, dass Laurence es ihr nicht persönlich gesagt und sie auch nicht gefragt hatte, ob sie ihn begleiten wolle. Er hatte nur geschrieben, in Colombo sei es jetzt höllisch heiß, da der Monsun auf sich warten ließ. Hier in den Hügeln bei Dickoya war es einigermaßen kühl, und darüber war sie froh, da sie den Rest des Tages draußen verbringen wollte.

Als sie nach Spew rief, kam ihr Ravasinghe in den Sinn. Ihr fiel auf, dass sie immer wieder an ihre Begegnung denken musste. Er war die Rücksichtnahme in Person gewesen, doch unterschwellig hatte sie etwas empfunden, das sich nicht mit seiner nussbraunen Haut, den langen welligen Haaren und den dunklen, funkelnden Augen erklären ließ.

Von dem Spaniel war keine Spur zu sehen.

An der Stelle, wo er verschwunden war, reckte die kleine Bobbins das Hinterteil in die Höhe und scharrte in der Erde, dicht neben einer Reihe pfirsichfarbener Anthurien, die Gwen gleich am ersten Morgen ins Auge gesprungen waren. Sie ging hinüber und tätschelte den Hund.

»Wo ist er hin, Bobbins, hm?«

Sie hörte Spew bellen und spähte durch eine schmale Lücke zwischen den Zweigen der Büsche, doch in dem tiefen Schatten war wenig zu erkennen. Gwen zog an einem Rankengewirr. Es gab überraschend leicht nach, und nachdem sie mehr davon beiseite geschoben hatte, entdeckte sie einen überwachsenen Weg. Wohin er wohl führte? Sie vergrößerte die Öffnung und zwängte sich hindurch. Bösartige Dornen zerkratzten ihr den Unterarm, aber dahinter konnte sie fast aufrecht stehen.

»Spew, ich komme dich holen«, rief sie.

Der Weg machte eine Biegung und lief auf eine Reihe

bemooster Steinstufen zu. Gwen blickte zurück zu der Lücke im Gebüsch. Ich kann es wohl wagen, dachte sie. Allerdings könnte es hier Schlangen geben. Sie blieb still stehen und schaute suchend über den Boden. Nichts rührte sich, und da kein Wind wehte, raschelten nicht einmal die Blätter.

Sie ging weiter. Nur ihre Schritte, das Summen der Mücken und die hechelnde Bobbins waren zu hören.

Am Fuß der Treppe gelangte Gwen auf eine kleine Lichtung, die von Büschen und Schlingpflanzen überwuchert war. In der Mitte war gerade noch so viel freier Boden, dass sie sich auf einen Stein setzen konnte, der zwei Baumstümpfen gegenüberlag. Beinahe wie der Unterschlupf, den Fran und sie sich als Kinder im Wald von Owl Tree gebaut hatten. Es herrschte dämmriges Licht, die Geräusche der Außenwelt drangen nur gedämpft hierher, und es war friedlich. Bobbins lag ruhig zu ihren Füßen. Sie schnupperte. Es roch nach Geißblatt, aber auch nach einem bitteren Kraut.

Mit der Ruhe war es vorbei, als Spew rückwärts aus einem Loch auf die Lichtung gekrochen kam, die Nase voller Erde. Er trug etwas im Maul.

»Gib her, Spew!«, befahl sie.

Der kleine Hund weigerte sich knurrend.

»Na los, du böser Hund, gib es her!«

Er gehorchte nicht.

Gwen stand auf, fasste ihn am Halsband und packte das Ding an einem Ende. Während sie zog, erkannte sie, dass es ein Holzspielzeug war. Ein Schiff, dachte sie, dem das Segel fehlt.

Der kleine Hund verlor die Lust an dem Streit. Schwanzwedelnd ließ er das Spielzeug fallen.

»Wem kann das gehört haben?«, überlegte sie laut und lächelte die Spaniels an. »Euch brauche ich nicht zu fragen, hm?«

Die beiden liefen zu der Stelle, wo Spew zum Vorschein gekommen war. Gwen folgte ihnen und dachte bereits, dies könnte der ideale Platz für ihre Laube sein, wenn man die Lichtung vom Unterholz befreite. Prüfend bog sie einen Zweig beiseite, der voller Beeren hing, zog Ranken weg, brach kleine Zweige ab. Eine Baumschere wäre vonnöten. Und Gartenhandschuhe. An ihren Händen brannten etliche Kratzer.

Sie beschloss, es erst einmal dabei zu belassen und später besser ausgerüstet wiederzukehren.

Spew grub weiter im Boden, dann bellte er wieder. Es klang aufgeregt. Er hatte etwas gefunden. Gwen zog einen Vorhang von Zweigen beiseite und beugte sich nach vorn, um darunterzuspähen. Dort stand, leicht zur Seite geneigt, ein flacher bemooster Stein. Davor befand sich eine runde Fläche, die mit hellen Waldblumen bewachsen war. Verblüfft hielt sie inne. Es sah aus wie ein kleines Grab. Sie drehte den Kopf, als sie zwischen den Blättern etwas huschen hörte, dann konnte sie ihre Neugier nicht mehr bezwingen und begann, das Moos wegzukratzen, was sie einen Fingernagel kostete.

Kurz darauf hatte sie eine Inschrift freigelegt. Da stand nur ein Name, mehr nicht. *Thomas Benjamin.* Kein Datum, keine Andeutung, wer er gewesen war. Vielleicht ein Bruder? Allerdings hatte Laurence nie von einem Todesfall in der Familie gesprochen. Und warum lag Thomas Benjamin nicht auf dem Friedhof an der Kirche, sondern verborgen an diesem unzugänglichen Platz? Wenn sie das wissen wollte, würde sie Laurence fragen müssen. Doch da er das mit keinem Wort erwähnt hatte, vermutete sie stark, dass er darüber nicht erfreut wäre.

5

Trotz leiser Angst durchfuhr sie eine freudige Erregung, als sie zwei Tage später Laurence' Wagen kommen hörte. Es war ein kühler, dunstiger Tag gewesen, und sie hatte sich noch einmal mit den Haushaltsbüchern beschäftigt. Die Zahlen stimmten nicht überein, und sie fand nicht heraus, wo der Fehler lag. Aber wenigstens war es ihr gelungen, eine Nachricht an den Dhobi überbringen zu lassen, in der sie ihm mitgeteilt hatte, dass sie ihn am nächsten Tag zu sprechen wünsche. Davon abgesehen, hatte sie nicht einmal einen Spaziergang durch den Garten unternehmen können, und der See war den ganzen Tag im Nebel verborgen gewesen.

Um die Kratzer am Arm zu verbergen, warf sie sich eine breite Stola über, dann lief sie den Flur hinunter und durch die Vordertür nach draußen.

Fran stieg gerade freudestrahlend vom Rücksitz des Daimlers. Gwen rannte zu ihr und schloss sie in die Arme, dann musterte sie sie eingehend.

»Mensch, Fran, wie du aussiehst!«

Fran setzte den gelben, mit einer roten Filzblüte verzierten Glockenhut ab und drehte sich im Kreis. »Was hältst du von meiner Frisur?«

Ihre glänzenden braunen Haare waren zu einem glatten Bob mit langem Pony geschnitten und hinten kürzer als vorn. In der Sonne schimmerten die helleren Strähnen wie Gold. Unter dem Pony funkelten ihre schwarz umrandeten Augen hervor, und ihre Lippen waren rot geschminkt.

Fran lachte und drehte sich noch einmal im Kreis.

Die Drehung hob ihre kurvige Figur hervor, die locker in ein ärmelloses Kleid aus Baumwollvoile gehüllt war. Eine Spitzenbordüre am Saum und eine Jetperlenkette an der Taille rundeten das Bild ab. Ihre Handschuhe, die bis zu den Ellbogen reichten, hatten dasselbe Gelb wie das Kleid und der Hut.

»Es ist ein wenig kühl, nicht wahr?«, sagte sie. »Ich dachte, es sei heiß.«

»Ich kann dir jede Menge warmer Umhänge borgen. Wenn der Monsun kommt, wird es noch kühler. Angeblich soll er jeden Tag einsetzen. Wie war es in Colombo?«

»Grässlich. Unerträglich feucht. Und jeder schien gereizt zu sein. Aber die Fahrt hierher war fantastisch. So etwas habe ich noch nicht gesehen. Wir müssen ein paar tausend Fuß hoch gestiegen sein. Und diese Aussicht von den Eisenbrücken!«

»Ja, die ist wunderbar, obwohl ich davon Kopfschmerzen bekomme«, sagte Gwen und drehte sich zu ihrem Mann um. »Laurence, wie hoch liegen wir hier eigentlich?«

»Hallo, Liebling.« Sein glückliches Lächeln und die offensichtliche Freude, sie zu sehen, wischten die Erinnerung an ihre unglückliche Nacht vorerst beiseite. Er überlegte kurz, dann ging er zur Beifahrertür, um einer Frau beim Aussteigen zu helfen. Über das Autodach antwortete er: »Fast fünftausend Fuß.«

»Das ist seine Schwester«, flüsterte Fran an Gwens Ohr und zog ein Gesicht. »Sie war schon in Colombo im *Galle Face* abgestiegen. Wir haben sie dort abgeholt. Hat bisher kaum ein Wort mit mir gesprochen.«

Die große Frau, die auf der anderen Seite des Autos stand, warf auf eine Bemerkung von Laurence hin den Kopf zurück und lachte mit ihm.

»Gwendolyn«, rief er und kam mit ihr um das Auto herum. »Sag Guten Tag zu meiner lieben Schwester Verity!«

Verity streckte ihr die Hand entgegen. Sie hatte die gleichen dunkelbraunen Augen wie ihr Bruder und auch ein Grübchen am Kinn. Ihr Gesicht war lang und recht fahl. Gwen dachte unwillkürlich, dass die Hooper'schen Züge an einer Frau nicht halb so gut aussahen. Beim Wangenkuss nahm sie einen schalen Geruch an ihr wahr.

»Wo hast du den Kratzer her?«, fragte Laurence und tippte an Gwens Arm.

»Bin gegen einen Baum gelaufen«, sagte sie mit einem schiefen Grinsen. »Du kennst mich ja.«

»Liebe Gwendolyn«, bemerkte Verity. »Ich habe mich so darauf gefreut, dich kennenzulernen. Laurence hat mir alles erzählt.«

Gwen lächelte bloß. Sie wusste, dass Bruder und Schwester sich nahestanden, hoffte aber inständig, er möge auch einiges für sich behalten haben.

»Es tut mir so leid, dass ich nicht zu eurer Hochzeit kommen konnte! Unverzeihlich, ich weiß, doch ich war im tiefsten Afrika.« Sie lachte auf, schürzte die Lippen und drehte sich zu Laurence um. »Habe ich wieder mein altes Zimmer?«

Schmunzelnd nahm er ihren Arm. »Was sonst?«

Sie küsste ihn zwei Mal auf die Wange. »Mein lieber, reizender Bruder, wie habe ich dich vermisst!« Dann gingen sie untergehakt die Stufen hinauf ins Haus.

»Ach, Gwendolyn!«, rief Verity über die Schulter. »Lass einen der Diener meine Tasche hereinbringen! Der Schrankkoffer wird erst morgen ankommen.«

»Natürlich.« Gwen starrte ihnen nach. Ein Schrankkoffer. Wie lange wollte Laurence seine Schwester bleiben lassen?

Fran beobachtete ihr Mienenspiel. »Ist alles in Ordnung?«

»Absolut fabelhaft«, meinte Gwen lächelnd. Nun ja, es wird fabelhaft, dachte sie. »Ich bin so froh, dass du endlich da bist!«

»Ich will alles wissen.« Fran stupste sie an. »Und ich meine wirklich alles.«

Darauf lachten sie beide.

Am nächsten Morgen stand Gwen früh auf, um Laurence beim Frühstück abzupassen. Voller Vorfreude, ihn zu überraschen und endlich mit ihm reden zu können, ließ sie die Tür zum Esszimmer aufschwingen.

»Oh«, sagte sie beim Anblick von Verity, die sich einen Teller

Kedgeree schmecken ließ. Der Fischgeruch drehte Gwen den Magen um.

»Liebes.« Verity klopfte auf den Stuhl neben sich. »Laurence ist gerade gegangen. Aber das ist wunderbar. So können wir den Vormittag zu zweit verbringen und uns kennenlernen.«

»Wie schön! Hast du gut geschlafen?«

»Nicht gerade glänzend, aber ich bin daran gewöhnt. Doch soweit ich sehe, kann man das von deiner Cousine Fran nicht behaupten.«

Gwen lachte. Die dunklen Ringe unter Veritys Augen waren am Tag zuvor nicht so auffällig gewesen. »Da hast du recht. Fran schläft gern lange.«

»Ich dachte, ein Morgenspaziergang könnte guttun. Was meinst du?«

»Ich muss um halb zwölf mit dem Dhobi sprechen. Zwei von Laurence' guten Hemden sind aus der Wäsche verschwunden.«

»Oh, bis dahin ist noch so viel Zeit, Liebes. Sag Ja! Es wird absolut trostlos, wenn du nicht mitkommst.«

Gwen blickte sie an. Verity war durchaus attraktiv, strahlte aber keine Wärme aus. Die beiden Falten zwischen ihren Brauen mochten zu diesem Eindruck beitragen. Das war ihr möglicherweise bewusst, denn ab und zu zog sie die Brauen hoch, sodass sich die Haut glättete. Leider machte das ihre Augen rund und gab ihr ein leicht eulenhaftes Aussehen. Abgesehen von den dunklen Ringen war sie nicht mehr ganz so blass wie bei ihrer Ankunft. Die Höhenluft bekommt ihr offensichtlich, dachte Gwen.

»Das können wir natürlich nicht zulassen. Doch ich gehe nur unter der Bedingung mit, dass ich rechtzeitig wieder hier bin. Und ich muss mir andere Schuhe anziehen.«

»Versprochen. Nun komm und setz dich! Das Kedgeree ist himmlisch. Oder versuch den Büffelquark mit Jaggery! Der Sirup wird aus Kitul-Palmen gewonnen.«

»Ich weiß.«

»Ja, natürlich.«

Gwen schaute in die Schüssel. Der Quark war glatt wie Sahne. »Heute nicht. Ich nehme nur Toast.«

»Wirklich kein Wunder, dass du so klein bist, wenn du so wenig isst!«

Gwen lächelte, fand ihre Schwägerin, die jetzt nervös mit den Fingern trommelte, jedoch ein wenig beunruhigend. Mit ihr spazieren gehen? Gwen hatte sich den Vormittag anders vorgestellt, vor allem da sie nach dem Lunch alle zusammen nach Nuwara Eliya fahren würden und sie noch nicht gepackt hatte.

Als sie in ihr Zimmer ging, um die Schuhe zu wechseln, traf sie Naveena beim Bettenmachen an.

»Sie gehen mit der Schwester, Lady?«

»Ja.«

Kurz schien es, als wollte Naveena noch etwas sagen, doch dann gab sie ihr wortlos die Schuhe.

Sowie Gwen draußen in der Morgensonne stand, sah sie dem Spaziergang mit mehr Begeisterung entgegen. Es war herrlich und noch kühl, obwohl sich der Nebel bereits auflöste. Man konnte meilenweit sehen, und am Himmel standen nur kleine weiße Wolken. In den Bäumen sangen die Vögel, und die Luft roch süß.

»Wir gehen zum See hinunter und ein Stückchen am Ufer entlang«, schlug Verity vor. »Ich zeige dir den Weg. Einverstanden?«

»Ja, gern. Ich kenne mich mit den Spazierwegen noch gar nicht aus.«

Verity hakte sich darauf lächelnd bei ihr unter.

Gwen schaute zu den Teehängen, die leuchtend grün in der Sonne lagen. Fasziniert von den flinken Händen der Pflückerinnen, zeigte sie auf die Serpentinenpfade, die zwischen den Teefeldern bergauf führten.

»Ich hätte nichts dagegen, dort hinaufzulaufen. Ich würde die Pflückerinnen zu gern mal aus der Nähe sehen.«

Verity zog die Brauen zusammen. »Nein, nicht heute. Da fällt man leicht in einen Bewässerungskanal. Ich habe eine bessere Idee. Wir biegen gleich vom Seeweg ab und gehen zu meinem Lieblingswald. Da ist es märchenhaft. Laurence und ich haben dort früher in den Sommerferien Verstecken gespielt.«

»Seid ihr beide in England aufs Internat gegangen?«

»Oh, ja, aber nicht zur selben Zeit. Ich war in Malvern. Laurence ist viel älter als ich. Aber das weißt du ja.«

Gwen nickte. Sie gingen eine halbe Stunde am See entlang. Er war spiegelglatt. Nur am Rand beleckten sanfte Wellen das steinige Ufer. Dort saßen graue Vögel mit weißer Brust und zimtbraunem Bauch, die ihre Flügel ausbreiteten und sich putzten.

»Kielrallen«, sagte Verity. »Hier biegen wir ab.« Sie deutete auf einen Pfad.

Der Wald war anfangs spärlich, und als er dichter wurde, war die Luft von Gerüchen erfüllt, und überall hörte man Tiere huschen. Gwen blieb stehen, um zu lauschen.

»Das sind nur Eidechsen«, meinte Verity. »Und Vögel natürlich und vielleicht die eine oder andere Schlange. Nichts Gefährliches jedenfalls, das verspreche ich. Die Gegend ist ein bisschen wild und undurchdringlich. Bleib einfach bei mir, dann passiert dir nichts! Wir gehen jetzt hintereinander, ich voran.«

Gwen fasste an den Zweig eines kleinen gedrungenen Baumes, doch die Blätter stachen, weshalb sie die Hand schnell zurückzog. Einen so wilden Wald hatte sie noch nicht gesehen, dennoch wirkte er nicht bedrohlich. Es schien ihn seit Urzeiten zu geben, und das gefiel ihr. Unter ihren Füßen knackten Zweige, und an den Stellen, wo keine Sonne hinreichte, erschien die Luft grün.

Verity drehte lächelnd den Kopf nach ihr. »Wenn du etwas wissen möchtest, frag nur! Ich bin sicher, du wirst dich hier wunderbar einfügen.«

»Danke. Es gibt tatsächlich etwas. Ich mache mir Gedanken

wegen der Vorratskammer. Es gibt zwei Paar Schlüssel. Sollte ich beide an mich nehmen?«

»Nein, das wäre für dich äußerst lästig. Gib eins dem Koch. Dann braucht er dich nicht für jedes bisschen zu belästigen.« Sie zeigte auf violette Blumen am Wegrand. »Wie schön die sind! Ich wünschte, ich hätte einen Korb mitgenommen.«

»Vielleicht beim nächsten Mal.«

»Steck dir eine ins Haar!«, sagte Verity und pflückte sie. »Komm, ich helfe dir.«

Sie fädelte den Stängel durch Gwens Locken und trat zurück. »Wunderschön. Sie passt zu deinen Augen. Wollen wir weitergehen?«

Verity plauderte in einem fort und wirkte so überaus froh über den gemeinsamen Spaziergang, dass Gwen sich entspannte und die Zeit vergaß. Den Geruch des Sees hatten sie längst hinter sich gelassen, als ihr plötzlich die Besprechung mit dem Dhobi einfiel.

»Oh Schreck, das habe ich völlig vergessen. Verity, wir müssen zurück.« Sie machte kehrt.

»Natürlich, aber nicht auf diesem Weg, das würde ewig dauern. Da drüben gibt es eine Abkürzung. Laurence und ich haben sie immer benutzt.« Verity zeigte auf einen Pfad, ging selbst jedoch in die andere Richtung.

»Kommst du nicht mit?«

»Ich werde wohl den langen Weg nehmen, wenn du nichts dagegen hast. Der Morgen ist so schön, und ich habe ja Zeit. Siehst du den Pfad? Folge ihm etwa fünfzig Meter, dann kommt eine Wegkreuzung, da biegst du nach rechts ab. In der Mitte steht ein Feigenbaum. Man kann es gar nicht verfehlen.«

»Danke.«

Verity strahlte sie an. »Du wirst im Nu zu Hause sein. Wir sehen uns dann.«

Gwen nahm den ihr gewiesenen Weg und bog auf der kleinen Lichtung mit dem Feigenbaum ab. Sie hatte den Spaziergang wirklich genossen und kam zu dem Schluss, dass ihre

Schwägerin viel freundlicher war als gedacht. Darüber war sie froh. Es wäre schön, wenn sie gute Freundinnen werden könnten.

Sie erwartete, jeden Augenblick den See glitzern zu sehen, doch nach einer Weile bemerkte sie, dass der Pfad immer tiefer in den Wald führte. Große Felsbrocken versperrten den Weg, und nun hatte sogar das Vogelzwitschern ausgesetzt. Sie blickte sich um. Ihr Orientierungssinn hatte schon immer zu wünschen übriggelassen.

Im weiteren Verlauf führte der Pfad steil bergab. Das konnte nicht richtig sein. Gwen schaute zurück und stellte fest, dass sie schon länger sanft bergab gelaufen war, meinte aber, der Weg nach Hause müsste bergauf führen.

Sie setzte sich auf einen Stein und wischte sich den Schweiß von der Stirn, dann beschloss sie, den Pfad zurückzugehen. Angst hatte sie nicht, doch sie ärgerte sich, weil sie sich verirrt hatte, und je weiter sie zurücklief, desto weniger kam ihr der Weg bekannt vor. Ein herabhängender Zweig verfing sich in ihren Haaren, und als sie ihn losmachte, rutschten ihr die Haare aus der Spange. Ein paar Schritte weiter geriet sie ins Stolpern, landete auf dem Allerwertesten und riss sich ihr neues Kleid auf.

Mit aufgeschrammten Händen zupfte sie sich die Blätter ab. Dabei spürte sie ein Brennen an der Rückseite der Beine und stand auf. Als sie den Oberkörper drehte und den Rock anhob, sah sie, dass die Haut gerötet war. Dann entdeckte sie, woher die Rötung rührte: Sie hatte auf einer Ansammlung von wimmelnden Ameisen gesessen.

Wenigstens regnete es nicht. Sie setzte den Weg fort, und nachdem sie mehrmals abgebogen war, fand sie endlich den Feigenbaum wieder. Gwen sah keine andere Möglichkeit, als nun doch den langen Rückweg zu nehmen. Sie würde zu spät kommen, viel zu spät.

Am See angekommen, hob sich ihre Laune, als sie von Weitem ihr neues Zuhause sah. Sie fing an zu laufen und scherte sich nicht um den Zustand ihrer Frisur und des Kleides. Beim Näherkommen erspähte sie Laurence, der am Seeufer auf und ab schritt und sich mit der Hand die Augen beschirmte. Als er auf sie aufmerksam wurde, blieb er stehen und schaute ihr entgegen.

Sie war so froh, ihn zu sehen, dass ihr die Brust schmerzte.

»War's ein schöner Spaziergang?«, fragte er scheinbar ernst, dann kam seine Belustigung langsam zum Vorschein.

»Hör auf, mich zu necken! Ich habe mich verlaufen.«

»Was soll ich nur mit dir machen?«

»Ich hatte nicht vor, mich zu verlaufen.« Sie rieb sich die Rückseite der Beine. »Und gebissen wurde ich auch.«

»Wovon?«

Sie zog ein Gesicht. »Es waren nur Ameisen.«

»In Ceylon gibt es keine ›Nur-Ameisen‹. Im Ernst, ich würde mir nie verzeihen, wenn dir etwas zustieße. Versprich mir, ab jetzt vorsichtiger zu sein!«

Sie setzte ein betont ernstes Gesicht auf, konnte das aber nicht durchhalten und fing an zu grinsen. Am Ende lachten sie beide.

»Du klingst wie mein Vater.«

»Manchmal komme ich mir auch so vor.« Er zog sie an sich. »Außer dabei.«

Er küsste sie ausgiebig.

Dann wurden sie von Verity gestört. »Ach, da bist du!«, rief sie fröhlich. »Entschuldigt, dass ich euch unterbreche! Ich bin schon seit einer Ewigkeit zurück. Wir haben uns schreckliche Sorgen gemacht.«

»Aber ich habe den Weg genommen, den du mir beschrieben hast. Ich wurde von Ameisen gebissen.«

»Bist du nach rechts abgebogen? Du weißt doch, am Feigenbaum.«

Gwen runzelte die Stirn.

»Egal. Jetzt bist du hier.« Laurence legte den Arm um sie und zog ein sauberes Taschentuch hervor, mit dem er ihr den

Schmutz von den Wangen rieb. »Du hast das Mittagessen verpasst. Doch du kannst dich bei Verity bedanken, denn sie hat an deiner Stelle mit dem Dhobi gesprochen.«

Laurence' Schwester nickte lächelnd. »Dank ist nicht nötig. Ich werde dem Appu sagen, er soll dir ein paar Sandwiches machen, ja? Und ich hole dir etwas gegen die Ameisensäure.«

»Danke.«

Während Verity ins Haus ging, nahm Laurence Gwens Hand. »Danach werden wir uns für den Ball umkleiden.«

»Laurence.« Sie drückte seine Hand. »Ich wollte schon längst mit dir sprechen … wegen neulich.«

Seine Miene verdunkelte sich. »Es tut mir leid. Ich war grob.«

Einen Moment lang senkte sie den Blick. Auch darüber hatte sie mit ihm reden wollen, doch nicht jetzt, da seine Schwester in Hörweite war. Vielleicht würde sich nach dem Ball eine Gelegenheit ergeben, vertraulich miteinander zu sprechen.

»Lassen wir das erst mal beiseite, ja?«, sagte sie. »Ich meinte etwas anderes. Ich möchte dir erklären, warum ich zu den Arbeiterhütten gegangen bin.«

»McGregor hat es mir schon berichtet.«

»Dann weißt du also, dass der Mann ein schlimmes Bein hatte?«

»Du bist freundlich, Gwen, und sehr fürsorglich, doch er ist ein notorischer Unruhestifter. Unserer Überzeugung nach hat er sich selbst verletzt.«

»Warum sollte er das tun?«

»Um zu erzwingen, dass wir Krankengeld zahlen.«

»Nun, verletzten Arbeitern müssen wir natürlich unter die Arme greifen.«

»Nicht, wenn sie sich absichtlich verletzen.«

Sie überlegte einen Moment lang. »Es hat mir nicht gefallen, wie McGregor mit mir sprach.«

»Das ist so seine Art. Nichts Persönliches.«

Das bezweifelte sie und dachte seufzend an McGregors harten Blick und den verkniffenen Mund.

»Überlass den Umgang mit den Arbeitern ihm! Er nimmt es übel, wenn man seine Autorität infrage stellt, fürchte ich, besonders wenn es eine Frau tut. Er ist ein konservativer Bursche.«

»Davon scheint es hier recht viele zu geben.«

Er zuckte mit den Schultern. »Es gibt noch viel zu verändern, aber bei den verschiedenen Faktionen, die in Ceylon am Werk sind, dürfen wir uns nicht erlauben, Leute vor den Kopf zu stoßen, indem wir die Veränderungen durchpeitschen. Wir brauchen Konsens, um das ganze Land voranzubringen.«

»Und wenn der nicht zustande kommt?«

Darauf sah er sie sehr ernst an. »Er *muss* zustandekommen, Gwen.«

Ein paar Augenblicke lang schwiegen sie.

»Du schätzt McGregor?«

»Ja. Während des Krieges habe ich ihm die Leitung der Plantage anvertraut. Er konnte nicht kämpfen, weißt du.«

»So?«

»Du hast vielleicht bemerkt, dass er ein wenig hinkt. Er hat die tausend Arbeiter verantwortungsbewusst geführt, und ich würde ihm mein Leben anvertrauen.«

»Ich muss ihn wohl schätzen lernen.«

»Inzwischen sind es sogar fünfzehnhundert, da ich eine weitere Plantage übernommen habe. Es gab ein paar Anfangsschwierigkeiten mit einigen Tagelöhnern, die ich mit übernommen habe. Hier geht viel mehr vor sich als Teepflücken.«

»Warum pflücken nur Frauen?«

»Weil sie flinkere Finger haben.«

»Und die Männer?«

»Es gibt viele Arbeiten, für die Muskeln gebraucht werden: Graben, Pflanzen, Düngen, Kanäle reinigen und natürlich Beschneiden. Wir haben eine Kolonne von Beschneidern, und ihre Kinder sammeln dabei die Zweige auf und bringen sie heim zum Verfeuern. Du hast aus reinem Anstand so gehandelt, doch bedenke, dass McGregor die Pflicht hat, für deine Sicherheit zu sorgen!«

Sie nickte.

»Wir wollen auch die Hausangestellten nicht verärgern. Dir ist sicher schon aufgefallen, dass sie sich ein wenig über die Plantagenarbeiter stellen. Wie kommst du zurecht? Gibt es besondere Probleme?«

Sie überlegte, ihm von den Haushaltsbüchern zu berichten, entschied sich aber dagegen. Der Haushalt lag in ihrer Verantwortung, und sie würde schon noch begreifen, was da falsch lief.

Als er sie auf den Mund küsste, roch sie wieder einen Hauch Seife und Zitrone.

»Nun komm, meine Schönste!«, sagte er. »Es wird Zeit, sich zu vergnügen.«

Der jährliche Ball des Golfclubs fand im *Grand Hotel* in Nuwara Eliya statt. Es war im Stil eines elisabethanischen Herrenhauses gebaut und von tadellosen Gärten mit Büffelgras-Rasen umgeben, auf dem Gänseblümchen blühten. Gwen hatte sich auf diesen Tag gefreut. Endlich eine Gelegenheit, das neue rosasilberne Flapper-Kleid zu tragen und mit Fran Charleston zu tanzen!

Die Fahrt in die Stadt verlief über steile Bergstraßen und dauerte drei Stunden. Gwen war dabei ein wenig übel. Doch als sie schließlich aus dem Auto stieg und die nach Minze duftende Luft roch, lebte sie wieder auf. Die Stadt hätte ebenso gut in Gloucestershire liegen können. Es gab ein imposantes Kriegerdenkmal mit einer Treppe und eine englisch aussehende Kirche mit Turmuhr.

Als sie vor der Abfahrt aus dem Haus gekommen war, hatte sie überrascht feststellen müssen, dass Verity sich schon neben Laurence auf den Beifahrersitz gesetzt hatte. Er wirkte leicht verärgert, bat seine Schwester aber auch nicht, den Platz freizugeben.

Verity drehte sich zum Rücksitz um. »Du hast doch nichts dagegen, nicht wahr, Gwen? Ich habe ihn eine Ewigkeit nicht gesehen.«

Gwen fühlte sich in ihrer Eitelkeit gekränkt, denn der Platz stand eigentlich ihr zu. Sie hatte jedoch auch Verständnis dafür, dass die Geschwister unterwegs plaudern wollten.

Laurence hatte die Hotelzimmer bereits reserviert, und als sie im Foyer ankamen, ging Gwen mit ihm an die Rezeption.

»Ich habe ein Zimmer für dich und Fran vorgesehen«, sagte er. »Ihr werdet die gemeinsame Zeit sicherlich genießen.«

Gwen ließ den Blick über die Hotelgäste schweifen und schluckte mühsam herunter, was ihr auf der Zunge lag.

»Es wird für euch sein wie früher«, fügte er rechtfertigend hinzu. Dann wandte er sich dem Empfangschef zu.

»Darum geht es nicht«, flüsterte sie ihm energisch zu. »Du meine Güte, Laurence …«

»Nicht jetzt, Gwen, bitte! Hier ist der Schlüssel.«

Sie hielt ihn am Ärmel fest. »Darüber sprechen wir noch!«

Er erwiderte nichts. Sie verkniff sich jedes weitere Wort und kämpfte gegen die Tränen an. Da sie nicht weinend im Hotelfoyer gesehen werden wollte, drehte sie sich weg.

Laurence streckte die Hand nach ihr aus. »Es tut mir leid. Ich weiß, wir müssen miteinander reden. Ich fürchte, ich war in letzter Zeit nicht ganz …«

Er stockte und holte scharf Luft, weil Verity auf sie zu gerauscht kam. Mit einem freundlichen Blick zu Gwen schlang sie die Arme um ihren Bruder und lehnte den Kopf an seine Schulter. Er schaute Gwen entschuldigend an, doch sie wurde rot vor Zorn und ließ ihn stehen, um sich auf die Suche nach Fran zu machen.

Ihr Zimmer war groß und komfortabel, hatte zwei Sofas, zwei mit Mückennetzen geschützte Betten, zwei kleine Nachttische und eine passende Frisierkommode, auf der drei helle Orchideen geschmackvoll arrangiert waren. Fran legte das wollene

Umschlagtuch ab, das Gwen ihr geliehen hatte, zog sich das Kleid aus und schlüpfte in das frisch gemachte Bett. Sie streckte ihr die Hand mit einem klimpernden Armband entgegen. »Schau, ein buddhistischer Tempel! Den Anhänger habe ich mir in einer der lärmenden Marktstraßen in Colombo gekauft.«

Gwen sah ihn sich an.

»Und, wie gefällt dir das Eheleben?«, fragte Fran mit hochgezogenen Brauen und breitem Grinsen.

»Es ist sehr angenehm.«

»Angenehm? Sollte es nicht um einiges aufregender sein?«

Gwen gab sich ahnungslos und zuckte mit den Schultern.

»Na komm, erzähl schon! Du weißt genau, was ich meine.«

Gwen senkte betrübt den Blick.

Fran setzte sich erschrocken auf. »Oh, Gwennie, was ist los?«

Gwen rang mit sich. Einerseits hatte sie das Bedürfnis, alles zu erzählen, andererseits wollte sie Laurence gegenüber loyal sein.

»Du machst mir Angst. Hat er dir wehgetan?« Fran streckte einladend die Hand aus.

Gwen schüttelte den Kopf und blickte auf. »Er wollte es nicht.«

»Du bist voller Kratzer.«

»Die habe ich von einem Spaziergang.«

»Gut. Laurence scheint mir viel zu nett zu sein, um so etwas zu tun.«

»Das ist er.« Gwen zog die Brauen zusammen.

»Warum machst du dabei ein so unglückliches Gesicht?« Sie stutzte. »Das ist es, oder? Er ist sogar viel zu nett. Ihr habt keinen Spaß miteinander, ja?«

Gwen schluckte und spürte, wie ihr die Röte den Hals hinaufkroch. »Anfangs doch. Aber dann …«

»Ach, das ist wirklich schlimm! Welchen Sinn hat es, sich an einen Mann zu binden, wenn man sich mit ihm nicht prächtig amüsiert? Weiß er nicht, was er zu tun hat?«

»Doch, natürlich. Er war schon mal verheiratet.«

Fran schüttelte den Kopf. »Das ist keine Garantie. Manche Männer sind einfach nicht dafür geschaffen.«

»In England war er wundervoll.« Ihre Röte breitete sich weiter aus. »Und in Colombo auch.«

»Dann macht ihm hier etwas zu schaffen.«

»Ja, das vermute ich auch. Aber er will nicht darüber reden.«

»Reden ist keine Lösung. Wir werden dich unwiderstehlich machen, damit er die Finger nicht von dir lassen kann. Das ist der Weg zum Herzen eines Mannes!«

Gwen grinste. Vor ihrer Hochzeit mit Laurence hatte sie mit ihrer Mutter über intime Dinge sprechen wollen und nur hilflose Stotterei ausgelöst. Ihre Mutter wusste vermutlich gar nicht, was ein Orgasmus war, und bei dem Gedanken, ihr Zwirbelbart tragender Vater könnte ihrer Mutter zu einem solchen verhelfen, konnte man sich nur vor Verlegenheit winden oder sich vor Lachen biegen. Mutter war nicht einmal auf den üblichen Unsinn ausgewichen, über den sie im Internat so oft gelacht hatten – »Männer haben gewisse Bedürfnisse«.

Fran unterbrach ihre Gedanken. »Ich habe ganz vergessen, es dir zu erzählen: Wenn ich wieder zu Hause bin, werde ich mir eine Stelle beschaffen.«

»Du hast es doch gar nicht nötig zu arbeiten. Du hast Mieteinkünfte.«

»Ich möchte nicht wegen des Geldes arbeiten. Mir ist es zu langweilig, immer nur auf Partys zu gehen und Champagner zu trinken. Du hattest immer deine stinkende Käserei. Warum sollte ich nicht auch etwas haben?«

Die Erinnerung traf sie hart. Ihr wurde bewusst, wie sehr sie ihre Eltern und das morsche alte Herrenhaus vermisste. Nachdem ihre Mutter eine alte Scheune zu einer Käserei umgebaut hatte, war der Käse überall zu riechen gewesen. Sie schüttelte den Kopf. Jetzt lebte sie hier, im Land von Zimt und Jasmin, und es hatte keinen Sinn zurückzublicken.

»Wollen wir uns jetzt fertig machen?«, fragte Fran.

Nachdem sie beide gebadet hatten, legte Gwen sich ein perlenbesetztes Stirnband an. Fran hatte ihr beim Frisieren geholfen und einige dunkle Locken in den Nacken fallen lassen, was ihren schlanken Hals betonte. Frans schicker, kastanienbrauner Bob schwang hin und her und glänzte unter einem roten Stirnband mit passender Feder.

Fran musterte sie von Kopf bis Fuß.

»Wird es so gehen?«

Fran grinste. »Die große Verführung kann beginnen.«

Um elf Uhr war der Ball in vollem Gange. Das Orchester machte gerade eine Pause, und Gwen schaute sich im Saal unter den Gästen um. Die meisten Frauen trugen altmodische Kleider in Pastellfarben, die bis über die Knöchel reichten, und selbst die jungen waren gekleidet wie ihre Mütter.

Laurence, der in seinem Frack umwerfend aussah, hatte Gwen mit Blicken verschlungen und einen engen Walzer mit ihr getanzt, bis seine Schwester ihn mit Beschlag belegt hatte. Er hatte Gwen gequält angelächelt, als sie von ihm weggegangen war. Jetzt konnte sie Fran nirgendwo entdecken und wusste nichts mit sich anzufangen. Sie stand am Eingang an eine Säule gelehnt, wo sie den Stimmenlärm über sich ergehen ließ und ab und zu einem vage bekannten Gesicht zunickte, als ein Mann sie von hinten ansprach.

»Mrs. Hooper, wie nett!«

Sie fuhr herum, und da stand er im dunklen Abendanzug mit rot-gold bestickter Weste. Sein Blick ruhte ein bisschen zu lange auf ihrem Gesicht. Seine funkelnden Karamellaugen waren ihr von der ersten Begegnung noch lebhaft in Erinnerung, und genau wie damals wurde sein Blick warm, wenn er lächelte, und verwandelte das ganze Gesicht. Sie war aus der Fassung gebracht und suchte nach einem passenden Wort für den Mann. »Exotisch« war ihr schon vorher in den Sinn gekommen, doch das war zu wenig. »Beunruhigend« vielleicht? Sie versuchte ein Lächeln, brachte es aber nicht zustande und nahm Zuflucht bei den erlernten Manieren. Sie reichte ihm die Hand. Seine Lippen streiften den seidenen Handschuh, der bis zum Ärmelsaum am Ellbogen reichte.

»Mr. Ravasinghe, wie geht es Ihnen?«

»Sie sehen heute Abend sehr schön aus. Tanzen Sie nicht?«

»Danke. Nein, im Augenblick nicht.« Geschmeichelt von seiner Aufmerksamkeit, gelang ihr diesmal das Lächeln, doch es machte sie sofort befangen. »Laurence ist da drüben mit seiner Schwester.«

Er nickte. »Ah, ja. Verity Hooper.«

»Sie kennen sie?«

Er neigte den Kopf. »Wir sind uns schon begegnet.«

»Ich habe sie erst vor kurzem kennengelernt. Sie scheint sehr an Laurence zu hängen.«

»Ja, daran erinnere ich mich.« Kurz schwieg er, dann lächelte er sie an. »Hätten Sie Lust zu tanzen, wenn das Orchester zurückkehrt, Mrs. Hooper?«

»Bitte, nennen Sie mich Gwen! Ich weiß nicht so recht, ob ich das tun sollte.« Sie schaute sich um und sah Fran vom anderen Ende her in den Saal kommen. Sie trug etwas unter dem Arm. Wie immer sah sie mit dem roten Kleid und den roten Spangenschuhen ziemlich aufregend aus.

»Oh, sehen Sie, ich muss Sie meiner Cousine vorstellen, Frances Myant.«

Als Fran zu ihnen trat, war die Anziehung zwischen ihr und Ravasinghe offensichtlich. Sie schauten einander zu lange an, und er brachte kein Wort heraus. Fran war das blühende Leben und sah bezaubernd aus. Gwen hatte sie noch nie so schön gesehen, doch vor allem war es ihre Lebenslust, womit sie hervorstach. Ihr Selbstbewusstsein schien die Leute anzuziehen, als hofften sie, es könnte auf sie abfärben. Die Übrigen rümpften die Nase angesichts ihrer modischen Erscheinung.

Gwen war einen Moment lang neidisch. Ravasinghe hatte sie bei ihren zwei Begegnungen sichtlich bewundert, doch so wie Fran hatte er sie nicht angesehen. Und die Wahrheit war, dass sie sich geschämt hatte, als sie unter seinem Blick errötet war. Jetzt kam sie sich nur töricht vor. Er hatte sich um sie gekümmert wie ein älterer Bruder, sie unter seine Fittiche genommen, und selbst seine Bitte um einen Tanz, erkannte sie jetzt, war reine Freundlichkeit gewesen. Sie räusperte sich, um die Aufmerksamkeit auf sich zu lenken, und stellte sie einander vor.

»Schau, was ich mitgebracht habe«, sagte Fran. Sie hielt ihr zwei von den neuartigen Schallplatten hin.

»Ich werde den jungen Mann da drüben bitten, sie aufzulegen.« Sie zeigte auf jemanden, der ein Grammofon bediente. »Tanzen Sie Charleston, Mr. Ravasinghe?«

Er tat entsetzt und schüttelte den Kopf.

Grinsend nahm sie seinen Arm. »Nun, das macht nichts. Ich bringe es euch beiden bei.«

Über Frans Schulter hinweg sah Gwen, dass Laurence von Christina belagert wurde, der amerikanischen Bankierswitwe. Sie gehörte zu den Frauen, die immer von Männern umringt waren. Ihr schräg geschnittenes, schwarzes Seidenkleid schmiegte sich an den richtigen Stellen an den Körper. Gwen sah Laurence' Stirntolle und wäre am liebsten hinübergestürmt, um sich ihren Mann wiederzuholen. Sie winkte ihm zu, doch er bemerkte sie gar nicht, sondern lächelte weiter diese Frau an. Heiße Eifersucht stieg in ihr auf, als die Amerikanerin ihn an der Wange berührte, aber Gwen drängte sie zurück. Endlich blickte Laurence auf und sah sie. Er deutete vor Christina eine Verbeugung an und kam zu Gwen.

»Gwendolyn, da bist du ja.«

»Was hast du zu dieser Frau gesagt?« Sie hörte selbst, wie gereizt sie klang.

Er schaute erstaunt. »Wir haben über etwas Geschäftliches gesprochen.«

»Laurence, ich habe gesehen, wie sie dich an der Wange berührte.«

Er lachte.

»Das ist nicht lustig …«

Laurence fasste ihr um die Taille und zog sie schmunzelnd an sich. »Ich habe nur Augen für dich. Davon abgesehen gehört ihr quasi eine Bank.«

Er redete, als wäre das eine Erklärung. Dann wurde er ernst.

»Was wichtiger ist, ich habe dich mit Ravasinghe reden sehen. Du kannst Spaß haben, mit Fran Charleston tanzen, tun, was du möchtest, doch es wäre mir lieber, du würdest dich nicht mit ihm abgeben.«

Sie löste sich aus seinem Arm. »Kannst du ihn nicht leiden?«

»Es spielt keine Rolle, ob ich ihn leiden kann.«

»Was ist es dann? Doch nicht, dass er Singhalese ist?«

»Ich hoffe, du hältst mich nicht für so geistlos.«

»Nein, natürlich nicht. Aber ich halte ihn für einen charmanten Mann.«

Laurence warf ihr einen gequälten Blick zu. »Charmant? Glaubst du das wirklich?«

»Ja«, sagte Gwen. Und nach einigem Zögern: »Kommen deine singhalesischen Bekannten je zu uns ins Haus?«

»Gelegentlich.«

»Besuchen wir sie auch?«

»Ich weiß, es wird dir seltsam erscheinen, aber nein, nicht einmal die einigermaßen gut gestellten wie Ravasinghe.« Er schüttelte den Kopf. Danach war sein Ton verändert. »Zufällig malt er gerade ein Porträt von Christina.«

»Er ist Maler? Das wusste ich nicht. Du klingst, als hättest du etwas dagegen.«

»Warum sollte ich? Und nun begleite mich, da drüben sind einige Leute, bei denen ich mit dir angeben will!«

»Nicht jetzt. Fran will Savi und mir beibringen, wie man Charleston tanzt.«

Und damit wandte sie sich um und ging den anderen nach zum Grammofon.

Danach kam Laurence nicht mehr in ihre Nähe. Während sie vorgab, in eine andere Richtung zu schauen, beobachtete sie, wie er mehrmals mit Christina tanzte. Gwen rang um eine erwachsene Haltung dazu, doch der Anblick der beiden machte sie unglücklich. Eine Frechheit, ihr vorschreiben zu wollen, mit wem sie sich abgeben sollte, und dann zuzulassen, wie sich diese Frau an ihn schmiegte und ihn im Gesicht berührte, als gehörte er ihr! Die Empörung beflügelte ihren Übermut, und sie trank mehrere Gläser Champagner hintereinander.

Eine Stunde lang übte Fran mit Ravasinghe und Gwen den Charleston. Die älteren Zuschauer verfolgten dies mit unverhohlener Missbilligung und sehnten sicherlich die Rückkehr des Orchesters herbei, um wieder Walzer und Foxtrott tanzen zu können. Zwei jüngere Gäste hatten sich den Charleston-Tänzern angeschlossen, und eine Zeit lang gesellte sich sogar Verity zu ihnen und lachte so viel, dass Gwen sich allmählich für sie erwärmte.

Später, nachdem Fran irgendwohin verschwunden und auch Verity nirgends zu sehen war, verließ sie die Kraft für herausforderndes Benehmen. Vom Tablett eines vorbeigehenden Kellners nahm sie sich ein weiteres Glas Champagner und verließ damit den Ballsaal. Draußen in der Halle lehnte sie sich hinter der Treppe an die Wand. Angesäuselt überlegte sie, wie sie Laurence den Fängen der Amerikanerin entreißen könnte.

Ihr fielen schon fast die Augen zu, als Ravasinghe an ihr vorbeikam und sie bemerkte.

»Warten Sie hier, ich werde Ihren Mann holen.«

»Mir ist schwindlig. Bitte gehen Sie nicht fort!«

»Natürlich nicht. Wo ist Ihr Zimmer? Ich begleite Sie die Treppe hinauf.«

Sie kicherte. »Mir scheint, ich bin ein bisschen beschwipst.«

Er nahm ihr das Glas aus der Hand und stellte es auf einen Tisch. »Ein Glas Wasser und ungestörter Schlaf werden das beheben. Kommen Sie, stützen Sie sich auf meinen Arm!«

Ravasinghe gab ihr einen Handkuss und hakte sie bei sich unter. Sie spürte seine kühle Hand durch den Kleiderstoff. Im Hinterkopf wusste sie, es war nicht ganz passend, sich von einem Fremden aufs Zimmer bringen zu lassen. Doch nachdem Laurence so eng mit Christina getanzt hatte, beschloss sie, es nicht so genau zu nehmen.

»Haben Sie den Schlüssel?«

»In meiner Tasche.« Sie blickte ihn an. »Offenbar müssen Sie mir ständig aus einer Verlegenheit helfen.«

Er lachte. »Nun, wenn Sie darauf bestehen, in solche hineinzugeraten.«

»Mir ist auch ein bisschen flau im Magen.«

»Kommen Sie nun die Treppe hinauf, Mrs. Hooper.« Er drückte ermunternd ihren Arm, und sie bekam weiche Knie. »Halten Sie sich an mir fest! Sobald Sie versorgt sind, gehe ich Ihre Cousine suchen.«

Ein paar Stufen hatten sie überwunden, da hörte sie Schritte. Florence Shoebotham näherte sich mit glänzender Nase und wackelnden Kinnwülsten. Wenn die reden könnten, dachte Gwen, während sie auf eine spitze Bemerkung wartete. Es kam jedoch keine. Florence ging ohne ein Wort vorbei.

»Verflixt! Sie wird es Laurence brühwarm erzählen.«

»Was denn?«

Sie machte eine wegwerfende Handbewegung, die recht weitschweifig ausfiel. »Ach, nichts weiter. Nur dass ich beschwipst bin.«

Ravasinghe brachte sie zu ihrem Zimmer und ging mit ihr hinein. Als sie seine Finger an ihren Fußgelenken spürte, während er ihr die Schuhe auszog, machte seine Nähe sie nervös. Sie biss sich auf die Lippe, um sich keinesfalls anmerken zu lassen, dass sie etwas Ungehöriges empfand. Er half ihr, sich aufs Bett zu legen. Als sie die Augen schloss, begann er, ihr sanft über die Stirn zu streichen. Das war beruhigend, und sie wünschte, er würde damit fortfahren, schämte sich aber dafür und rückte ein Stückchen weg.

»Ich liebe Laurence«, murmelte sie behäbig.

»Selbstverständlich. Ist Ihnen noch schlecht?«

»Ein bisschen. Der Raum dreht sich.«

»Dann bleibe ich, bis Sie eingeschlafen sind. Ich möchte Sie mit der Übelkeit nicht allein lassen.«

Er ist ein schöner Mann, dachte sie zwischen zwei Schwindelanfällen, dann sagte sie es laut, hickste und schlug sich die Hand vor den Mund. »Ups!«

Ravasinghe streichelte ihr sanft das Gesicht.

Eigentlich sollte sie ihn auffordern zu gehen, doch sie fühlte sich einsam und hatte Heimweh. Sie hatte sich nach beruhigender Zärtlichkeit gesehnt, und beim letzten Glas Champagner war es mit ihrer natürlichen Zurückhaltung vorbei gewesen. Ständig sah sie Christina in ihrem schwarzen Kleid vor sich, wie sie mit Laurence flirtete, und unter ihren Lidern brannten Tränen.

»Ich kann Ihnen etwas geben, wovon Ihnen wohler wird, wenn Sie möchten.«

»Danke.«

Kurz darauf hielt er ihr ein Glas an die Lippen, und sie trank. Anschließend schob er ihr ein zweites Kissen unter den Kopf. Sie warf ihre Stola beiseite, weil ihr zu warm war, und bald fiel sie in einen unruhigen, fiebrigen Schlaf. Ihr war, als würde sie am ganzen Leib brennen. Mit ausgestreckten Armen lag sie da, und ihr Hinterkopf schmerzte. Manchmal war Ravasinghe noch da, oder es kam ihr so vor, und manchmal war er fort. Und sie hatte verstörende Träume, in denen er sie anfasste und sie die Hände nach ihm ausstreckte. Dann wieder verwandelte er sich plötzlich in Laurence, und alles war in Ordnung. Mit ihrem Gatten durfte sie ja schlafen. Als sie wach wurde, sah sie, dass sie sich im Schlaf das Kleid aufgeknöpft und die Strümpfe ausgezogen haben musste. Ihr fiel ein, dass ihr schrecklich heiß gewesen war. Und ihr neuer französischer Seidenschlüpfer lag am Boden. Mitten in der Nacht kam Fran und befahl Gwen, sich zuzudecken.

»Sieh dich an, Gwen, du bist halb nackt und ganz zerzaust. Was in Gottes Namen hast du gemacht?«

»Ich kann mich nicht erinnern.«

»Du stinkst nach Alkohol.«

»Hab getrunken, Frannie«, bekannte Gwen benommen. »Champagner.«

Fran löschte das Gaslicht, stieg zu ihr ins Bett und kuschelte sich von hinten an sie, wie sie es als Kinder immer getan hatten.

Am nächsten Morgen beim Frühstück war Fran nicht da, und Verity war spazieren gegangen. Laurence war guter Laune und fragte, ob sie Spaß gehabt habe. Sie bejahte, räumte jedoch ein, sie habe zu viel getrunken und sei früh zu Bett gegangen, um ihre Kopfschmerzen zu kurieren.

»Ich habe nach dir gesucht, konnte dich aber nicht finden. Verity sagte dann, du seist wohl nach oben gegangen, und Fran sei bei dir.«

»Warum bist du denn nicht gekommen, um nach mir zu sehen?«

»Ich wollte dich nicht wecken.« Er schmunzelte. »Ich glaube, du und Fran habt unsere biederen Freunde ziemlich schockiert.«

Gwens Wangen brannten. Ihre Erinnerung an die Nacht war verschwommen. Sie wusste nur noch, dass ihr schrecklich schwindlig gewesen war und Ravasinghe ihr die Treppe hinaufgeholfen hatte.

Sie sah ihren Mann an und überlegte, was sie sagen sollte. »War es schön, mit Christina zu tanzen?« Sie wollte Unbeschwertheit in die Unterhaltung bringen und klang stattdessen angespannt.

Er zuckte mit den Schultern und bestrich seinen Toast mit Butter und Marmelade. »Sie ist eine alte Freundin.«

»Und das ist alles?«

Er sah sie an und lächelte. »Inzwischen ja.«

»Früher nicht?«

»Nein, vor deiner Zeit nicht.«

Gwen biss sich auf die Lippe. Sie hatte zwar kein Recht dazu, fühlte sich aber betrogen. »Und jetzt ist das vorbei?«

»Vollkommen.«

»So hat es nicht ausgesehen.«

Er runzelte die Stirn. »Sie ist gern provokant. Beachte es gar nicht!«

»Dann ist es nicht ihretwegen?«

»Was meinst du?«

Sie holte scharf Luft. »Wie du zu mir gewesen bist.«

Bildete sie sich das ein, oder verdunkelte sich sein Blick ein wenig?

»Ist es auch für sie vorbei?«

»Was ist das hier, Gwen? Die Spanische Inquisition? Ich habe gesagt, es ist vorbei.«

»Und das war es, was du mir gestern erklären wolltest?«

Er schaute verwirrt.

»Im Hotelfoyer bei unserer Ankunft.«

»Ach das ... ja ... ja natürlich.«

Sie beschloss, nicht weiter zu insistieren. Sie überlegte, auf welches Thema sie ausweichen könnte, und da fiel es ihr wieder ein. Das war die erste gute Gelegenheit, ihn auf das kleine Grab anzusprechen. Gwen trank von ihrem Tee und tupfte sich den Mund ab. Als sie sich bei der Marmelade bediente, warf sie ihm ein rasches Lächeln zu und fragte: »Wer war Thomas, Laurence?«

Er erstarrte.

Während er schwieg und den Blick gesenkt hielt, nahm sie die Geräusche im Frühstückssaal umso deutlicher wahr, die vereinzelten Gespräche, die leisen Schritte der Kellner, das Klirren von Besteck auf Porzellan. Das Schweigen wurde unangenehm lang. Hatte Laurence überhaupt die Absicht zu antworten? Ihr juckte es im Nacken, und sie kam nicht umhin, sich mit dem Rücken an der Stuhllehne zu bewegen. Sie bestrich einen Toast mit Butter und reichte ihn über den Tisch.

»Laurence?«

Er blickte auf. Dabei machte er eine unbedachte Bewegung und schlug ihr versehentlich den Toast aus der Hand. Sein Gesicht war völlig ausdruckslos. »Du hättest besser nicht dort herumgeschnüffelt.«

Sein Ton war neutral, doch sie fühlte sich zurechtgewiesen und zog die Brauen zusammen, halb erschrocken, halb verärgert. »Ich habe nicht ›geschnüffelt‹, wie du es nennst. Ich habe nach einer guten Stelle für meine Gartenlaube gesucht. Und außerdem war Spew dorthin verschwunden, und ich musste ihn zurückholen. Ich konnte nicht ahnen, dass ich auf ein Grab stoßen würde.«

»Deine Gartenlaube?« Er tat einen zittrigen Atemzug.

»Ja.«

Er schwieg.

»Bitte, sag es mir! Wer war Thomas?«

Laurence blickte an ihr vorbei. Sie aß ihren letzten Bissen Toast und beobachtete Laurence' Miene, während er sich das Kinn rieb.

»Es ist doch traurig, dass er allein dort liegt. Warum wurde er nicht an der Kirche begraben? Gewöhnlich beerdigt man niemanden bei sich im Garten, nicht mal ein Kind.« Sie trank noch einen Schluck Tee.

»Thomas war nicht irgendein Kind. Er war Carolines Sohn.«

Fast verschluckte sie sich an dem Tee.

Sie blieb still, während Laurence sich den Mund abwischte. Dann, nachdem er die Serviette hingelegt hatte, räusperte er sich, als wollte er etwas hinzufügen. Als er das nicht tat, entschied sie sich, ihn zu fragen.

»Du meinst, nur Carolines Sohn?«

»Ihr Sohn … und meiner.« Damit stand er auf und ging hinaus.

Gwen lehnte sich zurück. Über Caroline wusste sie nur, was Laurence ihr bei ihrer ersten Begegnung erzählt hatte. Er war mit ihr verheiratet gewesen, sie war krank geworden und schließlich gestorben. Kein Wort von einem kleinen Jungen. Gwen empfand tiefes Mitgefühl für ihn, doch warum hatte er nichts davon gesagt? Und warum hatte er das Grab seines Kindes überwuchern lassen?

6

Fran hatte an der Rezeption eine Nachricht hinterlassen, sie werde länger in Nuwara Eliya bleiben und allein nachkommen. Das beunruhigte Gwen, denn als sie nach dem Frühstück ins Auto stiegen, waren mächtige Gewitterwolken aufgezogen, und der übrige Himmel war befremdlich gelb. Wenn es bald regnete, würde Fran vielleicht gar nicht zurückfahren können. Laurence sagte, im vorigen Jahr sei die Straße nach Hatton weggespült worden, und man habe nur noch per Kanu reisen können. Gwen sah ihrem ersten Monsun freudig gespannt entgegen, wäre aber beruhigter gewesen, wenn Fran sicher bei ihr im Wagen säße.

Zu Hause angekommen, ging Laurence ihr den Rest des Nachmittags aus dem Weg, und schließlich begab er sich zur Fabrik. Im Haus hatte sich die Luft verändert. Es war noch feuchter als sonst, heiß und stickig und mit einem neuen, übersüßen Geruch durchsetzt. Es war auch bedrückend still. Gwen wünschte sich, mit Fran über Thomas zu sprechen, und fühlte sich elend.

Zur Teezeit, als sie in die Küche ging, um den Reisvorrat zu prüfen, traf sie McGregor am Tisch an, vor sich eine dampfende Tasse Tee und eine Pfeife im Mund. Er wohnte in einem eigenen Bungalow unweit von ihrem, war aber häufig in der Küche anzutreffen, wo er seinem Bein Erholung gönnte.

Als sie sagte, sie benötige Gärtner, war er überraschend hilfsbereit. Er versprach, ihr Arbeiter für den Gemüsegarten zuzuteilen, die sich bei der Arbeit abwechseln sollten. Gwen war hocherfreut. Offenbar hatte sie McGregor ganz falsch eingeschätzt. Vielleicht hatte er häufig Schmerzen im Bein, die ihn reizbar machten.

Danach überlegte Gwen, ob sie mit Spew einen frühen Abendspaziergang am See wagen sollte. Angesichts des drohenden Regens war das freilich kein guter Plan, zumal die Wege und Steinstufen dann schlüpfrig wären. Und so schüttelte sie sich ein Gobelinkissen auf, legte sich auf das Sofa und schloss die Augen.

Beim Klang von Laurence' Schritten schrak sie aus dem Halbschlaf hoch. Sie hörte immer, ob er es war. Warum, war ihr nicht ganz klar. Vielleicht lag es an der Sicherheit seines Ganges, oder die Atmosphäre änderte sich, wenn der Hausherr zurückkehrte, oder Tapper erhob sich endlich einmal aus seinem Korb.

Sie ging auf den Flur, und da stand er und starrte auf seine Hände und sein weißes Hemd, das voller Blut war. Ihr blieb die Luft weg.

»Was ist passiert, um Himmels willen?«

Einen Moment lang sah er sie mit zusammengezogenen Brauen an, dann deutete er mit dem Kopf auf einen von Tappers Körben. Sie drehte den Kopf dorthin. Der Labrador war nicht in den Flur gekommen, um seinen Herrn zu begrüßen.

»Wo ist er?«

Laurence' Kiefermuskeln zuckten. Er hatte sichtlich Mühe, sich zu beherrschen.

»Liebling, sag es mir!«, bat sie.

Seine Antwort war schroff und unverständlich. Sie nahm die Glocke vom Flurtisch und läutete zweimal. Während sie warteten, wollte sie ihn beruhigen, doch er stieß ihre Hände weg und starrte weiter vor sich hin.

Nach wenigen Augenblicken kam der Butler.

»Bitten Sie Naveena, Wasser und ein frisches Hemd zu bringen! Sagen Sie ihr, sie soll damit in Mr. Hoopers Schlafzimmer kommen!«

»Ja, Lady.«

»Komm, Laurence. Wir gehen in dein Zimmer. Wenn du dich frisch gemacht hast, kannst du mir erzählen, was passiert ist.«

Als sie ihn am Ellbogen fasste, ließ er sich von ihr die Treppe hinauf zu seinem Zimmer bringen, das am Ende des langen Flurs lag. Erst zwei Mal war sie dort gewesen, und beide Male war sie dabei gestört worden, von einem Hausdiener, der zum Abstauben hereinkam, und von Naveena, die gebügelte Hemden brachte.

Er stieß die Tür auf. Ein leichter Weihrauchduft hing in der Luft, und die dunkelblauen Vorhänge waren bis auf einen Spalt zugezogen, sodass ein Streifen Abendlicht hereinfiel.

»Es ist dämmrig«, sagte sie, als sie zwei der elektrischen Lampen einschaltete.

Er schien es nicht zu bemerken.

Das Zimmer war so opulent eingerichtet, dass wohl niemand auf die Idee gekommen wäre, es könnte Laurence' sein. Das war ganz und gar nicht der maskuline Rückzugsort, den sie erwartet hatte. Zwei Lampenschirme mit blauen Fransen, einige gerahmte Fotografien auf einem Tisch und Porzellanfiguren auf dem Kaminsims. Ein großer Orientteppich bedeckte einen Teil des glänzenden Holzbodens, und auf dem Bett lag eine seidene Daunendecke in Dunkelbraun. Das Mückennetz, das an einem großen Ring von der Decke hing, war hochgebunden. Die Möbel waren im Gegensatz zu ihren dunkel gebeizt.

Es klopfte an der Tür. Naveena kam mit einem Handtuch, einer Schüssel Wasser und einem frischen weißen Hemd herein. Laurence stand am Bett. Obwohl sie die Blutflecke an ihm sah, sagte sie kein Wort, sondern tätschelte nur seinen Arm. Er schaute auf, und sie wechselten einen Blick. Gwen verstand nicht, was der bedeutete, sah aber, dass sie einander verstanden.

»Gut«, sagte sie, sobald Naveena hinausgegangen war. »Ziehen wir dir das Hemd aus!«

Gwen schlug die Bettdecke zurück, und Laurence setzte sich. Sie knöpfte ihm die Manschetten und öffnete die Knopfleiste, streifte ihm behutsam, in Erwartung einer Wunde, das Hemd von Schultern und Armen, wusch ihm das Blut von den Händen, und als er aufstand, um sich die Hose auszuziehen, besah sie ihn von allen Seiten. Er war unverletzt.

»Willst du mir jetzt erzählen, was passiert ist?«

Er holte tief Luft, dann setzte er sich wieder aufs Bett und schlug mit den Fäusten auf die Matratze. »Sie haben Tapper getötet. Meinen Tapper. Die Schweine haben ihm die Kehle durchgeschnitten.«

Gwen griff sich unwillkürlich an den Hals. »Oh, Laurence, wie schrecklich!«

Sie setzte sich neben ihn und lehnte sich an ihn. Immer wieder ballte er im Schoß die Hände zu Fäusten. Sie schwiegen beide, doch sie spürte seine aufgestauten Gefühle, sah an jeder Handbewegung, was in ihm vorging. Schließlich erschlaffte er, und sie hielt ihn im Arm, strich ihm übers Haar und flüsterte beruhigende Worte. Dann fing er an zu schluchzen, und es schien aus tiefster Seele zu kommen.

Gwen hatte ihren Vater einmal weinen sehen, damals, als sein Bruder, Frans Vater, ertrunken war. Sie hatte sich damals auf die Treppe gesetzt und den Kopf in die Hände gestützt, weil es ihr Angst gemacht hatte, den tapferen, starken Vater wie ein kleines Kind schluchzen zu hören. Dadurch wusste sie nun, dass sie warten musste, bis Laurence zu weinen aufhörte, denn auch ihr Vater hatte irgendwann aufgehört.

Als er ruhig wurde, wischte sie ihm die Tränen weg und küsste ihn ein paar Mal auf die Wangen. Sie schmeckten salzig. Dann drückte sie ihm sanfte Küsse auf Stirn und Nase, wie ihre Mutter es immer getan hatte, wenn sie sie getröstet hatte.

Sie nahm sein Gesicht in beide Hände und blickte ihm in die Augen, und was sie sah, bestätigte ihr, dass er nicht nur um Tapper geweint hatte.

Danach küsste sie ihn auf den Mund. »Leg dich hin!«

Sie zog sich ebenfalls halb aus und legte sich neben ihn. Eine Zeit lang lagen sie still da. Gwen spürte seine Körperwärme und lauschte auf seinen Atem.

»Willst du mir sagen, warum Tapper getötet wurde?«

Er drehte sich auf die Seite und sah ihr in die Augen. »Es hat Ärger mit den Arbeitern gegeben.«

Gwen zog die Brauen hoch. »Laurence, warum hast du mir das nicht erzählt?«

»Ich wollte dich nicht beunruhigen.«

»Ich würde gern mehr einbezogen werden. Meine Eltern sprechen immer über alle Probleme, und ich möchte das auch.«

»Eine Plantage zu leiten ist Männersache. Und du hast genug damit zu tun, den Haushalt in den Griff zu bekommen.« Nach kurzem Schweigen: »Vielleicht habe ich McGregor die Täter zu hart bestrafen lassen.«

»Was willst du jetzt unternehmen?«

Er runzelte die Stirn. »Ich weiß es nicht, ich weiß es wirklich nicht. Die Verhaltensweisen ändern sich, und bei einigen Plantagenbesitzern mache ich Fortschritte, aber es ist mühsam. Früher war es so einfach.«

»Erzähl mir doch mal, wie es früher war! Von Anfang an. Erzähl mir von Caroline und Thomas!«

Eine Weile sagte er nichts, und sie fürchtete schon, den falschen Augenblick gewählt zu haben.

»Du hast Caroline wohl sehr geliebt.«

Nervös wartete sie ab. Schließlich drehte er sich auf den Rücken, starrte an die Decke und schluckte ein paar Mal. Als er zu reden anfing, musste sie angestrengt hinhören.

»Ja, ich habe sie geliebt, Gwen.« Wieder schwieg er eine ganze Weile. »Aber nachdem sie das Kind …«

»Wurde sie danach krank?«

Er antwortete nicht, doch sein Atem bebte. Sie legte einen Arm um seine Brust und küsste ihn auf die Wange. Seine Bartstoppeln pikten sie.

»Wo ist sie begraben?«

»An der anglikanischen Kirche.«

Gwen zog die Brauen zusammen. »Warum Thomas nicht?«

Es dauerte wieder, bis Laurence antwortete. Er schien seine Worte abzuwägen. Dann drehte er ihr das Gesicht zu.

Sie sah ihn aufmerksam an, und plötzlich fühlte sie sich zittrig.

»Sie hätte es gewollt, dass er hierbleibt, zu Hause. Ich bedaure, dir nicht von ihm erzählt zu haben. Ich hätte es tun sollen. Aber es schmerzt zu sehr.«

Gwen schaute ihm in die Augen und spürte einen Kloß im Hals. Für jemanden, der es gewohnt war, inneren Schmerz zu verbergen, zeigte er ihn nun überraschend deutlich. Es schien ihr, als läge etwas Unerreichbares unter dem Kummer, das ihn quälte, etwas anderes als Trauer. Obwohl sie gern gewusst hätte, an welcher Krankheit Caroline und der kleine Thomas gestorben waren, brachte sie es nicht über sich, ihn danach zu fragen.

Sie nickte. »Ich verstehe das.«

Er schloss die Augen.

Während sie weiter neben ihm lag, wuchs ihr Verlangen nach ihm, und sie versuchte, es zu ignorieren. Als hätte er es auch gespürt, legte er eine Hand auf ihre Brust, schlug die Augen auf und lächelte sie an. Dann, mit einem völlig veränderten Blick, legte er den Daumen in das Grübchen am Hals und streifte mit den Lippen ihre Mundwinkel, zuerst zaghaft, dann mit mehr Kraft. Sie öffnete die Lippen und spürte seine warme Zunge. Als er sie an die Matratze drückte, begriff sie, dass sein tiefer Schmerz sein Verlangen ausgelöst hatte. Sie wusste kaum, wie ihr geschah, als er ihr Unterkleid hochschob und sie ihm die Unterwäsche auszog. Stöhnend ließ sie sich von ihm aufrichten und nach vorn beugen, damit er es ihr über den Kopf streifen konnte. Und dann, als er sie wieder aufs Kissen senkte und sie ihm die Hüften entgegendrängte, liebten sie sich. Ohne ihn hatte sie sich verloren gefühlt, aber jetzt war er wieder er selbst, und sie hätte vor Freude jubeln können.

Hinterher hörten sie es donnern, lauter als Schüsse, und ein prasselnder Regen ging nieder. Der Himmel hatte seine Faust geöffnet und ließ alles, was er hatte, auf die Erde herab. Gwen lag lauschend mit dem Rücken an Laurence geschmiegt. Sie fing an zu kichern und fühlte, wie sein Körper bebte, als er mit ihr lachte. Es klang frei und glücklich, als wäre alles von ihm abgefallen, was ihn von ihr ferngehalten hatte.

»Es tut mir sehr leid, Gwen, wegen neulich. Ich weiß wirklich nicht, was los war.«

»Schsch.«

Er drehte sie zu sich herum und legte den Finger an ihre Lippen. »Nein, ich muss das sagen. Bitte verzeih mir! Ich war nicht ich selbst. Ich war …«

Sie sah ihn zögern und mit sich ringen und überlegte, was sie sagen könnte, um ihn zum Reden zu ermutigen.

»Es war nicht wegen Caroline?«

»Nicht nur.«

»Sondern?«

Er seufzte schwer. »Mit dir zusammen hier zu sein … das hat alles wieder hochgeholt.«

Durch den Regen hatte sich die Temperatur um ein paar Grad abgekühlt. Gwen fühlte sich belebt, als wäre die Kraft eines Tropensturms in sie gefahren und strömte jetzt durch ihre Adern.

»Ich wünschte, wir könnten ewig hier liegen bleiben, aber es ist wohl Zeit für uns hinunterzugehen«, sagte sie.

Sie kleideten sich an, und kurz bevor Gwen das Licht ausschaltete, blickte sie zu den Fotografien auf dem Beistelltisch. Auf einem saß eine Frau im Garten auf einer karierten Decke, und Tapper hatte den Kopf in ihren Schoß gelegt. Die Frau war blond und lächelte. Laurence bemerkte Gwens Blick nicht.

»Danke«, sagte er und nahm ihre Hand, als sie über den Treppenabsatz gingen.

»Du musst mir nicht danken.«

»Doch. Du ahnst nicht, wie sehr.« Er küsste sie, und dann, als sie zum Abendessen hinuntergingen und draußen die Krähen hörten, schaute sie aus einem Flurfenster. Die Nacht brach gerade an. Trotzdem war der weiße Dunst zu erkennen, der alles einhüllte.

Im Salon sah Gwen zu ihrer Freude, dass Fran eingetroffen war. Sie war in ein Gespräch mit Verity vertieft. Sie drehten den Kopf und sahen sie und Laurence Hand in Hand hereinkommen.

»Na, ihr beide strahlt ja vor Glück«, sagte Fran.

Laurence grinste und zwinkerte ihr zu. Gwen bemerkte, dass Verity zwar lächelte, aber nicht mit den Augen.

»Du hast es dir anders überlegt. Wie bist du hergekommen, Fran?«, fragte Gwen.

Ihre Cousine trat immer selbstsicher und zuversichtlich auf, doch Gwen wusste, dass sie auch andere Seiten hatte und über den Tod ihrer Eltern nur schwer hinweggekommen war. Das zumindest hatte sie mit Verity gemeinsam, wie ihr jetzt einfiel, und sie fragte sich, ob diese Erfahrung die beiden zusammenbringen könnte.

»In letzter Sekunde habe ich den Zug nach Hatton erwischt. Was für eine Reise! Aber Savi war überaus freundlich. Er hat mir das Geld für die Zugfahrt geliehen und mir eine Mitfahrgelegenheit zum Bahnhof in Nanu Oya verschafft. Ich hatte mein ganzes Geld hiergelassen, weißt du.«

Laurence kniff missbilligend die Lippen zusammen. »Du musst ihm sofort schicken, was du ihm schuldest.«

»Nicht nötig. Ich treffe mich nächste Woche mit ihm in Nuwara Eliya. Vorausgesetzt, das Wetter erlaubt es. Ceylon ist ein hinreißendes kleines Land, findet ihr nicht? Savi hat versprochen, mir einiges zu zeigen. Gwen, du bist auch eingeladen. Wir werden beide bei Christina zu Mittag essen, und er wird zum ersten Mal ihr Porträt zeigen. Das wird bestimmt lustig.«

Laurence wandte sich ab. Gwen bemerkte, wie angespannt er plötzlich war.

»Ich hoffe, ich bin auch eingeladen«, bemerkte Verity auflachend.

Fran zuckte mit den Schultern. »Dein Name ist nicht gefallen, fürchte ich. Daher denke ich, es geht nur um Gwennie und mich.«

Gwen hatte Mitleid mit ihrer Schwägerin, als sie sah, wie sie den Kopf wegdrehte. Abgesehen von der Gesellschaft ihres Bruders schien sie recht allein dazustehen, und Gwen konnte sich des Eindrucks nicht erwehren, dass etwas sie bedrückte.

Verity schien sich nie ganz wohlzufühlen. Allerdings hätte sie mehr aus sich machen können. Die kurzen, glatten Haare waren bei ihrem langen, eckigen Gesicht unvorteilhaft, und außer einem rostroten Kleid trug sie lauter Farben, die ihr nicht gut standen. Sie sollte Farbtöne wählen, die ihre braunen Augen betonten, stattdessen trug sie entweder düstere oder grelle Töne.

Gwen bevorzugte Violett, nicht nur weil es zu ihren Augen passte, sondern auch weil sie die Farben des englischen Sommers liebte. »Wicken-Farben« nannte Fran sie. Heute Abend trug Gwen ein blasses Grün, und obwohl sie sich nicht hatte umziehen können, fühlte sie sich noch frisch. Laurence hingegen war der typische Naturbursche. Ihn kümmerte es nicht, was er anhatte, und ihm war nichts lieber, als in Shorts, einem alten, kurzärmligen Hemd und mit einem verbeulten Hut über die Plantage zu laufen. An diesem Abend ging er einmal elegant gekleidet, sah selbstsicher und glücklich aus, ohne dieses Verstörende im Blick.

Nach dem Essen warf Laurence ein paar Scheite aufs Feuer, und Verity setzte sich an das Piano, auf dem ein gutes Dutzend Fotografien standen, von Laurence, diversen Hunden und Männern in Knickerbockern, die sich auf ihr Jagdgewehr stützten.

Verity spielte und sang recht melodisch und schien sich von ihrer Kränkung erholt zu haben. Als Gwen über ihre Schulter hinweg einen Blick auf den Text warf, fiel ihr zum ersten Mal auf, dass ihre Schwägerin abgekaute Fingernägel hatte.

Fran sorgte beim Scharadespiel für ausgelassene Stimmung und brachte insbesondere Gwen derart zum Lachen, dass ihr schließlich der Hals schmerzte.

»Was machen wir nur mit Fran?«, hatte es früher immer geheißen, als sie noch Kinder gewesen waren. Solange Gwen zurückdenken konnte, hatte Fran gern Vorstellungen gegeben. Sie hatte ein Puppentheater gebastelt und Puppen aus Pappmaché eine Geschichte erzählen lassen. Oder sie war auf eine Bühne aus Orangenkisten gesprungen und hatte unter dramatischen Gesten eine Operette gesungen und ihre Kleider passend zur Dramatik des Auftritts in Blutrot oder Sonnenblumengelb und dazu Jäckchen mit Pailletten ausgewählt.

Die Familie war daran gewöhnt, und Laurence war bereit, Fran zu nehmen, wie sie war. Nur Verity wusste nicht so recht, wie sie sich ihr gegenüber verhalten sollte. Fran war im Grunde eine feinfühlige, kluge Frau, und ihr Benehmen diente nur dem Schutz vor einer ungerechten Welt. Beim Anblick von Veritys hochgezogenen Brauen fürchtete Gwen, sie könnte ihre Cousine schamlos finden, besonders in diesem Moment, da sie sich mit einem kleinen Lächeln abwandte und ihren Bruder ansprach.

»Laurence, wollen wir morgen einen Ausritt um den See unternehmen? Wir könnten die Plantagenpferde nehmen. Ich bin sicher, Nick hat nichts dagegen.«

Laurence deutete auf den Regen.

»Oder wir gehen schwimmen, nur du und ich, wie früher, erinnerst du dich? Gwen würde sicher nicht mitkommen wollen.«

Gwen schnappte den letzten Satz auf. »Wohin mitkommen?«

»Ach, ich überlege gerade, ob wir ausreiten oder schwimmen gehen sollen.« Sie lächelte. »Ich dachte, du würdest nicht mitkommen wollen … aber selbstverständlich kannst du uns begleiten.«

»Während des Monsunregens sind wir nie geschwommen«, murmelte Laurence.

Verity hängte sich an seinen Arm. »Doch, doch. Ganz bestimmt.«

Das Verhältnis zwischen Laurence und seiner Schwester war kompliziert. Nach dem Tod ihrer Eltern war er für sie verantwortlich gewesen, hatte sie mit Taschengeld ausgestattet und sie beschützt. Gwen fand, dass Verity mit ihren sechsundzwanzig Jahren längst verheiratet und nicht mehr auf ihren Bruder angewiesen sein sollte. Doch Laurence zufolge hatte sie eine schon angekündigte Hochzeit in letzter Minute abgesagt.

Gwen kam nicht umhin, sich zu fragen, wie Caroline wohl mit ihr zurechtgekommen war. Verity machte einen freundlichen Eindruck, jedoch ahnte Gwen, dass sie nicht immer so war. Sie ging ans Fenster und schaute nach draußen. Der Regen fiel in silbernen Schleiern, angestrahlt von den Lampen am Haus. Morgen früh werden überall Pfützen stehen, auf den Wegen und dem Rasen, dachte sie, als sie sich zum Raum hin umdrehte. Laurence zwinkerte ihr zu. Sie konnte nicht widerstehen und ging hinüber, um sich neben ihn auf die Sofalehne zu setzen. Er löste sich von Veritys Arm und legte die Hand über Gwens Knie, die er sanft streichelte. Sowie niemand hinsah, schob er die Hand unter ihren Rock. Ihr schwindelte, und sie sehnte sich danach, mit ihm allein zu sein. Tappers Tod war zwar schrecklich gewesen, doch dadurch hatte sich alles geändert. Laurence hatte sich ihr geöffnet und war wieder er selbst, und sie war entschlossen, alles zu tun, damit es dabei blieb.

7

Morgens, wenn sie wach wurde und das Licht noch blass und gelblich war, dachte Gwen, das Leben könne gar nicht besser werden. Seit gut einer Woche war Laurence jede Nacht bei ihr geblieben. Er wirkte befreit und war so leidenschaftlich wie vor ihrer Ankunft auf der Plantage. Nachts liebten sie sich und am Morgen gleich wieder. Es war beruhigend, ihn neben sich atmen zu hören, und wenn sie vor ihm aufwachte, lag sie nur lauschend da und wunderte sich über ihr Glück.

Irgendwo krähte ein Hahn. Sie sah Laurence' Lider zucken.

»Hallo, Liebling«, sagte er und griff nach ihr.

Sie schmiegte sich an ihn und genoss seine Wärme.

»Wollen wir uns das Frühstück bringen lassen und den ganzen Tag im Bett bleiben?«, fragte er.

»Wirklich? Gehst du nicht arbeiten?«

»Nein. Dieser Tag gehört dir allein. Also, was möchtest du tun?«

»Weißt du was, Laurence?«

Er grinste. »Sag es!«

Sie flüsterte ihm ins Ohr.

Er lachte und zog die Brauen hoch. »Na, damit habe ich nicht gerechnet! Bin ich dir schon langweilig geworden?«

Sie drückte ihm einen Kuss auf den Mund. »Überhaupt nicht!«

»Nun, wenn es dir ernst ist, wüsste ich nicht, warum ich dir die Teeproduktion nicht zeigen sollte.«

»Auf Owl Tree wusste ich auch alles über die Käseherstellung.«

»Natürlich ... Du willst jetzt also wirklich aus dem Bett?«

Er strich ihr übers Haar, und keiner von ihnen machte Anstalten aufzustehen.

Laurence knabberte an ihrem Ohr. Er schien jeden Tag eine neue interessante Stelle an ihr zu finden, und dann erlebte sie Gefühle, die sie nie für möglich gehalten hätte. Er ging nicht weiter darauf ein, als sie ihm das Becken entgegenhob, sondern beschäftigte sich stattdessen eingehend mit ihren Kniekehlen. Nachdem er diese ausgiebig geküsst hatte, untersuchte er die Narben an den Knien.

»Du lieber Himmel, Mädchen, was hast du dir getan?«

»Die sind vom Eulenbaum. Als Kind bin ich oft in den Baum gestiegen, um nach den Geistern zu suchen, die da angeblich hausten, und immer wieder hinuntergefallen.«

Er schüttelte den Kopf. »Du bist unmöglich.«

Wer hätte geglaubt, dass das so himmlisch ist, dachte sie, als sie sich liebten, und beim Gefühl seiner warmen Haut vergaß sie alle Gedanken an die Teeproduktion.

Zwei Stunden später, als der Regen ausgesetzt hatte und noch ein schwerer Dunst in der Luft hing, ging Laurence mit ihr den Hügel hinauf und einen Pfad entlang, den sie noch nicht kannte. Als der See in Sicht kam, war das Wasser an vielen Stellen braun, wo der Regen Erdreich hineingespült hatte. Im Wald war es ungewöhnlich still. Es tropfte von den Zweigen, die Bäume wirkten geisterhaft, und einen Moment lang glaubte Gwen an die Teufel, die sich laut Naveena dort verbargen. Wo sie gingen, roch es durch den Regen intensiv nach wilden Orchideen und Gras. Spew, der sich in Gwen verliebt hatte, rannte schnuppernd vor ihnen her.

»Wie heißt die Pflanze?«, fragte sie vor einem hohen Gewächs mit weißen Blüten.

»Wir nennen sie Engelstrompete.« Dann zeigte er zu einem großen Gebäude hoch oben auf dem Hügel hinter ihrem Haus. »Schau, dort steht die Fabrik.«

Sie fasste ihn am Arm. »Bevor wir hingehen, wollte ich dich

etwas fragen. Hast du herausgefunden, wer Tapper getötet hat?«

Schmerz huschte über sein Gesicht. »Das ist schwer zu beweisen. Die halten zusammen, weißt du. Es wäre unklug, hier eine Front gegen uns entstehen zu lassen.«

»Aber warum wurde Tapper getötet?«

»Aus Rache wegen einer alten Ungerechtigkeit.«

Sie seufzte. Die Verhältnisse auf der Plantage waren so kompliziert. Ihr war anerzogen worden, mit Menschen und Tieren freundlich umzugehen. Wer freundlich war, wurde selbst auch freundlich behandelt.

Als sie endlich an der Fabrik ankamen, war sie außer Atem. Draußen an der Gebäudewand sah sie dunkelhäutige Männer auf einem Brett sitzen und die Fenster putzen. Laurence öffnete die Tür und befahl Spew, draußen zu warten. Von Ferne hörte man Hindugebete.

Gwen folgte ihm hinein. Vom oberen Stock kam Maschinenlärm, und es roch metallisch. Sie lauschte.

»Hier arbeiten viele Maschinen. Früher hat man dafür Holz verfeuert, und auf vielen Plantagen wird das immer noch so gehandhabt, aber ich habe hier als einer der Ersten in Brennöl investiert. Allerdings benutzen wir den Holzofen noch zur Trocknung. Wir verwenden Blauen Eukalyptus.«

Gwen nickte. »Das riecht man.«

»Die Fabrik hat vier Stockwerke. Möchtest du dich hinsetzen und erst mal zu Atem kommen?«

»Nein.« Sie schaute sich um. »Ich habe sie mir nicht so groß vorgestellt.«

»Tee braucht Luft.«

»Also, was passiert hier?«

Seine Augen leuchteten auf. »Du möchtest das wirklich wissen?«

»Natürlich.«

»Es ist ein komplizierter Herstellungsprozess. Hier kommen die Körbe mit den grünen Blättern herein und werden gewogen. Es gibt aber noch andere Wiegestationen. Die Frauen werden pro Pfund bezahlt, weißt du. Wir müssen aufpassen, dass sie nichts Unerwünschtes auf die Waage legen, um das Gewicht zu erhöhen. Wir wollen nur die Spitzen der Zweige, zwei Blätter und eine Knospe, mehr nicht.«

Sie bemerkte, wie herzlich er mit einem Mann sprach, der an ihn herantrat. Nachdem Laurence ihm auf Tamil geantwortet hatte, legte er stolz den Arm um Gwens Schultern.

»Gwen, ich möchte dir meinen Fabrikleiter und Teemacher vorstellen. Darish untersteht die gesamte Produktion.«

Der Mann nickte unsicher und verbeugte sich, bevor er sich entfernte.

»Er hat erst eine Engländerin hier drinnen gesehen.«

»Caroline?«

»Nein, es war Christina. Komm mit die Treppe hinauf! Da zeige ich dir die Welktische. Wenn die Blattmenge sehr groß ist, arbeiten Darish und der Mann, der das Welken überwacht, von zwei Uhr früh an, aber wegen des Wetters ist es im Augenblick ruhig.«

Gwen fand es gar nicht ruhig, die Geräuschkulisse war beträchtlich. Ihr war mit einem Mal unwohl. Vielleicht von dem intensiven Geruch der Blätter, der stark, leicht bitter und ziemlich fremd war. Oder weil Christinas Name gefallen war? Sie ermahnte sich, nicht töricht zu sein. Laurence hatte gesagt, es sei vorbei.

Sie gingen an aufgestapelten Körben, Werkzeugen, Seilen und anderen Utensilien vorbei und stiegen weiter nach oben.

»Hier ist der Trockenspeicher, wo die Blätter an der Luft welken«, erklärte er, als sie ganz oben ankamen. »Die Teepflanze heißt Camellia sinensis.«

Gwen schaute über die vier langen Tische, auf denen Teeblätter ausgebreitet waren. »Wie lange dauert das Welken?«

Er griff ihr um die Taille, und sie lehnte sich gegen ihn. Sie genoss es, mit ihm in seiner Welt zu sein.

»Das hängt von der Witterung ab. Ist es neblig wie jetzt, welken die Blätter langsamer. Sie brauchen warme, zirkulierende Luft und eine bestimmte Temperatur. Manchmal müssen wir Wärme mit dem Ofen zuführen. Das hörst du hier gerade. Bei schönem Wetter werden die Fensterläden in eine bestimmte Position gebracht, damit der Wind hereinweht.«

»Und was ist auf dem Stockwerk darunter?«

»Nach dem Welken werden die Blätter gerollt, damit die Zellen aufbrechen. Möchtest du das sehen?«

Sie schaute zu, wie die Blätter über lange Schütten in eine Maschine im nächsttieferen Stockwerk gelangten. Als Darish wieder zu ihnen kam, krempelte sich Laurence die Ärmel hoch und kontrollierte die Maschinen. Dabei war er offensichtlich in seinem Element, und Gwen freute sich, ihn so zu erleben.

Er sagte etwas zu Darish, der darauf nickte und davoneilte.

»Wollen wir nach unten gehen?« Laurence nahm ihren Arm, und sie wandten sich der Treppe zu.

»Die Blätter werden von rotierenden Walzen flach gedrückt.«

»Und dann?«

»Anschließend werden sie zerkleinert.«

Sie schnupperte. Auf dieser Etage roch es mehr nach Rasenschnitt, und der Tee sah aus wie Tabak.

»Danach wird er fermentiert.«

»Mir war nicht klar, wie viel Arbeit in meinem Frühstückstee steckt.«

Er küsste sie auf den Scheitel. »Das ist noch nicht alles. Er wird mit Heißluft getrocknet, um die Fermentation zu beenden, und dabei wird er schwarz. Dann wird er gesiebt und nach Blattgraden sortiert. Erst nach einer letzten Begutachtung wird er verpackt und geht nach London oder Colombo.«

»So viel Arbeit! Dein Teemacher muss großes Können besitzen.«

Laurence lachte. »So ist es. Wie du siehst, hat er Assistenten und Dutzende Arbeiter unter sich. Er hat schon als Knabe auf der Plantage gearbeitet, also schon für meinen Vater, und er weiß, was er tut.«

»Wer verkauft den Tee denn?«

»Er wird versteigert, entweder in Colombo oder in London, und mein Agent kümmert sich um die finanziellen Angelegenheiten. So, gleich wird die Mittagssirene heulen. Und hier drinnen wirst du sie unerträglich laut finden.«

Er lachte sie an, und sie staunte, was für einen beeindruckenden Mann sie geheiratet hatte. Laurence war schlank und stark von körperlicher Arbeit, wirkte dazu entschlossen und strahlte Autorität aus. Und obwohl es für ihn schwierig war, Veränderungen einzuführen, wie er sagte, war sie überzeugt, dass es ihm gelingen würde.

»Dein Interesse freut mich sehr«, sagte er.

»Hat sich Caroline nicht auch dafür interessiert?«

»Eigentlich nicht.« Er hakte sich bei ihr ein und führte sie nach draußen.

Der Nebel hatte sich aufgelöst, der Himmel war klar. Fast sah es aus, als bliebe es trocken.

»Laurence, ich frage mich, warum deine Schwester nicht geheiratet hat.«

Er runzelte die Stirn und wurde ernst. »Ich habe die Hoffnung noch nicht aufgegeben.«

»Aber warum ist sie ledig?«

»Ich weiß es nicht. Sie ist kompliziert, Gwen. Männer verlieben sich in sie, dann stößt sie sie weg. Es ist mir ein Rätsel.«

Gwen verkniff sich eine Andeutung, Verity mache sich vielleicht absichtlich unattraktiv. Sie seufzte.

Als sie etwa hundert Meter gegangen waren, heulte die Sirene. Gwen hielt sich die Ohren zu und stolperte über einen herabgefallenen Zweig.

»Ich hab's ja gesagt.«

Sie richtete sich auf und rannte los, dicht gefolgt von Laurence und Spew. Dann hob Laurence sie schwungvoll hoch und behielt sie auf den Armen.

»Lass mich sofort runter, Laurence Christopher Hooper! Wenn uns jemand sieht!«

»Man kann dich keinen Hügel entlanglaufen lassen, ohne dass du dir Kratzer und Schrammen zufügst. Darum werde ich dich tragen.«

Am Nachmittag wurde Gwen beim Lesen durch laute Stimmen gestört. Sie hatte sich nach dem Mittagessen ein Buch ausgesucht, eine unterhaltsame Detektivgeschichte. Widerstrebend legte sie es beiseite und stand auf, um nachzusehen, was los war.

Es war Laurence, der nach Naveena rief. Er stand auf dem Flur und versuchte, Fran zu beruhigen, die mit verquollenen, zornigen Augen dasaß. Die Tränen liefen ihr über die geröteten Wangen.

Gwen ging zu ihr. »Fran, was ist denn passiert? Gibt es schlimme Neuigkeiten?«

Fran schüttelte den Kopf, schluckte mühsam und brachte kein Wort heraus, weil sie erneut zu schluchzen anfing.

»Es geht um ihr Bettelarmband«, erklärte Laurence. »Es ist verschwunden. Aber ich verstehe überhaupt nicht, warum sie so aufgewühlt ist. Ich habe gesagt, ich werde ihr ein neues kaufen. Doch das brachte sie nur noch mehr zum Weinen.«

Fran stand auf und flüchtete.

»Da siehst du, was ich meine.«

»Ach, Laurence, du Dummer! Es hat ihrer Mutter gehört. Die hat die Anhänger ihr Leben lang gesammelt. Jeder einzelne hat Fran etwas bedeutet. Es ist unersetzlich.«

Laurence zog ein langes Gesicht. »Ich hatte ja keine Ahnung. Können wir denn gar nichts unternehmen?«

»Organisiere eine Suche, Laurence! Lass alle Diener danach suchen! Ich gehe derweil Fran trösten.«

Am nächsten Tag war Fran nicht zum Frühstück erschienen. Gwen klopfte an ihre Tür und ging auf Zehenspitzen hinein. Die Fensterläden waren geschlossen, und der saure Geruch von Nachtschweiß hing in der Luft. Sie öffnete ein Fenster, um frische Luft hereinzulassen.

»Was ist mit dir, Fran?« Sie schaute zum Bett. »Du bist nicht einmal aufgestanden. Weißt du noch, dass wir zum Lunch verabredet sind?«

»Es geht mir schlecht, Gwennie. Wirklich schlecht.«

Gwen betrachtete ihre schön geschwungenen Lippen, die langen Wimpern und die beiden roten Flecken auf ihrem sonst makellosen Teint. Wie kam es, dass Fran immer hübsch aussah, sogar wenn es ihr nicht gut ging? Gwen selbst sah beim ersten Niesen einer Erkältung bestenfalls ätherisch, meistens aber wie ein Gespenst aus.

Sie setzte sich auf die Bettkante und fühlte an Frans Stirn. Es kam selten vor, dass ihre Cousine sich selbst bemitleidete.

»Du fühlst dich sehr heiß an. Ich werde Naveena bitten, dir Porridge und Tee ans Bett zu bringen.«

»Ich kann nichts essen.«

»Dann musst du wenigstens etwas trinken.«

Gwen konnte ihre Enttäuschung nicht verbergen. Sie hatte mit Fran nach Nuwara Eliya fahren wollen, um dort mit Christina und Ravasinghe zu Mittag zu essen. Sie wollte die Amerikanerin wiedersehen, teils aus Neugier und teils, um ihr gegenüber an Selbstsicherheit zu gewinnen. Doch nun, da Fran mit Fieber aufgewacht war, würde daraus nichts werden.

»Das kommt, weil du dich gestern so aufgeregt hast«, meinte Gwen. »Und das Wetter tut sein Übriges.«

Fran stöhnte. »Mein Armband wird bestimmt nicht gefunden. Es wurde gestohlen, ganz sicher.«

Gwen dachte darüber nach. »Hattest du es noch nach dem Ball?«

»Ja, das weiß ich genau. Ich trage es jeden Tag.«

»Es tut mir so leid für dich!«

Fran schniefte.

»Mach dir keine Gedanken wegen der Verabredung! Wir können ein andermal hinfahren.«

»Nein, Gwen, du fährst. Savi wird das Porträt enthüllen. Wenigstens einer von uns muss der Einladung folgen.«

»Du magst ihn, nicht wahr, Fran?«

Ihre Cousine wurde rot. »Ja. Sehr sogar.«

»Das sieht dir ähnlich. Er mag ja anziehend sein, und in manchen Kreisen ist es sicher modern, Künstler zu fördern, aber die Eltern werden einen Anfall bekommen.« Sie sagte das lächelnd; eine Schelte war es dennoch.

»Deine Eltern, Gwen.«

Darauf herrschte für einige Augenblicke Schweigen.

»Schau, ich kann unmöglich ohne dich hinfahren. Das würde Laurence ganz gewiss nicht gefallen. Ich weiß nicht, warum, doch er kann Ravasinghe nicht leiden.«

Fran winkte ärgerlich ab. »Wahrscheinlich nur, weil er Singhalese ist.«

Gwen schüttelte den Kopf. »Nein. Das ist ganz bestimmt nicht der Grund.«

»Du musst es ihm ja nicht erzählen. Es wäre grässlich, Savi sitzen zu lassen. Bitte, sag, dass du hinfährst!«

»Und wenn Laurence es doch erfährt?«

»Ach, dir fällt schon etwas ein! Könntest du denn nicht bis zum Abendessen wieder hier sein?«

»Wenn ich mit dem Zug fahre, durchaus.«

»Dann wirst du bis dahin zurück sein, und er wird nicht einmal bemerken, dass du fort warst.«

Gwen lachte. »Wenn es dir so viel bedeutet. Laurence kommt heute ohnehin nicht zum Mittagessen. Aber wer wird nach dir sehen?«

»Naveena kann mir Getränke bringen und das Laken wechseln. Notfalls kann der Butler den Arzt anrufen.«

»Vielleicht könnte ich Verity bitten, mich zu begleiten.«

Fran zog die Brauen hoch.

»Oder auch nicht.«

Ihre Cousine lachte. »Soll das etwa heißen, die engelsgleiche Gwendolyn Hooper kann auch mal jemanden nicht leiden?«

Gwen versetzte ihr einen Rippenstoß. »Ich kann sie sehr wohl leiden.«

»He, ich bin krank! Aber wenn du dich nicht beeilst, wirst du den Zug verpassen.« Dann: »Halt, eine Bitte habe ich noch!«

»Heraus damit«, sagte Gwen, während sie Frans Laken glatt zog.

»Versuch herauszufinden, ob er mich mag, Gwennie! Bitte.«

Gwen richtete sich lachend auf, dabei war ihr durchaus klar, dass Fran es ernst meinte.

»Tust du das für mich?«

»Nein, ehrlich, das ist lächerlich.«

»Ich werde bald nach England zurückreisen«, sagte Fran sehr bestimmt. »Und ich möchte vorher wissen, ob ich bei ihm Chancen habe.«

»Chancen worauf?«

Fran zuckte mit den Schultern. »Das bleibt abzuwarten.«

Gwen beugte sich über das Bett und nahm Frans Hand. »Er ist ein gut aussehender Mann, aber du kannst ihn nicht heiraten, Frannie. Das weißt du, nicht wahr?«

Fran entzog ihr die Hand. »Ich wüsste nicht, warum ich das nicht können sollte.«

Gwen seufzte und überlegte. »Zum Beispiel, weil dann außer mir niemand mehr mit dir reden würde.«

»Das ist mir egal. Savi und ich können wie Wilde auf einer einsamen Insel im Indischen Ozean leben. Er kann mich jeden Tag nackt malen, bis ich von der Sonne ganz braun geworden bin. Dann haben wir die gleiche Hautfarbe.«

Gwen lachte. »Du bist wirklich albern. Eine Minute in der Sonne, und du siehst aus wie ein Hummer.«

»Du bist eine Spielverderberin, Gwendolyn Hooper.«

»Nein, ich denke nur praktisch. Jetzt muss ich los. Pass auf dich auf!«

Christina trug ein schwarzes Kleid mit tiefem Ausschnitt und dazu schwarze Spitzenhandschuhe, die bis zu den Ellbogen reichten. Ihre grünen Augen funkelten, und Gwen bemerkte den schönen Schwung ihrer Brauen. Die blonden Haare hatte sie zu Schlaufen gesteckt, die ihr in den Nacken hingen. Durchsetzt mit schwarzen Perlen, ergab sich ein Eindruck müheloser Eleganz. Dazu trug sie ein silbernes Paillettenstirnband, tropfenförmige Jetperlen an den Ohren und ein enges Halsband aus Jetperlen. Gwen fühlte sich in ihrem pastellfarbenen Nachmittagskleid in den Schatten gestellt.

»Sieh an!« Christina schwenkte ihre lange Zigarettenspitze aus Elfenbein. »Wie ich höre, sind Sie unserem hinreißenden Mr. Ravasinghe schon begegnet, bevor Sie ceylonesischen Boden berührt haben.«

»Ja … Er war sehr freundlich zu mir.«

»Oh, das sieht ihm ähnlich! Er ist zu allen freundlich, nicht wahr? Es überrascht mich, dass Sie nicht mit ihm in den Dschungel durchgebrannt sind.«

Gwen lachte. »Der Gedanke kam mir kurz.«

»Andererseits haben Sie sich den begehrenswertesten Mann von ganz Ceylon geangelt.«

Ravasinghe zwinkerte Gwen zu. »Nehmen Sie nicht die geringste Notiz davon! Christinas Lebenszweck ist es, anderen unter die Haut zu gehen, mal so und mal so.«

»Tja, seit der reizende Ernest den Löffel abgegeben hat, bleibt mir kaum etwas anderes übrig, als noch reicher zu werden und die Leute zu ärgern, nicht wahr? Er hat mir eine Bank hinterlassen, wissen Sie. Etwas Langweiligeres kann man sich kaum vorstellen. Natürlich ist das schon ein paar Jahre her. Aber genug davon. Das ist einem neuen Gast gegenüber nicht fair. Ich hoffe, wir werden bald gute Freunde, Gwen.«

Gwen gab eine ausweichende Antwort. Jemand wie Christina war ihr noch nicht begegnet, und es war nicht nur der New Yorker Akzent, der sie anders machte. Ihr kam der beunruhigende Gedanke, es könnte gerade diese Andersartigkeit sein, die Laurence an ihr anziehend fand.

»Warum sind Sie in Ceylon, Mrs. Bradshaw?«

»Um Himmels willen, seien Sie nicht schüchtern! Sagen Sie Christina zu mir!«

Gwen lächelte.

»Ich komme schon seit Jahren regelmäßig hierher. Und jetzt bin ich hier, weil Savi versprochen hatte, mich zu malen. Ich bin vor einer Ewigkeit bei einer Ausstellung in New York auf ihn gestoßen. Seine Porträts sind so intim. Er entlockt seinen Modellen, was in ihnen vorgeht. Ich zum Beispiel bin in ihn verliebt. Am Ende sind wir das alle. Sie müssen sich von ihm malen lassen.«

»Oh, ich …«

»Nun, Sie mögen hoffentlich Ente«, fiel Christina ihr ins Wort. »Wir haben Auberginencurry als Vorspeise und dann honiggebeizte Ente.«

Als Christina sie ins Speisezimmer führte, blieb Gwen vor einer großen Maske an der Wand des Durchgangs stehen.

»Was ist das?«

»Die traditionelle Maske eines Teufelstänzers.«

Gwen wich vor der Maske zurück und stieß gegen Ravasinghe, der ihr beruhigend auf den Rücken klopfte. Die Maske war schockierend. Wilde graue Haare, ein großer aufgerissener, roter Mund mit gebleckten Zähnen, hellrote, abstehende Ohren und orangefarbene Glotzaugen, wohingegen die Nase und die Wangen weiß bemalt waren.

»Ihr umwerfender Ehemann hat sie mir geschenkt«, sagte Christina. »Sie wissen ja, wie dankbar er ist.«

Gwen war sprachlos, sowohl wegen des Geschenks als auch wegen Christinas Taktlosigkeit.

Sie dachte an vorhin, als sie Ravasinghe im *Grand Hotel* getroffen hatte, nachdem sie mit einem Wagen vom Bahnhof in Nanu Oya gekommen war. Sie hatte draußen auf ihn gewartet, beim Duft von Eukalyptusbäumen, der von den bewölkten Pidurutalagala-Bergen herüberwehte. Seit es mit Laurence wieder so harmonisch lief, war ihr das Interesse, das sie zuvor für den Maler gehegt hatte, peinlich, und sie schämte sich, weil sie beim Ball derart viel Champagner getrunken und nun eine Erinnerungslücke hatte.

Heute vor dem *Grand Hotel* hatte er sie angelächelt, als wäre nichts gewesen, dann ihren Arm genommen, um sie über die Straße zu geleiten, die mit Ochsenkarren und Rikschas verstopft war. In dem Moment hatte sie eine helle Frauenstimme rufen hören.

»Hallo. Wie geht es Ihnen?« Es war Florence, die mit geblähten Nüstern zu ihnen herüberblickte. Gwen empfand sie allmählich als die Stimme des Gewissens.

»Sehr gut, danke«, antwortete sie.

»Ich hoffe, Ihr Gatte ist wohlauf, meine Liebe.« Das Wort »Gatte« wurde eigens betont.

»Florence, wie reizend, dass wir uns begegnen, aber ich fürchte, ich kann nicht mit Ihnen plaudern. Wir sind zum Lunch eingeladen.«

Florence blähte erneut die Nüstern, und ihre Kinnwülste wackelten. »Ohne Laurence?«

»Ja, er ist den ganzen Tag beschäftigt. Ein Problem mit den Walzen.«

»Dann behüte Sie Gott, meine Liebe!«, sagte Florence und bedachte Ravasinghe mit einem argwöhnischen Blick.

Danach kamen sie am Laden eines Fotografen vorbei. Im Schaufenster stand eine Fotografie von einer Hochzeit zwischen einem Europäer und einer Singhalesin. Gwen betrachtete sie fasziniert und dachte an Fran.

»Anfangs war das nichts Ungewöhnliches, wissen Sie«, sagte Ravasinghe. »Bis zur Mitte des neunzehnten Jahrhunderts hat die Regierung sogar zu Mischehen ermuntert.«

»Warum hat sich das geändert?«

»Aus vielen Gründen. Nachdem 1869 der Suezkanal eröffnet wurde, konnten Engländerinnen einfacher und schneller hierher reisen. Bis dahin sah man sie hier selten. Aber schon davor wollte die Regierung Macht zurückgewinnen. Sie war besorgt, die eurasischen Abkömmlinge aus den Mischehen wären dem Empire gegenüber nicht so loyal.«

Als sie sich nun an den Esstisch setzten und Gwen Christina

beobachtete, fragte sie sich, ob sie mit Fran zu streng gewesen war.

»Ah, da kommt das Auberginencurry.« Christina klatschte in die Hände.

Was der Diener da servierte, sah für Gwen unbestimmbar aus.

»Schauen Sie nicht so besorgt, meine Liebe!«, sagte Ravasinghe. »Das sind nur Auberginen. Sie saugen den Knoblauch und die Gewürze in sich auf. Köstlich. Probieren Sie es!«

Gwen nahm sich ein Stück mit der Gabel. Es hatte eine sonderbare Konsistenz, aber der Geschmack war gefällig, und sie hatte plötzlich Heißhunger. »Es schmeckt sehr gut.«

Sie widmete sich ihrer Portion, während sich die anderen beiden unterhielten. Dieses ungewöhnliche Essen sagte ihr immer mehr zu. Sie fühlte sich durch Christina jedoch ein wenig eingeschüchtert. Ein flaues Gefühl breitete sich in ihr aus, und sie brachte den letzten Bissen kaum herunter, weil sie sich von Neuem wegen Laurence und Christina Gedanken machte. Teufelstänzer, sieh mal an! Hatte Laurence mit dem Geschenk etwas Besonderes sagen wollen, oder war es in Ceylon üblich, einander Abscheulichkeiten zu schenken? Sie wollte sich nicht als Ignorantin präsentieren, beschloss aber, wenigstens eine ihr wichtige Frage zu stellen.

»Sie kennen meinen Mann schon lange?«

Christina ließ sich mit der Antwort Zeit, dann lächelte sie. »Ja, schon eine Ewigkeit. Sie haben großes Glück.«

Gwen blickte Ravasinghe an, der nur nickte. Er war ihr nicht besonders verstimmt erschienen, als sie allein angekommen war, sondern hatte sie mit gewohnter Höflichkeit behandelt, und so hatten sie sich auf den Weg zu Christinas gemieteter Villa gemacht. Seine Kleidung war makellos: dunkelgrauer Anzug, weißes Hemd, das sich leuchtend von seiner dunklen Haut abhob. Er war so dicht neben ihr gegangen, dass sie seinen Zimtgeruch wahrgenommen hatte. Allerdings wunderte sie sich über seine Bartstoppeln. War er spät aufgestanden und hatte keine Zeit mehr zum Rasieren gehabt, oder war er vielleicht sogar gar nicht im Bett gewesen?

»Es tut mir sehr leid für Ihre Cousine«, sagte er, als er ihren Blick bemerkte. »Ich hoffe, sie wird schnell wieder gesund. Ich dachte nämlich daran, sie zu einer Bootsfahrt auf dem See bei Kandy einzuladen, da der Regen noch auf sich warten lässt. Kandy ist die Großstadt in den Bergen.«

»Das würde Fran gefallen. Ich gebe die Einladung an sie weiter.«

Er nickte. »Wenn Fran im Juli noch hier ist, könnte es Ihnen beiden vielleicht Freude machen, sich die Vollmond-Prozession in Kandy anzusehen, das Perahera-Fest. Das ist spektakulär. Die Elefanten werden mit Gold und Silber geschmückt.«

»Ja, kommen Sie mit!«, bekräftigte Christina. »Mit der Prozession wird der Zahn von Gautama Buddha verehrt. Kennen Sie die Geschichte?«

Gwen schüttelte den Kopf.

»Vor Jahrhunderten hat angeblich eine Prinzessin den Zahn in ihren Haaren versteckt von Indien nach Ceylon geschmuggelt. Und nun wird er unter lautem Getrommel durch die Straßen getragen, mit einem Gefolge geschmückter Tänzer. Lasst uns alle hinfahren!«, sagte Christina. »Wollen Sie den lieben Laurence fragen, Gwen, oder soll ich es tun?«

»Ich frage ihn.« Gwen lachte gezwungen, um ihren Ärger zu überspielen, nachdem Christina angedeutet hatte, sie habe noch immer ein vertrautes Verhältnis zu Laurence.

Die Dessertschalen wurden abgeräumt. Christina zündete sich eine Zigarette an und stand auf. »Ich meine, es ist Zeit, Ihr Gemälde zu enthüllen, Mr. Ravasinghe, nicht wahr? Aber vorher gehe ich mir die Nase pudern.«

Sie kam um den Tisch herum zu seinem Platz, als er sich erhob, und ein Hauch des amerikanischen Parfüms, das auch Fran trug, wehte zu Gwen herüber, Tabac Blond von Caron, das sich passenderweise mit dem Zigarettenrauch mischte. Christina küsste Ravasinghe auf die Wange, dann strich sie mit ihren lackierten Nägeln durch seine langen welligen Haare. Als er sich zu ihr umdrehte, musterte Gwen sein Profil. Er war ein besonders gut aussehender Mann. Dieser Anflug von Gefährlichkeit in seinem Blick machte ihn vielleicht noch anziehender. Er nahm Christinas Hand weg und drückte einen zärtlichen Kuss darauf, was Gwen verwirrte.

Sie hatte ihre peinliche Aufgabe, ihn zu fragen, ob er Fran mochte, bisher vernachlässigt. Da Christina sie beide allein gelassen hatte, sah sie die Gelegenheit gekommen. Und obwohl sie Frans Bitte zunächst abgelehnt hatte, erschien es ihr jetzt wichtig, die Frage zu stellen.

»Da wir gerade von Fran sprachen«, begann sie.

»Taten wir das?«

»Ja, vor einer Weile.«

»Natürlich. Und was möchten Sie über Ihre entzückende Cousine sagen?«

»Was halten Sie von ihr, Mr. Ravasinghe?«

»Sie müssen mich Savi nennen.« Er lächelte sie herzlich an und sah ihr dabei in die Augen. »Ich halte sie für sehr liebenswert.«

»Sie mögen sie also?«

»Wer täte das nicht? Andererseits würde ich jede Ihrer Cousinen mögen, Mrs. Hooper.«

Sie lächelte. Seine Erwiderung hatte jedoch mehr Zweifel geweckt als ausgeräumt. Was für eine seltsame Antwort!

Als Christina zurückkam, reichte er Gwen die Hand, und sie gingen durch einen luftigen Raum in den hinteren Teil des Hauses. Zwei hohe Fenster blickten auf einen ummauerten Garten. Das Gemälde stand, von rotem Samt verhüllt, auf einer Staffelei mitten im Zimmer.

»Sind wir bereit?«, fragte Christina und zog gleich darauf mit schwungvoller Gebärde das Samttuch weg.

Gwen schaute auf Christinas Porträt, dann sah sie Ravasinghe an, der ihren Blick in Erwartung einer Bemerkung erwiderte.

»Es ist ungewöhnlich«, meinte sie zaghaft.

»Es ist mehr als das, lieber Savi. Es ist großartig«, sagte Christina.

Gwen hegte Zweifel. In gewisser Weise gefiel es ihr, aber sie hatte den Verdacht, dass er sich über sie lustig machte. Dass sich beide über sie lustig machten. Er wirkte stets höflich und wohlerzogen, hatte jedoch etwas Beunruhigendes an sich, und das kam nicht nur daher, dass er sie betrunken gesehen, sie zu Bett gebracht und ihre Stirn gestreichelt hatte.

»Was beunruhigt, ist nicht das, was man sieht«, bemerkte Christina.

Gwen blickte sie fragend an.

»Man fürchtet sich vor dem, was im nächsten Augenblick passieren könnte.«

Ravasinghe lachte. »Oder was bereits passiert ist.«

Gwen betrachtete das Porträt erneut, doch ein zweiter Blick bestätigte nur ihre Vorbehalte. Christinas Wangen waren gerötet, ihre Haare durcheinander, und sie trug nichts weiter als ein Halsband aus schwarzen Jetperlen und einen wissenden Gesichtsausdruck. Das Porträt endete unterhalb ihrer nackten Brüste. Gwen war sich bewusst, wie töricht es war, doch es machte sie wütend, dass Laurence Christina so gesehen hatte.

»Savi hat auch die erste Frau Ihres Mannes gemalt, wissen Sie.«

»Ich habe das Bild nicht gesehen.«

»Laurence wird es abgehängt haben, nachdem sie tot war.«

Gwen überlegte einen Moment lang. »Haben Sie Caroline gekannt?«

»Nicht gut. Ich habe Laurence erst hinterher kennengelernt. Savi war auch versessen darauf, Verity vor ihrem großen Tag zu malen, und hatte schon Skizzen angefertigt, doch sie ließ die Hochzeit platzen und flüchtete nach England. Niemand wusste, warum sie ihren Zukünftigen sitzen ließ, den armen Kerl. Er hatte einen Sitz in der Regierung und war ziemlich süß, wie ich hörte. Was halten Sie von Ihrer Schwägerin?«

»Ich kenne sie nicht sehr gut.«

»Was denken Sie über Verity Hooper, Savi? Verraten Sie es uns!«

Ravasinghe begnügte sich mit einem leichten Stirnrunzeln, um sein Missfallen zum Ausdruck zu bringen. Aber ob es sich auf Verity bezog oder darauf, dass sie zum Gesprächsgegenstand gemacht wurde, war seiner Mimik nicht zu entnehmen.

»Nun«, fuhr Christina fort, »meiner Ansicht nach ist sie eine Unruhestifterin, und außer für ihren Bruder interessiert sie sich nur für Pferde. Zumindest solange sie noch in England lebte.«

»Sie ist eine gequälte Seele«, erwiderte er. Dann zog er einen kleinen Skizzenblock aus der Jackentasche. »Haben Sie etwas dagegen, wenn ich eine Skizze von Ihnen anfertige, Mrs. Hooper?«

»Oh, ich weiß nicht. Laurence …«

»Laurence ist nicht hier, meine Liebe. Erlauben Sie es ihm einfach!«

Ravasinghe lächelte sie an. »Sie sind auffallend frisch und unverdorben. Das würde ich gern einfangen.«

»Also gut. Wie möchten Sie mich?«

»So, wie Sie sind.«

8

Sowie sich Fran von dem Fieber erholt hatte, stand sie auf, kleidete sich an und machte sich reisefertig, um den Zug von Hatton nach Nanu Oya zu nehmen, dem Bahnhof bei Nuwara Eliya. Ihre Koffer gingen nach Colombo voraus; Ravasinghe hatte versprochen, sie nach einer kleinen Besichtigungstour durch Kandy dort hinzufahren. Von Colombo aus würde sie nach England zurückkehren. Die beiden Frauen umarmten einander, als McGregor das Auto vorfuhr und beim Aussteigen brummte, er sei doch kein Chauffeur. Gwen lächelte, obwohl sie wusste, wie sehr sie ihre Cousine vermissen würde.

»Sei aber vorsichtig, Frannie!«

Fran lachte. »Wann wäre ich das nicht?«

»Immerzu. Du wirst mir fehlen, Fran.«

»Und du mir. Aber ich komme wieder, vielleicht nächstes Jahr.«

Fran drückte Gwen noch einmal an sich, dann stieg sie ins Auto, und als McGregor mit ihr die Straße hinauffuhr, lehnte sie sich aus dem Fenster und winkte, bis sie hinter der nächsten Anhöhe verschwand. Gwen dachte an das gemeinsame Frühstück zurück, bei dem sie heftig errötend gestanden hatte, wie eifersüchtig sie auf Christina war.

Fran hatte gelacht. »Hast du Angst, Laurence kann ihr nicht widerstehen?«

»Ich weiß nicht.«

»Sei nicht albern! Er betet dich ganz offensichtlich an. Er würde deine Liebe nicht wegen einer schrecklich aufgedonnerten Amerikanerin aufs Spiel setzen.«

Versonnen bohrte Gwen die Zehen in den Kies und hoffte, ihre Cousine möge recht behalten. Dann schüttelte sie den Kopf und eilte ins Haus, um einen Brief an ihre Mutter zu schreiben. Frans Abreise brachte ihr Heimweh wieder hervor.

Am nächsten Morgen musste Gwen, kaum dass sie wach war, ins Bad laufen und sich übergeben. Entweder rührte das von dem fremdländischen Essen her, oder sie hatte sich bei Fran angesteckt. Allerdings hatte Fran nicht über Übelkeit geklagt. Der Latrinenkuli war noch nicht da gewesen, und so warf sie, unter dem Gestank taumelnd, einen halben Eimer Sägemehl in die Toilette.

Sie klingelte nach Naveena, und während sie wartete, öffnete sie die Vorhänge. Am blauen Himmel waren nur zarte Wolkenstreifen zu sehen. Sie atmete tief die süß riechende Luft ein und hoffte, der Regen werde bis Oktober vorbei sein.

Naveena klopfte an und brachte auf einem Ebenholztablett zwei gekochte Eier herein. »Guten Morgen, Lady.«

»Oh, ich kann nichts essen. Mir ist fürchterlich übel.«

»Aber Sie müssen essen. Vielleicht einen Egg Hopper?«

Gwen schüttelte den Kopf. Ein Egg Hopper war ein ulkiger Pfannkuchen mit einem gebackenen Ei in der Mitte.

Die Dienerin lächelte und wackelte mit dem Kopf. »Möchten Sie den gewürzten Tee kosten, Lady?«

»Was ist darin?«

»Zimt, Nelke, ein bisschen Ingwer.«

»Und bester Hooper-Tee, hoffe ich. Aber wie gesagt, mir ist furchtbar schlecht. Ich nehme lieber eine Tasse gewöhnlichen Tee.«

»Er ist speziell. Gut bei Ihrem Zustand.«

Gwen blickte sie an. »Bei einer Magenverstimmung? Meine Mutter sagt immer, je milder, desto besser.«

Die Dienerin nickte und machte kleine Flatterbewegungen mit den Händen. Gwen konnte die Dienerschaft nicht mit den gleichen Augen sehen wie Florence und fragte sich oft, was in ihren Köpfen vorging. Dies war das erste Mal, dass Naveena kein gleichmütiges Gesicht machte.

»Was gibt es, Naveena? Warum grinsen Sie mich so an?«

»Seine erste Frau war genauso. Sie achten nicht auf den Kalender, Lady.«

»Wieso? Habe ich etwas Wichtiges verpasst? Ich werde mich sofort ankleiden. Es geht mir schon viel besser. Was immer es war, es scheint vorüber zu sein.«

Die Dienerin brachte den Kalender von dem Schreibtisch, in dem Gwen ihre Haushaltslisten aufbewahrte.

»Wir werden das Kinderzimmer herrichten müssen, Lady.«

Das Kinderzimmer? Ihr wurde heiß, und aufgeregt rechnete sie die Tage aus. Wie konnte ihr das entgangen sein? Es musste am Tag nach dem Ball passiert sein, als Laurence sich ihr geöffnet hatte und sie sich hinterher geliebt hatten. Es sei denn, es war schon beim vorigen Mal passiert. Doch welche Rolle spielte das? Endlich war eingetreten, worauf sie gehofft, was sie sich vom ersten Augenblick an gewünscht hatte. Als sie Laurence zum ersten Mal gesehen hatte, hatte sie gedacht: Das ist der Vater meiner Kinder. Sie hätte es wissen müssen. Ihr war übel gewesen, sie hatte sich matt gefühlt, manchmal Heißhunger gehabt, und ihre Brüste waren größer geworden. Wegen der ständigen Unregelmäßigkeit war es ihr nicht aufgefallen. Und außer Frans Erkrankung war noch so viel anderes passiert, da hatte sie es ganz aus den Augen verloren. Jetzt konnte sie es kaum erwarten, Laurence damit zu überraschen.

Dabei fiel ihr auf, dass sie nicht einmal wusste, wo das Kinderzimmer überhaupt lag. Sie hatte das Haus noch immer nicht ganz gesehen. Wie dumm von ihr! Laurence' Arbeitszimmer im Erdgeschoss zum Beispiel, da hatte sie zwei Mal auf der Suche nach ihm hineingehen wollen, und es war abgeschlossen gewesen. In sein Schlafzimmer war sie einmal geschlüpft, um ungestört die Fotografie der blonden Frau zu betrachten. Auf der Rückseite hatte sie Carolines Namen entdeckt und sich dann nach ihrem Porträt umgeschaut. Aber es hing nirgendwo. Sie hatte sich auch die fünf Gästezimmer und zwei weitere Bäder angesehen. Es gab noch zwei andere abgeschlossene Türen, hinter denen sie Wäschekammern vermutet hatte, eine in ihrem Bad und die andere im Flur. Da war sie nachlässig gewesen. Sie hätte sich die Türen aufschließen lassen sollen.

»Dann zeigen Sie mir das Kinderzimmer gleich«, sagte sie freundlich.

Naveena schaute beklommen. »Ich weiß nicht, Lady. Es war niemand mehr drin seit …«

»Oh, ich verstehe. Ich fürchte mich nicht vor ein bisschen Staub. Sie werden es mir zeigen, sobald ich angezogen bin.«

Naveena nickte und ging hinaus.

Als Naveena eine Stunde später wiederkam, ging sie mit ihr zu der verschlossenen Tür im Bad, was Gwen überraschte.

»Hier ist es, Lady. Ich habe den Schlüssel.«

Sie schloss auf. Hinter der Tür lag ein kurzer Gang, der parallel zum Hauptkorridor verlief und am Ende nach links in ein Zimmer führte.

Dort angekommen, blieb Gwen unwillkürlich stehen. Ihr war unbehaglich. Es war dunkel, und ein beißender Geruch stach ihr in die Nase.

Naveena öffnete ein Fenster und die Läden. »Es tut mir leid, Lady. Mr. Hooper wollte nicht, dass wir etwas anrühren.«

Als Licht hereinfiel, stellte Gwen erschrocken fest, dass die Wände dicht mit Spinnweben überzogen waren und auf allem eine dicke Schicht Staub und tote Insekten lagen. Was den Geruch absonderte, wusste sie nicht. Er gehörte jedenfalls nicht in ein Kinderzimmer. Davon abgesehen strahlte der Raum Traurigkeit aus, die ihr Laurence mit seinen zerstörten Hoffnungen vor Augen führte.

»Ach, Naveena, das ist traurig! Wie lange ist es her?«

»Zwölf Jahre, Lady«, antwortete sie, während ihr Blick durchs Zimmer glitt.

»Sie müssen Caroline und den kleinen Thomas gemocht haben.«

»Wir sprechen nicht darüber«, sagte sie leise.

»Ist Caroline durch die Geburt erkrankt?«

Naveenas Miene verdunkelte sich. Sie nickte, schwieg jedoch.

Gwen hätte gern mehr erfahren, aber da die alte Frau so bekümmert war, wechselte sie das Thema.

»Hier muss jedenfalls sorgfältig geputzt werden.«

»Ja, Lady.«

Putzen in Ceylon hieß, zunächst einmal alles aus einem Zimmer zu entfernen, auch schwere Möbel, Teppiche und Gardinen. Man stapelte alles auf dem Rasen. Während der Raum gewischt und desinfiziert wurde, klopften andere die Teppiche aus und polierten die Möbel. Nichts wurde außer Acht gelassen.

»Wenn alles hinausgeschafft wurde, lassen Sie es verbrennen!«

Gwen schaute sich die fensterlose Wand an. Was sie für Schimmel gehalten hatte, entpuppte sich als Wandgemälde. Eine kaum noch erkennbare Landschaftsszene. Als sie mit den Fingern darüberstrich, löste sich ein Staubfilm.

»Könnten Sie mir bitte einen Lappen bringen, Naveena?«

Die Dienerin reichte ihr ein Mulltuch aus ihrer Kitteltasche, worauf Gwen einen Teil der Wand abwischte.

Sie betrachtete das Bild. »Eine Fantasiewelt, nicht wahr? Schauen Sie! Wasserfälle und Flüsse und da drüben schöne Berge und … ein Palast oder ein Tempel?«

»Der buddhistische Tempel bei Kandy. Die erste Mrs. Hooper hat es gemalt. Die Landschaft ist hier, Lady, in Ceylon.«

»Sie war Künstlerin?«

Naveena nickte.

Gwen kam zu einem schnellen Entschluss. »Nun, worauf warten wir noch? Lassen Sie die Sachen hinaustragen. Und ich halte es für das Beste, die Wand zu überstreichen.«

Auf dem Weg in ihr Zimmer dachte Gwen über Caroline nach, die große Mühe aufgewendet hatte, um den Raum zu verschönern, und sie fragte sich, wie viel von der Eleganz des Hauses ihr Werk war. Sie bereute die Anweisung bereits. Vielleicht ließe sich Ravasinghe bitten, das Bild zu restaurieren. Was Laurence' Abneigung gegen ihn allerdings verhindern könnte.

Als Laurence zum Mittagessen kam, brannte im Hof bereits das Feuer, und das letzte Möbelstück des Kinderzimmers ging in Rauch auf.

»Hallo«, sagte er beim Hereinkommen überrascht. »Macht ihr ein Freudenfeuer?«

Sie blickte auf und strahlte. »Liebling, komm und setz dich!« Gwen klopfte einladend neben sich auf das Sofa. »Ich habe dir etwas zu sagen.«

Am nächsten Tag, bevor Verity nach Süden fuhr, um eine Freundin zu besuchen und eventuell danach nach England zu reisen, saßen sie zu dritt auf der Veranda beim Frühstück.

»Ich habe mir ein Pferd angesehen, das ich gern kaufen würde«, sagte Verity. »Mir fehlt etwas, wenn ich keins habe.«

Gwen konnte ihre Verblüffung nicht verbergen. »Du meine Güte, wie kannst du dir das leisten?«

»Oh, ich verfüge über Taschengeld.«

Laurence drehte sich zur Seite, um einen der Hunde zu streicheln.

»Ich wusste nicht, dass es so großzügig bemessen ist.«

Verity lächelte süß. »Laurence hat immer für mich gesorgt. Warum sollte er jetzt damit aufhören?«

Gwen zog die Brauen hoch. Wenn das so war, würde Verity nie abreisen.

»Aber du wirst doch sicher heiraten und ein eigenes Heim haben wollen.«

»Meinst du?«

Gwen wusste nicht, was sie davon halten sollte. Nachdem ihre Schwägerin vom Tisch aufgestanden war, beschloss sie, Laurence darauf anzusprechen.

»Ich denke, wir sollten Verity nicht in dem Glauben lassen, dass sie für immer bei uns wohnen kann. Sie hat immerhin das Haus in England.«

Er seufzte schwer. »Sie ist meine Schwester, Gwen. Sie ist einsam. Was bleibt mir anderes übrig?«

»Du könntest sie ermuntern, ein eigenes Leben zu beginnen. Wenn das Kind da ist …«

Er ließ sie nicht ausreden. »Wenn das Kind da ist, wird sie aufleben und dir eine große Hilfe sein.«

Gwen zog ein Gesicht. »Ich will sie nicht als Hilfe.«

»Da deine Mutter nicht zur Verfügung steht, wirst du jemand anderen nehmen müssen.«

»Ich würde lieber Fran bitten.«

»Ich fürchte, ich muss darauf bestehen. Verity hat sich hier bereits eingelebt, und ich bezweifle, dass deine Cousine, so charmant sie sein mag, die richtige Person für diese Aufgabe ist.«

Gwen kämpfte gegen zornige Tränen an. »Ich entsinne mich nicht, gefragt worden zu sein, bevor Verity sich hier *einleben* konnte.«

An Laurence' Kiefer zuckte ein Muskel. »Ich bedaure, Liebling, aber die Entscheidung lag nicht bei dir.«

»Und was bringt dich auf die Idee, Verity könnte die Richtige für die Aufgabe sein? Ich will ihre Hilfe nicht. Es ist mein Baby, und ich will Fran.«

»Ich denke, du wirst feststellen, dass es unser Kind ist.« Er grinste. »Außer natürlich, es ist bei einer unbefleckten Empfängnis entstanden.«

Sie warf ihre Serviette auf den Tisch, und da sie viel zu verspannt war, stand sie auf. »Das ist nicht fair, Laurence, wirklich nicht!«

Gwen lief in ihr Zimmer, streifte sich die Schuhe ab und warf sie, als die Wut plötzlich hervorbrach, an die Wand, dann fing sie an zu weinen. Sie schloss die Läden und die Vorhänge, zog sich das Kleid aus, warf sich aufs Bett und schlug auf ihr Kissen ein. Da er nach einer Weile noch immer nicht zu ihr gekommen war, kroch sie unter die Decke. Sie zog sie bis über den Kopf und bemitleidete sich wie früher als Kind. Beim Gedanken an ihr altes Zuhause flossen noch mehr Tränen. Gwen rollte sich zusammen und weinte, bis ihr die Augen brannten.

Sie dachte an den Tag zuvor, als sie Naveena gefragt hatte, warum sie nicht auch Veritys Kinderfrau gewesen sei.

»Sie hatte eine jüngere, die stärker war«, hatte Naveena geantwortet.

»Aber Sie kennen Verity gut?«

»Ja und nein, Lady.«

»Was heißt das?«

»Sie macht Schwierigkeiten. Schon als kleines Mädchen war sie so.«

Eingedenk dieses Gesprächs wollte Gwen erst recht Fran bei sich haben, wenn das Kind da war.

Ein wenig später klopfte es an der Tür, und sie hörte Laurence fragen: »Geht es dir gut, Gwendolyn?«

Sie wischte sich die Augen mit dem Laken trocken, gab aber keine Antwort. Es war wirklich nicht fair, und er hatte sie vor Verity wie eine dumme Gans dastehen lassen. Sie beschloss, ihn zu ignorieren.

»Gwendolyn?«

Sie schnäuzte sich.

»Liebling, es tut mir leid, dass ich so grob war.«

»Geh weg!«

Gwen hörte ihn leise lachen, und das steckte sie an. Sie musste lachen und gleichzeitig weinen.

Als er hereinkam und sich neben sie aufs Bett setzte, schob sie ihm eine Hand hin.

»Gwen, ich liebe dich. Ich möchte dich bestimmt niemals ärgern.«

Er küsste sie auf die feuchten Wangen, dann zog er ihr Unterhemd hoch und drehte sie auf den Rücken. Sie sah zu, wie er sich die Schuhe und die Hose auszog. Er war muskulös und braun gebrannt, weil er sich so viel im Freien aufhielt. Ihn so zu sehen erregte sie immer. Als er sich das Hemd über den Kopf zog, kribbelte es ihr im Bauch und in den Brüsten. Dass sie nicht verbergen konnte, wie sehr sie ihn wollte, schien ihn anzutreiben, und das wiederum löste noch stärkere Gefühle in ihr aus.

Nicht imstande, noch länger zu warten, streckte sie die Arme nach ihm aus. »Komm her!«

Er grinste, und sie sah schon an seinem Blick, dass er es in die Länge ziehen würde. Laurence legte seine warme Hand auf ihren noch kaum gewölbten Bauch und streichelte sie sacht, bis sie stöhnte. Dann küsste er sie dort, und mit zarten Schmetterlingsküssen wanderte er zu der Stelle zwischen ihren Beinen.

Sie hatte recht gehabt. Er zog es in die Länge, und am Ende weinte sie beinahe vor Erlösung.

Wenn ihre Eltern sich früher gestritten hatten, war ihrem Vater nie eingefallen zu sagen, es täte ihm leid. Stattdessen brachte er ihrer Mutter eine Tasse Tee und einen Haferkeks. Gwen musste lachen. Das hier war so viel besser als ein Keks, und wenn sie sich immer auf diese Art versöhnten, wäre es gar nicht schlecht, sich öfter zu streiten.

Abgesehen von der Meinungsverschiedenheit über Verity, war Laurence die Rücksichtnahme in Person. Ich bin nicht krank, nur schwanger, sagte sie immer wieder. In Wirklichkeit war sie über seine liebevolle Fürsorge entzückt. Im Juli, nach einem kleinen Streit wegen der Frage, ob sie in ihrem Zustand reisen sollte, fuhren sie beide mit Christina und einem ihrer Freunde nach Kandy. Als Gwen sie fragte, warum Mr. Ravasinghe nicht mitgekommen sei, antwortete sie mit einem Schulterzucken, er sei in London.

Die Prozession begeisterte sie, aber Gwen klammerte sich an Laurence aus Angst, zertrampelt zu werden, wenn nicht von der Menschenmenge, dann von den Elefanten. Es roch nach Weihrauch und Blumen, und manchmal erschien ihr die Szenerie wie ein Traum. In ihrem Schwangerschaftskleid fühlte sie sich ein wenig trist, vor allem neben Christina, die in ihrem fließenden schwarzen Chiffonkleid aufsehenerregend aussah. Obwohl die Amerikanerin ständig versuchte, Laurence beiseite zu ziehen, zeigte er kein besonderes Interesse an ihr, und Gwen, immens erleichtert, kam sich töricht vor, weil sie bisher geargwöhnt hatte, er könne Christina nicht widerstehen.

Obwohl ihr noch immer morgens schlecht war, schwebte sie wie auf Wolken. Laurence sagte, sie blühe auf und sei schöner denn je. Und genau so fühlte sie sich. Verity blieb weg, und die Zeit schritt voran. Erst als Gwen im fünften Monat war und Florence Shoebotham einmal mit ihnen Tee trank, fiel eine Bemerkung zu ihrem Leibesumfang. Andere Leute mochten ihn schon wahrgenommen haben, doch es war Florence, die herausstellte, Gwens Bauch sehe zu groß aus. Sie bot an, Doktor Partridge anzurufen.

Als dieser am nächsten Tag mit zum Gruß ausgestreckter Hand in Gwens Zimmer trat, freute sie sich, ihn zu sehen.

»Oh, ich bin so froh, dass Sie es sind, John!«, sagte sie und stand von der Bettkante auf. »Ich hoffe doch sehr, mit mir ist alles in Ordnung.«

»Bitte, bleiben Sie sitzen!« Dann fragte er, wie es ihr gehe.

»Ich bin ziemlich müde, und mir ist schrecklich heiß.«

»Das ist normal. Davon abgesehen, haben Sie keine Beschwerden?«

Sie schwang die Beine aufs Bett. »Meine Knöchel sind oft ein wenig geschwollen.«

Er zog sich einen Stuhl heran. »Nun, dann müssen Sie sich häufiger hinlegen. Obwohl ich bei einer jungen Frau wie Ihnen geschwollene Knöchel nicht für ein Problem halte.«

»Ich habe manchmal auch schreckliche Kopfschmerzen, allerdings ist das nichts Neues.«

Er dachte nach, dann tätschelte er ihre Hand. »Ihr Umfang ist in der Tat beträchtlich. Das Beste wird wohl sein, ich untersuche Sie einmal. Möchten Sie nicht vielleicht eine Frau um sich haben?«

»Ach, ich habe niemanden, nur Naveena. Meine Cousine ist schon vor einer Weile nach England zurückgereist.« Sie seufzte schwer.

»Was haben Sie, Gwen?«

Sie überlegte, was sie sagen sollte. Laurence wollte von seiner Ansicht, Verity sei die Richtige, um bei der Entbindung und der Versorgung des Kindes zu helfen, nicht abrücken. Das war wie ein Stachel im Fleisch, und er stach sie heftig. Sie war so zufrieden gewesen, doch jetzt, da die Monate vergingen und die Niederkunft näher rückte, sehnte sie sich nach ihrer Mutter. Sie sehnte sich nach jemandem, in dessen Nähe sie sich wohlfühlte, und dass Laurence ihr Verity aufdrängte, machte sie unglücklich. Wenn sie ehrlich war, hegte sie gegen ihre Schwägerin ein gewisses Misstrauen, und der Gedanke, keinen geliebten Menschen um sich zu haben, löste arge Befürchtungen aus. Wenn die Geburt nun schwierig werden würde, was dann? Wann immer sie die Rede darauf brachte, blieb Laurence stur, und sie glaubte schon fast, ihr Empfinden sei irrational.

Seufzend sah sie den Arzt an. »Laurence hat seine Schwester gebeten, bei mir zu bleiben und bei allem zu helfen. Zurzeit ist sie an der Küste, könnte aber auf den Familiensitz in Yorkshire zurückkehren. Der ist zwar vermietet, doch sie haben eine kleine Wohnung für sich frei behalten.«

»Würden Sie lieber in England entbunden werden, Gwen?«

»Nein. Zumindest nicht in Yorkshire. Darum geht es mir nicht. Ich bin nur wegen Verity unsicher.« Ihre Mundwinkel zogen sich nach unten, und die Unterlippe zitterte.

»Sie haben ganz gewiss keinen Grund zur Sorge. Ihre Schwägerin wird Ihnen eine Hilfe sein. Und wenn Sie eine Zeit lang mit ihr und dem Kind allein verbringen, werden Sie einander auch besser kennenlernen.«

»Meinen Sie wirklich?«

»Sie hat mehr gelitten als Laurence, denke ich.«

»So?«

»Als die Eltern starben, war sie noch jung, und Laurence hat sich um sie gekümmert wie ein Vater. Leider hat er dann sehr bald geheiratet, und sie war natürlich fast das ganze Jahr über im Internat.«

»Warum ist sie nach dem Schulabschluss nicht hierher übergesiedelt?«

»Eine Zeit lang hat sie hier gelebt. Es gefiel ihr in Ceylon. Aber ihre Schulfreunde waren eben in England. Laurence dachte, dort könne sie ein besseres Leben führen. Darum hat er ihr, als sie einundzwanzig wurde, das Haus in Yorkshire überschrieben.«

»Er sorgt ganz außerordentlich für sie.«

»Und das ist gut so. Gerüchten zufolge wurde sie von dem einen Menschen, den sie wirklich wollte, ignoriert.«

»Wer war das?«

Er schüttelte den Kopf. »In jeder Familie gibt es das ein oder andere Geheimnis, meinen Sie nicht? Vielleicht fragen Sie Laurence danach. Ich denke jedenfalls, Verity würde es guttun zu spüren, dass sie Ihnen nützlich ist. Dann denkt sie vielleicht besser über sich selbst. Nun legen Sie sich nieder, damit ich Ihren Bauch untersuchen kann.«

Er öffnete seine schwarze Ledertasche und nahm das Hörrohr heraus. Gwen bezweifelte, dass jede Familie ein Geheimnis hatte, und dachte an ihre eigene, was sofort Heimweh auslöste.

»Ich werde kurz mal horchen«, sagte der Arzt.

»Gibt es noch andere Geheimnisse?«

Dr. Partridge zuckte mit den Schultern. »Wer weiß? In Familien passiert so manches.«

Sie starrte an die Decke und dachte darüber nach, was er über Verity gesagt hatte. Von oben war dumpfes Poltern und Scharren zu hören. Er blickte fragend auf.

»Da wird geputzt. Laurence' Zimmer ist an der Reihe.«

»Wie geht es Ihnen beiden, Gwen? Freuen Sie sich darauf, Eltern zu werden?«

»Natürlich. Warum fragen Sie?«

»Aus keinem besonderen Grund. Gibt es in Ihrer Familie Zwillinge? Oder in seiner?«

»Meine Großmutter hatte eine Zwillingsschwester.«

»Nun, mir scheint, Ihr fortgeschrittener Bauchumfang hat eine ganz gewöhnliche Ursache. Sie erwarten Zwillinge.«

Zunächst war sie sprachlos. »Tatsächlich? Sind Sie sicher?«

»Mit letzter Sicherheit kann ich das nicht sagen, aber es scheint so zu sein.«

Gwen schaute aus dem Fenster und versuchte, ihre Gefühle zu entwirren. Zwei Kinder! Das war doch schön, oder nicht? Auf dem Frühstückstisch auf der Veranda saß ein langhaariger Langur mit seinem Jungen, das sich an sein Bauchfell klammerte. Das Muttertier blickte Gwen mit runden Augen an. Rings um das dunkle Gesicht stand ein goldener Haarkranz ab, der wie eine Aureole aussah.

»Gibt es etwas, das ich nicht tun sollte?« Sie wurde rot. »Ich meine, mit Laurence.«

Er lächelte. »Machen Sie sich deswegen keine Sorgen. Das tut Ihnen gut. Wir sollten nur ein Auge auf Sie halten, mehr nicht, und Sie müssen sich häufig ausruhen. Das kann ich nicht genug betonen.«

»Ich danke Ihnen, John. Ich denke an ein Picknick, bevor der Regen einsetzt. Spricht etwas dagegen?«

»Nein. Aber gehen Sie nicht ins Wasser, und geben Sie am Ufer auf Blutegel acht.«

9

Das Picknick wurde eigens erst nach Veritys Rückkehr aus dem Süden abgehalten. Zwei Hausdiener trugen den Korb und die Decken und holten für Gwen einen Stuhl aus dem Bootshaus am Seeufer. Laurence, Verity und ihre Freundin Pru Bertram machten es sich auf den karierten Decken bequem. Aus einem nahen Baum beobachtete sie ein langschwänziger, graubrauner Affe.

Gwen trug einen breiten Sonnenhut und ein grünes Baumwollkleid, das oben gerafft war und Weite gab, wo sie benötigt wurde. Jeden Morgen, wenn sie sich nach dem Bad über Bauch und Brüste strich, staunte sie über die rasche Veränderung ihres Körpers und rieb ihn mit einem Löffel Ingwer-Nussöl ein. Nachdem ihr nun endlich nicht mehr schlecht war, hoffte sie auf eine angenehme Zwischenzeit, bevor es mit dem Bauch beschwerlich würde.

McGregor war auch zu dem Picknick eingeladen worden, hatte aber abgelehnt wegen eines Kuli-Problems.

»Gibt es wieder Schwierigkeiten mit den Arbeitern?«, fragte Gwen flüsternd.

»Es gibt immer kleine Streitereien. Nichts, worüber du dir Gedanken machen müsstest.«

Sie nickte. Seit sie sich des Tamilen mit dem verletzten Fuß angenommen hatte, war McGregor zu ihr kühl gewesen. Er hatte ihr geholfen, sich mit den neuen Gärtnern zu verständigen, und höfliches Interesse an ihrer geplanten Käseerzeugung gezeigt, sich davon abgesehen jedoch distanziert verhalten. Sie hatte versucht, ihn an ihren Überlegungen zu beteiligen, er jedoch interessierte sich nur für Tee.

Es war ein schöner Tag. Die Sonne glitzerte auf dem See,

und ein leichter Wind kühlte die Haut. Gwen sah einen Schwarm Schmetterlinge dicht über dem Wasser tanzen. Spew raste hinein, sprang und planschte und genoss seine Rolle als Plagegeist. Bobbins lag am Ufer und ließ den Kopf auf den Pfoten ruhen. Sie war nicht so unternehmungslustig wie ihr Bruder, außerdem war sie gerade trächtig. Gwen verfolgte die Entwicklung neugierig und hatte wegen des stark angeschwollenen Leibes viel Mitgefühl mit ihr.

»Wie lustig«, meinte sie und lehnte den Kopf zurück, um die Sonne ein wenig im Gesicht zu spüren. »Spew ist der Unterhalter, Bobbins der Zuschauer. Wie bei Fran und mir. Ich wünschte, sie wäre jetzt hier, Laurence.«

»Das haben wir bereits besprochen, Liebling.«

»Ich verspreche, alles zu tun, um dir zu helfen«, sagte Verity. »Darum bin ich nicht nach England zurückgereist.«

»Gwen weiß das sicherlich zu schätzen.«

Verity lächelte sie breit an. »Liebes, lass uns doch jetzt den Korb auspacken!«

Laurence löste die Korbschnallen und holte zwei Flaschen Champagner, mehrere Gläser, die er verteilte, und drei Platten mit Sandwiches heraus.

Von einer Platte nahm er den Deckel ab und schnupperte. »Die duften nach Lachs und Gurke.«

»Und die anderen?« Gwen hatte Heißhunger.

»Verrate uns doch, was auf den anderen ist, Pru!«, bat Laurence.

Pru Bertram war still und unaufdringlich, eine typische blasse Engländerin, die unter der ceylonesischen Sonne rötliche Haut bekam. Obgleich ein wenig älter als Verity, war sie ihr eine treue Freundin.

»Aber gern.« Sie lüftete die Deckel. »Diese sind mit Ei und Kopfsalat belegt, und das, was auf den anderen ist, kenne ich nicht … ach doch, natürlich, Auberginen.«

»Auberginen auf einem Sandwich?« Gwen dachte an ihre Einladung bei Christina.

Verity nickte. »Unbedingt! Bei unseren Picknicks haben wir immer ein ausländisches Gericht, nicht wahr, Laurence? Das ist eine Familientradition. Gibt es in deiner Familie keine Traditionen, Gwen?«

Laurence rückte seinen Hut gerade, während er seine Schwester tadelnd ansah. »Wir sind jetzt Gwens Familie, Verity.«

Verity errötete. »Natürlich. So war das nicht gemeint …«

Er entkorkte den Champagner und schenkte ein, dann stand er auf, um einen Toast auszusprechen. »Auf meine wundervolle Frau!«

»Bravo. Darauf trinken wir!«, sagte Pru.

Nachdem Verity sich satt gegessen und mehr als ihren Anteil vom Champagner getrunken hatte, stand sie auf. »Wie du weißt, Laurence, folgt jetzt der Spaziergang um den See. Kommst du?«

»Ich fürchte, dazu werde ich nicht imstande sein«, sagte Gwen und streckte einen Arm nach Laurence aus.

»Aber du kommst doch mit, nicht wahr, Laurence? Wie sonst auch. Gwen kann sich mit Pru unterhalten.«

»Nein, ich werde bei meiner Frau bleiben.«

Gwen warf ihm ein dankbares Lächeln zu, und er drückte ihre Hand.

»Halte die Augen offen, ob Wasserbüffel in der Nähe sind!«, riet er Verity, die sich leicht verstimmt allein auf den Weg machte.

In dem Moment kam Spew aus dem Wasser gerannt, um einige Reiher aufzuscheuchen, und kurz darauf sprang er Verity um die Beine und bespritzte sie. Gwen schaute sich nach Bobbins um, doch die war nirgends zu sehen.

»Verflixter Hund!«, schimpfte Verity und betrachtete die nassen Flecken. Wie üblich hat sie sich für die falsche Farbe entschieden, dachte Gwen. Orange passte nicht zu einem blassen Teint, der geradezu grell erschien, wenn die Farbe auf ihr Gesicht abstrahlte.

»Ich werde dich begleiten«, bot Pru an und schickte sich an, sich zu erheben.

»Nein. Ich mache mit Spew einen Dauerlauf. Du bist zu unsportlich und wirst dich überhitzen. Komm mit, Spew!«

Pru nahm ernüchtert wieder Platz. »Nein, natürlich, du hast recht. Ich habe nicht deine Kraft und Ausdauer.«

»Meinst du, ich kann es wagen, mit den Füßen hineinzugehen?«, rief Gwen Laurence nach, der ein paar Schritte aufs Ufer zugegangen war.

Er drehte den Kopf nach ihr. »Ich wüsste nicht, was dagegen spricht. Ich möchte dich durchaus nicht in Watte packen.«

»Kommst du auch mit, Pru?« Gwen zog sich die Schuhe aus.

Als Veritys Freundin den Kopf schüttelte, ging Gwen allein zu Laurence ans Ufer. Dort setzte sie sich hin und rollte sich mit einer Hand die Strümpfe herunter, während sie mit der anderen den Hut festhielt. Er half ihr auf und spazierte mit ihr ein paar Schritte am Wasser entlang. Sanfte Wellen beleckten das schlammige Ufer. Gwen tauchte die Zehen in die Kühle.

»Es ist so schön hier, nicht wahr?«, sagte sie.

»Erst durch dich ist es schön.«

»Ach, Laurence, ich bin so glücklich! Hoffentlich ändert sich das nie!«

»Dazu gibt es überhaupt keinen Grund«, erwiderte er und küsste sie.

Ein Vogel hüpfte auf einen nahen Stein. »Schau nur, das Rotkehlchen!«, sagte sie.

»Das ist ein Kaschmirzwergschnäpper. Ich wundere mich, was der hier sucht. Gewöhnlich sieht man die nur auf dem Golfplatz bei Nuwara Eliya. Das ist der schönste weit und breit, liegt zwischen der Stadt und den Bergen.«

»Du weißt viel über Vögel.«

»Über Vögel und Tee.«

Sie lachte. »Du musst sie mir alle zeigen, damit ich unserem Kind die Namen beibringen kann.«

»Unseren Kindern, meinst du wohl!«

Als er den Arm um sie legte, blickte sie zu ihm auf. Seine Augen funkelten. Er sah so stolz und glücklich aus, und darüber war sie tief bewegt.

Dann jedoch nahm er ihre Hände und sah sie plötzlich ernst an. »Gwen, ich kann dir gar nicht sagen, wie sehr du mein Leben verändert hast.«

»Zum Besseren, hoffe ich.«

Er atmete tief durch. Sie mochte es sehr, wenn sich sein Lächeln langsam übers ganze Gesicht ausbreitete.

»Mehr als du ahnen kannst.«

Ein Windstoß wehte ihr die losen Haarsträhnen ins Gesicht. Laurence schob ihr eine Locke hinters Ohr. »Nach Caroline dachte ich, mein Leben sei vorbei, aber du hast mir Hoffnung gegeben.«

Es wurde windiger, sodass Gwen den Hut absetzen musste. Sie lehnte sich mit dem Rücken an seine warme Brust und schaute über den See. Laurence war nicht immer imstande zu sagen, was er ganz offensichtlich fühlte, doch als er ihr übers Haar strich, spürte sie, wie sehr er sie liebte. Er neigte den Kopf und drehte sie herum. Sie musste die Augen gegen die grelle Sonne schließen. Im nächsten Moment fühlte sie seine Lippen hinter dem Ohr. Ein Schauder durchlief sie. Wenn ich diesen Moment doch ewig in Erinnerung behalten könnte, dachte sie.

Eine Weile gingen sie am Ufer entlang, doch ehe sie umkehrten, wurde der Friede durch lautes Gebell gestört. Es kam von Spew, der wild neben dem Bootshaus scharrte.

»Ich wette, Bobbins hat sich dorthin zurückgezogen, um zu werfen«, sagte Laurence. Als man ein Paddel ins Wasser klatschen hörte, merkte er auf. »Ich glaub's nicht! Was macht der denn hier?«

»Verity ist bei ihm. Und Christina.«

Er fluchte leise, ging aber hin, um seiner Schwester und dann Christina aus dem Auslegerkanu zu helfen, in dem auch Ravasinghe saß. Während Verity sich am Picknickplatz niederließ, blieb Christina strahlend bei Laurence stehen.

»Hallo, mein Liebling«, sagte sie, nahm sein Gesicht in beide Hände und küsste ihn auf die Wangen. Als sie von ihm zurücktrat, nutzte sie die Gelegenheit und strich ihm über die nackten Arme, so leicht, dass es ihn kitzeln musste.

Gwen sah Laurence erröten. Dieser Akt offener Intimität machte sie wütend, doch sie zwang sich zu einem Lächeln. »Wie nett, dass Sie uns besuchen, Christina!«

»Meine Güte, sehen Sie gut aus! Ich sollte unbedingt auch einmal schwanger werden.« Sie zwinkerte Laurence zu.

So eine Frechheit, dachte Gwen. Wie kann sie es wagen, mit meinem Mann zu flirten, während ich dabeistehe? Sie stellte sich dicht neben Laurence und strich ihm mit Besitzerstolz die Stirnlocke aus dem Gesicht.

»Ich bin ihnen unterwegs begegnet«, erzählte Verity. »Mr. Ravasinghe zeichnete sie gerade vor dem Hintergrund einer der Inseln. Ihr Kanu war am Ufer festgebunden. Er bot mir an, mich mitzunehmen. Und einer Kanufahrt mit einem gut aussehenden Mann konnte ich natürlich nicht widerstehen.«

Ravasinghe stieg in ungetrübter Laune aus dem Kanu, obwohl Laurence ihn ignorierte.

»Bitte verzeihen Sie die Störung!«, sagte Ravasinghe.

»Aber nicht doch!« Gwen streckte ihm die Hand entgegen. »Ich fürchte nur, wir sind gerade im Aufbruch.«

Lächelnd schüttelte er ihr die Hand. »Sie sind geradezu aufgeblüht, Mrs. Hooper, wenn ich so sagen darf.«

»Danke. Es geht mir wirklich gut. Wie schön, Sie wiederzusehen! Wie war die Reise nach London? Manchmal denke ich …«

»Es wird Zeit, ins Haus zu gehen«, fiel Laurence ihr ins Wort. Er bedachte Ravasinghe mit einem knappen Nicken und kehrte ihm dann den Rücken zu, um Christina seinen Arm anzubieten. »Möchtest du mich begleiten?«

Gwen zog die Brauen zusammen.

»Danke, Laurence. Das ist natürlich sehr verlockend«, antwortete Christina und hauchte ihm einen Kuss entgegen. »Doch diesmal werde ich wohl mit Savi zurückfahren.«

Laurence schwieg daraufhin.

»Aber ich habe etwas für Mrs. Hooper«, sagte Ravasinghe. Er holte aus seiner Mappe ein Blatt hervor, das in Seidenpapier eingeschlagen war. »Das trage ich nun schon eine Weile bei mir. Es ist nur ein kleines Aquarell.«

Gwen nahm es und packte es aus. »Oh, wie schön!«

»Ich habe es nach der Skizze gemalt, die ich bei Christina von Ihnen angefertigt hatte.«

Laurence' Miene verdüsterte sich. Er sagte kein Wort, sondern packte Gwen beim Arm und schritt gemeinsam mit ihr vom Ufer weg auf die Treppe zu, an der Pru stand und alles beobachtet hatte. Als er wortlos an ihr vorbeiging, schaute Gwen über die Schulter zu den anderen zurück und fühlte sich gedemütigt. Kurz vor dem Haus machte sie ihrem Ärger Luft.

»Ich wusste nichts davon. Es ist ein Geschenk. Warum warst du so grob? Du könntest wenigstens höflich zu ihm sein!«

Laurence verschränkte die Arme. »Ich will ihn hier nicht haben.«

»Was hast du denn gegen ihn? Ich kann ihn gut leiden, und er hat nichts Tadelnswertes getan.«

Laurence stand stocksteif da, doch sie spürte, dass er innerlich bebte.

»Ich will nicht, dass du dich weiter mit ihm abgibst.«

Sie kniff die Augen zusammen. »Und was ist mit dir und Christina?«, fragte sie gefährlich laut.

»Was soll mit uns sein?«

»Du findest sie noch immer anziehend. Mir ist nicht aufgefallen, dass du ihre Hand abgewehrt hättest. Denkst du, ich sehe nicht, wie sie dich bezirzt?«

Er schnaubte. »Es geht hier um Ravasinghe, nicht um Christina.«

»Es ist wegen seiner Hautfarbe, nicht wahr?«

»Nein. Mach dich nicht lächerlich! Und es reicht jetzt. Komm ins Haus!«

»Ich entscheide, wann es mir genug ist, vielen Dank. Und ich entscheide auch, mit wem ich befreundet bin.«

Er hob beschwichtigend die Hand. »Werde nicht laut, Gwen! Willst du, dass Pru uns hört?«

»Das ist mir völlig gleich. Und wenn du dir die Mühe machen würdest, den Kopf zu drehen, wüsstest du, dass sie bereits sehr peinlich berührt ist.« Ihre Unterlippe zitterte, und sie streckte trotzig das Kinn vor. »Und du würdest auch sehen, dass deine geheiligte Schwester zu Christina und Mr. Ravasinghe ins Kanu gestiegen ist und dass er ihre Füße nach Blutegeln absucht. Ganz offensichtlich hat er etwas, das Frauen anzieht!«

Damit stürmte sie ins Haus.

Es schmerzte sie noch tagelang, doch sie sprachen über den Vorfall kein Wort mehr, jedenfalls nicht zu dieser Zeit; Gwen, weil sie sich nicht wieder aufregen wollte – sie hatte nach dem Streit Herzrasen gehabt –, und Laurence, weil er stur war. Das Schweigen zwischen ihnen hielt an, und Gwen kämpfte häufig mit den Tränen. Keiner rang sich zu einer Entschuldigung durch, und Laurence war grüblerisch. Sie hatte ihn mit ihrer Schlussbemerkung unwissentlich tief getroffen. Die Beziehung zwischen ihnen litt darunter, dabei hatte Gwen das Gegenteil erreichen wollen. Schlimm genug, dass Verity wieder bei ihnen war; jetzt fühlte sie sich auch noch von Laurence abgeschnitten. Sie hätte ihm gern an sein Kinngrübchen gefasst und ihn zum Lächeln gebracht, doch ihr Dickkopf stand ihr im Weg.

An einem trüben Abend, als blau gelbe Zugvögel am See eintrafen, färbte der Herbstmonsun den Himmel violett und machte sich bei allem bemerkbar. Alles wurde feucht. Schubladen ließen sich nicht öffnen, und wenn doch, konnte man sie nicht wieder schließen. Türen verzogen sich. Der Boden war morastig. Die Insekten vermehrten sich um ein Vielfaches, und bei den wenigen Gelegenheiten, wo Gwen in den Garten ging, schimmerte die Luft weiß.

Es regnete bis in den Dezember hinein. Gwen war hochschwanger und entfernte sich nicht mehr weit vom Haus. Dr. Partridge untersuchte sie noch einmal und wiederholte die Vermutung, sie erwarte Zwillinge. Doch man könne nicht sicher sein.

Nach zehn Wochen im Bootshaus wurde den fünf Welpen erlaubt, durchs Haus zu tollen. Da Gwen wegen ihres dicken Bauches ihre Füße nicht mehr sehen konnte, fürchtete sie ständig, auf einen Welpen zu treten oder darüberzufallen. Als Laurence vorschlug, Bobbins mit den Jungen in eines der Nebengebäude zu bringen, lehnte sie ab. Für vier Welpen war schon ein neues Zuhause gefunden worden, und sie würden bald abgeholt werden. Gwens Liebling aber, den Kümmerling des Wurfes, hatte bisher noch niemand haben wollen.

Eines Morgens ging sie ans Telefon, als Christina anrief.

»Könnten Sie Laurence ausrichten, dass er bei seinem vorigen Besuch ein paar Papiere vergessen hat?«, verlangte sie lebhaft.

»Wo?«

»Bei mir im Haus natürlich.«

»Gut. Sonst noch etwas?«

»Sagen Sie ihm doch, er soll mich anrufen oder einfach spontan vorbeischauen und sie mitnehmen!«

Später, als Gwen den Anruf erwähnte, wirkte Laurence überrascht.

»Was wollte sie denn?«

»Es ging um Papiere, die du bei ihr zu Hause vergessen hättest.«

»Ich war gar nicht bei ihr.«

»Sie sagte, du hättest sie bei deinem vorigen Besuch vergessen.«

»Aber der liegt Monate zurück. Da habe ich den Vertrag zu den Kapitalanlagen unterschrieben. Dazu habe ich alle nötigen Unterlagen mitgenommen.«

Gwen runzelte die Stirn. Entweder sagte er nicht die Wahrheit, oder Christina trieb ein Spiel mit ihr.

Als es Januar wurde und Gwen im neunten Monat war, stand sie eines Morgens bei Sonnenaufgang auf der Vordertreppe des Hauses und schaute zu den Büschen, in denen eine Drossel sang. Sie fühlte sich einsam und fröstelte. Ein kühler Tag kündigte sich an. In Bäumen und Büschen funkelte der Tau.

»Denk daran, dich heute Abend warm einzuhüllen! Es kann empfindlich kalt werden, wie du weißt.« Laurence küsste sie auf die Wange und wandte sich zum Gehen.

Sie hielt ihn sehnsüchtig am Arm fest. »Musst du unbedingt jetzt nach Colombo fahren?«

Als er sie ansah, bekam er einen weichen Gesichtsausdruck. »Ich weiß, es ist kein guter Zeitpunkt, aber du hast immerhin noch zwei Wochen. Mein Agent möchte die Finanzen mit mir durchgehen.«

»Aber Laurence, kannst du denn nicht McGregor schicken?«

»Ich bedaure, Liebes, es geht wirklich nicht anders.«

Sie ließ ihn los und blickte zu Boden, denn sie rang mit den Tränen.

Er hob ihr Kinn an, bis sie ihn anschaute. »He, ich werde nur zwei oder drei Tage fort sein. Und du bist nicht allein. Verity wird sich um dich kümmern.«

Gwen fügte sich resigniert. Er stieg ins Auto, schloss das Seitenfenster und betätigte die Zündung. Der Motor stotterte ein paar Mal, worauf ein Hausdiener ihn mit der Kurbel anwerfen musste. Gwen hoffte eine Minute lang, der Wagen möge nicht anspringen, aber vergeblich. Laurence fuhr wenig später winkend an ihr vorbei und brauste den Hügel hinauf.

Als er außer Sicht war, wischte sie sich die Tränen weg, auch das vergeblich. Seit dem Streit wegen Ravasinghe und des Aquarells hatten sie sich nicht wieder vollständig versöhnt, sodass ihre Beziehung noch immer getrübt war. Jener Tag war gewissermaßen ein Wendepunkt gewesen. Danach waren sie höflich miteinander umgegangen, Laurence war ein wenig distanziert geblieben, und obwohl er das Bett mit ihr teilte, war er nicht erpicht darauf, mit ihr zu schlafen. Wegen der Zwillinge, wie er sagte. Ihr fehlte die körperliche Nähe, und sie fühlte sich sehr einsam.

Es war zwei Wochen her, seit sie sich geliebt hatten. Als er sich beim Schlafengehen aufs Bett setzte, küsste sie ihm den Nacken, streichelte seine Schultern und fuhr mit den Fingern an seiner Wirbelsäule entlang. Danach schmiegte sie sich mit dem Rücken an ihn und spürte, wie sehr er sie begehrte.

»Kann wirklich nichts dabei passieren?«, fragte sie.

»Nicht, wenn man es richtig macht.«

Er half ihr, sich auf die Knie zu drehen und aufs Kissen zu stützen.

»Sag mir, wenn es wehtut.«

Sie staunte immer wieder, was sie empfand, wenn sie zusammen waren, und an dem Abend war er ungemein sanft und ihre Erregung noch intensiver gewesen als sonst. Vielleicht lag es an der Schwangerschaft und ihrer gesteigerten Weiblichkeit. Hinterher waren ihr sofort die Augen zugefallen, und sie hatte ungewohnt tief geschlafen. In den darauffolgenden Tagen war die Stimmung zwischen ihnen besser gewesen, wenn auch nicht ganz so gut wie früher, und wenn sie ihn auf seine Distanziertheit ansprach, antwortete er, es sei alles in Ordnung. Sie hoffte jedes Mal sehr, es möge nichts mit Christina zu tun haben.

Nun war er fort, und er fehlte ihr vom ersten Augenblick an. Sie wünschte, sie hätte sich mehr um eine Versöhnung bemüht. Gwen ging um das Haus herum, um auf den See zu schauen. Er war spiegelglatt, in Ufernähe violett, in der Mitte silbrig. Sein Anblick heiterte sie stets auf. Für ein paar Augenblicke lauschte sie dem Klopfen eines Spechts und schaute auf, als ein Adler über das Haus flog.

»Hört ihr das, meine Kleinen?«, fragte sie mit einer Hand auf dem Bauch. Kurz darauf ging sie hinein, um sich am Kamin aufzuwärmen. Sie hatte vorgehabt, weiter an einem Gobelin zu sticken, fühlte sich aber schläfrig und fiel in einen starren Halbschlaf. Sie nahm wahr, dass Naveena auf Zehenspitzen hereinkam und hinausging und der Butler Tee und Plätzchen brachte, konnte sich aber nicht aufraffen, nach der Tasse zu greifen. Erst als Verity zu ihr trat und sich räusperte, kam Gwen ganz zu sich.

»Oh, Liebes, du bist wach!«

Gwen blinzelte.

»Hör zu, es tut mir schrecklich leid, doch eine alte Freundin gibt heute Abend in Nuwara Eliya eine Party. Ich wäre dann eine Nacht fort. Morgen bin ich schon wieder zurück, allerspätestens übermorgen. Versprochen. Wirst du ohne mich zurechtkommen? Ich habe dieses Jahr schon so viel verpasst.«

Gwen gähnte. »Natürlich musst du hinfahren. Ich habe Naveena bei mir, und wir können jederzeit Dr. Partridge anrufen. Geh und amüsier dich!«

»Ich werde mit Spew einen kurzen Lauf am See machen, dann fahre ich los. Ich verabschiede mich darum jetzt schon von dir.« Sie gab Gwen einen Kuss auf die Wange. »Bei der Gelegenheit könnte ich auch die Welpen bei den neuen Besitzern abgeben, wenn du möchtest.«

Gwen dankte ihr und sah ihr nach, bis sie das Zimmer verlassen hatte. Es stimmte: Verity hatte mehrere Bälle sausen lassen, um ihr Gesellschaft zu leisten. Nur am Neujahrsball im *Grand Hotel* in Nuwara hatte sie teilgenommen. Unter anderen Umständen wären sie alle gemeinsam hingefahren, hatte Laurence gesagt, doch da Gwen hochschwanger war, war er mit ihr zu Hause geblieben. Darum sollte Verity die Gelegenheit nutzen und noch einmal tanzen gehen, bevor die Zwillinge sie in Atem hielten. Und wie sollte sie auch einen Mann finden, wenn sie nicht das Haus verließ?

Gwen fühlte sich dick und schwerfällig. Es war schwierig, aus einem Sessel aufzustehen. Sie stemmte sich hoch, um ans Fenster zu treten. Laurence' Abreise und das kühlere Wetter hatten ihr Heimweh wieder hervorgebracht. Sie vermisste ihre Eltern und auch Fran, die sie mit Briefen auf dem Laufenden hielt. Fran hatte Ravasinghe nicht mehr erwähnt, aber eine neue romantische Bindung angedeutet, und Gwen hoffte sehr, ihre Cousine habe jemanden gefunden, der sie liebte.

Sie schaute in den Garten hinaus. Es war ganz still, und obwohl sie einsam war, kam es ihr vor, als wartete die ganze Natur mit ihr. Zwischen den Bäumen bewegte sich ein großer Sambarhirsch. Er musste aus dem Nebelwald im Hochland von Horton Plains heruntergewandert sein und sich verlaufen haben. Laurence hatte ihr einen Ausflug dorthin versprochen, wo zwischen knorrigen, gedrungenen Bäumen mit rundlichen Wipfeln ein lila Nebel hing. Für Gwen klang das märchenhaft und erinnerte sie an Carolines Wandgemälde im Kinderzimmer. Und bei dem Gedanken beschloss sie, nachzusehen, ob in dem Raum wirklich alles vorbereitet war.

ZWEITER TEIL

Das Geheimnis

10

Das Wandgemälde war durch die Reinigung sehr schön hervorgekommen. Gwen war froh über ihre Entscheidung, es zu erhalten. Die Farben waren gewiss nicht so strahlend wie einst, aber das violett anmutende Hochland war klar zu erkennen, der silbrig blaue See schimmerte, als wäre er echt, und zum Glück hatten sie die beschädigten Stellen ausbessern können, ohne Ravasinghes Hilfe zu benötigen.

Mit Ginger, dem übrig gebliebenen Welpen, auf dem Arm schaute sie durch das primelgelb gehaltene Zimmer. Zwei neue weiße Kinderbetten standen nebeneinander, und ein antiker Stuhl aus Atlasholz mit cremefarbenem Kissen, der als Stillsessel dienen sollte, war aus Colombo eingetroffen. Ein hübscher ceylonesischer Teppich gab den letzten Schliff. Sie öffnete das Fenster, um zu lüften, dann ließ sie sich behutsam in den Stuhl nieder und stellte sich vor, wie sie statt eines Welpen ihre Zwillinge im Arm hielt. Sie streichelte über ihren Bauch und fühlte sich den Tränen nahe. Da sie noch jung war, war die Schwangerschaft nahezu komplikationslos verlaufen. Darüber konnte sie sich nicht beklagen. Etwas anderes trieb ihr die Tränen in die Augen: ihre innere Einsamkeit.

Gegen Abend bekam sie Kopfschmerzen. Daher beschloss sie, an die frische Luft zu gehen. Ein leichtes Stechen im Unterleib ließ sie innehalten, doch dann warf sie sich eine Jacke über und verließ das Haus. Bei Dunkelheit war der See dunkelviolett, und bei sternklarem Himmel schimmerte er. An diesem Tag jedoch nicht. Beim nächsten Schritt schnitt ein Schmerz vom unteren Rücken her durch ihren Bauch. Sowie er nachgelassen hatte, machte sie kehrt und öffnete die Tür, aber schon einen Moment später krümmte sie sich vor Schmerzen zusammen. Fast weinte sie vor Erleichterung, als Naveena auf sie zukam.

Die alte Kinderfrau schaute besorgt. »Lady, ich passe auf Sie auf.«

Auf Naveena gestützt, gelangte sie bis in ihr Schlafzimmer. Dort mühte sie sich aus den Kleidern und zog sich ein gestärktes Nachthemd über. Sie saß auf der Bettkante, als es warm an ihren Beinen hinabfloss. Entsetzt stand sie auf.

»Lady, das ist nur Fruchtwasser.«

»Rufen Sie Dr. Partridge an! Sofort!«

Naveena nickte und ging in den Flur, kehrte aber bedrückt zurück. »Es war niemand da.«

Gwen bekam Herzklopfen.

»Machen Sie sich keine Sorgen, Lady, ich habe schon Kinder auf die Welt geholt!«

»Auch Zwillinge?«

Naveena schüttelte den Kopf. »Wir rufen den Arzt später noch mal an. Ich hole etwas Warmes zu trinken.«

Nach ein paar Minuten brachte sie ihr ein Glas mit einem stark nach Ingwer und Nelke riechenden Sud.

»Und das soll mir guttun?« Gwen rümpfte die Nase.

Naveena nickte.

Gwen trank. Kurz darauf wurde ihr heiß und furchtbar übel.

Naveena half ihr wieder aus dem Nachthemd und legte ihr eine weiche Wolldecke um. Wenn die Schmerzen anschwollen, bekam Gwen Angst und hörte nichts weiter als den eigenen Atem. Sie schloss die Augen und versuchte, an Laurence zu denken, während Naveena ein frisches Laken holte und das Bett neu bezog. Durch ihre lebenslange Zurückhaltung hatte die alte Kinderfrau eine beruhigende Ausstrahlung, doch Gwen wünschte sich sehnlichst, Laurence wäre jetzt bei ihr, und ihre Augen füllten sich mit Tränen. Sie wischte sie weg und krümmte sich sogleich stöhnend, weil sie ein reißender Schmerz durchfuhr.

Naveena wandte sich zur Tür. »Ich gehe den Arzt anrufen.«

Gwen hielt sie am Ärmel fest. »Lassen Sie mich nicht allein! Der Butler soll telefonieren.«

Naveena nickte und wartete an der Tür, nachdem sie dem Butler die Anweisung gegeben hatte. Währenddessen flehte Gwen zum Himmel, der Arzt möge daheim sein, doch da die Tür nur angelehnt war, hörte sie, dass kein Gespräch zustande kam. Vor Angst bekam sie Herzklopfen.

Weder sie noch Naveena sagten ein Wort.

Die alte Frau starrte auf den Boden, und Gwen kämpfte gegen die aufsteigende Panik an. Was, wenn etwas schiefging? Sie schloss die Augen und zwang sich zur Ruhe. Sobald ihr Herz langsamer schlug, schaute sie Naveena an.

»Waren Sie bei Caroline, als sie ihr Kind bekam?«

»Ja, Lady.«

»Und Laurence?«

»Er war im Haus.«

»Hatte sie schlimme Wehen?«

»Normal. Wie bei Ihnen.«

»Das kann doch nicht normal sein!« Bei einer neuen brennenden Wehe unterdrückte Gwen einen Schluchzer. »Warum hat mir niemand gesagt, dass es derart wehtut?«

Naveena gab beruhigende Laute von sich, half ihr, sich aufzurichten, und brachte einen niedrigen Schemel, den sie als Stufe ans Bett stellte. Gwens Haut war feuchtkalt, aber der Schmerz ließ nach, und Naveena nutzte die Zeit, um Gwen ins Bett zu bringen. Gwen rutschte ein wenig nach unten, und als sie still unter dem nach Melone duftenden Laken lag, kamen die Wehen in größeren Abständen, und die nächsten paar Stunden verliefen einigermaßen erträglich. Gwen begann sogar zu hoffen, es könnte eine mühelose Geburt werden.

Naveena war ihr inzwischen mehr als eine Dienerin, ein bisschen Freundin, ein bisschen Mutter. Es war ein ungewöhnliches Verhältnis, aber Gwen war dankbar dafür. Eine Weile dämmerte sie vor sich hin und dachte dabei an ihre Mutter. Wie sie es wohl erlebt hatte, ein Kind zur Welt zu bringen?

Dann schnitt ihr eine neue Wehe den Rücken entzwei. Sie drehte sich auf die Seite und zog die Knie an. Der Schmerz biss und zog, und ihr war, als würde ihr etwas aus dem Leib gerissen.

»Ich will mich umdrehen. Helfen Sie mir bitte!«

Naveena half ihr, auf Hände und Knie zu kommen. »Nicht drücken. Hecheln, wenn die Schmerzen kommen. Sie gehen vorbei, Lady.«

Gwen gehorchte. Doch dann folgten die Wehen schneller aufeinander. Sie krümmte sich, wenn sie ihr auf dem Höhepunkt den Bauch auseinanderrissen, und als sie sich so fremdartig schreien hörte, glaubte sie, es müsse etwas anderes sein, das aus ihr herauswollte. Gwen rief sich die Märchen ihrer Kindheit ins Gedächtnis und besann sich mühsam auf Einzelheiten, nur um sich von der Hölle abzulenken, die sich in ihrem Leib auftat. Bei jeder Wehe biss sie sich auf die Lippe, bis sie schließlich Blut schmeckte. Hier geht es nur um Blut, dachte sie, um dickes, rotes Blut. Dann, als sie dem bereits nassen Laken neue Nässe hinzufügte und versuchte, nicht zu schreien, wurden die Pausen zwischen den Wehen noch kürzer.

Die Schmerzen waren unerträglich. Gwen glaubte zu verzweifeln, schlug mit den Fäusten auf die Matratze, krümmte sich auf die Seite und schrie nach ihrer Mutter, weil sie sicher war zu sterben.

»Lieber Gott«, wimmerte sie, »hilf mir!«

Naveena blieb bei ihr, hielt ihre Hand und sprach ihr Mut zu.

Nach einer Weile, Gwen war schon zu erschöpft zum Sprechen, drehte sie sich auf den Rücken. Kurz streckte sie die blassen Beine aus, um sie dann anzuwinkeln und die Fersen an sich zu ziehen. Als sie den Kopf hob, löste sich etwas in ihr, und sie spreizte die Knie, ohne an ihre Würde auch nur zu denken.

»Tief Luft holen und pressen, wenn ich anfange zu zählen, Lady. Bei zehn wieder Luft holen und pressen.«

»Wo bleibt der Arzt? Ich brauche den Arzt!«

Naveena schüttelte den Kopf.

Gwen holte tief Luft und tat wie geheißen. Schließlich fühlte sie einen stechenden Schmerz im Unterleib, dann roch sie Kot, doch über Scham war sie längst hinaus. Beim nächsten qualvollen Pressen setzte ein brennender Schmerz zwischen den Beinen ein. Unwillkürlich wollte sie pressen, aber Naveena fasste sie am Handgelenk.

»Nein, Lady, nicht. Sie müssen es hinausgleiten lassen.«

Ein paar Augenblicke lang passierte gar nichts, dann fühlte Gwen ein Gleiten zwischen den Beinen. Naveena schnitt die Nabelschnur durch und hob das Kind hoch. Mit strahlendem Gesicht wischte sie es ab, und ihre Augen schwammen in Tränen. »Oh, Lady, Sie haben einen schönen Jungen bekommen!«

»Einen Jungen.«

»Ja, Lady.«

Gwen streckte die Arme nach ihm aus und starrte in das runzelige rote Gesicht ihres Erstgeborenen. Das war ein Moment tiefen Friedens, der sie vergessen ließ, was sie gerade durchgemacht hatte. Ihr Sohn griff in die Luft und schloss die Fäuste, wie um zu ertasten, in was für einer Welt er angekommen war. Er war wunderschön, und Gwen, die sich fühlte, als hätte noch keine Frau vor ihr ein Kind geboren, war so stolz, dass sie weinte.

»Hallo, kleiner Junge«, sagte sie unter Tränen.

Unvermittelt fing er an zu schreien.

Gwen sah Naveena an. »Du meine Güte, er klingt zornig!«

»Ein gutes Zeichen. Gesunde Lunge. Guter, kräftiger Junge.«

Gwen lächelte. »Ich bin so müde.«

»Sie müssen sich ausruhen. Das zweite kommt bald.« Naveena nahm den Jungen, wickelte ihn, zog ihm ein Mützchen auf und wiegte ihn im Arm, bevor sie ihn in die Wiege in Gwens Zimmer legte, wo er von Zeit zu Zeit ein leises Quäken abgab.

Bald nachdem Naveena Gwen gewaschen hatte, kam die Nachgeburt. Anderthalb Stunden vergingen, und es wurde früher Morgen, bis Gwen ihr zweites Kind gebar. Ihre Kräfte waren aufgebraucht, und sie konnte nur denken: Gott sei Dank, es ist vorbei! Sie wollte sich aufrichten, um ihr zweites Kind zu sehen, sank aber augenblicklich aufs Kissen zurück und schaute zu, wie Naveena es in eine Decke wickelte.

»Was ist es? Ein Mädchen oder ein Junge?«

Sekunden verstrichen. Die Welt hing in der Schwebe.

»Nun?«

»Ein Mädchen, Lady.«

»Wie hübsch, ein Pärchen.«

Erneut versuchte sie, den Kopf zu heben, doch sie sah gerade noch, wie Naveena das Kind hinausbrachte. Mit angehaltenem Atem lauschte sie. Aus dem Kinderzimmer war nur leises Weinen zu hören. Zu schwach. Plötzlich war ihr die Luft zu schwer zum Atmen. Sie hatte ihre Tochter nur für einen Augenblick gesehen und konnte sich nicht sicher sein, doch die Kleine schien eine sonderbare Farbe zu haben.

Mit dem entsetzlichen Gedanken, die Nabelschnur könnte das winzige Kind stranguliert haben, rief sie nach Naveena, brachte aber selbst nur ein Krächzen heraus. Nach einem zweiten Versuch schwang sie die Beine aus dem Bett und wollte aufstehen, doch ihr wurde heiß, und sie fiel rücklings gegen das Bett. Sie schaute zu der Wiege, in der ihr Sohn lag. Hugh, so wollten sie ihn nennen. Das kleine Wunder. Er hatte in dem Moment, als seine Zwillingsschwester geboren war, aufgehört zu schreien und schlief jetzt. Mithilfe des Schemels stieg sie wieder ins Bett. Jeder Muskel tat ihr weh. Sie schloss die Augen.

Als sie sie öffnete, sah sie Naveena in dem Lehnstuhl am Bett sitzen.

»Ich habe Tee gebracht, Lady.«

Gwen setzte sich auf und wischte sich den Schweiß von der Stirn. »Wo ist meine Tochter?«

Naveena senkte den Blick.

Gwen fasste sie am Ärmel. »Wo ist meine Tochter?«

Naveena machte den Mund auf, um zu sprechen, aber es

kam kein Ton heraus. Ihre Miene wirkte so ruhig wie immer, ihre knotigen Hände dagegen hielt sie keine Sekunde still.

»Was haben Sie mit ihr gemacht? Stimmt etwas nicht?«

Noch immer bekam sie keine Antwort.

»Naveena, bringen Sie mir das Kind! Hören Sie?« Gwen klang schrill.

Die Dienerin schüttelte den Kopf.

Gwen rang nach Luft. »Ist sie tot?«

»Nein.«

»Ich verstehe nicht. Ich möchte sie sehen. Bringen Sie sie mir! Ich befehle es Ihnen. Andernfalls werden Sie dieses Haus sofort verlassen.«

Langsam stand Naveena auf. »Wie Sie wünschen, Lady.«

Eine Welt vorgestellter Schrecken nahm gigantische Ausmaße an und schnürte Gwen die Brust zusammen. Was war mit ihrem Kind passiert? Hatte es schreckliche Missbildungen? Eine grausame Krankheit? Sie wollte Laurence bei sich haben. Warum war er nicht da?

Nach einigen Minuten kam Naveena mit dem eingewickelten Mädchen im Arm herein. Gwen hörte einen schwachen Schrei und streckte die Arme nach dem Bündel aus. Die Kinderfrau gab es ihr, ohne den Blick zu heben. Seufzend schlug Gwen die Decke auseinander.

Das Kind öffnete die Augen, und Gwen betrachtete es mit angehaltenem Atem. Das Gesicht, die Fingerchen, der runde Bauch, alles war schimmernd braun. Bestürzt blickte sie die alte Frau an. »Sie ist vollkommen gesund.«

Naveena nickte.

»Sie ist schön.«

Die Kinderfrau senkte den Kopf.

»Aber ihre Haut ist nicht weiß.«

»Nein, Lady.«

Gwen schaute sie drohend an. »Was für ein Streich ist das? Wo ist mein Kind?«

»Das ist Ihre Tochter.«

»Dachten Sie, ich merkte es nicht, wenn Sie mir ein fremdes Baby unterschieben?«

Sie fing an zu weinen, und ihre Tränen fielen auf das Gesicht der Kleinen.

»Das ist Ihre Tochter«, beteuerte Naveena.

Tief bestürzt schloss Gwen die Augen, kniff sie fest zu, um das Bild des Säuglings auszulöschen, dann gab sie ihn der Dienerin. Es war unmöglich, dass ein so dunkles Kind aus ihr herausgekommen war. Unmöglich! Naveena stand mit dem kleinen Mädchen unschlüssig schwankend da, während Gwen die Arme um sich schlang und stöhnend den Kopf schüttelte. In ihrer Verwirrung konnte sie der alten Kinderfrau nicht in die Augen sehen.

»Lady ...«

Gwen reagierte nicht. Das war unbegreiflich. Wie konnte das möglich sein? Sie starrte auf die Linien in ihren Handflächen, drehte die Hände, strich über ihren Ehering. Mehrere Minuten vergingen. Ihr Herz klopfte heftig und unregelmäßig. Schließlich blickte sie Naveena an, und als sie in deren Augen keine Verurteilung sah, fand sie den Mut zu sprechen.

»Wie kann das mein Kind sein? Wie?« Sie wischte sich mit dem Handrücken die Tränen weg. »Ich verstehe das nicht. Naveena, sagen Sie mir, was passiert ist! Werde ich wahnsinnig?«

Naveena wackelte mit dem Kopf. »Solche Dinge passieren.«

»Was für Dinge? Was passiert?«

Naveena zuckte mit den Schultern. Gwen versuchte, die Tränen zurückzuhalten, biss die Zähne zusammen, doch es war hoffnungslos. Ihr Gesicht verzerrte sich, die Tränen strömten aufs Kissen. Warum? Wie konnte das überhaupt passieren?

Jetzt erst erkannte sie ihre Lage. Was sollte sie Laurence sagen? Sie rang mit der Frage, aber erschöpft und erschrocken, wie sie war, fand sie in sich keinen Halt. Was war das Richtige? Sie schnäuzte sich und wischte sich die Tränen ab. Vor ihrem geistigen Auge sah sie das kleine Mädchen, wie es die dunklen Augen öffnete und sie anblickte. Vielleicht war mit dem Blut etwas nicht in Ordnung. Das musste es sein. Oder Laurence hatte spanische Vorfahren. Ihr schwirrten die Gedanken durch den Kopf. Luft. Sie brauchte Luft. Kühle Nachtluft. Um denken zu können.

»Würden Sie bitte das Fenster öffnen, Naveena?«

Mit dem Säugling im Arm ging Naveena den Fensterriegel lösen und ließ die kühle Luft herein, die den Geruch der Pflanzen mitbrachte.

Was könnte sie tun? Vielleicht behaupten, sie habe nur ein Kind bekommen oder das zweite sei bei der Geburt gestorben? Nein, dann müsste sie eine Leiche vorweisen. Gwen betrachtete Naveena, die mit dem Säugling am Fenster saß, und wünschte sich weit weg, fort aus diesem schrecklichen Land, wo weiße Frauen grundlos braune Kinder gebaren. Völlig grundlos. Die Luft stockte, und einen entsetzlichen Moment lang sah sie Ravasinghes Gesicht vor sich. Nein! Oh Gott, nein! Nicht das! Das durfte nicht sein. Sie krümmte sich vor Entsetzen zusammen.

Kraftlos dachte sie an jene Nacht zurück. Sie hätte es doch sicher gemerkt, wenn der Mann die Situation ausgenutzt hätte? Und der nächste Gedanke brachte sie fast um den Verstand. Was war mit Hugh? Lieber Gott. Das durfte nicht wahr sein. Wenn das Mädchen von Ravasinghe war – was für eine schreckliche Vorstellung –, dann auch Hugh? Waren zwei verschiedene Väter denkbar? Von solch einem Fall hatte sie noch nie gehört. War das möglich?

Mit schwerem Herzen schaute sie zu Naveena hinüber und sah den Mond zwischen den Wolken scheinen. Der Himmel wurde bereits grau. Bald würde es hell sein. Was sollte sie tun? Ihr lief die Zeit davon. Sie musste zu einer Entscheidung gelangen, ehe die Diener sich im Haus zu schaffen machten. Niemand durfte es erfahren.

Der Wind frischte auf. Dann hörte man Autoräder im Kies knirschen, und Gwen schlug das Herz bis zum Hals.

Naveena fuhr zusammen und erstarrte. Im nächsten Moment sprang sie auf. »Das ist Mr. Hoopers Schwester«, sagte sie und zog dem Säugling die Decke über den Kopf.

»Oh Gott! Verity. Sie ist schon zurück? Sie wird vielleicht nach mir sehen. Helfen Sie mir, Naveena!«

»Ich verstecke das Kind.«

»Rasch, beeilen Sie sich!«

»Im Kinderzimmer?«

»Ich weiß nicht. Ja. Im Kinderzimmer.« Gwen starrte panisch auf die Zimmertür, während Naveena nach nebenan hastete. Sie hörte Verity auf der Treppe. Ihre Schritte näherten sich auf dem Flur. Vor der Tür verharrten sie einen Moment, als lauschte Verity ins Zimmer. Tatsächlich klopfte es kurz darauf leise. Gwen war atemlos vor Angst, ihre Gedanken rasten, ihr fiel nichts Passendes ein, das sie sagen könnte, und als Verity vorsichtig die Tür öffnete und dann mit rosigen Wangen und strahlend hereinkam, war Gwen überzeugt, sie werde sich verraten.

»Oh, Liebes, ist es etwa schon passiert? Geht es dir gut?« Sie trat an die Wiege, in der Hugh lag. »Wo ist das andere Kind?«

Gwens Mundwinkel zogen sich leicht nach unten, und ihre Unterlippe zitterte, doch sie holte tief Luft und riss sich zusammen. »Doktor Partridge hat sich geirrt. Ich habe nur ein Kind bekommen. Einen Jungen.«

Verity beugte sich über die Wiege. »Oh, ist er nicht hinreißend! Darf ich ihn hochnehmen?«

Gwen nickte. Ihr Herz klopfte so heftig, dass sie sich die Decke bis unters Kinn zog, um ihre Brust zu verbergen. »Wenn du möchtest. Aber bitte, weck ihn nicht auf! Er ist gerade erst eingeschlafen.«

Ihre Schwägerin nahm Hugh aus der Wiege. »Meine Güte, wie winzig er ist!«

Gwen schnürte es die Kehle zu. Mit dünner Stimme brachte sie eine spontane Erklärung zustande. »Ich habe wohl enorm viel Fruchtwasser gehabt.«

»Natürlich. Hat der Doktor dich schon gesehen?«, fragte

Verity, als sie Hugh in die Wiege legte. »Du siehst schrecklich blass aus.«

»Er wird kommen, sobald er kann. Offenbar war er während der Nacht bei einem anderen Patienten.« Gwen fühlte das Brennen aufsteigender Tränen und schwieg. Je weniger sie sagte, desto besser.

»Ach, Liebes, war es sehr schlimm?«

»Sehr, ja.«

Verity zog sich den Stuhl heran und setzte sich neben Gwen. »Du musst sehr tapfer gewesen sein, um das allein durchzustehen.«

»Ich hatte Naveena bei mir.«

Sie schloss die Augen und hoffte, Verity nähme das als Wink, sich endlich zurückzuziehen. Ihr war scharf bewusst, dass Naveena in der Hast die Tür zum Bad offen gelassen hatte. Die Kinderzimmertür war gewiss geschlossen, dennoch wollte sie ihre Schwägerin zum Gehen bewegen, bevor das Mädchen aufwachte.

»Soll ich dir von der Party erzählen, um dich aufzumuntern?«

»Nun, eigentlich …«

»Es war wunderbar«, begann Verity, ohne auf sie zu achten. »Ich habe getanzt, bis ich Blasen bekam, und, du wirst es nicht glauben, Savi Ravasinghe war auch da. Er hat die ganze Nacht mit Christina getanzt und sich nach dir erkundigt.«

Bestürzt über die Wendung des Gesprächs, hob Gwen abwehrend die Hand. »Verity, wenn du nichts dagegen hast, würde ich gern schlafen, bis der Arzt kommt.«

»Oh, natürlich, Liebes! Ich Dummerchen rede in einem fort, obwohl du völlig fertig sein musst.«

Verity stand auf und trat an die Wiege. »Er schläft noch. Ich kann es kaum erwarten, ihn wach zu sehen.«

Gwen drehte sich im Bett. »Es wird sicher bald so weit sein. Bitte, wenn es dir nichts ausmacht …«

»Du musst schlafen, das verstehe ich. Ich hatte vorgehabt,

heute Pru in Hatton zu besuchen, falls du nichts dagegen hast. Aber wenn du mich brauchst, bleibe ich natürlich.«

So viel zu der großen Hilfe, dachte Gwen, obwohl sie äußerst froh war, dass Verity das Haus bald wieder verlassen wollte.

»Fahr nur zu ihr!«, sagte sie. »Ich komme zurecht.«

Verity wandte sich zum Gehen. Als sie an der Tür war, hörte man den schwachen Schrei eines Säuglings. Verity fuhr freudestrahlend herum, während Gwen erstarrte.

»Oh, wie schön, er ist aufgewacht«, sagte ihre Schwägerin und lief zurück zur Wiege, um verwundert die Stirn zu runzeln. »Wie seltsam, er schläft.«

Gwen schwieg nur für einen Moment, doch es kam ihr vor wie eine Ewigkeit. Sie schloss die Augen und beschwor das Mädchen im Stillen, nicht zu weinen. Dabei war ihr, als stünde ihr Gesicht in Flammen. Bitte, lieber Gott, lass sie still sein, solange Verity Hugh betrachtet!

»Sie wimmern manchmal im Schlaf«, sagte Gwen schließlich. »Fahr ruhig heute Morgen nach Hatton! Naveena ist bei mir.«

»Na gut, wenn du meinst.«

Als Verity die Tür hinter sich geschlossen hatte, rollte Gwen sich zusammen und schlang die Arme um die Knie. Ein Gefühl der Entwurzelung überkam sie, und ihr war, als könnte ein Windstoß sie aus dem Bett heben und forttragen. Sie klingelte nach ihrer Kinderfrau.

Als Naveena kam, setzte sie sich zu Gwen und ergriff ihre Hand.

»Naveena, was soll ich tun?«, flüsterte sie. »Sagen Sie mir, was ich tun soll!«

Die alte Dienerin starrte auf den Boden und antwortete nicht.

»Helfen Sie mir! Bitte, helfen Sie mir! Ich habe Verity nun gesagt, es gibt nur ein Kind.«

»Lady, ich weiß es nicht.«

Gwen fing an zu weinen. »Es muss einen Ausweg geben. Es muss.«

Naveena schien mit sich zu ringen, dann seufzte sie. »Ich werde im Dorf eine Frau finden, die es nimmt.«

Gwen starrte sie an, und Naveena erwiderte den Blick. Schlug sie etwa vor, sie sollte das Kind einer Fremden überlassen? Ihr eigenes Kind?

»Das ist der einzige Ausweg.«

»Aber, Naveena, ich kann sie doch nicht einfach weggeben!«

Naveena tätschelte ihr die Hand. »Sie müssen Vertrauen haben, Lady.«

Gwen schüttelte den Kopf. »Ich kann das nicht tun.«

»Sie müssen.«

Gwen sträubte sich verzweifelt. »Das kann nicht der einzige Ausweg sein«, sagte sie mit zitternder Stimme.

»Dann bleibt nur eins, Lady.«

»Was?«

Naveena nahm ein Kissen vom Bett.

Gwen schnappte entsetzt nach Luft. »Sie … ersticken?«

Naveena nickte.

»Nein! Niemals! Unter keinen Umständen!«

»Manche tun das, Lady, aber es ist nicht gut.«

»Nein, es ist schrecklich. Unmenschlich!« Sie schlug sich die Hände vors Gesicht, zutiefst bestürzt, weil sie überhaupt darüber gesprochen hatten.

»Ich überlege, Lady. Ich bringe das Kind in das Dorf. Geben Sie ein bisschen Geld?«

Zunächst antwortete Gwen nicht, sondern starrte mit tränenverschleiertem Blick vor sich hin. Sie schauderte. Sie durfte das Kind nicht behalten, das war eine Tatsache. Andernfalls würde sie vor die Tür gesetzt werden, mit einem Kind, das nicht von ihrem Mann stammte. Ihr Söhnchen würde sie wahrscheinlich nie wieder sehen. Wohin sollte sie gehen? Selbst ihren Eltern bliebe nichts anderes übrig, als sich von ihr abzuwenden. Sie wäre ohne Geld, ohne ein Zuhause. Ihr kleines Mädchen hätte bei ihr ein schlechteres Leben als in dem Dorf. Dort wäre sie immerhin nicht allzu weit weg, und eines Tages vielleicht … Gwen stockte. Nein. Dieser Tag würde niemals kommen. Wenn sie das Kind weggäbe, dann für immer.

Sie sah die alte Kinderfrau an und flüsterte: »Was soll ich meinem Mann sagen?«

»Nichts, Lady, ich flehe Sie an! Erzählen Sie ihm das Gleiche wie seiner Schwester.«

Gwen nickte. Naveena hatte recht. Doch sie zitterte bei dem Gedanken an diese ungeheuerliche Lüge. Verity zu belügen war eins, Laurence derart zu hintergehen fiel ihr schwer.

Naveenas Augen füllten sich mit Tränen. »Das ist das Beste. Mr. Hooper wird verachtet, wenn Sie es behalten.«

»Aber wie kann so etwas passieren?«

Die alte Frau schüttelte bekümmert den Kopf.

Gwen fühlte sich dabei noch schlechter. Sie schloss die Augen und sah ihre dummen französischen Schlüpfer auf dem Fußboden des Hotelzimmers liegen. Mühsam rief sie sich die Einzelheiten der Ballnacht ins Gedächtnis und kam bis zu dem Moment, als Ravasinghe ihr die Stirn streichelte, danach riss die Erinnerung ab. Gefangen in einem Moment, an den sie sich nicht erinnern konnte, fühlte Gwen sich entehrt. Was hatte er ihr angetan? Was hatte sie ihm erlaubt? Sie wusste nur noch, dass sie halb bekleidet aufgewacht war, als Fran ins Zimmer gekommen war. Wieder fragte sie sich, ob Zwillinge von verschiedenen Vätern stammen konnten. Wenn nicht, wäre ihre Schande noch größer. Ihr Herz klopfte wie wild. Hugh musste von Laurence sein. Es durfte nicht anders sein!

»Lady, nicht verzweifeln.« Naveena nahm Gwens Hand und streichelte sie. »Wollen Sie ihr einen Namen geben?«

»Welcher passt zu einem Kind mit …«

»Liyoni ist ein sehr guter Name.«

»Also gut.« Sie überlegte. »Aber ich will sie noch ein Mal sehen.«

»Das ist nicht gut, Lady. Besser, ich bringe sie jetzt fort. Seien Sie nicht traurig. Das ist ihr Schicksal.«

Gwen kamen erneut Tränen. »Ich kann sie nicht wegschicken, ohne sie noch einmal zu sehen. Bitte. Ich muss sie sehen.«

»Lady …«

»Bringen Sie sie her, damit ich sie wenigstens einmal gestillt habe, ja? Nur ein Mal, und dann kann eine Amme in dem Dorf sie haben.«

Naveena seufzte müde. »Aber erst, wenn die Schwester weg ist.«

Schweigend warteten sie. Sowie sie Verity eineinhalb Stunden später den Hügel hinauffahren hörten, schloss Naveena die Fensterläden und brachte Gwen den Säugling.

Liyoni hatte keine Blutergüsse, kein rotes Gesicht und sah überhaupt nicht aus wie Hugh. Sie war ein schönes milchkaffeebraunes Kind.

»Sie ist so winzig«, flüsterte Gwen und strich über die seidigen Wangen.

Die Kleine schnappte nach der Brust, sowie Naveena sie Gwen anlegte. Das Saugen fühlte sich sonderbar an, und als Gwen das dunkle Gesichtchen an ihrer weißen Haut sah, zitterte sie. Nachdem sie ihr Kind eine Weile gestillt hatte, nahm sie es von der Brust. Es riss die Augen auf und quäkte empört, dann setzte es die Saugbewegungen fort. Gwen drehte das Gesicht zur Wand.

»Nehmen Sie sie! Ich kann nicht.« Ihre Stimme klang rau. Ihr eigen Fleisch und Blut abzuweisen schmerzte schlimmer als die Geburtswehen.

Naveena nahm die Kleine an sich. »Zwei Tage werde ich weg sein.«

»Kommen Sie zu mir, sobald Sie zurück sind! Sind Sie sicher, dass Sie eine Frau finden werden?«

Naveena zuckte mit den Schultern. »Ich hoffe es.«

Gwen schaute zu Hugh, voller Angst, ihn ebenfalls zu verlieren. »Dort wird anständig für sie gesorgt?«

»Sie wird gut aufwachsen. Soll ich eine Kerze anzünden, Lady? Das ist beruhigend. Es hilft Ihnen einzuschlafen. Hier steht Wasser. Ich bringe noch heißen Tee, der das Herz beruhigt.«

Gwen dachte fieberhaft nach und griff nach dem Glas Wasser. Ihre Hand zitterte stark. Sie überlegte, ob es jemanden gab, der sich für sie erkundigen könnte. Doch eine andere Erklärung für die Hautfarbe des Kindes zu finden, würde Zeit erfordern. Zeit, die sie nicht hatte. Im Moment sah es so aus, als hätte sie von einem anderen Mann ein Kind bekommen, und wenn sie über die Ballnacht erzählen sollte, würde ihr keiner glauben, dass sie mit Ravasinghe nicht freiwillig intim geworden war. Sie hatte ihn immerhin in ihr Zimmer mitgenommen, nicht wahr? Laurence würde sie verstoßen, und Verity würde ihn für sich allein haben. So einfach war das. Und um zu erfahren, was sie wissen wollte, müsste sie Liyonis Geburt einräumen. Und das durfte sie nicht. Niemals.

Sie fühlte sich verloren. Von Gott verlassen. Ihre Hand zitterte so stark, dass das Wasser überschwappte und ihr Nachthemd nass machte. Nach der schrecklichen Tat, zu der sie sich entschlossen hatte, würde sie nie wieder schlafen können, nie wieder Frieden finden. Und die lastende Schuld würde die himmlischen Gefühle, die sie mit Laurence erlebt hatte, nicht mehr aufkommen lassen. Sie sah die dunklen Augen ihrer Tochter vor sich, ein schutzloses Neugeborenes, das seine Mutter brauchte, und Gwens Verlangen, beide Kinder an ihre Brust zu drücken, wurde stärker als der Wunsch, ihre Ehe zu erhalten. Sie nahm Hugh auf den Arm und wiegte ihn, dann weinte sie lange. Immer wenn sie an Laurence' vertrauensvolles Lächeln und seine Umarmungen dachte, wurde ihr von Neuem klar, dass sie das Mädchen nicht behalten konnte. Ich werde mit meiner Tochter keine glücklichen Erinnerungen zu teilen haben, dachte sie tieftraurig. Und Liyoni würde ohne Vater und Mutter aufwachsen.

11

Sie warteten, bis der Abend hereinbrach. Verity war von Hatton noch nicht zurückgekehrt. Gwen hielt Wache, als Naveena das Kind einwickelte und in einen alten Teepflückerkorb legte. Sie stieg in den Ochsenkarren und stellte den Korb unter die Bank. Gerade als sie losfahren wollte, trat McGregor aus der Dunkelheit hervor. Gwen wich in den Schatten der Veranda zurück und lauschte mit angehaltenem Atem, was passierte. Naveena behauptete, zu einem Krankenbesuch in ein Singhalesendorf zu fahren.

»Der Wagen steht für Ihre privaten Zwecke nicht zur Verfügung«, sagte McGregor.

Gwen erstarrte.

»Ich nehme ihn nur dieses eine Mal, Sir.«

Bitte, mach, dass er sie fahren lässt!

»Haben Sie die Erlaubnis des Hausherrn?«

»Von Mrs. Hooper.«

»Was ist in dem Korb?«

Gwen geriet in Panik.

»Nur eine alte Decke. Hat Mrs. Hooper mir mitgegeben.«

McGregor ging auf die andere Seite des Wagens, und Gwen konnte nicht mehr verstehen, was er sagte. Wenn er jetzt in den Korb schaut, ist es aus mit mir, dachte sie. Sie flehte zum Himmel, McGregor möge Naveena endlich fahren lassen. Es war nicht zu verstehen, was die zwei redeten, und sie konnte auch nicht erkennen, was McGregor dort tat.

Die Erinnerung an ihr törichtes Benehmen in der Ballnacht überfiel sie. Am liebsten wäre sie ins Licht getreten und hätte ihre Schuld gestanden. Wäre sie nicht auf Christina eifersüchtig gewesen, hätte sie von Ravasinghe keine Hilfe angenommen.

Sie konnte keinem anderen, nur sich selbst Vorwürfe machen. Wenn sie das jetzt gestände, hätte die Sache ein Ende … In dem Moment hörte sie Schritte, und der Ochsenkarren rollte an. Erleichtert schlich Gwen ins Haus.

Die arme Naveena hatte nicht im Dunkeln fahren wollen, doch die Gefahr, dass bei Tag jemand das Kind weinen hörte, war zu groß.

Nun war Gwen allein und sehnte sich nach Schlaf, schaute aber alle paar Minuten nach Hugh. Nach einer Stunde hörte sie Laurence' Daimler kommen. Er war früher als erwartet zurück! Sie fuhr sich mit den Fingern durch die wirren Haare, dann flüchtete sie ins Bad und schloss hinter sich ab. Am liebsten hätte sie sich zu Boden sinken lassen und wäre dort sitzen geblieben. Doch das durfte sie nicht. Darum wusch sie sich das Gesicht mit kaltem Wasser, band sich die Haare zusammen und hockte sich auf den Wannenrand, um zu warten, bis ihre Hände zu zittern aufhörten. Als sie Laurence ins Schlafzimmer kommen hörte, setzte sie ein Lächeln auf und fand den Mut, ihm unter die Augen zu treten.

Laurence stand reglos an der Wiege und betrachtete staunend seinen Sohn. Er hatte sie noch nicht bemerkt, und so besah sie sich seine breiten Schultern und die Stirnlocke. Es rührte sie, wie glücklich er aussah. Sie hätte es nicht ertragen können, seinem alten Schmerz einen neuen hinzuzufügen. Um ihrer beider willen musste sie durchhalten.

Sie trat einen Schritt auf ihn zu, sodass er aufblickte. Zu seinem Staunen kam Erleichterung. Unermessliche Erleichterung. Seine Augen strahlten, aber dann musste er Tränen zurückdrängen.

»Er sieht aus wie du, findest du nicht?«, fragte sie.

»Er ist ein Prachtkerl.« Laurence blickte sie ehrfürchtig an. »Du bist so tapfer gewesen! Aber wo ist unser zweites Kind?«

Gwen erstarrte, konnte weder fühlen noch denken, als wäre jeder Moment, der zwischen ihnen gewesen war, ausgelöscht. Er war plötzlich wie ein Fremder. Sie kämpfte gegen den Drang, vor ihm zurückzuweichen, und überwand sich mühsam, zu ihm zu gehen. Es gelang ihr sogar, ihre Verzweiflung zu verbergen.

»Ich habe nur ein Kind bekommen. Es tut mir leid.«

»Liebes Mädchen, du brauchst dich für nichts zu entschuldigen. Ich liebe dich so sehr, und nun haben wir ein Kind. Das bedeutet mir viel.«

Sie zwang sich zu lächeln.

Laurence streckte die Arme aus. »Komm her! Ich will dich an mich drücken.« Er nahm sie in die Arme, und als sie den Kopf an seine Brust legte, hörte sie sein Herz klopfen.

»Gwen. Es tut mir sehr leid, dass ich so distanziert war. Verzeih mir!«

Sie gab ihm einen Kuss, aber innerlich war sie zerrissen. Sie sehnte sich danach, sich ihm anzuvertrauen, die Wahrheit auszusprechen, ein Leben voller Lügen abzuwenden. Doch angesichts seines breiten Lächelns brachte sie es nicht über sich. Nach so vielen Wochen der Distanz war Laurence endlich wieder wie vorher. Sie schaffte es, sich zu beherrschen, und erlaubte ihm, sie weiter im Arm zu halten. Zugleich war ihr klar, dass nichts je wieder sein würde wie zuvor. Gwen fühlte, wie ihr etwas abhandenkam, Geborgenheit vielleicht oder Zuversicht, das vermochte sie nicht zu sagen, doch es ließ sie erschüttert und einsam zurück. Sie hörte die krächzenden Schreie der Vögel über dem See aufsteigen und fühlte Laurence' Herz an ihrer Wange schlagen. Sie war erschöpft, und nicht einmal sein liebevolles Lächeln konnte ihre Qual lindern.

Nachdem Dr. Partridge sie untersucht hatte, erfand sie tausend Ausflüchte, weshalb Laurence sie in Ruhe lassen sollte, doch die Wahrheit war, dass sie sich mit ihrem Schmerz nur auseinandersetzen konnte, solange Laurence nicht bei ihr war. Eine Frage beschäftigte sie immer wieder: Konnten Zwillinge von zwei Vätern stammen? Sie hatte überlegt, Laurence zu fragen und vorzugeben, sie erkundige sich für eine Freundin, doch sie hatte die Idee als zu durchsichtig verworfen. Es gab keine Freundin, die Laurence nicht kannte. Die meiste Zeit lebten sie für sich, und an gesellschaftlichen Anlässen wie dem Gouverneursball oder dem Ball des Golfclubs nahmen sie gemeinsam teil. Wem könnte sie sich also anvertrauen? Nicht ihren Eltern. Die wären entsetzt. Fran? Vielleicht. Aber bis zu einem Wiedersehen würde noch viel Zeit vergehen. Dass sie sich an eine körperliche Vereinigung mit Ravasinghe überhaupt nicht erinnern konnte, machte ihr die Sache nicht leichter. Er war ihr so freundlich erschienen. Er hatte ihr die Stirn gestreichelt. Er war bei ihr geblieben, weil ihr schlecht gewesen war. Und was noch? Die Erinnerungslücke brachte sie noch um den Verstand.

Laurence war seit drei Tagen zu Hause, und Naveena war noch nicht zurückgekehrt. Gwen wollte sich nicht ausmalen, was passieren würde, wenn sie keine Pflegemutter fand. Während ihre Angst wuchs, verfolgten sie die dunklen Augen ihrer Tochter. Gwen war unruhig, gereizt, schreckte beim leisesten Geräusch zusammen, und durch die ständige Sorge, Laurence könnte die Wahrheit erfahren, fühlte sie sich elend.

Am späten Abend kam er auf Zehenspitzen zu ihr herein, als sie gerade mit Stillen fertig war.

»Warum musst du dich immer so anschleichen? Du hast mich erschreckt.«

»Liebling, du siehst müde aus«, sagte er und ging über ihre Gereiztheit hinweg.

Seufzend strich sie sich die Locken aus dem Gesicht.

Seit die Milch eingeschossen war, bewies Hugh einen unersättlichen Appetit. Doch jetzt war er an ihrer Brust eingeschlafen. Laurence rückte ihr die Kissen zurecht, dann ließ er sich auf der Bettkante nieder und drehte den Oberkörper zu ihr herum. Sie setzte sich aufrechter hin. Um die Verspannung im Nacken zu lösen, die vom langen Stillen kam, ließ sie den Kopf ein paar Mal kreisen.

Er nahm ihre Hand. »Bekommst du überhaupt genügend Schlaf, Gwen? Du bist sehr blass.«

»Nein. Es dauert sehr lange, bis ich einschlafe, und dann wacht Hugh schon bald wieder auf.«

»Du bist nicht wie sonst. Das bereitet mir ein bisschen Sorge.«

»Um Himmels willen, Laurence, ich habe gerade eine Geburt hinter mir. Was erwartest du?«

»Nur, dass du ein bisschen glücklicher aussiehst. Ich habe geglaubt, das Stillen erschöpft dich so, dass du danach sofort schlafen kannst.«

»Nun, das kann ich nicht.« Sie hatte ihn scharf angefahren und schämte sich dafür, als sie ihn traurig werden sah. »Hugh schläft auch nicht viel.«

Er zog die Brauen zusammen. »Ich werde Dr. Partridge noch mal anrufen.«

»Das ist nicht nötig. Ich bin bloß müde.«

»Es wird dir viel besser gehen, wenn du anständig schlafen kannst. Vielleicht solltest du das Stillen einschränken.«

»Wie du meinst«, sagte sie, obwohl das Stillen die einzige Zeit war, wo sie Frieden fand. Das konnte sie Laurence natürlich nicht sagen. Das saugende Kind beruhigte sie. Sie betrachtete dabei die sanfte Rundung der Wangen und die flatternden Lider und fühlte sich besser. Wenn Hugh sie allerdings mit seinen blauen Augen anschaute, sah sie zugleich die braunen seiner Schwester. Wenn er gerade nicht gestillt wurde, schrie er. Er schrie so häufig, dass sie oft nur ein Kissen auf die Ohren drücken und weinen konnte.

Laurence beugte sich zu ihr, um sie zu küssen, doch sie drehte den Kopf weg und gab vor, sich um Hugh kümmern zu müssen.

»Ich lege ihn besser in die Wiege, sonst wacht er gleich wieder auf.«

Laurence stand auf und fasste ihr an die Schulter. »Schlaf! Das hast du jetzt nötig. Ich hoffe, Naveena war dir eine Hilfe.«

Gwen drückte sich die Fingernägel in die Handflächen und hielt den Blick gesenkt. »Ja, sehr. Sie ist bei einer kranken Freundin.«

»Du solltest ihr wichtiger sein.«

»Mir geht es gut.«

»Nun, wenn du meinst. Gute Nacht, meine Liebste. Ich hoffe, morgen früh fühlst du dich besser.«

Gwen nickte, obwohl sie glaubte, nie wieder schlafen zu können.

Nachdem er gegangen war, blinzelte sie zornige Tränen weg. Sie legte den Säugling in die Wiege, dann besah sie sich im Badezimmerspiegel. Ihr Nachthemd gehörte in die Wäsche. Ihre Haare klebten in feuchten Strähnen am Nacken. Die Haut an der Brust war durchscheinend und von feinen blauen Adern durchzogen. Was sie am meisten bestürzte, waren ihre Augen, die ihr matt und verloren entgegenblickten.

Zurück in ihrem Zimmer, ließ sie sich in den Sessel fallen. Sie fühlte sich aller Hoffnung beraubt. Anstatt den Tränen freien Lauf zu lassen, musste sie sich irgendwie zusammenreißen. Naveena war länger ausgeblieben als erwartet, doch nun hörte sie endlich den Ochsenkarren kommen, dann Stimmen. Ihre Gedanken zerstoben. Sie wartete.

Kurz darauf erschien Naveena in ihrem Zimmer, und Gwen richtete sich auf.

»Erledigt«, sagte Naveena.

Gwen seufzte. »Ich danke Ihnen«, antwortete sie halb schluchzend. »Sie dürfen mit niemandem darüber sprechen. Verstehen Sie das?«

Naveena nickte. Dann berichtete sie. Der Pflegemutter habe sie gesagt, es sei das verwaiste Kind einer entfernten Verwandten, und sie selbst könne sich nicht um es kümmern. Aus dem Dorf werde einmal im Monat, am Tag vor oder nach dem Vollmond, Nachricht kommen. Die Pflegemutter, die nicht lesen und schreiben könne, werde dem Kuli, der täglich mit dem Ochsenkarren die Milch für die Plantage holt, eine Kohlezeichnung zustecken. Die Zeichnung sei für Naveena, werde man ihm sagen, und er solle dafür ein paar Rupien bekommen. Solange die Zeichnungen wie vereinbart kämen, könne man gewiss sein, dass es der Kleinen gut gehe.

Nachdem Naveena gegangen war, kam Gwen ein neuer erschreckender Gedanke. Was, wenn die Kinderfrau ihr Versprechen nicht hielt? Wenn sie doch mit jemandem darüber redete? Die anklagenden Stimmen in ihrem Kopf wollten Gwen nicht zur Ruhe kommen lassen, bis sie sich die Ohren zuhielt und sie mit Weinen zu übertönen versuchte.

Eine gottesfürchtige Engländerin bringt kein farbiges Kind zur Welt.

Als Gwen den Mund öffnete, kam zuerst kein Laut heraus, aber dann, als der Verlust ihrer Tochter ihr fast das Herz zerriss, stieg ein tiefes Stöhnen aus ihrem Innern auf und wurde zu einem schrecklichen, tierhaften Knurren. Sie hatte ihr winziges neugeborenes Kind weggegeben.

Es verging noch ein Tag, ehe Dr. Partridge die Zeit fand, sie zu besuchen, und da war es bereits später Nachmittag. Gwen schaute nervös nach draußen in den Garten, wo die Schatten länger wurden, blickte durch das Zimmer, strich sich über die handtuchtrockenen Haare. Naveena hatte das Fenster angelehnt gelassen und eine große Vase mit wilden Pfingstrosen auf den Tisch gestellt, sodass es im Zimmer frisch roch.

Mit einem sauberen Nachthemd bekleidet, setzte Gwen sich ins Bett, um auf den Arzt zu warten. Sie betrachtete ihre Fingernägel, ohne sie wirklich zu sehen, und knetete ihre Hände. Dann kniff sie sich in die Wangen, um rosiger auszusehen, und murmelte vor sich hin, was sie sagen musste. Ihr war schlecht vor Nervosität. Wenn sie sich nur nicht verplapperte … Sie hörte Bremsen quietschen und erstarrte.

Durch das offene Fenster wehte Laurence' Stimme herein. Sie musste die Ohren spitzen, doch sie konnte hören, dass er etwas über Caroline sagte. Dann sprach der Arzt, aber zu leise.

»Ach, verflucht!«, erwiderte Laurence mit lauter Stimme. »Gwen ist nicht sie selbst. Sie hätten sofort herkommen sollen. Ich weiß genau, da stimmt etwas nicht. Sie müssen doch etwas dagegen unternehmen können.«

Wieder eine leise Antwort des Arztes.

»Gütiger Himmel!«, rief Laurence aus. Dann fuhr er mit gedämpfter Stimme fort: »Was, wenn das Gleiche noch mal passiert? Wenn ich ihr nicht mehr helfen kann?«

»Eine Geburt nimmt manche Frauen stark mit. Einige erholen sich, andere nicht.«

Was Laurence darauf sagte, konnte sie nicht verstehen, meinte jedoch, wieder Carolines Namen zu hören.

»Wie lange ist sie schon so?«, fragte der Arzt, und ehe Laurence antwortete, gelangten die zwei Männer außer Hörweite. Laurence schlenderte mit Dr. Partridge zum Seeufer, damit die Dienerschaft sie nicht hören konnte. Er weiß es schon! Gwen bekam eine trockene Kehle. Sie zwang sich, nicht in diese Richtung zu denken, obwohl ihr vor Anspannung der ganze Körper wehtat. Hastig blickte sie durchs Zimmer, wollte sich am liebsten verstecken und glitt dabei tiefer unter die Bettdecke. Eine Tür schlug zu, dann näherten sich Schritte. Dr. Partridge. Nun würde er jeden Augenblick hereinkommen.

Die Zimmertür wurde geöffnet. Laurence trat als Erster ein, hinter ihm der Arzt, der mit ausgestreckter Hand auf sie zukam. Sie nahm sie, und als sie seine Wärme fühlte, brannten ihre Augen von aufsteigenden Tränen. Er war ein so freundlicher Mann! Sie sehnte sich danach, ihm alles zu erzählen, es sich von der Seele zu reden und die Last zu teilen.

»Wie geht es Ihnen heute?«, fragte er.

Sie biss die Zähne zusammen und blickte ihn an. Dabei unterdrückte sie die Angst, er könnte ihr die Schuldgefühle anmerken. »Es geht mir gut.«

»Darf ich mir das Kind noch einmal ansehen?«

»Natürlich.«

Laurence ging an die Wiege und hob seinen schlafenden Sohn heraus. Seine gespannte Aufmerksamkeit schnürte Gwen die Brust zusammen.

»Er ist schon ein prächtiger Bursche. Trinkt in einem fort.«

Gwen fasste das als Kritik auf. »Er hat Hunger, Laurence, und es beruhigt ihn. Du hörst ihn doch sicher auch weinen?«

Der Arzt setzte sich neben Gwen in den Stuhl und nahm den Säugling in die Arme, um ihn zu mustern. »Ein bisschen klein geraten ist er, scheint aber mit jedem Tag hübscher zu werden.«

»Er kam zwei Wochen zu früh«, bemerkte Laurence.

»Ja, natürlich. Doch es überrascht mich, dass es doch keine Zwillinge waren. Muss eine Wasseransammlung gewesen sein.«

Gwen holte scharf Luft.

»Ich bedaure, dass ich nicht bei Ihnen sein konnte. Doch Sie waren sicherlich sehr tapfer.«

»Um ehrlich zu sein, kann ich mich kaum erinnern.«

Der Arzt nickte. »Das geht vielen so. Dem Himmel sei Dank für das selektive Gedächtnis!«

»In der Tat.«

Laurence, der am Fußende des Bettes stand, schaltete sich ein. »Ich muss sagen, John, dass Gwen mir Sorge bereitet. Sie schläft kaum, und Sie sehen selbst, wie blass sie ist.«

»Ja, das ist wahr.«

»Und? Was werden Sie dagegen unternehmen?«

»Laurence, machen Sie sich keine Sorgen!«

»Keine Sorgen?« Er ballte die Hände zu Fäusten und schlug sich in die Handfläche. »Wie können Sie so etwas sagen?«

»Ich werde ihr ein Stärkungsmittel geben. Ein Schlafpulver könnte dem Säugling schaden, fürchte ich. Man nimmt an, dass es in die Muttermilch übergeht. Geben Sie der Sache noch zwei Wochen Zeit, und wenn es dann nicht besser geworden ist, überlegen wir, was wir unternehmen können. Vielleicht eine Amme einstellen.«

Laurence schnaubte. »Wenn Sie weiter nichts tun können, wird das erst mal genügen müssen. Aber ich bestehe darauf, dass Sie meine Frau streng beobachten!«

»Selbstverständlich, Laurence. Etwas anderes fiele mir gar nicht ein. Seien Sie beruhigt, Gwen ist in guten Händen.«

»Dann lasse ich Sie für ein paar Augenblicke allein.«

Hatte Laurence sich vorher mit dem Arzt abgestimmt?

»Was bedrückt Sie, Gwen?« Dr. Partridge legte Hugh in die Wiege und blickte sie fragend an.

Als sie in seine freundlichen grauen Augen sah, spürte sie einen Kloß im Hals. Doch wie hätte sie ihm von Liyoni erzählen können? Es war unmöglich, ihm zu sagen, dass sie ständig die Tränen zurückhielt, außer wenn sie allein war oder Hugh bei sich hatte, und dass sie fürchtete, ihre Schuld könnte in seinen Adern fließen.

»Ist es nur der Schlafmangel? Sie können es mir ruhig erzählen, wissen Sie. Helfen ist mein Beruf.« Er tätschelte ihre Hand. »Sie bedrückt noch etwas anderes, nicht wahr?«

Sie schluckte den Kloß hinunter. »Ich …«

Er fuhr sich durch die schütteren Haare. »Scheuen Sie sich, Laurence noch länger abzuweisen? Ich kann ein Wort mit ihm reden.«

Peinlich berührt senkte sie den Kopf. »Nein, nichts dergleichen.«

»Sie wirken sehr unglücklich.«

»Ach, tatsächlich?«

»Ich denke, das wissen Sie. Eine Frau, die lange in den Wehen gelegen hat, ist erschöpft, erst recht, wenn das Kind ständig nach der Brust verlangt. Das ist normal. Aber mir scheint, Sie beschäftigt noch etwas anderes.«

Gwen biss sich auf die Unterlippe und mied seinen Blick. *Eine gottesfürchtige Engländerin bringt kein farbiges Kind zur Welt* – und sie gibt ihr Kind nicht weg, fügte sie im Stillen hinzu. Obgleich sie sich zu überzeugen suchte, dass es besser war, es wegzugeben, als es zu ersticken, konnte auch dieses Argument ihr Elend nicht lindern.

»Wollen Sie es mir anvertrauen?«

»Ach, Dr. Partridge, wenn …«

Die Tür ging auf und Laurence kam herein. »Sind Sie fertig?«

Der Arzt sah Gwen an. Sie nickte.

»Fürs Erste ja. Ich denke, wenn Ihre Frau nur zu festgesetzten Zeiten stillt und für ein wenig Bewegung sorgt, könnte das helfen. Und denken Sie daran: Sie können mich jederzeit anrufen, Mrs. Hooper.«

Als Laurence den Arzt zur Tür begleitete, blickte er zu Gwen zurück. »Möchtest du Gesellschaft haben? Verity wäre sicher froh, bei dir zu sitzen. Sie unterstützt dich gern.«

»Nein, danke, Laurence«, antwortete Gwen scharf. »Ich komme gut allein zurecht.«

Niedergeschlagen wandte er sich ab. An der Tür blieb er noch einmal stehen. »Es ist doch alles in Ordnung? Zwischen uns beiden, meine ich.«

»Natürlich.«

Er nickte und zog die Tür hinter sich zu.

Fast hätte sie es dem Arzt erzählt, hatte es tatsächlich sagen wollen und hätte ihren Mann unglücklich gemacht. Ihre Unterlippe zitterte, und sie wimmerte, weil ein stechender Schmerz durch ihre Schläfe fuhr. Schon wieder Kopfschmerzen. Ihr wurde der Kopf so schwer, dass sie sich hinlegen musste, und sie sank in einen unruhigen Schlaf. Als die Morgendämmerung das Zimmer in graues Licht tauchte, wachte sie auf, durstig, einsam und voller Sehnsucht nach Laurence.

Sie stellte sich vor, ihre Tochter im Arm zu halten, sah sie im Bettchen neben Hugh liegen und starrte so lange vor sich hin, dass die Grenze zwischen Wirklichkeit und Tagtraum verschwamm. Die Kleine saugte an ihrer Brust, die Wimpern senkten sich auf die braunen Wangen. Das Bild erschien ihr so wahrhaftig, es trieb sie buchstäblich ins Kinderzimmer, und halb entsetzt, halb freudig erwartete sie, Liyoni im Bettchen neben dem ihres Bruders liegen zu sehen. Natürlich sah sie sofort, dass nur ein Kind im Kinderzimmer schlief. Sie blieb still stehen, lauschte auf Hughs Atem – wo sie zwei Kinder hätte atmen hören müssen – und fühlte sich innerlich zerrissen.

Sie ballte die Hände zu Fäusten und floh aus dem Zimmer. Nichts würde diese Lücke je schließen. Erneut trieb es sie zum Spiegel auf der Suche nach ihrem wahren Gesicht. Sie starrte sich an und rief sich mühsam ins Gedächtnis, was Laurence vor dem Haus zu Dr. Partridge gesagt hatte. Bisher entzog sich ihr der Sinn, und sie wusste nicht, was er gemeint haben könnte, nur dass es etwas Bedeutsames war. Plötzlich fiel ihr der genaue Wortlaut ein, und diesmal war die Bedeutung klar.

»Ich hoffe bei Gott, sie geht nicht den gleichen Weg wie Caroline.«

Ja, das hatte er gesagt. Und Caroline war tot.

Danach versuchte sie, nicht mehr daran zu denken. Nicht an Caroline und nicht an ihre Tochter. Trotzdem weinte sie und saß stundenlang im dunklen Badezimmer, wo sie ungestört sein konnte. Naveena brachte ihr Tee und Toast, doch schon beim Anblick wurde Gwen übel. Sie ließ beides unberührt auf dem Nachttisch stehen.

Ihr war klar, dass sie sich nicht für immer vor der Welt verkriechen konnte, genauso wenig durfte sie ihr Leben ruinieren. Erst recht nicht das von Laurence. Sie musste zu neuer Entschlossenheit finden, zum ersten Mal Charakterstärke beweisen. Mechanisch fing sie an, sich zu waschen.

Vor dem Frisierspiegel musterte sie sich erneut. Ihr Gesicht hatte sich verändert. Anderen mochte es nicht auffallen, aber sie selbst sah den Schaden. Wie lange noch, bis ihr die Schuld vom Gesicht abzulesen sein würde? Fünf Jahre? Zehn? Sie schaute an den Flakons entlang, wählte ihr Lieblingsparfüm, Après L'Ondée, und tupfte sich einen Tropfen hinter die Ohren. Ein lieblicher Duft verbreitete sich. Dann griff sie zu der silbernen Bürste, und während sie sich damit durch die Haare strich, kam sie zu einem Entschluss. Sie legte die Bürste hin und zog zwischen ihren Seidenschals das Aquarell hervor.

Sie nahm die Streichhölzer, mit denen Naveena das Holz im Kamin anzuzünden pflegte, und schaute aus dem Fenster. Auf dem See schimmerten goldene Flecke, und während das Haus erwachte, wurde der Himmel heller, die Wolken luftiger und ihr Herz ein wenig leichter. Sie trug das Bild zum Papierkorb, riss ein Streichholz an und sah zu, wie das Papier sich kräuselte und verbrannte.

12

Der Doktor hatte ihr zu Bewegung geraten. Und daher zwang sie sich ein paar Tage später, das Bett zu verlassen. Sie zog sich an und versuchte dabei, an nichts zu denken. Danach bat sie Naveena, auf Hugh aufzupassen und ihn nur zu den Stillzeiten zu ihr zu bringen. Das würde nicht leicht werden, da er viel schrie, doch das musste sie um ihrer aller willen aushalten. Sowie sie ihre Zimmertür hinter sich schloss, überkam sie ein nervöser Tatendrang, als wäre sie aus einem langen Schlaf erwacht, und ihre Selbstbeschuldigungen verstummten.

An der Rückseite des Hauses gab es einen Vorratsraum mit dicken Wänden, der in einem schattigen Teil des Gartens lag und daher kühl blieb. Und weil er an die Küche angrenzte, in der es fließend Wasser gab, war er als Käserei sehr gut geeignet. Mit erhobenem Kopf ging sie durchs Haus und durch die Seitentür in den Hof. Ein kleiner rötlich schwarzer Honigsauger flog dicht vor ihr auf und gleich darauf ein zweiter, der dem anderen in den weiten blauen Himmel folgte. Es war ein schöner sonniger Tag, und als sie den Vögeln nachschaute, hörte sie, wie ein Fenster geöffnet wurde. Verity lehnte sich heraus und winkte.

»Hallo. Du bist auf, wie ich sehe.«

»Ja.« Blinzelnd blickte sie zu ihrer Schwägerin hinauf.

»Gehst du spazieren? Dann komme ich mit. Bin im Nu unten.«

»Nein, ich möchte den Vorratsraum ausräumen.«

Verity schüttelte den Kopf. »Lass das einen Diener erledigen! Du hast gerade erst ein Kind zur Welt gebracht.«

»Warum behandeln mich alle, als wäre ich krank?«

»Dann werde ich dir einfach zur Hand gehen. Ich habe heute gar nichts zu tun.«

Gwen lächelte unverdrossen. »Das ist wirklich nicht nötig.«

»Ich bestehe darauf. Ich komme sofort. Das wird lustig. Wer weiß, was wir da alles finden werden! Ich möchte wirklich gern dabei sein.«

»Also gut.«

Auf dem Weg durch den Hof schaute Gwen zu den hohen Bäumen hinauf. Heute kam ihr das Waldstück lichter vor, nicht wie der düstere Tunnel, durch den sie seinerzeit panisch gerannt war, und mit dem warmen Sonnenschein im Gesicht regte sich in ihr neue Hoffnung. Sie hatte sich bereits von McGregor den Schlüssel geben lassen. Er war zwar überrascht gewesen, dass sie ihren Plan, Käse herzustellen, wirklich in die Tat umsetzen wollte, hatte aber keine Einwände erhoben. Er hatte ihr sogar herzlich lächelnd Glück gewünscht.

»Da bin ich«, rief Verity, die sie einholte.

Das Vorhängeschloss schnappte auf. Gemeinsam zogen sie die Türflügel auf. Der plötzliche Luftzug wirbelte den Staub auf. Es roch nach alten, vergessenen Dingen.

»Als Erstes müssen wir alles hinausschaffen«, sagte Gwen, nachdem sich der Staub ein wenig gesetzt hatte.

»Für die schweren Sachen werden wir doch die Diener brauchen, denke ich.«

Gwen sah sich um. »Du hast recht. Da hinten stehen Möbel, die wir beide nicht heben können.«

Zwei Küchenjungen waren herausgekommen, um zu sehen, was da vor sich ging. Verity sprach auf Tamil mit ihnen, und einer ging den Appu holen. Der nickte Gwen zu, als er kam, lächelte aber, sowie er Verity sah. Die zwei plauderten miteinander, während er an die Mauer gelehnt eine Zigarette rauchte.

»Du scheinst dich gut mit ihm zu verstehen«, meinte Gwen, nachdem der Appu in der Küche verschwunden war. »Ich finde ihn immer ein bisschen kurz angebunden.«

»Zu mir ist er nett. Doch das sollte er auch sein. Schließlich habe ich ihm die Stelle verschafft.«

»So?«

»Wie auch immer, er wird zwei Hausdiener rufen. Die werden allerdings nicht erfreut sein, sich ihre hübsche weiße Kleidung schmutzig machen zu müssen. Heute ist kein Putztag.«

»Das weiß ich«, sagte Gwen lächelnd. »Schließlich habe ich den Arbeitsplan aufgestellt.«

»Ja, natürlich.«

Gwen zwängte sich an einer alten Kommode vorbei, die schon bessere Tage gesehen hatte. »Die ist vom Holzwurm zerfressen.«

»Es könnten auch Termiten sein. Wir sollten sie verbrennen. Ja, lass uns draußen ein Feuer machen. Ich liebe Feuer im Freien.«

»Ist der Gärtner in der Nähe? Durch das Kind und die neuen Umstände habe ich ihn lange nicht mehr gesprochen.«

»Ich gehe ihn suchen.«

Solange Verity fort war, trug Gwen die kleineren Gegenstände nach draußen: zerbrochene Küchenstühle, zwei angeschlagene Vasen, einen verbogenen Regenschirm, dem zwei Speichen fehlten, ein paar staubige Holzkisten und Blechdosen. Das hätte schon vor Jahren zum Abfall gehört, dachte sie. Das Brennbare warf sie zu einem Haufen zusammen. Als die Hausdiener kamen, zeigte sie ihnen die schweren Möbelstücke, worauf sie sie eins nach dem anderen hinausschleppten. Dabei wirbelten sie viel Staub auf, und ihre weißen Kleider waren bald schmutzig.

Als sie fertig wurden, war Verity noch nicht zurückgekehrt. Nur ein großer Diwan stand noch an der hinteren Wand. Als die Diener ihn nach draußen brachten, sah Gwen, dass die stoffbezogenen Seiten fleckig und zerrissen waren. Sie hob die lederne Sitzfläche an. Darunter verbarg sich ein mit Blech ausgekleideter Behälter, wie man sie im Haus zur Aufbewahrung von Weißwäsche verwendete. Es lag aber keine Weißwäsche darin, sondern Frotteewindeln und sorgfältig gefaltete Säuglingskleidung, jedes Stück in Seidenpapier eingeschlagen, Wolljäckchen, Schühchen, Mützen, alles gestrickt und liebevoll bestickt. Ganz unten lugte vergilbte Spitze hervor. Gwen nahm sie heraus und schüttelte sie aus. Es war ein langes Stück Spitze und ganz unbeschädigt. Betroffen begriff sie, dass das Carolines Brautschleier sein musste. Sie wischte sich die Hände am Rock ab und wünschte, sie hätte diese traurigen Erinnerungsstücke nicht gefunden. Gwen wollte Laurence entscheiden lassen, was damit geschehen sollte, und wies die Diener an, die Sachen ins Haus zu bringen.

Erleichtert sah sie Naveena mit Hugh im Arm herankommen, und da sie die Milch austreten fühlte, ging sie ihr entgegen und nahm ihr das Kind ab.

Beim Hineingehen zog sie Bilanz. Fast den ganzen Vormittag hatte sie nicht mehr an ihre Tochter gedacht, und außer bei dem Fund der alten Säuglingskleider hatte sie sich nicht elend gefühlt. Durch den Fortschritt ermutigt, erkannte sie, dass sie ihr Unglück nur durch Beschäftigung von sich fernhalten konnte und es dadurch mit der Zeit verblassen würde.

Beim Mittagessen war Laurence heiter gestimmt. Gwen staunte, wie gut sie ihr wahres Befinden vor ihm verbergen konnte. Er scherzte mit Verity und ihr und war erfreut zu hören, dass Hugh zum ersten Mal gelächelt hatte.

»Nun ja, es war vielleicht noch kein echtes Lächeln«, räumte Verity ein. »Aber er ist ein Schatz, und heute hat er gar nicht so viel geschrien, nicht wahr, Gwen?«

»Möglicherweise hat Dr. Partridge recht gehabt, was das Stillen angeht«, sagte Laurence.

Verity lächelte ihn an. »Ich kann es kaum erwarten, dass er zu krabbeln anfängt.«

Laurence wandte sich Gwen zu. »Ich freue mich sehr, dass es dir besser geht, Liebes. Das macht mich geradezu glücklich.«

»Ich habe ihr geholfen, den alten Vorratsraum auszuräumen, in dem sie Käse herstellen will«, warf seine Schwester ein.

»Tatsächlich, Verity?«

»Ja.«

»Nun, das freut mich zu hören.«

»Wie meinst du das denn?«

Laurence schmunzelte. »Wie ich es sage.«

»Es hörte sich aber an, als wolltest du etwas damit andeuten.«

»Verity, ich wollte gar nichts andeuten. Nun komm! Wir sitzen gerade nett zusammen, und überdies habe ich eine gute Neuigkeit mitzuteilen.«

»Heraus damit!«, sagte Gwen.

»Wie du weißt, habe ich über Christinas Bank Aktien von Kupferminen gekauft. Die entwickeln sich ziemlich gut, und wenn sie weiter so steigen, hoffe ich, in zwei Jahren die Nachbarplantage kaufen zu können. Meine dritte. Dann werden wir die größte Teeplantage Ceylons!«

Gwen brachte ein strahlendes Lächeln zustande. »Wie wunderbar, Laurence! Ausgezeichnet.«

»Das haben wir Christina zu verdanken. Sie hat mich bei dem Ball in Nuwara Eliya überzeugt, noch mehr zu investieren. In Amerika lässt sich heutzutage gutes Geld machen. England bleibt dahinter zurück.«

Gwen zog ein abweisendes Gesicht.

»Ich wünschte, du würdest wenigstens versuchen, sie zu mögen«, sagte er. »Nach Carolines Tod war sie sehr gut zu mir.«

»Hast du ihr da auch die Teufelsmaske geschenkt?«

»Ich wusste nicht, dass du die gesehen hast.«

»An dem Tag, als Mr. Ravasinghe das Porträt von ihr enthüllte, war ich bei ihr zum Lunch eingeladen. Ich fand die Maske ganz entsetzlich.«

Er zog ein wenig die Brauen hoch. »Solche sind schwer zu bekommen. Die Einheimischen benutzen sie bei ihren Teufelstänzen. Zumindest war das früher so. Einige kommen auch heute noch zum Einsatz. Caroline ist mal bei einem solchen Teufelstanz dabei gewesen.«

»Wo?«

»Das weiß ich nicht mehr so genau. Sie tragen die Masken

und ein groteskes Kostüm und steigern sich in einen wilden Tanz hinein.«

»Hört sich grässlich an«, sagte Verity.

»Ich glaube, Caroline fand es faszinierend.«

Sobald sie mit dem Nachtisch fertig waren, verließ Verity den Tisch und gab an, Kopfschmerzen zu haben.

Nachdem sie fort war, streckte Laurence die Hand nach Gwen aus. Sie fasste ihm ans Kinn, um den Daumen in die Furche zu legen, und konnte ihr Zögern gerade noch überspielen. Wenn sie ihren Mann behalten wollte, musste sie darüber hinwegkommen.

»Du hast mir so sehr gefehlt, Gwen!« Er neigte sich zu ihr und küsste sie in die Halsbeuge.

Ein Schauder überlief sie. Dann, als er sie in die Arme zog, löste sich ihre Anspannung, und trotz ihres Kummers musste sie sich eingestehen, dass sie ihre Ehe gerettet hatte, indem sie das Kind weggab. Sie barg das Gesicht an seiner Brust und wollte ihn ganz und gar, so wie er jetzt war und wie er immer sein würde. Doch ich werde stets etwas vor ihm verbergen müssen, dachte sie niedergeschlagen. Sie löste sich und sah ihm in die Augen. Sein Blick war voller Liebe und Verlangen, es raubte ihr den Atem. Er war vollkommen unschuldig und durfte es niemals erfahren.

»Komm!«, sagte sie lächelnd. »Worauf wartest du noch?«

Er lachte. »Nur auf dich.«

In den folgenden Wochen hielt Gwen sich beschäftigt. Sie sah die alten Säuglingskleider durch, sortierte aus, was noch brauchbar war, und verwendete viel Mühe darauf, die Käserei einzurichten. Doch das Fundament ihres Lebens war beschädigt, und sie dachte immer wieder, dass nicht viel passieren müsste, um ihre Welt zum Einsturz zu bringen.

Nach wie vor fiel es ihr schwer zu glauben, was passiert war, und sie fühlte sich in ihrer Verwirrung gefangen und isoliert. Hatte sich Ravasinghe wirklich so abscheulich verhalten? Meistens gelang es ihr, das gemeinsame Familienleben in den Mittelpunkt zu rücken und sich an der Liebe festzuhalten, an ihrer Liebe zu Hugh, an Laurence' Liebe zu ihr. Wenn sie jedoch an Liyoni dachte, kam es ihr vor, als wäre in ihr etwas gestorben.

Obwohl es zunächst schien, als hätte sie Laurence überzeugt, dass alles in Ordnung war, spürte er wohl doch ihre Niedergeschlagenheit, und so beschloss er am vierzehnten April, dass ein Ausflug zum Neujahrsfest genau das Richtige wäre, um sie aufzuheitern. Als er es vorschlug, standen sie am Ufer des Sees und sahen zu, wie die Vögel ins Wasser tauchten und mit ihrer Beute im Schnabel in die Luft stiegen. Es war ein schöner Nachmittag mit strahlend blauem Himmel und lieblichem Blumenduft. Sie sahen sogar einen Adler vorbeifliegen und hinter den Bäumen verschwinden.

»Ich dachte, das könnte dir guttun«, sagte Laurence. »Du machst noch immer keinen sehr glücklichen Eindruck auf mich.«

Sie schluckte den Kloß, der ihr im Hals zu stecken schien, hinunter. »Das ist nur die Müdigkeit. Ich bin vollkommen glücklich.«

»Der Doktor hatte eine Amme vorgeschlagen, falls es mit der Müdigkeit nicht besser wird.«

»Nein«, widersprach sie ungehalten, dann fühlte sie sich schrecklich, weil sie ihn schon wieder anfuhr.

»Dann lass uns den Moment zwischen dem Alten und dem Neuen feiern, wo alles stillsteht und die Hoffnung erwacht.«

»Ich weiß nicht recht. Hugh ist noch so klein.«

»Das ist kein steifes religiöses Fest. Da geht es ums Essen, und man trägt neue Kleider und geht mit seiner ganzen Familie hin.«

Mühsam gelang ihr ein Lächeln. »Das hört sich gut an. Was gibt es noch?«

»Laternen und Tänzer, wenn wir Glück haben.«

»Wenn wir hingehen, müssen wir aber Hugh mitnehmen, und ich denke, Naveena sollte auch mitkommen.«

»Aber ja. Du wirst die Trommler mit ihren Rabanas hören. Verursachen einen Heidenlärm, aber das ist ein Spaß. Was hältst du davon?«

Sie nickte. »Was soll ich anziehen?«

»Etwas Neues natürlich.«

»In dem Fall schaue ich am besten nach, was ich habe.«

Sie wandte sich ab, um zum Haus zurückzugehen, doch er bekam ihre Hand zu fassen und zog Gwen zu sich. Er führte ihre Hand an seine Lippen und küsste sie.

»Liebling, bitte wirf die alten Säuglingskleider weg. Ich hätte sie nicht aufbewahren sollen. Damals wusste ich nur nicht, was ich damit tun sollte.«

»Und Carolines Schleier?«

Eine Regung ging durch sein Gesicht. »Lag der auch dabei?«

Sie nickte. »Naveena hat ihn gewaschen und in die Sonne gehängt, weil er ein bisschen vergilbt ist.«

»Er hat ursprünglich meiner Mutter gehört.«

»Dann ist er ein Erbstück. Wir sollten ihn behalten.«

»Nein. Es ist zu viel Finsteres damit verbunden. Wirf ihn weg!«

»Was hatte Caroline denn, Laurence?«

Er zögerte mit der Antwort, dann holte er scharf Luft. »Sie war seelisch krank.«

Einen Moment lang starrte sie ihn an, ehe sie ihren Gedanken aussprechen konnte. »Laurence, wie konnte sie daran sterben?«

»Entschuldige … ich glaube, ich kann nicht darüber sprechen.«

Der Gedanke an Caroline und Thomas trieb ihr die Tränen in die Augen. Neuerdings weinte sie ohne großen Anlass. Jede Kleinigkeit brachte sie aus dem Gleichgewicht, und es strengte sie zunehmend an, das Geheimnis zu bewahren. Wenn Laurence bei ihr war, kam die Traurigkeit in ihr hoch, ohne dass sie etwas dagegen unternehmen konnte. Wenn sie dann den Tränen freien Lauf ließe, könnte auch die Wahrheit aus ihr herausdrängen.

Er griff nach ihr, und sie merkte erschrocken, dass sich ihr Mund wie von selbst öffnete und ihr ein Wort entwich. Mit einer hastigen Entschuldigung streifte sie seine Hand ab und rannte, mühsam an sich haltend, ins Haus und in ihr Zimmer.

Im Bad setzte sie sich auf den Wannenrand. Ihr Badezimmer war schlicht und schön. Grüne Kacheln an den Wänden, blaue am Boden und ein Spiegel mit silbernem Rahmen. Ein guter Platz zum Weinen. Sie stand auf und besah ihre verquollenen Augen. Langsam zog sie sich aus und betrachtete die zusätzlichen Fettpolster an der Brust und an Bauch und Oberschenkeln und war sich selbst wieder fremd.

Sie war so glücklich gewesen, als sie noch geglaubt hatte, es sei ihre Bestimmung, Laurence eine gute Ehefrau und seinen Kindern eine liebevolle Mutter zu sein. Naveena hatte von Schicksal gesprochen. Wenn das wahr war, war es dann ihr Schicksal gewesen, aufgrund einer Nacht, an die sie sich kaum erinnern konnte, ein Kind mit brauner Haut zur Welt zu bringen? Und je mehr sie der Frage auswich, was sie vielleicht mit Ravasinghe getan hatte, desto mehr verfolgten sie seine dunklen Augen. Sie biss die Zähne zusammen und ballte eine Hand zur Faust. Sie hasste ihn. Mit ganzer Seele hasste sie ihn und was er ihr angetan hatte. In ihrer Wut schlug sie mit der Faust an den Spiegel. Das bescherte ihr außer dem dutzendfach gesplitterten Bild ihres nackten Selbst eine sonderbare Erleichterung, als sie ihr Blut aus der Schnittwunde tropfen sah.

Das Fest war sehr einfach gehalten. Von den Fackeln und Weihrauchkesseln rund um die Häuser stieg Rauch in den Abendhimmel auf, und die Trommelmusik war die gleiche, die Gwen bei ihrer Ankunft in Colombo gehört hatte. Leute zogen bunt gekleidet in fröhlichen Gruppen umher. Auf einem kleinen Platz stießen sie auf eine Truppe von Tänzern und blieben stehen, um ihnen zuzusehen.

Gwen lehnte sich mit Hugh im Arm gegen Laurence und versuchte, sich zu entspannen. Naveena hatte ihr die Hand verbunden, und Gwen fühlte sich besser. Der Ausflug in die Stadt war eine gute Idee gewesen. Verity wirkte glücklich, und Naveena strahlte.

»Das sind Tänzer aus Kandy«, sagte Laurence.

Es waren Männer in langen weißen Röcken mit Schellen an den Handgelenken und juwelenbesetzten Gürteln, ihnen folgten Tänzer in rot-goldener Tracht und mit Turban, die Trommeln um die Hüften gebunden hatten. Der Rhythmus war hypnotisierend.

Hinter diesen kamen Tänzerinnen in feinen traditionellen Kleidern, die rhythmisch in die Hände klatschten, gefolgt von einer Reihe kleiner Mädchen. Gwen betrachtete die schlanken braunen Körper, die sich bogen und drehten, und ihr wurde heiß. Sie sah den tranceartigen Gesichtsausdruck, die schlichte, aber würdevolle Art, sich zu bewegen, die grazilen Handbewegungen, die dunklen lockigen Haare, die offen herabhingen. Alle hatten das Gesicht ihrer Tochter, den Körper ihrer Tochter, wie er eines Tages aussehen würde. Als ihre Sehnsucht nach Liyoni übermächtig wurde, schnürte es ihr die Kehle zu. Sie rang nach Luft. Atme, befahl sie sich. Atme! Als sie einen Schritt auf die Mädchen zuging, gaben die Knie unter ihr nach. Laurence fing sie noch auf, bevor sie der Länge nach hinsank. Naveena nahm ihr Hugh ab, dann bahnte Laurence ihnen einen Weg durch die Menschenmenge zu einer Bank am Rand des Marktplatzes.

»Lege den Kopf zwischen die Knie, Gwen.«

Sie tat wie geheißen, und es war ihr gerade recht, das Gesicht vor seinem prüfenden Blick zu verbergen. Sie fühlte seine Hand am Rücken. Er streichelte sie sanft, und unter ihren Lidern brannten Tränen.

Gwen zwang sich, ruhig und gleichmäßig zu atmen, und nachdem ihr das gelang, ließ der Schwindel nach. Innerlich zitterte sie noch, doch sie richtete sich schon wieder auf.

Laurence fühlte ihre Stirn. »Du bist ganz heiß, Liebling.«

»Ich weiß nicht, wie das passieren konnte. Plötzlich brach

mir der Schweiß aus wie kurz vor einer Ohnmacht. Ich habe Kopfschmerzen.«

Verity, der erst jetzt auffiel, dass sie allein unter den Zuschauern stand, kam angelaufen. »Ihr habt das Beste verpasst! Da war ein Feuerschlucker, ein kleiner Junge. Ist das zu glauben?«

Gwen blickte zu ihr hoch.

»Du bist ganz blass. Was ist passiert? Ist etwas mit Hugh?«

»Wir fahren nach Hause«, entschied Laurence.

Verity zog ein Gesicht. »Muss das sein? Es macht mir gerade so viel Spaß.«

»Da gibt es keine Diskussion, fürchte ich. Gwen hat Kopfschmerzen.«

»Herrgott noch mal, Laurence! Gwen und ihre Kopfschmerzen. Und was ist mit mir? Niemand schert sich darum, was ich möchte!«

Laurence nahm sie beim Ellbogen und zog sie ein paar Schritte weit weg, doch ihre zornige Stimme drang bis zu Gwen.

13

Gegen drei Uhr früh fuhr Gwen schweißgebadet und zitternd aus dem Schlaf. Das war die Zeit, wo sie als Kind oft aufgewacht war und sich vor den Geistern des Eulenbaums gefürchtet hatte. Sie rief nach Naveena, die augenblicklich aus dem Kinderzimmer gelaufen kam, wo sie zurzeit schlief. Gwen konnte nur stammeln. Sie hatte geträumt, mit ihren zwei Kindern sei etwas nicht in Ordnung, und obwohl sie das Äußerste versucht hatte, hatte sie nur eines retten können.

Am Morgen glaubte Gwen, ein kleines Mädchen weinen zu hören. Sie war sich nicht sicher, ob sie es im Schlaf oder beim Aufwachen gehört hatte. So oder so wühlte sie das auf.

Nachdem sie zum vierten Mal nachts zitternd und atemlos aufgewacht war, traf sie eine Entscheidung und rief Naveena zu sich. Da Gwen zwischen aufschäumender Wut und vernichtenden Schuldgefühlen hin und her geworfen wurde, begriff sie, dass Liyonis Abwesenheit allmählich mehr Wirkung auf sie hatte als Hughs Gegenwart. Sie musste innerlich zur Ruhe kommen. Wenn sie sich mit eigenen Augen überzeugte, dass für ihre Tochter gut gesorgt wurde, wäre sie vielleicht fähig loszulassen. Naveena war von der Idee nicht angetan, und Gwen musste sie zum Gehorsam zwingen. Doch es bedurfte einer günstigen Gelegenheit. Laurence und Verity sollten beide außer Haus sein. Bis dahin würde Gwen weiter Albträume haben und das kleine Mädchen weinen hören.

Am festgelegten Tag, an dem Laurence und Verity über Nacht in Nuwara Eliya blieben, weil er im *Hill Club* Poker spielen und sie ihre Freundinnen besuchen wollte, machte Gwen sich zum Aufbruch bereit. Sie dachte an Laurence in seinem Club, zu dem nur Männer Zutritt hatten. Einmal hatte sie einen Blick hineinwerfen können und ein düsteres Interieur mit ausgestopften Wildschweinköpfen, Jagdgemälden und präparierten Fischen gesehen. Wie anders doch das Ziel ihrer Fahrt sein würde!

»Aber, Lady, das ist gefährlich«, sagte Naveena, die Hugh in eine Decke wickelte. »Wenn etwas passiert?«

»Tun Sie, was ich gesagt habe!«

Die alte Dienerin neigte den Kopf.

Gwen hatte sich einen Umhang von Naveena umgelegt. Dennoch fror sie in der kalten Morgenluft. In der Hoffnung, nicht erkannt zu werden, zog sie sich die Kapuze tief ins Gesicht und wickelte sich einen dunklen Schal um die Schultern, den sie bis zur Nase hinaufzog.

»Der Ochsenkarren steht an der Hausseite bereit.« Naveena war rot vor Scham. »Haben Sie das Geld, Lady?«

Gwen nickte. »Wir sollten jetzt aufbrechen. Es wird bald hell sein. Ich habe meine Tür abgeschlossen und dem Butler einen Zettel hingelegt, dass ich den ganzen Tag nicht gestört werden möchte.« Gwen klang viel zuversichtlicher, als ihr zumute war, und als sie durch die Seitentür hinausschlichen, sah sie das Gefährt im blauen Dämmer stehen. Sie biss die Zähne zusammen und stieg unter das Palmblattdach auf die Bank. Das Herz schlug ihr hart gegen die Rippen, ihr war heiß, und ihre Hände zitterten. Die grobe Holzbank war nicht einladend. Naveena reichte ihr Hugh in einem Korb herauf, dann setzte sie sich auf den Kutschbock und nahm die Zügel. Der Ochse zog schnaubend an.

Niemand hatte sie gesehen, oder?

Der Karren roch nach Schweiß, Rauch und Tee. Gwen schaute zurück, während er den Hügel hinaufrollte. Sie nahm den schlafenden Hugh aus dem Korb und drückte ihn an sich, weil sie hoffte, ihre Sorge um das andere Kind dann nicht zu spüren. Nach und nach gingen im Haus die Lichter an. Das war durch den Frühnebel noch geradeso zu erkennen. Schneller, dachte sie, schneller. Doch der Ochsenkarren war ein langsames

Fuhrwerk. Und bis sie die Hügelkuppe erreichten, würde ihr mulmig bleiben. Hugh stieß einen kleinen Schrei aus, worauf Gwen beruhigend auf ihn einflüsterte.

Von der Kuppe des Hügels aus war das große Haus nur ein kleiner, verschwommener Fleck, und als sie weiterfuhren, verschwand es ganz. Es wurde hell. Der Hochnebel färbte sich gelb und löste sich auf. Es wurde ein klarer, frischer Morgen. Während der Fahrt schien es, als setzten sich die rundlichen Hügel mit ihren Reihen leuchtend grüner Teesträucher ewig fort.

Gwen ließ die Schultern kreisen, um die Verspannung loszuwerden, und als sie die Plantage hinter sich ließen, atmete sie auf. Vogelgesang setzte ein, und sie fing an, den süßen Duft der Jasminsträucher, Orchideen und Minzstauden zu genießen. Sie schloss die Augen.

Am Tag zuvor hatte sie Hugh nach draußen mitgenommen. Nach dem gewohnten dunstigen Morgen war die Sonne aufgestiegen, und es war warm geworden. Das arme kleine Wesen hatte Sonne auf den Wangen gebraucht, und sie selbst nach den unruhigen Nächten und hektischen Tagen ebenfalls. Innerhalb des Gartens, wo Licht und Schatten sich trafen, war ihr Töchterchen zu gegenwärtig, und Hugh hatte angefangen zu weinen, hatte die Ärmchen ausgestreckt und mit den Fäusten in die Luft gegriffen, als fehlte ihm etwas, was dort hätte sein sollen.

Gwen seufzte und lehnte sich zurück, während die plumpen Holzräder einigermaßen glatt auf der Straße rollten. Nach einiger Zeit erregte Zitronenduft ihre Aufmerksamkeit, und sie atmete ihn tief ein. Die Enge in der Brust ließ nach, und sie fühlte sich nicht mehr so bedrückt. Es kam ihr vor, als könnte sie seit der Geburt ihrer Kinder zum ersten Mal unbeschwert Luft holen.

»Wir biegen jetzt ab, Lady«, sagte Naveena bei einem Blick über die Schulter.

Gwen nickte. Fast warf es sie von der Bank, als der Karren schaukelnd von der Straße auf einen Weg fuhr. Vorgebeugt schaute sie nach den Steinen und Bodenlöchern und zwischen die hohen dunklen Bäume, die zu beiden Seiten standen und kein Unterholz gedeihen ließen.

»Nicht in den Wald sehen, Lady.«

»Warum denn nicht? Leben da die Veddha?« Laurence hatte ihr von den alten Waldbewohnern erzählt, die auf Singhalesisch Veddha hießen, was, soweit sie wusste, »unzivilisiert« bedeutete. Eingedenk der grotesken Maske bei Christina erschreckte sie das.

Naveena schüttelte den Kopf. »Hier leben die unruhigen Geister.«

»Um Himmels willen, Naveena! Das glauben Sie doch nicht etwa, oder?«

Die Kinderfrau wackelte mit dem Kopf.

Offenbar war keiner von ihnen geneigt, das Thema weiterzuverfolgen. Am Wegrand entdeckte Gwen einen Sambarhirsch, der erschrocken den Kopf hob und dann reglos verweilte. Ein großes hellbraunes Tier schaute sie mit mildem Blick an; es trug ein Geweih, das an den Seiten des Kopfes mit schönem Schwung nach oben zeigte. Friedlich stand es da und sah nicht weg, während sie vorbeifuhren.

Im Wald war es stiller als erwartet, nur das Quietschen der Räder begleitete sie in einem fort. Da sie ihren Gedanken nachhing, bemerkte Gwen nur flüchtig, wenn der Karren eine andere Richtung einschlug. Eine neue Baumart kam in Sicht, mit hängenden Blättern, und kurz darauf sprang ein Affe an die Seite des Karrens. Er klammerte sich an die Canvasverkleidung und reckte die Finger, während er sie anstarrte. Die Hände und Fingernägel waren schwarz, doch die Augen wirkten bestürzend menschlich.

»Der tut nichts«, sagte Naveena über die Schulter.

Als sich der Wald lichtete, roch es nach Holzrauch, und ferne Stimmen waren zu hören. Sie fragte Naveena, ob sie bald am Ziel seien.

»Noch nicht, Lady, bald.«

Hier wuchsen Büsche zwischen den Bäumen, und der Weg

war weniger holprig, sodass sie ein bisschen schneller fahren konnten. Nach einer Biegung folgte der Weg dem Steilufer des Flusses. Gwen schaute hinunter ins klare Wasser, wo sanft schwankendes Grün die Bäume am anderen Ufer spiegelte. Die Luft roch anders, nicht nur erdig und nach Gras, sondern auch nach etwas Würzigem. Rechts und links blühten margeritenartige Blumen, und voraus hingen Feigenbäume voll unreifer Früchte. Dahinter, wo sich der Fluss verbreiterte, standen zwei Elefanten bis zu den Ohren im Wasser, als schliefen sie.

Naveena hielt an und band die Zügel an einen Baum. »Warten Sie hier, Lady.«

Gwen schaute ihr in dem Wissen nach, ihr vertrauen zu können. Naveena fand sich stets mit allem ab, war nie ablehnend. Gwen meinte, das müsse mit dem Buddhismus und ihrer Schicksalsgläubigkeit zu tun haben. Dann schaute sie zu Hugh hinunter, der schlafend im Korb lag. Im Fluss führten zwei sehnige braune Männer mit langen zurückgebundenen Haaren zwei weitere Elefanten ins Wasser. Die Tiere setzten sich langsam und schwerfällig auf die Hinterbeine, und die Männer wuschen ihnen den Kopf. Als ein Elefant trompetete, stieß er mit dem Rüssel in hohem Bogen Wasser aus, das fast bis zum Karren spritzte. Gwen entfuhr ein spitzer Schrei. Einer der Männer wurde auf sie aufmerksam, stieg aus dem Wasser und kam neugierig heran. Gwen wich in den hinteren Winkel der Bank zurück und zog sich den Schal vors Gesicht, sodass nur ihre Augen zu sehen waren. Der Mann trug ein Lendentuch, und in seinem Gürtel steckte ein enormes Messer. Ihr Herz klopfte heftig, während sie schützend den Arm um den Korb legte und sich einzureden versuchte, das Messer sei zum Öffnen von Kokosnüssen.

Der Mann zog es aus dem Gürtel und näherte sich ihr. Ängstlich kniff sie die Augen zusammen. Naveena hatte das Geld bei sich, sodass Gwen ihm nichts geben könnte. Der Mann sprach sie an und gestikulierte mit dem Messer.

Gwen verstand kein Wort Singhalesisch und konnte nur den

Kopf schütteln. Einen Moment lang blickte er sie still an, dann kam Naveena mit einem Bündel im Arm zurück. Sie redete mit dem Mann und scheuchte ihn weg, stieg ein und übergab Gwen das Bündel. Jetzt wäre Gwen am liebsten heimgekehrt. Sie sah ihre Tochter nicht sofort an, sondern hielt sie an sich gedrückt und spürte ihre Wärme an der Brust.

»Was wollte der Mann?«, fragte sie.

»Nach Arbeit fragen. Er hat sein Messer gezeigt, damit Sie wissen, dass er sein eigenes Werkzeug hat, um den Garten zu stutzen.«

»Weiß er, wer ich bin?«

Naveena zuckte mit den Schultern. »Er nannte Sie ›weiße Dame‹.«

»Heißt das, er weiß es?«

Naveena schüttelte den Kopf. »Es gibt viele weiße Damen. Ich fahre durch das Dorf. Der Karren kann hier nicht wenden. Zu eng. Verdecken Sie das Gesicht. Legen Sie das Mädchen zu Hugh.«

Gwen befolgte den Rat. Solange sie an den strohgedeckten Lehmhütten vorbeifuhren, schaute sie hinten hinaus durch die Lücke unter dem Palmblattdach. Kinder spielten fröhlich im Schmutz, Frauen trugen Körbe auf dem Kopf, aus dem Wald war Gesang zu hören. Vor einer Hütte saß ein Töpfer an der Drehscheibe und formte ein Gefäß. Eine Frau arbeitete am Webstuhl an einer Decke. Eine andere rührte in einem Kessel, der überm Feuer hing.

Sobald sie das Dorf am anderen Ende verlassen hatten, machten sie an einer Stelle halt, wo sie vor neugierigen Blicken geschützt waren. Mit Herzklopfen nahm Gwen ihre Tochter aus dem Korb und schlug die Decke zurück. Liyoni war eine Schönheit, so makellos, dass Gwen die Tränen kamen. Staunend verlor sie sich in ihrem Anblick und streichelte die zarten Wangen. Hugh hatte nicht mehr geweint, seit seine Schwester bei ihm im Korb gelegen hatte, und fing jetzt wieder leise an zu wimmern. Ein Mädchen von ungefähr zwölf Jahren war dem Ochsenkarren gefolgt, und Gwen sah sie ein paar Schritte entfernt stehen und herüberschauen.

»Naveena, nehmen Sie Hugh auf den Arm und sagen Sie dem Mädchen da drüben, es soll weggehen.«

Liyoni war hellwach, aber ruhig und blickte ihre Mutter an. Der Blick brachte Gwen beinah aus der Fassung, aber sie riss sich zusammen. Sie war nur gekommen, um zu sehen, ob für ihr Kind gut gesorgt wurde. Mehr nicht. Voller Sehnsucht und Angst untersuchte sie es, spreizte die Finger und Zehen, besah die Haut, bewegte die Beine und Arme. Sie küsste es auf Stirn und Nase, versagte es sich aber, die Wange an das glänzende Haar zu schmiegen. Sie seufzte schwer. Ihre Augen brannten, und eine Träne tropfte auf die Wange des Kindes. Es duftete nicht nach Puder oder Milch wie Hugh, sondern ganz leicht nach Zimt. Gwen zog es den Magen zusammen. Sie schluckte hastig und lehnte sich zurück. So gern sie Liyoni behalten und im Arm gewiegt hätte, so wenig durfte sie ihr Herz an sie verlieren.

Wenigstens geht es ihr gut, sagte sie sich. Liyoni hatte zugenommen und war sauber, und das besänftigte ihre Schuldgefühle.

»Genug«, seufzte sie. »Dem Kind geht es gut.«

»Ja, Lady. Das sage ich schon die ganze Zeit.«

»Richten Sie der Frau aus, dass wir zufrieden sind und weiter Geld schicken!«

Naveena nickte.

»Also gut, gib mir Hugh und bring sie zurück!«

Naveena und Gwen tauschten ihre Bündel, und als Liyoni weggebracht wurde, spürte Gwen einen Kloß im Hals. Sie hörte die Bäume stärker im Wind rauschen, schaute aber nicht auf. Während die Minuten verstrichen, wurde ihr klar, dass es keinen Zweck hatte, zwanghaft der Frage nachzuhängen, wie Liyonis Zeugung vonstattengegangen war. Wichtig war allein, dass das Geheimnis gewahrt blieb. Sie beschloss, es Ravasinghe zu verschweigen und auch bei sonst niemandem ein Wort darüber zu verlieren, ihr Leben lang.

»Wovon leben die Leute?«, fragte Gwen, als Naveena zurückkam.

»Sie machen Chena. Bauen Getreide und Gemüse an. Und im Wald wachsen Früchte. Sie haben die Feigen gesehen.«

»Aber wovon noch?«

»Sie haben Ziegen und ein Schwein. Damit überleben sie.«

»Aber das Geld wird etwas nützen?«

»Ja.«

Auf dem Rückweg durch das Dorf hielt Gwen Ausschau und fragte sich, welche der Frauen wohl ihre Tochter großzog. Am Straßenrand flitzte ein großer Waran mit messerscharfen Krallen an einem Baum hoch. Gwen bemerkte eine Frau, die sie beim Vorbeifahren scharf zu beobachten schien. Sie war klein, hatte runde Brüste, breite Hüften und ein großflächiges, dunkles Gesicht. In ihren langen schwarzen Zopf hatte sie Perlen geflochten. Sie lächelte, als Gwen an ihr vorbeifuhr. Es war schwer zu sagen, ob es ein wissendes Lächeln oder nur die unwillkürliche Freundlichkeit eines Menschen war, der mit der Welt im Reinen ist. Von Neuem aufgewühlt, sehnte sich Gwen danach, ihre Tochter im Arm zu halten. Als ein orangebrauner Schmetterling auf dem Rand des Karrens landete, beruhigte sie sich. Für Liyoni wurde gut gesorgt, das war das Wichtigste, und es war besser, nicht zu wissen, von wem.

14

Florence Shoebothams starker blumiger Duft breitete sich im Zimmer aus. Sie saß auf dem Sofa an das Leopardenfell gelehnt. Ihre britische Zurückhaltung, gepaart mit der Wildheit des einstigen Raubtiers, ergab ein Bild, über das Gwen im Stillen schmunzelte. Die matten Blautöne ihres Kleides hatten auch einem toten Leoparden nichts entgegenzusetzen. Florence hob die Teetasse an die Lippen und brachte ihre Kinnwülste in Bewegung.

»Sie sehen gut aus, meine Liebe. Das ist erfreulich«, bemerkte sie.

Gwens Züge glitten in eine einstudierte Position. Seit sie Liyoni gesehen hatte, hatte sie vor dem Spiegel so lange geübt, bis sie spontan das richtige Gesicht aufsetzen konnte und wusste, wie sie zu schauen und wo sie die Hände zu lassen hatte.

Jetzt trug sie ihr Lächeln zur Schau, bis ihr die Kiefer wehtaten. »Wie geht es Ihnen, Florence?«

»Ich kann nicht klagen. Verity hat mir von Ihrem Käse erzählt.«

Gwen blickte zu ihrer Schwägerin. Die musterte ihre Fingernägel und zeigte kein Interesse an der Unterhaltung. Daher schien es unwahrscheinlich, dass sie die Käserei erwähnt haben sollte. Abgesehen vom ersten Tag, als sie beim Ausräumen des Lagerraums geholfen hatte, war ihr das Vorhaben gleichgültig gewesen.

»Ich bin kaum vorangekommen. Vor einem Monat schon haben wir das Lager ausgeräumt. Es wurde geputzt und frisch getüncht und mit Möbeln und Utensilien ausgestattet. Das Nötigste hatten wir schon, doch ich musste ein Käsethermometer und Formen aus England bestellen.«

»Aber die Käserei ist eine gute Idee. Sie sind eine gescheite Person.«

»Meine Mutter schickt mir eine alte Käsepresse von unserem Gut.«

»Guter Käse ist hier schwer zu bekommen.«

»Die Herstellung ist nicht aufwendig, es kommt nur darauf an, die Milch richtig zu behandeln.«

»Haben Sie denn vor, den Käse zu verkaufen?«

Gwen schüttelte den Kopf. »Nein. Ich weiß ja auch noch gar nicht, ob er sich bei diesem Klima überhaupt herstellen lässt. Ich dachte daran, ihn wirklich nur für uns zu produzieren und für Freunde, denen er schmeckt.«

»Ach, bitte setzen Sie mich auch auf die Liste, meine Liebe!«

»Natürlich. Wie gesagt, die Käseherstellung ist nicht schwierig. Mir bereiten eher die Haushaltsbücher Kopfzerbrechen. Ich fürchte, Zahlen sind nicht meine Stärke. Die Rechnung geht nie auf. Wahrscheinlich werde ich noch feststellen, dass das nur mein Fehler ist.«

»Ach«, warf Verity plötzlich ein. »Wie aufregend, dass du solches Interesse an Finanzen findest! Ich glaube, Caroline hat sich kaum je darum gekümmert.«

Florence senkte ein wenig die Stimme. »Ich bin so froh, dass Sie hier zur Ruhe gekommen sind.«

»Zur Ruhe gekommen?«

»Sich eingelebt haben, meine ich. Anfangs war ich besorgt. Es schien, als verbrächten Sie viel Zeit mit diesem Maler.«

Gwen erschrak. »Sie meinen Mr. Ravasinghe?«

»Das ist der Bursche.«

»Ich bin ihm nur zwei, drei Mal begegnet.«

»Ja, aber er ist kein Brite, verstehen Sie. Seinesgleichen hat so eine direkte Art, die wir nicht für korrekt halten.«

Gwen lachte gekünstelt. »Florence, ich kann Ihnen versichern, er war mir gegenüber völlig korrekt.«

»Natürlich. Ich wollte damit nichts andeuten.« Sie wandte sich Verity zu. »Und, werden Sie bei der Käseherstellung helfen?«

Verity blickte auf. »Wie bitte?«

»Hören Sie doch für einen Augenblick auf, an den Nägeln zu kauen, meine Liebe!« Florence schwieg einen Moment lang. »Ich sprach über den Käse. Gehen Sie Gwen dabei zur Hand?«

Florence wollte immer in alles einbezogen werden und gab gern ungebeten Ratschläge. Gwen hatte Mitgefühl für ihre Schwägerin und kam ihr zu Hilfe.

»Oh, Verity hat sicherlich eigene Pläne.«

»Ich halte die Idee für großartig«, fuhr Florence fort. »Sie haben eine so kluge neue Schwägerin, nicht wahr, Verity? Verstehen Sie mich nicht falsch, aber vielleicht sollten Sie sich auch eine sinnvolle Beschäftigung suchen. Eine, mit der Sie bei den Herren Eindruck machen.«

»Und was schlagen Sie vor?«

»Männer schätzen eine einfallsreiche Ehefrau, wissen Sie, eine wie unsere Gwen. Sie steht dem Haushalt vor, ist Ehefrau und Mutter, und nun stellt sie auch noch Käse her. Sie ist bienenfleißig.«

Verity stand auf, warf Florence einen bösen Blick zu und fegte hinaus, wobei sie den Beistelltisch umriss. Teekanne, Milchkrug und Zuckerschale fielen klirrend zu Boden.

Verärgert läutete Gwen nach einem Diener, und ihr Mitgefühl für Verity verflüchtigte sich. »Ich bitte um Verzeihung. Ich weiß nicht, was in sie gefahren ist.«

»Sie war ein schwieriges Kind.«

»Wie ist Caroline mit ihr zurechtgekommen?«

»Sie hat sie meistens ignoriert. Ich glaube nicht, dass sie besonders gut miteinander ausgekommen sind. Verity war zu der Zeit natürlich viel jünger und ging noch zur Schule. Caroline war recht unnahbar. Ich entsinne mich aber, dass Verity einmal andeutete, Laurence verdächtige seine Frau, eine Affäre zu haben.«

»Was doch sicher nicht stimmte!«

»Verity sagte, sie habe sie in den Schulferien einmal deswegen streiten hören, und Caroline habe es hartnäckig abgestritten. Ich denke, Verity hat es erfunden. Sie wissen ja, wie Mädchen in dem Alter sind.«

Gwen nickte.

»Nachdem sie die Schule verlassen hatte, blieb Verity eine Zeit lang in dem Haus in England, und als sie hierherkam, klammerte sie sich umso mehr an Laurence. Das ist nicht gesund, so viel steht fest. Ich weiß nicht, was in England vorgefallen ist, aber etwas muss da gewesen sein.«

»Carolines Tod muss sie doch auch sehr mitgenommen haben.«

»Ja, schrecklich.«

Ein paar Tage später breitete Gwen die nötigen Utensilien auf dem Arbeitstisch aus. Die Käsepresse, die gerade aus England eingetroffen war, stand auf einem Tisch auf der anderen Seite des Raumes. Verschieden große Siebe und Milchkrüge, Holzlöffel, ein Tortenmesser und eine große Schöpfkelle nahmen einen kleineren Tisch in Anspruch. Die Käseformen waren gewaschen, getrocknet und ordentlich aufgestapelt, die Tücher hingen in der Sonne auf der Leine.

Kurz nach Sonnenaufgang war die Büffelmilch gebracht worden, eine größere Menge als sonst, und Gwen war um halb sechs aufgestanden und arbeitsbereit. Sie hatte sich die Haare hochgebunden und unter ein Netz gesteckt und trug eine große weiße Schürze. Sie stand gerade mitten im Raum und schaute, ob sie nichts vergessen hatte, als Laurence auf einen Sprung hereinkam.

»Ich dachte, du seist schon weg«, sagte sie.

»Ich konnte nicht gehen, ohne einen Blick auf unser neues Milchmädchen zu werfen.« Er trat zu ihr und schaute sie prüfend an. »Und sie sieht bezaubernd aus. Ich könnte auf der Stelle mit ihr auf den Heuboden verschwinden.«

Sie freute sich, weil er so glücklich wirkte. »Wir haben keinen Heuboden.«

»Ein Jammer.«

Er zog sie an sich und drückte sie. »Viel Glück an deinem ersten Tag, Liebling!«

Sie lächelte. »Danke. Und nun fort mit dir! Ich bin beschäftigt.«

»Jawohl, Ma'am.«

Gwen schaute ihm nach. Immer wenn sie ihn unerwartet sah, tat ihr Herz einen Freudensprung wie beim allerersten Mal. Nachdem sie die Starterkultur, die aus Kandy gekommen war, behutsam ausgepackt hatte, goss sie Milch in einen großen Topf, um sie in die Küche zu tragen, wo sie erhitzt werden musste. Den Topf in beiden Händen, ging sie zur Tür und stellte fest, dass sie eine freie Hand zum Öffnen bräuchte. Sie drückte den Milchtopf gegen die Wand neben der Tür und griff nach der Klinke. Dabei rutschte ihr der Topf weg, sodass ihr die Milch über die Schürze floss.

Nun würde sie sich umziehen müssen und dadurch Zeit verlieren.

Als sie in frischer Kleidung die Käserei betrat, um von vorne zu beginnen, kam Naveena mit Hugh, der gerade aufgewacht war und schrie.

Der Appu stand an der Küchentür und sah sich die Szene schief grinsend an. Was er gegen die Käseherstellung einzuwenden hatte, konnte er nicht äußern, aber Gwen war mit ihrem Plan bei ihm sichtlich auf Ablehnung gestoßen. Schließlich war sie mit ihm übereingekommen, dass sie die Abläufe in der Küche möglichst wenig stören und sie nur zu festgesetzten Zeiten benutzen würde. Daher kamen ihr die Unterbrechungen nicht gelegen.

Sobald Hugh versorgt war, trug Naveena ihn ins Kinderzimmer zurück, und Gwen begann von vorn.

Den zweiten Topf mit Milch ließ sie sich von einem Küchenjungen hinübertragen, wobei sie ihm die Tür aufhielt. Der Appu überwachte das Erhitzen der Milch, und solange diese wieder abkühlte, lief Gwen die drei Terrassen zum See hinunter. Unten setzte sie sich auf eine Bank, schaute zu den dicken weißen Wolken hoch, beobachtete die Wellen und hörte den Vögeln zu. Da ein leichter Wind wehte, der ihr die Haut kühlte, war es ein idealer Tag. Sie hörte eine Tür knarren und fuhr erschrocken herum. Laurence kam aus dem Bootshaus.

»Was machst du da?«, rief sie. »Ich dachte, du seist in der Fabrik, jetzt da das Wetter sich gebessert hat.«

»Ich habe eine Überraschung für dich.«

»Für mich?«

»Nein, für die Frau des Brigadiers!«

Sie runzelte ratlos die Stirn.

»Selbstverständlich für dich. Komm und schau es dir an!« Er öffnete die Tür weit.

Gwen ging auf ihn zu und spähte ins Bootshaus.

Es war renoviert. Alles war frisch gestrichen. Aus dem düsteren alten Schuppen war ein hübsches Gartenhäuschen geworden. Das breite Fenster, das auf den See hinausging, war geputzt worden und hatte neue Gardinen bekommen, und auf einem kleinen Tisch aus Atlasholz standen leuchtend orange Ringelblumen, dahinter ein großes, wenn auch abgenutztes Sofa. Laurence küsste sie auf die Wange, dann setzte er sich hin und streckte die Beine auf dem neu bezogenen Fußschemel aus und schaute aufs Wasser.

»Und das Boot?«, fragte Gwen.

»Direkt unter uns, geflickt und gestrichen. Es wartet nur darauf, mit uns in den Sonnenuntergang zu segeln. Damit will ich mich bei dir entschuldigen, weil ich so dumm war und nicht bedacht habe, wie müde dich so ein Säugling macht. Gefällt es dir?«

»Es ist hübsch geworden. Aber wie hast du das geschafft, ohne dass ich etwas davon bemerkt habe?«

Er zwinkerte und tippte sich an die Nase.

»Nun, ich bin begeistert.« Sie setzte sich zu ihm aufs Sofa, und er legte einen Arm um sie. Wie idyllisch es war, aufs Wasser zu schauen, das in der Sonne glitzerte, und dem Gezwitscher der Vögel zu lauschen!

»Ich möchte mir dir reden, Gwen.«

Sie nickte und wurde sofort nervös.

»Über Caroline.«

»Ach?«

»Du weißt, sie war seelisch krank. Aber vermutlich hat dir gegenüber niemand erwähnt, dass sie ertrunken ist?«

Bestürzt schlug sie sich die Hand vor den Mund und schüttelte den Kopf.

Er zog ein Blatt Papier aus der Tasche, faltete es auseinander und strich es glatt. »Ich hatte die Diener gebeten, nicht über ihren Tod zu sprechen, doch inzwischen bin ich der Meinung, du solltest das lesen.«

Laurence gab ihr das Blatt.

Liebster Laurence!

Ich weiß, du wirst das nicht verstehen und mir vielleicht nie verzeihen, aber mir ist es unmöglich, die Qual, mit der ich lebe, noch länger zu ertragen. Seit dem ersten Augenblick nach Thomas' Geburt fühle ich mich, als wäre ein Teufel in mir. Ein Teufel, der meine Gedanken verfinstert und mich aus dem Gleichgewicht bringt. Ich lebe in einer unvorstellbaren Hölle. Ich sehe keinen anderen Ausweg. Ich bedauere es zutiefst, mein Liebster, aber ich kann Thomas nicht ohne den Schutz seiner Mutter aufwachsen lassen. Darum, und das bekümmert mich schrecklich, habe ich entschieden, ihn mitzunehmen, damit wir zusammen in Frieden ruhen. Möge Gott mir vergeben! Wenn ich tot bin, such dir eine neue und eine bessere Frau, Laurence, mein Liebster! Du hast mein Einverständnis. Ich werde sogar dafür beten.

Mach dir keine Vorwürfe.

Deine Caroline

Als Gwen zu Ende gelesen hatte, schluckte sie mühsam. Das ist nicht meine Tragödie, sagte sie sich. Ich muss meine Gefühle im Zaum halten und Laurence eine Stütze sein.

»Das war nicht leicht für mich«, sagte er. »Zuerst meine Eltern und dann Caroline.«

»Und das Kind«, fügte sie hinzu.

Er nickte langsam, sah sie aber nicht an. »Und dann die Schützengräben. Obwohl der Krieg in gewisser Weise eine Erleichterung für mich war. Ich musste weitermachen. Hatte keine Gelegenheit mehr, Gedanken nachzuhängen.«

Sie kämpfte gegen die Tränen an, die ihr in die Augen steigen wollten. »Caroline muss sehr verstört gewesen sein.«

Er räusperte sich, dann schüttelte er den Kopf und konnte sich nicht zum Sprechen durchringen.

»Ist es am See passiert?« Sie wartete.

»Nein. Das wäre noch schwerer zu ertragen gewesen.«

Das verstand sie gut. Doch ganz gleich, wo es passiert war, es blieb eine schreckliche Tragödie.

»Warum hat sie es getan, Laurence?«

»Es war … kompliziert. Selbst der Arzt war ratlos. Er sagte, dass sich manche Frauen von der Geburt nicht erholen – seelisch, meine ich. Sie war nicht mehr sie selbst, konnte sich kaum um das Kind kümmern. Ich habe mit ihr geredet, weißt du, um sie zu trösten, doch nichts half. Sie saß nur da, starrte auf ihre Hände und zitterte.«

»Ach, Laurence.«

»Ich habe mich hilflos gefühlt. Es gab überhaupt nichts, das man für sie tun konnte. Außer dem Stillen hatte Naveena alle Pflichten übernommen. Am Ende riet der Arzt, sie in eine Nervenheilanstalt zu bringen. Aber ich hatte Angst, sie könnte in schrecklichen Verhältnissen landen. Hinterher konnte ich mir nicht verzeihen, dass ich dem Rat nicht gefolgt war.«

Sie lehnte sich gegen ihn. »Das konntest du doch nicht wissen.«

»Ich hätte ihr Leben retten können.«

Gwen strich ihm sanft übers Gesicht, dann nahm sie seine Hände. »Es tut mir so leid, Laurence.« Sie sah ihn aufmerksam an.

»Ein Kind ist eine große Freude für die Eltern, aber wir …« Er stockte.

»Du musst es mir nicht erzählen.«

»Es gibt so vieles zu sagen. Ich wünschte, ich könnte es.«

»Eines verstehe ich nicht. ›Ohne den Schutz seiner Mutter‹ – wie meinte sie das? Ihr muss doch klar gewesen sein, dass du für Thomas gesorgt hättest?«

Laurence schüttelte bloß den Kopf.

Es folgte ein langes Schweigen.

»Manchmal ist es besser, einfach nur zu weinen, Laurence«, sagte sie schließlich, da sie sah, wie er sich quälte.

Er blinzelte, und sein Unterkiefer zitterte. Die Tränen kamen zuerst langsam und still. Sie küsste seine nassen Lippen und wischte ihm die Wangen ab. Laurence war ein stolzer Mann, der Gefühlen nicht leicht nachgab, doch dies war das zweite Mal, dass sie ihn weinen sah.

»Wie kann man sich von solch einem Schlag erholen?«

»Es heilt mit der Zeit. Auch Beschäftigung ist heilsam. Und jetzt habe ich dich und Hugh.«

»Aber da bleibt doch Schmerz zurück?«

»Ja, das ist wohl so.«

Er starrte über ihre Schulter hinweg ins Leere. Dann schaute er sie an. »Verity hat das sehr mitgenommen. Danach hatte sie Angst, mich aus den Augen zu lassen.«

»Weil sie fürchtete, du könntest dir auch etwas antun?«

»Nein. Ich … ich weiß es nicht so genau.«

Nachdenklich blinzelte er und schien mehr sagen zu wollen, aber nicht die rechten Worte zu finden. Dann war der Moment vorbei.

Sie drückte ihn und schwor sich, nie wieder etwas zu tun, das ihn noch mehr verletzen könnte. Während sie das dachte, zog er die Schleife ihrer Schürze auf. Sie lehnte sich zurück. Behutsam öffnete er die winzigen Perlknöpfe ihres Kleides. Sie streifte es ab und schlüpfte aus der Unterwäsche, während er sich auszog.

Abgesehen von dem einen Mal, waren sie seit Hughs Geburt nicht mehr zusammen gewesen. Nun, da sie ihn nackt an sich spürte, wurde ihr bewusst, wie zerbrechlich die Liebe war und was das bedeutete. Es war so leicht, sie zu zerstören. Gwen hielt den Atem an, wollte den Moment festhalten. Während sie mit ihm auf diesem Sofa lag, schien es doch eine Welt jenseits des Plantagenalltags zu geben.

»Was, wenn jemand kommt?«, flüsterte sie.

»Es wird niemand kommen.«

Als er ihre Oberschenkel streichelte und ihr die Zehen küsste, genoss sie die wachsende Erregung. Als sie es nicht mehr aushielt, schlang sie die Beine um ihn.

Hinterher lag sie an ihn geschmiegt, einen Arm auf seiner Brust, und fuhr die Konturen seines Gesichts mit der Fingerspitze nach, wobei ihr die warme Hand an ihrem Oberschenkel sehr bewusst war.

»Ich liebe dich, Laurence Hooper. Es tut mir sehr leid, was mit Caroline passiert ist.«

Er nickte und nahm ihre Hand. In seinem Blick lag schon nicht mehr ganz so viel Schmerz wie vorhin.

»Habe ich dir jetzt den Käse verdorben?«, fragte er.

»Nein. Die Milch musste ohnehin abkühlen. Der Küchenjunge wird den Topf inzwischen in die Käserei getragen haben. Darum sollte ich jetzt gehen.« Sie strich sich die Haare glatt. »Ich muss verheerend aussehen.«

»Du siehst nie verheerend aus. Aber eins noch.«

»Ja?«

»Das Bootshaus ist nur für uns beide da. Als Zufluchtsort, wenn einer von uns Ruhe und Abgeschiedenheit braucht. Einverstanden?«

»Restlos.«

Hier können wir neu beginnen, wann immer es nötig ist.«

Sie legte die Hand aufs Herz und nickte.

Zurück in der Käserei fügte sie der Milch die Starterkultur bei und ließ sie für eine Stunde ruhen, solange sie Hugh stillte. Er quengelte, als sie ihn im Zimmer hinlegen wollte, darum holte Naveena den Kinderwagen mit dem großen Sonnenschirm hervor und stellte ihn nach draußen. Gwen schaukelte den Wagen, ließ sich die Sonne ins Gesicht scheinen, lauschte dem Gesumm der Insekten und dachte an Laurence. Hugh schlief rasch ein, und Gwen sagte Naveena, sie dürfe sich eine wohlverdiente Pause gönnen. Von der Käserei aus würde sie sofort hören, wenn Hugh aufwachte.

Sie machte sich wieder an die Arbeit und fügte das Lab hinzu, rührte um und stellte die Masse unter einem kleinen Fenster in die Sonne, weil das die Gerinnung förderte.

Obwohl sie wegen Carolines Geschichte sehr traurig war, war es ein erfolgreicher Arbeitstag gewesen. Und in ihrem Hinterkopf schlief ein kleines braunes Mädchen friedlich in einer Hängematte.

DRITTER TEIL

Der Kampf

15

Drei Jahre später, 1929

Gwen und Hugh saßen einander am Tisch gegenüber und warteten auf die anderen. Hugh sah in seinem schicken kleinen Matrosenanzug und mit den blonden Haaren, die ausnahmsweise einmal glatt gebürstet waren, aus wie ein Engel. Gwen trug ein Kleid, das Fran ihr gekauft hatte, als sie bei ihr in London gewesen war, ein durchscheinendes blaues Chiffonkleid mit der neuen Rocklänge. Sie mochte es besonders, weil sie sich darin jung und weiblich fühlte.

Nach fast vier Jahren in Ceylon war es höchste Zeit gewesen, nach England zu reisen. Die ersten zwei Wochen hatte sie auf Owl Tree bei ihren Eltern verbracht, die vor Stolz geplatzt waren, als sie Hugh gesehen hatten. Sie konnten es kaum erwarten, ihn für sich allein zu haben, und versprachen ihm Picknicks und Fahrten mit dem Zug nach Cheddar Gorge. Später fuhr Gwen mit dem Zug nach London, um Fran zu besuchen. Die Wohnung ihrer Cousine lag im obersten Stock eines stattlichen Gebäudes mit schöner Architektur, das auf die Themse blickte. Gwen kam jedoch nicht umhin, die graue Wasserfläche mit ihrem schönen See zu Hause zu vergleichen.

Die beiden Cousinen hatten Briefe gewechselt und für fast jeden Tag aufregende Ausflüge geplant. Doch am Nachmittag ihrer Ankunft stellte Gwen fest, dass Fran anders als sonst war. Ein bisschen reserviert, ein bisschen blass. Nach einer lang ersehnten Tasse besten Ceylontees hakte Fran sich bei ihr unter und fragte, ob die Zofe den Koffer auspacken solle.

»Das erledige ich selbst, Fran, sofern du nichts dagegen hast.«

»Natürlich nicht.«

In dem ein paar Stufen höher gelegenen, hübsch hergerichteten Zimmer ging Fran ans Fenster, das zum Lüften offen gestanden hatte, und schloss es gegen den Lärm und Staub der Großstadt. Gwen öffnete ihren Koffer und packte ihre Kleider aus, während Fran weiter aus dem Fenster schaute.

»Ist etwas vorgefallen, Frannie?«

Die Cousine schüttelte den Kopf.

Gwen hängte ihr dunkelblaues französisches Kostüm, das sie später zum Einkaufsbummel bei Selfridge's anziehen wollte, auf einen Bügel und in den großen Mahagonischrank. Darin war es dunkel, sodass sie zunächst nicht viel sah. Als sie nach einem weiteren Bügel griff, streifte sie einen auffälligen Stoff und betastete ihn. Üppig bestickte Seide.

Sie nahm ihn mit dem Bügel aus dem Schrank und hielt ihn ins Licht. Es war die prächtige rot-goldene Weste, die Ravasinghe, dessen war sie ganz sicher, seinerzeit beim Ball getragen hatte! In dem Moment drehte Fran sich zu ihr um und starrte auf das Kleidungsstück.

»Oh. Ich hätte nicht gedacht, dass er sie hierlässt.«

»Ravasinghe war hier?«

»Er hat bei mir gewohnt, während er einen Auftrag ausführte. Einen ziemlich wichtigen sogar. Er ist sehr gefragt.«

»Du hast mir gar nichts davon geschrieben.«

Fran zuckte mit den Schultern. »Ich wusste nicht, dass du darauf Wert legst.«

»Ist es ernst mit ihm?«

»Sagen wir, es gibt ein gewisses Auf und Ab.«

Danach versuchte Gwen, ihre Cousine zum Reden zu ermuntern, aber sobald sie das Thema anschnitt, bekam Fran einen verschlossenen Gesichtsausdruck. Zum ersten Mal war eine Kluft zwischen ihnen zu spüren, und Gwen wusste nicht, wie sie die überwinden sollte.

Am vorletzten Tag stand noch immer etwas zwischen ihnen. Die Vorstellung, Fran könnte es mit Ravasinghe wirklich ernst meinen, hinterließ bei Gwen einen bitteren Geschmack und verursachte ihr Magenschmerzen. Sie hatte ihre Cousine noch nicht mit Liebeskummer erlebt, und während sie auf dem Bett saß und nachdachte, wünschte sie sich verzweifelt, sie könnte Fran von Liyoni erzählen und sie vor Ravasinghe warnen. Doch das wagte sie nicht. Fran wäre entrüstet und würde ihn damit konfrontieren. Wohin das führen würde, war nicht abzusehen. Womöglich würde Ravasinghe darauf bestehen, seine Tochter zu sehen. Und das wäre unerträglich.

Gwen bewahrte also Schweigen und kam sich vor, als würde sie ihre Cousine betrügen. Den letzten Tag verbrachten sie zusammen, ohne darüber zu sprechen, und nach einer schönen und zugleich traurigen Woche bei ihren Eltern befand sich Gwen schon wieder auf der Heimreise nach Ceylon.

Nun schaute sie über den Geburtstagstisch hinweg ihren Sohn an und war ungeheuer stolz. Zugleich durchströmte sie ein Gefühl, das mehr war als Liebe, etwas Erhabenes, das sie tief im Innern berührte. Hugh grinste sie an, nicht imstande, stillzusitzen, und das brachte Gwen auf den Boden der Tatsachen zurück. So war das mit Kindern: Eben noch weckten sie eine überbordende Liebe, die einem den Atem raubte, und im nächsten Moment ging es um etwas so Profanes wie Gelee und Plätzchen oder ein großes Geschäft.

Wie schnell die drei Jahre vorbeigegangen waren! Es überraschte Gwen, dass sie sich daran gewöhnt hatte, mit dem zu leben, was passiert war, und es manchmal fast so schien, als hätte sie alles nur geträumt. Fast, nicht ganz. Sie schaute aus dem Fenster zum See und dann über die runden Hügel mit dem Teppich aus Teesträuchern, der mit hohen, dürren Bäumen gesprenkelt war. Es war ein schöner, wolkenloser Tag. Seit ihrem ersten Schäferstündchen im Bootshaus waren Laurence und sie häufig dort gewesen. Das Leben hatte sich eingespielt. Sie waren glücklich gewesen, die Freuden überwogen die Sorgen, und am Ende hatte der Kummer sich in ihr verkapselt, und ihre Reue wegen Liyoni war in den Hintergrund getreten.

Laurence verstand nicht, warum sie noch immer kein zweites Kind bekommen hatten, obwohl er sein Bestes tat, wie er es ausdrückte. Er wusste nicht, dass Gwen es heimlich verhinderte. Nachdem sie Liyoni weggegeben hatte, war sie überzeugt, kein zweites Kind zu verdienen, und unterzog sich jedes Mal nach dem Liebesakt einer Intimspülung. Wenn sie sich in Gefahr sah, trank sie eine große Menge Gin und nahm ein heißes Bad. Naveena verstand ihr Widerstreben und braute Gwen bittere Kräutertränke, die zuverlässig ihre Periode auslösten.

Ein Geräusch an der Tür unterbrach sie in ihren Gedanken. McGregor, Verity und Naveena kamen herein.

Verity klatschte in die Hände. »Das sieht wunderbar aus, nicht wahr, Hugh?«

Heute war sein dritter Geburtstag. Der Tisch war mit frischen Blumen, aufgetürmten Sandwiches und zwei rosa-gelben Puddings gedeckt, und in der Mitte war ein Platz für die Torte freigelassen worden. Als Laurence hinter ihnen mit einem Strauß Luftballons und Geschenken im Arm erschien, bekam Hugh vor Freude rote Bäckchen.

»Darf ich jetzt auspacken, Daddy?«

Laurence legte die Päckchen auf den Tisch. »Natürlich. Zuerst das große?«

Hugh hopste jubelnd vom Stuhl.

»Nun, dann musst du einen Moment warten, denn das steht im Flur.« Laurence ging aus dem Zimmer und kehrte kurz darauf mit einem Dreirad zurück. Eine gelbe Schleife prangte am Lenker. »Das Geschenk ist von Mummy und Daddy«, sagte er.

Hugh riss die Augen auf, dann rannte er freudig zu dem Dreirad. Er musste sich von Naveena auf den Sattel helfen lassen. Enttäuscht sah er, dass er mit den Füßen nicht an die Pedale reichte.

»Wir können den Sattel ein wenig absenken, aber es könnte sein, dass du erst noch ein kleines bisschen wachsen musst.«

»Haben wir die falsche Größe ausgewählt?«, fragte Gwen zerknirscht.

»In ein, zwei Monaten ist es genau richtig«, meinte Laurence.

Hugh riss bereits das Papier der übrigen Geschenke auf: ein

großes Puzzle von Verity, ein Feuerwehrauto von Gwens Eltern und ein Kricketschläger mit Ball von McGregor.

Gwen lehnte sich glücklich zurück und sah ihrer Familie zu. Hugh war ein Wirbelwind, so überschäumend, wie nur ein Dreijähriger es sein kann, und Laurence strahlte vor Stolz. Selbst Verity schien glücklich zu sein. Allerdings war es Gwen ein ständiges Ärgernis, dass sie noch immer bei ihnen wohnte.

Nachdem sie die Sandwiches und den Pudding verputzt hatten, stand Laurence auf und verkündete mit ernstem Gesicht, der große Augenblick sei gekommen. Er löschte das Licht und zog mit feierlicher Gebärde die Vorhänge zu. Hugh quiekte vor Aufregung.

Der Kuchen mit den brennenden Kerzen wurde von Naveena hereingebracht und auf den Tisch gestellt. Hughs gespannte Aufmerksamkeit war ein Bild für die Götter, und die Unschuld seines kleinen Gesichts, als er zu ihnen allen aufsah, während sie *Happy Birthday* sangen, löste in Gwen unbändige Freude aus. Sie hätte einem Leoparden den Kopf abgerissen, um ihren kleinen Jungen zu beschützen. Nun überspielte sie ihre starke Rührung, indem sie den Kuchen ein Stück näher zu ihm hinschob. Der Kuchen war mit Zuckerguss überzogen und mit einem Cockerspaniel verziert, den Verity mit Schokoladenguss aufgemalt hatte. Offenbar hatte sie dafür Talent.

»Das ist Spew«, rief Hugh. »Spew ist auf dem Kuchen!«

»Puste die Kerzen aus, Schatz!«, sagte Gwen. »Und wünsch dir etwas!«

Während er die Backen aufblies und die Kerzen löschte, dachte Gwen an seine Zwillingsschwester und wünschte sich auch etwas.

»Ist dir ein schöner Wunsch eingefallen?«, fragte Laurence.

»Das ist ein Geheimnis, hat Mummy gesagt. Nicht wahr, Mummy?«

»Ja, Schatz.«

Als Hugh zu seinem Vater aufblickte, dachte Gwen zum hundertsten Mal, wie ähnlich er Laurence geworden war. Sie hatten die gleichen Augen, das gleiche markante Kinn und die gleiche Kopfform, sogar den zweifachen Wirbel am Hinterkopf, wo die Haare so widerspenstig abstanden, hatte Hugh von ihm geerbt. Es konnte kein Zweifel bestehen, wer sein Vater war.

»Es gibt Geheimnisse, Daddy.«

Laurence schmunzelte. »Die muss es wohl geben.«

Hugh zappelte auf seinem Stuhl herum. »Ich habe eins.«

»Welches denn, Schatz?«, fragte Gwen.

»Meinen Freund Wilfred.«

Laurence verzog das Gesicht. »Nicht schon wieder!«

»Aber, Schatz«, erwiderte Gwen. »Wir wissen alle von Wilfred. Das ist kein Geheimnis.«

»Doch. Du kannst ihn ja nicht sehen.«

Verity nickte. »Das ist wahr.«

»Ich kann ihn sehen. Und er will ein Stück Kuchen.«

»Naveena, bitte schneiden Sie für Wilfred ein Stück Kuchen ab!«

»Nicht nur so tun als ob, Neena!«, verlangte Hugh.

»Ich denke nicht, dass wir ihm nachgeben sollten«, sagte Laurence leise zu Gwen und legte einen Arm um ihre Taille.

»Ist das denn so wichtig?«

Laurence machte ein entschlossenes Gesicht. »In der Schule wird ihm ein unsichtbarer Freund schaden.«

Sie lachte. »Ach, Laurence, er ist erst drei. Lass uns nicht jetzt darüber sprechen! Wir feiern seinen Geburtstag.«

»Ich auch noch ein Stück?«, bettelte Hugh.

»Zwei sind genug«, entschied Gwen.

Hugh schob die Unterlippe vor. »Daddy?«

»Oh, lasst ihn doch! Es ist sein Geburtstag«, warf Verity ein. »Jeder sollte an seinem Geburtstag verwöhnt werden.«

»Keinen Kuchen mehr, alter Junge«, entschied Laurence. »Was Mummy sagt, wird gemacht.«

»Ich bin froh, dass das klar ist.«

Er lachte, hob Gwen hoch und drehte sich mit ihr im Kreis. »Aber das kann mich nicht hiervon abhalten.«

Hugh kicherte.

»Laurence Hooper, lass mich sofort herunter!«

»Was Mummy sagt, wird gemacht. Das habe ich lernen müssen. Darum lasse ich sie lieber herunter.«

»Nein. Nein, dreh sie noch mal!«, krähte Hugh.

»Laurence, wenn du mich nicht absetzt, wird mir schlecht, im Ernst.«

Er lachte und gehorchte.

»Können wir zum Wasserfall gehen, Daddy? Wir gehen nie dahin.«

»Nicht jetzt. Aber ich sag dir was: Wie wär's, wenn wir draußen Fußball spielen? Mit deinem neuen Ball?«

Hugh strahlte. Der Kuchen war offenbar vergessen. »Ja, mit dem neuen Ball.«

Erst nachdem Laurence mit Hugh und Verity nach draußen gegangen war, fiel Gwen Wilfreds leerer Teller auf. Hugh, das kleine Äffchen, hatte sich doch tatsächlich ein drittes Stück Kuchen einverleibt! Gwen schüttelte lächelnd den Kopf und ging in ihr Zimmer.

Dort holte sie die Kohlezeichnung ihrer Tochter aus einem abschließbaren Kasten in ihrem Schreibtisch. Es war die jüngste, die vor vier Wochen eingetroffen war. Jeden Monat wartete Gwen ein paar Tage lang unruhig auf die nächste. Sie waren für sie ein Halt, denn sie bedeuteten, dass es ihrer Tochter gut ging. Anfangs stammten die Zeichnungen von der Pflegemutter, inzwischen kritzelte Liyoni selbst auf das Papier. Gwen strich über die schwarzen Linien. War das ein Hund oder ein Huhn? Schwer zu sagen. Die Zeichnungen der Frau hatte sie verbrannt, aber wegen ihrer Sehnsucht, die sie nie ganz verdrängen konnte, hatte sie die jüngeren Blätter aufbewahrt.

Am Abend erbrach Hugh sich in sein Bett. Gwen dachte, das müsse an dem vielen Kuchen liegen. Sie bat Naveena, ihn zu ihr ins Schlafzimmer zu verlegen. Er übergab sich noch zwei Mal, und danach schlief er ein. Sie selbst verbrachte eine unruhige Nacht.

Am Morgen zitterte Hugh und klagte, ihm sei kalt, aber Stirn und Nacken fühlten sich heiß an. Gwen zog ihm ein frisches Nachthemd an. Da er zweifellos Fieber hatte, rief sie Naveena, damit sie ihr kalte Umschläge brachte. Während sie darauf wartete, öffnete sie das Fenster, um zu lüften. Die Vögel veranstalteten den gewohnten Morgenlärm, mit dem sie das Haus weckten. Das Durcheinander aus melodiösem Gezwitscher und lautem Gekrächze zauberte gewöhnlich ein Lächeln auf ihr Gesicht, doch heute fand sie es nur laut und aufdringlich.

Naveena kam mit den feuchten Tüchern. Gwen legte sie Hugh in den Nacken und auf die Stirn, und nachdem er sich nicht mehr so heiß anfühlte, untersuchten sie ihn.

»Das kommt nicht vom Kuchen. Das Erbrechen hat aufgehört, aber er ist noch krank.«

Naveena sagte nichts, sondern untersuchte seine Arme und Beine, zog sein Nachthemd hoch und tastete den Bauch ab. Als sie nichts feststellen konnte, schüttelte sie den Kopf.

»Bitten Sie Laurence, den Arzt anzurufen!«, trug Gwen ihr auf. »Sagen Sie ihm, dass Hugh stark schwitzt und gleichzeitig friert.«

»Ja, Lady.« Naveena wandte sich zum Gehen.

»Und dass seine Haut ein wenig bläulich aussieht und er anfängt zu husten.«

Gwen schloss die Fensterläden. Während Hugh unruhig schlief und häufig hochschreckte, lief sie im Zimmer auf und ab. Als Laurence hereinkam, zwang sie sich angesichts seiner besorgten Miene, ruhig zu bleiben.

»Wahrscheinlich ist das eine gewöhnliche Kinderkrankheit«, meinte sie. »Mach dir keine Sorgen! Dr. Partridge wird bald hier sein. Geh doch in die Küche und bitte den Appu, uns Chai zu brühen! Was hältst du davon?«

Er nickte und ging hinaus, um zehn Minuten später mit zwei Henkelgläsern wiederzukommen. Gwen lächelte ihn an.

Ängstliche Gesichter brauchte er jetzt am allerwenigsten. Sie ging ihm entgegen und nahm ihm das Tablett ab.

Während sie auf den Arzt warteten, sang Gwen Kinderlieder, und Laurence fiel ab und zu ein und baute Schüttelreime und falsche Wörter ein, um Hugh aufzuheitern.

Als Dr. Partridge mit seiner braunen Ledertasche hereinkam, war Hugh noch wach, aber sehr schläfrig.

John Partridge setzte sich auf den Bettrand. »Dann wollen wir dich einmal anschauen, alter Knabe«, sagte er und machte weit den Mund auf, um Hugh zu zeigen, was er tun solle. Es war dämmrig im Zimmer, sodass er im Hals des Kindes nichts erkennen konnte. »Laurence, wären sie so gut, die Fensterläden zu öffnen?«

Sobald das geschehen war, hob er Hugh auf den Arm und setzte sich mit ihm in den Fenstersessel ins Licht. Er schaute dem Kind in den Rachen, tastete den Hals ab, der geschwollen aussah, fühlte den Puls am Handgelenk. Dann schüttelte er seufzend den Kopf.

»Schauen wir mal, ob du etwas trinken kannst, ja? Haben Sie ein Glas Wasser zur Hand, Gwen?«

Sie reichte ihm ihr eigenes. Er richtete Hugh auf und hielt es ihm an den Mund. Der kleine Junge fasste sich an den geschwollenen Hals und trank einen Schluck, würgte aber und spuckte das Wasser aus, dann hustete er mehrere Minuten lang.

Danach hörte Dr. Partridge ihn ab. »Er pfeift. Hat er starken Husten?«, fragte er Gwen.

»Er hustet ab und zu.«

»Gut. Ab ins Bett mit dir!«

Gwen steckte ihn unter die Decke.

»Er braucht strenge Bettruhe. Auch wenn er sich zu erholen scheint, darf er nicht aufstehen. Der Puls ist hoch, sein Atem geht zu schnell. Betten Sie ihn auf mehrere Kissen, das wird ihm das Atmen erleichtern, und sorgen Sie für eine hohe Luftfeuchtigkeit. Nun müssen wir erst einmal abwarten.«

Gwen und Laurence wechselten einen besorgten Blick.

»Welche Krankheit hat er?«, fragte Gwen bemüht ruhig.

»Diphtherie.«

Erschrocken schlug sie sich die Hand vor den Mund und sah Laurence erstarren.

»Die blaue Färbung der Haut ist typisch dafür. In den umliegenden Dörfern sind kürzlich mehrere Kinder an Diphtherie erkrankt.«

»Aber er wurde geimpft«, sagte Laurence. »Nicht wahr, Gwen?«

Sie schloss die Augen und nickte.

Dr. Partridge zuckte mit den Schultern. »Vielleicht eine mangelhafte Charge.«

»Wie ist Ihre Prognose?«, fragte Gwen mit zitternder Stimme.

Der Arzt neigte den Kopf zur Seite. »In diesem Stadium kann ich dazu nichts sagen. Es tut mir leid. Wenn er Läsionen entwickelt, halten Sie sie sauber. Bewegen Sie ihn zum Trinken. Und jeder, der in seine Nähe kommt, muss sich eine Baumwollmaske über Mund und Nase ziehen. Vielleicht haben Sie ein oder zwei im Haus. Ich lasse Ihnen sofort mehr bringen.«

»Was, wenn …«, begann sie schrill und löste erschrockenes Schweigen aus. Laurence nahm ihre Hand und hielt sie fest, als wollte er sie hindern, Dinge zu sagen, die sich nicht zurücknehmen ließen.

»Daran wollen wir jetzt noch nicht denken«, erwiderte er schroff.

Sie hörte nur heraus, dass er das Unvermeidliche aufzuschieben hoffte, und ihr wurde im Kopf plötzlich heiß. »Noch nicht?«

»Ich meinte, wir müssen jetzt abwarten. Mehr können wir nicht tun.«

Sie wollte ihrer Angst Luft machen, zwang sich aber, ruhig zu bleiben.

In den folgenden Tagen wischten Verity und Gwen dem fiebernden Kind die Schweißperlen von der Stirn und versuchten, es kühl zu halten. Naveena brachte nasse Handtücher und hängte sie in die Fenster, um für feuchte Luft zu sorgen. Sie heftete auch ein nasses Bettlaken über die Tür. Zudem legte sie kleine Holzkohlenstücke in eine flache Schale und goss ein bisschen heißes Wasser darüber.

»Wofür ist das gut?«, fragte Gwen.

»Wir müssen die Luft rein halten, Lady.«

Während der nächsten zwei Tage blieb Hughs Zustand unverändert. Am dritten Tag verschlimmerte sich der Husten. Hugh rang nach Luft und wurde grau im Gesicht. Als Gwen Fliegen gegen die Fensterscheiben prallen und zu Boden fallen sah, meinte sie zu ersticken. Sie riss sich die Maske herunter und legte sich Wange an Wange neben Hugh. Laurence igelte sich in seinem Arbeitszimmer ein. Von Zeit zu Zeit erschien er an ihrem Bett, um Gwen beim Wachen abzulösen. Für ihn setzte sie ein Lächeln auf, traute sich aber kaum, das Zimmer zu verlassen.

Laurence wollte ihr nicht erlauben, ihre Mahlzeiten bei Hugh einzunehmen. Ihnen sei nicht geholfen, wenn sie auch noch krank würde, sagte er. Sie brauche ihre Kraft. Während Gwen sich zu jedem Bissen zwingen musste, saß Verity bei Hugh und bot jedes Mal bei ihrer Rückkehr an, noch länger bei ihm zu bleiben.

Naveena brachte süß duftende Kräuter in einer Tonschale, die sie über eine brennende Kerze stellte.

»Das wird helfen, Lady«, sagte sie.

Doch der Duft half nicht. Wenn Gwen mit Hugh allein war, setzte sie sich neben ihn aufs Bett, schloss die brennenden Augen und rang die Hände im Schoß. Sie flehte Gott an, ihr Kind am Leben zu lassen.

»Ich werde alles tun, was du verlangst«, versprach sie. »Alles. Ich werde eine bessere Ehefrau und eine bessere Mutter sein.«

Wenn Hugh schlief, ging sie ans Fenster und sah zu, wie sich die Farben des Gartens im Laufe des Tages veränderten, von Graugrün am Morgen bis zu Dunkelviolett bei Nacht. Sie starrte mit tränenverschleiertem Blick auf den See, sodass die Grenzen zwischen Wasser und Wald verschwammen. Während sich der Zustand ihres Kindes verschlechterte, horchte Gwen auf die Geräusche im Haus, wo die Diener ihren gewohnten Beschäftigungen nachgingen. Das alles kam ihr unwirklich vor, die Lebhaftigkeit in den Morgenstunden, die Schläfrigkeit der Nachmittage. Sie bat Naveena, ihr Flickarbeiten zu bringen, vorzugsweise Hughs Kleidung. Ihr war alles recht, was die Hände beschäftigt hielt.

Jeder Moment, den Hugh schlief, war eine Erleichterung, und dann flickte, stopfte und nähte sie. Verity und Laurence kamen und gingen auf Zehenspitzen. Niemand sprach ein Wort. Je mehr Hugh schlief, desto besser für seine Genesung.

Nachts, wenn Gwen allein bei ihm war, fand sie die Stille unerträglich. Es brach ihr fast das Herz, ihren Sohn so mühsam atmen zu hören, seinen kleinen Körper so kämpfen zu sehen, aber so wusste sie wenigstens, dass er noch am Leben war. Wenn die Atmung aussetzte, wurde sie schreckensstarr, und ihr Herz schlug erst beim nächsten pfeifenden Atemzug normal weiter.

Während der Nachtwachen wurde sie von Erinnerungen an seine Säuglingszeit überschwemmt. Wie viel er geschrien hatte! Sie weigerte sich, das Schlimmste für möglich zu halten.

Gwen dachte an seine ersten Gehversuche auf pummeligen Beinchen und an die polternden Schritte der späteren Zeit, mit denen er sie morgens geweckt hatte. Sie dachte an seinen ersten Haarschnitt und seine Aufregung angesichts der Schere. Naveena hatte ihn festhalten müssen. Sie dachte an seine Abneigung gegen Rührei zum Nachmittagstee und seinen Appetit auf die weichen gekochten Eier mit Toaststreifen beim Frühstück. Und an seine ersten Worte: Neena, Mamma und Dadda. Verity hatte ihm beibringen wollen, auch ihren Namen zu sprechen, hatte vor ihm gesessen und ihn Hugh endlos vorgesagt. Doch der Kleine hatte aus »Verity« jedes Mal »Witty« gemacht.

Gwens alte Ängste kehrten allesamt zurück. Sie dachte an Ravasinghes Porträt von Christina und an deren Bemerkung über ihn: »Am Ende sind wir alle in ihn verliebt.« War es das? Sie dachte an die Ballnacht und daran, wie er sie zu ihrem Zimmer begleitet hatte. Sie dachte an Fran, die mit solch einem Mann zusammen war. Und als sie Hughs Lider im Schlaf zucken sah, kehrten ihre Gedanken zu dem Dorf zurück, in dem Liyoni lebte. Wenn diese schreckliche Krankheit Hugh niederstrecken konnte, ein Kind, das im Wohlstand lebte, wie sehr musste dann ihre Tochter gefährdet sein?

In den Momenten zwischen Schlafen und Wachen betete sie oft für Liyoni und Hugh und tauchte in eine undeutliche Lichtwelt. Ihre Gedanken drehten sich im Kreis, und sie fühlte sich hin und her gerissen zwischen dem Dorf und ihrem Zuhause. Gwen dachte an die Männer, die im Fluss die Elefanten gewaschen hatten, und an das einfache Leben dort, wo die Frauen über offenem Feuer kochten und an primitiven Webstühlen arbeiteten. Ihr eigenes privilegiertes Leben, dem nun auch die einfachste Art des Friedens fehlte, hob sich davon scharf ab.

Schließlich gewann ein Gedanke die Oberhand.

Sie hatte ein Kind weggegeben. Wenn Hughs Krankheit ihre Strafe sein sollte, weil sie das Glück ihrer Tochter dem eigenen geopfert hatte, würde sie Hugh nur retten können, indem sie das moralisch Richtige tat. Die Wahrheit für sein Leben. Es würde ein Tausch sein, ein Handel mit Gott, und selbst wenn sie dadurch alles verlöre, musste sie bekennen oder ihren Sohn sterben sehen.

16

Über eine Woche lang hielten alle den Atem an. Hugh war der Liebling der Familie, und sogar die Hausdiener und Küchenkulis liefen mit langem Gesicht umher und wagten nur zu flüstern. Als er über den Berg war und wieder trinken und aufrecht im Bett sitzen konnte, lebte der ganze Haushalt auf, und das gewohnte Klirren und Klappern des Alltags setzte wieder ein.

Gwen wachte weiter über ihr Kind und wollte nicht von seiner Seite weichen. Ihre Erleichterung war ebenso verzehrend wie zuvor die Angst. Laurence trug ein Lächeln im Gesicht, und seine Augen strahlten. Er legte mit seinem Sohn Puzzles auf einem Tablett auf dem Bett zusammen und las ihm seine Lieblingsbücher vor. Sie hatten Spaß miteinander. Gwen ließ Hughs Lieblingsspeisen zubereiten: einen Victoria-Kuchen, grüne Makronen, Mango-Kardamom-Eis – alles, womit er sich in Versuchung führen ließe, damit er wieder das lärmende, lebhafte Kind wurde, das er vor seiner Krankheit gewesen war.

Doch als es ihm so gut ging, dass er draußen herumlaufen konnte, wollte sie ihn am liebsten nur bei sich behalten.

»Wir dürfen ihn nicht verzärteln«, sagte Laurence.

»Du meinst, das tue ich?«

»Lass ihn rennen! Das wird ihm guttun.«

»Es ist recht kalt heute.«

»Gwen, er ist ein Junge.«

Sie gab sich geschlagen und sah eine halbe Stunde lang zu, wie er den Hunden hinterherrannte. Aber nachdem Laurence gegangen war, lockte sie Hugh mit Malkreiden und einem neuen Zeichenblock ins Haus. Während sie ihn malen sah, wuchs ihre Entschlossenheit, sich keinen Moment der Ablenkung zu erlauben. Solange sie ihn sah, machte sie sich keine Sorgen um Liyoni. In ihrem Zimmer zeichnete er Quatsch-Bilder von Bobbins und Spew und der kleinen Ginger. Besonders glücklich war er, wenn die jüngere der beiden Hündinnen unter seinem Bett lag.

Angesichts seiner Zeichnungen wurde Gwen allerdings unruhig. Vollmond war vorbei, und noch war von ihrer Tochter keine Nachricht gekommen. Obwohl sie unsäglich erleichtert war über die Genesung ihres Sohnes, begann sie wieder, die Stimme ihrer Tochter zu hören, die durch den Lärm in ihren Kopf drang. Das Flüstern des kleinen Mädchens lockte sie durch offen stehende Türen und dunkle Flure und die Treppen hinauf. Sie glaubte, die Silhouette auf einem Treppenabsatz zu sehen, doch dann veränderte sich das Licht, und Gwen erkannte, dass es nur der Schatten einer Wolke war, der durch das hohe Fenster fiel.

Was sie tagsüber unterdrücken konnte, trat nachts umso mächtiger zutage. Liyonis Stimme wurde lauter, forderte Aufmerksamkeit, verfolgte sie im Traum und kam ihr so wirklich vor, dass sie tatsächlich glaubte, das Kind befände sich bei ihr im Raum. Wenn sie schweißgebadet und zitternd erwachte und niemand da war außer Hugh oder Naveena, die ihr Tee ans Bett brachte, fühlte sie sich verschont.

Sie verlangte, dass im ganzen Haus frische Blumen zu stehen hatten: im Flur, im Speisezimmer, im Salon und in allen Schlafzimmern. Sowie eine Blume den Kopf hängen ließ, wurde der ganze Strauß ausgewechselt. Doch keine noch so üppige Blumenpracht konnte sie von ihrer Angst ablenken. Gwen hatte einen Handel mit Gott geschlossen, aber ihren Teil der Verpflichtung nicht erfüllt und lebte nun in Furcht vor den Konsequenzen.

Nachdem Hugh wieder im Kinderzimmer schlief, fand Laurence sie an ihrem kleinen Schreibtisch sitzen und Patiencen legen. Er beugte sich über sie, um sie auf den Scheitel zu küssen. Sie blickte auf. Für einen Moment trafen sich ihre Blicke im Spiegel, und da sie fürchtete, er werde den verräterischen Glanz in ihren Augen sehen, drehte sie den Kopf zur Seite, sodass er nur ihr Haar streifte.

»Ich komme, um zu fragen, ob ich heute Nacht bei dir schlafen soll.« Er schaute auf ihre Patiencen. »Oder wollen wir Karten spielen?«

»Das würde ich gern tun, doch es wäre nicht gut, weil wir dann beide keinen Schlaf bekämen.«

»Ich dachte, du schläfst wieder, seit es Hugh so viel besser geht.«

»Ich komme zurecht, Laurence. Mach bitte nicht so viel Aufhebens! Es wird bald besser.«

»Nun, wenn du meinst.«

Sie faltete die Hände, um das Zittern zu verbergen. »Ja, das meine ich.«

Gwen ging nicht zu Bett, nachdem er gegangen war, sondern spielte weiter. Nach einer Stunde lehnte sie sich zurück. Sowie sie die Augen geschlossen hatte und die Entspannung einsetzte, riss sie sie wieder auf. Sie fegte die Karten vom Schreibtisch.

»Verdammt, lass mich in Frieden!«, sagte sie laut.

Aber das kleine Mädchen wollte nicht weggehen.

Gwen schritt im Zimmer umher, nahm Nippesfiguren in die Hand und stellte sie wieder hin. Was, wenn ihre Tochter nun krank war? Wenn sie sie brauchte?

Schließlich fielen ihr die Augen zu, und sie legte sich schlafen. Dann begannen die Albträume. Sie war wieder auf Owl Tree und fiel vom Baum oder fuhr mit einem Ochsenkarren, der nie ans Ziel kam. Sie wachte auf und ging umher, schrieb einen langen Brief an Fran, in dem sie ihr von Ravasinghe erzählte. Sie steckte ihn in einen Umschlag, adressierte ihn, suchte nach einer Briefmarke, nur um ihn dann in kleine Stücke zu reißen und in den Papierkorb zu werfen. Danach starrte sie auf den dunklen See hinaus.

Am nächsten Tag konnte sie sich nicht konzentrieren und ließ alles, was sie begann, wieder liegen. War dieses Gefühl, dass ihre Welt kurz vor dem Einsturz stand, Gottes Strafe? Vielleicht ist die Zeichnung nicht gekommen, weil Liyoni krank ist, sagte sie sich. Eine Unpässlichkeit. Nichts Ernstes. Oder hatte der Tod sie hinweggerafft? Es kam vor, dass Kinder starben. Oder hatte Ravasinghe es herausgefunden und wartete nur auf den richtigen Moment, um sie anzusprechen? Jeder Tag des Wartens und der Ungewissheit, an dem sie nervös an den Nägeln kaute und kaum etwas aß, vergrößerte ihre Angst.

Mit Laurence war sie aufbrausend, Naveena war nie da, wenn sie sie brauchte, und Hugh ging ihr aus dem Weg und verbrachte seine Zeit mit Verity.

Sie holte ihre Kleider aus dem Schrank und legte sie aufs Bett, um zu entscheiden, welches modernisiert werden sollte und welches sie überhaupt nicht mehr tragen wollte. Eins nach dem anderen probierte sie an, und wenn sie in den Spiegel schaute, gefiel ihr keines. Die Kleider hingen an ihr herunter, und sie legte den Ehering ab, weil sie fürchtete, er könnte ihr vom Finger gleiten und verloren gehen. Als sie die Hüte anprobierte, fing sie an zu weinen. Naveena kam herein und fand sie schwer seufzend am Boden sitzen, umgeben von Filz- und Federhüten, perlenbestickten Hüten, Sonnenhüten. Die alte Kinderfrau streckte ihr die Hand hin, und Gwen ließ sich aufhelfen. Als sie taumelnd auf die Beine kam, lehnte sie sich gegen Naveena, die sie daraufhin fest im Arm hielt.

»Ich habe Gewicht verloren. Nichts passt mehr«, sagte sie schluchzend.

Naveena hielt sie weiter im Arm. »Sie haben gelitten, das ist es.«

»Ich fühle mich so schrecklich«, sagte Gwen, als die Tränen versiegten.

Die Kinderfrau reichte ihr ein Taschentuch, damit sie sich das Gesicht abwischen konnte. »Hugh geht es besser. Sie brauchen sich keine Sorgen mehr zu machen.«

»Es geht nicht um Hugh. Oder jedenfalls nicht nur.«

Nicht imstande, es auszusprechen, trat sie an den Schreibtisch und entnahm ihm das Kästchen, fand den Schlüssel und öffnete es. Sie hielt Naveena die Zeichnungen hin. »Wenn sie nun auch krank ist?«

Naveena klopfte ihr beruhigend auf den Rücken. »Ich verstehe. Sie dürfen nicht daran denken. Stecken Sie die weg. Die nächste Zeichnung kommt. Rufen Sie den Arzt. Für sich, Lady.«

Gwen schüttelte den Kopf.

Aber später, als ihr ganzer Körper kribbelte und sie sich fühlte, als hätte man ihr die Haut abgezogen, hielt sie es nicht mehr aus. Ihr nervlicher Zustand verschlechterte sich von Tag zu Tag, zumal sie auch kaum schlief, und löste im ganzen Körper Schmerzen aus. Sie zuckte beim leisesten Geräusch zusammen, hörte Stimmen, die nicht da waren, fühlte sich der einfachsten Aufgabe nicht gewachsen und sah sich im Kreis laufen. Sie fing etwas an, ließ es liegen und vergaß es. Als ihr klar wurde, dass ihr die Welt mit allem, was sie liebte, entglitt, kapitulierte sie und beschloss, sich helfen zu lassen.

17

Zum Glück hatte Dr. Partridge bald nach Gwens Anruf kommen können, und da das Pulver, das er ihr verschrieben hatte, geliefert werden würde, wollte sie eine Beschäftigung haben, solange sie wartete. In ihrem aufgewühlten Zustand war sie nicht fähig, in der Käserei zu arbeiten. Aber sie hatte ohnehin bereits einem Küchenjungen das Nötigste beigebracht, um Käse herzustellen. Stattdessen wandte sie sich den Haushaltsbüchern zu.

Im Lauf der Jahre hatte sie die Unstimmigkeiten zwischen den Kosten für bestellte Waren und dem, was tatsächlich geliefert wurde, aufgeklärt. Seitdem bestand sie darauf, die Lieferungen selbst entgegenzunehmen und die Posten auf der Rechnung abzuhaken. In der Folge waren keine Differenzen mehr entstanden. Einmal hatte sie den Appu als Dieb im Verdacht gehabt, beweisen konnte sie ihm das freilich nicht.

Während Naveena auf Hugh aufpasste, saß Gwen am Schreibtisch, schob ihre Sorgen immer wieder beiseite und rieb sich die Stirn, um ihre Kopfschmerzen zu lindern. Dabei fiel ihr die Zahlung für eine unübliche Menge Reis, Whisky und Öl auf, die während Hughs Kranksein angefallen war. Gwen ging in die Vorratskammer in der Erwartung, sie gut gefüllt zu sehen, doch es war weniger vorhanden als sonst üblich. Außer ihr hatte nur der Appu einen Schlüssel zur Vorratskammer.

In der Küche, wo sie ihn darauf ansprechen wollte, traf sie bloß McGregor an. Er hatte eine Kanne Tee vor sich stehen und rauchte eine Pfeife.

»Mrs. Hooper.« Er hob die Kanne und schenkte ein. »Wie geht es Ihnen? Tee?«

»Ein bisschen müde, Mr. McGregor. Keinen Tee, danke. Ich hatte gehofft, den Appu anzutreffen.«

»Der ist mit Verity nach Hatton gefahren. Sie hat den Daimler genommen.«

»Wirklich? Warum sind sie zusammen weggefahren?«

»Wegen einer geschäftlichen Angelegenheit, sagte sie.«

Gwen runzelte die Stirn. »Welcher Art?«

»Sie hat sich um die Bestellungen gekümmert, während Sie an Hughs Krankenbett gesessen haben. Ich nehme an, sie holen die Vorräte ab.«

»Und hat sie auch die Zahlungen geleistet?«

»Muss wohl, denke ich.«

»Fahren Sie nach wie vor nach Colombo zur Bank?«

»Ja, ich hole die Löhne und das Haushaltsgeld.« Er zögerte kurz. »Nun ja, diesen Monat hatten wir eine enorme Menge Tee zu verarbeiten, und da auch Laurence stark eingespannt war, ist Verity hingefahren.«

»Im Daimler, nehme ich an?«

Er nickte.

Gwen brachte Hugh ins Bett. Da sie hoffte, dass das Schlafpulver bald eintraf, bat sie Naveena, in ihr Zimmer zu kommen.

Sobald die alte Frau saß, blickte Gwen in ihre ruhigen dunklen Augen. »Warum ist die Zeichnung diesen Monat noch nicht gekommen? Ich muss es wissen.«

Naveena zuckte mit den Schultern.

Was sollte Gwen dem entnehmen? »Geht es ihr noch gut? Ist ihr etwas zugestoßen?«, fragte sie weiter.

»Warten Sie noch ein bisschen, Lady«, antwortete Naveena. »Wenn sie krank wäre, hätte ich schon Nachricht.«

Gwen war ungeheuer müde. Es fiel ihr schwer, einfachen Unterhaltungen zu folgen, aber sie wollte unbedingt wissen, wie es Liyoni ging.

Während des Gesprächs kam Verity herein. »Hallo. Ich bringe dir etwas.«

»Danke, Naveena«, sagte Gwen und nickte ihr zu.

»Wir waren in Hatton«, erzählte Verity, nachdem die Dienerin gegangen war.

»Ich hörte davon.«

»Da bin ich dem alten Partridge über den Weg gelaufen.«

»Wirklich, Verity, er ist gar nicht alt. Er hat nur schütteres Haar.« Sie lächelte schwach. »Du weißt, er ist schrecklich nett. Du könntest eine viel schlechtere Wahl treffen.«

Verity errötete. »Sei nicht albern! Er gab mir ein Rezept. Er war gerade auf dem Weg zur Apotheke, um das Mittel selbst zubereiten zu lassen, aber ich habe ihm die Mühe erspart. Soll ich dir eine Dosis in heiße Milch rühren?«

»Oh, ja, bitte, wenn es dir nichts ausmacht.«

»Leg du dich schon ins Bett, und ich gehe in die Küche. Ich werde einen Löffel voll Palmzucker hineintun, um den unangenehmen Geschmack zu überdecken. Was hältst du davon?«

»Danke. Das ist nett.«

»Wenn jemand weiß, wie grausam Schlaflosigkeit ist, dann ich. Obwohl es mich überrascht, da es Hugh doch viel besser geht. Ich dachte, du schläfst sofort ein.«

»Offenbar bin ich umso ängstlicher geworden.«

»Ach so. Bin gleich wieder da.«

Gwen zog sich aus und nahm das weiße Nachthemd, das Naveena ihr bereitgelegt hatte. Sie roch daran, atmete den frischen blumigen Duft ein, dann zog sie es sich über den Kopf und schloss die Knöpfe. Von ihrer Schuld war sie in einen grauenhaften inneren Raum eingemauert, doch sie versuchte, die schwarzen Gedanken zu verbannen und an glücklichere Zeiten zu denken. Wenn Naveena recht hatte, war Liyoni vielleicht gar nicht krank. Doch möglicherweise war die Zeichnung abgefangen worden.

Sollte alles herauskommen, durfte sie bestenfalls hoffen, nach Owl Tree zurückgeschickt zu werden, und dann würde sie ihren kleinen Sohn nie wiedersehen. Sie zitterte bei dem Gedanken, er könnte ohne Mutter aufwachsen müssen, und sah Florence und die anderen Frauen mit blasiertem Gesichtsausdruck vor sich. Mit hinterhältigen Seitenblicken würden sie lächeln und sich gratulieren, dass Gwen es war und nicht sie selbst, die den Avancen eines charmanten Singhalesen erlegen war.

Bis Verity zurückkam, zitterte sie vor Angst.

»Du meine Güte! Du bist in schlimmer Verfassung. Hier hast du die Milch. Sie ist nicht heiß, also trink sie gleich aus! Ich setze mich zu dir, bis du eingeschlafen bist.«

Gwen trank die rosa Milch, die zwar bitter, aber nicht so schlecht wie erwartet schmeckte, und kurz darauf fielen ihr die Augen zu. Für ein paar Minuten fühlte sie sich angenehm schläfrig. Sie bemerkte, dass die Kopfschmerzen abgeklungen waren, und versuchte, sich zu erinnern, was sie beunruhigt hatte. Doch gleich darauf schon fiel sie in einen traumlosen Schlaf.

Am nächsten Morgen konnte sie kaum den Kopf vom Kissen heben. Gleichzeitig tat es weh, darauf zu liegen. Sie hörte laute Stimmen auf dem Flur. Naveena und Verity schienen sich zu streiten.

Nach ein paar Minuten kam die Kinderfrau herein. »Ich habe vor einer Stunde schon Tee gebracht, konnte Sie aber nicht aufwecken. Ich habe Sie geschüttelt.«

»Gibt es ein Problem mit Verity?«, fragte Gwen mit Blick zur Tür.

Naveena schaute bekümmert, antwortete jedoch nicht.

Gwen fühlte sich feuchtkalt, als bekäme sie eine Erkältung. »Ich muss aufstehen.« Sie war im Begriff, die Beine aus dem Bett zu schwingen, als Verity hereinkam.

»Oh, nein, bleib schön liegen! Ruh dich aus, bis es dir besser geht! Sie können gehen, Naveena.«

»Ich bin nicht krank, nur müde. Ich muss mich um Hugh kümmern.«

»Überlass ihn mir!«

»Bist du sicher?«

»Vollkommen. Du kannst auch alles andere mir überlassen.

Ich habe bereits die Speisen besprochen und die Hausangestellten bezahlt.«

»Ich wollte mit dir sprechen.« Gwen fühlte sich unkonzentriert. »Jetzt weiß ich nicht mehr, worüber. Waren es die Lieferungen? Oder etwas anderes …«

»Du sollst auch ein Pulver für tagsüber einnehmen. Ich werde es dir mit Honig in den Tee rühren. Milch wird dafür sicher nicht nötig sein.«

Verity ging in die Küche und kam mit einem Glas voll trüber, rötlich brauner Flüssigkeit wieder.

»Was ist das?«

Die Schwägerin neigte den Kopf zur Seite. »Das weiß ich auch nicht. Ich habe die Anweisung genau befolgt.«

Sobald Gwen das Glas geleert hatte, entspannte sie sich, und das angenehme Gefühl zu schweben setzte ein. Von allem Kummer befreit und ohne einen Gedanken im Kopf, döste sie ein.

Gwen entwickelte ein Verlangen nach dem »Zaubertrank«, wie sie ihn jetzt nannte. Sobald sie ihn getrunken hatte, schwebte sie, von Kopfschmerzen und Sorgen befreit, in Nebel, doch mit der Benommenheit ging Appetitmangel einher, und sie war auch nicht mehr fähig, sich mit jemandem zu unterhalten. Als Laurence eines Abends den Kopf zur Tür hereinstreckte, gab sie sich alle Mühe, wieder sie selbst zu sein, doch seine besorgte Miene machte klar, dass ihr das nicht gelang.

»Partridge wird morgen früh kommen«, sagte er. »Gott weiß, was er dir da verschrieben hat!«

Gwen zuckte mit den Schultern, als er ihre Hand nahm. »Es geht mir gut.«

»Du fühlst dich klamm an.«

»Ich sag doch, es geht mir gut.«

»Gwen, das ist nicht wahr. Lass die Medizin heute Abend weg! Ich glaube, sie tut dir nicht gut, und Naveena denkt das auch.«

»Hat sie das gesagt?«

»Ja. Sie kam deswegen zu mir. Sie ist fast krank vor Sorge.«

Es schnürte ihr die Kehle zu. »Laurence, ich brauche das Mittel. Naveena täuscht sich. Es tut mir sehr gut. Ich habe überhaupt keine Kopfschmerzen mehr.«

»Steh auf!«

»Wie bitte?«

»Steh auf!«

Sie schob sich an den Bettrand. Als sie die Füße auf den Boden stellte, streckte sie eine Hand nach ihm aus. »Hilf mir, Laurence!«

»Ich möchte dich allein aufstehen sehen, Gwen.«

Sie biss sich auf die Lippe und versuchte es, doch der Raum schwankte, und die Möbel kippten. Sie setzte sich wieder. »Was war es noch gleich, worum du mich gebeten hast, Laurence? Es ist mir entfallen.«

»Ich hatte dich gebeten aufzustehen.«

»Also, das war verrückt, nicht wahr?« Lachend kroch sie unter ihre Decke und starrte ihn an.

18

Am Morgen saß Gwen an der Frisierkommode und zog die Schublade auf, in der sie das bestickte Taschentuch mit dem Duft ihrer Mutter aufbewahrte. Sie nahm es heraus und roch daran. Gestärkt durch das kurze Gefühl der Nähe, zog sie sich Pantoffeln an, schlüpfte in den Morgenmantel, legte sich einen Wollschal um die Schultern und ging durch den Seiteneingang nach draußen.

Auf der Veranda saßen ihre Schwägerin und McGregor. »Liebes, wie geht es dir?«, fragte Verity breit lächelnd.

»Ich dachte, ich gehe mal ein wenig an die frische Luft.«

»Setz dich doch für einen Moment! Hier steht deine Medizin.«

Gwen trank das Glas aus, ohne sich zu setzen.

»Lass dir Frühstück bringen. Das wird dir guttun.«

»Ich werde nur ein bisschen spazieren gehen.«

»Warte!« Verity öffnete ihre Handtasche und zog ein zusammengefaltetes Blatt Papier heraus. »Das hätte ich beinahe vergessen, aber Nick hat mich gerade daran erinnert. Ich trage es schon mit mir herum, seit Hugh krank war.«

»So?«

Verity reichte es ihr. »Es ist für Naveena bestimmt.«

Im selben Moment knallte im Haus eine Tür. Gwen hatte das Gefühl, ihre Knie gäben jeden Augenblick nach, doch sie faltete das Blatt betont ruhig auseinander und schaute es an, während ihr Herz raste und ihre Gedanken sich überschlugen.

»Eine Kinderzeichnung«, sagte Verity. »Von irgendeiner Nichte in einem der Dörfer. Die Kohle ist inzwischen ein wenig verwischt.«

Gwen war wie vor den Kopf geschlagen. Sie faltete das Blatt wieder zusammen und hoffte, dass sie die leise Bemerkung nur in ihrem Kopf hörte. *Eine gottesfürchtige Engländerin bringt kein farbiges Kind zur Welt.*

McGregor, der bis jetzt noch kein Wort gesprochen hatte, sah zu ihr hoch. »Ich habe den Milchkuli damit erwischt.«

»Ach.«

»Ich habe dafür gesorgt, dass die Milch jetzt von einem anderen geholt wird, und ihm die strikte Anweisung erteilt, keine Nachrichten zu überbringen.«

»Gut, ich werde es Naveena geben.«

»Ich wollte es schon eher sagen, aber da Hugh krank war …« McGregor breitete entschuldigend die Hände aus. »Und da ich wusste, dass es Ihnen nicht so gut geht …« Er ließ den Satz unvollendet.

»Gwen, du siehst blass aus. Ist dir nicht gut?« Verity wollte nach ihrer Hand greifen, aber Gwen wich einen Schritt zurück. Sie wissen es. Sie wissen es beide und spielen mit mir.

»Jedenfalls kann ich nicht dulden, dass meine Kulis Nachrichten übermitteln«, sagte McGregor. »Nicht einmal der Kinderfrau.«

Gwen suchte nach Worten. »Ich werde das unterbinden.«

»Gut. Die Diener sollen nicht glauben, sie könnten nach Belieben Briefe überbringen. Bei den derzeitigen Unruhen, so geringfügig sie sind, darf man keine geheimen Kommunikationskanäle zulassen.«

»Hoffen wir, die Zeichnung stammt wirklich von ihrer Verwandten und nicht von einem Aufrührer!«, sagte Verity. »Ich dachte immer, Naveena hätte gar keine Verwandten.«

Gwen versuchte, sich nichts anmerken zu lassen. Sie musste schnellstmöglich das Thema wechseln. Hastig griff sie nach dem erstbesten, das ihr in den Sinn kam, und setzte zum Sprechen an. Zum Glück stand McGregor in dem Moment auf, um zu gehen, und Gwen nutzte den Augenblick zur Flucht.

Der Garten war in Licht getaucht. Sie ging an den Büschen

entlang und strich mit den Fingerspitzen über die roten und orangen Blüten. In der anderen hielt sie Liyonis zusammengefaltete Zeichnung. Sie würden sich etwas anderes einfallen lassen, um Nachrichten aus dem Dorf zu erhalten. Wenigstens wusste sie jetzt, warum die Zeichnung so lange ausgeblieben war. Jedenfalls nicht, weil sie es unterlassen hatte, die Wahrheit zu gestehen. Liyoni ging es gut. Was das anging, brauchte sie sich keine Sorgen zu machen.

Sie spazierte zum Seeufer und überlegte, ein wenig schwimmen zu gehen. Die Medizin begann jedoch schon zu wirken. Die Goldflecke auf dem Wasser verschwammen, Himmel und See wurden eins, und Gwen fühlte sich wacklig auf den Beinen. Sie blinzelte und strengte die Augen an. Wasserfläche und Himmel traten getrennt aus dem Blau hervor. Gwen machte kehrt und ging zum Bootshaus. Das war für sie der richtige Platz – sicher und voll glücklicher Erinnerungen.

Sie öffnete die Tür und sah sich um.

Natürlich brannte kein Feuer, und es war feucht, aber sie war müde, und daher nahm sie eine Strickdecke, legte sich aufs Sofa und deckte sich zu.

Einige Zeit später vernahm sie Hughs Stimme. Zuerst glaubte sie zu träumen und lächelte bei dem Gedanken an ihn. Ihr hübscher, süßer Junge! In letzter Zeit hatte sie so wenig von ihm gehabt. Verity hier und Verity da, hieß es immerzu. Als sie auch Laurence hörte und dann wieder Hugh, sehnte sie sich danach, ihren Jungen zu sehen. Sie wollte ihm über die Haare streichen und Laurence' Arm um sich spüren. Mühsam richtete sie sich auf. Ihr Kopf war ungeheuer schwer, sodass sie sich auf die Armlehne stützen musste.

»Wollen wir nachsehen, ob Mummy dort drin ist?«, fragte Hugh gerade.

»Gute Idee, alter Junge!«

»Daddy, darf Wilfred auch mitkommen?«

»Lass mich nur einen Blick hineinwerfen, dann werden wir sehen.«

Gwen sah Laurence' dunkle Silhouette im Türspalt. »Oh, Laurence, ich …«

Plötzlich schien er so hoch über ihr aufzuragen, dass er allen Raum ausfüllte. Er sagte ein paar Worte, dann wurde ihr schwarz vor Augen.

Als Gwen zu sich kam, hörte sie Laurence reden. Sie waren jetzt in ihrem Schlafzimmer, und Dr. Partridge stand bei Laurence am Fenster. Ihre Gesichter konnte sie nicht sehen, da sie ihr den Rücken zukehrten.

Sie räusperte sich, und der Arzt drehte sich um. »Ich möchte Sie gern untersuchen, Gwen, wenn Sie einverstanden sind.«

Sie versuchte, ihre Haare zu glätten. »Ich sehe sicher schrecklich aus, aber es geht mir gut, John.«

»Trotzdem.« Er prüfte ihre Augen und hörte sie ab. »Sie sagen, sie ist ohnmächtig geworden, Laurence?«

»Sie lag im Bootshaus am Boden, als ich sie fand.«

»Und machte sie einen verwirrten Eindruck?«

Gwen sah Laurence nicken.

»Ihre Pupillen sind stark verengt, und die Herzfrequenz ist hoch.« Er drehte den Kopf zu Gwen. »Wo ist das Glas, aus dem Sie Ihre Medizin zuletzt getrunken haben, Gwen?«

»Ich weiß nicht. Draußen, denke ich. Ich kann mich nicht so ganz erinnern.«

Gwen schloss die Augen und ließ sich in Gedanken treiben, während Laurence sich auf die Suche machte. Er kehrte mit dem Glas zurück und gab es dem Arzt.

Der roch daran, tauchte den Finger in den Rest der Flüssigkeit und leckte daran. »Das scheint mir sehr stark zu sein.«

»Wo liegt die Schachtel aus der Apotheke?«, fragte Laurence.

Gwen deutete vage zum Badezimmer. Laurence ging hinein und brachte eine Packung mit mehreren Tütchen darin.

Dr. Partridge nahm sie entgegen und furchte die Stirn. »Aber das ist viel zu hoch dosiert!«

Laurence schaute ihn entsetzt an.

Der Arzt war fassungslos. »Das tut mir entsetzlich leid. Ich verstehe nicht, wie das passieren konnte.«

»Sie müssen sich beim Rezept verschrieben haben.«

Der Arzt schüttelte den Kopf. »Vielleicht hat der Apotheker falsch gelesen.«

Laurence holte scharf Luft und blickte ihn ungehalten an.

»Wie dem auch sei, Gwen darf es nicht weiter einnehmen. Für ihre Verfassung ist das abträglich. Es wird allerdings zu Reaktionen kommen: Schmerzen, Schwitzen, Ruhelosigkeit. Sie könnte sich schwach fühlen. Rufen Sie mich an, wenn das nach fünf oder sechs Tagen nicht aufgehört hat! Ich werde der Sache nachgehen.«

»Das hoffe ich. Der Fehler ist unverzeihlich.«

Nachdem Dr. Partridge gegangen war, setzte sich Laurence an ihr Bett.

»Du wirst dich bald besser fühlen, Liebling.« Dann hielt er ihr ein Blatt Papier hin. »Ich habe eine von Hughs Zeichnungen im Bootshaus gefunden. Sie lag neben dir auf dem Boden.«

»Oh. Was kann er dort gewollt haben?« Gwen gab sich Mühe, ruhig zu klingen, aber ihr war flau vor Angst. Glaubte Laurence wirklich, dass Hugh das Bild gemalt hatte?

»Offenbar war nicht abgeschlossen. Das muss eine ältere Zeichnung sein. Inzwischen malt er besser. Immerhin kann man hier schon ein Gesicht erkennen.« Schmunzelnd gab er ihr das Blatt.

Sie zwang sich zu lächeln. Laurence ahnte nichts.

19

Drei Tage lang ging es Gwen schlecht. Sie war wütend auf Laurence, weil er den Arzt hinzugezogen hatte und ihr das Schlafmittel entzog, und sprach kein Wort mit ihm. Das wenige, das sie aß, ließ sie sich in ihr Zimmer bringen und war tief deprimiert. Nicht einmal Hugh konnte sie aufheitern. Sie sehnte sich nach ihrem alten Zuhause und ihrer Mutter, weinte vor Wut und wünschte, sie hätte Laurence nie kennengelernt.

Solange sie die Medizin genommen hatte, hatte sie weder Sorgen noch Kopfschmerzen gehabt, und jetzt tat ihr der Kopf so weh, dass sie nicht denken konnte. Ihre Hände waren ständig feuchtkalt, und da sie stark schwitzte, musste sie drei Mal am Tag das Nachthemd wechseln. Die Umgebung war ihr kaum noch bewusst. Alle Gelenke schmerzten. Es war, als stächen ihr tausend Nadeln in die Haut, und sie war extrem berührungsempfindlich.

Am vierten Tag unternahm sie die Anstrengung, sich den Anschein von Normalität zu geben, und holte die Briefe ihrer Mutter hervor. Unter Tränen las sie alle noch einmal. Während ihr die Erinnerungen an zu Hause durch den Kopf gingen, tanzten die Sonnenstrahlen auf dem Notizpapier auf ihrem Schreibtisch. Sie vermisste England, die Winterkälte, den ersten Schneefall, die lieblichen Sommertage auf der Farm. Am meisten fehlte ihr das junge Mädchen, das sie einmal gewesen war, das hoffnungsfroh geglaubt hatte, alles im Leben würde schön werden. Als keine Tränen mehr kamen, nahm sie ein Bad, wusch sich die Haare und fühlte sich ein bisschen besser.

Am fünften Tag zitterten ihr noch die Hände, doch sie beschloss, sich anzuziehen und trotz ihrer Bedenken das Mittagessen im Speisezimmer einzunehmen. Sie hatte sich für ein hübsches Musselinkleid mit einem passenden Chiffonschal entschieden und gab sich Mühe, normal zu erscheinen. Es saß noch lockerer als zuvor, aber beim Gehen bewegte es sich angenehm fließend, was ein schönes Gefühl war.

Um die Mittagszeit kam ihr in den Sinn, einen prüfenden Blick in die Vorratskammer zu werfen. Sie öffnete die großen Türen und war überrascht, dass sich die Bretter unter dem Gewicht von Reis, Öl und Whisky nun bogen. Der Appu hatte sie dabei beobachtet, und als sie ihn stirnrunzelnd ansah, zuckte er mit den Schultern und murmelte etwas Unverständliches. Sie wunderte sich. Das war unbegreiflich. Was war mit ihr los? War sie so müde gewesen, dass sie sich eingebildet hatte, die Vorräte wären nicht da, als sie vor einer Weile nachgesehen hatte? Sie hasste es, dass ihr alles so sehr entglitt.

Die Regenfälle hatten noch nicht begonnen, und weil das Wetter schön war, ging Gwen auf dem Weg ins Speisezimmer zunächst in ihr Zimmer und öffnete das Fenster zum Lüften, denn es war sehr stickig. Dabei hörte sie den Gärtner in einem anderen Teil des Gartens vor sich hin pfeifen. Im Haus klingelte das Telefon, und jemand fing an zu singen. Alles schien wie immer zu sein. Als sie ihr Zimmer verließ, war sie zuversichtlicher, dass ihre unerfüllte Abmachung mit Gott eine Sache der Vergangenheit war; sie fragte sich bereits, ob sie überhaupt an Gott glaubte, stellte aber fest, dass er ihr wichtig war. Denn wer sonst könnte ihr vergeben?

Im Speisezimmer war für vier Personen gedeckt. Laurence, McGregor und Verity saßen schon da, und zwei Hausdiener standen wartend dabei.

»Ah, da kommt sie ja!«, sagte Laurence erfreut.

Sobald Gwen am Tisch Platz genommen hatte, wurde ihnen mit fliegender Hast das Essen serviert.

»Allem Anschein nach wird das Soufflé verderben«, bemerkte Verity. »Meistens ist es ohnehin nur mäßig.«

Während des Essens unterhielten sie sich über Tee, die bevorstehenden Auktionen und Laurence' Hypothek auf eine benachbarte Plantage. Verity war guter Laune, und Laurence wirkte glücklich.

»Erfreulicherweise kann ich berichten, dass die jüngsten Vorfälle unter den Arbeitern bereinigt zu sein scheinen«, sagte McGregor.

»Wird Ghandi wieder nach Ceylon kommen?«, fragte Verity.

»Das bezweifle ich. Aber wenn, soll uns das nicht stören. Von unseren Arbeitern wird keiner hingehen dürfen.«

»Vielleicht sollten wir es ihnen doch erlauben«, meinte Gwen an Laurence gewandt. »Wie denkst du darüber?«

Er zog die Brauen zusammen, und Gwen gewann den Eindruck, das sei ein Streitpunkt zwischen den beiden Männern.

»Die Frage ist hypothetisch«, bemerkte McGregor.

»Worum ging es bei der letzten Unruhe?«, erkundigte sich Gwen.

»Um das Übliche«, antwortete McGregor. »Arbeiterrechte. Agitatoren der Union kommen und wiegeln alle auf, und ich darf dann die Scherben zusammenkehren.«

»Ich hatte gehofft, der neue Gesetzgebende Rat werde genügen«, sagte Laurence. »Und vor allem das viele Geld und die Zeit, die das Landwirtschaftsministerium aufwendet, damit die Bauern lernen, ihre Methoden zu verbessern.«

»Ja, aber das nützt unseren Arbeitern nichts, oder?«, erwiderte Gwen. »Und John Partridge glaubt, dass große Veränderungen bevorstehen, wie er mir einmal sagte.«

Laurence nickte. »Da hast du recht. Der Nationalkongress glaubt nicht, dass genügend getan worden ist.«

»Wer weiß schon, was die denken!« McGregor zog ein Gesicht und lachte. »Oder ob sie überhaupt denken! Es sind diese Intellektuellen, die den Arbeitern Flausen in den Kopf setzen. Den Frauen in England das Wahlrecht zu geben ist eine Sache, aber möchten Sie wirklich ungebildete Eingeborene wählen lassen?«

Gwen war sich der Anwesenheit des Butlers und der Hausdiener sehr bewusst, und es machte sie verlegen, dass McGregor sich so taktlos und kalt äußerte. Es drängte sie zu widersprechen, doch in ihrem fragilen Zustand wagte sie es nicht.

Während sie vor den Resten des Mittagessens saß, versuchte sie, zur Normalität zurückzufinden, was ihr jedoch immer nur für Augenblicke gelang. Sie beteiligte sich an der Unterhaltung, konnte dem Thema folgen, verlor dann aber doch den Faden. Sie beobachtete Verity und McGregor und achtete auf Anzeichen, dass sie die Zeichnung erwähnen würden. Die Männer erörterten noch ein Weilchen die politische Lage, und sie war sehr erleichtert, als ein verlockendes Trifle aufgetragen wurde und für einen Stimmungswechsel sorgte.

»Wie hübsch.« Verity klatschte erfreut in die Hände.

Während des Nachtischs ruhte die Unterhaltung.

»Möchtest du mit mir spazieren gehen, Gwen?«, fragte Laurence lächelnd.

Die Wärme in seinen Augen gab ihr Kraft. »Ja, gern. Ich hole nur meine Stola. Ich weiß nie so recht, ob mir heiß oder kalt ist.«

»Lass dir Zeit! Ich werde auf der Terrasse auf dich warten.«

Sie ging in ihr Zimmer, nahm ihre Lieblingsstola und legte sie sich um die Schultern. Sie stammte aus Kaschmir, und am Rücken war zwischen dem Paisleymuster ein hübscher Pfau eingewebt. Die Stola hatte ihrer Mutter gehört, und die blaugrüne Wolle war schon ein wenig dünn. Gwen wollte gerade das Fenster schließen, als sie Laurence im Garten mit jemandem reden hörte. Das Haus hatte dicke Mauern, um Hitze und Lärm abzuhalten, und niemand dachte daran, dass man alles mithörte, wenn die Fenster offen standen.

»Du darfst das nicht persönlich nehmen«, sagte Laurence.

»Aber warum darf ich nicht mitkommen?«

»Ein Mann möchte hin und wieder mit seiner Frau allein sein. Bedenke, dass sie krank gewesen ist.«

»Sie ist immer krank.«

»Das ist Unsinn. Und offen gestanden schmerzt es mich sehr, dich so reden zu hören, nach allem, was ich für dich getan habe.«

»Alles, was du tust, tust du für sie.«

»Sie ist meine Frau.«

»Ja, und das lässt sie mich immer spüren.«

»Du weißt, dass das nicht wahr ist.«

Darauf murmelte Verity etwas Unverständliches.

»Ich gewähre dir ein großzügiges Taschengeld. Ich habe dir das Haus in Yorkshire überschrieben, und ich erlaube dir, hier zu wohnen, solange du möchtest.«

»Ich bin höflich zu ihr.«

»Ich möchte, dass du sie gern hast.«

Nicht denken, sagte sich Gwen und fühlte Tränen aufsteigen. Nicht bewegen! Und obwohl sie sich wirklich getroffen fühlte, blieb sie, wo sie war.

»Nach Carolines Tod hatte ich dich ganz für mich allein.«

»Ja, in der Tat. Aber du musst dir ein eigenes Leben aufbauen. Dich an mich zu klammern ist ungesund. Ich sage nur eins: Es wird höchste Zeit, dass du dir einen Ehemann suchst, und jetzt will ich das nicht weiter erörtern.«

»Ich habe mich schon gefragt, wann du wieder davon anfängst. Du weißt sehr gut, dass es nur einen gibt, den ich heiraten will.«

Eine Weile schwiegen sie, und Gwen schloss die Augen. Dann hörte sie ihre Schwägerin sagen: »Du denkst, ich bleibe sitzen?«

»Dafür sorgst du wohl selbst.« Sein Ton war scharf, ihrer trotzig.

»Ich habe gute Gründe. Du denkst, du weißt alles, aber du irrst.«

»Wovon redest du?«

»Das weißt du. Caroline … und Thomas.«

»Ach, Verity, es gibt keinen Grund anzunehmen, dass es dir genauso geht.«

»Du magst der ältere von uns beiden sein, aber es gibt Dinge in unserer Familie, von denen du nichts weißt.«

»Du bist melodramatisch. Doch wie auch immer, ich denke,

du betreibst hier schon zu lange Müßiggang. Es ist Zeit, dass du etwas tust.«

»Denk, was du willst, Laurence, aber …«

Sie entfernten sich, und ihre Stimmen verklangen. Gwen konnte nicht mehr hören, was sie sagten. Sie stieß einen schweren Seufzer aus. Nachdem sie sich mit Verity so große Mühe gegeben hatte, jetzt diese Kränkung. Als sie nachdenklich auf und ab ging, erschien Laurence an ihrer Tür.

»Du siehst hübsch aus, Gwen.«

Es freute sie, dass er es bemerkt hatte. »Ich habe dich im Garten mit Verity reden hören.«

Laurence schwieg.

»Sie mag mich nicht. Ich hatte gehofft, nach all der Zeit sei das anders geworden.«

Er seufzte. »Sie ist kompliziert. Ich denke, sie hat sich sehr bemüht.«

»Wer war der Mann, in den sie sich verliebt hat?«

»Du meinst ihren Verlobten?«

»Nein, ich meine den, der ihre Gefühle nicht erwidert.«

Er zog die Brauen zusammen. »Ravasinghe.«

Gwen blickte zu Boden und bemühte sich, ihre Bestürzung zu verbergen. Während des folgenden Schweigens drangen die Erinnerungen auf sie ein, und sie sah wieder ihren Seidenschlüpfer am Boden liegen.

»Hat er sie ermutigt?«, fragte sie nach einer Weile.

Laurence zuckte mit den Schultern, aber er wirkte angespannt, so als gäbe es etwas zu sagen, zu dem er sich nicht durchringen konnte. »Er hat sie kennengelernt, als er Carolines Porträt malte.«

»Wo ist es, Laurence? Ich habe es noch gar nicht gesehen.«

»In meinem Arbeitszimmer.«

Als er sie anschaute, lag Schmerz, aber auch Wut in seinem Blick. Warum? War er auf sie wütend?

»Ich würde es gern sehen. Ist vor dem Spaziergang noch Zeit dafür?«

Er nickte, sprach aber unterwegs kein Wort.

»Ist es gut geworden?«, fragte sie.

Wieder blieb er die Antwort schuldig, und als er seine Tür aufschloss, zitterten ihm die Hände.

Drinnen schaute sie sich um. »Da hängt es ja. Beim vorigen Mal, als ich hier war, war es nirgends zu sehen.«

»Ich habe es ein paar Mal von der Wand genommen und dann doch wieder aufgehängt. Stört es dich?«

Gwen wusste nicht so recht, was sie davon halten sollte, schüttelte jedoch den Kopf und betrachtete das Gemälde. Caroline war in einem roten, mit Gold- und Silberfäden bestickten Sari dargestellt, der ein Laub- und Vogel-Muster hatte. Ravasinghe hatte Carolines Schönheit in einer Weise herausgestellt, die auf der Fotografie nicht zu sehen war, und ihrem Gesicht etwas Zerbrechliches und Trauriges verliehen, das Gwen tief berührte.

»Die Fäden sind aus echtem Silber«, sagte er. »Ich hänge es ab. Hätte es schon längst wegschließen sollen. Ich weiß auch nicht, warum ich es nicht getan habe.«

»Hat sie immer einen Sari getragen?«

»Nein.«

»Einen Moment lang sahst du ärgerlich aus.«

»Vielleicht.«

»Gibt es etwas, was du mir nicht erzählt hast?«

Er drehte sich weg. Vielleicht ist er wütend auf sich selbst, dachte sie. Oder er fühlt sich noch schuldig, weil er Caroline nicht in die Nervenheilanstalt gebracht hat. Wie man von Schuldgefühlen verzehrt werden konnte, wie hartnäckig sie sich hielten, sich unbemerkt einnisteten und dann nagten, bis sie ein Eigenleben entwickelten, das wusste Gwen nur zu gut. Es machte sie traurig, dass Laurence sich von dem tragischen Tod seiner ersten Frau vielleicht nie ganz erholen würde.

20

Die Zeit verging, und trotz der Augenblicke, da sie gegen starke Angst ankämpfte, fühlte sich Gwen mit jedem Tag ein bisschen stärker. Hugh fuhr auf seinem neuen Dreirad herum, und Laurence war guter Laune. Gwen las viel, saß auf einer Bank am See, wo sie dem Vogelgezwitscher und dem Plätschern der Wellen am Ufer lauschte, und überließ sich der Heilung durch die Natur. Nach und nach wurde sie wieder sie selbst, und ihr Schuldgefühl wegen des Verschweigens der Wahrheit ließ nach.

Nachdem sie ihr erstes warmes Frühstück seit Monaten verzehrt hatte, wusste sie, es ging ihr gehörig besser. Würstchen, dunkel gebraten, wie sie es am liebsten hatte, ein Spiegelei, zwei Scheiben mageren Speck, gebratenes Brot und dazu zwei Tassen Tee.

Wo die Zeit geblieben war, konnte sie nicht sagen, aber nun war es Oktober, und endlich war sie heiterer Stimmung. Sie schaute aus dem Fenster und zum See hinunter, wo ein frischer Wind das Wasser kräuselte. Ein Spaziergang mit Hugh wäre jetzt genau das Richtige. Sie rief Spew, Bobbins und Ginger und traf Hugh auf seinem Schaukelpferd an.

»Hü! Hü!«, plapperte er fröhlich.

»Schätzchen, möchtest du mit mir spazieren gehen?«

»Darf Wilf mitkommen?«

»Natürlich. Zieh dir aber die Gummistiefel an! Es regnet.«

»Stimmt nicht.«

Gwen schaute zum Himmel. Während der letzten paar Monate hatte sie das Wetter kaum registriert. »Deine dumme alte Mummy hat nicht bemerkt, dass es zu regnen aufgehört hat.«

Er lachte. »Dumme alte Mummy. Das sagt Verity auch immer. Ich nehme meinen Drachen mit.«

Gwen dachte an ihre Schwägerin. In jüngster Zeit hatte es keinen Ärger gegeben. Nach dem Wortwechsel mit Laurence war Verity verreist. Inzwischen war sie zwar wieder zurück, doch immerhin war sie eine Zeit lang fort gewesen.

Weder sie noch McGregor hatten die Zeichnung noch einmal erwähnt, und seit McGregor es untersagt hatte, den Ochsenkarren zur Nachrichtenübermittlung zu benutzen, hatte Naveena den Dhobi bestochen, damit er die Zeichnung wenn möglich überbrachte. Jedoch konnten die nun nicht mehr zur Entwarnung und Beruhigung dienen, da sie nur noch unregelmäßig kamen, und ob der Dhobi Stillschweigen bewahrte, war nicht garantiert. Andererseits war er ein gieriger Mann, der sich das zusätzliche Geld hoffentlich auch weiterhin nicht entgehen lassen wollte.

Als sie mit Hugh am Wasser ankam, war der Weg matschig. Sie hatte sich die Haare nicht zusammengebunden und genoss es, wie sie im Wind flogen. Die Hunde rannten voraus. Am anderen Ufer verdunkelte ein violetter Schattenstreifen das Wasser. Hugh war noch in dem Alter, wo jeder kleine Fleck unendlich interessant war. Mit entschlossener Miene, die keine Widerrede duldete, hob er jeden Stein, jedes Blatt auf, das seine Neugier weckte, betrachtete den Gegenstand und füllte damit seine Taschen und die ihren. Zehn Minuten später waren all seine Schätze vergessen.

Dankbar, weil sie nach langer Zeit wieder am Leben teilnahm, beobachtete sie ihren Sohn und wurde von Liebe durchströmt, wenn er sie anlächelte, wenn sie seine kleinen, stämmigen Beine, seine widerspenstigen Haare sah, sein ansteckendes Kichern hörte. Der glückliche Klang zwitschernder Vögel zog durch die Luft. Sie reckte das Gesicht in die Sonne und empfand Frieden. Und dennoch nagte etwas an ihr.

Sie gingen ein bisschen weiter, doch Hugh weinte, als der Drachen sich in einem Busch verfing und nicht mehr steigen wollte.

»Was ist mit ihm, Mummy? Kannst du ihn reparieren?«

»Daddy wird das wahrscheinlich können, Schatz.«

»Aber er soll jetzt fliegen.« Wütend, weil seine Hoffnungen enttäuscht worden waren, warf er ihn auf den Boden.

Sie hob ihn auf. »Komm, nimm meine Hand! Wir singen auf dem Rückweg ein Lied.«

Er grinste. »Darf Wilf eins aussuchen?«

Sie nickte. »Wenn du meinst, dass er Lieder kennt.«

»Tut er, tut er.« Hugh hüpfte aufgeregt neben ihr her.

»Nun?«

»Er singt, Mummy. Er singt *Baa Baa Black Sheep*.«

Sie lachte und sah Laurence die Stufen herabkommen. »Ja, natürlich. Dumme alte Mummy.«

»Da seid ihr ja«, rief Laurence. »Kommt besser ins Haus.«

»Wir waren am See spazieren.«

»Du siehst wunderbar aus. Der Spaziergang hat die Rosenwangen wieder hervorgezaubert.«

»Bei mir auch, Daddy?«

Laurence lachte.

»Mir geht es wirklich besser«, sagte sie. »Und wir haben beide Rosenwangen.«

Es blieb nur noch eines zu tun, um sich restlos zu beruhigen, und daher wollte sie Naveena am nächsten Morgen sagen, sie habe sich einen langen Spaziergang vorgenommen. Wohin der führen sollte, würde sie ihr freilich nicht verraten, um Einwänden vorzubeugen.

Naveena schaute zum Himmel. »Es wird bald regnen, Lady.«

»Ich nehme einen Schirm mit.«

Nachdem sie das Haus verlassen hatte, folgte sie dem Bogen der Straße. Tief atmend schritt sie kräftig aus und ließ die Arme schwingen. So konnte sie klarer denken. Als vom See nichts mehr zu sehen war, erreichte sie den Teil der Straße, wo sich die Farnwedel unter der Last des Regenwassers fast bis zum Boden bogen. Von den Arbeiterhütten wehten Rauch und Hundegebell herüber. Eine erwartungsvolle Stille hing in der Luft. Die

Ruhe vor dem Sturm, dachte Gwen, als sie zu den aufziehenden schwarzen Wolken hochschaute, die nur noch wenig Sonne durchließen.

Sie hatte sich immer als guten Menschen gesehen, der wusste, was richtig und was falsch ist. Seit der Geburt der Zwillinge war ihr Selbstbild ernstlich erschüttert. Ihre Liebe zu Hugh und Laurence war richtig, so viel wusste sie. Und wie stand es mit Liyoni? Gwen bezweifelte nicht, dass es dem kleinen Mädchen gut ging, nachdem die Zeichnung gekommen war. Aber wenn es nun nicht geliebt wurde?

Sie dachte an den Tag der Geburt, und je mehr Bilder in ihr aufstiegen, desto sicherer war sie, dass ein Gang in das Dorf richtig war. Die Vorstellung, ihre Tochter könnte mit einem Gefühl der Verlassenheit aufwachsen, war ihr unerträglich. Zitternd vor Freude auf das bevorstehende Wiedersehen, malte sie sich aus, wie sie Liyoni nach Hause mitnähme. Dann setzte der Regen ein und wurde stetig lauter, und ihr Herz fing an zu hämmern. Laurence wäre vielleicht nicht sosehr wegen Liyonis Hautfarbe gekränkt als vielmehr wegen Gwens Untreue.

Inzwischen hielt sie nach der Abzweigung Ausschau. Bei dem starken Regen konnte sie nicht weit sehen. Endlich bemerkte sie einen Weg, der nach links führte und mit einem großen flechtenbewachsenen Stein gekennzeichnet war. Waren sie mit dem Ochsenkarren hier abgebogen? Sie blieb kurz stehen, um Atem zu schöpfen, und ging dann weiter. Mit dem Schirm schob sie die herabhängenden Zweige beiseite, aber nach nur zwanzig oder dreißig Schritten standen die Bäume zu dicht, und ihr Schirm verfing sich mit den Speichenspitzen in den biegsamen Zweigen eines Baumes. Sie riss daran und blieb nun auch noch mit den Haaren darin hängen. Keuchend unternahm sie eine Anstrengung nach der anderen, um sich zu befreien, verhedderte sich jedoch nur noch ärger und geriet beinahe in Panik. Den Tränen nahe, gelang es ihr endlich, sich loszumachen. Sie hatte sich verlaufen, und nun war ihr Schirm ruiniert.

Gwen zupfte sich Zweigstückchen und Blätter aus dem

Haar, und während der Regen zunahm, lief sie zur Straße zurück. Ein dichter Nebel hatte sich herabgesenkt, durch den kaum etwas zu erkennen war. Dunkle Gestalten erschienen am Straßenrand und verschwanden, und Gwen wehrte sie mit ausgestrecktem Arm ab und bekam plötzlich Angst. Ein Vogel kreischte. Es gab einen lauten Knall, und das Knacken brechender Zweige ertönte.

Gwen raffte ihre nassen Haare zusammen und drückte das Wasser heraus. Da sie nun schon so weit gekommen war, wollte sie nicht aufgeben. Sie wollte ihre Tochter wiedersehen und wissen, wie sie jetzt aussah, wollte ihr in die Augen schauen, sie lächeln sehen und ihre Hand halten, sie auf die Wangen küssen und sie in der Luft herumschwingen wie Hugh. Für ein paar Augenblicke ließ sie die Gefühle zu, die sie sich sonst verbot. Ihr war immer instinktiv klar gewesen, dass sie es nicht ertragen würde, wenn sie sich erlaubte, die Liebe zu Liyoni zu spüren. Nun, da sie es sich endlich gestattete, durchfuhr sie ein so heftiger Schmerz, dass sie sich zusammenkrümmte. Als sie sich wieder aufrichtete, wischte sie sich die Augen, atmete tief durch und blickte sich um. In diesem Dunst würde sie das Dorf bestimmt nicht finden. Leicht benommen setzte sie sich trotz des strömenden Regens auf einen Stein und schlang die Arme um sich. Dabei stellte sie sich vor, sie hielte ihre Tochter an sich gedrückt.

So blieb sie, bis sie völlig durchnässt war. Dann unterdrückte sie einen aufsteigenden Schluchzer und ließ ihr kleines Mädchen los. Ihr war eng in der Brust, sie konnte kaum richtig Luft holen. Sie stand auf, und mehrere Minuten lang rührte sie sich nicht vom Fleck, sondern sah zu, wie die großen Tropfen spritzend auf die Straße prasselten, dann ließ sie ihre Tochter zurück und trat den langen Rückweg an, der gemächlich bergan führte.

Laurence hatte sie nicht durchnässt und verweint heimkommen sehen. Erschöpft hatte sie sich ein Bad eingelassen und Kerzen angezündet. Obwohl die elektrische Versorgung durch ihren Generator bei Sturm unzuverlässig war, hatte es heißes Wasser gegeben, und so hatte sie sich in das parfümierte Badewasser versenkt, um Schmerz und Müdigkeit loszuwerden. Dann hatte sie zwei Tütchen Kopfschmerzpulver aufgelöst und sich das Gesicht mit eiskaltem Wasser benetzt.

Nach dem Abendessen hatte sie sich mit Laurence zum Lesen in den Salon gesetzt, wo die Öllampen brannten und ihren Geruch verbreiteten. Gwen hoffte, der Friede des Abends sei Balsam für die Wunde in ihrem Herzen.

»Warum bist du bei diesem Regen so lange spazieren gegangen?«, fragte Laurence, als er ihnen einen Brandy einschenkte.

Sie fröstelte und fürchtete, sie könnte sich erkältet haben. »Ich wollte unbedingt an die frische Luft. Außerdem hatte ich einen Schirm dabei.«

Er holte die Decke vom anderen Sofa, legte sie ihr um die Schultern und rieb ihr den Nacken. »Dir geht es gerade erst besser. Wir wollen dich nicht wieder krank im Bett sehen, Liebling. Wir brauchen dich zu sehr.«

»Mir geht es gut.«

Die Wahrheit war, dass sie sich zutiefst erschöpft fühlte, weniger von dem Rückmarsch in den nassen Kleidern als vielmehr von den durchlebten Gefühlen. Um ausgeglichen zu wirken, beschloss sie, eine Weile zu lesen, und dann einen Brief an ihre Mutter zu schreiben. Zu ihrer Enttäuschung hatten die Eltern den geplanten Besuch in Ceylon wegen der Atemprobleme ihres Vaters abgesagt.

»Seit der Regen aufgehört hat, ist es schwül geworden, nicht wahr?«, sagte sie.

»Es wird bald wieder zu regnen anfangen.« Laurence setzte sich in seinen bevorzugten Sessel und nahm die Zeitung zur Hand.

Immer wieder musste Gwen an Liyoni denken, doch sie schluckte ihren Kummer hinunter. Sie machte es sich auf dem Sofa bequem, allerdings nicht auf dem, wo das Leopardenfell lag, denn das löste bei ihr Unbehagen aus. Mit einem Kissen hinter dem Kopf und den Füßen auf einem Polsterschemel konzentrierte sie sich auf ihr Buch, doch die Zeilen verschwammen vor ihren Augen.

»Was liest du?«, fragte er und griff nach seinem Brandy.

»Einen Roman von Agatha Christie. *Der blaue Express*. Es ist erst voriges Jahr erschienen. Ich kann von Glück reden, dass ich das Buch bekommen habe. Ich mag ihre Romane sehr. Sie sind anschaulich und aufregend, man hat das Gefühl, man ist wirklich dabei.«

»Aber sie sind ein wenig unrealistisch.«

»Das stimmt, aber ich versenke mich gern in eine Geschichte. Die schwere Kost aus deiner Bibliothek kann ich nicht ausstehen. Außer natürlich die Gedichtbände.«

Er grinste mit hochgezogenen Brauen und warf ihr einen Kuss zu. »Dann bin ich ja froh, dass wir noch etwas gemeinsam haben.«

»Oh, Liebling!«

Sie schloss die Augen, aber der Wunsch, ihm alles zu gestehen, blieb. Gwen stellte sich vor, wie sie sich vor ihm auf die Knie warf und um Gnade flehte wie eine Heldin der Romane, die sie so gern las. Aber nein, das wäre lächerlich. Ihr Herz raste. Eine Hand an der Brust, legte sie sich die Worte zurecht. Sie bräuchte nur den Mund aufzumachen und zu sprechen.

»Alles gut?«, fragte er, da er ihre Regung bemerkte.

Sie nickte und wünschte sich, Liyoni nicht mehr vor ihm geheim halten zu müssen. In jener Nacht in Nuwara Eliya hatte sie die Liebe ihres Lebens für einen Moment der Trunkenheit hingegeben, und der Preis dafür war schon zu lange zu hoch. Sie glaubte, so nicht weitermachen zu können. Erneut legte sie sich die Worte zurecht: Laurence, ich habe von einem anderen Mann ein Kind bekommen und es weggegeben. Nein. Das hörte sich entsetzlich an. Doch wie ließe es sich schonender ausdrücken?

Es klingelte an der Tür. Laurence sah sie überrascht an, und sie legte das Buch beiseite.

»Erwarten wir jemanden?«

Sie schüttelte den Kopf und verbarg dabei ihre grenzenlose Erleichterung.

»Wer kann das um diese Uhrzeit sein?«

»Ich habe nicht die leiseste Ahnung. Vielleicht hat Verity ihren Schlüssel vergessen.«

Er zog die Brauen zusammen. »Es ist nicht abgeschlossen. Wäre es Verity, würde sie umstandslos ins Haus kommen.«

Sie hörten den Butler in den Flur laufen und dann die Stimme einer Frau. Einer Frau mit amerikanischem Akzent. Hohe Absätze klapperten den Parkettboden entlang und kamen näher.

»Christina?«, sagte Gwen leise.

»Eine andere Amerikanerin kenne ich nicht, du vielleicht?«

»Was kann sie …?«

Die Tür ging auf, und Christina kam herein. Wie üblich trug sie Schwarz, aber keinerlei Schmuck. Sie sah aus, als hätte sie sich hastig angezogen und vergessen, ihn anzulegen. Während Gwen mit ihren Ängsten kämpfte, die beim Anblick dieser Frau in ihr hochkamen, war Laurence aufgestanden, um sie zu begrüßen, und bot ihr freundlich einen Highball an. Sie erwiderte sein Lächeln nicht.

»Nein. Einen doppelten Whiskey. Ohne alles.«

Christina setzte sich auf einen Stuhl am Kartentisch. Ihre Haare, sonst so kunstvoll frisiert, hingen ihr offen über die Schultern, und am Haaransatz sah man, dass sie gefärbt waren. Gwen fand, das gab ihr etwas Verletzliches.

Christina nahm ein Päckchen Zigaretten und ein Feuerzeug aus der Handtasche und steckte die Zigarette in ein silbernes Mundstück. Beim Anzünden zitterte ihre Hand so stark, dass es ihr nicht gelang. Laurence trat hinzu, nahm ihr das Feuerzeug ab und hielt ihr die Flamme hin. Nach einem langen Zug lehnte sie den Kopf zurück und pustete Rauchkringel an die Decke.

»Ist etwas passiert?«, fragte Laurence mit besorgtem Blick. Dabei berührte er sie am nackten Arm, nicht zärtlich, nein, aber sanft.

Christina senkte den Kopf und antwortete nicht. Gwen fiel auf, wie blass sie ohne Schminke war und dass sie vielleicht deshalb zehn Jahre älter aussah. Nicht mehr wie ein Frau in den Dreißigern. Nicht mehr so bezaubernd. Doch der Gedanke war Gwen keine Beruhigung, denn Christina wirkte angegriffen.

»Besser, du setzt dich, Laurence.«

Gwen wechselte mit ihm einen ratlosen Blick.

»Meinetwegen.« Er nahm sich einen Stuhl.

»Und Sie bleiben auch sitzen, Gwen.«

»Oh, ich bin sicher, Gwen möchte nicht behelligt werden, wenn es um Geschäftliches geht. Sie ist erst kürzlich krank gewesen.«

Christina sah zu Gwen auf. »Ich hörte davon. Haben Sie sich wieder erholt?«

»Danke, ja«, antwortete sie, im Stillen gekränkt, weil Laurence sie ausschließen wollte. »Ich möchte bleiben, wenn du nichts dagegen hast, Laurence.«

»Natürlich.«

»Ich fürchte, es gibt keine schonende Art, das mitzuteilen«, begann Christina mit schwankender Stimme und hielt erst einmal inne. Sie warteten, bis sie sich gefasst hatte.

»Geht es um Verity? Ist ihr etwas zugestoßen?«, fragte Laurence alarmiert.

Christina schüttelte den Kopf, sah aber nicht auf. »Nein, nichts dergleichen.«

»Was ist es dann?«

Christina antwortete nicht gleich. Sie zog die Brauen zusammen, holte scharf Luft und starrte ein, zwei Minuten lang auf den Boden.

Gwen schlug das Herz bis zum Hals. Wenn es nicht um Verity ging, was konnte es noch sein? Gab es schlechte Nachrichten von Fran oder von Ravasinghe? Christina wirkte so aufgelöst.

Die Amerikanerin biss sich auf die Lippe und sah sie dann beide an.

»Sag es einfach!«, verlangte Laurence und trommelte mit den Fingern auf dem Tisch.

Sie straffte die Schultern. »Die schlichte Wahrheit ist: Die New Yorker Börse ist zusammengebrochen.«

Laurence starrte sie wortlos an und blieb unnatürlich still.

»Inwiefern betrifft uns das, Christina?«, fragte Gwen.

»Auf meinen Rat hin hat Laurence viel Geld in chilenische Kupferminen investiert.«

Gwen zog die Stirn kraus. »Chilenische Kupferminen?«

Christina lächelte unglücklich. »Die Aktien sind nun praktisch wertlos. Der Wert, den sie jetzt noch haben, wird morgen noch geringer sein. Davon kann man ausgehen.«

»Dann verkaufen Sie sie doch!«, erwiderte Gwen.

»Man kann sie nicht verkaufen. Wie gesagt, sie sind wertlos.«

Laurence stand auf, tat einen Schritt, legte die Hände auf dem Rücken zusammen. Ein unbehagliches Schweigen entstand. Gwen hätte gern einiges gefragt, hielt aber den Mund und schaute auf ihren Mann.

»Wie konnte das passieren?«, wollte er schließlich wissen. »Wie ist das möglich? Du hast gesagt, bei dem Wachstum in der Elektrifizierung sei Kupfer eine todsichere Sache. Du hast gesagt, Elektrizität kommt in jedes Haus, und Kupfer steigt ins Unermessliche.«

»So sah es aus. Ganz ehrlich. So sah es wirklich aus.«

»Aber wie ist es dazu gekommen?«, fragte Gwen.

Christina schüttelte den Kopf. »Es fing mit einer Rekordernte an. Einem Überangebot.«

»Aber ist das denn keine gute Sache?«

»Die Preise fielen zu tief. Die Farmer konnten ihre Lieferanten und ihre Arbeiter nicht bezahlen. Ihre Profite blieben aus. Sie mussten ihr Geld von der Bank holen, um ihre Rechnungen zu bezahlen.«

Laurence drehte sich zu ihr um. »Willst du mir damit sagen, dass deine Bank gestürmt wurde?«

Sie nickte.

»Deine Bank?«

Christina stand händeringend auf. »Unerwartet viele wollten ihr Geld abheben. Keine Bank lagert so viel Geld. Die Forderungen konnten nicht bedient werden.«

»Ich verstehe noch immer nicht«, sagte Gwen und schaute zu Laurence. »Wir wollten doch kein Geld abheben, oder, Laurence?«

»Das ist es nicht«, sagte er.

»Nein. Es war die Kettenreaktion. Wenn es kein Bargeld gibt, schießen die Zinsen in die Höhe. Die Leute gehen pleite.«

»Und die Kupferaktien sind am tiefsten gefallen?«

Christina nickte.

»Und du meinst, der steile Aufschwung durch die Elektrifizierung wird ausbleiben?«

Christina ging zu ihm und fasste ihn bei den Schultern. »Ich habe in gutem Glauben gehandelt. Der Aufschwung wird kommen, das verspreche ich dir, aber nicht jetzt. Nicht ehe die Wirtschaft sich wieder erholt.«

»Das kann Monate dauern«, erwiderte er und blickte ihr in die Augen.

Christina schaute für einen Moment zu Boden, bevor sie ihm über die Wange strich und die Hand dort ruhen ließ. »Es tut mir so leid, mein Lieber. Das wird Jahre dauern. Wie viele, kann man nur raten.«

»Was soll ich jetzt also unternehmen?«

Sie nahm die Hand weg und trat einen Schritt zurück. »Abwarten. Mehr kannst du nicht tun.«

»Aber ich habe die Erträge einkalkuliert, für die neue Plantage. Die dritte. Ich habe bereits den Vertrag unterschrieben.«

Christina seufzte und zog ein Taschentuch aus ihrer Tasche.

Gwen schluckte ihren Ärger angesichts der intimen Gesten zwischen Laurence und Christina herunter. »Und Sie? Was ist mit Ihnen?«

Christina tupfte sich die Augen. »Mit mir? Ich werde es

überleben. Leute wie ich fallen immer wieder auf die Füße. Ich reise jetzt in die Staaten zurück. Es tut mir sehr, sehr leid.«

»Ich bringe Sie zur Tür«, sagte Gwen.

»Das ist nicht nötig.« Christina wandte sich zum Gehen.

Gwen blickte über die Schulter zu Laurence. »Trotzdem.«

Er saß am Kartentisch und stützte den Kopf in die Hände. Die Ironie war an Gwen nicht vergeudet. Leider hatte er nicht bloß ein paar Dollar beim Pokern verloren.

Im Flur bewahrte Gwen eine kerzengerade Haltung. Sie öffnete die Haustür und verspürte, aufs Äußerste provoziert, den Wunsch, die Amerikanerin hinauszustoßen. Sie hielt sich zurück, schlug aber einen kühlen Ton an.

»Von nun an werden Sie sich von meinem Mann fernhalten, Christina. Ist das klar? Keine finanziellen Ratschläge und keine gesellschaftlichen Anlässe mehr.«

»Werfen Sie mich etwa raus?«

»Sie haben es erfasst.«

Christina schnaubte kopfschüttelnd. »Sie verstehen ihn wirklich nicht im Geringsten!«

Gwen und Laurence verließen im ersten Tageslicht das Haus. Gwen zog sich ihren Wollschal fest um die Schultern. Nach dem Sturm lagen viele abgebrochene Zweige und Blüten auf dem Weg. Die Temperatur war gefallen, die Luftfeuchtigkeit hoch. Die Regenfälle waren demnach noch nicht vorbei. Sie gingen den Hügel hinauf zur Teefabrik. Nach Christinas Besuch am vorigen Abend waren sie noch lange aufgeblieben. Laurence hatte verdrossen Brandy getrunken, und Gwen hatte sich den Kopf zerbrochen, was Christina mit ihrer Abschiedsbemerkung gemeint haben könnte. Es war eine Unverschämtheit anzudeuten, sie, Gwen, verstünde ihren eigenen Mann nicht. Was wusste Christina über ihn, das er ihr, seiner Frau, verschwiegen hatte? Weder sie noch Laurence hatten in der Nacht ein Auge zugetan.

Seit sie losgegangen waren, hatten sie noch kein Wort gesprochen. Gwen atmete tief durch und schickte ein Dankgebet zum Himmel. Sie war heilfroh, dass sie Laurence nichts gestanden hatte. Nach ihrem Geständnis hätte ihm der Geldverlust den Rest gegeben. Auf halbem Weg blieben sie stehen und schauten einander an, als suchten sie nach Antworten oder zumindest nach einem Hoffnungsschimmer, wie sie die Lage durchstehen könnten. Er sah als Erster weg.

Gwen blickte zu den sich auftürmenden Wolken und bekam Herzklopfen.

»Ich weiß nicht, was das für uns bedeuten wird«, sagte er.

Sie biss sich auf die Lippe und fürchtete sich, ihre Sorgen auszusprechen. Das Schweigen setzte sich fort.

Er nahm ihre Hände und hielt sie fest. »Sie sind ganz kalt.«

Gwen nickte. Sie gingen weiter. Auf dem Hügel angelangt, drehten sie sich um und schauten über das Tal. Gwen nahm den lindgrünen Schimmer der nassen Teesträucher in sich auf, die kirschroten, orangefarbenen und violetten Saris der Pflückerinnen, den gepflegten Garten und das helle, luftige Haus. Alles war liebevoll gepflegt. Laurence hatte erklärt, dass die Teesträucher zu Bäumen wüchsen, wenn sie nicht beschnitten würden, und während sie durch die sonnig schimmernde Luft schaute, die über dem See stand, stellte sie sich vor, wie das Tal wohl verwildert aussähe.

Laurence pflückte einige Ringelblumen vom Wegrand und gab sie ihr.

Sie schnupperte daran und dachte an ihr Heim und ihr gemeinsames Leben, an die Ausflüge mit dem Boot, die Fliegenplage während der heißen Monate, das Knistern der Motten, wenn sie in die Kerzenflamme flogen, an ein Leben voller Lachen. Sie lauschte, als durch ein offenes Fenster der Küchenräume Flötenspiel zu ihnen heraufschwebte.

Ein kühlerer Wind blies durch die Bäume, und Gwen und Laurence standen schweigend da. Als sie es nicht mehr aushielt, schluckte sie den Kloß in ihrem Hals hinunter und sprach aus, was sie eigentlich zurückhalten wollte.

»Christina sagte an der Tür, dass ich dich nicht im Geringsten verstehe. Was hat sie damit gemeint?«

»Ich habe keine Ahnung.«

»Meinte sie deine Verbundenheit mit ihr oder mit der Plantage? Werden wir verkaufen müssen?«

»Es gibt keine Verbundenheit mit ihr außer einer Freundschaft.« Nach ein paar Augenblicken sagte er mit brechender Stimme: »Und wir verkaufen auf gar keinen Fall. Nur über meine Leiche.«

»Wir verlieren unser Heim nicht?«

Er seufzte. »Nein. Und wo sollten wir auch einen Käufer finden? Und selbst wenn wir einen fänden, würden wir nur einen lächerlichen Preis erzielen.«

»Was werden wir also unternehmen?«

»Wir stehen nicht zum ersten Mal mit dem Rücken zur Wand. Zur Jahrhundertwende, als die Nachfrage nach Tee nicht mit der Produktion Schritt hielt, fiel der Preis in London von acht Pence das Pfund auf unter sieben Pence. Einige Plantagenbesitzer gingen bankrott. Mein Vater konnte die Anbaumethoden verbessern und die Produktionskosten senken. Er fand aber auch neue Abnehmer im Ausland. In Russland und, ob du es glaubst oder nicht, in China. Drei Jahre später war der Export gestiegen.«

»Also müssen wir das wieder tun?«

Er zuckte die Schultern. »Nicht unbedingt.«

»Wir können die Ausgaben verringern«, schlug sie vor. »Den Gürtel enger schnallen.«

»Das versteht sich von selbst. Wenn im Haushalt Geld eingespart werden kann, sorge dafür.«

Verglichen mit dem immensen Verlust wäre die Summe vermutlich wie ein Tropfen im Ozean, selbst wenn sie harte Einschnitte vornahm. Doch auch das zählte, und sie war entschlossen, Laurence eine Stütze zu sein.

»Verity wird auf das Auto verzichten müssen«, bemerkte er.

»Oje, sie hängt an dem kleinen Morris Cowley«, sagte Gwen,

dachte aber, dass es nur ihrem geliebten königsblauen Auto zu verdanken war, wenn sie Verity nicht pausenlos um sich hatten.

»Das mag sein, doch ich werde auch ihr Taschengeld beschneiden. Das muss ich ihr schonend beibringen.«

Gwen seufzte schwer.

»Und ich werde die Erweiterung der Schule für die Plantagenkinder aufschieben müssen. Bisher nimmt nicht einmal die Hälfte am Unterricht teil. Das wollte ich ändern.«

Bis auf ihre Schritte und den Gesang der Vögel war es sonderbar still, als befände sich die gesamte Umgebung in angespannter Erwartung. Obwohl Gwen und zweifellos auch Laurence so vieles durch den Kopf ging, fiel eine Weile kein Wort.

»Die Sache ist die«, sagte er schließlich. »Ich muss verreisen.«

Sie blieb stehen. »Du musst?«

»Ich denke ja. Zuerst nach London, dann nach Amerika. Was die Bergbauaktien betrifft, können wir abwarten. Aber ich muss mir Zeit verschaffen und herausfinden, wie ich die neue Plantage finanzieren kann. Und wenn obendrein noch die Teepreise fallen …«

»Wird es dazu kommen?«

»Vielleicht. Jedenfalls möchte ich an den nächsten Londoner Auktionen teilnehmen, so chaotisch die sind. Vermutlich steht uns eine holprige Fahrt bevor.«

Gwen lief ein Schauder über den Rücken. Bis zur Fabrik waren es nur noch wenige Schritte. »Was ist mit Hugh?«

»Nun, er wird erst vier. Ich bin sicher, bis er nach England in die Schule geht, wird sich die Lage gebessert haben.«

Gwen küsste ihn auf die Wange. »Wir werden das durchstehen, Laurence, wir halten zusammen.«

Er sagte nichts dazu.

»Wann wirst du abreisen?«

»Übermorgen.«

»So bald schon?«

Er holte tief Luft. »Dir geht es wieder gut, nicht wahr? Du wirst die Verantwortung haben. Du brauchst es nur zu sagen, wenn du dich damit überfordert fühlst. Dann wird Verity die Aufgabe übernehmen.«

»Ich schaffe das schon.«

»Gut. Ich habe gehofft, dass du das sagst. Natürlich musst du eng mit McGregor zusammenarbeiten.«

Als sie ohne Laurence zurückging, dachte sie daran, dass Hugh mit acht Jahren weggeschickt werden würde. Das war grausam für einen kleinen Jungen. Währenddessen flüsterte es in ihrem Hinterkopf, wie scheinheilig sie war. Dann dachte sie an die bevorstehende Herausforderung. Es ging ihr zwar wieder gut, doch sie würde es täglich mit McGregor aufnehmen und ihre Schwägerin im Zaum halten müssen.

Am Haus angekommen, sah sie den Morris vorfahren. Als Verity ausstieg, winkte Gwen sie zu sich.

»Ich würde gern ein Wort mit dir reden, wenn du einen Moment Zeit hast.«

»Natürlich. Geht es um den Börsensturz? Ganz Nuwara Eliya spricht davon.«

»Das kann ich mir denken. Laurence überträgt mir die Verantwortung, solange er weg ist. Ich denke, es wäre besser, wenn wir jetzt alle an einem Strang ziehen.«

»Wohin geht er?«

»Nach London und von dort nach Amerika.«

»Verflixt! Das heißt, er wird monatelang weg sein.«

Gwen straffte die Schultern. »Und du solltest dich auf etwas gefasst machen. Laurence wird dein Auto verkaufen müssen. Wir werden uns den Daimler teilen. McGregor, du und ich.«

»Das ist nicht fair. Und überhaupt, du kannst ja gar nicht fahren.«

»Ich werde es lernen.«

»Wie denn?«

»Du wirst es mir beibringen. Laurence hat durch den Börsenkrach alles verloren. Seine Aktien sind wertlos. Dein Taschengeld wird verringert, und wenn wir überleben wollen, werden wir uns alle einschränken müssen.«

Gwen ließ Verity stehen und ging ohne ein weiteres Wort ins Haus. Als sie drinnen war, donnerte es. Sie schaute über die Schulter zur offenen Haustür. Ein prasselnder Regen ging nieder und lief in Bächen über das Kiesbett. Sie sah Verity ins Auto steigen, den Motor hochjagen und davonfahren.

21

Wie sich später herausstellte, war es ein falscher Schachzug gewesen, Laurence zuvorzukommen und Verity seine Entscheidung mitzuteilen.

Sie hatten zusammen zu Abend gegessen und saßen beim Kaffee im Salon, als Laurence das Thema anschnitt. Verity tat entsetzt, behauptete, soeben die ersehnte Stellung ergattert zu haben, nämlich oben bei Nuwara Eliya Pferde zu pflegen. Dann fiel sie neben Laurence auf die Knie und schlang die Arme um seine Beine.

»Ich brauche das Auto, verstehst du?« Mit feuchten Augen blickte sie zu ihm auf. »Ich muss jeden Tag zu verschiedenen Ställen fahren. Bitte, Laurence! Du hast immer gesagt, ich soll etwas Sinnvolles tun, und nun verhinderst du es.«

Sie ließ den Kopf hängen und fing an zu weinen. Er schob ihre Arme weg und stand auf. »Ich verstehe. Von der Anstellung habe ich nichts gewusst.«

Laurence klang geduldiger, als er tatsächlich war, vermutete Gwen und erwartete, dass er seiner Schwester die Bitte abschlagen würde.

»Erst einmal zahlen sie mir nichts«, erklärte Verity weiter und schaute lächelnd zu Gwen hinüber. »Aber in einem Monat könnte ich vielleicht schon Geld bekommen, wenn ich mich bewährt habe. Du siehst also, ich bin fürs Erste auch auf das Taschengeld angewiesen, und ich brauche eine kleine Erhöhung, um die Unterkunft bezahlen zu können.«

Darauf herrschte Schweigen.

»Also gut«, sagte Laurence nach einigem Zögern. »Fürs Erste bleibt dein Taschengeld bestehen, aber erhöht wird es auf keinen Fall.«

Er hatte das entschieden, ohne Gwen auch nur ein Mal anzusehen. Sie schüttelte aufgebracht den Kopf.

»Nein, natürlich nicht«, sagte Verity. »Danke, Laurence. Du wirst deine Entscheidung nicht bereuen. Und jetzt muss ich flitzen. Ich wünsch dir eine wunderschöne Reise, liebster Bruder. Und komm mit Säcken voll Geld zurück, ja?«

Während sie eilig den Salon verließ und Gwen noch mal ein Lächeln zuschoss, machte Laurence ein zufriedenes Gesicht.

»Sie scheint die Kurve zu kriegen, meinst du nicht? Eine verantwortungsvolle Aufgabe wird ihr helfen, endlich erwachsen zu werden.«

Gwen verkniff sich eine Bemerkung und wahrte ein, wie sie hoffte, würdevolles Schweigen. Das einzig Gute dabei war, dass Verity auch fort sein würde.

Doch Laurence bemerkte ihren Gesichtsausdruck. »Was hast du denn? Du wirkst ein wenig nervös.«

Gwen sah weg.

»Wegen Verity? Schau, sei ihr gegenüber nicht so kritisch und gib ihr noch eine Chance! Sie weiß, dass du mit ihr nicht einverstanden bist.«

Gwen hatte Mühe, ihren Ärger zu unterdrücken. Es gelang ihr aber, einen ruhigen Ton anzuschlagen. »Meinst du nicht, du hättest die Entscheidung mit mir besprechen sollen?«

Er runzelte die Stirn. »Sie ist meine Schwester.«

»Und ich bin deine Frau. Ich kann so wirklich nicht weitermachen. Ich bin nicht gewillt, während unserer ganzen Ehe das Haus mit jemand anderem zu teilen, und noch dazu mit meiner verzogenen Schwägerin, die ihren schlechten Gewohnheiten jederzeit nachgibt.«

Damit verließ sie den Salon und klemmte sich beinahe die Finger, als sie die Tür zuwarf.

Zwei Tage später begleitete sie Laurence nach Colombo. McGregor saß am Steuer. Bei dem schweren Monsunregen war die Fahrt mühselig, und an manchen Stellen blockierten kleine

Erdrutsche die halbe Fahrbahn. Gwen schaute zum Fenster hinaus, und während die Regenschleier das Land durchnässten, ihm die Farbe nahmen und die Sicht behinderten, war ihr bewusst, dass eine unsichere Zukunft vor ihnen lag. Niemand sagte ein Wort. Selbst wenn sie sich hätten unterhalten wollen, bei dem Trommeln des Regens auf dem Autodach hätten sie schreien müssen. Gwen war angespannt. Laurence hatte seit ihrem Ausbruch kaum mit ihr gesprochen, und sie hatte es nicht darauf angelegt.

Die Fahrt dauerte viel länger als sonst, aber sobald sie zwischen den geschnitzten Göttinnen am Eingang des *Galle Face Hotels* hindurchgingen und die paar Stufen zu dem eleganten Foyer hinaufgestiegen waren, schien sich ein Vorhang hinter ihnen herabzusenken, der das Geschehene zum Verschwinden brachte. Ohne auch nur einen Blick der Verständigung war beiden klar, was sie gleich tun würden. Die Hausdiener trugen die Koffer nach oben, und während sie warteten, dachte Gwen besorgt, die aufgestaute Energie zwischen ihnen könne für alle anderen sichtbar sein. Diesen Blick in Laurence' Augen kannte sie, und obwohl er sie erregte, zitterte sie.

Nachdem sie die Treppe in den ersten Stock hinaufgerannt waren und bevor sie einen Koffer geöffnet hatten, liebten sie sich, und Laurence war so leidenschaftlich, dass es ihr den Atem nahm. Erst als er am Ende erbebte und sein Atem allmählich ruhiger ging, begriff sie, dass Laurence ein Mann war, der Sex brauchte, wenn er Ängste ausstand. Die Erkenntnis erschütterte sie, dieser Unterschied zwischen ihnen, doch dann dachte sie an all die Male, wo er zärtlich gewesen war. Da hatte er Sex gebraucht, um seine Liebe zu ihr zu spüren. Auch dabei gab es Unterschiede, denn wenn sie es zärtlich taten, brauchte sie Sex, weil sie ihre Liebe zu ihm bereits spürte. Sie schloss die Augen und schlief eine Stunde lang. Als sie aufwachte, lag er auf einen Ellbogen gestützt da und betrachtete ihr Gesicht.

»Hoffentlich habe ich dir nicht wehgetan«, sagte er. »Wegen

neulich, das tut mir leid. Ich konnte es nicht ertragen, im Streit abzureisen.«

Sie schüttelte den Kopf und strich ihm über die Wange.

Er stand auf, um ans Fenster zu gehen. Laurence liebte Balkonzimmer mit Seeblick, und darum waren sie in solch einem einquartiert, obwohl Gwen lieber über die weiten Rasenflächen des Hotelparks schaute. Sie sah gern die Einheimischen ihren Abendspaziergang unternehmen und die Kinder Ball spielen.

Als der Himmel für kurze Zeit aufklarte, gingen sie nach draußen und genossen die salzige Meeresluft.

»Meinst du, wir könnten noch ein Kind bekommen?«, fragte Laurence und blieb vor ihr stehen.

Sie blickte über seine Schulter zu der weißen Gischt, die gegen die Mauer spritzte und schäumend abprallte. Die tosende Brandung spiegelte ihre ruhelose Angst. Er küsste sie auf den Scheitel und versuchte, sich seine Besorgnis nicht anmerken zu lassen.

»Woran denkst du?«, wollte er wissen.

»An nichts Besonderes.« Sie spazierten weiter den sandigen Fahrweg am Rasen entlang. Die Sonne ging gerade unter, und das Meer sah aus wie flüssiges Gold, obwohl sich weiter draußen schwarze Wolken zusammenballten.

»Bitte sorge dich nicht, Gwen! Gib einfach auf dich und Hugh acht! Das Sorgen kannst du getrost mir überlassen. Hab Vertrauen! Wir werden diesen Schlag überstehen.«

Am nächsten Morgen war das Wetter zu unfreundlich, um auf der langen Veranda, die über den Rasen blickte, zu frühstücken. Der Sonnenaufgang war nicht bemerkenswert gewesen, und nun saßen sie zwischen Topfpalmen im Speisesaal. Gwen lauschte dem leisen Klirren der Teetassen und dem Stimmengemurmel wohlgenährter Europäer, die plaudernd ihren Toast mit Butter bestrichen und lächelten, als hätten sie keinerlei Sorgen. Sie hatte kaum geschlafen. Die Brandung war zu laut gewesen und ebenso ihre Gedanken. Sie blickte auf ihr unberührtes Frühstück. Das Ei und der Schinken wurden trocken. Gwen versuchte einen Bissen Toast, doch er schmeckte nach nichts und fühlte sich im Mund wie Pappe an.

Sie schenkte Tee ein und reichte Laurence seine Tasse.

Kurz war sie wütend auf ihn, weil er auf Christina gehört hatte. Kein anderer Plantagenbesitzer war seinem Beispiel gefolgt. Warum also er? Warum mussten gerade sie es sein, denen eine harte Zeit bevorstand?

»Es ist so weit.« Er nahm seinen Hut und stand auf. »Willst du mich zum Abschied nicht umarmen?«

Beschämt wegen ihres ungerechten Zorns, erhob sie sich hastig und riss ihre volle Teetasse um. Während ein Kellner herbeieilte, um das Malheur zu beseitigen, zögerte Gwen, hielt den Blick gesenkt und blinzelte gegen die Tränen an. Sie hatte sich vorgenommen, Laurence beim Abschied ein zuversichtliches, frohes Gesicht zu zeigen und unter keinen Umständen zu weinen.

»Liebling?« Laurence stand mit ausgebreiteten Armen da und sah sie mit hochgezogenen Brauen an.

Sie nahm kaum wahr, dass die Leute sich nach ihnen umdrehten, und wünschte sich so sehr, er möge nicht reisen müssen, dass sie in seine Arme lief und ihn verzweifelt festhielt. Er ließ sie los und strich ihr mit den Fingerspitzen über die Wange, ängstlich besorgt und zärtlich. Liebe und Abschiedsschmerz brannten in ihrer Brust.

»Wir kommen wieder auf die Beine, nicht wahr?«, flüsterte sie.

War es Einbildung, oder drehte er den Kopf weg, bevor er antwortete? Sie verlangte von ihm ein Ausmaß an Stärke, das nicht fair war. Niemand konnte voraussehen, worauf die Welt zusteuerte. Gestern noch hatte sich ein New Yorker Bankier vom Dach der Börse gestürzt. Und obwohl sie Laurence gern gesagt hätte, wie traurig sie war und dass sie sich vor dem Alleinsein fürchtete, schwieg sie.

»Aber natürlich«, sagte er. »Halte dich einfach an die festgesetzten Abläufe, ganz gleich, wie du über sie denkst!«

Sie neigte den Kopf zur Seite »Aber sind die immer richtig, Laurence?«

»Vielleicht nicht, doch jetzt ist nicht die Zeit, um etwas Neues auszuprobieren.« Er rieb sich das Kinn.

Gwen wollte beim Abschied nicht streiten, kam aber nicht umhin, sich zu ärgern. »Meine Meinung zählt also nicht?«

»Das habe ich nicht gesagt.«

»Aber angedeutet.«

Er zuckte mit den Schultern. »Ich versuche nur, es dir leichter zu machen.«

»Mir oder dir selbst?«

Laurence setzte sich den Hut auf. »Lass uns nicht streiten, Liebling! Ich muss jetzt wirklich gehen.«

»Du hast gesagt, ich habe die Verantwortung.«

»Letzten Endes, ja. Aber in Angelegenheiten, die die Plantage betreffen, lass dich von McGregor leiten! Und denk vor allem immer daran, dass ich dir vertraue, Gwen, und mich darauf verlasse, dass du die richtigen Entscheidungen triffst.«

Er umarmte sie noch einmal und sah dabei auf die Uhr.

»Und Verity?«

»Die überlasse ich dir.«

Sie nickte und rang mit den Tränen.

Er ging rasch davon, drehte sich dann noch einmal breit grinsend um und winkte. Ihr Herz stolperte, doch sie schaffte es, die Hand zu heben. Nachdem er abgefahren war, machte sie sich noch einen Moment lang vor, er sei nur bis zum Abend fort. Dann stellte sie sich der Wirklichkeit. Er würde ihr so sehr fehlen. Das vertraute Geräusch seines Atems, die kleinen Blicke, die sie manchmal wechselten, seine Wärme, wenn er sie im Arm hielt.

Sie schalt sich. Es hatte keinen Zweck, sich in Selbstmitleid zu suhlen. Und ihre finanzielle Lage musste bis zum Ende durchgestanden werden, obwohl es erstaunlich war, dass ein so fernes Ereignis eine so tief greifende Auswirkung auf ihr zurückgezogenes Leben hatte.

Im Foyer des Hotels schaute sie durch die offenen Türen und sah überrascht Christina in einen der neuen kleineren Rolls-Royce steigen. Am liebsten wäre Gwen Laurence hinterhergefahren, um sich zu vergewissern, dass die Amerikanerin nicht dasselbe Schiff bestieg wie er. Andererseits wusste sie genau, dass das die Dinge nur schlimmer machen würde. Laurence würde denken, sie misstraue ihm. Sie atmete tief durch und beschloss, ein paar Dinge für Hugh zu kaufen. Naveena hatte aus Laurence' abgelegten Kleidern auf geschickte Art Sachen für Hugh genäht. Er brauchte aber auch Malstifte und Papier.

Ein wenig später stand sie vor dem Eingang des schicken roten Backsteingebäudes von Cargills und war im Begriff hineinzugehen, als eine verkrümmte, runzlige Tamilin an sie herantrat. Sie redete schnell und zeigte grinsend ein paar schwarze Zähne mit roten Spitzen. Sie spuckte sich in die Hand und rieb sie an Gwens und redete weiter auf sie ein. Gwen war verwirrt und schaute zu der Fassade des Geschäftes. Sie brannte darauf, der Situation zu entkommen. Als sie sich abwandte, sagte die Frau: »Geld.« Gwen drehte noch einmal den Kopf und sah, dass die Alte ein großes Buschmesser unter dem Arm trug. Sie griff in die Handtasche und gab ihr ein paar Münzen, dann rieb sie sich die Hand am Rock ab, um den fremden Speichel zu entfernen.

Der Vorfall beschäftigte sie noch, als sie die Messingpolierer an der Vakuumröhre arbeiten sah, die das Geld zu einer Kasse in einem höheren Stockwerk beförderte. Sie kaufte die Malstifte und ging.

Wegen der allgemeinen Depression hatte der Lärm der Stadt nachgelassen. Nach wie vor roch es stark nach Kokosnüssen, Zimt und gebratenem Fisch, doch die Leute wirkten magerer und mutloser als sonst, und am Straßenrand standen weniger Teestände. Gwen versuchte, nicht daran zu denken, womit Laurence auf der Reise nun allein fertigwerden musste – sofern er allein war. Es schien ihr, als hätte er ihr nicht alles erzählt, und sie hoffte, er würde die Plantage tatsächlich nicht verkaufen müssen. Sie war ihr und Hughs Zuhause geworden, und sie alle lebten gern dort. Auch wenn sie mit Wehmut an England dachte, kam es für sie nicht infrage, sich je wieder dort niederzulassen. Auch weil sie dann von ihrer Tochter abgeschnitten wäre und sie sicherlich nicht wiedersähe.

Auf dem Weg durch den chinesischen Basar an der Chatham Street kam sie an kleinen Stoffgeschäften vorbei, die Seide verkauften, an zwei oder drei Gewürzhändlern und mehreren Läden mit Lackwaren. Im Fenster einer Teestube saß Pru Bertram und bedeutete ihr mit einem Winken hereinzukommen, doch Gwen tippte auf ihre Uhr und schüttelte den Kopf. Ein Stück weiter boten Geschäfte singhalesische Messingwaren und fein gemusterte Gläser an. Schließlich stand sie vor einem Juwelier, und von dort konnte sie McGregor mit den Fingern auf dem Lenkrad trommeln sehen, der im Auto ein paar Schritte von der Standuhr entfernt wartete. Sie blickte ins Schaufenster und stutzte. Das konnte doch sicher nicht sein? Nach all der Zeit? Unwahrscheinlich. Eine Hand an der Scheibe, damit sie nicht spiegelte, sah sie noch einmal genauer hin. Sicher gab es sie zu Dutzenden, aber trotzdem. Sie betrat das Geschäft.

Der Juwelier legte ihr das Armband vor. Angesichts des Preises zögerte sie und feilschte, doch es ging nicht an, dass jemand anders es bekam – und trug. Zum Teufel mit dem Geld, dachte sie und kaufte es, und nachdem sie den Schnappverschluss untersucht hatte, legte sie es an, weil es an ihrem Handgelenk am sichersten war. Verwundert über den Zufallsfund, musterte sie noch einmal die einzelnen Anhänger bis hin zu dem buddhistischen Tempel. Vielleicht war das ein gutes Zeichen.

22

Auf der Heimfahrt musste Gwen ständig an Fran denken. Sie mochte ihren unbeugsamen Geist und sah es gern, wie ihre kastanienbraunen Haare glänzten, wenn sie hin und her schwangen. Sie vermisste die lachenden blauen Augen und hätte manches dafür gegeben, wenn sie die Kluft zwischen ihnen hätte überwinden können. Ihr war, als hätte sie etwas Kostbares verloren. Fran war ihr so nah wie eine Schwester gewesen und ihre beste Freundin. Sie hatten als Kinder viel Zeit miteinander verbracht und sich alles anvertraut, bis Ravasinghe in ihr Leben getreten war.

An den wollte sie jetzt überhaupt nicht denken, und da es gerade nicht regnete, fing sie mit McGregor eine Unterhaltung an, auch wenn das bei dem lauten Motorgeräusch und dem Geholper auf der beschädigten Straße etwas mühsam war.

»Ich bedaure, dass wir bisher nicht immer einer Meinung waren«, sagte sie, als der Wagen gerade einmal ruhig rollte.

»Allerdings«, bekräftigte er und wechselte das Thema. »Dieser Straßenzustand! Man hat sie jahrelang verbessert, und jetzt sehen Sie sich an, wie stark der Regen sie beschädigt hat!«

»Wie geht es in der Arbeitersiedlung bei diesem Wetter?«

»Das kann zu Schwierigkeiten führen, das gebe ich zu. Die Kinder werden krank.«

Sie runzelte die Stirn. »Ich dachte, wir hätten eine Klinik.«

»Die ist im Grunde kaum vorhanden, Mrs. Hooper. Wir haben eigentlich nur einen Apotheker.«

»Ist denn Dr. Partridge nicht für sie zuständig?«

Er lachte. »Nicht für die Tamilen. Für die haben wir einen Singhalesen aus Colombo. Aber die Tamilen können ihn nicht leiden.«

»Warum nicht?«

»Weil er Singhalese ist, Mrs. Hooper.«

Sie seufzte verärgert. »Dann besorgen Sie einen tamilischen Arzt! Der wird sie auch besser verstehen.«

»Oh, der Singhalese spricht sehr gut Tamil.«

Sie sah ihn von der Seite an. »Ich meinte nicht die Sprache, sondern die Kultur.«

»Ich fürchte, es ist kein tamilischer Arzt verfügbar. Als Nächstes werden Sie noch verlangen, dass ich ihnen Krankengeld zahle, wenn sie nicht arbeiten können.«

»Ist das eine so schlechte Idee? Das Wohl der Leute muss uns doch am Herzen liegen.«

»Sie verstehen das Denken der Eingeborenen nicht, Mrs. Hooper. Wenn Sie denen geben, was Sie vorschlagen, werden sie über eingebildete Krankheiten klagen und den ganzen Tag im Bett bleiben. Der Tee würde weder gepflückt noch verarbeitet.«

Gwen erkannte, dass jedes noch so gute Argument an Nick McGregor verschwendet war.

»Und bei den Kürzungen, die ich nun vornehmen muss, ist für Sonderleistungen kein Geld da. Nein, verehrte Dame, die Arbeiter überlassen Sie besser mir.«

»Kürzungen, Mr. McGregor?«

»Bei der Belegschaft. Wir werden zweihundert entlassen müssen, vielleicht mehr. Ein paar sind schon fort.«

Sie schüttelte den Kopf. »Das wusste ich nicht. Was werden sie nun tun?«

»Nach Indien zurückkehren, nehme ich an.«

»Aber einige wurden hier geboren. Indien ist nicht ihre Heimat.«

Er drehte den Kopf zu ihr, und ihre Blicke trafen sich kurz. »Das ist nicht mein Problem, Mrs. Hooper.«

Sie dachte an die Bettlerin mit dem Buschmesser und schämte sich ein bisschen. Vielleicht war das eine der Entlassenen gewesen. »Ich möchte ihre Sprache lernen.«

McGregor nickte.

Eine ganze Weile, solange sie durch die Haarnadelkurven bergan fuhren, herrschte Schweigen zwischen ihnen. Gwen schaute aus dem Fenster in den Regendunst und dachte an Laurence.

Es war McGregor, der schließlich wieder das Wort ergriff. »Sie werden Ihren Mann sicher vermissen.«

Sie nickte und spürte, wie sich die Haut um die Augen verspannte. »Ja, allerdings. Aber was ist mit Ihnen? Haben Sie Familie?«

»Meine Mutter lebt noch.«

»Wo?«

»In Edinburgh.«

»Solange ich hier bin, sind Sie nicht zu ihr gereist.«

Als sie ihn ansah, zuckte er mit den Schultern. »Wir stehen uns nicht nahe. Meine Familie war das Regiment, bis zu meiner Knieverletzung.«

»Und da haben Sie Laurence kennengelernt?«

»Ja. Er gab mir hier eine Stellung. Und während des Krieges die Verantwortung. Ich bedaure, wenn ich mitunter ein bisschen schroff erscheine, doch ich kenne die Plantage wie meine Westentasche. Ich leite sie seit vier Jahren, und da ist es manchmal schwer, den Meinungen anderer entgegenzukommen.«

»Und Sie haben nie geheiratet?«

»Wenn es Ihnen nichts ausmacht, Mrs. Hooper, möchte ich nicht darüber sprechen. Wir haben nicht alle das Glück, den richtigen Partner fürs Leben zu finden.«

Der Rest der Fahrt verging langsam, aber sie kamen bei Einbruch der Dunkelheit an. Gwen war überrascht, Veritys Auto vor dem Haus stehen zu sehen, und als sie die Diele betrat, hörte sie Stimmen aus dem Salon. Ihre Schwägerin war mit einem Mann da, wie es schien. Gwen eilte zum Salon und öffnete energisch die Tür.

Spew dampfte in seinem Körbchen still vor sich hin. Ravasinghe saß auf dem Sofa neben ihm und rauchte sehr entspannt eine Zigarre. Erschrocken und verwirrt hielt Gwen inne. Sie wollte ihn auf der Stelle aus dem Haus haben.

»Mr. Ravasinghe«, brachte sie hervor. »Ich habe Sie hier nicht erwartet.«

Er stand auf und verbeugte sich. »Wir waren mit dem Hund spazieren. Er stinkt beträchtlich.«

Innerlich zitterte sie und wunderte sich, dass sie äußerlich ruhig bleiben konnte. »Gewöhnlich bleibt er in der Stiefelkammer, bis er trocken ist.«

»Oh, das war mein Fehler«, bekannte Verity lächelnd. »Entschuldige!«

Gwen wandte sich ihrer Schwägerin zu. »Ich dachte, du seist schon nach Nuwara Eliya gefahren.«

»Nuwara Eliya? Wozu?«

»Wegen deiner neuen Anstellung.«

Verity winkte ab. »Ach, die! Das hat sich zerschlagen.«

Zuerst der überraschende Anblick Christinas in Colombo, dann Ravasinghe in ihrem Salon und nun auch noch das! Gwen holte scharf Luft. Sie hatte sich sehr zusammengerissen, um ihre Krankheit zu überwinden, hatte dafür gesorgt, dass das Leben im Haus reibungslos verlief, die Mahlzeiten pünktlich auf dem Tisch standen, die Zimmer ordentlich gereinigt wurden und die Haushaltsbücher stimmten. Mit allem war sie fertiggeworden, aber Verity ging ihr noch immer unter die Haut.

»Ist es in Ordnung, wenn Savi über Nacht bleibt?«, fragte Verity breit lächelnd. »Ich weiß, du sagst Ja. Ich habe nämlich schon einen der Diener gebeten, ihm das Zimmer neben meinem herzurichten. Es wäre zu peinlich, wenn du jetzt noch Nein sagen würdest.«

Für den Moment gab Gwen sich geschlagen, aber sie lächelte nicht. Von nun an würde sie sehr überlegt taktieren müssen. Sie verschränkte die Hände hinter dem Rücken und drückte einen Fingernagel in den Handballen. »Ja, natürlich muss Mr. Ravasinghe bleiben«, sagte sie ganz ruhig. »Wenn ihr mich jetzt entschuldigen würdet, ich hatte einen anstrengenden Tag. Ist Hugh im Bett?«

»Ja. Ich habe Naveena den Abend freigegeben und ihn selbst ins Bett gebracht. Er und Wilf haben zusammen *Baa Baa Black Sheep* gesungen.« Veritys Blick fiel auf Gwens Handgelenk. »Meine Güte, ist das nicht das verlorene Armband deiner Cousine, um das sie solch einen Aufstand gemacht hat?«

»Es überrascht mich doch sehr, dass du es erkennst. Sehen diese Bettelarmbänder denn nicht alle gleich aus?«

»Mir ist der Tempel aufgefallen. Hat es sich doch noch in einer Ecke angefunden?«

Gwen schüttelte den Kopf und merkte sich, dass Verity vor der Antwort gezögert hatte.

»Wo ist es denn aufgetaucht?«

»Bei einem Juwelier in Colombo.«

»Wenn du mich fragst, solltest du ein Auge auf Naveena haben.«

Gwen biss die Zähne zusammen und verließ den Salon, da sie sich nicht zutraute, noch länger ruhig zu bleiben. Solch eine Unverfrorenheit, dachte sie. Naveena zu beschuldigen! Du kannst vielleicht deinen Bruder täuschen, Verity, aber ich wette, du hast das Armband gestohlen.

Am nächsten Tag wurde es früher heiß als bisher, und die erfrischende Morgenluft wurde schnell stickig. Ravasinghe wiederzusehen hatte bei Gwen ein ungutes Gefühl hinterlassen und erschreckende Erinnerungen zurückgebracht. Die halbe Nacht hatte sie Herzklopfen gehabt. Da sie ihm keinesfalls begegnen wollte, bevor er wegfuhr, hielt sie sich beschäftigt.

Obwohl ihr vor Müdigkeit alles wehtat, beschloss sie, in die Käserei zu gehen, bevor es allzu heiß wurde. Der Küchenjunge, der die Käsebereitung von ihr gelernt und weitergeführt hatte, solange sie krank gewesen war, machte seine Sache ziemlich gut. Nun wurde es Zeit, die Arbeit wieder selbst zu erledigen.

Zudem fehlte ihr das Gefühl des Stolzes, wenn sie etwas Nützlicheres erzeugte als bestickte Kissenbezüge.

Als sie die Seitentür schloss und über den Hof schaute, bemerkte sie erfreut, dass jetzt die Stauden blühten, die sie gepflanzt hatte. Es war doch überraschend, wie gut manche englischen Sorten in diesem Klima gediehen, Nelken, sogar Wicken, und auch Rosen entwickelten sich prächtig.

Hugh war mit ihr nach draußen gegangen und schob einen Handwagen.

»Komm mit, mein Schatz!« Sie war noch nervös, gab sich aber Mühe, es zu überspielen. »Möchtest du sehen, wie ich Käse herstelle?«

»Neiiiin. Ich will hier draußen mit Wilf spielen.«

»Na gut. Aber du weißt ja: Nicht zu den Bäumen laufen, ja?«

»Ja. Ja. Ja. Ja. Ja. Ja. Ja.«

Sie lachte. »Gut, das habe ich wohl verstanden. Du kommst zu mir, wenn du wieder ins Haus möchtest.«

Gwen schloss die Tür auf und ließ sie angelehnt, damit sie Hugh hörte, der glücklich vor sich hin sang. Sie schaute sich um. Käse herzustellen hatte etwas Beruhigendes an sich, und sie freute sich, wieder dazu in der Lage zu sein. Alles war sauber und ordentlich. Die Marmorplatte, auf der die Milch gerührt wurde, war makellos geputzt. Dennoch hing ein schwacher saurer Geruch in der Luft, und jemand hatte das Fenster offen gelassen. Wie seltsam, dachte sie. Wir achten sonst peinlich genau darauf, es zu schließen.

Sie drückte es zu, damit keine Insekten hereinfliegen und die Milch verunreinigen konnten, dann wischte sie alle Flächen noch einmal ab, sicherheitshalber. Sie ging zu der schweren Milchkanne, und erst als sie die zur Seite rückte, bemerkte sie dahinter eine Milchpfütze. Rasch wischte sie sie auf, kippte die Kanne und goss die benötigte Tagesmenge in den großen Topf, der zum Erhitzen benutzt wurde. Hinterher ging sie, um einen Küchenkuli zu bitten, ihr den Topf hinüberzutragen. Draußen fiel ihr auf, dass es im Hof still war. Zu still.

»Hugh, wo bist du?«

Es kam keine Antwort.

Sie gab dem Küchenkuli Anweisung, dann lief sie zu den Bäumen.

»Hugh bist du hier?«

Keine Antwort.

Sie eilte zum Haus zurück, hielt aber vor der Tür inne. Er hätte ihr Bescheid gesagt, wenn er hineingegangen wäre, und sie hätte die Tür gehört. Sie überquerte den Hof, und am Rand des Waldstücks vernahm sie vom Weg her Gebell. Hugh musste einem der Spaniel nachgerannt sein.

Gwen ging ein paar Schritte weiter und verlor das Gleichgewicht, als Hugh plötzlich heranstürmte.

»Da ist ein Mädchen, Mummy, ein großes Mädchen.«

Stirnrunzelnd saß sie auf dem Boden. Spew und Ginger sprangen ihr auf den Schoß und leckten ihr über das Gesicht. Sie scheuchte sie weg und wischte sich die Wangen mit dem Ärmel ab.

»Gibt es das Mädchen wirklich, Hugh?«

»Ja. Sie kann nicht aufstehen, Mummy. Spew hat sie gehört, und Ginger und ich haben ihr nachgerannt.«

»Es heißt: Ginger und ich *sind* ihr nachgerannt, Schatz.« Gwen stand auf und wischte sich den Rock ab. »Schau, wie ich jetzt aussehe.«

»Mummy. Komm!«

»Wenn es sie wirklich gibt, bringst du mich wohl am besten zu ihr.«

Er nahm ihre Hand und zog sie mit.

Unterwegs entdeckte Hugh einen zerbrochenen Krug am Wegesrand. Er bückte sich, um ihn aufzuheben.

»Nein. Lass ihn besser liegen«, sagte Gwen.

Mürrisch gehorchte er.

»Ist es noch weit?«, fragte sie und strich ihm durch die Haare.

»Nein, gleich da vorne.«

Seufzend dachte Gwen an ihren Käse. Sie verlor so viel Zeit, und wahrscheinlich würde die Suche sinnlos sein. Doch nach einer Biegung trafen sie auf ein Mädchen, das am Boden saß, und auf einen Plantagenarbeiter, der sich bereits um das Kind zu bemühen schien.

»Er war nicht dabei«, sagte Hugh. »Sie war ganz allein.«

»Dann können wir umkehren. Es ist jetzt jemand bei ihr.«

»Mummy!« Hugh zog ein ärgerliches Gesicht. »Ich will bleiben.«

»Nein. Komm jetzt!« Sie zog Hugh an der Hand.

Sie rief Spew bei Fuß, und als sie sich zum Gehen wandte, ertönte ein schriller Aufschrei, bei dem sie erschrocken herumfuhren.

»Mummy, du musst ihr helfen«, sagte Hugh mit einem trotzigen Gesichtsausdruck, der sie an Laurence erinnerte.

Man sah deutlich, dass die Kleine nicht aufstehen konnte, und jedes Mal wenn der Mann sie hochheben wollte, schrie sie vor Schmerz.

»Also gut. Sehen wir uns die Sache mal an.«

Hugh klatschte in die Hände. »Brave Mummy!«

Sie lächelte, weil er übernahm, was sie häufig zu ihm sagte: braver Junge.

Er lief voraus und blieb zwei Schritte vor dem Mann stehen, der sich noch immer über das Mädchen beugte.

»Ihr Bein sieht komisch aus«, stellte Hugh mit großen Augen fest.

Der Mann blickte auf. Überrascht erkannte Gwen in ihm den Tamilen, dem sie geholfen hatte, als er sich den Fuß verletzt hatte. Seinem bestürzten Blick nach zu urteilen, wusste er auch, wer sie war. Er hatte nach ihrer vorigen Begegnung Ärger bekommen, und ihr war klar, dass er sich von ihr nicht gern noch einmal helfen lassen wollte. Als sie sich hinabbeugte, um sich das Bein des Mädchens anzusehen, hob die Kleine den Kopf, und ihre Augen schwammen in Tränen. Gwen bekam Herzklopfen. Das Mädchen erinnerte sie an Liyoni. Unwillkürlich streckte sie sehnsüchtig die Hand nach ihr aus und errötete.

Um Fassung ringend, schob sie die Erinnerung an ihre Tochter beiseite. Das Mädchen war älter als Liyoni. Ungefähr acht, dachte sie. Und sie war Tamilin, keine Singhalesin, und ihre Haut war viel dunkler. Ihr Fußgelenk war geschwollen, der Fuß verdreht, und ihre Kleidung hatte einen großen nassen Fleck. Zuerst dachte Gwen, das Kind hätte vor Schreck eingenässt, doch der Fleck roch nach Milch, stellte sie schnuppernd fest.

»Geh den Krug holen, den du eben gefunden hast, Hugh!«

Als er mit zwei großen Scherben zurückkam, erschrak das Mädchen und sagte etwas auf Tamil.

»Es tut ihr leid, Mummy.«

»Kannst du sie verstehen?«

»Ja. Ich höre die Hausdiener jeden Tag reden.«

Gwen war überrascht. Sie selbst kannte nur wenige Wörter. Dass Hugh Singhalesisch sprach, wusste sie. Seine Tamilkenntnisse hatte sie noch nicht bemerkt. »Frag sie, was genau ihr leidtut.«

Hugh gehorchte, und beim Antworten brach die Kleine in Tränen aus.

»Sie will es nicht sagen.«

»Tatsächlich?«

Er nickte mit großem Nachdruck.

»Hat sie noch etwas gesagt?«

Er schüttelte den Kopf.

»Nun, das ist jetzt unwichtig. Lauf in die Küche und sag, ich brauche hier zwei Küchenjungen als Hilfe.«

»Ja, Mummy.«

»Und bring sie gleich mit! Sag ihnen, es ist ein Notfall!«

»Was ist ein Notfall?«

»Das hier, Schatz. Und nun beeil dich!«

Der Arbeiter versuchte noch einmal, das Mädchen hochzuheben, aber es kreischte sofort, und er gab es auf, als Gwen den Kopf schüttelte. Er schaute in die Richtung der Hüttensiedlung und gestikulierte. Der Mann hatte es offenbar eilig heimzukehren. Gwen konnte ihm nicht erlauben, das Mädchen in dem Zustand mitzunehmen.

Nach ein paar Minuten kam Hugh mit zwei Dienern zurück. Die sprachen mit dem Arbeiter.

»Was sagen sie?«

»Sie sprechen zu schnell, Mummy.«

Gwen wies sie an, das Mädchen zu tragen. Einer griff ihr unter die Arme, der andere unter die Oberschenkel. So wandten sie sich der Hüttensiedlung zu.

Gwen befahl ihnen, anzuhalten und die entgegengesetzte Richtung zu nehmen.

Die beiden wechselten angstvolle Blicke.

»Zum Haus. Sofort!«, sagte sie auf Tamil.

Gwen lenkte sie zur Stiefelkammer, räumte den Tisch frei und bedeutete ihnen, das Mädchen daraufzusetzen. Der Arbeiter war ihnen gefolgt und stand in der Tür. Unruhig trat er von einem Bein aufs andere.

Sie zog einen Stuhl heran. »Hugh, sag ihm, er soll sich setzen! Ich rufe den Arzt.«

Der Butler, der durch die Unruhe aufmerksam geworden war, erschien mit einem Hausdiener in der Tür, zog sich aber sofort zurück, als er den Arbeiter und das Mädchen sah.

»Die sollten nicht hier sein, Lady. Draußen bei den Teefeldern ist der Apotheker. Sie müssen jemanden hinschicken.«

»Ich rufe den Arzt an«, wiederholte sie und ging an dem verblüfften Butler vorbei in den Flur.

Zum Glück befand sich Dr. Partridge gerade in seiner Praxis bei Hatton, und so dauerte es nicht lange, bis er vorfuhr. Gwen nahm ihn an der Haustür in Empfang. Er kam angehastet. »Ich bin gekommen, so schnell es ging. Ein verletztes Kind, sagen Sie?«

»Ja. Die Kleine sitzt in der Stiefelkammer.«

»Tatsächlich?«

»Ich wollte sie nicht unnötig bewegen. Sie hat sich vermutlich den Fuß gebrochen.«

Als Dr. Partridge die Stiefelkammer betrat, schnappte er überrascht nach Luft. »Sie haben nicht erwähnt, dass es ein Tamilenkind ist.«

»Ist das wichtig?«

Er zuckte mit den Schultern. »Für Sie und mich vielleicht nicht, aber …«

»Für Unfälle haben sie zwar den Apotheker, doch ich dachte, sie braucht einen richtigen Arzt.«

Sie hielt der Kleinen die Hand, während Dr. Partridge den Fuß untersuchte.

»Sie hatten recht«, sagte er, als er sich aufrichtete. »Ließe man den Bruch verheilen, ohne ihn zu richten, würde sie zum Krüppel.«

Gwen seufzte erleichtert. Sie hatte sich gewiss nicht nur aufgrund ihrer Sehnsucht nach Liyoni um das Mädchen gekümmert, musste sich jedoch eingestehen, dass dies ein starker Antrieb gewesen war.

»Haben Sie Gips im Haus?«

Sie nickte und wies einen Hausdiener an, die Tüte zu holen. »Laurence und Hugh basteln Modelle damit.«

Dr. Partridge tätschelte dem Mädchen die Hand und redete auf Tamil.

»Ich wusste gar nicht, dass Sie die Sprache so gut beherrschen.«

»Früher habe ich in Indien praktiziert und einiges aufgeschnappt.«

»Ich beherrsche nur ein paar Brocken, muss ich leider zugeben. Die Dienerschaft spricht Englisch mit mir. Dadurch fehlt mir die Übung. Würden Sie vielleicht dem Vater erklären, was Sie tun werden? Zumindest nehme ich an, dass er der Vater ist.«

Der Arzt redete mit dem Mann, und der nickte. »Er ist tatsächlich der Vater und möchte sie nach Hause mitnehmen. Er muss zur Arbeit und fürchtet, in Schwierigkeiten zu geraten, weil er seine Tochter hergebracht hat. Und damit hat er recht. McGregor wird das nicht gefallen.«

»Zum Teufel mit McGregor! Sie ist doch ein Kind. Sehen Sie sich dieses Gesicht an! Sagen Sie dem Vater, Sie müssen den Bruch richten!«

»Also gut. Sie sollte wirklich für ein, zwei Tage nicht laufen.«

»In dem Fall bestehe ich darauf, dass sie solange hierbleibt. Wir stellen zwei Feldbetten auf, damit der Vater auch hier schlafen kann.«

»Gwen, es wäre besser, der Mann kehrt in seine Siedlung zurück. Er darf nicht unerlaubt bei der Arbeit fehlen. Sein Lohn würde gekürzt, und er könnte sogar entlassen werden.«

Sie überlegte. »McGregor hat von Entlassungen gesprochen.«

»Da haben Sie's! Also abgemacht? Ich sage ihm, er kann gehen.«

Sie nickte. Der Arzt erklärte dem Mann die Situation. Der zeigte sich einverstanden und drückte seiner Tochter die Hand. Als er sich umdrehte und davonging, wirkte das Mädchen sehr niedergeschlagen.

Dr. Partridge wandte sich Gwen zu und errötete. »Ich fürchte, ich bin nicht dahintergekommen, wie der Irrtum bei Ihrer Rezeptur zustande gekommen ist. Ich bedauere den Vorfall sehr. Mir ist solch ein Fehler noch nie unterlaufen.«

»Das ist nicht mehr wichtig.«

Er schüttelte den Kopf. »Es hat mir Kopfzerbrechen bereitet. Die stärkere Dosierung habe ich immer nur bei Krankheiten im Endstadium verschrieben.«

»Nun, es ist kein wirklicher Schaden entstanden, und wie Sie sehen, geht es mir blendend. Ich überlasse Sie jetzt Ihrer Patientin, John. Komm, Hugh!«

»Ich will zugucken.«

»Nein. Du kommst jetzt mit!«

Kurze Zeit später, als sie sich vor dem Mittagessen ein wenig ausruhte, wurde sie von Stimmen aufgeschreckt. Verity und Ravasinghe kehrten von einem Spaziergang am See zurück. Sie stand auf, und ihr Blick fiel auf ihr Spiegelbild in der Fensterscheibe, hinter dem schemenhaft ein kleines Mädchen zu sehen war.

»Liyoni«, hauchte sie und fuhr herum. Nichts. Eine optische Täuschung.

Sie hatte verzweifelt gehofft, Verity und Ravasinghe seien längst abgefahren, und konnte sich kaum überwinden, den Mann anzusehen, als er hereinkam.

»Wie ich höre, haben wir das ganze Drama verpasst«, bemerkte Verity und warf sich aufs Sofa. »Setz dich doch, Savi! Es macht mich nervös, wenn Leute herumstehen.«

»Ich muss mich wirklich auf den Weg machen«, erwiderte er reumütig lächelnd.

Verity zog ein Gesicht. »Du kannst gar nicht weg, es sei denn, ich fahre dich.«

Gwen schob ihr Unbehagen beiseite, um sich in das Gespräch einzuschalten. »Ich bin sicher, Mr. Ravasinghe drängt es wieder an seine Arbeit. Wen porträtieren Sie zurzeit?«

»Ich hatte kürzlich einen Auftrag in England.«

»Oh, hoffentlich von einer bedeutenden Persönlichkeit! Haben Sie meine Cousine häufiger gesehen?«

Er lächelte und nickte. »Ab und zu, ja.«

Sie versuchte, ihn mit Gleichmut zu betrachten, und dachte einmal mehr, wie anziehend er mit seinem Charme und guten Aussehen auf alleinstehende Frau wirken musste, ganz abgesehen von seinen Qualitäten als Künstler. Frauen mochten das, und sie mochten Männer, die sie zum Lachen brachten. Gwen bewunderte die schöne Farbe seiner Haut, ein helles Braun mit einem Hauch Gelb darin. Und damit stieg auch das Entsetzen über seine Tat in jener Nacht wieder in ihr hoch und im nächsten Moment eine ungeheure Wut wie bei einem körperlichen Angriff. Sie ballte die Hände zu Fäusten, und ihr wurde eng in der Brust.

»Es war übrigens deine Cousine, die er gemalt hat«, warf Verity ein. »Ist das nicht fabelhaft? Ich bin überrascht, dass sie es dir gar nicht erzählt hat.«

Gwen schluckte. Fran hatte es ihr tatsächlich nicht gesagt.

»Hast du überhaupt zugehört, Gwen?«

Sie blickte auf. »Das ist ja großartig, Mr. Ravasinghe. Ich freue mich schon darauf, das Bild zu sehen, wenn ich das nächste Mal in England bin. Hier ist immer so viel zu tun, dass ich kaum zum Briefeschreiben komme.«

»Weil du zum Beispiel verletzte Tamilenkinder versorgen musst, nicht wahr, Gwen?« Verity machte dazu ein Unschuldsgesicht, dann lächelte sie Ravasinghe an, als wollte sie ihm etwas zu verstehen geben, das nicht für ihre Schwägerin bestimmt war.

Gwen riss der Geduldsfaden. Plötzlich war ihr gleichgültig, ob es auffiel, dass sie zitterte.

»Das habe ich ganz bestimmt nicht gemeint. Ich sprach von meinen Aufgaben als Ehefrau, Mutter und Hausherrin. Die Führung des Haushalts verlangt derzeit große Strenge bei den Ausgaben. Und bei der Buchführung, Verity. Du weißt, es hat immer wieder Geld gefehlt. Ich frage mich tatsächlich, ob nicht du vielleicht etwas Licht in die Angelegenheit bringen kannst.«

Wenigstens besaß Verity so viel Anstand zu erröten, bevor sie sich abwandte.

»Mr. Ravasinghe, Verity wird Sie jetzt zum Bahnhof bringen.«

»Da liegt das Problem«, erwiderte er. »Um diese Zeit fahren keine Züge.«

»Dann wird Verity Sie nach Nuwara Eliya fahren.«

»Gwen, wirklich …«

»Und um Missverständnisse auszuschließen: ›Jetzt‹ heißt ›sofort‹.«

Gwen kehrte den beiden den Rücken zu und ging zum Fenster. Sie fühlte sich unendlich angespannt und steif. Über dem See lag eine dünne Schicht Nebel, und ein Reiher flog tief darüber hinweg. Sie lauschte. Verity und Ravasinghe standen auf und verließen den Salon. Als Gwen vor dem Haus das Auto wegfahren hörte, schloss sie die Augen und atmete ein paar Mal tief durch. Vor Erleichterung wurde ihr warm, und ihr Körper entspannte sich. Sie sah sich an jenem Punkt, wo das Leben durcheinandergewirbelt wird und man überhaupt nicht weiß, wo man stehen wird, wenn sich der Staub gelegt hat, oder ob man überhaupt noch stehen wird. Sie wusste nur dies: Laurence war nicht da, und die Fronten waren abgesteckt.

23

Der nächste Tag war ein buddhistischer Feiertag, der bei jedem Vollmond begangen wurde, und weil es darum so still im Haus war, schlief Gwen länger als gewöhnlich. Laurence gab der Dienerschaft stets frei, damit sie in den Tempel gehen konnten. Für Gläubige war es ein Fastentag, und für die Übrigen hieß das, dass alle Werkstätten und Geschäfte geschlossen hatten und der Verkauf von Alkohol und Fleisch verboten war.

Die Plantagenarbeiter waren Tamilen und somit Hindus, aber unter dem Hauspersonal gab es Buddhisten, zum Beispiel Naveena und den Butler. Laurence fand, es verbessere das Arbeitsklima, den Betrieb zwölf oder dreizehn Mal im Jahr, wenn Vollmond war, ruhen zu lassen. Und natürlich auch zum Erntefest der Hindus. Das bedeutete weniger Unstimmigkeiten zwischen den Arbeitskräften und verschaffte allen eine Verschnaufpause.

Als Erstes schaute Gwen nach dem Mädchen, und Hugh und Ginger hefteten sich an ihre Fersen. Hugh trug seinen Teddybären unter dem Arm, und sowie sie in die Stiefelkammer kamen, streckte er dem Mädchen sein schönstes Auto hin. Sie nahm es und drehte die Räder, dann grinste sie breit.

»Es gefällt ihr, Mummy.«

»Das scheint mir auch. Gut gemacht! Es war nett, ihr ein Spielzeug zu bringen.« Zumal sie selbst keins besitzen dürfte, dachte Gwen, sagte es aber nicht laut.

»Ich wollte, dass sie sich freut.«

»Sehr lieb von dir.«

»Den Bären habe ich auch mitgebracht. Und ich habe Wilf gefragt, aber er wollte nicht mitkommen.«

»Warum das?«

Hugh zuckte mit den Schultern, was wie bei allen kleinen Kindern ulkig aussah.

Sie betrachtete das Mädchen und Hugh einen Moment lang. »Ich habe zu arbeiten. Möchtest du bei mir im Zimmer spielen?«

»Nein, Mummy, ich möchte bei Anandi bleiben.«

»Tu das, aber sie darf nicht laufen. Ich lasse meine Tür offen, damit ich euch hören kann. Seid brav!«

»Mummy, ihr Name bedeutet ›glücklicher Mensch‹. Das hat sie mir gestern gesagt.«

»Schön. Ich freue mich, dass ihr so gut miteinander auskommt. Und nun denk dran …«

»Ich weiß. Brav sein.«

Lächelnd nahm sie ihn in die Arme, dann ging sie hinaus.

Im Flur hörte sie ihren Sohn und das Mädchen auf Tamil miteinander sprechen und lachen. Er ist ein guter Junge, dachte sie auf dem Weg in ihr Zimmer, wo sie endlich einige Briefe beantworten wollte.

Nach etwa einer Stunde wurde sie von aufgeregten Stimmen gestört. Nachdem sie die McGregors darunter erkannt hatte, begriff sie, dass sie Hugh und das Mädchen nicht hätte allein lassen sollen. Sie hastete zur Stiefelkammer.

Die Tür zum Hof stand offen, und Gwen hörte, dass die Aufregung von dort herrührte. McGregor drohte einer Tamilin mit der Faust. Gwen schaute in die Stiefelkammer. In einer Ecke hockte Hugh auf dem Boden, die Arme um die Knie geschlungen, die Unterlippe zwischen die Zähne gezogen. Er sah aus, als hielte er mühsam die Tränen zurück. Anandi saß auf dem Feldbett. Sie weinte still, und die Tränen fielen in ihre offenen Hände, fast als wollte sie sie auffangen.

McGregor hatte Gwen wohl kommen hören, denn er fuhr wütend herum.

»Was zum Teufel geht hier vor, Mrs. Hooper? Kaum ist Ihr Mann verreist, bringen Sie Arbeiterkinder ins Haus. Was haben Sie sich dabei gedacht?«

In dem Moment kam Verity herein und ging vor Hugh in die Hocke.

Gwen war überrascht. »Ich wusste nicht, dass du schon zurück bist«, sagte sie, ohne auf McGregor einzugehen, und konnte sich des Eindrucks nicht erwehren, dass Verity auf eine Gelegenheit gewartet hatte, ihr den Mann auf den Hals zu hetzen. Gwen ging zu Hugh und strich ihm übers Haar. »Alles in Ordnung, Schatz?«

Er nickte, sagte aber kein Wort. Mit einem tiefen Atemzug richtete sie sich auf, trat auf den aufgebrachten Mann zu und verschränkte die Arme vor der Brust. »Sie haben die Kinder völlig verängstigt, Mr. McGregor. Sehen Sie sich ihre Gesichter an! Das ist unverzeihlich.«

Er schnappte empört nach Luft, und seine Hände blieben zu Fäusten geballt, wie ihr auffiel. »Unverzeihlich ist, dass Sie sich schon wieder in Angelegenheiten der Plantage einmischen. Ich habe mein Bestes getan, um Sie zu unterstützen, habe Ihnen Gärtner gegeben, für Ihre Käserei die Wogen geglättet, und so vergelten Sie mir das?«

Sie wurde förmlich. »Vergelten? Hier geht es nicht darum, Ihnen oder sonst wem etwas zu vergelten. Hier geht es um ein kleines Mädchen mit einem gebrochenen Fuß. Selbst der Arzt sagt, dass sie zum Krüppel geworden wäre, wenn er den Bruch nicht sofort gerichtet hätte.«

»Die Tamilen werden nicht von Dr. Partridge behandelt.«

Sie biss frustriert die Zähne zusammen. »Grundgütiger, hören Sie sich eigentlich selbst zu? Sie ist doch noch ein Kind.«

»Haben Sie einen besonderen Grund für diese Fürsorge?«

Sie starrte ihn verständnislos an.

»Wissen Sie, wer der Vater ist?«

»Ich habe ihn erkannt, falls Sie das meinen.«

»Er ist einer der Hauptaufrührer auf der Plantage. Sie werden sich erinnern, dass er sich einen Nagel in den Fuß gerammt hat und Lohn forderte, den er nicht verdient hatte. Wahrscheinlich hat er dem Kind eigenhändig den Fuß gebrochen.«

Jetzt zitterte Gwen, halb vor Wut, halb vor Angst. »Nein, Mr. McGregor, das hat er nicht getan. Die Kleine ist in der Käserei vom Fensterbrett gefallen.«

»Und das wissen Sie woher?«

Sie hielt seinem Blick stand, bereute jedoch, dass ihr das herausgerutscht war. »Wir sollten jetzt vielmehr überlegen, wie wir sie sicher nach Hause schaffen können.«

»Was hatte sie auf dem Fensterbrett in der Käserei zu suchen? Den Arbeitern ist es verboten, in die Nähe des Hauses zu kommen. Und das wissen sie auch.«

Gwens Gesicht glühte.

»Sag es ihm besser nicht!«, warf Hugh plötzlich ein.

McGregor schaute in die Stiefelkammer und fragte scharf: »Was sollen Sie mir nicht sagen? Was hat sie in der Käserei gemacht?«

»Ich …«

Ein paar Augenblicke lang herrschte angespanntes Schweigen.

»Ich denke, sie wollte Milch holen.«

»Mummy!«, schrie Hugh.

»Milch holen! Verstehe ich recht? Heißt das, sie wollte stehlen?«

Gwen blickte an ihm vorbei und fühlte sich schrecklich. »Gesehen habe ich sie nicht. Aber sie hatte einen Milchfleck an der Kleidung, das Fenster stand offen, und am Boden war eine Milchpfütze.«

Hugh kam in den Hof an ihre Seite. Er schob seine Hand in ihre. »Sie hat die Milch für ihren kleinen Bruder gebraucht«, sagte er. »Es geht ihm nicht gut, und sie dachte, davon wird er wieder gesund. Es tut ihr sehr, sehr leid.«

McGregor zog die Brauen zusammen. »Es wird ihr noch viel mehr leidtun und ihrem Vater auch. Zweifellos hat er sie dazu angestiftet. Er bekommt Peitschenhiebe und einen Tag Lohn abgezogen. Ich werde nicht dulden, dass meine Arbeiter etwas aus dem Haus stehlen.«

Gwen war fassungslos. Dieser Mann war menschlichem Elend gegenüber offenbar völlig unempfindlich. »Mr. McGregor, ich bitte Sie! Es war nur ein bisschen Milch.«

»Nein, Mrs. Hooper. Wenn Sie einen damit durchkommen lassen, werden es alle versuchen. Und ich möchte hinzufügen, dass ich nicht begreife, warum Sie so lebhaftes Interesse an diesem Kind zeigen. Bedenken Sie, wie viele solcher Mädchen hier leben! Wir müssen sie mit fester Hand führen, sonst tanzen sie uns auf der Nase herum.«

»Aber …«

Er hob die Hand. »Ich habe nichts weiter dazu zu sagen.«

»Er hat recht«, bemerkte Verity. »Das Auspeitschen wird nicht mehr so oft verhängt wie früher, doch auch heute ist es noch manchmal nötig, um den Arbeitern zu zeigen, wer der Herr ist.«

Gwen hatte Mühe, ruhig zu sprechen. »Aber sie haben jetzt Rechte, nicht wahr?«

Verity zuckte mit den Schultern. »Mehr oder weniger. Die Löhne der Plantagenarbeiter wurden per Gesetz angehoben, und sie bekommen verbilligten Reis, aber das ist alles. Stell dir vor, wir haben ihnen schon drei Jahre vorher verbilligten Reis gegeben. Laurence ist immer anständig gewesen.«

»Ich weiß.«

»Aber es gibt keine Verordnung gegen Prügelstrafen.«

Die Frau im Hof, die sich während des Streites zurückgehalten hatte, sagte etwas, und Gwen ging zu ihr. Ihr Blick wanderte über den Mittelscheitel und die breite Nase zu den goldenen Ohrringen in den langen Ohrläppchen. Unter dem orangen Sari trug sie eine saubere Baumwollbluse. Es sah aus, als hätte sie sich eigens für den Gang zum Haus angekleidet.

»Was sagt sie, Hugh?«

»Sie hat ihre besten Sachen angezogen und ist gekommen, um Anandi heimzuholen.«

»Sag ihr, sie soll nach Hause gehen. Der Weg ist zu weit, um ihn auf einem Bein hüpfend zurückzulegen. Verity und ich werden Anandi im Auto bringen. Da kann sie das Bein auf der Rückbank ausstrecken.« Sie sah ihre Schwägerin an, die ein zweifelndes Gesicht machte.

»Verity?«

»Ja, meinetwegen.«

Den Abend verbrachten sie in aller Ruhe. Über Ravasinghes Besuch wurde kein Wort mehr verloren. Gwen war unglücklich, teils wegen der neuerlichen Begegnung mit ihm und teils wegen des Streites mit McGregor. Vermutlich hatte Verity bei ihm gepetzt, denn da Feiertag war, hatte er keinen Grund gehabt, zum Haus zu kommen. Eigentlich war es nicht kalt, aber knisternde Flammen wirkten tröstlich, und daher zündete Verity im Kamin ein Feuer an. Da die Diener freihatten, bereitete Gwen eine einfache Mahlzeit aus Armen Rittern und Pfannkuchen mit Kokosraspeln und Obst.

Gwen ließ die Vorhänge offen, um das Mondlicht auf dem See zu betrachten. Die weiche, silbrig blaue Oberfläche erinnerte sie an die Geister im Eulenbaum und den Regenwasserteich auf dem Hügel zu Hause. Bei Vollmond schimmerte der genauso, und er war ihr immer vorgekommen wie aus einer anderen Welt.

»Guck mal, Mummy, ich esse meine Möhren!«, sagte Hugh. »Und Wilf auch.«

Sie schaute auf seinen Teller. »Das sind keine Möhren, sondern Orangen.«

»Kann man von Orangen auch im Dunkeln sehen?«

Gwen lachte. »Nein, aber sie sind auch gesund. Wie alle Früchte.«

»Soll ich etwas spielen?«, fragte Verity und stand von ihrem Stuhl auf.

Während seine Tante am Klavier Marschmusik spielte, sang Hugh dazu, und wenn er den Text nicht kannte, erfand er einen eigenen, und Gott sei Dank kannte er manchen nicht. Er wollte Gwen zum Mitsingen anregen und schaute sie erwartungsvoll an, doch sie schüttelte den Kopf und schützte Müdigkeit vor. In Wirklichkeit war sie todtraurig.

Nachdem sie Hugh zu Bett gebracht hatte, hockte sich Gwen vor den Kamin und stocherte im Feuer, um es anzufachen.

Verity lehnte sich an das Leopardenfell. »Ich mag die Mondfeiertage.«

Gwen wollte sich eigentlich nicht unterhalten, doch wenn ihre Schwägerin sich Mühe gab, freundlich zu sein, sollte sie es ebenfalls versuchen. »Ja. Ich sorge auch gern mal für mich selbst. Ich hoffe nur, dass wir die Plantage wirklich behalten können. Mr. McGregor wird so viele Arbeiter entlassen müssen. Das ist schlimm genug.«

»Oh, das hat er schon. Wusstest du das nicht?«

»Wirklich?«

»Ja, vorgestern.«

»Und das erzählt er dir und nicht mir?«

»Deute nichts hinein! Er hätte es dir gesagt, wenn du ihn gefragt hättest, ganz bestimmt.«

Gwen nickte, zweifelte jedoch daran.

Weil sie sich so kraftlos gefühlt hatte, war sie, während Hugh seinen Mittagsschlaf hielt, ebenfalls auf ein Nickerchen in ihr Zimmer gegangen. Darum war für sie eine Frage offengeblieben. Sie wusste nicht, ob McGregor seine Drohung wahr gemacht und den Mann tatsächlich ausgepeitscht hatte. Sie überlegte, was Laurence wohl getan hätte, wäre er zu Hause gewesen. Hätte er es McGregor überlassen, oder wäre er eingeschritten? Soweit sie wusste, war niemand ausgepeitscht worden, seit sie auf der Plantage lebte.

Sie rieb sich den Nacken, aber die Verspannung wollte sich nicht lösen. »Weißt du, ob McGregor seine Drohung in die Tat umgesetzt hat?«, fragte sie schließlich. »Wurde der Mann ausgepeitscht?«

»Ja.«

Gwen seufzte betroffen.

»Es war nicht schön. Seine Frau wurde gezwungen zuzusehen.«

Gwen blickte auf. »Du hast das doch nicht etwa gesehen?«

Verity nickte. »Die Frau saß am Boden und stöhnte grässlich. Sie klang wie ein Tier.«

»Oh Gott! Du bist hingegangen? Wo hat es stattgefunden?«

»An der Fabrik. Komm, denk nicht mehr daran! Wollen wir Karten spielen?«

Gwen biss sich auf die Lippe, um die Tränen zurückzuhalten, und fühlte sich innerlich wund.

Einige Stunden später lag Gwen wach im Bett und musste ständig an die Auspeitschung denken. Mondschein und Schatten spielten im Zimmer, während sie über ihre Rolle in der unseligen Geschichte nachdachte. Hatte sie dem Mädchen nur wegen Liyoni geholfen? Ihre Gedanken drehten sich im Kreis. Sie fühlte sich einsam und sehnte sich nach Laurence.

Von draußen kam ein sonderbares, dumpfes Geräusch. Es war nicht auszumachen, aus welcher Richtung. Sie ging durchs Bad ins Kinderzimmer, um nach Hugh zu sehen. Er schlief tief und fest, ebenso Naveena. Als sie die alte Kinderfrau leise schnarchen hörte, nahm sie sich vor, Hugh schon bald ein größeres Zimmer zu geben. Er war kein Kleinkind mehr. Er brauchte Platz für sein Spielzeug, das stetig mehr wurde, und für einen Schreibtisch, auf dem er seine Dinosaurierbilder malen konnte. Zurück in ihrem Zimmer, öffnete sie den Fensterladen und spähte hinaus.

Zuerst war nichts Ungewöhnliches zu entdecken. Doch als sich ihre Augen an die Lichtverhältnisse gewöhnt hatten, sah sie eine Reihe winziger Lichter, aber sehr weit entfernt, sodass keine weiteren Details zu erkennen waren. Sie dachte sich nichts dabei, nahm an, sie hätten mit dem Mondfeiertag zu tun. Darum schloss sie den Fensterladen, legte den Riegel vor und ließ das Fenster angelehnt.

Kurz darauf, sie war offenbar eingenickt, schreckte sie durch das gleiche Geräusch hoch, das jetzt aber lauter war. Irgendwo war Sprechgesang zu hören, rhythmisch und melodisch. Er klang seltsam beschwörend, wirkte aber nicht beängstigend. Sicherlich gehörte all das zu einem Ritual des Vollmondfestes. Gwen beschloss nachzusehen. Wahrscheinlich war dort draußen gar nichts, und der Gesang wurde nur vom Wind herangetragen.

Sie öffnete den Fensterladen erneut und sah verblüfft Dutzende Männer den Weg am See entlanggehen. Die dunklen Gestalten wirkten im Mondschein unheilvoll. Doch was sie wirklich beunruhigte, waren ihre brennenden Fackeln, von denen der Geruch von Rauch und Petroleum und vielleicht auch Pech ausging. Hastig zog sie den Fensterladen zu, rannte ins Kinderzimmer, um auch dort das Fenster zu schließen, und weckte Naveena.

»Bringen Sie Hugh nach oben in das Schlafzimmer meines Mannes, bitte, und wecken Sie Verity!«

Sie rannte den Flur entlang und in den Salon, wo sie erschrocken anhielt. Durch die offenen Vorhänge war der mondhelle Garten zu sehen. Die gelben Flammen der Fackeln beschienen die Gesichter der Männer, und die Luft war braun vom aufsteigenden Rauch. Als es schien, als gingen die Männer am Haus vorbei, lief sie erleichtert zum Fenster, um die Vorhänge zuzuziehen. In dem Moment trat von der anderen Seite ein Mann in ihr Blickfeld. Er machte einen Satz bis an die Fensterscheibe, sodass sein Gesicht nur eine Handbreit vor ihrem entfernt war, und starrte sie finster an. Er war mit einem Tuch bekleidet, das um den Unterkörper gewickelt war, und die langen krausen Haare standen ihm wüst vom Kopf ab. Unwillkürlich musste Gwen an Christinas Teufelsmaske denken.

Als er die Faust hob, konnte sie sich vor Angst nicht rühren, und ihr Herz schlug so heftig wie noch nie. Er starrte sie unverwandt an und machte keine Anstalten weiterzuziehen. Gwen hielt es nicht länger aus. Mit zitternden Händen zog sie die Vorhänge zu, um den Anblick auszuschließen. Sie fragte sich, ob noch mehr von seinesgleichen kommen und das Haus umzingeln würden. Wenn ja, was sollte sie dann unternehmen? Ihr wurde schlecht bei der Vorstellung, sie könnten Hugh etwas antun. Sie rannte zum Waffenschrank und nahm Laurence' Gewehr heraus.

Ihre Angst war jetzt so groß, dass sie nur langsam denken konnte. Wie sollte sie McGregor davon in Kenntnis setzen, dass Dutzende Eingeborene mit brennenden Fackeln womöglich zu seinem Haus unterwegs waren? Bei ihm gab es kein Telefon. Einen Moment lang kämpfte sie gegen eine drohende Panik an, dann rannte sie hinauf in Laurence' Zimmer, wo Verity, Naveena und Hugh am Fenster standen.

»Schau, Mummy! Sie gehen vorbei. Sie kommen nicht hierher.«

Gwen öffnete das Fenster und brachte das Gewehr in Anschlag. Auch die Nachzügler liefen am Haus vorbei. Zwei blickten zu ihr hoch, einer drohte mit seiner Fackel.

»Lieber Gott, hoffentlich stößt McGregor nichts zu!«

»Der Lärm wird ihn schon geweckt haben, und Nick kann auf sich aufpassen«, sagte Verity. »Aber du, Hugh, du musst vom Fenster wegbleiben.«

Plötzlich fiel ein Schuss und dann ein zweiter, was ein entsetzliches Geschrei auslöste.

»Oh Gott, er schießt auf sie!«, rief Gwen und gab Verity das Gewehr, weil Hugh sich in ihre Arme flüchtete.

»Macht das Licht aus! Sie sollen uns nicht sehen können.«

»Sie haben uns bereits gesehen«, erwiderte Verity. »Und Nick hat sicher nicht auf sie geschossen, sondern in die Luft, um sie zu verscheuchen.«

»Und wenn er doch jemanden trifft?«

»Nun, dann nicht mit Absicht. Irgendwie muss er sie ja vertreiben. Da, es klappt.«

Gwen hatte Mitleid mit den Männern, obgleich sie sie in Angst versetzt hatten, und fürchtete schon McGregors Strafaktion. Dabei erkannte sie deutlich, dass die erbarmungswürdige

Armut, die sie selbst zu Tränen rührte, der Grund für Verity war, sich mit diesen Menschen nicht zu befassen.

Sie spähte zu McGregors Bungalow hinüber, wo sich eine tumultartige Szene abspielte. Die Männer rannten wild durcheinander, einige flüchteten bereits. Etliche Fackeln verloschen nach und nach, andere wurden in den See geworfen, und ein saurer, beißender Geruch breitete sich aus. Einige brannten noch, aber die Männer schienen sich über den Weg am Seeufer zurückzuziehen, und von den Nachzüglern schlug keiner die Richtung zum Haupthaus ein. Gwen flehte zu Gott, es möge niemand ums Leben gekommen sein.

In dem Moment gab Verity, die noch mit dem Gewehr im Fenster lehnte, einen Schuss in die Luft ab. Gwen erschrak fast zu Tode.

»Warum hast du das getan, Verity?«

»Sie sollen wissen, dass wir uns wehren können, auch wenn Laurence nicht da ist.«

Gwen übernahm die Stellung am Fenster und beobachtete das Gelände, bis nichts mehr zu sehen war.

»Wir sollten alle wieder schlafen gehen«, meinte sie nach einer Weile. »Ich bleibe mit Hugh hier. Naveena, Sie nehmen das Gästezimmer nebenan. Und nun gute Nacht allerseits.«

»Ich glaube nicht, dass es schon vorbei ist«, widersprach Verity. »Bitte, darf ich bei euch bleiben? Dann ist es einer mehr, der auf Hugh aufpasst.«

Gwen überlegte kurz. Wahrscheinlich war es besser, zusammenzubleiben.

»Aber ich nehme das Gewehr«, sagte sie. Sie würde alles tun, um ihren Sohn zu schützen, und doch machte der Gedanke, tatsächlich auf einen anderen Menschen zu schießen, sie starr vor Entsetzen.

Nachdem Hugh zwischen ihr und Verity eingeschlafen war, strich Gwen ihm über die weiche, warme Wange. Dann lag sie wach und starrte in die Dunkelheit, während ihr so vieles durch den Kopf ging. Zutiefst beunruhigt fragte sie sich, wie sie Laurence erklären sollte, warum die Männer wütend und rachsüchtig gewesen waren. Sicherlich wegen der Auspeitschung. McGregor hätte gelyncht werden können. Sie alle hätten jetzt tot sein können.

Kurz vor Morgengrauen fuhr Gwen aus dem Schlaf hoch. Verity stand, in eine Decke gewickelt, an der Tür und flüsterte mit Naveena. Sie hielt eine brennende Kerze und das Gewehr und drehte sich um, als sie Gwen aufstehen hörte. Schnell gab sie Naveena die Kerze und legte einen Finger an die Lippen, dann hielt sie Gwen die Tür auf.

»Rasch. Weck Hugh nicht auf! Zieh dir Laurence' Morgenmantel über!«

Gwen tat wie geheißen, schloss die Tür hinter sich und folgte den beiden zur Treppe.

»Komm, beeil dich!« Verity klang aufgeregt.

»Was ist denn los? Warum riecht es so stark nach Rauch?«

»Das wirst du gleich sehen.«

Naveena ging voran die Treppe hinunter und den Gang entlang zur Stiefelkammer. Sie machten kein Licht. Man hörte das Prasseln, bevor das Feuer zu sehen war, und durch das Fenster der Stiefelkammer fiel orange-gelber Feuerschein herein.

Panisch drängte Gwen an den beiden anderen Frauen vorbei und entriegelte die Seitentür zum Hof. Entsetzt griff sie sich an den Hals, als bläuliche Rauchwolken von der linken Seite des angrenzenden Gebäudes heranquollen. Vor lauter Rauch war nicht zu sehen, was eigentlich brannte, aber das Feuer war außer Kontrolle geraten. Auf ein dunkles Poltern folgte lautes Krachen. Die Dachträger der Käserei stürzten herab. Funken stoben in die Luft, glühende Holzstückchen flogen, und schwarzer Rauch schoss in den dämmrigen Morgenhimmel auf. Gwen liefen die Tränen übers Gesicht, als der Gestank von brennendem Käse über den Hof zog. Man konnte fast nicht atmen.

Der Lärm hielt an, und wenngleich die Käserei Steinmauern

und einen Zementboden hatte, brannte sie lichterloh. Es bestand die Gefahr, dass die Flammen sich über die Balken des überdachten Ganges zu den Küchenräumen und Dienerquartieren ausbreiteten und dann auf das Haus übergriffen. Von Entsetzen getrieben, rannte Gwen ein paar Schritte in den Hof, doch obwohl sie sich ein Taschentuch vor Mund und Nase hielt, musste sie sofort husten und würgen.

Verity zog sie zurück zur Tür. »Ist das nicht aufregend? Schau, der Appu und die Küchenkulis bekämpfen das Feuer. Die Hausdiener sind auf der anderen Seite.« Verity sah fasziniert zu, wie die Männer vorbeiliefen und einander Befehle zuriefen.

Die Flammen verzehrten das gesamte Dach. Dann erstarben sie zischend und fauchend, da die Hausangestellten alles mit Eimern und einem Schlauch nass gemacht hatten. Gwen sah es mit Erleichterung. Doch einen Moment später flammte das Feuer wieder auf und loderte umso wilder. Von Neuem außer sich vor Angst um das Haus, fühlte Gwen sich völlig hilflos, als der Wind die Flammen hoch auflodern ließ und giftigen schwarzen Rauch über den See wirbelte.

Irgendwann war das Feuer heruntergebrannt, und die Männer erstickten die glühende Asche mit Teppichen. Allmählich konnte man wieder ein wenig freier atmen, und Gwen wischte sich die tränenden Augen. Als nichts mehr brannte, schüttelten die Männer einander die Hand. Der Appu ging nachsehen, ob es keine Schwelbrände mehr gab. Über dem Hof hing noch dichter Rauch.

Verity rief ihm etwas auf Tamil zu.

Er nickte und antwortete.

»Was hat er gesagt?«, fragte Gwen.

»Nichts weiter, nur dass das Feuer restlos gelöscht ist.«

Alles war von Asche bedeckt, und Gwen hatte das Gefühl, als klebte sie ihr an den Kleidern und in den Haaren. »Ich bin dir dankbar, dass du mich geweckt hast«, sagte sie und klopfte sich graue Flocken vom Morgenmantel.

In Veritys dunklen Augen sammelten sich Tränen. »Natürlich habe ich dich geweckt. Hugh bedeutet mir so viel. Ich würde ihn nie einer Gefahr aussetzen.«

Zusammen gingen sie ins Haus zurück. Als Gwen die Treppe zu Laurence' Zimmer hinaufstieg, brannten ihr die Augen noch vom Rauch, und sie schauderte bei der Vorstellung, was hätte passieren können, wäre das Feuer nicht so früh entdeckt worden. Der entstandene Schaden war nicht so tragisch – die Käserei ließ sich wieder aufbauen. Aber wenn die Flammen sich weiter ausgebreitet hätten – nicht auszudenken! Sie wischte sich übers Gesicht, und als es hell wurde, kroch sie ins Bett neben ihren Sohn und kuschelte sich an ihn. Gott sei Dank war ihm nichts passiert!

Der Einzige, dem sie ein unvoreingenommenes Urteil über den Ernst der Lage zutraute, war Laurence. Sie dachte an ihn und den Abschied und hätte am liebsten geweint. Als sie wieder vor sich sah, wie Christina vor dem *Galle Face Hotel* in den Rolls-Royce stieg, schien ein schwacher Sonnenstrahl auf den Tisch, wo Carolines Gesicht aus dem Silberrahmen schaute. Ich wünschte, ich könnte mit dir reden, dachte sie. Du könntest mir vielleicht sagen, was ich jetzt tun soll.

24

Es wurde ein goldener Morgen mit zartem Licht und hellblauem Dunst über dem See. Gwen kam es befremdlich vor, dass nach dieser schrecklichen Nacht alles so still und alltäglich wirkte. Bäume und Gras glänzten von Tau. Allerdings roch es noch nach verbranntem Käse, und an der Seite des Hauses, wo die Diener räumten und wischten, sah es trostlos aus. Gwen behielt Hugh dicht bei sich und wartete unruhig auf McGregors Erscheinen.

Verity trat in den Salon. »Einer der Küchenjungen hat sich beim Löschen Verbrennungen zugezogen.«

»Wie schlimm ist es?«

»Das weiß ich nicht. Der Appu hat es mir gerade gesagt. Ich gehe McGregor suchen. Vielleicht weiß er es.«

»Du gibst mir Bescheid, ja?«

»Natürlich.«

Gerade als Florence Shoebotham mit einem Schinken-Pie vorbeikam, entdeckte Gwen den Verwalter draußen auf der oberen Terrasse, wo er mit Verity sprach und dabei weit ausholend hierhin und dorthin zeigte. Gwen wich mit dem Oberkörper ein wenig vom Fenster zurück, um nicht gesehen zu werden. McGregor entdeckte sie trotzdem und schaute ohne Lächeln zu ihr hin. Ihr gesamter Körper spannte sich an. McGregor verhielt sich wie erwartet.

Florence war die Letzte, die sie jetzt sehen wollte, doch andererseits war sie froh über den Besuch, da sich auf diese Weise das Gespräch mit McGregor, bei dem er sie sicher herunterputzen würde, noch aufschieben ließ. Letztendlich war die Begegnung nicht zu vermeiden, doch sie würde nicht auf McGregor zugehen.

»Ich bin so schnell es ging hergekommen«, sagte Florence mitfühlend. »Wie furchtbar! Ich hörte, dass der ganze Seitenflügel abgebrannt ist.«

»Nein. Es war nur die Käserei.«

Gwen war verpflichtet, im Salon zu bleiben und Florence zu bewirten, und auf ihre Anweisung servierte der Butler Tee im besten Porzellan und Kuchen auf einer dreistöckigen Etagere. Florence verputzte Leckereien, die nur schwach nach Rauch rochen, während Gwen wegen des bevorstehenden Gesprächs mit McGregor immer unruhiger wurde.

»Werden wir Ihre entzückende Cousine Fran bald einmal wiedersehen?«, fragte Florence.

»Nicht allzu bald, denke ich, obwohl sie versprochen hat, uns zu besuchen.«

»Sie werden Sie sicher vermissen, und Ihren Mann natürlich auch.« Florence machte ein besorgtes Gesicht und senkte die Stimme. »Ich hoffe doch sehr, dass mit Laurence alles zum Besten steht. Er soll ja an der Börse schwere Verluste erlitten haben.«

»Sie brauchen sich keine Sorgen zu machen, Florence. Laurence geht es gut. Und mir ebenfalls.«

Gwen schien es, als ränge Florence mit ihrer Enttäuschung, weil die reizvollen Einzelheiten, die sie sich zum Weitertragen erhofft hatte, offenbar ausblieben.

»Er wird sehr bald zurückkommen, und wir freuen uns schon darauf«, fuhr Gwen fort, verschwieg jedoch, dass er seinem Agenten an diesem Morgen telegrafiert hatte, er werde vermutlich länger fortbleiben als erwartet, und dass sie Laurence von dem Brand nicht unterrichtet hatte.

Nachdem Florence gegangen war, öffnete Gwen das Fenster, schloss es aber sofort wieder, da sofort Rauchgeruch hereinzog. Dann ging sie Verity und Hugh suchen. Der Junge hatte sich während des Besuchs davongestohlen. Rufend schlenderte sie durch den Garten und stand dann auf der untersten Terrasse, von der man einen Blick auf die Inseln hatte, die den See sprenkelten. Eine dünne Nebelschicht schwebte noch über dem Wasser, und es ging ein kühler Wind. Als sie schwere Schritte auf dem Weg hörte und dann Hughs Stimme erklang, fuhr sie herum. McGregor hielt ihn an der Hand und kam auf sie zu.

»Mr. McGregor.«

»Mrs. Hooper.« Er ließ Hugh los, der gleich zu ihr rannte.

»Wie geht es dem jungen Mann, der sich Verbrennungen zugezogen hat?«, fragte sie und gab sich Mühe, ruhig zu erscheinen.

»Der Apotheker ist bei ihm.«

»Eine unglückliche Folge von Ereignissen«, sagte sie.

Er schüttelte den Kopf. »Eher mehr als das. Für absichtliche Zerstörung gibt es keine Entschuldigung. Ich hoffe, damit hat es ein Ende. Ich würde jedoch raten, dass Sie den kleinen Burschen hier vorerst dicht bei sich behalten.«

»Hoffen wir, dass es keine böse Absicht war! Der Brand könnte auch durch ein Versehen ausgebrochen sein, meinen Sie nicht? Bei den vielen brennenden Fackeln so nah am Haus …«

»Das bezweifle ich. Sie können von Glück reden, dass er so schnell entdeckt wurde.«

Sie holte scharf Luft.

Er wandte sich zum Gehen. Nach ein paar Schritten drehte er sich noch mal um. »Ich habe geahnt, dass so etwas passieren würde. Ein Glück für Sie, dass der Mann noch am Leben ist.«

Gwen unterdrückte mühsam ihren aufsteigenden Ärger. »Was wollen Sie damit andeuten?«

»Genau so etwas passiert, wenn sich jemand in die bewährten Verhältnisse einmischt.«

»Und dieser Jemand bin wohl ich, meinen Sie?«

Er nickte, und seine Miene wurde förmlich.

Sie trat einen Schritt auf ihn zu und konnte nicht länger ruhig bleiben. »Mr. McGregor, ich denke nicht, dass ich etwas Falsches getan habe, als ich dem Mädchen half. Man müsste schon ein Herz aus Stein haben, um das anders zu sehen. Nicht ich habe dieses Unglück verursacht, sondern Sie. Die Zeiten, wo Menschen wegen einer Lappalie ausgepeitscht wurden, sind vorbei, und wenn sie hier fortbestehen, dann sollten Sie sich schämen.«

»Sind Sie fertig?«

»Nicht ganz. Sie können nur hoffen, dass die Arbeiterunion davon keinen Wind bekommt. Sie sind ein kleinlich denkender Mann, der nur das Schlechte im Menschen sieht. Ich bin der Meinung, man muss die Leute freundlich und fair behandeln, unabhängig von ihrer Hautfarbe.«

Er schwankte sichtlich zwischen Zorn und Verlegenheit. »Das hat nichts mit der Hautfarbe zu tun.«

»Aber natürlich. In diesem Land hat alles mit der Hautfarbe zu tun. Nun, ich sage Ihnen eins, Mr. McGregor, eines Tages wird sich das rächen, und dann ist von uns keiner mehr sicher in seinem Bett.«

Damit ließ sie ihn stehen und ging erhobenen Hauptes mit Hugh an der Hand zum Haus zurück. Auf keinen Fall wollte sie McGregor die Genugtuung verschaffen, sie mit tränennassen Augen zu sehen.

In der Nacht plagten sie Albträume über Männer, die mit Fackeln aus dem See aufstiegen. Sie träumte auch von Laurence. Er war mit ihr im Bootshaus, eine Locke fiel ihm über die Augen, als er sich über sie beugte. Die Haare an seinen Armen schimmerten im Mondschein, und er hatte Sommersprossen. Sie legte den Arm um seinen Nacken, und er fasste ihr um den Hinterkopf. Doch dann bemerkte sie, dass er sie gar nicht anschaute, sondern durch sie hindurchsah. Es war ein rätselhafter, verstörender Traum, und dann kam in aller Herrgottsfrühe die Nachricht, dass der Küchendiener seinen Verbrennungen erlegen war.

Gwen versuchte den ganzen Tag lang zu erfahren, wo seine Familie lebte und ob sie irgendwie helfen könnte. Sie sah das Gesicht des jungen Mannes vor sich, und es brach ihr das Herz, dass er so früh und so grausam gestorben war. Er war kaum zwanzig gewesen, hatte ein heiteres Wesen gehabt und guten

Willen gezeigt. Als sie im Garten McGregor über den Weg lief, bestand er darauf, die Sache selbst in die Hand zu nehmen.

»Aber er war einer meiner Hausdiener.«

»Trotzdem, Mrs. Hooper. In dieser heiklen Phase kann ich Sentimentalitäten nicht zulassen. Wir können weitere Auswirkungen nicht ausschließen.«

»Aber …«

McGregor nickte knapp und ging in die entgegengesetzte Richtung davon. Sie schaute auf den See hinaus und wusste nicht, was sie sonst hätte unternehmen sollen.

25

In den folgenden Wochen blieb die Stimmung angespannt. Es war, als läge ein Schatten über dem Haus. Um Hughs willen versuchte Gwen, so zu sein wie immer. Bald stellte sich heraus, dass Verity übermäßig viel trank. Fast über Nacht wurde sie verschlossen, zog sich stundenlang auf ihr Zimmer zurück, und ab und zu hörte Gwen sie weinen. Dann wieder wirkte sie kühl und wurde mit Hugh rasch ungeduldig. Ein, zwei Mal musste Gwen sie deswegen ermahnen, und hinterher hörte sie sie mitten in der Nacht in Laurence' Zimmer umhergehen. Wenn Verity doch einmal nach unten kam, war sie melancholisch und streunte herum wie ein ausgesetztes Tier.

Ihre Schwägerin gab ihr Rätsel auf, und Gwen sorgte sich um Veritys Geisteszustand. Das war nichts gegen die bisherigen Stimmungswechsel. Als sie einmal fragte, was los sei, kniff Verity die Augen zu und schüttelte den Kopf. Es schien, als wollte sie ihren Gefühlen nicht nachgeben, und am Ende hielt Gwen es für besser, der Sache ihren Lauf zu lassen. Auch wenn es nahelag, Veritys Kummer als ihre gerechte Strafe anzusehen, so war Gwens Genugtuung nicht allzu groß, und sie hatte sogar Mitleid mit ihrer Schwägerin.

Gwen fühlte sich durch die Auseinandersetzungen mit McGregor verletzt und ging ihm aus dem Weg. Gleichwohl hatte sie mit Naveenas Hilfe Kontakt zur Familie des ums Leben gekommenen Küchenjungen aufnehmen können. In den einsamen Wochen bis zu Laurence' Rückkehr kümmerte sie sich um ihre Haushaltspflichten, schrieb und besprach Speisepläne, überwachte die Wäschelieferungen und hielt ein strenges Auge auf die Haushaltsbücher. Bei alldem quälte sie der

Tod des Küchenjungen, und sie fühlte sich verunsichert und schuldig.

An windigen Tagen, wenn die Balken des Hauses knackten, hörte sie die Schritte ihres abwesenden Kindes. Dann blieb sie reglos stehen, als wartete sie, ob der Wind ihr eine Nachricht zusäuselte, oder sie machte in der Vorratskammer Inventur, um den Zauber zu brechen, obwohl jede stumpfsinnige Arbeit dazu ausgereicht hätte.

Eines Morgens ging sie in die Küche und traf nur McGregor an, der missmutig dasaß.

»Mr. McGregor.« Sie grüßte und machte auf dem Absatz kehrt.

»Trinken Sie eine Tasse Tee mit mir, Mrs. Hooper?«, sagte er weniger schroff als sonst.

Überrascht blieb sie stehen.

»Keine Angst, ich werde nicht beißen.«

»Das hatte ich auch nicht angenommen.«

Als er eine zweite Tasse holte und ihr einschenkte, setzte Gwen sich ihm gegenüber an den Tisch.

»Mein ganzes Leben habe ich in der Teebranche gearbeitet«, sagte er, ohne aufzuschauen.

»Laurence hat es erwähnt.«

»Ich kenne diese Arbeiter. Aber Sie kommen hier an und wollen alles ändern. Wie kommt es, Mrs. Hooper, dass Sie alles auf den Kopf stellen wollen, obwohl Sie sich überhaupt nicht auskennen?«

Sie setzte zu einer Antwort an, doch er hob Einhalt gebietend die Hand. Gwen roch den Alkohol in seinem Atem.

»Lassen Sie mich ausreden! Das Schlimme ist … Es gibt etwas, das mich nachts nicht mehr schlafen lässt …«

Eine Weile sagte er nichts.

»Mr. McGregor?«

»Die Sache ist die, dass Sie nach allem vielleicht recht gehabt haben, was die Auspeitschung angeht.«

»Ist das so schlimm?«

»Für Sie vielleicht nicht …«

Gwen überlegte, was sie darauf erwidern könnte. »Was bedrückt Sie in Wirklichkeit?«

Er zögerte und schüttelte den Kopf. Wieder schwieg er eine Weile, während seine Kiefer arbeiteten. Er schien nachzudenken. Gwen, die ihn immer nur bärbeißig erlebt hatte, konnte nicht im Geringsten erraten, was in ihm vorging.

»Was mich beschäftigt, wenn Sie es unbedingt wissen müssen, ist die Tatsache, dass ich es nicht mehr in Ordnung bringen kann. Ich habe mein Leben dem Tee geopfert, war Teil dieser Lebensart, die sehr lange bestanden hat … Ich habe es im Blut, verstehen Sie? Zu Anfang dachten wir uns nichts dabei, die Schwarzen auszupeitschen. Wir haben sie nicht einmal als Menschen betrachtet, zumindest nicht als Menschen wie Sie und ich.«

»Aber sie sind Menschen, nicht wahr, und einer von ihnen hat sein Leben verloren.«

Er nickte. »Ich habe meine Ansichten vor langer Zeit geändert. Ich bin kein grausamer Mann, Mrs. Hooper. Ich versuche, fair zu sein, ich hoffe, Sie begreifen das.«

»Ich bin überzeugt, wir sind alle fähig zur Veränderung, wenn wir sie dringend genug wollen«, sagte sie.

»Ja. Wenn wir sie wollen. Ich bin auf der Plantage glücklich gewesen, doch ob es uns gefällt oder nicht, unsere Tage hier sind gezählt.«

»Man muss mit der Zeit gehen.«

Er seufzte. »Sie werden uns nicht wollen, wenn es so weit ist. Trotz allem, was wir für sie getan haben, wird das das Ende sein.«

»Und vielleicht wegen allem, was wir ihnen angetan haben.«

»Und dann weiß ich nicht, was ich tun soll.«

Gwen betrachtete ihn und sah die Resignation in seinen Augen.

»Wie läuft es jetzt mit den Arbeitern?«

»Ruhig. Ich denke, der Tod des Küchenjungen hat sie ebenso sehr bestürzt wie uns. Niemand will seine Arbeit verlieren.«

»Und die Brandstifter?«

»Niemand redet. Ich muss entweder einen großen Wirbel veranstalten und die Polizei einschalten oder überall verlauten lassen, dass ich es für einen Unglücksfall halte. Es geht mir gegen den Strich, doch ich habe beschlossen, es als Unglücksfall zu deklarieren.«

»Meinen Sie nicht, es wird weiteren Ärger geben?«

»Wer weiß? Ich wette aber, die ernsten Unruhen werden in Colombo beginnen. Die Arbeiter hier haben zu viel zu verlieren.«

Sie seufzte. Eine Weile schwiegen sie, und als Gwen meinte, es gäbe nichts weiter zu sagen, stand sie auf.

»Danke für den Tee, Mr. McGregor, doch jetzt muss ich Hugh suchen gehen.«

Ihre freie Zeit verbrachte sie hauptsächlich mit ihrem Sohn. Manchmal spielten sie »Soldaten rücken auf den Feind vor«, wobei der Feind die Hunde waren. Leider verstanden die Tiere ihre Rolle als Besiegte nicht und rannten fröhlich im Kreis, anstatt sich zum Sterben hinzulegen. Hugh schimpfte mit ihnen und stampfte mit dem Fuß auf.

»Leg dich hin, Spew! Du auch Bobbins! Ginger, du bist doch tot!«

Heute trudelte Hugh als britischer Dreidecker so lange mit ausgestreckten Armen durch den Salon, bis ihm schwindlig wurde.

»Mummy, du sollst auch ein Flugzeug sein. Du kannst eine deutsche Albatros sein, und wir machen einen Luftkampf.«

Die Vorstellung eines brennenden Flugzeugs verursachte ihr eine Gänsehaut. »Schatz, ich glaube, dafür bin ich nicht geeignet. Lass dir doch von Tante Verity etwas vorlesen!«

Verity wählte ein Buch aus, und Hugh setzte sich neben sie aufs Sofa.

»Welches liest du ihm vor?«, fragte Gwen und runzelte die Stirn, als sie ihrer Schwägerin über die Schulter blickte. Gwen bevorzugte Beatrix Potter und meinte, die Anderson-Märchen, die Verity Hugh gern vorlas, könnten ihn ängstigen. Diese Meinungsverschiedenheit bestand schon seit Jahren.

Verity wich nicht von ihrer Ansicht ab. »Er ist kein Kleinkind mehr. Ist er nicht gerade als Kampfflugzeug herumgerannt?«

»Ja.«

»Na also! Anderson-Märchen sind manchmal traurig, doch es ist eine so wunderschöne, fantasievolle Welt, die sollte Hugh nicht entgehen.«

»Ich möchte einfach nicht, dass sich bei ihm Ängste festsetzen.«

»Aber Gwen, die sind viel besser als die Grimm'schen Märchen.«

»Da hast du recht. Vielleicht wenn er ein bisschen älter ist.«

Verity warf das Märchenbuch hin. »Ich kann dir nie etwas recht machen, oder?«

Gwen war sprachlos und ein wenig verärgert. »Wie wär's mit *Alice im Wunderland*?«

Die Schwägerin zuckte mit den Schultern.

Gwen reichte ihr das Buch. »Ach komm, Verity, verdirb uns nicht die Laune!«

Verity starrte stumm auf den Einband, und als Gwen sah, dass sie Tränen in den Augen hatte, dachte sie, Laurence' lange Abwesenheit setze ihr vielleicht zu.

»Was hast du?«, fragte Gwen.

Verity schüttelte den Kopf.

»Nichts kann doch so schlimm sein, oder?«

Als ihre Schwägerin den Kopf hängen ließ, setzte Gwen sich zu ihr und nahm ihre Hände, um sie tröstend zu drücken. »Na komm, altes Haus, Kopf hoch!«

Verity blickte auf. »Du weißt doch, dass ich Hugh lieb habe.«

»Natürlich. Das versteht sich von selbst.«

Verity seufzte, und dann sprachen sie nicht weiter darüber.

Ein wenig später, als Alice in der Geschichte gerade durch

das Kaninchenloch rutschte, klingelte das Telefon. Alle drei horchten auf, aber Gwen sprang als Erste auf die Füße. Als sie abnahm, hörte sie eine knisternde Stimme. Es war Laurence' Agent in Colombo, der mitteilte, er habe ein Telegramm erhalten. Laurence werde in einer Woche eintreffen. Ob Mr. McGregor ihn am Hafen abholen könne? Sie schickte ein stilles Dankgebet zum Himmel und kehrte in den Salon zurück. Einen Moment lang betrachtete sie ihre Schwägerin neben ihrem Sohn und wünschte, sie könnte die Freude noch ein wenig länger allein genießen.

Verity blickte auf. »Wer war dran?«

Gwen strahlte sie an.

»Sag schon! Du freust dich ja wie ein Schneekönig.«

Gwen konnte es nicht für sich behalten. »Laurence kommt nach Hause!«

»Wann? Ist er etwa schon in Colombo?«

»Nein, er wird in einer Woche ankommen. Er möchte von McGregor abgeholt werden.«

»Nein«, erklärte Verity. »Wir beide holen ihn ab.«

Gwen zog die Brauen zusammen, unsicher, ob sie Verity dabeihaben wollte. »Dann müsstest du den Wagen fahren.«

Hugh hüpfte auf dem Sofa herum und klatschte ausgelassen in die Hände.

Verity stand auf, hob ihn hoch und schwenkte ihn im Kreis.

»Ich würde gern eine Willkommensparty geben«, sagte Gwen. »Die letzte Zeit war so hart. Wir haben alle ein bisschen Spaß verdient.«

»Sollten wir nicht den Gürtel enger schnallen?«

»Es muss ja nicht üppig werden.«

Als Verity ihren Neffen absetzte und sich ihr zuwandte, stellte Gwen bereits Überlegungen an.

»Zum Essen reichen wir Kanapees und dazu Früchtebowle mit unserem Honig und dem Obst aus dem Garten. Dann schmeckt man den billigen Wein nicht. Wir brauchen kein Streichquartett. Wir können das Grammofon benutzen.«

Verity lächelte, und Gwen dachte, dass sie ihre Schwägerin seit Langem nicht so glücklich gesehen hatte.

»Wir werden so wenig Geld wie möglich ausgeben. Laurence wäre aufgebracht, wenn wir großen Aufwand betrieben. Und wir werden hierbleiben, um die Vorbereitungen zu überwachen. Also wäre es doch besser, McGregor holt ihn ab.«

Verity schüttelte den Kopf. »Du möchtest doch sicher nicht, dass Laurence als Erstes dessen Version der Geschichte zu hören bekommt. Wegen des Mädchens mit dem gebrochenen Fuß gibt Nick noch immer dir die Schuld an dem Feuer und an dem Tod des Küchenjungen.«

»Ich dachte, er hat seine Meinung geändert.«

»Wer weiß? Wäre dir nicht lieber, wenn Laurence als Erstes deine Sicht der Dinge hört?«

»Dann hole ich ihn ab.«

»Gwen, ich weiß, du kannst inzwischen Auto fahren. Aber traust du dir die weite Fahrt nach Colombo wirklich zu? Das ist keine einfache Strecke. Was, wenn du unterwegs einen Unfall hast?«

Verity hatte durchaus recht.

»Ich sag dir was: Die Dienerschaft ist noch an die opulenten Abendgesellschaften gewöhnt. Darum bleib du besser hier und sorge dafür, dass sie alles nach deinen Vorstellungen erledigen, und ich hole Laurence allein ab.«

»Ich würde schrecklich gern fahren, möchte Hugh jedoch auch nicht allein lassen, wenn alle auf die Vorbereitungen konzentriert sind.« Und da sie Verity die glückliche Stimmung nicht verderben wollte, gab Gwen nach.

»Gut. Da das entschieden ist, lass uns aufschreiben, was wir brauchen.«

Zwei Tage später stand Gwen früh auf. Im Morgenmantel trat sie aus ihrem Schlafzimmer nach draußen und betrachtete die Nebelschwaden, die sich zwischen den Bäumen kringelten. Sie hatten das denkbar dunkelste Grün. Gwen liebte den See und den Blick auf die Hügel ringsherum und wie das Wasser in den kleinen Buchten schwappte. Was die Zukunft auch bringen mochte, sie hoffte inständig, Ceylon nicht verlassen zu müssen. Für sie war es der schönste Platz auf der Welt geworden. Zwar vermisste sie ihre Eltern, aber die Plantage war ihr Zuhause.

Ein wenig später schlenderte sie zur oberen Terrasse, wo die Diener schon den Frühstückstisch deckten. Sie setzte sich in einen bequemen Korbsessel und sah zu, wie die Vögel über den Kiesweg hüpften. Kurz darauf kam Verity zu ihr, um mitzuteilen, dass sie früher als geplant nach Colombo aufbrechen werde. Sie habe noch einige private Einkäufe zu erledigen, bevor sie Laurence am Hafen abholte. Und außerdem hoffe sie, Ravasinghes Ausstellung besuchen zu können. Er sei vom New Yorker Kunstpublikum ganz in Anspruch genommen und werde daher nicht mehr oft in Ceylon sein. Also werde sie die fünf Tage bis zu Laurence' Ankunft dort bleiben, und Gwen habe hoffentlich nichts dagegen.

Gwen schüttelte den Kopf. Sie war froh, weil überraschende Begegnungen mit dem Maler dadurch unwahrscheinlicher würden. Noch immer überlief sie eine Gänsehaut, wenn sein Name fiel. »Fahr nur! Und bring deinen Bruder heil zurück!«

»Angeblich soll ein weiterer Hafenstreik bevorstehen. Das ist noch ein Grund, eher zu fahren.«

Gwen seufzte. Die Bevölkerung Colombos war stark angewachsen und der Reis knapp geworden, was zu Anfang des Jahres einen Straßenbahnstreik ausgelöst hatte, und ein neuerlicher Hafenstreik würde sich noch schlimmer auswirken. Ihr war aber auch klar, dass Verity jetzt schon abfuhr, damit sie, Gwen, es sich nicht noch anders überlegen konnte. Wenn sie Laurence nun doch unbedingt abholen wollte, müsste sie es auf sich nehmen, die weite Strecke allein bei McGregor im Wagen zu sitzen.

»Also bis bald.« Verity stand auf, gab Gwen einen flüchtigen Wangenkuss, winkte Hugh, der auf dem Rasen mit Ginger spielte, und war auf und davon.

Gwen lebte schon so lange mit ihrem Geheimnis, dass der anfängliche Schmerz über den Verlust ihrer Tochter sich zu einem dumpfen Kummer verwandelt hatte. Gelegentlich tat es gut, allein zu sein, denn wenn Verity nicht da war, konnte Gwen ihren Gefühlen mehr Raum geben. Sie fragte sich, wie Liyoni jetzt wohl aussah. War sie stämmig wie Hugh oder zierlich wie sie selbst?

Sie wünschte sich sehr, in das Dorf zu gehen. Mit diesem Gedanken lief sie im Zimmer umher, verschränkte immer wieder die Arme, schüttelte den Kopf und wog, in Gedanken versunken, das Für und Wider ab. Vor ihrem geistigen Auge sah sie das friedliche Dorf, hörte die Geräusche der Natur, aber obwohl sie versucht war, sich noch einmal allein auf den Weg zu machen – die Erinnerung an das vorige Desaster hielt sie davon ab. Sie kauerte sich in den Sessel am Fenster und schloss die Augen, um Liyoni im See schwimmen zu sehen. Dann stellte sie sich vor, ihr kleines Mädchen käme zu ihr gelaufen, würde sich in ein weiches Handtuch wickeln lassen, lächelnd zu ihr aufschauen und sich von ihr drücken lassen.

Gwen weinte sich aus, dann wischte sie sich die Augen und ging sich das Gesicht waschen. Vielleicht eines Tages, wenn Hugh auf der Schule war … Dann würde sie Naveena überreden, sie hinzubringen.

26

Gwen schickte zwei Hausdiener auf den Dachboden und wies sie an, alles herunterzuholen, was eine Gesellschaft aufheitern mochte. Unterdessen kramte sie in einem selten benutzten Gästezimmer. Unter dem Bett fand sie Feuerwerkskörper und in einem Schrank einen Haufen staubiger Lampions. Zwei hatten einen Riss, aber die übrigen brauchten nur abgestaubt zu werden.

Als sie in eine alte Kommode schaute, fiel ihr ein flaches Päckchen auf, das ganz zuunterst lag. Sie zog es hervor und trug es zum Bett, löste die Kordel und schlug das Papier auseinander. Darin lag ein Sari aus wunderschöner roter Seide, die mit Silber- und Goldfäden bestickt war. Sie hob ihn ins Licht, um das Muster aus Vögeln und Blüten näher zu betrachten. Es war der Sari, den Caroline auf dem Gemälde anhatte. Gedankenverloren starrte Gwen darauf, bis ihr die Tränen kamen. Da sie weder die Vergangenheit aufwühlen noch die Gegenwart komplizieren wollte, packte sie ihn wieder ein und legte ihn an seinen Platz zurück.

Die Diener brachten eine Flagge vom Dachboden. Sie sah angeschmutzt aus, und Gwen befahl ihnen, sie zu waschen und draußen zum Trocknen aufzuhängen. Der Gärtner grub blühende Stauden aus den Beeten aus und pflanzte sie in die Kübel, die an den Rand der oberen Terrasse gestellt werden sollten, und Naveena brachte Atlasholzschalen zum Vorschein, die sie mit Gewürzen und Weihrauch füllte und überall verteilte.

Gwen wandte ihre Aufmerksamkeit dem Essen zu. Sie würden es schlicht halten und die einheimischen Brotsorten wie Reis-Kokosnuss-Brot und Kiri Roti und andere einfache Gerichte anbieten.

Sobald das alles geregelt war, überlegte sie, was sie anziehen sollte. Sie wollte für Laurence besonders hübsch aussehen und entschied sich für ein dunkelviolettes Kleid, das ihre Augen betonte. Vor einiger Zeit schon hatte sie die Seide dafür in Colombo gekauft. Zusammen mit einem Foto aus der *Vogue* hatte sie den Stoff zu einem singhalesischen Schneider in Nuwara Eliya gebracht, der viele Kleider aus der Zeitschrift nachschneiderte. Es war noch nicht geliefert worden, und da sie keine Gelegenheit mehr hatte, es abzuholen, hoffte sie sehr, es käme noch rechtzeitig.

Wegen der aufregenden Vorbereitungen vergingen die Tage wie im Flug und waren bis auf die letzte Minute ausgefüllt mit Korrekturen, Entscheidungen, kleinen Krisen und einem Streit in der Dienerschaft, der beigelegt werden musste. Naveena kümmerte sich um Hugh, während Gwen überwachte, wo die Blumen und Kerzen verteilt wurden. Sie hoffte, die Party werde die allgemeine Stimmung heben, auch die von Mr. McGregor.

Als der Tag gekommen war, prüfte Gwen nervös die letzten Arrangements und wählte aus, was Hugh zum Empfang seines Vaters tragen sollte. Als sie ihn ins Licht am Fenster setzte, um ihm den Pony zu schneiden, konnte er kaum still sitzen.

»Nicht herumzappeln, sonst steche ich dir noch das Auge aus.«

Er kicherte und tat, als nähme er den Augapfel in die Finger.

Sie lachte. So lange waren sie noch nie von Laurence getrennt gewesen, und Hughs aufgeregte Vorfreude war ansteckend.

Am späten Nachmittag, nur eine Stunde vor dem Eintreffen der Gäste, kam Naveena mit einer großen, flachen Pappschachtel hereingeeilt. Gwens Kleid war gekommen! Sie öffnete die Schachtel und hielt den Atem an, als sie die schöne Seidenkreation aus dem Papier hob. Das Kleid war perfekt, nicht zu kurz, glockig und oben mit winzigen dunkelgrauen Perlen bestickt. Sie würde ihr Collier und die passenden Ohrringe dazu tragen. Zum Glück hatte sie den Schneider schon vor dem Börsenkrach bezahlt, sodass man ihr keine Geldverschwendung vorwerfen konnte. Gwen hielt es hoch und drehte sich damit.

Naveena lächelte. »Sie werden schön aussehen, Lady.«

Gwen schaute nach Hugh, der in der Wanne mit seinen Schiffen spielte. Als sie ihn endlich überreden konnte, aus dem Wasser zu steigen, wickelte sie ihn in ein Handtuch und zog ihn an sich, doch da er kein Kleinkind mehr war, wand er sich aus ihrem Arm. Nachdem sie ihn in einen weißen Anzug gesteckt hatte, in dem er wie ein richtiger Gentleman aussah, setzte sie sich mit klopfendem Herzen an die Frisierkommode.

Punkt sechs Uhr, als die Dämmerung einbrach, war Gwen angekleidet und hatte ihr Parfüm in die hochgesteckten Haare gesprüht. Die Flagge wurde gehisst, die Kerzen angezündet, die Bowle angerichtet, und ein zarter Duft nach brennendem Zimt hing in der Luft. Als die ersten Gäste eintrafen, führte der Butler sie auf die obere Terrasse und auf die Veranda an der Seite des Hauses.

Es war keine große Gesellschaft, nur die Besitzer der anderen Teeplantagen und ihre Gattinnen, einige von Veritys Freunden und Laurence' Clubfreunde aus Nuwara Eliya. Bis sieben Uhr waren fast alle da. Die Gäste mischten sich und standen in Gruppen hinter dem Haus und am Seeufer. Hugh lief zwischen ihnen umher, bot geröstete Cashewkerne in einer Silberschale an und bezauberte alle mit seinen guten Manieren und dem engelhaften Lächeln. Wer fehlte, war Laurence – und natürlich Verity. Da sie weit vor sechs Uhr hätten eintreffen müssen, wurde Gwen allmählich unruhig.

Sie spielte pflichtbewusst ihre Rolle als Gastgeberin, nickte den Leuten zu, brachte sie miteinander ins Gespräch, erkundigte sich nach Florences Gesundheit und plauderte mit Pru. Doch es wurde acht Uhr, dann neun Uhr, und Gwens Angst wuchs. Ihr war fast schlecht vor Unruhe. Das Essen wurde serviert, und noch immer gab es kein Zeichen von Laurence und Verity. Allmählich sah sie die Party als großen Fehler an und rang mit widerstreitenden Gefühlen. Sie freute sich darauf,

Laurence wiederzusehen, fürchtete, was Verity ihm unterwegs erzählen könnte, und schwankte, ob die Party die richtige Entscheidung gewesen war.

Die Straßen waren trügerisch, besonders bei Dunkelheit, und Verity fuhr immer zu schnell. Gwen sah die beiden nach einem Unfall tot im Straßengraben oder in einer Schlucht liegen. Da sie ihre Unruhe kaum noch zügeln konnte, setzte sie sich hin und schaute auf den See. Seine Zeitlosigkeit wirkte ihrer Angst entgegen. Und dann, gerade als sie die Erwartung aufgab, sie könnten diesen Abend noch erscheinen, hörte sie einen Wagen vorfahren. Das mussten sie sein! Partygäste wurden keine mehr erwartet.

Sie rannte um die Hausseite nach vorn, gefolgt von einigen Gästen, darunter Dr. Partridge, Pru und Florence.

»Da sind sie«, bemerkte Florence.

»Besser spät als nie«, entgegnete der Arzt.

Gwen konnte nicht sprechen. Als sie Laurence aussteigen sah, liefen ihr die Tränen übers Gesicht. Er schaute ein wenig starr, und ihr Herz setzte aus. Sie rührte sich nicht. Die Augenblicke dehnten sich zu einer Ewigkeit. Niemand sagte etwas, und Gwen hielt den Atem an. Verity hat mich bei ihm angeschwärzt, ihm alles erzählt, und er wird mir nie wieder eine Verantwortung anvertrauen, dachte sie. Ihr gemeinsames Leben blitzte in kurzen Szenen vor ihr auf. Sie klammerte sich an hilflose Ausflüchte und Erklärungen, doch unterm Strich blieb es dabei, dass ihretwegen ein junger Mann den Tod gefunden hatte.

Laurence kam um den Wagen herum. Sie fühlte sich so klein, am liebsten wäre sie geflüchtet oder in den Boden versunken. Es war ihr unerträglich, dass Laurence schlecht über sie dachte. Gwen wischte sich die Tränen ab und sah ihm ins Gesicht. Sein Ausdruck wurde weich, dann grinste er sie breit an. Erleichtert stieß sie den angehaltenen Atem aus und rannte ihm entgegen. Er nahm sie in die Arme, hob sie hoch und drehte sich mit ihr im Kreis.

»Du hast mir so sehr gefehlt!«, flüsterte er an ihrem Ohr.

Gwen konnte noch kein Wort herausbringen.

»Ich sehe, du hast eine kleine Willkommensparty für mich arrangiert«, bemerkte er, als er sie wieder auf den Boden ließ. »Ich muss mich umziehen. Es war eine anstrengende Reise.«

»Ja, tu das! Aber beeil dich!«, sagte sie und drückte ihn noch mal mit seinem verschwitzten Hemd an sich. »Hinter dem Haus sind noch mehr Gäste.«

»Wunderbar. Je mehr, desto besser.«

Verity, die noch an der Fahrerseite des Wagens stand, schaute der Begrüßungsszene ausdruckslos zu. Aber Gwen atmete erleichtert durch. Alles würde gut werden.

Am späten Abend, als Laurence und Gwen allein waren, erzählte er ihr, was sich im Ausland ergeben hatte. Die Bergbauaktien waren nach wie vor wertlos, aber ein Partner habe sich gefunden, der in die neue Plantage investieren wolle. Sie seien beileibe noch nicht aus dem Gröbsten heraus, und die nächste Zeit könne noch hart werden, doch solange sie die notwendigen Veränderungen anpackten, würden sie die Krise wohl überstehen.

»Du hast mir vor deiner Abreise nicht verraten, wie schlecht es wirklich stand, nicht wahr?«

»Das habe ich nicht fertiggebracht, Gwen, und ehrlich gesagt, wusste ich es selbst nicht.«

»Also waren es nur Beschwichtigungen, dass wir nicht verkaufen müssten …«

Er legte den Finger an ihre Lippen.

»Hattest du nicht gesagt, in dem gegenwärtigen Klima könne man keinen Investor finden?«

»Und das ist wahr, aber es ist jemand, den du gut kennst.«

Sie zog die Brauen hoch. »Doch sicher nicht mein Vater? Er hat gar nicht so viel Geld. Dazu müsste er das Gut verkaufen.«

»Nicht dein Vater.«

Gwen legte die Hand an seine unrasierte Wange und genoss es, die rauen Stoppeln zu fühlen. »Wer dann? Komm, sag es!«

Er grinste. »Mein neuer Partner ist deine Cousine Fran.«

Sie zog ein Gesicht. »Das glaube ich dir nicht. Warum sollte Fran das machen? Sie hat von Tee keine Ahnung. Sie trinkt ihn nicht einmal gern.«

»Eines Tages wird sie einen guten Gewinn erzielen, aber sie hat es für dich getan, Gwen. Damit wir die Plantage nicht aufgeben müssen. Sie hat nur in die neu erworbene investiert, nicht in meine ererbte. Doch dadurch brauche ich diese hier nicht zu verkaufen, um meiner Zahlungspflicht nachzukommen, und unser Heim bleibt uns erhalten.«

Gwen wurde ganz schwach vor Erleichterung. »Hast du sie um Hilfe gebeten?«

»Nein. Wir haben uns in London einmal zum Mittagessen getroffen, und ich habe ihr unsere Lage geschildert. Da hat sie es spontan angeboten. Aber genug davon!«, sagte er und strich ihr übers Haar. »Wie bist du hier zurechtgekommen?«

»Es ist einiges vorgefallen. Ich …«

Er griff in ihre Haare und zog sanft ihren Kopf zurück, damit sie ihm in die Augen sah. »Wenn es um den Brand geht, davon hat Verity mir erzählt.«

Sie holte scharf Luft. »Verity war unglücklich. Ich mache mir ihretwegen Sorgen.«

»Mir scheint, es geht ihr gut. Sie ist vielleicht ein bisschen unruhig. Aber auf dich bin ich wirklich stolz.«

»Ehrlich?«

»Gwen, du hast einem verletzten Kind geholfen, wie es dir in dem Moment möglich war. Du bist eine gute, freundliche Frau.«

»Dann weißt du auch vom Tod des Küchenjungen?«

»Jeder Unglücksfall auf der Plantage muss ernst genommen werden, und es war ein unglückseliger …«

»Es war entsetzlich, Laurence!«

»Aber nicht deine Schuld. Du hast moralisch richtig gehandelt, und morgen früh werde ich mit McGregor sprechen.«

»Ich denke, ihm setzt es auch zu.«

»Wie gesagt, ich werde mit ihm sprechen. Manchmal entwickeln sich Dinge in eine unvorhersehbare Richtung. Da muss man niemanden beschuldigen, sondern begreifen, dass unkluges Handeln, das zunächst unbedeutend erscheint, etwas Schreckliches nach sich ziehen kann.«

»Mein unkluges Handeln?«

»Nein, Gwen, das meine ich nicht.«

Sie war so froh, weil er nicht zornig auf sie war, dass sich die nervliche Anspannung der letzten Wochen in einem Tränenstrom auflöste. Laurence hielt sie fest und ließ sie weinen, und hinterher, als sie ihm in die Augen sah, schimmerten auch seine verräterisch.

»Es war für uns alle eine schwierige Zeit, und ein Todesfall ist immer aufwühlend. Meine vordringlichste Aufgabe ist es jetzt wohl, die Moral zu heben, und bei dir fange ich an.«

Sie lächelte, als er ihr die Haarnadeln herauszog und die Locken auf ihre Schultern fielen.

»Ich habe mir die größte Mühe gegeben, Laurence.«

»Ich weiß.«

Sie legte den Daumen in seine Kinnfurche und spürte wieder die Bartstoppeln.

»Soll ich mich rasieren?«

»Nein. Ich will dich so, wie du bist.«

»Du siehst heute Abend wundervoll aus«, sagte er und wickelte sich eine Locke um den Mittelfinger.

Zuerst blieb Gwen zurückhaltend und fühlte sich so befangen wie bei ihrem ersten Mal in London. Lächelnd dachte sie daran zurück, dann ergab sie sich und erlaubte ihm, sie auszuziehen.

Er war sanft und behutsam, und sie liebten sich in aller Zärtlichkeit. Hinterher lagen sie Arm in Arm da, und endlich kam sie zur Ruhe.

»Du bist mir kostbar, Gwendolyn. Auch wenn ich das nicht immer zum Ausdruck bringe, wie ich sollte, hoffe ich, du weißt das.«

»Das tue ich, Laurence.«

»Du bist so zierlich und nach alldem noch immer schlank und lieblich wie ein junges Mädchen. Du wirst immer mein Mädchen sein, ganz gleich, was passiert.«

Er hatte einen ersten Ton angenommen und schaute ihr prüfend ins Gesicht.

Laurence rief tiefe Liebe in ihr wach, und das zählte mehr als alles andere. Lächelnd dachte Gwen an die kleinen Kostbarkeiten ihres gemeinsamen Lebens: seine warme Hand, wenn sie nachts unruhig war, sein schräges Singen, wenn er glaubte, allein zu sein, und sein starkes Vertrauen zu ihr. Wenn er ihr Herz auf diese Weise berührte, fühlte sie sich sicher und gegen alles Unglück gefeit. Sie wagte kaum, sich auszudenken, dass sie nie erfahren hätte, was es heißt zu lieben, wenn sie ihm nicht begegnet wäre. Erst mit dieser Liebe war sie als Frau erblüht. Der Kampf hatte sich gelohnt, und nun würden sie das, was vor ihnen lag, gemeinsam meistern, was immer es auch war. Es würde ein neuer Anfang sein.

Sie fragte nicht, ob er während der Reise Christina gesehen hatte.

VIERTER TEIL

Die Wahrheit

27

1933

Als Gwen sich bückte, um Buntstifte vom Boden der Stiefelkammer aufzuheben, drehte sie den Kopf und schaute durchs Fenster zu den Arbeitern, die vor ihrer ehemaligen Käserei ein Bambusgerüst errichteten. Nach all den Jahren wurde endlich mit der Arbeit begonnen. Die Verzögerung hatte viele Gründe, Gwen konnte gar nicht alle aufzählen. Vor allem hatte es endlose Diskussionen gegeben, den Raum anders zu nutzen. Einmal war sogar überlegt worden, ihn abzureißen.

Sie ging weiter zum Speisezimmer, wo die Augustsonne durch die Jalousien schien und die Wände gelb streifte. Draußen sangen die Vögel, aber Hugh, der Ärmste, saß am Tisch und brütete über den Rechenaufgaben. Er war jetzt sieben und sollte in Mathematik und englischer Grammatik den Anforderungen entsprechen, bevor er in Nuwara Eliya wochentags das Internat besuchte.

Laurence kam herein. »Wie läuft es?«

Gwen runzelte die Stirn. »Rechnen ist nicht seine Stärke.«

»Meine war es auch nicht, muss ich zugeben.«

»Aber seine Zeichnungen sind erstaunlich, Laurence. Was hältst du davon, ihn Privatunterricht nehmen zu lassen?«

»Ich denke, in privaten Mathematikstunden wäre das Geld besser angelegt.«

Sie seufzte. Hugh konnte viel besser zeichnen als Liyoni, deren kindliche Malversuche – Menschen mit übergroßen Köpfen und sonderbare Tiere – sie alle aufbewahrt hatte. Nur nachts, wenn sie allein in ihrem Zimmer war, wagte Gwen, die Bilder hervorzuholen. Seit dem vorigen war lange keins gekommen, und aus Sorge hatte sie Naveena zu dem Dorf geschickt, damit sie sich nach Liyoni erkundigte. In letzter Zeit waren nämlich aus verschiedenen Dörfern Kinder verschwunden, die man später als billige Arbeitskräfte in Reisfeldern wiedergefunden hatte.

Sie schaute zu Laurence hoch und wünschte, sie könnten sich jetzt offen unterhalten. Seit seiner Rückkehr von der Auslandsreise vor fast vier Jahren schien es ihm immer ums Geld zu gehen.

Er lächelte. »Na ja. Es steht ganz passabel. Ein Gutes hat diese verdammte Weltwirtschaftskrise: Die Arbeiterunion ist gezwungen, moderate Forderungen zu stellen. Die Leute haben zu große Angst um ihren Arbeitsplatz, um radikal aufzutreten. Wir brauchen zwar Veränderungen, aber der richtige Weg muss gefunden werden.«

Gwen rieb sich die Stirn. Er hatte über dreihundert Leute entlassen müssen, und der Teepreis war durch Überproduktion und die Weltwirtschaftskrise gefallen. Sie fand es entsetzlich, dass so viele Arme ihre Arbeit verloren hatten und damit das Wenige, das sie besaßen. Das Ausmaß ihrer Armut war wahrhaftig furchtbar.

»Unser größtes Problem zurzeit ist die Frage, was wir wegen unserer Tamilen unternehmen sollen«, fuhr Laurence fort. »Es war ein immenser Fehler, ihnen das Wahlrecht zu verweigern. Dadurch fühlen sie sich noch ungerechter behandelt.«

Gwen nickte. Seit die Käserei gebrannt hatte, waren die Spannungen nicht abgeflaut, sondern hatten in ganz Ceylon zu kleineren Ausschreitungen geführt, und 1931 war es zu ernsthaften Unruhen gekommen, als allen außer den tamilischen Arbeitern das Wahlrecht zugestanden worden war.

»Ich sehe nicht ein, warum sie noch immer als temporäre Arbeitskräfte gelten.«

Laurence nickte. »Ganz recht. Wie gesagt, das hat die Lage verschlimmert.«

Gwen hielt zwar ein waches Auge auf die Haushaltsbücher und begrenzte die Ausgaben rigoros; verglichen mit den Arbeitern lebten sie jedoch im Überfluss. Von klein auf war sie dazu erzogen worden, eines Tages Ehefrau und Mutter zu werden, und sie hatte ihr Bestes getan. Es war traurig gewesen zuzusehen, wie Laurence' Hoffnungen auf neues Wachstum immer wieder zunichtegemacht wurden. Er hatte gemurrt, als ihr Vater angeboten hatte, fürs Erste Hughs Schulgeld zu zahlen, doch sie hatte glücklich zugestimmt.

»Hast du etwas von Fran gehört?«, fragte Laurence.

»Sie kommt in ein paar Monaten zu uns.«

»Das freut mich. Wir haben ihr viel zu verdanken.« Er zerzauste seinem Sohn die Haare. »Also, streng dich deiner Mutter zuliebe an, Hugh, und morgen nehme ich dich in die Fabrik mit. Abgemacht?«

Hughs Augen leuchteten.

»Laurence, warum ist Verity wieder hier? Es scheint, als wollte sie uns überhaupt nicht allein lassen.«

Verity kam immer wieder, um auf unbestimmte Zeit zu bleiben, und führte alle möglichen Gründe an. Mal konnte sie sich wegen einer geplatzten Wasserleitung nicht die Haare waschen, mal verursachte ihr der Fischgeruch Kopfschmerzen. Ihre Heirat hatte keine Änderung erbracht. Nach wie vor klammerte sie sich an ihren Bruder, und jetzt lag sogar eine Spur Verzweiflung darin, sodass Gwen meinte, es müsse doch etwas Ernstes sein, das sie zu ihrem Verhalten trieb.

Laurence runzelte die Stirn. »Ehrlich gesagt, ich weiß es nicht.«

»Könntest du in Erfahrung bringen, was da los ist? Für eine jung vermählte Frau ist sie viel zu häufig bei uns. Sie sollte ihre Probleme mit Alexander besprechen und nicht zu uns flüchten.«

»Ich werde es versuchen, aber ich muss mich jetzt auf den Weg machen. Ich fahre mit dem Laster nach Hatton.«

»Nicht mit dem Daimler?«

Er wich ihrem Blick aus. »Der steht noch in der Werkstatt und wartet auf die Reparatur.«

Nachdem Laurence gegangen war, setzte Gwen sich ihrem

Sohn gegenüber und dachte über Verity nach. Obwohl sie nach wie vor starken Stimmungsschwankungen ausgesetzt war, war es ihr gelungen, Alexander Franklin zu heiraten, einen anständigen, wenn auch nicht gerade aufregenden Mann, mit dem sie unten an der Küste lebte, wo er eine Fischfarm besaß. Die Hochzeit vor sechs Monaten hatte alle überrascht, doch Gwen war überaus erleichtert gewesen und hatte gehofft, das Eheleben werde Verity zurechtstutzen. Aber vergeblich.

Sie sah Hugh auf dem Bleistift kauen, dann strich er seine Lösung durch. Das Rechnen bereitete ihm Mühe, und sie sorgte sich bereits, wie er in der Schule zurechtkommen würde. Seine Haare waren dunkler geworden. Sie fielen ihm auf die gleiche Weise in die Stirn wie Laurence und standen an zwei Wirbeln am Hinterkopf ab. Er hatte die gleichen dunkelbraunen Augen wie er, blieb aber blass wie sie. Hugh erzählte noch immer von seinem eingebildeten Freund Wilf, als gäbe es ihn wirklich, und Laurence gefiel das nicht.

Gerade wollte Gwen ihren Sohn auf einen Rechenfehler aufmerksam machen, als Naveena hereinkam und in der Tür stehen blieb.

Gwen schaute auf.

»Kann ich Sie sprechen, Lady?«

»Natürlich, kommen Sie herein.«

Aber die Kinderfrau deutete mit dem Kopf zum Flur, und angesichts des beunruhigten Blicks verließ Gwen sofort mit ihr das Zimmer.

Nachdem sie Hugh der Obhut des Butlers anvertraut hatte, saß Gwen nun auf der Bank unter dem Dach des Ochsenkarrens und drehte an ihrem Ehering. Ihre letzte Fahrt in das Dorf lag nun sieben Jahre zurück, doch sie wusste noch genau, wie sie sich dabei gefühlt hatte. Sie fuhren an der Stelle vorbei, die sie seinerzeit im strömenden Regen für die Abzweigung gehalten hatte, und kurz darauf bogen sie auf den holprigen Pfad mit den dunklen, vom Wind gebeugten Bäumen ein.

In dem nahezu stillen Wald herrschte grünlicher Dämmer, und sobald sie in offeneres Gelände kamen, roch es nach Holzkohle und Gewürzen, genau wie damals. Als sie an das steile Flussufer gelangten, hielt Naveena nicht an, sondern fuhr weiter und durch das Dorf zu einer Stelle, wo das Ufer flach und der Fluss breiter war. Heute war das Wasser schlammig braun, und es waren keine badenden Elefanten da. Stattdessen planschten dort Kinder, die Tonschalen eintauchten und einander das Wasser über den Kopf gossen.

Gwen stieg aus. Die Mädchen und Jungen riefen einander etwas zu und zeigten zum Ochsenkarren, verloren aber nach einigen Augenblicken das Interesse daran. Die jüngeren waren mager und hatten vorgewölbte Bäuche. Wie alt die einzelnen Kinder waren, konnte Gwen nur schwer einschätzen, das jüngste mochte drei, das älteste elf oder zwölf sein. Sie versuchte, unter ihnen ein Mädchen von sieben Jahren zu entdecken.

»Heute geht ein scharfer Wind«, sagte Naveena und zeigte zum anderen Ufer, wo sich ein Mädchen aus dem Wasser zog.

»Liyoni?«

Naveena nickte.

Unwillkürlich starrte Gwen ihre Tochter an. Sie war viel zu dünn und nur mit einem Baumwollsarong bekleidet, der jetzt triefend nass war. Die Haare hatte sie im Nacken zusammengebunden. Sie hingen ihr als langer, nasser Zopf den Rücken hinunter.

»Außer dass sie mager ist, scheint es ihr gut zu gehen«, meinte Gwen und blicke Naveena fragend an.

Die alte Kinderfrau hatte bislang nur angedeutet, es gebe ein Problem. Mehr nicht.

»Also, was ist mit ihr?«

Als Naveena antwortete, schaute Gwen gerade gebannt zu, wie ihre Tochter ins Wasser glitt und zurückschwamm, sodass sie nicht zuhörte. Zunächst hielt Liyoni den Kopf über Wasser, dann tauchte sie unter.

»Sie schwimmt wie ein Fisch«, sagte Gwen mehr zu sich selbst.

»Warten Sie ab!«

Während Gwen mit den Augen dem aufgewirbelten Wasser folgte, bewunderte sie, wie furchtlos, gewandt und schnell Liyoni den Fluss durchquerte.

Naveena tippte ihr auf den Arm. »Jetzt.«

Liyoni stieg aus dem Wasser, und Gwen beobachtete sie aufmerksam. Erst als sie sie am Ufer entlanggehen sah, begriff sie.

»Sie hinkt.«

»Ja.«

»Wie kommt das?«

Naveena zuckte mit den Schultern. »Das ist noch nicht alles. Ihre Pflegemutter will sie nicht länger behalten. Sie ist krank. Ihre eigenen Kinder hat sie bereits zur Großmutter gegeben.«

»Wer kümmert sich denn jetzt um Liyoni?«

»Seit voriger Woche niemand.«

»Rufen Sie sie her, bitte!«

Naveena winkte und rief. Das Mädchen ging weiter und schien sie ignorieren zu wollen, dann aber drehte die Kleine sich um und schaute zu ihnen hinüber. Nach ein paar linkischen Schritten in ihre Richtung blieb sie stehen.

Naveena sprach sie auf Singhalesisch an. Liyoni schüttelte den Kopf.

»Was ist? Warum will sie nicht kommen?«, fragte Gwen.

»Geben Sie ihr ein bisschen Zeit! Sie überlegt.«

Gwen sah Liyonis Zögern und begriff, wie sonderbar ihr die Situation erscheinen musste.

»Sagen Sie ihr, wir wollen ihr nichts tun. Ihr wird nichts passieren.«

Naveena sprach wieder mit ihr, und diesmal senkte Liyoni den Kopf, traute sich aber, näher zu kommen.

Gwen tat es weh, sie hinken zu sehen. »Hat sie Schmerzen, was meinen Sie?«

»Vermutlich ja.«

Gwen sah für einen Moment zu Boden, weil ihr die unterschiedlichsten Gedanken durch den Kopf gingen. Als sie den Blick wieder hob, hatte Liyoni sich bis auf zwei Schritte genähert. Die Sonne schien ihr ins Gesicht und ließ in den braunen Augen violette Sprenkel aufleuchten.

»Gibt es niemanden, der sie zu sich nehmen kann?«

Naveena schüttelte den Kopf. »Ich habe jeden gefragt.«

»Ganz sicher?«

Schweigen breitete sich zwischen ihnen aus. Gwen versuchte nachzudenken, doch die Angst, die ihr in der Kehle und in der Brust saß, erschwerte ihr das Denken. Während sie nach einer Lösung suchte, sah sie immer nur ihr Haus und die Plantage vor sich, all das, was sie sich im Lauf der Jahre aufgebaut hatte. Sie fürchtete nicht nur, selbst ins Unglück zu geraten, sondern auch, Laurence unglücklich zu machen. Hilflos schlug sie die Hände vors Gesicht. Vergebung durfte sie nicht erwarten. Die würde sie nicht bekommen. Doch wenn Naveena für Liyoni kein anderes Zuhause finden konnte …

Als sie aufblickte, wehten Rauch und Essensdüste heran. Niemand kochte mehr für Liyoni.

»Gibt es wirklich niemanden?«

Die Kinderfrau schüttelte den Kopf.

»Nicht einmal gegen Bezahlung?«

»Sie haben Angst vor dem Kind. Daran liegt es. Sie ist keine von ihnen.«

Gwen horchte auf die Geräusche des Dorflebens und konnte nur an eines denken:

»Wir können sie nicht sich selbst überlassen.«

Als ihr klar wurde, dass es keine andere Möglichkeit gab, raubte ihr die Angst den Atem. Sie wischte sich die schweißfeuchten Hände am Rock ab und traf trotz düsterer Befürchtungen ihre Entscheidung. Sie durfte ihre Tochter nicht sich selbst überlassen. Darauf lief es immer wieder hinaus. Da es für sie keine andere Wahl gab, nahm sie all ihren Mut zusammen.

»Also gut. Dann muss sie mit uns kommen.«

Auch Naveena waren ihre Befürchtungen anzusehen.

»Wenn ihre Haare trocken sind, ringeln sie sich wie meine?«, wollte Gwen wissen.

Die alte Kinderfrau nickte.

Gwen biss sich von innen in die Wange und schmeckte Blut. »Wenn wir ihr einen straffen Zopf flechten und sie schlicht kleiden, wird niemand vermuten, dass sie etwas mit mir zu tun haben könnte. Sie hat lediglich eine ungewöhnliche Augenfarbe, und auf Ähnlichkeiten wird niemand achten, oder?«

Naveena schaute zweifelnd.

Gwen gelang es, sich für einen Moment von ihrer Angst zu lösen und einen tief verankerten Wunsch zuzulassen: den Wunsch, ihrem Kind eine Mutter zu sein.

»Dann ist es beschlossen. Wir werden sagen, dass sie eine Verwandte von Ihnen ist und die Pflichten eines Haus- und Kindermädchens erlernen möchte. Können Sie ihr das erklären?«

Während Naveena sanft und beruhigend auf Liyoni einsprach, beobachtete Gwen ihr Gesicht, als hinge ihr Leben davon ab. Zuerst schüttelte die Kleine den Kopf und wich zurück, doch Naveena nahm ihre Hand und deutete auf das schlimme Bein. Liyoni schaute an sich herunter und dann zu Gwen und sagte etwas.

»Sie will wissen, ob sie weiterhin schwimmen darf, wenn sie mitkommt«, übersetzte die Kinderfrau.

»Sag ihr, sie kann jeden Tag im See schwimmen.«

Als Naveena das wiederholte, lächelte Liyoni.

»Ich habe es erklärt, Lady. Sie weiß, ihre Pflegemutter ist fort, und natürlich hält sie sie für ihre leibliche Mutter und ist sehr traurig.«

Gwen nickte nur und konnte nicht sprechen, denn sie spürte einen Kloß im Hals. Liyoni hatte ihre Familie verloren. Sie schluckte schwer, und Naveena, die ihre Erregung sah, ließ ihr einen Moment Zeit, sich zu fassen, und sprach mitfühlend mit Liyoni. Gwen war übel vor Scham und Schuldgefühlen. Sie redete sich ein, es werde schon gut gehen, trotz ihrer berechtigten Angst.

»Was hat sie mitzunehmen?«

»Nur wenig. Ich gehe es mit ihr zusammen holen. Warten Sie hier!«

Als die beiden sich entfernten, schaute Gwen sich um. In einem der Bäume rannte eine Eichhörnchenfamilie laut quiekend die Zweige entlang. Zwei Frauen, die große Körbe auf dem Kopf trugen, gingen in bunten Saris vorbei. Eine andere blieb beim Ochsenkarren stehen und blickte hinein. Sie hatte wulstige Lippen, aber eine schmale Nase und tief liegende Augen. Gwen zog sich rasch den Schal vors Gesicht.

Für sie war Ceylon der Ort, wo britische Träume geschaffen und Vermögen gemacht worden waren, wo englische Familien gelebt hatten und englische Kinder geboren worden waren und wo sie selbst in ein neues Leben eingetreten war, das ihre kühnsten Träume übertroffen hatte. Doch hier befand sie sich in einer anderen Welt. Hier gingen Mädchen in schlichten Baumwollhemden und fadenscheinigen Röcken, Kleinkinder krabbelten lallend im Dreck, und die Familien hatten nicht genug zu essen.

Liyoni war gekleidet wie die anderen Dorfmädchen, als Naveena mit ihr zurückkam, und sie trug ein kleines Bündel unter dem Arm.

Gwen schaute zum Himmel. Schwere Regenwolken waren am Horizont aufgezogen, und sie würden von Glück reden können, wenn sie es vor dem Wolkenbruch nach Hause schafften.

Während der langen Rückfahrt war Gwen übel gewesen. Naveena hatte zwei Mal anhalten müssen, damit sie sich im Gebüsch hatte übergeben können. Aber davon abgesehen, hatten sie beide besprochen, was sie sagen und tun würden.

Am Haus angekommen, half Gwen dem Kind auszusteigen und legte ihm ihren Schal um, da es regnete. Das Herz schlug ihr bis zum Hals, als sie zur Haustür spähte und beschloss, an der Seite entlang nach hinten zu huschen und ihr Zimmer durch die Verandatür zu betreten. So würden sie zwar durchnässt, aber vermutlich nicht gesehen werden.

Als Naveena sich umdrehte, um den Ochsen wegzuführen, machte Liyoni Anstalten, sich ihr anzuschließen. Gwen bedeutete ihr kopfschüttelnd, sie zu begleiten, und nahm sie bei der Hand, weil sie Trotz befürchtete. Liyoni ließ sich widerstandslos wegführen.

Als sie beide am Salon vorbeihuschten, stand Verity am Fenster. Sie schien dem Gärtner beim Rasenmähen zuzusehen. Verity hob die Hand, um ihr zu winken, und hielt verblüfft inne.

Eine Windbö fegte am Haus entlang. Gwen grüßte stumm und eilte weiter zu ihrem Zimmer, um Liyoni so schnell wie möglich durch ihr Bad ins Kinderzimmer zu bringen. Verflixt! Ausgerechnet Verity!

Als Gwen ihren Sohn oben herumtoben hörte, war sie erleichtert. Er spielte wie erhofft mit seiner Eisenbahn. Wie er über ein zweites Kind im Haus denken würde, wusste sie nicht zu sagen.

In ihrem Zimmer schloss sie die Fenster und verriegelte die Tür zum Flur. Sie griff nach einem trockenen Schal, nahm Liyoni den nassen ab und eilte mit ihr durchs Bad ins Kinderzimmer, wo sie erst einmal sicher waren. Ehe sie den Mut verlor, zog Gwen die Vorhänge zu, um Neugierigen, die ihre Ankunft vielleicht bemerkt hatten, keinen Einblick zu ermöglichen. Dann lehnte sie sich an die Wand und senkte den Kopf. Wie sollte sie unter Veritys forschenden Blicken zurechtkommen? Sie beruhigte sich und schloss die Augen, um ihre Tränen zurückzuhalten. Gleich würde Naveena kommen, um ihre Sachen zusammenzusuchen, da sie bei Liyoni schlafen sollte.

Gwen bedeutet der Kleinen, sich die nassen Kleidungsstücke auszuziehen, doch die schüttelte den Kopf und blickte sie mit großen Augen an.

»Du Liyoni«, sagte Gwen und zeigte auf sie. »Ich Gwen. Ich bin die Lady.«

Sie probierte es mit ein paar Worten Singhalesisch, aber ohne Erfolg. Sie zögerte. Liyoni wirkte unschlüssig und missmutig. Gwen selbst war vorsichtig. Sie wusste nichts über das Mädchen. Nichts über seinen Charakter, nichts über sein bisheriges Leben, über Vorlieben und Abneigungen. Sie hielt ihrer Tochter die Hand hin, doch diese blickte zu Boden und sagte nichts. Gwen spürte wieder einen Kloß im Hals. Auf keinen Fall durfte sie vor ihrer Tochter weinen.

Behutsam begann sie, Liyoni auszuziehen, und dachte bestürzt, welch ein Schritt es für das kleine Mädchen war, dieses neue Leben zu akzeptieren, und wie weit sie selbst gehen musste, um angemessen für Liyoni zu sorgen. Ihre Beklommenheit wuchs, als sie ihre Schwägerin vor der Zimmertür rufen hörte. Gwen lief ein Schauder über den Rücken. Welches Risiko sie einging, war ihr nur allzu bewusst.

28

Noch im Morgenmantel, legte Gwen ihre Kleider aufs Bett, auch die beiden Saristoffe, die sie besonders schön gefunden hatte. Ein günstiger Schneider war kaum noch zu finden. Daher würde sie Naveena bitten müssen, ihr einige Kleider zu ändern. Die Lebensumstände waren allgemein noch immer schwierig. Manche Stoffe waren knapp und daher teuer. Vor einer Weile hatte Fran ihr über die neuen Prêt-à-porter-Kleider geschrieben, die man jetzt in ganz London kaufen konnte, und Gwen war froh und dankbar, dass die Beziehung zu ihrer Cousine wenigstens teilweise wieder wie früher war, auch wenn sie Ravasinghe mit keinem Wort mehr erwähnten.

Gwen las, dass die Modehäuser billigere Herstellungsarten entdeckt hatten, so wie Laurence die Teeproduktion rationalisiert hatte, und dass sie statt der kostspieligen jetzt neuartige und günstigere Stoffe einsetzten. Fran war besonders auf die neuen durchsichtigen Strümpfe aus Amerika erpicht und hatte eine gewagte Fotografie von sich geschickt, auf der sie entschieden zu viel Bein zeigte und ein topmodisches Kleid aus Rayon trug.

Gwens beste Kleider waren aus Seide und schrecklich unmodern. Fran zufolge wollten die Londoner oder New Yorker Frauen nicht mal tot in einem Flapper-Kleid gesehen werden. Zum Beweis hatte sie ihr die jüngste Ausgabe der *Good Housekeeping* geschickt.

Gwen schaute sich die Seite an, bei der die Zeitschrift aufgeklappt war. Die abgebildeten Frauen trugen feminine Zweiteiler mit schlichten Blusen oder ein Strickjäckchen zum langen Wickelrock. Das waren schlanke Schnitte, in denen Fran vielleicht aus den Nähten platzte, die aber Verity gut stehen mochten, weil sie ihrer schlaksigen Erscheinung einen Hauch Eleganz verleihen würden. Würde sie sich die Haare aufdrehen und roten Lippenstift tragen, könnte sie vorteilhafter aussehen. Da Gwen selbst eher zierlich war, bevorzugte sie die hübschen kurzen Röcke der Zwanzigerjahre.

Doch im Augenblick ging es ihr nicht darum, ihre Erscheinung zu modernisieren, sondern darum, Kleider auszuwählen, aus denen Naveena etwas für Liyoni nähen könnte. Sie hob einige Seidenkleider hoch, verwarf sie aber sofort. Ein Dienstmädchen in Seide würde nur Aufmerksamkeit erregen. Ihre Tochter aus der Ferne finanziell zu versorgen war leicht gewesen. Sie bei sich im Haus zu versorgen war eine knifflige Aufgabe. Gwen schlief kaum, seit Liyoni bei ihr wohnte, und meistens konnte sie vor Anspannung nichts essen. Bei jedem Geräusch aus ihrem Zimmer fuhr sie zusammen, und Gwen war klar, dass sie sich die wachsende Angst nicht anmerken lassen durfte.

Sie wählte ihre baumwollenen Tageskleider aus – der feine, weich gewaschene Stoff war für das Mädchen genau das Richtige – und legte zwei, drei Röcke und ein rotes Lochstickereikleid dazu, das sie sehr liebte, das aber einen schlimmen Riss hatte. Rot trug sie selten, doch dieses Kleid war hübsch. Sie legte sich die Sachen über den Arm und brachte sie ins Kinderzimmer.

Naveena saß mit einem Abakus auf dem Boden, und während das Mädchen die Kugeln verschob und auf Singhalesisch zählte, sagte Naveena ihr die Zahlen auf Englisch vor.

»Sollen wir sie dem übrigen Personal vorstellen?«, fragte Gwen.

Naveena blickte auf. »Zerbrechen Sie sich nicht den Kopf! Das tue ich!«

»Ich habe Laurence gesagt, dass Liyoni eine verwaiste Verwandte von Ihnen ist«, erklärte Gwen.

Ihr hatten die Beine gezittert, als sie ihm die Lüge aufgetischt hatte, und als er stirnrunzelnd von der Zeitung aufblickte, hatte sie sich kneifen müssen, um nicht einzuknicken.

»Liebling, Naveena hat keine Verwandten. Wir sind ihre Familie.«

»Nun, wie es scheint, hat sie doch welche. Eine entfernte Cousine.«

Laurence schwieg für ein paar Augenblicke, und Gwen strich sich hastig den Rock glatt und steckte die Haarnadeln neu fest, um ihre Nervosität zu kaschieren.

»Das gefällt mir nicht«, sagte er dann. »Naveena hat ein gutes Herz, und ich vermute, da hat ihr jemand ein Lügenmärchen von einer lange verschollenen Verwandten aufgetischt, das sie geschluckt hat. Ich werde mit ihr reden.«

»Nein!«

Er schaute sie überrascht an.

»Ich meine, der Haushalt ist meine Angelegenheit, wie du immer gesagt hast. Überlass das mir!«

Sie wartete und lächelte ihn an, während er überlegte. »Also gut. Aber ich denke, wir sollten uns bemühen, ein passenderes Heim für das Kind zu finden.«

Gwen dachte stirnrunzelnd an das Gespräch zurück. »Laurence ist nicht glücklich darüber, und Verity ist neugierig wie eine Katze.«

Naveena schüttelte den Kopf.

»Ich denke, ich sollte meiner Schwägerin nicht trauen, oder?«

»Nach dem Tod seiner ersten Frau war sie unglücklich. Unglückliche Menschen können schlecht sein. Verängstigte Menschen auch.«

»Verity hat Angst?«

Naveena zuckte mit den Schultern.

»Wovor hat sie Angst?«

»Das kann ich nicht sagen.« Naveenas Stimme verebbte.

Mehr würde nicht aus ihr herauszubekommen sein. Sie sprach selten aus, was sie dachte, vor allem über Laurence' Familie, obwohl Gwen wünschte, sie täte es. Ihr fiel nichts ein, wovor Verity Angst haben könnte, außer davor, ihren Bruder zu verlieren. Das mochte allerdings erklären, warum sie depressiv war und sich so stark an ihn klammerte.

»Ich habe Hugh nichts gesagt, und er hat Liyoni noch nicht gesehen.«

Naveena senkte den Kopf und fuhr mit dem Unterricht fort.

»Vielleicht können Sie sie später in den Garten bringen, wenn Hugh seinen Mittagsschlaf beendet hat«, fügte Gwen hinzu.

Beim Nachtisch öffnete Laurence die Post. Für Gwen war nichts Besonderes dabei, außer einem Brief von Fran mit einer Momentaufnahme der neuesten Damenmode. Gwen war froh, denn nach dem Ton des Briefes zu urteilen, war zwischen ihnen wieder alles beim Alten.

Laurence wickelte ein zylindrisches Päckchen aus. Eine Zeitschrift rollte sich aus und lag gekrümmt auf dem weißen Tischtuch.

»Was ist denn das?« Er strich sie glatt. »Eine amerikanische Zeitschrift, wie es scheint.«

»Darf ich aufstehen, Mummy?«, fragte Hugh.

»Ja, aber nicht herumtoben, bevor sich dein Essen gesetzt hat. Und geh nicht allein an den See! Versprochen?«

Hugh nickte. Gwen hatte kürzlich gesehen, wie er von einem überhängenden Felsbrocken am Ufer hatte angeln wollen.

Nachdem Hugh hinausgegangen war, zeigte Laurence seine Verwunderung deutlicher.

»Liegt ein Brief dabei?«, wollte Gwen wissen.

Er schüttelte die Zeitschrift, was einen Umschlag zutage förderte.

»Na also«, sagte sie. »Von wem ist er?«

»Augenblick.« Er riss ihn auf und zog die Brauen hoch. »Er ist von Christina.«

»Du meine Güte! Was schreibt sie?« Gwen bemühte sich um einen gleichgültigen Ton, doch auch nach all den Jahren brachte der Name sie erneut aus der Fassung.

Laurence überflog die Briefkarte und sah sie an. »Angeblich hat sie eine fabelhafte Idee für uns, und ich soll mir die Zeitschrift ansehen, um zu erraten, worum es dabei geht.«

Gwen wischte sich den Mund ab und legte ihren Puddinglöffel hin. Ihr Magen war angespannt. Sie brauchte nicht zu hoffen, auch nur noch einen Happen hinunterzubekommen. »Also wirklich, Laurence! Haben wir von Christinas Ideen nicht genug für ein ganzes Leben?«

Wegen ihres bissigen Tons blickte er auf und schüttelte den Kopf. Dann blätterte er die Zeitschrift durch. »Das war nicht ihre Schuld, weißt du. Niemand hat den Börsenkrach vorausgesehen.«

Gwen schürzte die Lippen und behielt ihre Ansicht für sich. »Also, worum geht's diesmal?«

»Wenn ich das wüsste! Das hier ist der reinste Schund. Nichts als Werbung für Schuhcreme, Seifenpulver und dergleichen, nur ab und zu mal ein Artikel.«

»Glaubst du, sie hat die Redaktion gekauft?«

»Unwahrscheinlich. Sie schreibt nur, dass sie eine Idee hat, die unser Leben verändern wird.«

»Aber wie könnte eine Zeitschrift für uns von Interesse sein?«

Als Laurence das Magazin auf den Tisch warf und aufstand, fragte Gwen, ob sie den Daimler nehmen dürfe, um nach Hatton zu fahren. Nachdem sie die Kleider aussortiert hatte, brauchte sie neue Knöpfe und Garn.

Laurence hatte schon die Hand am Türknauf und überlegte mit vorgeschobenem Kinn.

»Nun?«

Er zögerte noch einen Moment mit der Antwort. »Er steht noch in der Werkstatt. Ich habe die Rechnung noch nicht bezahlt.«

»Warum?«

Leicht errötend schaute er weg. »Ich wollte es dir nicht sagen. Wir waren vorigen Monat ein bisschen klamm, und das

Geld wurde für die Löhne gebraucht. Es sollte aber bald besser werden. Das heißt, nach der nächsten Auktion.«

»Oh, Laurence!«

Er nickte nur, und beim Hinausgehen drehte er sich doch noch einmal um und sagte hastig: »Ach, übrigens: Christina schreibt, dass sie bald kommt, um die Idee mit uns zu besprechen, und fragt an, ob sie ein paar Tage bei uns bleiben kann.«

Er zog die Tür leise hinter sich zu, und Gwen saß entsetzt da. Sie war schon bis zum Äußersten angespannt, weil sie Liyoni in den Haushalt einführen musste, ohne Verdacht zu erregen, und nun kam auch noch Christina zu Besuch! Wie sollte sie all das bewältigen, wenn sie wieder mit ansehen musste, wie Laurence erneut in den Bann der Amerikanerin geriet? Laurence konnte sagen, was er wollte, aber sie traute Christina nicht. Und dass diese, was Laurence anging, nach wie vor gewisse Absichten zu verfolgen schien, machte es für Gwen nur noch komplizierter. Sie lehnte sich gegen die Stuhllehne und schloss die Augen.

Wie es sich fügte, bekam Naveena im Lauf des Tages Fieber und konnte nicht mehr arbeiten. Gwen musste also selbst auf Liyoni aufpassen. Zunächst kam sie nicht gut zurecht. Vor lauter Anspannung war sie kurz angebunden, und das Mädchen war trotzig. Es weinte und klammerte sich an den Pfosten von Naveenas Bett. Nachdem die Kinderfrau ihr gut zugeredet und die Hände gestreichelt hatte, gab Liyoni nach und folgte Gwen aus dem Kinderzimmer. Der Himmel wusste, was Naveena zu ihr gesagt hatte, aber ihre mitfühlende Art musste das Mädchen beruhigt haben.

In ihrem Schlafzimmer besah Gwen sich Liyonis Habseligkeiten. Sie besaß, was sie am Leibe trug, außerdem ein Fußkettchen aus Holzperlen, eine Ersatzbluse und einen zerschlissenen Sari.

Gwen führte die Kleine ins Bad und zeigte ihr die Wanne. Naveena hatte sie zwar gewaschen, aber Gwen wollte sie vor ihrer ersten Begegnung mit Hugh ein ausgiebiges Bad nehmen lassen. Befangen und zögerlich legte sie Handtücher und Seife zurecht, dann – da sich ihre Angst nicht auf das Kind übertragen sollte – riss sie sich zusammen. Sie hatte mit Widerstand gerechnet, doch als die Wanne halb gefüllt war, sprang Liyoni voll bekleidet hinein. Mit dem nassen Zeug am Körper sah sie noch dünner aus, der Hals unfassbar zierlich.

Gwen atmete tief durch. Sie wusste noch immer nicht so recht, wie sie sich verhalten sollte. Sie war den Tränen nahe, als sie Liyoni ein wenig Shampoo auf den Kopf goss und ihr Haar damit einschäumte. Aber die Kleine fing an zu kichern, und Gwen wurde ein bisschen leichter ums Herz.

Nach dem Bad zog sich das Mädchen die nassen Sachen aus, und Gwen reichte Liyoni ein großes weißes Handtuch und ließ sie allein, um ein altes Hemd von Hugh aus dem Kinderzimmer zu holen.

Naveena, die arme Seele, war fest eingeschlafen und sah blass aus. Es war viel, was ihr in ihrem Alter an Pflichten aufgebürdet wurde. Als Gwen sie schuldbewusst betrachtete, hörte sie einen Schrei und rannte zurück in ihr Zimmer.

Verity stand mit rotem Gesicht da und zeigte mit dem Finger auf Liyoni, in der anderen Hand hielt sie das Badetuch. Gwen fuhr die Angst in die Glieder.

»Ich habe sie erwischt! Sie wollte das Handtuch stehlen!«, erklärte Verity.

Das nackte Kind stand mit triefenden Haaren am Bett und schaute erschrocken von einer Frau zur anderen.

Nach einem Moment der Qual straffte Gwen die Schultern und wurde wütend. Sie musste an sich halten, um Verity nicht zu ohrfeigen. »Sie hat nicht gestohlen. Ich habe sie gebadet. Gib mir das Handtuch!«

Verity hielt es fest. »Was? Während du Hugh draußen sich selbst überlässt?«

»Er kommt bestens zurecht.« Gwen fegte den Vorwurf beiseite und riss Verity das Handtuch weg. Dann ging sie vor Liyoni in die Hocke, um es ihr umzubinden.

»Hast du den Verstand verloren? Sie hat in deinem Zimmer nichts zu suchen, Gwen. Wahrscheinlich krabbelt es bei ihr überall.«

»Was meinst du damit?«

»Läuse, Gwen. Wanzen.«

»Sie ist sauber. Sie hat gerade gebadet.«

»Du hast gesagt, dass Naveena sie anlernt. Sie gehört zur Dienerschaft. Du darfst sie nicht behandeln wie eine von uns.«

»Das tue ich gar nicht.« Gwen riss der Geduldsfaden, als sie aufstand. »Und im Übrigen, Verity, ist das mein Haus und nicht deines. Ich wäre dir dankbar, wenn du dich nicht in meine Angelegenheiten einmischen würdest. Naveena ist krank. Das Kind ist allein auf der Welt. Ich habe mich lediglich erbarmt, und wenn du dafür kein Verständnis hast, dann kehrst du besser schnellstmöglich zu deinem Mann zurück.«

Verity wurde rot und zog die Brauen zusammen, hielt aber den Mund.

Gwen ging wieder in die Hocke, um das Mädchen abzurubbeln, dann blickte sie über die Schulter. »Was stehst du noch da?«

»Du verstehst nicht, Gwen«, sagte Verity so leise, dass sie kaum zu verstehen war. »Ich kann nicht zurück.«

»Wie bitte?«

Verity errötete erneut und verließ abrupt das Zimmer.

Gwen schluckte ihren Ärger hinunter. Der Zeitpunkt für Liyonis Heimkehr hätte nicht ungünstiger sein können. Das Haus würde brechend voll werden. Ausgerechnet jetzt, da sie Ruhe brauchte, um ihre Tochter unbeobachtet kennenzulernen, lungerte Verity schon wieder bei ihnen herum und belauerte sie, und Christina würde um Laurence herumstreifen und ihn nicht aus den Augen lassen.

Liyoni zuliebe setzte sie ein selbstsicheres Lächeln auf, während sie innerlich bebte. Die Hautfarbe des Kindes war ihr peinlich, doch was sie empfand, durfte jetzt nicht im Vordergrund stehen. Wichtig war, dass Liyoni sich einlebte und niemand Verdacht schöpfte.

Draußen spielte Hugh seinen Ball gegen die Hauswand. Es schallte durchs ganze Haus. Er hatte seine Mutter offenbar kommen hören, denn als Gwen mit Liyoni um die Ecke bog, hatte er bereits damit aufgehört und sah ihr mit dem Ball unter dem Arm entgegen. Wie er so dastand, war er ein Abbild seines Vaters, und ihr Herz tat einen Freudensprung.

»Das ist Liyoni«, sagte sie, während sie über die Terrasse gingen, und versuchte, möglichst normal zu klingen. »Sie ist eine Verwandte von Naveena und wird als Hausmädchen bei uns leben.«

»Warum geht sie so komisch?«

»Sie hinkt bloß. Mit ihrem Fuß ist wohl etwas nicht in Ordnung.«

Gwen musterte seine stämmigen Beine und die Shorts, die voller Grasflecken waren. Er rollte sich gern die leicht abschüssigen Terrassen hinunter, um kurz vor der Stufe abzubremsen. Jetzt grinste er sie breit an, und sie lächelte über seine rosigen Wangen und den Schmutzfleck an seiner Nase. Verglichen mit ihm sah Liyoni zerbrechlich aus.

»Kann sie Ball spielen?«

Gwen umarmte ihn erfreut. »Nun ja, sie ist nicht bei uns, um mit dir zu spielen, Hugh.«

Er schaute enttäuscht. »Aber warum denn nicht? Oder weiß sie nicht, wie das geht? Ich kann es ihr beibringen.«

»Vielleicht nicht heute. Morgen könnte sie jedoch mit dir zum See gehen. Sie schwimmt wie ein Fisch.«

»Woher weißt du das?«

Gwen tippte sich an die Nase. »Weil ich alles weiß und alles sehe.«

Er lachte. »Sei nicht albern, Mummy. Nur Gott weiß alles und sieht alles.«

»Da kommt mir eine blendende Idee. Du könntest uns ins Haus begleiten und Liyoni Englisch beibringen. Würde dir das Spaß machen, oder hast du gerade Hummeln im Hintern?«

»Oh, ja, Mummy, und die Hummeln sind einverstanden.«

Sie lachte über den gewohnten Scherz zwischen ihnen und umarmte ihn schnell noch einmal. Liyoni stand mürrisch dabei. Oje, dachte Gwen. Hoffentlich denkt sie nicht, wir lachen über sie!

Trotz ihrer Befürchtungen musste sie zugeben, dass sie Sehnsucht nach ihrer Tochter hatte, und sie beobachtete sie, sooft es ging. Die Kluft zwischen Liyonis jetzigem Status und dem, der ihr in Wahrheit zugestanden hätte, war jedoch unüberbrückbar. Dass Gwens Zuneigung zu ihr nicht an ihre Liebe zu Hugh heranreichte, bereitete ihr ein schlechtes Gewissen. Doch wenn sie ihr Gefühl der Zuneigung hin und wieder zuließ und die Kleine trösten wollte, wusste sie nicht, wie. Sie wollte verstehen, wie Liyoni ihr neues Leben bei ihnen empfand und was sie von ihrer Umgebung hielt, doch vor allem anderen wünschte Gwen sich, ihr Geborgenheit zu geben. Sie rieb sich die brennenden Augen. Es quälte sie, dass sie ihre Tochter als hilflosen Säugling verlassen hatte, und sie wusste, was ihr kleines Mädchen wirklich brauchte: Liebe.

Seitdem Naveena wieder gesund war, schmachtete Gwen in ihrem Zimmer, hin- und hergerissen zwischen widerstreitenden Gefühlen und von der Angst erfüllt, sich zu verraten, wenn man sie zu oft mit Liyoni zusammen sähe. Die Zeit dehnte sich, und wann immer sie auf die Uhr schaute, war sie überrascht, dass die Vögel noch sangen. So sollte sie von nun an leben? In der ständigen Angst, durchschaut zu werden? Ganz gleich, wie lange sie sich selbst in ihre Zimmer einschloss, sie sah das Zufallsereignis, das das Ende einläuten würde, immer näher kommen.

Da sie Hughs Stimme hörte, trat sie ans Fenster und schaute hinaus. Er hatte ein altes Seil gefunden und brachte Liyoni das Seilspringen bei. Bei jedem Versuch verhedderte sie sich. Das schien sie jedoch nicht zu ärgern. Sie kicherte vielmehr, wenn Hugh sie von dem Seil befreite. Für Gwen war es schmerzlich zu sehen, wie ihr Sohn, ohne es zu wissen, mit seiner Schwester spielte und dabei so glücklich war.

Als Naveena draußen erschien, wich Gwen einen Schritt vom Fenster zurück, um unbemerkt zu bleiben, und beobachtete die Szene. Die alte Kinderfrau nahm das Mädchen mit, obwohl Hugh allerhand Einwände erhob, und kurz darauf hörte Gwen Stimmen aus dem Kinderzimmer. Sie wartete ein wenig, dann ging sie hinüber. Naveena zeigte Liyoni, wie man Kleidungsstücke zusammenfaltete. Gwen stand eine Weile als stiller Beobachter dabei, bis Liyoni ein singhalesisches Lied anstimmte und Naveena mitsummte.

»Was für ein Lied war das?«, fragte Gwen hinterher.

»Ein Kinderlied. Aber ich muss Ihnen sagen, sie wird sehr schnell müde und hustet auch.«

»Geben Sie ihr Hustensaft! Vermutlich strengt es sie an, sich hier einzugewöhnen.«

Als sie Schritte auf dem Flur vernahm, eilte Gwen erschrocken in ihr Zimmer zurück.

Am nächsten Morgen schien die Sonne. Gwen stand auf der unteren Terrasse und dachte, dass die Luft selbst sang, nicht die Mücken oder die Bienen oder die sich kräuselnden Wellen am Ufer. Doch dann erkannte sie, dass es sich tatsächlich um eine Art Gesang handelte. Es war wie ein Klimpern oder Trällern, fast ein leises Pfeifen, und es klang vom Wasser herüber. Sie schaute über den ganzen See, konnte aber niemanden entdecken.

Hugh kam rufend hinter ihr angerannt. »Ich habe meine Badehose angezogen, Mummy!«

Sie fuhr herum und fing ihn mit den Armen ab, als er die letzten Stufen heruntergejagt kam.

»Ich hab sie gesehen. Ich wollte mit, aber sie hat nicht gewartet.«

»Wer hat nicht gewartet, Schatz?«

»Das neue Mädchen.«

»Sie heißt Liyoni.«

»Ja, Mummy.«

Besorgt schaute Gwen übers Wasser. Was, wenn Liyoni bis

zum Ende des Sees schwamm und von dort den Weg zum Fluss fand, an dem ihr Dorf lag? Ihr könnte sonst was zustoßen. Der Gedanke setzte sich fest, und Gwen schoss das Blut in den Kopf.

Hugh zupfte sie am Ärmel. »Schau, Mummy! Sie ist auf der Insel. Sie ist da raufgeklettert. Mummy, sie kann gut schwimmen, nicht? Ich komme nicht so weit.«

Gwen seufzte erleichtert.

»Darf ich jetzt ins Wasser?«, fragte Hugh.

Ihm war eingeschärft worden, um Erlaubnis zu fragen, und Gwen überlegte, mit welcher Begründung sie Liyoni das Schwimmen uneingeschränkt gestatten könnte, ohne die Regel für Hugh aufzuheben. Wasser zog das Mädchen an wie ein Magnet. Es konnte so wenig davon fernbleiben, wie es aufs Atmen verzichten konnte, fürchtete Gwen.

Hugh sprang unter großem Geplansche ins Wasser. Was ihm beim Schwimmen an Geschmeidigkeit fehlte, machte er durch Lärm wett, und sein Gequieke und Geschrei hielt an, bis Liyoni zu ihm geschwommen kam. Kurz bevor sie ans Ufer gelangte, drehte sie sich im Wasser wie ein Derwisch, dass ihre nassen Haare nur so flogen. Dann, als sie beide an Land gingen, fing sie an zu husten. Hugh starrte sie verlegen an, strahlte jedoch übers ganze Gesicht, als das Husten aufhörte und sie ihn anlächelte.

»Wo ist Wilf?«, fragte Gwen.

»Ach, der ist langweilig! Und schwimmen mag er gar nicht.«

»Wollen wir ins Haus gehen und den Appu überreden, uns Pfannkuchen zu backen?«

»Darf das …«

Gwen runzelte die Stirn.

»Ich meine, darf Liyoni mitkommen?«

»Vielleicht ausnahmsweise.«

Hugh nahm Liyonis Hand, und sie schien nichts dagegen zu haben. Als Gwen sie Hand in Hand die Stufen hinauflaufen sah, setzte ihr Herz einen Schlag aus. Sie empfand eine tiefe Liebe zu dem Mädchen, und Tränen traten ihr in die Augen. Doch dann sah sie Verity die Stufen herunterkommen.

»Laurence hat mich gebeten, dir zu sagen, dass er dich im Salon sprechen möchte.«

»Warum?«

Verity lächelte flüchtig. »Das weiß ich nicht.«

Gwen eilte zum Salon und traf Laurence mit einer zusammengerollten Zeitung unter dem Arm an. Als sie eintrat, drehte er sich herum. Sein Gesicht war ausdruckslos. Er weiß es, dachte sie in dem kurzen Schweigen, und gleich setzt er mich vor die Tür. Sie überlegte fieberhaft, was sie sagen könnte.

»Ich …«

Er schnitt ihr das Wort ab. »Ich habe Hugh draußen mit dem Mädchen gesehen. Ich dachte, die Angelegenheit sei entschieden.«

Benommen vor Anspannung, musste sie sich zwingen, den Mund aufzumachen. »Wie bitte?«

Er setzte sich aufs Sofa und lehnte sich zurück. »Ich dachte, wir hätten entschieden, dass das Kind nicht bleiben darf.«

Gwen hatte Mühe, ihre Erleichterung zu unterdrücken. Er weiß es nicht. Sie stellte sich hinter ihn, um ihm die Schultern zu massieren, aber auch damit er ihr Gesicht nicht sah.

»Nein«, widersprach sie bedächtig. »Wir waren übereingekommen, dass ich die Angelegenheit regle. Und das werde ich. Aber ihr geht es nicht gut. Sie hat Husten.«

»Ist er ansteckend?«

Sie wappnete sich für eine Auseinandersetzung. »Das glaube ich nicht. Und Hugh ist einsam.«

Als sie das Massieren abbrach und einen Schritt zurücktrat, richtete er sich auf und drehte sich zu ihr um. »Liebling, du weißt, ich würde gern helfen, wenn das Mädchen wirklich mit Naveena verwandt wäre.«

»Ich weiß. Kannst du mir nicht einfach glauben?«

»Komm, Gwen. Wir wissen doch schon, dass Naveena keine Verwandten mehr hat. Und außerdem möchte ich nicht, dass Hugh sich zu sehr an die Kleine gewöhnt.«

Sie stutzte. »Das verstehe ich nicht.«

»Was gibt es da nicht zu verstehen?«, fragte er verwundert. »Wenn sie sich zu sehr anfreunden, wird er sie schrecklich vermissen, wenn er fortmuss. Je eher sie anderswo unterkommt, desto besser. Das siehst du doch sicher ein.«

Hinter ihren Schläfen setzten Kopfschmerzen ein, während sie ihn mit großen Augen anschaute. Dem konnte sie unmöglich zustimmen.

Er streckte die Hand nach ihr aus. »Ist dir nicht wohl? Du scheinst nicht ganz du selbst zu sein.«

Gwen schüttelte den Kopf.

»Ich weiß, du gibst dir Mühe, aber …«

Sie fiel ihm ins Wort. »Das ist nicht fair, Laurence. Wirklich nicht. Was denkst du denn, wo sie hinkann?«

Es brach ihr fast das Herz. Sie konnte ihre Gefühle nicht länger im Zaum halten. Sie wollte Liyoni nicht noch einmal weggeben. Er ahnte ja gar nicht, was sie durchmachte und was sie in all den Jahren durchgemacht hatte. Er hatte recht – sie gab sich Mühe –, doch nun war es zu viel: Die Bedürfnisse ihres Mannes, ihres Sohnes und des kleinen Mädchens unter einen Hut zu bringen, konnte sie nicht länger leisten. Da sie völlig die Fassung zu verlieren drohte, lief sie aus dem Raum und schlug die Tür hinter sich zu.

29

Nach diesem Streit verhielt Laurence sich eine Zeit lang still. Wann immer Gwen ins Zimmer kam, sah er sie erwartungsvoll an. Sie war jedoch nicht gewillt, sich für ihren Ausbruch zu entschuldigen. Sie hatte Überlegungen angestellt, wo sie Liyoni unterbringen könnte, ohne jedoch zu einer Lösung zu gelangen.

Unter dem Vorwand, zu einer Wohltätigkeitsversammlung zu gehen, suchte sie ein Waisenhaus in Colombo auf, ein überfülltes, nach Urin stinkendes Gebäude. Hinterher bescherte es ihr schlaflose Nächte. Sie wollte ihre Ehe bewahren, doch auf keinen Fall würde sie Liyoni in solch eine Einrichtung schicken.

Während der nächsten Wochen fragte Laurence gelegentlich nach, ob sie schon eine andere Bleibe für das Mädchen gefunden habe. Eine gewisse Zeit konnte sie unauffällig das Thema wechseln, doch ihre Nerven waren zum Zerreißen gespannt. Unterdessen blühte Hugh auf, wenn er Liyoni beim Lernen half. Sie konnte nun schon einfache Anweisungen verstehen und Bitten äußern, und bis Hugh im Herbst den Weg zur Schule antrat, hatte Gwen die Kinder bis auf kurze Zeitspannen nicht voneinander trennen können. Hugh war nicht im Geringsten eifersüchtig und betete Liyoni geradezu an, und als sie einmal mit starkem Husten das Bett hüten musste, ließ er sich nur mit größter Strenge von ihr fernhalten.

Mit Verity war es eine andere Sache. Sie gab keinerlei Erklärung ab, warum sie sich weigerte, zu ihrem Mann zurückzukehren, und war am Nachmittag von Laurence' Geburtstag noch immer im Haus. Sie sah in dem langen, eng sitzenden Kleid recht schick aus, fand Gwen. Sie fragte sich, wo ihre Schwägerin das Geld für teure neue Kleider hernahm, denn ihr Mann war nicht wohlhabend. Schade, dass Verity ihre angenehme Erscheinung so oft mit einer finsteren Miene verdarb, wie auch jetzt, als Hugh zum Geburtstagstee mit Liyoni hereinkam.

»Jetzt muss ich aber doch mal energisch werden«, sagte Verity. »Dieses Kind gehört nicht zur Familie, und dies ist eine Familienfeier. Wirklich, Laurence, warum wohnt sie überhaupt noch hier? Ich dachte, du hättest mit Gwen gesprochen.«

»Mach jetzt deswegen keine Szene, Verity!«

»Aber du hast gesagt …«

Gwen fiel ihr ins Wort und ballte hinter dem Rücken die Hand zur Faust. »Es tut mir leid, Schatz«, wandte sie sich an Hugh. »Tante Verity hat recht. Sag Liyoni, sie soll zu Naveena gehen. Sie kann ihr eine Beschäftigung geben.«

Hugh zog ein Gesicht, gehorchte aber. Währenddessen beschwerte sich Verity weiter bei Laurence.

Gereizt über die Einmischung, ging Gwen dazwischen. »Laurence und ich haben allerdings darüber gesprochen, und er hat die Angelegenheit mir überlassen. Ich möchte dich noch einmal daran erinnern, Verity, dass ich die Hausherrin bin und du seit deiner Eheschließung hier nur Gast bist.«

»Nun mal nicht so heftig, Gwen!«, bat Laurence.

»Doch. Ich werde davon nicht abgehen, nicht für Verity und nicht für dich. Entweder untersteht der Haushalt mir oder nicht. Ich bin es wirklich leid, dass deine Schwester ihre Nase in meine Angelegenheiten steckt. Es wird Zeit, dass sie zu ihrem Mann zurückreist.«

Laurence wollte beschwichtigend den Arm um sie legen, doch Gwen war zu aufgebracht und schüttelte ihn ab.

»Komm, Liebling! Es ist mein Geburtstag.«

»Ich will nicht, dass Tante Verity abreist, Mummy«, warf Hugh ein.

Gwen schaute auf den Tisch, der für vier Personen gedeckt war, mit dem besten Porzellan und Besteck, hübsch arrangiert auf einem frisch gestärkten Damasttischtuch. Sie zügelte ihren Zorn.

»Also gut, Schatz. Mummy und Daddy werden später darüber sprechen. Feiern wir Geburtstag!«

Die Zeiten, in denen sie mit Champagner angestoßen hatten, waren vorbei, und als der Appu den Obstkuchen serviert hatte, tranken sie dazu Tee. Und auch die Geschenke fielen bescheiden aus.

»Lasst uns die Suche diesmal auslassen!«, sagte Laurence.

»Ich denke, das sollten wir nicht«, widersprach Verity.

Gwen seufzte. Wenn ihre Schwägerin das Blindekuhspiel wollte, würde sie es bekommen. Sie ging zur Anrichte, kramte in den Partyutensilien und zog den schwarzen Stoffstreifen heraus, um Laurence damit die Augen zu verbinden.

»Jetzt drei Mal herumdrehen!«, befahl Hugh.

Die Geschenke wurden versteckt, und Laurence musste zuerst alle finden, bevor er eines auspacken durfte.

Pflichtschuldigst taumelte er durchs Zimmer und spielte den Tollpatsch, womit er bei Hugh einen Lachanfall nach dem anderen auslöste. Er krabbelte auf allen vieren herum und tastete gerade den Boden an der offenen Tür ab, als sie klappernde Absätze kommen hörten. Alle hielten inne.

»Also, ich muss schon sagen. Ich hatte gehofft, dass du dich freust, mich zu sehen, aber vor mir auf dem Boden herumzukriechen übertrifft alles. Dass ich das noch erleben darf!«

Laurence zog sich die Binde ab und strich sich die Haare glatt, während er aufstand. »Christina!«

»Höchstpersönlich.«

»Aber du solltest doch erst morgen kommen«, sagte Gwen.

Hugh stampfte mit dem Fuß auf und lief rot an. »Sie hat es verdorben! Daddy hat nicht mal ein Geschenk gefunden.«

»Oh«, murmelte Christina. »Vielleicht kann ich das wiedergutmachen. Ich habe auch Geschenke aus Amerika mitgebracht.«

Laurence und Gwen wechselten einen Blick.

»Du wusstest, dass Laurence Geburtstag hat?«, fragte Verity.

»Was dachtest du denn? Aber ich habe für jeden eins, nicht

nur für Laurence. Mein Diener wartet im Flur.« Sie drehte sich um und schnippte mit den Fingern. Ein Singhalese in langer, weißer Leinenjacke kam, mit Einkaufstüten beladen, herein.

»Ich bitte um Verzeihung, ich hatte keine Zeit, sie einpacken zu lassen.« Sie griff in eine der Tüten und zog ein Kleidungsstück an einem Bügel heraus, das sie Gwen überreichte.

Gwen hielt es in die Höhe, ein zweiteiliges Ensemble aus einem schönen Stoff, wie es derzeit Mode war.

»Ich dachte, es passt zu Ihren Augen«, sagte Christina. »Es ist ein so hübsches Lila. Und Hugh, diese Eisenbahn ist für dich.«

Sie stellte die Schachtel auf den Tisch, und Hugh strich mit strahlendem Gesicht über die abgebildete Lokomotive und Waggons.

»Was sagst du denn zu Christina, mein Sohn?«

Hugh wollte die Augen gar nicht von der eleganten Besucherin abwenden. »Danke sehr, amerikanische Dame.«

Alle lachten.

»Verity, für dich eine Krokodillederhandtasche. Ich dachte, die könnte dir gefallen.«

»Danke. Das musstest du aber nicht.«

»Ich muss nie etwas. Es hat mir Spaß gemacht.« Sie zwinkerte Laurence zu, dann hauchte sie ihm einen Kuss entgegen. »Und jetzt das Geburtstagskind. Für dich, mein Schatz, habe ich etwas ganz Besonderes. Allerdings kannst du es nicht in die Hand nehmen, fürchte ich.«

»Ist es ein Auto? Schenkst du Daddy ein neues Auto? Das könnte er nicht in die Hand nehmen.«

»Nein, Schätzchen. Meinst du, ich hätte ihm ein Auto schenken sollen?«

»Ja!«

»Leider bin ich jetzt furchtbar müde. Das Geschenk für deinen Daddy wird warten müssen, bis du schläfst.«

Hugh wollte sich beschweren, zumal er ihr noch grollte wegen des verdorbenen Blindekuhspiels, was mit keinem Geschenk wettzumachen war, aber Gwen brachte ihn mit einem Blick zum Schweigen.

»Es ist fast Zeit, Hugh zu baden, Christina. Wenn Sie also nichts dagegen haben, wird Verity Ihnen das Gästezimmer zeigen, und wir sehen uns später beim Abendessen. Wir halten es zurzeit nicht förmlich.«

»Oh, aber das müsst ihr. Ich bestehe darauf. Schließlich ist das eine besondere Gelegenheit.«

Gwen nickte halb verärgert, halb argwöhnisch und nahm Hugh bei der Hand. »Na schön«, meinte sie. »Ab mit uns! Du kannst heute bei mir baden.«

Hugh freute sich und redete auf dem Weg zu ihrem Zimmer ununterbrochen. Während sie das Wasser einlaufen ließ, fragte sie sich, was Liyoni wohl in der Zwischenzeit getan hatte. Ihr schien es zwar besser zu gehen, doch das Hinken hatte sich verstärkt. Sollte es sich weiter verschlimmern, würde sie die leichten Arbeiten, die Gwen für sie gefunden hatte, bald nicht mehr verrichten können. Die Arbeit diente nur dem Schein und war wirklich nicht wichtig, doch der Anschein musste unbedingt gewahrt werden.

Liyoni hatte am Fuß eine eiternde Wunde gehabt, die Naveena mit Kräutertinktur behandelt und verbunden hatte. Gwen hatte erwartet, das Hinken werde mit dem Abheilen der Wunde aufhören, doch das war nicht der Fall. In ein paar Tagen würde Dr. Partridge wegen Hughs Vorsorgeuntersuchung kommen. Dann würde sie ihn bitten, auch auf Liyoni einen Blick zu werfen.

Sie tranken Kaffee im Salon, als Christina ihre große Idee preisgab. Verity saß neben dem Weintisch auf dem Sofa mit dem Leopardenfell, Laurence stand am Kamin, und Gwen saß auf der Kante des Sessels gegenüber dem Sofa und behielt die Brandyflasche im Auge. Sie hatten die Vorhänge offen gelassen. Die nächtliche Welt draußen wurde von dem fast vollen Mond beschienen.

»Marken«, sagte Christina breit lächelnd und lehnte sich zurück. An ihrem Sessel lehnte ein flaches, in braunes Papier eingewickeltes Paket.

»Wie bitte?«, sagte Laurence.

»Marken. Damit macht man heute Geschäfte.« Sie ging zu Laurence, legte ihm eine Hand auf die Schulter und trat ganz nah an ihn heran. Dann sah sie ihm in die Augen. »Hast du dir denn die Zeitschrift nicht angesehen, Schatz?«

»Laurence hat einen Blick hineingeworfen«, antwortete Gwen bemüht ruhig, obwohl sie Christina lieber angefaucht hätte. »Wir konnten uns beide nicht erklären, was Sie meinen.«

Christina, die Laurence angelächelt hatte, drehte sich zu Gwen um. »Was ist euch denn darin aufgefallen?«

Gwens Blick schweifte durch den Raum. Außer den Geschenken hatte Christina auch einen Arm voll Blumensträuße mitgebracht, die jetzt, elegant arrangiert, in Vasen verteilt standen und ihren Duft verbreiteten.

»Es war furchtbar viel Werbung darin.«

Christina klatschte in die Hände. »Genau!«

»Willst du damit sagen, wir sollen Anzeigen schalten?« Laurence trat einen Schritt von ihr weg. »Das scheint mir keine großartige Idee zu sein, wenn du mir die Offenheit gestattest.«

Christina warf lachend den Kopf zurück. »Schatz, ich bin Amerikanerin. Natürlich gestatte ich dir Offenheit. Wie komisch ihr Engländer seid!«

Laurence schob das Kinn vor, und Gwen wäre am liebsten zu ihm gelaufen und hätte es mit Küssen bedeckt. Sie bezwang sich und sagte zu Christina: »Dann erklären Sie uns komischen Engländern doch mal, was Ihnen im Einzelnen vorschwebt.«

»Schätzchen, nicht beleidigt sein! Ich will euch nicht auf den Arm nehmen. Ich finde Sie bewundernswert, und Ihren Mann, nun ja, Sie wissen, was ich von ihm halte – aber ja, Sie haben recht, kommen wir zum Punkt.«

Gwen seufzte leise.

»In Amerika machen einige Leute trotz der Wirtschaftskrise

ordentlichen Reibach. Je größer das Unternehmen und je gewöhnlicher das Produkt, desto höher die Einnahmen.«

»Du sprichst von dem Seifenpulver und der Schuhcreme, für die in der Zeitschrift geworben wird?«

»Ja, und von Tee. Denkt an Lipton!«

Gwen schüttelte den Kopf. »Aber Werbung für Tee war nicht darin.«

»Sie sagen es, chérie. Ich stelle mir vor, dass wir Hooper's zur Marke entwickeln. Ihr wärt kein Großproduzent mehr, sondern eine Teemarke.«

Laurence nickte. »Die Menschen leiden unter der Wirtschaftskrise, aber sie waschen weiter ihre Wäsche, putzen ihre Schuhe, meinst du.«

»Ja. Und sie kaufen ihren Tee Woche für Woche. Doch das klappt nur, wenn ihr weltweit verkauft.«

Laurence schüttelte den Kopf. »So viel können wir nicht produzieren. Nicht einmal mit drei Plantagen. Ich sehe nicht, wie das gehen soll.«

»Laurence, mein lieber komischer Engländer, den ich respektiere, bewundere und liebe – an dieser Stelle komme ich ins Spiel.«

Gwen schluckte ihren Ärger hinunter.

»Es wird keine riesigen Gewinnmargen geben, aber was du verkaufst, wird regelmäßig gekauft, und die Leute können nicht darauf verzichten.« Sie schwieg einen Moment lang. »Verrate mir mal, wie dein Geschäft in dieser Krise läuft.«

Laurence räusperte sich und sah auf seine Füße.

»Eben. Also müssen wir uns etwas Neues einfallen lassen. In jedem Haushalt steht ein Päckchen Tee im Schrank, und ich will, dass Hooper's draufsteht. Wenn wir nur die zweitbeste Marke nach Lipton werden, geht es uns glänzend.«

Gwens Groll auf diese Frau brannte ihr in der Kehle. Was wollte Christina wirklich? Trieb sie ein Spiel mit ihnen? Wollte sie ihnen zeigen, dass sie die Macht dazu hatte? War sie zurückgekommen, um es wieder bei Laurence zu versuchen? Gwen hätte sie gern aus ihrem Leben entfernt, wie sie es schon einmal versucht hatte, wollte Laurence aber nicht mit einer Eifersuchtsszene in Verlegenheit bringen. Sie hielt es für klug, zunächst ein strenges Gesicht zu machen und einen festen Ton anzuschlagen.

»Nein«, erklärte sie. »Schluss mit Ihrer verrückten Idee! Laurence hat bereits gesagt, dass wir diese Mengen nicht produzieren können.«

Christina beeindruckte das offenbar nicht im Geringsten. »Nicht ihr, Schätzchen. Ihr kauft den Tee in ganz Ceylon, schließt Verträge mit anderen Pflanzern. Wir verpacken ihn und bewerben ihn wie verrückt. Bei der Menge braucht man keine große Gewinnmarge.«

»Ich habe nicht das Kapital dafür«, wandte Laurence ein.

»Du nicht, aber ich. Ich möchte Anteile an Hooper's kaufen, und mit dem Geld ziehst du das neue Geschäft auf.«

Mit weichen Knien stand Gwen auf und ging zu Laurence. Ihre Stimme zitterte. »Und wenn es schiefgeht? Was dann? Wir können nichts mehr riskieren.«

»Es ist mein Geld, das dabei riskiert wird. Glauben Sie mir, Schätzchen, dieses Geschäft ist die Zukunft. In Amerika boomt die Werbung. Ihr habt euch die Zeitschrift ja angesehen.«

»Ich weiß nicht, ob mir diese Art Zukunft so gut gefällt«, erwiderte Gwen.

»Ob sie Ihnen gefällt oder nicht, damit kann man Millionen verdienen. Und es ist wirklich ganz einfach.«

»Du magst damit recht haben. Gibst du uns Zeit zum Nachdenken?«, fragte Laurence und hakte sich bei Gwen ein.

Gwen seufzte. Schon wieder brachte diese Frau Laurence auf ihre Seite, und sie selbst fühlte sich machtlos.

»Zwei Tage. Dann reise ich ab. Wir müssen schnell handeln, sonst kommt uns jemand zuvor.«

Christina stand auf, strich ihr sehr teuer aussehendes Kleid glatt und lächelte Gwen gewinnend an. »Gefällt Ihnen mein Fummel?«

Gwen murmelte ein halbherziges Kompliment.

»Von der Stange, spottbillig, nicht einmal aus Seide. Die Welt verändert sich, Leute. Entweder geht man mit der Zeit oder nicht. Also, es war eine anstrengende Reise für mich. Ich muss jetzt dringend ins Bett.«

Verity, die sich still verhalten hatte, stand auf. »Ich halte das für eine großartige Idee, Christina«, sagte sie ein wenig undeutlich und schien auf wackligen Beinen zu stehen.

Gwen lag auf der Zunge zu erwidern, dass sie das gar nichts angehe, hielt aber den Mund.

»Danke, Verity. Ich vergaß zu erwähnen, Laurence, dass du mit Gwen nach New York kommen musst. Das wird helfen, die Marke bekannt zu machen und ihr Ansehen zu verschaffen.«

»Ist das wirklich nötig? Für wie lange?«

»Nicht für lange, und es ist unbedingt nötig. Natürlich werde ich für die Kosten aufkommen.«

»Was ist mit Hugh?«

»Er wird bald zur Schule gehen, nicht wahr?«

Gwen runzelte die Stirn. »Warum tun Sie das, Christina, da doch die Verluste bei Ihnen liegen?«

»Weil es keine Verluste geben wird. Ich bin mir vollkommen sicher. Und weil ich euch beide mag. Ihr hattet zu kämpfen, und ich hatte ein so schlechtes Gewissen wegen Laurence' Aktienverlusten. Doch wenn die Wirtschaft wieder anzieht, werden auch eure Aktien steigen und mehr wert sein als vorher.«

Gwen nickte skeptisch. Ihr blieb nichts anderes übrig, als der Sache ihren Lauf zu lassen.

»Die Werbekampagne wird von New York aus gestartet, und die Agentur muss euch persönlich kennenlernen. Apropos, fast hätte ich es vergessen. Verity, bist du so gut und packst das Bild aus, das dort am Sessel lehnt?«

»Ich habe mich schon gefragt, ob das mein Geschenk sein soll«, sagte Laurence.

»In gewisser Weise ja.«

Verity hatte das Packpapier entfernt und betrachtete das Bild.

»Wir wollen es alle sehen«, sagte Laurence.

Verity blickte auf. »Das ist ein Gemälde von Savi.«

Gwen wurde flau. Musste dieser Mann schon wieder in ihr Leben treten?

Laurence zog die Brauen zusammen, als Verity das Bild umdrehte und hochhielt. »Das ist eine Teepflückerin«, stellte er fest.

Gwen ließ das herrliche Rot des Saris auf sich wirken, das in dem leuchtenden Grün der Teesträucher schimmerte, und musste zugeben, dass das Bild sehr schön war. Sie spürte, wie sie vom Hals an errötete, und hoffte, niemand möge es bemerken. Aber Verity sah es natürlich sofort.

»Geht es dir nicht gut, Gwen?«

»Mir ist nur heiß«, log sie und fächelte sich mit der Hand Luft zu.

Laurence hörte schweigend zu, während Christina erklärte, warum dies das perfekte Werbebild für Hooper's sei. Es werde auf jede Packung gedruckt und auf Plakatwänden und in Zeitschriftenanzeigen erscheinen.

Als sie fertig war, schüttelte er den Kopf. »Du hast uns zweifellos Stoff zum Nachdenken gegeben. Wir sprechen morgen darüber. Ich wünsche dir eine angenehme Nacht.«

Während sich jeder auf sein Zimmer begab, dachte Gwen über den Abend nach. Wenn Christina ins Spiel kam, war es bei ihr selbst mit kühler Überlegung nicht mehr weit her, und im Augenblick kam es ihr vor, als wäre die Amerikanerin der Sturmwind, der ihr Haus zum Einsturz bringen würde.

30

Während der nächsten zwei Nächte hörte Gwen Laurence in seinem Zimmer auf und ab laufen. Sie wünschte sich ihn in ihrem Bett, um ihn an sich zu ziehen und ihre Unruhe wegen Ravasinghe und Christina zu vergessen. Doch er kam nicht. Und zu ihrem Ärger war auch Verity, die voll und ganz auf Christinas Seite stand, noch immer nicht abgereist. Die Markenidee beherrschte die Gespräche, und Veritys Abreise war kein Thema mehr.

Da jeder stark beschäftigt war, erlaubte Gwen den beiden Kindern, in ihrem Zimmer zu spielen. Die Sonne schien herein, und Gwen saß mit Naveena an dem Tisch am Fenster, wo sie die Wärme im Nacken spürte. Sie sah den Kindern zu, die auf dem Bett hüpften und dazu ein singhalesisches Lied sangen. Es klang wie *Humpty Dumpty.* Dabei dachte sie über Christina und ihren Einfluss auf Laurence nach, der sich distanziert verhielt.

Durchs Fenster sah sie die beiden im Garten dicht beieinanderstehen und versuchte, sich einzureden, dass sie nur übers Geschäft redeten. Aber ein hohles Gefühl machte sich in ihr breit. Sie kam sich vor wie das fünfte Rad am Wagen und sah sich von ihrem Mann im eigenen Hause ausgeschlossen. Ein Zuhause ist kein Ort, wurde ihr klar. Es war die täglich gelebte Beziehung zu allem, was man berührte, sah und hörte. Die zuverlässige Vertrautheit und die Geborgenheit ausgetretener Pfade. Die Stoffe, die Tapeten, die Gerüche, die Farbe ihres Morgentees, Laurence' Gewohnheit, die Zeitung beiseite zu werfen und zur Arbeit zu eilen, und Hughs polternde Schritte auf der Treppe. Doch nun war da etwas Außergewöhnliches, der Boden schwankte, und alles war anders.

Ihr wurde plötzlich heiß, und einen Moment lang hasste sie Christina ebenso sehr wie Ravasinghe, und sie hasste die beiden umso mehr, da sie sie zu einer eifersüchtigen, verängstigten Frau gemacht hatten. Sie wünschte sich, fliehen zu können, doch dann sah sie die Kinder an und schämte sich, und ihre Wut verflog.

»Sei vorsichtig, Hugh!«, rief sie. »Denk an Liyonis krankes Bein!«

»Ja, Mummy. Darum hüpft sie ja auf dem Hintern.«

Es klopfte an der Tür, und Verity kam herein. »Ich denke, du solltest wissen, dass Laurence Christinas Vorschlag zugestimmt hat.«

Gwen rieb sich den Nacken. »Du meine Güte, wirklich?«

»Sie möchten deine Unterschrift auf einem Formular.« Bei einem Blick auf die Kinder, die jetzt still auf dem Bett saßen, hielt sie inne. »An deiner Stelle würde ich mir das braune Mädchen vom Hals schaffen.«

»Ich glaube, ich verstehe nicht recht.«

Verity neigte den Kopf zur Seite und sagte mit einem schiefen Grinsen: »Es gibt schon Gerede in der Dienerschaft. Die Bediensteten verstehen nicht, warum das Mädchen bevorzugt wird. Du weißt ja, wie sie sind.«

Gwen blickte sie stirnrunzelnd an. »Ich dachte, du seist mit Packen beschäftigt.«

»Oh, nein«, erwiderte Verity süffisant. »Du bist zwar seine Frau, Gwendolyn, seine zweite, um genau zu sein. Aber ich bin seine einzige Schwester. Und jetzt gehe ich mit Pru im Club Tennis spielen. Cheerio.«

»Und dein Mann? Ist das ihm gegenüber fair?«

Verity zuckte mit den Schultern. »Das geht dich nun wirklich nichts an.«

»Ist das wahr?«, fragte Gwen, nachdem Verity gegangen war. »Dass unter den Dienern geredet wird?«

Naveena seufzte. »Es ist unwichtig.«

»Sind Sie sicher?«

»Ich sage ihnen immer, es ist gut, dass Hugh eine Spielkameradin hat.«

Vom Flur war ein Geräusch zu hören, dann Schritte. Gwen sah sich erschrocken um.

Naveena schnalzte mit der Zunge. »Nur einer der Hausdiener, Lady.«

Als Hugh und Liyoni weiter hüpften, verlor sich Gwen in ihren Gedanken. Veritys Warnung hatte ins Schwarze getroffen. Seit sie Liyoni heimgeholt hatte, fühlte sie sich im eigenen Haus isoliert. Gefangen in ihrer Angst, zuckte sie bei jedem Geräusch zusammen, und wenn die Balken des Hauses knarrten, fuhr sie herum in Erwartung des Schlimmsten und quälte sich mit schrecklichen Fantasien über die Auswirkungen.

Sie brauchte Laurence, der sie spüren ließ, wer sie war, doch sie wurden einander fremd. Gwen fühlte sich zerrissen, fürchtete seine Nähe, weil sie sich verraten könnte, und brauchte ihn zugleich mehr denn je. Wenn er nett zu ihr war, reagierte sie gereizt und aufbrausend. Wenn er sich distanziert verhielt, hatte sie Angst, Christina könnte ihn in den Fängen haben.

Plötzlich polterte es laut. Liyoni war vom Bett gefallen. Sie lag am Boden und gab keinen Laut von sich. Gwen sprang auf.

»Du hast sie geschubst, nicht wahr, Hugh?«

Er lief rot an und fing an zu weinen. »Nein, Mummy, hab ich nicht!«

Hugh stieg vom Bett, während Gwen sich neben Liyoni kniete. Sie zog sie auf ihren Schoß und hielt sie in den Armen, und Hugh hockte sich zu ihnen.

»Es tut mir sehr leid, Hugh. Es ist nicht deine Schuld. Ich hätte auf sie achtgeben müssen.«

Sie streichelte Liyoni über die Wange und blickte in ihre erschrockenen Augen. Das Kind blinzelte, und eine Träne rollte herab. Gwen fiel mit einem Mal auf, dass sie ihre Tochter anblickte, ohne die Hautfarbe zu sehen – dass sie sie zum ersten Mal als ihr eigen Fleisch und Blut betrachtete. In diesem Moment völliger Klarheit schien die Zeit stillzustehen. Das war ihre kleine Tochter, die sie nicht hatte lieben können und die sie weggegeben hatte wie einen unerwünschten Welpen. Zu wissen, dass sie sie niemals als ihre Tochter anerkennen durfte, schmerzte ungeheuer. Mühsam hielt sie die Tränen zurück. Dann nahm sie Hugh in den anderen Arm und drückte beide Kinder an sich. Ihre Liebe durchströmte sie, und ihr Herz klopfte heftig. Als sie aufblickte, lächelte sie Naveena an – doch die schaute starr zur Tür.

Gwen hatte nicht bemerkt, was hinter ihr vorgegangen war. Laurence war hereingekommen und räusperte sich.

»Das Mädchen ist gestürzt«, erklärte Naveena rasch.

Gwen setzte Liyoni behutsam aufs Bett. Sie fühlte sich ertappt und fürchtete, Laurence könnte zu viel gesehen haben.

Er sagte nichts, sondern stand abwartend da.

Gwen versuchte, sich darüber klar zu werden, ob sie etwas Verräterisches geäußert oder ob sie es nur gedacht hatte. Vor Angst brachte sie kein Wort heraus. Sie schluckte und setzte mehrmals zum Sprechen an.

Laurence räusperte sich noch einmal und sagte zu Naveena: »Rufen Sie Dr. Partridge an. Er soll sofort kommen.«

Er ging ans Bett, um sich das Mädchen anzusehen, und Hugh nahm seine Hand. »Sie ist mein bester Freund, Daddy.«

»Sie ist nur gestürzt und unglücklich aufgekommen, würde ich meinen. Mehr nicht«, sagte Gwen so ruhig wie möglich.

Was hatte Laurence gesehen? Was hatte er gehört? Ihr kribbelte die Kopfhaut, dann der Nacken und die Schulterblätter. Es nützte nichts, sich zu kratzen. Das Kribbeln breitete sich aus. Sie hätte schreien können.

»Partridge hat ihren Fuß untersucht?«, fragte Laurence und riss Gwen aus ihren Gedanken.

Sie nickte.

»Und?«

Sie fand die Sprache wieder. »Er konnte nichts feststellen und sagte, er werde es weiter beobachten. Aber woher weißt du das? Du warst doch gar nicht hier.«

»McGregor hat es mir erzählt.«

Laurence verzog keine Miene, doch sein Blick war anders. Während er ihr in die Augen sah, zog sich ihr Magen zusammen. Mehrere Sekunden vergingen.

»Er meinte, du seist um das Kind sehr besorgt gewesen«, sagte er schließlich.

Gwen schluckte. Wie hatte sie nur annehmen können, dass McGregor sie nicht beobachtete? »Sie ist ein liebes Mädchen, und es tat mir so leid, dass sie plötzlich unter fremden Menschen leben muss.«

»In ihrem Alter bin ich aufs Internat gegangen.«

»Und du weißt, wie ich darüber denke.«

Laurence blickte sie schweigend an. Was in ihm vorging, konnte sie ihm nicht ansehen. Wenn sie ihn jetzt verlieren sollte ...

Um in der angespannten Stille ruhig zu bleiben, konzentrierte sie sich aufs Atmen.

»Hugh wird bald fort sein«, sagte Laurence. »Und dann werden wir entscheiden, was wegen des Mädchens zu unternehmen ist.«

Gwen drehte den Kopf zur Seite, damit Laurence ihre tränennassen Augen nicht sah.

»Im Salon liegen einige Papiere zum Unterschreiben. Komm bitte, wenn der Arzt hier gewesen ist! Und übrigens werden wir in Kürze nach Amerika fahren. Christina ist schon abgereist.«

Abgereist. Endlich war sie fort.

Solange sie auf den Arzt warteten, trank Gwen Tee und spielte mit Hugh Karten. Liyoni schlief, und wenn sie aufwachte, war sie still und wollte weder Obst essen noch Wasser trinken. Gwen fuhr jedes Mal zusammen, wenn sie im Flur Schritte hörte, weil sie fürchtete, Laurence käme zurück. Als Dr. Partridge endlich eintraf, war Liyoni sehr schwach.

Er stellte seine Tasche ab. »Es wäre besser, wenn Naveena mit Hugh hinausgeht, Gwen.«

»Nein.« Hugh stampfte mit dem Fuß auf. »Ich will bleiben. Sie ist meine Freundin, nicht Ihre oder Mummys.«

»Ich habe Lutscher mitgebracht. Wenn du ganz brav bist und aus dem Zimmer gehst, gebe ich dir einen.«

»Sind sie gelb?«

»Gelb und rosa.«

»Nur wenn Liyoni auch einen bekommt, in derselben Farbe.«

»Darauf können wir uns einigen, alter Knabe.«

»Versprechen Sie auch, ihr nicht wehzutun?«

»Versprochen.«

»Und können wir später schwimmen gehen? Sie fliegt so gern.«

»Fliegt?«

Hugh nickte. »So nennt sie das Schwimmen.«

Nachdem Naveena Hugh mitgenommen hatte, um draußen mit ihm Ball zu spielen, zog der Arzt sich einen Stuhl ans Bett und untersuchte Liyoni behutsam und gründlich.

Gwen schaute ihm über die Schulter, und als Liyoni die Augen öffnete, lächelte sie. Gwen sah das Vertrauen, das zwischen ihnen gewachsen war, und erwiderte das Lächeln. Dem Arzt entging der Blick nicht. Er sah zwischen Liyoni und Gwen hin und her. Sie hoffte inständig, er möge weder den violetten Sprenkeln in den Augen noch den Ringellocken eine Bedeutung beimessen.

»Gibt es etwas, was Sie mir sagen möchten, Gwen?«

Ihr stockte der Atem. Wenn er nur wüsste, wie gern sie sich alles von der Seele reden würde!

»Wegen des Sturzes, meine ich.«

Gwen atmete erleichtert aus. »Sie ist vom Bett gerollt. Die Kinder sind darauf herumgehüpft. Es ist meine Schuld. Ich hätte mir denken können, dass sie nicht kräftig genug ist. Ich war abgelenkt.«

»Ach so. Höchstwahrscheinlich ist ihre Schwäche auf Mangelernährung zurückzuführen. Päppeln Sie sie auf! Das ist mein Rat.«

»Ach, wie beruhigend! Und sie hat gewiss nichts Ansteckendes?«

»Nein. Sie hat nur einen Schreck bekommen.«

Einen Monat später stand Gwen in ihrem Schlafzimmer und packte schweren Herzens Hughs Koffer für das Internat. Sie hatte seiner Freizeitkleidung einige Überlegung gewidmet und für jede Witterung etwas ausgesucht. Am Tag zuvor war die Schuluniform aus Nuwara Eliya gekommen. In dem Brief der Schule wurde verlangt, alles doppelt mitzugeben, und die Liste war lang.

Hugh saß mürrisch auf seinem alten Schaukelpferd, das jetzt in Gwens Zimmer stand. »Darf ich in den Wilden Westen mitkommen?«

»Wir fahren nicht in den Wilden Westen. Wir fahren nach New York.«

»Aber da gibt es auch Cowboys, oder?«

Sie schüttelte den Kopf. »Eher wird man in Nuwara Eliya einen Cowboy sehen als in New York.«

»Ich finde das ungerecht. Du kannst mir doch in der Zeit Rechnen und Schreiben beibringen.«

»Schatz, du brauchst eine gute Erziehung, damit du mal genauso klug wirst wie Daddy.«

»Er ist nicht klug.«

»Aber natürlich ist er das.«

»Es ist jedenfalls nicht klug zu sagen, dass ich mit Liyoni nicht zum Wasserfall darf.«

Gwen wusste von dem Wasserfall, hatte jedoch gehört, es sei ein steiler Aufstieg, und war deshalb nie dorthin spazieren gegangen. »Daddy hält das für zu gefährlich.«

»Liyoni liebt Wasser. Es würde ihr da gefallen. Ich habe ihn gesehen. Man kann sogar hinfahren. Verity hat mich mal mitgenommen.«

»Oben hinauf?«

»Ja, bis ganz nach oben. Und ich bin nicht bis an den Rand gegangen.«

»Nun, da bin ich aber froh. Komm her, hilf mir mal mit den Schnappverschlüssen! Dafür brauche ich einen starken Mann.«

Er lachte. »Meinetwegen, Mummy.«

Später, als sie für sich selbst den Koffer packte, kam Laurence breit lächelnd herein. Seit Christina abgereist war, um in New York die ersten Schritte einzuleiten, hatte er Plantagenbesitzer aufgesucht und Verträge geschlossen. Gwen hatte ihn kaum gesehen und war darüber froh gewesen. Wenn sie zusammen bei Tisch saßen, deutete nichts darauf hin, dass er über Liyoni etwas wusste, doch Gwen beobachtete jede seiner Regungen.

»Hallo«, sagte er. »Ich habe meine zwei Liebsten vermisst.«

»Daddy!« Hugh sprang vom Schaukelpferd und umarmte ihn.

»Nicht so wild, alter Junge, ich bin müde! Du willst mich doch wohl nicht umwerfen.«

Hugh lachte. »Doch das will ich, Daddy.«

Laurence schaute über Hughs Kopf hinweg zu Gwen. »Ich habe mit der Schule abgesprochen, dass er die ersten zwei Monate dort bleibt.«

»Du meinst, er kommt an den Wochenenden nicht nach Hause? Laurence, nein. Das wird furchtbar für ihn.«

»Nur, solange wir fort sind. Eine Reise nach New York und zurück dauert nun einmal so lange. Außerdem ist ohnehin nichts mehr zu ändern. Christina hat die Passage längst gebucht.«

»Hugh, du kannst jetzt spielen gehen«, sagte sie. »Probier doch mal die neue Schaukel aus!«

Hugh zog ein Gesicht, gehorchte aber. Wie alle Kinder seines Alters spürte er, wenn sich zwischen den Eltern ein Streit anbahnte.

Laurence stand mit dem Rücken zum Licht. Gwen schirmte mit einer Hand die Augen vor der Sonne ab, die durchs offene Fenster hereinschien. »Naveena könnte doch an den Wochenenden auf ihn aufpassen.«

»Ich denke, sie wird mit dem kleinen Mädchen alle Hände

voll zu tun haben.« Er seufzte schwer. »Ich hatte wirklich gehofft, wir hätten inzwischen eine neue Bleibe für sie gefunden.«

»Ich habe es versucht.«

»Ja, sicher.«

»Wie meinst du das?«

»Wie ich es sage. Wieso bist du so empfindlich? Ich muss sagen, seit das Mädchen bei uns ist, wirst du immer gereizter. Was ist denn los?«

Gwen schüttelte den Kopf.

»Also gut. Ich möchte mit dir über Verity reden. Ich habe ihr gesagt, dass sie nicht hierbleiben darf, solange wir weg sind. Sie muss zu Alexander zurück.«

Gwen atmete auf. »Gut. Mir scheint, du hast an alles gedacht. Hat sie dir verraten, was zwischen ihrem Mann und ihr los ist?«

»Sie hat Schwierigkeiten angedeutet.«

»Was für Schwierigkeiten?«

»Kannst du dir das nicht denken?«

»Meinst du wirklich?«

»Ich habe ihr gesagt, sie müsse das mit ihm klären. Die Wahrheit ist, dass sie dieses Benehmen schon zu lange an den Tag legt. Und sie trinkt wieder zu viel. Aber Alexander ist jetzt für sie verantwortlich, nicht ich.«

Halleluja, dachte Gwen und hätte beinahe geklatscht.

»Über das Mädchen entscheiden wir bei unserer Rückkehr. Ich habe zwar versprochen, für Naveena zu sorgen, wenn sie nicht mehr arbeiten kann, doch das schließt plötzlich auftauchende Verwandte nicht ein. Falls die Kleine überhaupt mit ihr verwandt ist.«

»Ach, Laurence, natürlich ist sie das.«

»Die Sache ist aber seltsam. Ich habe mir die alten Familienpapiere meiner Mutter schicken lassen, nur für den Fall, dass etwas verrät, woher das Mädchen stammte. Vielleicht ein Hinweis, der es mit Naveena verbindet.«

»Ich bezweifle, dass das etwas erklärt. Nicht einmal Naveena wusste etwas von dem Kind.«

»Ich weiß. Ich habe mit ihr gesprochen.«

Gwen bekam Herzklopfen. »Was hat sie gesagt?«

»Nicht mehr, als wir schon wissen.« Er stutzte. »Gwen, du siehst so blass aus.«

»Mir geht es gut. Ich bin nur müde.«

Sie sah seine Besorgnis, doch dann fiel sein Blick auf die bereitgelegten Kleider auf dem Bett.

»Die sind alle hübsch, aber pack nicht zu viel ein. Ich sollte dir vielleicht sagen, dass Christina dich auf die Fifth Avenue zum Einkaufen mitnehmen will. Sie meint, du möchtest sicher moderne Kleidung haben.«

Sie stemmte die Hände in die Seiten und funkelte ihn an. »Was denkt sie eigentlich, wer sie ist? Ich bin auf ihre Wohltätigkeit nicht angewiesen und erst recht kein kleines Mädchen, das man zum Einkaufen mitnimmt.«

Er schob das Kinn vor. »Ich dachte, es würde dich freuen.«

»Nein. Ihre bevormundende Art steht mir bis oben. Und deine auch.«

»Liebling, verzeih! Ich weiß, du bist durcheinander, weil Hugh ins Internat fährt.«

»Ich bin nicht durcheinander«, widersprach sie.

»Liebling …«

»Komm mir nicht mit ›Liebling‹! Ich bin überhaupt nicht durcheinander.« Und dann brach sie in Tränen aus.

Er zog sie in die Arme. Sie sträubte sich, aber er hielt sie so fest, dass sie sich nicht loswinden konnte. Was wirklich in ihr vorging, durfte sie ihm nicht offenbaren. Natürlich würde sie Hugh schrecklich vermissen, aber wahrscheinlich würde er die Zeit an der Schule genießen. In Wirklichkeit machte es sie nervös, ihr Heim so lange sich selbst zu überlassen, und sie glaubte keine Sekunde lang, dass Verity sich während der Zeit fernhalten würde.

»Die Zeit wird wie im Flug vergehen, Schatz.« Er hob ihr

Kinn an und küsste sie auf die Lippen, und ihr Verlangen nach ihm war augenblicklich so groß, dass sie nicht mehr sprechen konnte.

»Soll ich die Tür abschließen?«, fragte er grinsend.

»Und das Fenster schließen. Sonst hört man uns überall.« Sie schaute zum Bett, das mit Kleidern überhäuft war.

»Die sind jetzt egal«, sagte er, raffte die Kleidung zusammen und warf sie hinunter, bevor er zur Tür lief, um abzuschließen.

»Laurence! Die sind frisch gebügelt.«

Er packte Gwen, warf sie sich über die Schulter und trug sie zum Bett. Sie lachte, als er sie auf die Matratze warf, und ließ sich von ihm ausziehen.

31

Gwen stand am Fenster ihrer Suite im *Savoy-Plaza* und zog den schweren Brokatvorhang beiseite. Es war ihr erster Morgen in der Stadt, und sie war überrascht, so viele Bäume und den steinigen Strand eines Sees in der Sonne leuchten zu sehen. Sie wusste nicht, was sie erwartet hatte, aber gewiss nicht einen so riesigen Park mitten in der Stadt.

Sie drehte sich um und nahm den Raum in Augenschein. Das glänzende Schwarz, Silber und Grün war gewöhnungsbedürftig, doch ihr gefiel die geometrische Linienführung. An einer Wand hing ein großes Gemälde. Sie wusste nicht recht, was sie aus den schwarzen Klecksen auf dem cremeweißen Hintergrund lesen sollte, aber dafür musste sie unwillkürlich an Ravasinghe denken. Christina hatte vorgeschlagen, seine Ausstellung in einer Galerie in Greenwich Village zu besuchen, und Gwen graute davor. Die ausgestellten Bilder zeigten die eingeborene Bevölkerung Ceylons bei der Arbeit, nicht die reichen, schönen Frauen, die er sonst porträtierte. Aus dieser Serie hatte Christina zwar das Bild für ihre Teemarke ausgesucht, doch Gwen hatte schon beschlossen, Kopfschmerzen vorzutäuschen, und hoffte, Laurence würde dann bei ihr bleiben.

Ihre Anspannung, unter der sie zu Hause permanent gelitten hatte, war wie weggeblasen, und sie schäumte fast über vor Begeisterung. Im Radio wurde gerade *Keep Young and Beautiful* gespielt. Das schien ihr zu New York zu passen. Laurence war schon zu einer Besprechung mit Christina ausgegangen, und Gwen überlegte, was sie in der Zwischenzeit unternehmen sollte. Um nicht ständig daran zu denken, dass Laurence mit Christina allein war, nahm sie eine *Vogue* und schaute sich die neue Mode an, dann griff sie nach ihrer Handtasche, zog sich eine Jacke über und wagte den Sprung ins kalte Wasser. Laurence hatte versprochen, gegen zwölf Uhr zurück zu sein, sodass ihr über zwei Stunden Zeit blieben.

Draußen auf der Fifth Avenue schaute sie an ihrem Hotel hoch. Christina hatte für sie im *Savoy-Plaza* gebucht, weil es dort lebhafter zuging als in dem älteren Haus gegenüber. Es hatte eine Bar, in der man auch um Mitternacht noch Musik hören konnte. Am vergangenen Abend nach der Ankunft waren sie dazu zu müde gewesen. Gwen fand die strenge Fassade und das steile Dach mit den zwei Schornsteinen, das an die Tudorzeit erinnerte, einschüchternd, viel imposanter als die Bauten in Ceylon, die dagegen freundlich und elegant wirkten.

Es war laut. Autos fädelten sich hupend zwischen Oberleitungsbussen, Doppeldeckerbussen und moderneren Eindeckern durch. Ihr Blick fiel auf ein rundes Schild am Rand des Bürgersteigs. Es kennzeichnete eine Bushaltestelle, wie Gwen bei näherem Hinsehen feststellte. Sie schloss sich dem Strom der Männer an, die alle Filzhüte trugen, und versuchte, so locker zu gehen wie sie. Dabei überlegte sie, was sie unternehmen könnte. Sie befand, dass ein Taxi sicherer war. Mit dem Bus mochte sie sonst wo landen. Ehe sie ein Taxi heranwinken konnte, entdeckte sie einen weißen Bus mit Glasdach, auf dem *Manhattan Sightseeing Tour* stand. Spontan stellte sie sich in die Schlange und kaufte sich ein Ticket.

Von ihrem günstigen Platz am Fenster, aus dem sie sich hinauslehnen konnte, hörte sie während der Fahrt das Gespräch eines vor ihr sitzenden Paares mit an. Der Mann empörte sich über einen Anwalt, der wegen Goldhortens, das Roosevelt im März verboten hatte, verklagt worden war. »Im Wert von zweihunderttausend Dollar! Ist das denn die Möglichkeit?«, sagte der Mann. Seine Frau, Gwen nahm zumindest an, dass sie seine Frau war, murmelte zu allem ein »Ja, Schatz«. Es war aber deutlich, dass ihr die Geschichte gleichgültig war und sie sich lieber von den Sehenswürdigkeiten beeindrucken ließ.

Das Stichwort »Gold« brachte Gwen wieder auf den Anlass

ihres Aufenthalts in New York zurück. Leider waren Laurence und sie nicht als Touristen gekommen. Im Lauf des Tages hatte er mit Christina Besprechungen bei der Bank zu absolvieren, und morgen würden sie alle zusammen zu einer Werbeagentur gehen und danach zu einem Anwalt. Am Abend wollten sie ganz groß ausgehen, um die Geschäftsgründung zu feiern. Gwen fand allein die Vorstellung atemberaubend. Laurence war ganz dafür, in einen Jazzclub zu gehen, Gwen hätte lieber einen Film gesehen. Sie waren schon an einigen Werbeplakaten des Strand Theatre vorbeigekommen, einem der großen Filmpaläste. Da wurde gerade *Die 42. Straße* gespielt. Das wäre genau das Richtige, dachte sie.

Das war jedoch nicht die einzige Meinungsverschiedenheit zwischen ihnen. Zwischen Laurence und Christina lief eine Auseinandersetzung, welche Werbeagentur besser geeignet wäre. Sie hörten sich fast an wie ein altes Ehepaar. Am Ende lief es nur noch auf die Wahl zwischen der James Walter Thompson Agency und Masefield, Moore and Clements auf der Madison Avenue hinaus. Erstere hatten das Grilled Cheese Sandwich für einen Klienten erfunden, und das beeindruckte Christina ungeheuer. Letztere dagegen, so wollten es die Gerüchte, planten die erste ausschließlich von Firmen finanzierte Radiosendung, und das war noch besser. Gwen, die an das ruhige Leben auf ihrer Teeplantage gewöhnt war, wusste nicht, was sie von alldem halten sollte.

Während sie die Straßenzüge und Wolkenkratzer bestaunte, war sie gleichzeitig mit ihren Gedanken beschäftigt, und daher überraschte es sie, als die Rundfahrt plötzlich endete und sie sich am Rand des Parks wiederfand. Beim Aussteigen entdeckte sie Laurence und Christina auf dem Weg zum Hoteleingang. Er führte sie am Ellbogen. Gwen konnte sich keine Frau denken, die es weniger nötig hatte, geführt zu werden.

»Laurence!«, rief sie. Entschlossen, sich nicht gekränkt zu fühlen, schluckte sie ihren Ärger hinunter. Ihre Stimme ging im Verkehrslärm unter, sodass Laurence sich nicht umdrehte.

Sie rannte und holte die zwei kurz darauf ein.

»Wie ist es gelaufen?«, fragte sie ein wenig atemlos.

Laurence grinste und küsste sie auf die Wange. »Wir haben ein Gesamtkonzept entwickelt.«

»Und morgen um zehn sind wir bei der Werbeagentur«, fügte Christina hinzu und hakte sich bei beiden unter, als stünden sie in bestem Einvernehmen. »Vielleicht sollten wir jetzt zum Lunch gehen. Gwen und ich haben heute Nachmittag allerhand einzukaufen, Laurence. Und ein neuer Anzug für dich wäre auch nicht verkehrt.«

Gwen war gerade von der Einkaufstour bei Saks und im House of Hawes zurückgekehrt. Es dämmerte bereits, und als das elektrische Licht anging, leuchteten kleine gelbe Rechtecke an den dunkel aufragenden Fassaden. Im Salon ihrer Suite rauchte Laurence eine Pfeife und entspannte sich in einem der beiden eckigen Ledersessel. Der Hotelpage brachte Gwens Einkäufe herein und stellte die Päckchen neben die Tür. Nachdem Gwen ihm ein Trinkgeld gegeben hatte, streckte sie sich in dem anderen Sessel aus.

Eine so anstrengende Einkaufstour hatte sie noch nie unternommen, war aber mit drei wunderschönen Ensembles zurückgekommen, mit denen sie topaktuell aussah. Wenn sie ehrlich sein sollte, hatte sie den Nachmittag genossen. Sie besaß jetzt ein Abendkleid in Hellbeige mit einem violett abgesetzten Schlitz am Ausschnitt und Schmetterlingsärmeln sowie ein schön geschnittenes zweiteiliges Kleid in hellem Erbsengrün und ein Kostüm, das für geschäftliche Termine geeignet war. Alle hatten die neue Wadenlänge und glatte Oberteile. Christina hatte darauf bestanden, zu dem Kostüm die passenden Handschuhe und einen Hut mit einer Krempe zu kaufen, der Gwens Gesicht mehr schmeichelte als die alten Glockenhüte. Sie war froh, ihre Fuchsstola mitgenommen zu haben, denn sie verlieh ihren Konfektionskleidern einen Hauch von Klasse.

»Laurence, ist dir aufgefallen, dass keiner der Hotelpagen weiß ist?« Sie rieb sich die Fußknöchel und hielt einen Moment inne. »Einige sind sehr dunkelhäutig, einige hellbraun.«

»Hab nicht darauf geachtet«, antwortete er hinter seiner Zeitung. »Vermutlich stammen einige von weißen Sklavenbesitzern ab.«

»Kam das häufig vor?«

Er nickte und las weiter.

»Hast du von dem Anwalt gelesen, der verklagt wurde, weil er Gold gehortet hat?«

»Ja, und es gibt einen interessanten Artikel über diesen Hitler in Deutschland. Die haben da eine monumentale Inflation. Könnte sein, dass er das Problem löst.«

»Glaubst du das wirklich? Ich habe gehört, dass er den jüdischen Banken die Schuld daran gibt.«

»Da könntest du recht haben. Woher hast du das?«

»Ich höre die Leute reden, wenn ich unterwegs bin.«

Ein Weilchen herrschte Schweigen. Laurence las, und Gwen wartete auf den rechten Augenblick.

»Soll ich nach Tee läuten?«, fragte sie.

Da er nicht antwortete, rief sie den Zimmerservice an. Dann überlegte sie, wie sie das Thema anschneiden sollte, das sie schon die ganze Zeit beschäftigte.

»Laurence, ich habe nachgedacht.«

»Ach, herrje!«, sagte er grinsend, dann faltete er die Zeitung zusammen und legte sie weg.

»Da ich zum Vorstand des neuen Unternehmens gehören werde, wenn auch nur formell, muss ich doch auch die Papiere unterschreiben, nicht wahr?«

Er nickte.

»Natürlich werde ich alles unterschreiben, was du willst.«

»Daran zweifle ich nicht.«

»Und du bekommst meine volle Unterstützung, aber unter einer Bedingung.«

Laurence' Brauen schossen in die Höhe, doch er ließ sie weiterreden.

»Falls wir tatsächlich Geld scheffeln …«

»Nicht falls, wenn!«

»Nach Christinas Ansicht, ja.«

»Ich denke, sie liegt richtig.«

»Also gut, wenn wir Erfolg haben, möchte ich die Lage unserer Arbeiter verbessern. Die Kinder zum Beispiel sollen bessere ärztliche Versorgung erhalten.«

»Ist das alles?«

Sie holte tief Luft. »Nein. Sie sollen auch besser untergebracht werden.«

»Meinetwegen«, sagte er. »Obwohl ich ihre Lage seit der Zeit meines Vaters hoffentlich schon verbessert habe. Es ist haarsträubend, aber hast du gewusst, dass es bei der Krokodiljagd üblich war, einen pummeligen Säugling als Köder zu benutzen?«

Sie schlug sich entsetzt die Hand vor den Mund.

»Die Jäger handelten einen Preis für das Kind aus, und dann banden sie es an einen Baum, um das Krokodil aus dem Wasser zu locken.«

»Das glaube ich dir nicht.«

»Ich fürchte, es ist wahr. Das Krokodil rannte auf das Kind zu, und die Jäger schossen aus einem Versteck und erlegten es. Das Kind wurde losgebunden, und alle waren zufrieden.«

»Und wenn die Jäger es verfehlt hätten?«

»Dann hätte das Krokodil ein gutes Mittagessen gehabt. Unfassbar, nicht wahr?«

Gwen schaute kopfschüttelnd auf ihre Füße. Laurence seufzte und griff nach der Zeitung, schlug sie aber nicht auf.

Sie wagte sich weiter vor. »Meiner Ansicht nach ist es Zeitverschwendung, eine Schule zu bauen, aber keine gute Unterbringung und ärztliche Versorgung zu gewähren. Die drei Dinge sind notwendig, wenn sich das Leben der Arbeiterfamilien verbessern soll. Stell dir nur mal vor, wie es ist, so wenig zu haben!«

Er dachte einen Moment nach. »Mein Vater glaubte, sie seien froh, Arbeit zu haben und eine gewisse Fürsorge zu erhalten.«

»Das wollte er gern glauben.«

»Warum sagst du das erst jetzt?«

»Das kommt, weil wir hier sind. Ich möchte etwas für unsere Leute tun.« Sie wartete, während er die Zeitung aufschlug und glättete.

»Prinzipiell gebe ich dir recht«, meinte er. »Das würde aber enorme Kosten bedeuten. Ich bin nur dazu bereit, wenn die Gewinne es hergeben. Lässt du mich nun weiter Zeitung lesen, Liebling?«

»Ist das eine, in der wir werben werden?«

»Das wird sich morgen herausstellen.«

»Das ist schrecklich aufregend, nicht wahr?« Sie lehnte sich im Sessel zurück, nahm sich eine Zeitschrift und blätterte darin. Als sie auf einen Artikel stieß, der sie besonders interessierte, klemmte sie sich die Zeitschrift unter den Arm. Den wollte sie lesen, wenn sie allein war.

»Ich gehe ins Bad«, sagte sie.

Im Badezimmer las sie nägelkauend den Artikel, dann schnitt sie ihn mit der Nagelschere aus und warf die Zeitschrift in den Abfalleimer.

Am nächsten Tag bei Masefield, Moore and Clements wurden sie in einen Sitzungsraum geführt, dessen Fensterflucht auf die belebte Straße hinausging.

William Moore war für die kreative Arbeit zuständig. Er begrüßte sie mit einem freundlichen Nicken und stellte ihnen die Entwürfe vor, die bereits auf zwei großen Staffeleien standen. Gwen betrachtete, was die Fachleute aus dem Originalgemälde gemacht hatten. Ravasinghes Name würde unweigerlich fallen, und sie wappnete sich, damit ihr dann kein Unbehagen anzumerken wäre. Dem Bild selbst jedoch konnte sie sich nicht verschließen. Es war im Original schon schön, aber für den Druck waren kräftigere Farben in einem geringfügig anderen Ton gewählt worden, sodass dem Betrachter der rote Sari aus den grünen Teesträuchern entgegenleuchtete.

»Das wird auffallen«, sagte Mr. Moore und zeigte beim Lächeln verblüffend weiße Zähne.

»Es ist schön«, bekräftigte Gwen.

»Wir müssen Mrs. Bradshaw für die Idee danken. Der Künstler hat die Abbildungen übrigens gesehen und ist glücklich damit.«

»So wird die Teepackung also aussehen. Und was ist mit den Anzeigen?«, fragte Laurence, als er sich einen Stuhl unter dem großen ovalen Tisch herauszog.

Sie nahmen Platz, und Moore reichte jedem ein Blatt mit maschinengeschriebenem Text, während Kaffee und Bagels gebracht wurden.

»Das ist eine Liste mit Zeitschriften und Zeitungen, in denen wir werben wollen. Radiosender sind auch darunter. Wir werden im neuen Jahr damit herauskommen.«

Laurence nickte. »Sehr beeindruckend.«

Moore stand auf und drehte die zwei Entwürfe auf den Staffeleien um, hinter denen der Vorschlag für Werbeplakate und für eine Zeitschriftenanzeige zum Vorschein kam. Sein Lächeln ließ keine Sekunde nach.

»Der Hauptgedanke des Konzepts ist es, das Bild in jeder Anzeigenform erscheinen zu lassen. Es soll sich tief ins amerikanische Bewusstsein einprägen, und für Hooper's ist Farbe bei Weitem das beste Mittel. Die Farbe des Saris, die Farbe der Teesträucher und so weiter, obwohl das Bild auch in Sepiatönen sehr hübsch wirkt.«

»Welches Datum schlagen Sie für den Start der Kampagne vor?«, fragte Christina und zündete sich eine Zigarette an.

»Den Neujahrstag. Ich muss nur noch die Einzelheiten unter Dach und Fach bringen. Wir möchten die Herkunft hervorheben.«

»Wie bitte?«

Er wandte sich Gwen zu. »Darum dreht sich heutzutage alles. In diesem Fall, vollaromatischer, reiner Ceylon-Tee.«

Während sie ihren Kaffee tranken, eine Ironie, die Gwen

zum Schmunzeln brachte, zeigte Moore andere Anzeigen seiner Agentur, die gerade an Plakatwänden und in Zeitschriften erschienen. Gwen sah sich die Bilder an und hörte Laurence und Christina über die neuen Investoren sprechen, die sie hatte überzeugen können. Gwen warf einen Blick auf ihr perfekt geschminktes Gesicht, die lackierten Nägel und die elegante Hochsteckfrisur. Sie trug wie immer Schwarz, dazu jedoch einen roten Seidenschal, den sie im Nacken gebunden hatte, und rote Schuhe. In gewisser Weise bewunderte Gwen sie. Christina kannte alle reichen Familien und hatte keine Skrupel, ihre Beziehungen zu nutzen.

Während einer Gesprächspause summte das Gegensprechgerät.

»Entschuldigen Sie mich bitte für einen Moment«, sagte Moore und verließ den Raum.

»Also, was halten Sie davon, Gwen?«, fragte Christina. »Ziemlich aufregend, hm?«

Gwen lächelte breit. »Um ehrlich zu sein, ich bin geblendet.«

»Und das ist erst der Anfang. Warten Sie nur, bis wir als erster Sponsor einer Radiosendung in Erscheinung treten!«

»Ist das denkbar?«

»Noch nicht, aber es wird kommen.«

Moore kehrte mit einem pfiffig aussehenden jungen Mann zurück. Dessen Haare waren glatt gekämmt, sein Anzug tadellos, aber er rückte ständig seine Krawatte zurecht und trat von einem Bein aufs andere. Moore lächelte ausnahmsweise nicht. Es war ein peinlicher Moment. Laurence stand auf. Er schien zu spüren, dass sich etwas geändert hatte und von ihm eine Entscheidung erwartet wurde. Als die Atmosphäre von hoffnungsvoller Vorfreude in stummes Abwarten umgeschlagen war, wechselten Gwen und Christina einen Blick.

»Ich fürchte, es hat eine Panne gegeben.« Moore hob die Hand, da sich alle nervös aufrichteten. »Aber keine allzu große, und ich hoffe, wir können sie beheben.«

Gwen beobachtete, wie Laurence das Kinn vorschob.

»Wie gesagt, ich hoffe, wir werden trotzdem in der Lage sein, mit der Kampagne zu beginnen.«

Die Spannung wuchs, und Gwen überraschte es nicht, dass Laurence, der sichtlich verärgert war, in scharfem Ton darauf reagierte.

»Sie hoffen? Was soll das heißen? Sagen Sie uns doch, was für eine Panne passiert ist, Mann!«

Moore sah alle der Reihe nach an und bot eine lebhafte Mimik, als ginge er in Gedanken durch, was er darauf erwidern könnte. »Nun, die Sache ist die: Wir haben von unserem Kontaktmann in einer anderen Agentur Nachricht erhalten. Unglücklicherweise hat eine andere Marke die Anzeigenplätze aufgekauft, die wir Ihnen vorschlagen wollten.«

»Welches Produkt?«, fragte Christina.

Der junge Mann schaute auf seine Füße und knackte mit den Fingerknöcheln. »Tee … fürchte ich.«

Gwen ließ die Schultern hängen. Sie hatte es geahnt: Es wäre ja auch zu schön gewesen.

»Für Hooper's ist Platz auf dem Markt. Davon bin ich überzeugt. Schließlich gibt es viele kleinere Firmen, die Tee verkaufen. Das heißt nur, dass wir die Kampagne später starten.«

»Und den anderen einen Vorteil verschaffen?« Laurence rieb sich das Kinn.

Der junge Mann lächelte nicht, sondern schluckte verlegen.

»Wenn wir Lipton Konkurrenz machen wollen, müssen wir schneller sein«, sagte Christina. »Ich dachte, das hätte ich von Anfang an klargemacht.«

»Ich verstehe Sie«, erwiderte Moore unglücklich lächelnd. »Leider sind wir nicht in sämtliche Aktivitäten der anderen Agenturen eingeweiht. Auch wenn wir überall unsere Ohren haben und unser Bestes tun.«

»Hoffen Sie, dass es keiner von Ihren Leuten war, der denen einen Wink über unsere Pläne gegeben hat!«, meinte Christina mit verkniffenem Mund.

Gwen stand auf. »Wer wem was gesteckt hat, ist belanglos. Wir werden nicht als Zweite auftreten.«

Christina setzte zu einer Erwiderung an.

Gwen hob die Hand. »Lassen Sie mich bitte ausreden! Wir werden die Kampagne nicht später, sondern früher starten. Wenn Sie das Erscheinen für Dezember arrangieren können, bleiben wir im Geschäft, Mr. Moore. Wenn nicht, ist der Auftrag für Sie geplatzt.«

Laurence grinste. Christina starrte Gwen mit offenem Mund an.

Während des kurzen Schweigens blickte Moore von einem zum anderen.

»Nun?« Gwen versuchte, das nervöse Kribbeln im Magen zu ignorieren.

»Geben Sie mir bis heute Abend Zeit! Wo kann ich Sie erreichen?«

An dem Abend war Gwen nicht sosehr in Feierlaune wie gedacht. Christina hatte den Termin mit dem Anwalt verlegt, der darüber nicht allzu erfreut gewesen war. Nachdem er bei den Verträgen zu doppelter Eile gedrängt worden war, lagen diese nun auf seinem Schreibtisch und warteten auf die Unterzeichnung. Christina hatte die Verzögerung herunterspielen können. Die Investoren durften jetzt auf keinen Fall kalte Füße bekommen. Aber sie alle wussten, wenn es Moore nicht gelänge, den Kampagnenstart vorzuziehen, würden sie gegenüber dem Konkurrenten einen wichtigen Vorteil verlieren.

Gwen, die ihr neues Abendkleid trug, war sehr still. Christina führte sie in den *Stork Club* an der 51. Straße Ost. Später sollte dort Cab Calloway auftreten, und als neuer Jazzliebhaber war Laurence glänzender Laune, als sie durch das Gedränge dem Saal zustrebten. Christina nickte einer Frau im geblümten Seidenkleid zu.

»Wer war das?«, fragte Gwen, nachdem sie weitergegangen waren.

»Ach, bloß eine von den Vanderbilts. Hier sieht man nur Glanz und Reichtum, Schätzchen.«

Im Saal war gerade Musikpause, und Christina, in schwarzer Seide und mit Glanz in den blonden Haaren, stöckelte auf einen der drei Musiker zu, die hinten an einem Tisch saßen. Sie küsste ihn und hinterließ dabei roten Lippenstift auf seiner Wange.

»Rutscht rüber, Jungs!«, sagte sie. »Das sind Freunde von mir aus Ceylon.«

Ein Kellner brachte ein Tablett mit mehreren Gläsern Bier.

»Das Zeug ist ein bisschen schwach auf der Brust, hat nicht mal drei Prozent«, meinte Christina und zwinkerte dem jungen Mann zu. »Kann man dem nicht ein bisschen mehr Schwung geben?«

Gwen hörte zu, wie Christina mit den Musikern plauderte, und als das Bier, diskret mit Wodka verstärkt, erneut serviert wurde, brachte der erste Schluck sie zum Husten.

»Die Prohibition wird bald aufgehoben«, raunte Christina ihr zu. »Das schreckliche Bier ist eine Übergangsmaßnahme.«

Auch nach dem zweiten Schluck gelang es Gwen nicht, ihre Nervosität abzulegen. Christina jedoch gab sich wie immer unbeschwert und gut gelaunt – offenbar konnte sie das, ganz gleich, was in ihrem Leben gerade passierte. Gwen merkte, dass sie sie eigentlich gar nicht kannte. In New York wirkte sie noch amerikanischer als in Ceylon. Anfangs war Gwen von ihr eingeschüchtert gewesen, dann eifersüchtig auf ihre lässige Art, mit der sie Laurence umgarnte, und schließlich wütend, nachdem Laurence' Aktien gefallen waren. Inzwischen war ihr Zorn ein wenig verraucht, und sie stellte überrascht fest, dass sie Christinas Mut und Entschlossenheit bewunderte. Denn mutig war es, nach dem immensen Verlust noch einmal mit einer neuen Geschäftsidee an sie heranzutreten.

Einer der Musiker stand vom Tisch auf, und als Laurence sich mit den übrigen in ein Gespräch vertiefte, rückte Christina näher an Gwen heran. »Ich bin so froh, dass wir das Kriegsbeil begraben haben«, meinte sie und drückte Gwens Hand.

»Das Kriegsbeil?«

»Kommen Sie, Sie müssen doch gewusst haben, wie eifersüchtig ich war, als Laurence von England zurückkam und mir eröffnete, dass er geheiratet hat.«

»Sie waren auf mich eifersüchtig?«

»Wer wäre das nicht? Sie sind schön, Gwen, und das auf diese natürliche Art, die Männer bewundern.«

Gwen schüttelte den Kopf.

»Natürlich hatte ich gehofft, Laurence würde Sie als Mutter seiner Kinder und mich als Geliebte nehmen.«

»Das dachten Sie?« Gwen verschlug es den Atem. »Diesen Eindruck hatten Sie von ihm?«

Christina lachte. »Überhaupt nicht. Aber an Versuchen habe ich es nicht mangeln lassen.«

»Hat er je … ich meine, haben Sie jemals …«

»Nach eurer Heirat?«

Gwen nickte.

»Eigentlich nicht, obwohl wir nahe dran waren. Auf dem Ball damals in Nuwara Eliya.«

Gwen biss sich auf die Lippe und bohrte sich die Fingernägel in die Handballen. Auf keinen Fall würde sie jetzt weinen.

Christina fasste ihr an den Arm. »So nah auch wieder nicht, Schätzchen. Es war nur ein Kuss.«

»Und jetzt?«

»Das ist lange vorbei. Ganz ehrlich. Sie hatten nie wirklich Grund, sich Sorgen zu machen. Aber ich gebe zu, ich wollte bei Ihnen den Eindruck erwecken.«

»Warum wollten Sie das?«

»Vermutlich, weil es Spaß gemacht hat, und außerdem bin ich eine schlechte Verliererin. Aber Sie können mir glauben, wenn ich sage, dass Sie mir beide am Herzen liegen.«

Gwen schaute ein wenig skeptisch.

»Doch, ehrlich. Und überhaupt habe ich gerade etwas mit dem appetitlichen Bassisten.« Sie deutete mit dem Kopf auf den Mann, den sie auf die Wange geküsst hatte.

Gwen lachte, und Christina stimmte in das Lachen ein. Beschämt, weil sie an Laurence gezweifelt hatte, und zugleich überglücklich, dass er sich nicht hatte verführen lassen, war Gwen so entspannt wie schon lange nicht mehr.

Als die Musiker aufstanden und zu ihren Instrumenten gingen, um weiterzuspielen, kam der Bassist noch einmal zu Christina, die ihm lächelnd entgegensah. Er beugte sich hinab und küsste sie auf den Mund. Seine Kollegen riefen ihm scherzhafte Bemerkungen zu. Im dem Moment sah Gwen Moore in den Saal kommen. Er war noch zu weit entfernt, als dass man seinem Gesichtsausdruck etwas hätte entnehmen können. Christina hatte ihn ebenfalls entdeckt und drückte Gwens Hand, eine Geste, die Gwen überraschte. Sie beobachteten gespannt, wie Moore zwischen den tanzenden und trinkenden Gästen hindurch auf ihren Tisch zusteuerte.

In dieser Nacht liebten sie sich lange und still. Hinterher sah Laurence sie mit so viel Wertschätzung an, dass Gwen sich fragte, wie sie auf den Gedanken verfallen war, er könnte Verlangen nach Christina haben. Sie besann sich auf die kleinen und großen Liebesbeweise, die er im Lauf der Jahre erbracht hatte – angefangen bei dem Jadehalsband und dem Seidenbild aus Indien bis zu den kleinen, alltäglichen Aufmerksamkeiten. Es waren unzählige. Dankbar für jeden einzelnen Augenblick mit ihm, bedeckte sie sein Gesicht mit Küssen.

»Was hat das nun ausgelöst?«

»Ich bin eine sehr glückliche Frau, das ist alles.«

»Der Glückspilz hier bin ich.«

Sie lachte. »Dann haben wir wohl beide großes Glück«, sagte sie und stand auf, um ins Bad zu gehen.

Es war doch ein schöner Abend geworden. Gott sei Dank hat Moore Erfolg gehabt, dachte sie, als sie sich das Gesicht wusch. Es war ihm gelungen, einige seiner Kunden, die auch im Dezember Anzeigen schalten wollten, auf andere Termine zu legen. Nun würden sie zwar nicht ganz so viel Furore machen wie zu Neujahr, dafür würden sie die Kampagne jedoch im Februar wiederholen und ihren Konkurrenten quasi in die Zange nehmen.

Sie drehte den Wasserhahn zu, und als sie sich abtrocknete, klingelte nebenan das Telefon. Die Badezimmertür war nur angelehnt. Sie hörte Laurence den Hörer abnehmen.

»Du weißt, was ich dir gesagt habe.« Er sprach leise, aber verständlich. »Warum müssen wir unbedingt jetzt darüber reden? Ich dachte, wir hätten uns geeinigt.«

Eine Weile hörte Laurence schweigend zu.

»Meine Liebe, natürlich hast du einen Platz in meinem Herzen. Bitte weine nicht! Du bedeutest mir sehr viel. Aber darauf brauchst du nicht zu hoffen. Diese Zeiten sind vorbei. Ich habe bereits erklärt, wie es jetzt zu sein hat.«

Wieder schwieg er eine Weile, und Gwen konnte ihr Herz klopfen hören.

»Meinetwegen, ich werde sehen, was ich tun kann. Natürlich liebe ich dich. Aber du musst wirklich damit aufhören.«

Gwen fasste sich um die Schultern.

»Ja, so schnell wie möglich. Versprochen.«

Gwen krümmte sich vor Schmerz zusammen. Sie hatte sich von Christina hereinlegen lassen.

32

An Bord des Schiffes hatte Gwen endlich den Mut aufgebracht, Laurence auf das Telefonat anzusprechen. Das sei etwas Belangloses gewesen, hatte er gebrummt und sich abgewandt. Sie wünschte sich verzweifelt, er möge eingestehen, dass Christina noch immer hinter ihm her war, und war tief verletzt, weil er nicht ehrlich zu ihr war. Doch ein Streit auf See, wo sie einander nicht aus dem Weg gehen konnten, war keine gute Idee. Und dann, nachdem sie zu Hause angekommen waren, geriet das Telefonat völlig in den Hintergrund. Denn das Erste, womit sie überfallen wurden, war ein Überraschungsbesuch von Verity, die nach Zigarettenrauch, Alkohol und abgestandener Luft roch.

Der Butler hatte die Haustür geöffnet und nicht verhindern können, dass sie in den Salon taumelte, wo Laurence und Gwen sich am ersten Tag nach der langen Reise entspannten. Von McGregor hatten sie bereits erfahren, dass Verity sich über Laurence' Verbot hinweggesetzt hatte und regelmäßig ins Haus gekommen war, um ein oder zwei Nächte zu bleiben. Denn einen Schlüssel hatte sie noch, und bis McGregor ihren Besuch bemerkt hatte, war sie jedes Mal schon wieder fort gewesen.

Bei dem ungepflegten Anblick, den seine Schwester bot, stand Laurence auf und hatte Mühe, seine Bestürzung zu verbergen. Was los sei, fragte er, und Verity warf sich in einen Sessel, schlang die Arme um die Knie, ließ den Kopf hängen und fing an zu weinen.

Gwen ging zu ihr und hockte sich neben die Armlehne. »Erzähl uns, was passiert ist!«

»Ich kann nicht«, stöhnte sie. »Ich habe so viel angerichtet.«

Gwen wollte tröstend ihre Hand nehmen, aber Verity stieß sie weg.

»Ist es wegen Alexander? Vielleicht können wir vermitteln.«

»Mir kann keiner helfen.«

Laurence war sichtlich unbehaglich zumute. »Ich verstehe nicht recht. Warum hast du ihn geheiratet, wenn er dich nicht glücklich macht? Er ist ein anständiger Bursche.«

Sie stöhnte und klang ehrlich verzweifelt. »Es geht nicht um ihn … Du irrst dich.«

Er zog die Brauen zusammen. »Worum denn? Was ist los?«

»Bitte, sag es uns, Verity!«, bat Gwen. »Wie sollen wir dir helfen, wenn wir nicht wissen, worum es geht?«

Ihre Schwägerin murmelte etwas und fing an zu schluchzen. Gwen und Laurence wechselten besorgte Blicke. Während Laurence unsicher zögerte, beschloss Gwen, ihre Schwägerin weiter zum Sprechen zu ermuntern. »Komm, Liebes, so schlimm kann es doch nicht sein, nicht wahr?«

Sie bekam keine Antwort, und dann schwiegen sie alle drei.

Gwen erhob sich und ging ans Fenster, um auf den See zu blicken. Verity hat ihre Eltern früh verloren, dachte sie. Aber Fran ebenfalls, und die beiden hätten unterschiedlicher nicht sein können. Fran war lebensfroh und bereit, es mit der Welt aufzunehmen, Verity dagegen war launisch und ohne inneren Halt. Nun schien sich ihre Lage zuzuspitzen. Gwen drehte sich um, als sie Verity mit halb erstickter Stimme sprechen hörte.

»Wie war das?«, fragte Laurence barsch. »Was hast du gesagt?«

Verity blickte auf und kaute auf der Unterlippe. »Es tut mir wirklich leid.«

Sie sah so elend aus, dass Gwen Mitleid bekam. Allerdings hatte sie Verity nicht verstanden. Aber Laurence wohl, denn er wirkte sehr aufgebracht. Mit großen Schritten ging er zum Sessel, zog sie hoch und hielt sie bei den Armen gepackt.

»Sag das noch mal, Verity, damit Gwen es auch hört!«

Er ließ sie los, woraufhin seine Schwester in den Sessel plumpste und den Kopf in die Hände stützte. Als sie weiter schwieg, zog Laurence sie noch einmal auf die Beine.

»Sag es! Sag es!«, zischte er. Er war rot vor Zorn.

Einen Moment lang sah sie ihn an, dann verbarg sie mit flatternden Händen ihr Gesicht.

»Herrgott noch mal, du wirst es jetzt sagen, oder ich schüttle es aus dir heraus!«

»Es tut mir leid, es tut mir leid.«

Gwen trat zu ihnen. »Was tut dir leid?«

Verity ließ den Kopf hängen. »Es hat mich verrückt gemacht. Ich kann es mir nicht verzeihen. Ich liebe ihn, verstehst du. Das müsst ihr mir glauben.«

»Wen meinst du denn?«, fragte Gwen. »Sprichst du von Ravasinghe? Hast du ihm etwas angetan?«

Verity blickte scharf auf.

»Was ist es, Verity? Du machst mir Angst.«

»Sag es ihr!«, befahl Laurence.

Verity murmelte etwas Unverständliches.

»Lauter!«

»Na schön«, sagte sie. Dann stieß sie es trotzig hervor. »Ich bin nicht mit Hugh zur Diphtherie-Impfung gegangen.«

Gwen zog die Stirn kraus. »Doch, natürlich. Weißt du es nicht mehr? Ich hatte schreckliche Kopfschmerzen, und darum bist du mit ihm hingefahren.«

Verity schüttelte den Kopf. »Du hörst nicht richtig zu.«

»Aber, Verity …«

»Ich bin nicht mit ihm dort gewesen. Begreifst du nicht? Er hat die Impfung nicht bekommen.« Verity fing wieder an zu schluchzen.

Gwen merkte, wie sie blass wurde. »Aber du hast gesagt, du wärst dort gewesen«, wandte sie schwach ein.

»Ich bin zu Pru gefahren und habe Hugh mitgenommen. Es waren noch andere Freunde da. Wir haben ziemlich viel getrunken, und dann habe ich es vergessen.«

Laurence ließ seine Schwester los und gab ihr dabei einen Schubs, fast als müsste er sich zusammenreißen, um sie nicht zu schlagen. Stattdessen versetzte er der Rückenlehne des Sofas einen Hieb.

Verity griff nach seinem Arm.

Er stieß sie weg. »Raus! Ich kann deinen Anblick nicht mehr ertragen.«

»Bitte, sag das nicht! Bitte, Laurence!«

Gwens Erregung wuchs. Konnte das wahr sein? Ihr verschwamm die Sicht. Die Umgebung wurde zum gestaltlosen Hintergrund. Sie schüttelte den Kopf.

»Warum hast du das nicht gesagt? Er hätte an einem anderen Tag geimpft werden können«, hörte sie Laurence fragen.

Verity begann an den Nägeln zu kauen. »Ich hatte Angst. Du wärst mir böse gewesen. Ihr beide wärt mir böse gewesen.«

Gwen stand reglos da und brachte vor Zorn kein Wort heraus. In fassungslosem Schweigen dachte sie nur: Halte dich zurück, oder du bereust es! Aber sie sah einen beängstigenden Ausdruck in Laurence' Augen.

»Soll das heißen, mein Sohn wäre fast gestorben, weil du dich betrunken hast?«, verlangte er in eisigem Ton zu wissen. Er starrte seine Schwester an, die schon wieder zu weinen anfing.

»Anstatt uns die Wahrheit zu sagen, hast du lieber Hughs Leben aufs Spiel gesetzt. Und das, obwohl du weißt, wie gefährlich diese Krankheit ist.«

»Ich weiß, ich weiß. Ich dachte, es wird schon nichts passieren. Und ihm ist ja auch nichts passiert. Es tut mir leid. Es tut mir wirklich leid.«

»Warum erzählst du uns das jetzt?«

»Ich musste ständig daran denken. Ich konnte deswegen nicht mehr schlafen. Und dann, als ich die kleine Singhalesin krank im Bett liegen sah, hat mich das so stark an Hugh erinnert … Ich konnte es nicht mehr ertragen.«

Gwen blickte sie empört an. »*Du* konntest es nicht mehr ertragen? Kannst du dir überhaupt vorstellen, wie es ist, um das Leben seines Kindes zu bangen?«

Mit verzweifelter Wut ging sie auf ihre Schwägerin los und traktierte sie mit stümperhaften, kraftlosen Faustschlägen gegen die schützend erhobenen Arme, bis Verity sich wegduckte.

Gwen ließ die Hände sinken und fing an zu weinen, dann brach sie in hemmungsloses Schluchzen aus. Laurence nahm sie in den Arm, und sie ließ sich zum Sofa führen. Als sie dort saß und sich hin und her wiegte, läutete er nach einem Diener.

Ein neuer Gedanke keimte in ihr auf. Nach ein paar Augenblicken hob sie den Kopf. »Mein Rezept, Verity. Hast du es abgeändert?«

Die Schwägerin starrte sie an und schrie dann unvermittelt: »Du gehörst nicht hierher! Das ist mein Zuhause. Ich will dich hier nicht haben.«

Laurence stockte. Sein Gesicht war ein Bild der Qual. »Sie hätte daran sterben können«, brachte er krächzend hervor. »Verschwinde auf der Stelle aus unserem Haus! Du hast von mir keinen Penny mehr zu erwarten.«

Die zweite Sache ereignete sich eine Woche später, nachdem sie schon anstrengende sieben Tage hinter sich hatten. Es war Ende Oktober, also kurz vor dem Monsun. Laurence hatte einen langen Spaziergang mit den Hunden unternommen und kam spät zurück. Gwen beneidete ihn, weil er sich der schwarzen Stimmung im Haus zu entziehen wusste. Was sie selbst anging, so hatte sie Verity aus dem Haus haben wollen, ja, aber nicht auf diese Weise. Und sie war viel zu erschüttert, um nachträglich zu versuchen, Laurence umzustimmen. Trotz ihrer Wut hatte sie auch Mitleid mit ihrer Schwägerin, und wegen der Aufregung und Sorge darüber, was nun aus Verity werden würde, hatte sie es nicht übers Herz gebracht, ihn noch einmal auf das in New York belauschte Telefonat anzusprechen. Sie tröstete sich mit dem Wissen, dass sie Christina vorläufig nicht zu begegnen brauchte.

Dr. Partridge stand am Fenster des ruhigen Kinderzimmers und schaute auf den See.

»Das ist eine schöne Aussicht«, bemerkte er und kam dann zum Bett, wo Gwen auf dem Stuhl saß, Liyonis Hand hielt und auf seine Diagnose wartete. Sie hatte versucht, ihn anzurufen, sowie ihr Liyonis veränderte Körperhaltung aufgefallen war.

Doch er war nicht in seiner Praxis gewesen und hatte erst jetzt kommen können.

Er hob Liyonis Arme an, und als er sie losließ, fielen sie kraftlos herab. Das Gleiche passierte bei den Beinen. Er prüfte ihre Reflexe an den Knien und Fußgelenken. Sie waren fast nicht vorhanden. Er räusperte sich und bedeutete Gwen, mit ihm ans Fenster zu gehen. Nach einem Blick auf Liyoni, die nach wie vor an die Decke starrte, folgte Gwen seiner Bitte.

»Es sieht nicht gut aus«, sagte er leise. »Ich fürchte, sie leidet an etwas ganz anderem, als ich zunächst annahm.«

Gwen rang sich ein zuversichtliches Lächeln ab, nach dem ihr wahrlich nicht zumute war. »Aber bei der vorigen Untersuchung sagten Sie, sie würde wieder auf die Beine kommen.«

»Ihre Schwäche rührt nicht von einer Fehlernährung.«

Gwen hielt das Lächeln nur noch krampfhaft aufrecht. »Aber sie wird wieder gesund?«

»Ich glaube, sie leidet an einer zehrenden Krankheit. Fällt ihr das Atmen manchmal schwer, oder hatte sie eine Atemwegserkrankung?«

Gwen nickte.

»Und Sie meinen, ihre Körperhaltung hat sich verschlechtert?«

Gwen biss sich auf die Lippe und konnte nicht sprechen.

»Es lässt sich nicht mit letzter Sicherheit sagen, aber ich denke, eine Degeneration in der Wirbelsäule verursacht Muskelschwund.«

Entsetzt fuhr sie sich an den Mund.

»Es tut mir leid.«

»Aber es gibt doch etwas dagegen? Sie werden ihr helfen können?«

Er schüttelte den Kopf. »Wenn ich richtigliege, ist das eine Muskelatrophie, die sich stetig verschlimmern wird. Ich fürchte, es wird am Ende zu Herzversagen kommen.«

Gwens Selbstbeherrschung brach zusammen. Sie beugte sich vornüber, als hätte sie einen Schlag in den Magen erhalten.

Er hielt ihr die Hand hin, doch sie nahm sie nicht. Wenn sie sein Mitgefühl annähme, würde alles, was sie mühsam für sich behalten hatte, aus ihr hervorsprudeln. Sie atmete tief durch.

»Gibt es denn nichts, was wir für das arme Kind tun können?«, fragte sie so gefasst wie möglich und musste sich auf die Stuhllehne stützen. »Liyoni hat niemanden, wissen Sie. Nur Naveena und … uns.«

»Ich werde ihr einen Rollstuhl schicken lassen.«

Gwen schauderte. »Nein!«

»Falls Sie eine zweite Meinung einholen möchten …«

»Wird sie trotzdem noch schwimmen können?«

Er lächelte. »Vorerst noch. Der Auftrieb im Wasser verringert ihre Schmerzen und den Druck auf Wirbelsäule und Beine.«

»Und am Ende?«

»Ich werde der Kinderfrau zeigen, wie sie ihr die Beine massieren soll.« Er kräuselte das Kinn. »Das brauchen Sie nicht selbst zu tun.«

Gwen überlegte kurz. »John, ich frage mich gerade, wenn ich das Mädchen eher hätte zu uns nehmen können, ob …«

»Ob die Krankheit dann ausgeblieben wäre, meinen Sie?«

Sie nickte und hielt den Atem an.

Er zuckte mit den Schultern. »Das kann man nicht wissen. Diese Krankheit ist angeboren. Bei Erwachsenen kann sie langsam verlaufen. Wir wissen noch nicht viel darüber. Bei Kindern schreitet die Entwicklung meist schnell voran.«

»Und?«

»Nun, um Ihre Frage zu beantworten: Ich bezweifle, dass das etwas geändert hätte.«

Sobald er gegangen war, legte sich Gwen zu Liyoni aufs Bett. »Alles wird gut«, sagte sie, während sie ihr die heiße Stirn streichelte. »Alles wird gut.«

Am nächsten Morgen bestand Naveena darauf, dass Liyoni im Kinderzimmer blieb, wo sie ungestört auf sie aufpassen und zugleich Gwen ein wenig entlasten konnte, die sich auch noch um diverse andere Dinge zu kümmern hatte.

Als Gwen allein in ihrem Zimmer war, kehrten ihre Gedanken zu dem Abend im *Stork Club* zurück. Es kam ihr vor, als wäre New York ein Traum gewesen, ein lebendiger, strahlend heller und, von dem belauschten Telefonat abgesehen, wunderschöner Traum. Was immer Christina mit dem Anruf bezweckt hatte, im Augenblick war es Gwen gleichgültig.

Sie schaute zum See hinaus, weil sie hoffte, das stille Wasser werde sie beruhigen. Doch vor der hellen Wasserfläche zeichnete sich Laurence' Silhouette ab, und es dauerte einen Moment, bis sie begriff, dass er Liyoni trug. Hugh war bei ihm, und die Hunde folgten dichtauf. Laurence mit ihrer Tochter auf dem Arm weckte in ihr eine tiefe Liebe, die ihr die Angst nahm. Sie warf sich den Morgenmantel über und ging auf die Veranda.

In der Luft wimmelte es von Vögeln, und zusammen mit dem Gesumm der Mücken verursachten sie gehörigen Lärm. Sie lauschte und sah zu, wie die Vögel zu ihren Nestern flogen oder von dort aufstiegen. Ein Dunstschleier lag über dem Garten, seine Farben liefen ineinander wie auf den Gemälden der Impressionisten. Ein Adler flog über den Himmel. Sie sah ihre kleine Familie am Ufer ankommen. In der Mitte, wo sich der Himmel spiegelte, war der See silbern und am Rand dunkelgrün von den Bäumen.

Spew rannte aus dem Wasser und flitzte auf Gwen zu, Ginger drehte sich im Kreis und versuchte, ihren Schwanz zu fassen zu bekommen. Gwen bückte sich, um den Hund zu tätscheln, doch er sprang an ihr hoch, und wenn sie seine Nase berührte, schoss eine rosa Zunge aus dem kleinen Maul heraus. Ihr dünner Baumwollrock war feucht von Spews Fell und roch jetzt nach nassem Hund.

Liyoni hatte den Arm um Laurence' Hals gelegt. Er ging mit ihr ins Wasser, und nach einigen Schritten nahm er ihren Arm herunter. Kormorane stiegen auf, als er Liyoni in den See hinabsenkte. Einen Moment lang bewegte sie sich nicht. Gwen stockte das Herz.

Laurence stand daneben, bereit, Liyoni aus dem Wasser zu heben, und Hugh stand an ihrer anderen Seite, um notfalls zu helfen. Ein paar Sekunden lang trieb sie auf dem Rücken im Wasser, dann drehte sie sich plötzlich auf den Bauch und planschte mit den Armen, schien das Gleichgewicht zu finden und fing an zu schwimmen. Erleichterung durchströmte Gwen. Sie lief die Stufen hinunter zum See. Laurence hörte sie kommen und wandte den Kopf.

»Das ist nett von dir«, sagte sie lächelnd und zutiefst gerührt.

Sein Gesichtsausdruck verwirrte sie jedoch, und sein Ton war schroff. »Partridge hat mir gesagt, woran sie leidet. Ich weiß, wie gern du sie hast. Um ehrlich zu sein, ich gewöhne mich gerade daran, sie bei uns zu haben.«

Gwen schluckte und traute ihrer Stimme nicht. Es gab keinen Grund, seine veränderte Haltung gegenüber dem Kind zum Thema zu machen, auch wenn sie sich darüber wunderte. Er kam zu ihr und hakte sich bei ihr ein, und gemeinsam sahen sie Liyoni beim Schwimmen zu.

»Wir dürfen sie nicht zu weit hinausschwimmen lassen«, sagte Gwen.

»Keine Sorge. Beim kleinsten Anzeichen, dass sie schwach wird, bin ich bei ihr. Wenn man ein Mal geliebte Menschen verloren hat, weiß man, wie wichtig Familie ist.«

»Würdest du mir jetzt vielleicht erzählen, was damals passiert ist? Mit Caroline, meine ich.«

»Das weißt du doch«, sagte er angestrengt.

»Ja. Aber … verzeih, dass ich danach frage. Du hast erwähnt, dass es nicht am See passiert ist. Wo denn dann? Du hast es mir nie erzählt.«

»Weil ich den Platz verabscheue. Sie ist in den Teich unter dem Wasserfall gegangen. Mit Thomas in den Armen, sodass sie nicht schwimmen konnte. Naveena hat es mit angesehen.«

Gwen stellte sich vor, was in Laurence vorgegangen sein musste, und sah schwärzeste Verzweiflung.

»Naveena hatte eine dunkle Ahnung. Darum ist sie Caroline nachgegangen. Hätte sie das nicht getan, wüssten wir wohl heute noch nicht, was genau passiert ist. Manchmal frage ich mich, ob es nicht vielleicht besser gewesen wäre.«

Gwen dachte darüber nach. »Du hättest dir alles Mögliche ausgemalt.«

Er nickte. »Da könntest du recht haben.«

»Naveena konnte es nicht mehr verhindern?«

Laurence schaute zu Boden und schüttelte den Kopf. »Es ging zu schnell.«

»Wer hat sie aus dem Wasser gezogen? Naveena?«

Er holte tief Luft, dann starrte er sie an. Plötzlich sah er älter aus. Ihr war bisher nicht aufgefallen, dass er mehr graue Haare bekommen hatte.

»Es tut mir leid. Ich hätte das nicht fragen sollen. Du brauchst es mir nicht zu erzählen.«

Er schaute sie an, und sie beschirmte die Augen gegen die Sonne und blickte zu ihm auf.

»Das ist es nicht.«

»Was denn?«

»Naveena kam uns holen, McGregor und mich. Er fand Thomas. Ich zog Caroline aus dem Wasser. Sonderbar war, dass sie ihr Lieblingskleid anhatte. Das grüne aus Seide. Sie war gekleidet wie für eine Abendgesellschaft. Das kam mir vor, als wollte sie damit etwas sagen.«

Bei der Vorstellung wurde es Gwen eng in der Brust, und sie schwieg dazu. Auch er verfiel für ein paar Augenblicke in Schweigen. Er schien zu überlegen. Sie wartete ab.

»Die Strömung hat sie sofort auseinandergetrieben. Thomas wurde in der Nähe des Wasserfalls ans Ufer geschwemmt.« Laurence wischte sich über die Stirn. »Bevor Caroline das Haus verließ, hat sie seine Sachen in die Truhe des Diwans geräumt, wo du sie gefunden hast.«

»Es tut mir unendlich leid«, sagte Gwen und lehnte sich an ihn. In vielerlei Hinsicht, dachte sie und hätte gern weitergesprochen. Sie wünschte, sie könnte ihm sagen, dass sie das gesamte Telefongespräch belauscht hatte und wusste, wer dran gewesen war. Aber sie verzichtete darauf. Es war nicht der rechte Augenblick dafür.

Am Sonntagabend wurde Hugh zum Internat gebracht, und am frühen Montagmorgen fuhr McGregor mit Laurence und ihr nach Colombo, wo sie sich mit Fran treffen wollten. Dort angekommen, bat Laurence sie, im Zentrum zu bleiben, da es in den ärmlichen Randvierteln zu Tumulten gekommen war.

»Ich habe keine Angst vor solchen Leuten«, hielt sie ihm entgegen.

»Ich meine es ernst, Gwen. Geh in die Geschäfte in der Nähe und komm sofort ins Hotel zurück! Kein Gang durch den Bazar!«

Während Laurence sich um die Verschiffung der angewachsenen Teeladung kümmerte, die an die amerikanische Westküste transportiert und in einer neuen, von Christina geleiteten Fabrik verpackt werden sollte, erledigte Gwen einige wichtige Einkäufe. Bei ihrer Rückkehr begegnete sie dem Menschen, den sie am allerwenigsten erwartet hätte. Umweht von einer Parfümwolke und betrunken, trat Verity auf die Veranda des *Galle Face* und schwenkte eine Zigarette.

»Da bist du ja, meine Liebe«, nuschelte sie schief lächelnd. »Ich habe gehört, dass ihr herkommt, aber ich fürchte, du hast deine Cousine verpasst. Sie ist mit ihrem Mann gestern abgereist.«

»Was redest du denn da?« Gwen ging zögernd zu ihrer Schwägerin. »Fran hat keinen Mann.«

»Jetzt schon«, erwiderte Verity und warf sich in einen Sessel. »Puh, ich bin ganz außer Puste!«

Sie wirkte ungepflegt. Die dünnen braunen Haare waren fettig und die Kleidung knittrig.

Gwen streckte ihr die Hand hin. »Komm, ich bringe dich

auf dein Zimmer. Die Leute schauen schon zu uns herüber. In diesem Zustand kannst du nicht hier unten bleiben.«

»Hab kein Zimmer.«

»Wo hast du denn die letzte Nacht verbracht?«

»Bei diesem süßen Burschen, den ich getroffen habe. Ist wirklich ein Netter. Hatte blaue Augen.« Sie überlegte demonstrativ. »Oder braune?«

Gwen reagierte ungehalten, ganz gemäß Veritys Absicht. Die Schwägerin zeigte nicht den Hauch von Zerknirschung und benahm sich, als hätte die entsetzliche Szene zu Hause nie stattgefunden.

»Mich interessiert seine Augenfarbe nicht«, sagte Gwen. »Du kommst jetzt mit auf unser Zimmer.«

Es gelang ihr, Verity, ohne Aufsehen zu erregen, zur linken Treppe zu manövrieren, doch auf halber Höhe blieb ihre Schwägerin stehen.

»Komm weiter!«, drängte Gwen und gab ihr einen leichten Schubs. »Wir sind noch nicht oben.«

Verity, die eine Stufe über ihr stand, schaute auf sie herab und tippte ihr an die Brust. »Du hältst dich für so schlau.«

Gwen sah auf die Uhr und seufzte. »Keineswegs. Und jetzt geh weiter! Ich möchte, dass du nüchtern bist, bevor Laurence zurückkommt. Du weißt sehr gut, dass er dich nicht sehen will, und wenn du dich in diesem Zustand präsentierst, wird ihn das nur in seinem Zorn bestärken. Ein paar Liter Kaffee werden das Problem beheben.«

»Nichts da. Zuerst hörst du mir mal zu!«

Sie maßen einander mit Blicken, und Gwen fühlte sich jetzt schon kraftlos. Das würde anstrengend werden. Sie brannte darauf, Fran zu sehen, doch nach dem Einkaufsbummel in der staubigen Stadt brauchte sie erst einmal ein Bad. Ob es wohl stimmte, was Verity gesagt hatte? Und wenn ja, wer war der Glückliche, und wieso hatte Fran ihr nichts davon erzählt?

»He, hörst du überhaupt zu?« Verity zog die Brauen hoch.

Gwen roch den schlechten Atem ihrer Schwägerin und

seufzte, konnte sich aber nicht verkneifen, sarkastisch zu werden. »Also, heraus damit! Welche erschreckende Enthüllung hast du für mich?«

»Gleich wirst du nicht mehr lachen.« Verity stieg schwankend eine Stufe höher.

»Komm weiter! Und zwar ein bisschen schneller! Hopp, hopp, bevor du noch die Treppe hinunterfällst!«

Verity blickte Gwen an und murmelte etwas.

»Ich verstehe kein Wort. Was hast du gesagt?«

»Ich weiß es.« Verity kniff lächelnd die Augen zusammen.

»Ach, das ist nervtötend! Du hast mir das von Fran schon erzählt. Jetzt komm, sonst verliere ich die Geduld!«

Gwen versuchte, sie weiterzuschieben, doch Verity hielt sich am Geländer fest. Sie nickte bedächtig und blickte sie mit der Miene äußerster Entschlossenheit an.

»Ich weiß, dass Liyoni deine Tochter ist.«

Gwen fehlten die Worte. Sie stand reglos da. Ein Gefühl unnatürlicher Klarheit durchströmte sie, aber ihr Körper ließ sie im Stich. Ihr wurde schlagartig heiß, und dann brummte es in ihrem Kopf. Plötzlich wusste sie, wie es sich anfühlen musste, wenn man den brennenden Wunsch zu töten verspürte. Zwei kleine Schritte und ein Stoß, und Verity wäre Vergangenheit. Der Sturz einer Betrunkenen, ein schrecklicher Unfall. So würde es in der Zeitung stehen. Die Empfindungen drohten sie zu überwältigen. Sie streckte die Hand aus. Nur zwei kleine Schritte und ein leichter Schubs. Dann verflog der Gedanke, und sie riss sich zusammen.

»Na, hat es dir die Sprache verschlagen?« Verity setzte endlich den Weg nach oben fort.

Gwen fühlte sich außer Atem, der Schock drückte ihr auf die Brust. Es war, als hätte sie das Atmen verlernt. Sie umklammerte das Geländer und schnappte panisch nach Luft. Ich muss aussehen wie ein sterbender Fisch, dachte sie. Das lächerliche Bild schien ihre Lunge zu aktivieren, und sie erlangte die Fassung wieder.

Sie folgte Verity auf den Treppenabsatz und zeigte auf ihre Zimmertür, da auf ihre Stimme noch kein Verlass war. Sie schloss auf. Verity torkelte an ihr vorbei, ließ sich mürrisch in einen Sessel fallen und musterte eine Weile den Parkettboden. Gwen versuchte, sich abzulenken, indem sie Laurence' Hemden faltete. Ihr Herzklopfen ließ nicht nach.

»Das hast du nun schon drei Mal gefaltet. Ich sagte ja, gleich lachst du nicht mehr.«

»Wie bitte?«

»Ich hab dich mit Naveena reden hören. Kurz bevor du das Mischlingskind in Laurence' Haus geholt hast.«

»Das musst du missverstanden haben. Ich habe übrigens Kaffee bestellt, und du wirst ihn trinken und aufhören, solchen Unsinn zu reden.«

Verity griff in ihre Handtasche, zog ein Bündel Kohlezeichnungen hervor und wedelte damit. »Die haben mir dann alles verraten, was ich wissen muss.«

Gwens Herz machte einen Satz. Sie rannte auf ihre Schwägerin zu und wollte ihr die Blätter aus der Hand winden.

»Oh, nein.« Verity wich aus. »Die behalte ich.«

Eines zerriss, und Gwen bückte sich nach dem Fetzen, was ihr ein paar Sekunden Zeit verschaffte, sich zu fassen. Sie richtete sich auf und blickte Verity ins Gesicht. »Wie kannst du es wagen, in meinen persönlichen Sachen zu wühlen! Aber davon abgesehen, weiß ich nicht, was du glaubst, da gefunden zu haben.«

Verity lachte. »Ich habe den faszinierenden Artikel über die Frau in Westindien gelesen. Sie hatte mit ihrem Mann geschlafen, aber auch mit dem Dienstherrn. Laurence fände das bestimmt interessant. Meinst du nicht?«

Es folgte ein längeres Schweigen. Gwen konnte kaum glauben, was sie fühlte: Wut, ja, und Angst, aber noch etwas anderes, ein erschreckendes, hohles Gefühl, das sie noch nie erlebt hatte. Die Zeichnungen waren für Verity aufschlussreich gewesen, denn Liyoni hatte schreiben gelernt und auf den beiden jüngsten Blättern etwas über eine weiße Dame geschrieben, von der die Pflegemutter ihr erzählt haben musste. Über eine weiße Dame, die sie eines Tages abholen würde. Naveena hatte Gwen die Zeilen übersetzen müssen, aber Verity konnte die singhalesische Schrift lesen.

»Wenn er es Naveena auf den Kopf zusagt, wird sie es ihm verraten, das weißt du«, meinte Verity.

»Ich habe genug davon«, sagte Gwen mehr zu sich selbst und öffnete ein Fenster. Sie schaute auf den Rasen vor dem Hotel, auf die vorbeiführende Straße, auf die Ufermauer, aus deren Fugen grüne Büschel wuchsen. Als sie Kinder lachen hörte, die einen Drachen steigen ließen, traten ihr Tränen in die Augen.

Es klopfte an der Tür.

»Da kommt der Kaffee. Wärst du so gut?«, fragte Verity. »Du bist doch sonst so fürsorglich, und ich bin zu müde, um mich zu bewegen.«

Nachdem der Zimmerkellner gegangen war, goss Gwen Kaffee ein.

Verity nippte nur an ihrer Tasse. »Ich mache dir einen Vorschlag. Es ist ein Ausweg, wenn du so willst.«

Gwen schüttelte den Kopf.

»Wenn du versprichst, dass ich wieder Taschengeld bekomme, werde ich Laurence nichts sagen.«

»Das ist Erpressung.«

Verity neigte den Kopf zur Seite. »Die Entscheidung liegt bei dir.«

Gwen setzte sich und überlegte, was sie erwidern könnte, um dem ein Ende zu bereiten. Sie trank einen großen Schluck Kaffee und verbrühte sich die Lippen.

»Aber um das Thema zu wechseln: Möchtest du nicht wissen, wen Fran geheiratet hat? Wenn ich recht verstehe, hast du keine Ahnung.«

»Wenn das noch eine deiner verletzenden Lügen ist …«

»Es ist wahr. Ich habe sie zusammen gesehen, und als ihr klar wurde, dass ich ihre Ringe bemerkt hatte, musste sie es zugeben. Ein großer Diamant mit Saphiren, der Verlobungsring, und dazu ein einfacher goldener. Der Mann trug auch so einen, versuchte allerdings, die Hand hinter dem Rücken zu verbergen.«

Gwen verschränkte die Arme und lehnte sich zurück. »Also, wer ist er?«

Verity lächelte. »Savi Ravasinghe.«

Gwen betrachtete einen Sonnenfleck auf dem Gesicht ihrer Schwägerin und kämpfte gegen das Verlangen, sie zu erwürgen.

Verity lachte. »Der Vater deiner Göre. Er ist doch der Vater, nicht wahr, Gwen? Er muss der Vater sein. Einen anderen farbigen Mann kennst du schließlich nicht. Abgesehen von den Dienern natürlich. Aber ich denke, nicht einmal du würdest so tief sinken. Alle anderen magst du täuschen, Gwen, doch ich durchschaue dich.«

Gwen hätte vor Wut schreien wollen, und die einzigen klaren Worte, die ihr in den Sinn kamen, waren: Bitte, bitte, erzähl es nicht Laurence!

»Florence sagt, sie hat dich bei dem Ball mit Savi die Treppe hochgehen sehen, und du hast dich allein mit ihm getroffen, als Fran krank war. Laurence würde das wohl nicht gefallen, und wenn er noch dazu von deiner Tochter erfährt, nun, dann würde er mich gewiss wieder zu Hause aufnehmen.«

Gwen stand auf. »Also gut. Ich werde wegen deines Taschengelds mit ihm sprechen.«

»Also ist es wahr? Liyoni ist deine Tochter?«

»Das habe ich nicht gesagt. Leg mir nichts in den Mund! Ich möchte dir nur helfen.«

Das klang nicht glaubwürdig, und Verity fand das wohl auch, denn sie warf den Kopf zurück und lachte schallend.

»Du bist so leicht zu durchschauen, Gwen. Ich habe dich und Naveena gar nicht belauscht. Aber als das Mädchen einmal neben dir saß, habe ich die Ähnlichkeit gesehen. Sie hat deinen Körperbau. Dann fielen mir die Haare auf. Sie war im Wasser, und später beim Trocknen bildeten sich Löckchen genau wie bei dir. Und dann ihre Augen mit den violetten Sprenkeln …«

Gwen setzte zu einer Erwiderung an.

»Lass mich ausreden! Danach habe ich euch zusammen beobachtet, und deine Zuneigung war offensichtlich. Schließlich habe ich dein Zimmer durchsucht, als ihr in New York wart, und habe das Kästchen und den Schlüssel gefunden. Warum solltest du die Zeichnungen eines singhalesischen Mädchens aufbewahren, Gwen? Noch dazu in einem verschlossenen Kasten? Welchen Wert können sie für dich haben?«

Gwen spürte, wie sie rot wurde, und bückte sich nach einer Fluse.

»Mein Verdacht wurde schon durch die Zeichnungen bestärkt, aber deine Reaktion ist die endgültige Bestätigung. Es war Savi, nicht wahr? Er ist der Vater. Ich frage mich, was wohl deine Cousine dazu sagen würde.«

Gwen schob sich eine lockere Strähne hinters Ohr und bemühte sich um einen festen Ton. »Ich verstehe nicht, warum du mir so sehr schaden willst. Ist dir denn gleichgültig, wie viel Kummer du deinem Bruder damit bescherst?«

Schweigen.

»Nun?«

»Laurence ist mir nicht gleichgültig.«

Gwen war kurz davor, die Beherrschung zu verlieren. »Warum tust du es dann?«

»Ich brauche mein Taschengeld.«

»Aber warum? Du hast einen Ehemann.«

Verity schloss kurz die Augen und holte scharf Luft. »Ich will nicht so enden wie du.«

»Was soll das heißen?«

»Gar nichts. Sprich mit meinem Bruder!«

»Und wenn ich es nicht tue, bist du bereit, unser Leben zu ruinieren?«

Verity zog die Brauen hoch. »Ich erwarte, das Taschengeld monatlich auf meinem Konto zu sehen, ab dem kommenden Monat. Bleibt es aus, wird Laurence alles erfahren.«

»Ehe die Marke nicht Erfolg hat, wird Laurence dazu gar nicht in der Lage sein.«

»Dann steckst du wohl in einem Dilemma.«

»Ich weiß, dass du Haushaltsgeld gestohlen hast. Was denkst du, was Laurence davon halten würde? Es wurde offensichtlich, als ich krank war. Aus dem Schrank verschwanden Vorräte und tauchten plötzlich wieder auf. Du hattest den Schlüssel, solange ich krank war und bevor ich in dieses Haus kam. Nur du kannst Geld und Lebensmittel gestohlen haben.«

»Das war eine feine Sache, solange es dauerte. Der Appu und ich haben die Sachen weiterverkauft und uns den Gewinn geteilt. Was für ein Spaß, dir beim Rechnen zuzusehen, als du aus den Summen nicht schlau wurdest! Aber es dürfte dir schwerfallen, etwas zu beweisen. Und überhaupt, wenn ich Laurence von deinem Bastard erzähle, meinst du, ihn interessiert dann noch das Haushaltsgeld?«

»Sag mir, warum du so dringend Geld brauchst! Was ist mit Alexander?«

Veritys Miene verschloss sich. »Wie gesagt, das ist keine Option.«

»Ich könnte Laurence überreden, dich wieder bei uns wohnen zu lassen.« Sie schaute zu Verity, doch die war eingeschlafen.

Sie musste ihre Schwägerin vor Laurence' Rückkehr aus dem Hotel schaffen. Ihr war, als bewegte sie sich auf der Grenzlinie zwischen dem wirklichen Leben und einem Albtraum. Gwen klammerte sich an die Hoffnung, es könnten leere Drohungen sein, die dem Rausch geschuldet waren, doch im Grunde ihres Herzens traute sie ihrer Schwägerin alles zu.

Um Laurence' Rückkehr frühzeitig zu bemerken, ging sie am Fenster auf und ab, schaute immer wieder auf die Uhr und rauchte mehrere von Veritys ekelhaften Zigaretten, wodurch ihre Übelkeit nur noch zunahm. Um der Erleichterung willen hätte sie sich gern ausgeweint, zwang sich aber, die Tränen zurückzuhalten, und unterdrückte die Hoffnung auf einen guten Ausgang. Sie wusste nicht so recht, ob sie die Geschichte über Frans Heirat glauben sollte. Falls sie der Wahrheit entsprach, würde sie sich ihrer Cousine nicht mehr anvertrauen können.

33

Bis Laurence ins *Galle Face* zurückkam, war Verity gegangen und Fran noch nicht aufgekreuzt. Gwen verbrachte eine schlaflose Nacht, in der sie der Brandung lauschte und immer wieder Revue passieren ließ, was Verity gesagt hatte. Erst kurz vor Morgengrauen fand sie eine Stunde Schlaf.

Später, als sie ohne Fran zurückfuhren, kauerte sie sich im Fond des Wagens zusammen, während McGregor und Laurence sich über Geschäftliches unterhielten. Laurence war verärgert gewesen, weil sie von Fran kein Wort gehört hatten. Er kannte aber ihre Spontaneität und Unbefangenheit und wollte nicht noch mehr Zeit mit Warten vergeuden. Gwen hatte weder die Begegnung mit Verity noch die Neuigkeit von Frans Heirat erwähnt. Sie hoffte, unterwegs schlafen zu können, um wenigstens für diese Zeit Vergessen zu finden. Jedoch waren sie noch nicht weit gefahren, als der Verkehr wegen einer Menschenansammlung stockte. Rikschafahrer konnten sich noch durchfädeln, aber die Autos kamen nicht weiter.

»Was zum Teufel …« McGregor hielt an und kurbelte die Scheibe herunter.

Neben dem gewohnten Straßenlärm hörte man laute Rufe und Pfiffe, doch nichts Besonderes, nur ein wenig Sprechgesang. Die Geschäfte waren geöffnet, und die Passanten kauften ein.

»Können Sie etwas sehen?«, fragte Gwen.

Er schüttelte den Kopf.

Als Laurence seine Beifahrertür öffnete, drang der Lärm in voller Lautstärke ins Auto.

»Das ist heftiger, als ich dachte. Da findet offenbar eine Demonstration statt. Ich gehe mir das mal ansehen. Nick, bleib du im Wagen, falls der Verkehr weiterrollt!«

»Aber Laurence, was, wenn es zu Gewalt kommt?«, wandte Gwen ein. »Du selbst hast davon gesprochen.«

Er zuckte mit den Schultern. »Mir passiert schon nichts.«

Nachdem er fort war, warteten sie. Gwen litt unter der Hitze im Wagen, während ihr so viel im Kopf herumging. Sie bat McGregor, die Tür zu entriegeln, damit sie nach Laurence Ausschau halten konnte. Nick McGregor lehnte das ab. Er trommelte mit den Fingern auf dem Lenkrad, was ihr Gefühl, eingesperrt zu sein, noch verstärkte. Als der Lärm der Demonstranten lauter wurde, hörte Gwen irgendwo hinter ihrem Wagen Trommelschläge. Sie drehte sich um und sah einen zweiten Zug Demonstranten, die skandierend die Straße entlangmarschierten. In der Hoffnung, Laurence zurückkommen zu sehen, spähte sie nach vorn durch die Windschutzscheibe. Dort hatten sich die Demonstranten umgedreht und strömten nun Stöcke schwingend auf ihr Auto zu. Dahinter stoben Schulkinder in weißen Schuluniformen kreischend auseinander. Entsetzt duckte Gwen sich in den Sitz, da sie von zwei Gruppen eingekeilt wurden.

»Vergewissern Sie sich, dass Ihre Fenster ganz geschlossen sind, schnell!«, sagte McGregor, während ein Demonstrant lachend auf die Motorhaube schlug. »Das richtet sich zwar nicht gegen uns, aber wir wollen nichts herausfordern.«

»Was ist mit Laurence?«

»Dem passiert nichts.«

Nachdem sie nun wahrhaftig eingeschlossen waren, konnten sie nur zusehen, wie dicht hinter ihnen die gegnerischen Gruppen aufeinander losgingen. Glas klirrte.

»Mein Gott, sie werfen mit Flaschen«, sagte Gwen. »Hoffentlich hat jemand die Schulkinder weggebracht!«

Steine und Zementbrocken flogen durch die Luft. Frauen schrien, und dann hörte man etwas aus einem Lautsprecher ertönen. Ein Leuchtgeschoss stieg auf, dann ein zweites, gefolgt von dem Rattern der Rollläden, da die Geschäftsinhaber hastig ihre Läden schlossen. Menschen flohen unter lauten Zurufen in die Seitengassen. Rauch verbreitete sich, da jemand auf der Straße etwas in Brand gesteckt hatte.

»Ich habe Angst um Laurence«, sagte Gwen.

»Er ist ein vernünftiger Mann. Er wird in Deckung gegangen sein.«

Gwen spähte die bevölkerte Straße hinunter, ob er irgendwo zu entdecken war, als drei Männer angelaufen kamen und sich nebeneinander an ihren Wagen lehnten und ihn zum Schaukeln brachten.

»McGregor!« Gwen war in höchster Angst.

»Diese Scheißkerle! Ich werde sie umbringen! Die wollen das Auto umkippen.«

Erschrocken über seine Ausdrucksweise, sah sie, wie er seine Pistole zog und auf die Männer zielte. Das reichte. Einer der drei zerrte die anderen beiden weg, und sie schlossen sich dem Pöbel an, der langsam weiterzog. Endlich leerte sich die Straße so weit, dass der Verkehr im Schritttempo weiterrollte. Auf den Bürgersteigen saßen einige Leute mit Schnittwunden und Blutergüssen. Auf der Straße hinter ihnen wurde die Situation jedoch immer ärger.

»Wo bleibt denn die Polizei, um Himmels willen«, sagte Gwen.

Sie hielt nach allen Seiten Ausschau nach Laurence. Als sie auf Höhe der Schule angelangt waren, wo der Aufruhr begonnen hatte, sah sie ihn in einem Torweg bei einer Frau stehen, die verletzt zu sein schien. McGregor fuhr näher heran. Augenscheinlich blutete die Frau an der Stirn. Gwen kurbelte das Fenster herunter und winkte heftig. Laurence hatte sie entdeckt. Er führte die Frau zum Wagen. Inzwischen war berittene Polizei eingetroffen und drohte dem Pöbel mit Gummiknüppeln. Gwen sah erleichtert, dass die Kinder in die Schule getrieben wurden. Als Laurence der Verletzten ins Auto auf den Rücksitz half, fiel ein Schuss.

»Bring uns von hier weg, Nick!«, sagte er. »Gwen, hast du etwas, um ihr das Blut abzuwischen?«

Gwen drückte der Frau mitfühlend die Hand und betupfte ihr mit einem Taschentuch die Stirn. Die Frau stöhnte vor Schmerz. »Ich bin Lehrerin. Es sollte ein friedlicher Protest werden.«

Laurence befahl McGregor, zum Krankenhaus zu fahren, dann drehte er sich zu Gwen um. »Es ging darum, welche Sprache beim Unterricht dominieren soll.«

»Wirklich?«

»Die gebildeten Tamilen haben traditionell die besten Beamtenstellen, und die Singhalesen finden das ungerecht. Sie wollen, dass Singhalesisch Amtssprache wird.«

Gwen war wegen Verity ohnehin schon aufgebracht und reagierte unwirsch. »Warum? Wozu die Gewalt? Ist das denn so wichtig?«

Die Lehrerin, die Singhalesin war, erklärte: »Wenn wir die Unabhängigkeit erlangen, wird es von großer Bedeutung sein, welche Sprache an den Schulen gesprochen wird.«

»Kann man nicht beide sprechen?«

Die Lehrerin schüttelte den Kopf.

»Nun, welche es auch sein wird, ich hoffe, es kommt deshalb nicht zu weiterem Blutvergießen.«

Die Lehrerin schnaubte. »Das ist doch gar nichts. Jemand wie Sie, der nie für etwas kämpfen musste, weiß gar nicht, was Gewalt wirklich ist.«

Zu Hause angekommen, sagte Laurence, wegen der Unruhen habe er Briefe zu schreiben, und um Gwen später nicht zu stören, werde er in seinem Zimmer schlafen.

Nach einer Nacht mit verstörenden Albträumen saß Gwen an ihrem Frisiertisch und starrte ihr Spiegelbild an; sie war noch ungekämmt und sah blass aus. Sie nahm die Bürste und strich sich damit wütend durchs Haar, dann legte sie ein wenig Rouge auf. Ihre Haare standen ab wie eine Mähne, und das Rouge wirkte grotesk. Sie wischte es ab, flocht sich einen Zopf und rieb sich so energisch die Blässe aus den Wangen, als könnte sie so auch ihre Angst abstreifen. Die Lehrerin war im Irrtum. Gwen hatte für ihr privilegiertes Leben sehr wohl kämpfen müssen, nämlich um es zu schützen. Doch der schwerste Kampf stand ihr noch bevor, nachdem Verity die Wahrheit über Liyoni entdeckt hatte.

Sie nahm das Kästchen heraus, in dem die Zeichnungen des Mädchens gelegen hatten. Dabei fiel ihr auf, dass der Schlüssel nicht mehr an seinem Platz lag. Sie schüttelte das Kästchen. Es war leer. Gwen durchsuchte alle Schubladen und warf den Inhalt heraus. Haarnadeln, Kämme, Briefe lagen am Boden. Dann suchte sie im Schreibtisch, in den beiden Nachtschränkchen, in ihren Handtaschen. Nicht, dass es jetzt noch wichtig war, aber Verity hatte den Schlüssel behalten. Gwen blinzelte Tränen weg und packte die Lehne des Stuhls. Sie fühlte sich so sehr in ihrer Privatsphäre verletzt, dass sie wünschte, sie hätte Verity die Treppe hinuntergestoßen.

Am nächsten Tag rief Fran an. Sie war zerknirscht, weil sie die Verabredung hatte platzen lassen, und sagte, sie sei jetzt in Hatton und werde sehr bald kommen. Es habe ein Problem gegeben, ließ sie Gwen wissen, erläuterte es jedoch nicht weiter. Typisch Fran, dachte Gwen. Ihre Cousine kündigte außerdem eine Riesenüberraschung an, und Gwen hoffte inständig, sie bestünde nicht darin, dass sie Ravasinghe mitbrachte.

Während Laurence im Salon in seine Zeitung vertieft war, in der über den Aufstand berichtet wurde, schlich Gwen auf Zehenspitzen in sein Schlafzimmer hinauf. Es roch nach ihm, nach Seife und Zitrone. Sie schaltete das Licht ein und wurde traurig, als sie sich suchend umschaute, ob die Fotografie von Caroline noch irgendwo stand. Das war nicht der Fall. Dennoch hatte Gwen das Gefühl, Caroline sei noch anwesend. So, als wäre sie von der Bühne gegangen und wartete noch auf ihr Stichwort für den nächsten Auftritt.

Gwen ging an Laurence' großen Mahagonischrank und strich über die aufgehängten Kleidungsstücke, Hosen, Jacken, Abendanzüge, Hemden. Sie nahm eins von den gestärkten weißen heraus. Es haftete nichts von ihm daran. Sie zog die Schublade auf und fand einen blauen Seidenschal, an dem ein paar von seinen Haaren hängen geblieben waren. Sie roch daran, und Laurence' Geruch beruhigte sie augenblicklich. Falls sie gezwungen sein sollte, ihm die Wahrheit zu gestehen, wollte sie etwas von ihm haben, an dem sie sich nachts festhalten konnte.

Das Licht flackerte und erlosch. Sie steckte den Schal ein, tastete sich zur angelehnten Tür vor, durch die Licht vom Flur hereinfiel, und fuhr mit der Hand am Geländer entlang, als sie nach unten eilte. In der Treppenbiegung fiel ihr Blick auf Liyonis Rollstuhl, der im Eingangsflur stand. Als er gekommen war, hatte sie ihn trotz ihrer anfänglichen Abwehr erleichtert und schuldbewusst entgegengenommen, ihn seitdem jedoch nicht mehr angesehen. Es war ihr unerträglich, dass der junge Körper ihres Kindes von einer Krankheit verzehrt wurde, und sie flehte noch immer um ein Wunder.

Gwen war rastlos und hielt es an keinem Platz lange aus, gesellte sich aber zu Laurence. Alles war so verwirrend geworden. Einerseits sehnte sie sich danach, Fran wiederzusehen, doch sie wusste nicht einmal, ob das mit ihr und dem Maler wirklich wahr war. Sie nahm sich eine Zeitschrift vom Sofatisch. Es war Wochenende, und Laurence gab sich seiner Zeitungslektüre hin, ohne seinen Sohn zu beachten.

Gwen ärgerte das. »Laurence, kannst du nicht mit Hugh ein Modellflugzeug bauen oder etwas anderes mit ihm unternehmen?«

Er blickte auf und tippte auf die Zeitung. »In Colombo hat sich ein Lynchmob entwickelt. Dort wurden Leute umgebracht. Hoffentlich ist das nicht erst der Anfang!«

Ihr kamen die Szenen mit den Demonstranten vor Augen. Es war schrecklich gewesen, doch im Moment hatte sie andere Sorgen.

»Um zu etwas Erfreulicherem zu kommen: Bald werden wir unsere Teewerbung hier drin sehen.«

»Das Flugzeug, Laurence. Muss ich es denn immer erst sagen? Hugh langweilt sich. Siehst du das nicht?«

Hugh besaß drei Hubley-Flugzeuge aus Gusseisen, aber in New York hatte Laurence eins von den neuen Druckguss-Spielzeugflugzeugen und eins aus Pressstahl gekauft. Er hatte mit Hugh angefangen, sie aus Balsaholz nachzubauen, das stark, jedoch leicht zu bearbeiten war.

Laurence faltete die Zeitung zusammen. »Du wirkst sehr nervös, Gwen. Ist etwas nicht Ordnung? Wenn dich der Aufstand …«

»Nein«, unterbrach sie ihn gereizt. »Ich bin nur aufgeregt, weil Fran zu Besuch kommt. Geh einfach und beschäftige dich mit Hugh!«

Er sah sie forschend an und nickte, doch sie spürte, dass er ihr nicht glaubte. »Also gut. Wenn du meinst. Komm, Hugh! Wir gehen in die Stiefelkammer, alter Knabe.«

Gwen rang sich ein schiefes Lächeln ab.

Als sie allein war, nahm sie eine Zeitschrift nach der anderen zur Hand, konnte sich aber auf keine Zeile konzentrieren. Die Zeit dehnte sich, und da ihr nichts anderes einfiel, beschloss Gwen, sich den Rollstuhl einmal anzusehen. Je länger sie ihn unbeachtet stehen ließ, desto mehr würde er zum Schreckgespenst werden. Sie ging in den Flur. Vorsichtig strich sie über die ledernen Armlehnen, betastete die Kopfstütze, probierte die Bremsen aus.

Was Laurence wohl sagen würde, wenn Fran tatsächlich Ravasinghe geheiratet hatte? Der Gedanke sandte die Anspannung aus ihren Schultern bis in die Schläfen. Sie ließ den Kopf kreisen, um sich zu lockern, fühlte sich aber wie auf einem Vulkan, der kurz vor dem Ausbruch stand und ihr Leben in einen Schutthaufen verwandeln würde.

Es klingelte an der Tür. Da sie schon im Flur war, öffnete sie selbst. Auf der Treppe stand Fran mit einem kleinen Handkoffer. Sie trug einen wunderschönen Mantel mit Fledermausärmeln aus einem gobelinartigen Stoff, dazu einen rubinroten

Hut, doch keine Handschuhe. Gwen sah auf den Ringfinger. Ein Diamant in einem Kranz von Saphiren und ein schmaler Goldring. Verity hatte die Wahrheit gesagt.

Gwen brachte es nicht fertig, überrascht zu tun. Sie sah sofort, dass sich Frans Gesicht verändert hatte. Sie wirkte weicher, als hätte die Liebe ihre Kanten gerundet.

Frans freudiges Lächeln verging. »Das Miststück hat's dir verraten, oder?«

Gwen nickte.

»Ich hatte sie eigens gebeten, es für sich zu behalten. Ich wollte es dir selbst erzählen.«

Gwen legte den Kopf schräg und blickte Fran prüfend an. »Und so etwas wie Briefe, Telefone oder Telegrafenämter gibt es natürlich nicht!«

»Verzeih mir!«

»Sieh mal, Fran, es verwirrt mich einfach, dass du es mir nicht vor der Hochzeit erzählt hast.«

»Ich dachte, du würdest die Heirat ablehnen. Und das wollte ich nicht hören, weil ich so wahnsinnig glücklich war.«

Gwen breitete die Arme aus. »Komm her!«

Nach einer herzlichen Umarmung hielt Gwen ihre Cousine von sich. »Bist du noch immer glücklich?«

»Ich schwebe im siebten Himmel.«

»Und es macht dir nichts aus, dass …« Sie zögerte. »Es stört dich nicht …«

»Dass er eine bewegte Vergangenheit hat? Natürlich nicht. Wir leben in der Neuzeit, wenn du dich erinnerst. Und ich habe auch meine Erfahrungen gesammelt. Diesen bestürzten Ausdruck kannst du dir sparen, Gwendolyn Hooper. Savi und ich passen bestens zusammen.«

Gwen lachte. »Ach, Fran, du hast mir so gefehlt!« Sie schaute nach draußen. »Wo ist er eigentlich?«

»Noch in Nuwara. Ich wollte erst sehen, wie Laurence es aufnimmt.«

Es folgte ein kurzes Schweigen.

»Und du hast keine Angst, Savi könnte sich zu seinen Modellen hingezogen fühlen?«

»Überhaupt nicht. Wir hatten beide einige Affären, doch jetzt zählt nur noch unsere Zweisamkeit.«

»Weiß Christina davon?«

Fran lachte. »Christina ist an Savi nicht interessiert.«

»Ich weiß. Sie hat jetzt einen Musiker. Aber eigentlich wollte sie immer Laurence. Du weißt auch, dass sie bei uns investiert hat?«

»Ja, ich habe sie in New York getroffen, bei Savis Ausstellung.«

»Das hat sie gar nicht erwähnt.«

»Ich hatte sie darum gebeten. Ich wollte es dir wirklich selbst sagen.«

Sie schlenderten den Gang hinunter zu dem Raum am Ende, wo Gwen die Tür aufstieß.

Fran warf ihren Mantel aufs Bett und schaute sich um. »Frische Freesien. Wunderbar! Und Fenster an zwei Seiten. Wie schön!«

»Du kannst den See und den Garten sehen.« Gwen ging an die Kommode und nahm etwas heraus, das sie ihrer Cousine hinhielt.

Fran strahlte. Sie nahm das Armband und legte es sich um. »Du bist ein echter Schatz, ich könnte dich küssen! Wo hast du es gefunden? In der Sofaritze, jede Wette.«

Gwen zog die Brauen hoch. »Bei einem Juwelier in Colombo, ob du es glaubst oder nicht. Ich kann es zwar nicht beweisen, aber ich vermute, Verity hat es gestohlen.«

»Aber warum?«

»Das weiß ich nicht. Vielleicht, um dich zu ärgern. Wer weiß schon, was in Verity vorgeht!«

»Nun, egal. Ich bin einfach glücklich, es wiederzuhaben. Danke. Vielen Dank. Warum seid ihr eigentlich nicht zu Savis Ausstellung gekommen?«

»Ich hatte Kopfschmerzen. Und Laurence ist dann bei mir geblieben.«

»Savi denkt, du gehst ihm aus dem Weg. Hat er etwas getan, das dich verärgert hat, Gwennie?«

Gwen schluckte schwer und ging ans Fenster, um sich hinauszulehnen, aber sie gab keine Antwort.

Am folgenden Morgen kam ein großes braunes Paket für Laurence und harrte auf dem Tisch im Flur neben dem Zierfarn seiner Aufmerksamkeit. Gwen dachte, er habe es wohl noch nicht bemerkt, und sah sich die Poststempel näher an. Die untersten schienen aus England zu stammen und waren in Colombo und wer weiß wo noch überstempelt worden. Neugierig trug sie es in den Salon und gab es Laurence.

Er stand aus seinem Sessel auf und ging mit dem Paket zur Tür.

»Was ist das, Laurence? Es ist recht schwer.«

Er schaute über die Schulter, ging aber weiter. »Ich habe es noch nicht geöffnet.«

»Doch du weißt, von wem es ist?«

»Keine Ahnung.«

»Warum machst du es nicht auf?«

Er räusperte sich. »Gwen, ich habe etwas zu erledigen. Ich muss in mein Arbeitszimmer. Wahrscheinlich hat das Paket mit dem Teegeschäft zu tun.«

Vielleicht lag es an seinem schroffen Ton, jedenfalls konnte sie es nicht länger für sich behalten. »Warum hast du mir nicht gesagt, dass Christina noch in dich verliebt ist?«

Eine Hand am Türknauf, blieb er stirnrunzelnd stehen. Er schwieg nur einen Moment lang, doch es kam ihr länger vor.

»Gwen, Liebste, ich habe es dir immer wieder gesagt: Das mit Christina ist lange vorbei.«

Sie kaute auf der Wange, als er den Salon verließ, dann blickte sie auf den See hinaus. Seine Antwort war mager ausgefallen. Sie hätte sich mehr gewünscht.

Fran hatte einen langen Spaziergang unternommen und war nicht zum Lunch erschienen. Nachdem Hugh zum Mittagsschlaf in sein Zimmer gegangen war, beschloss Gwen, es sei Zeit, Laurence von Frans Heirat mit Ravasinghe zu erzählen. Er hatte den ganzen Vormittag in seinem Arbeitszimmer verbracht, und am Abend zuvor war er außer Haus gewesen. Dies war die Gelegenheit. Er nahm die Neuigkeit gelassener auf als erwartet, schien aber nicht ganz bei der Sache zu sein, und sie fragte sich, was ihn wohl beschäftigte.

Savi war in diesem Haus nicht willkommen, und Gwen wäre es lieber gewesen, es bliebe dabei. Fran sagte, sie sei damals bei ihrem Besuch in Ceylon, 1925, einige Tage bei ihm in seiner Wohnung in Cinnamon Gardens in Colombo geblieben, und seitdem sei ihre Affäre ständig abgeflaut und wieder aufgeflammt, und beide hätten zwischenzeitlich andere kurze Beziehungen gehabt. Gwen hätte es fabelhaft gefunden, wenn Fran sich in Ceylon niederlassen würde, andererseits dachte sie immer wieder, es wäre besser, wenn die beiden möglichst weit weg wären.

Sie lag nachdenklich auf ihrem Bett, als Naveena wie stets während der Mittagsruhe Liyoni im Rollstuhl hereinschob. Die Kinderfrau hob das Kind heraus und setzte es neben Gwen aufs Bett, dann ließ sie die beiden allein. Diese Stunde hatten sie jeden Tag für sich allein, und Gwen war sie kostbar.

Zuerst las sie Liyoni eins der vielen Märchen vor, die sie im Hause hatten. Die Kleine sprach zwar nicht viel, verstand aber das meiste. Gwen griff nach dem Andersen-Märchenbuch, doch Liyoni bat sie, es wegzulegen.

»Du sollst es mir erzählen, Lady.«

»Es war einmal eine böse Stiefmutter«, begann sie nach kurzem Überlegen.

Liyoni kuschelte sich kichernd an sie. Gwen strich ihrer Tochter die Haare aus dem Gesicht. Sie schluckte schwer und erzählte weiter.

Gewöhnlich schloss sie die Tür ab und achtete darauf, nicht

einzuschlafen. Heute jedoch war sie erschöpft durch die ständige Angst wegen Veritys Drohung und hatte es vergessen. Sie überlegte aufzustehen, um es nachzuholen, bemerkte aber, dass Liyoni tief und fest schlief, und dann döste sie ebenfalls ein.

Sie erwachte, als es an der Tür klopfte. Im nächsten Moment kam Fran herein, stockte und starrte sie beide verblüfft an.

Gwen schaute gebannt zurück.

»Gwennie, hast du das kranke Cousinchen deiner Kinderfrau bei dir im Bett?«

Frans Ton war seltsam, und Gwen, die mit ihren Gefühlen rang und die ersten Tränen spürte, konnte nicht sprechen. Sie brachte es nicht fertig, ihre Cousine zu belügen.

Fran kam näher und schaute das Mädchen verblüfft an. »Sie ist eine Schönheit.«

Gwen nickte.

Fran setzte sich auf die Bettkante und beugte sich hinüber, um Gwen, die den Kopf weggedreht hatte, ins Gesicht sehen zu können. »Was ist hier los, Gwennie? Warum willst du es mir nicht erzählen?«

Gwen bekam einen Kloß im Hals. Sie senkte den Kopf und starrte auf die Bettdecke, bis ihr die Sicht verschwamm.

»Ist es wirklich so schlimm?«

Gwen antwortete eine Weile nicht.

»Ich werde es dir erzählen«, erwiderte sie schließlich leise, vergewisserte sich, dass Liyoni immer noch tief und fest schlief, und zog die Knie an die Brust. »Aber du musst mir versprechen, zu niemandem ein Wort zu sagen.«

Fran nickte.

»Liyoni ist nicht mit Naveena verwandt.«

Gwen zögerte, bis die Last erdrückend wurde und die Worte wie von selbst kamen.

»Sie ist meine Tochter«, flüsterte Gwen.

»Das dachte ich mir gerade, als ich ihr Gesicht sah. Aber wer ist der Vater, Gwen? Laurence kann es nicht sein.«

Gwen schüttelte den Kopf. »Nein, aber sie ist Hughs Zwillingsschwester.«

»Wie?«

Gwen spürte erneut einen Kloß im Hals.

»Das verstehe ich nicht«, murmelte Fran.

»Mehr kann ich dir nicht sagen. Ich hätte es dir schon früher erzählt, aber jetzt, da du …«

Es folgte ein schreckliches Schweigen.

Dann riss Fran entsetzt die Augen auf. »Oh, mein Gott. Doch nicht Savi? Das kann doch nicht sein, oder?«

Gwen biss sich auf die Lippe und sah Fran blass werden.

»Ich kann nicht glauben, dass du mit Savi geschlafen hast.«

Sie blickten einander an, und als Gwen das Urteil in Frans Augen sah, gab sie mit schwankender Stimme zurück: »Nicht, wie du vermutest.«

»Weiß Savi von dem Kind?«

»Natürlich nicht. Aber, Fran, bitte, das war, bevor ihr beide zusammengekommen seid.«

Fran schüttelte ungläubig den Kopf. »Was ist mit Laurence? Wie konntest du ihm das antun?«

Gwen stiegen heiße Tränen in die Augen. »Ich wünschte, ich hätte es nicht gesagt. Es klingt unglaubwürdig, aber ich weiß tatsächlich nicht, wie es passiert ist. Ich kann mich beim besten Willen nicht erinnern.«

Fran runzelte die Stirn und lief im Zimmer auf und ab. Eine Weile schwiegen sie beide.

»Fran? Ich weiß, du bist wütend, aber bitte sag etwas!«

»Ich kann es einfach nicht glauben.«

»Ich kann mich wirklich an nichts erinnern.« Gwen ließ einen Moment lang den Kopf hängen, dann blickte sie auf. »Es ist in der Ballnacht passiert, als wir Charleston getanzt haben. Ich war schrecklich betrunken. Savi hat mir die Treppe hinaufgeholfen, und ich weiß noch, dass er eine Weile bei mir geblieben ist. Aber was er dann getan hat, weiß ich nicht.«

Fran fasste sich erschrocken an die Brust. Ihr Gesicht versteinerte. »Himmel, Gwen! Ist dir klar, wessen du ihn da bezichtigst?«

»Es tut mir leid.«

Fran kniff die Augen zusammen und lief mit hochrotem Gesicht zur Tür. »Du irrst dich. Aber restlos. So etwas würde Savi niemals tun.«

Gwen streckte die Hand nach ihr aus. »Geh nicht! Ich bitte dich.«

»Wie könnte ich jetzt noch bleiben? Er ist mein Mann. Wie konntest du?!«

»Ich brauche dich.«

Fran schüttelte den Kopf, öffnete die Tür jedoch nicht.

»Ich weiß eben nicht genau, ob es möglich ist, Zwillinge von zwei Vätern zu bekommen«, sagte Gwen.

Es folgte ein längeres Schweigen.

»Ja, das ist möglich«, sagte Fran leise und angespannt.

»Woher weißt du das?«

»Ich habe darüber gelesen. Es gab einen Fall irgendwo in Westindien oder Afrika. Eine Frau hat Zwillinge von zwei verschiedenen Vätern bekommen. Es stand in allen Zeitungen.«

Gwen liefen die Tränen über die Wangen.

»Hast du nicht mit Savi gesprochen?«, fragte Fran. »Damals, meine ich. Wolltest du denn nicht wissen, was in der Nacht passiert ist?«

Gwen rieb sich über die Augen und schniefte. »Damals habe ich nicht einmal gedacht, dass etwas passiert sein könnte. Erst als die Zwillinge zur Welt kamen und Liyoni nicht weiß war, wurde es mir klar. Und dann musste ich sofort eine Entscheidung treffen. Wie hätte ich Savi nach so langer Zeit damit konfrontieren können?«

»Ich hätte es getan.«

»Ich bin nicht du.«

»Und stattdessen hast du all die Jahre so einen schrecklichen Verdacht gegen einen anständigen Mann gehegt, obwohl es vielleicht eine andere Erklärung dafür geben könnte?«

»Was hätte das denn geändert? Ich hatte das Kind bereits versteckt. Das hätte alles nur schlimmer machen können. Hätte ich Savi zur Rede gestellt, hätte er es womöglich Christina erzählt, und früher oder später hätte Laurence alles erfahren.«

»Für deinen Seelenfrieden wäre es wichtig gewesen.«

»Und selbst wenn ich Savi darauf angesprochen hätte, er hätte es leugnen können.«

Fran wurde wieder wütend. »Nun ist er also auch noch ein Lügner?«

Gwen ließ für einen Moment den Kopf hängen und schauderte. »Es tut mir so leid.«

Fran rang die Hände und machte einige Schritte auf Gwen zu. In ihren Augen standen Tränen. »Sieh mal, ich kenne Savi. Mit einer betrunkenen oder gar besinnungslosen Frau zu schlafen, das passt nicht zu ihm. Er mag Affären gehabt haben, doch er ist ein anständiger Mensch.«

Gwen setzte zu einer Erwiderung an, aber Fran hob die Hand. »Lass mich aussprechen! Ich weiß, eure Moralvorstellungen mögen nicht die gleichen sein, doch er hat welche. Und nach dem Ball habe ich mich die halbe Nacht mit ihm unterhalten, Gwennie, ich meine, nachdem du zu Bett gegangen warst. Glaubst du tatsächlich, er hätte etwas derart Schlimmes mit dir gemacht, um dann den Rest des Abends mit mir zu verbringen? Nein. Ich bin sicher, Savi kann das nicht getan haben. Er behandelt Frauen rücksichtsvoll, deshalb liebe ich ihn ja.«

»Und was nun?«

»Wenn wir Savi außen vor lassen, und das müssen wir, Gwen, wirklich, dann bleibt nur eine Erklärung.«

Liyoni hustete. Gwen legte einen Finger an die Lippen. »Weck sie nicht auf!«

Fran fuhr im Flüsterton fort. »Es muss farbige Vorfahren im Stammbaum geben.«

Gwens Herz machte einen Sprung, und sie lachte zittrig. »Glaubst du das wirklich? Ist so etwas möglich?«

»Ja.«

Darüber musste Gwen einen Augenblick nachdenken. »Ich bin tatsächlich einmal auf einen Artikel über die Vermischung von schwarzen Sklaven und Plantagenbesitzern in Amerika gestoßen.«

»Nun ja, es kann eine Generation oder zwei überspringen. Die meisten Leute wollen es nicht zugeben. Die Briten tun es oft als ihr kontinentales Erbe ab oder verstecken das betreffende Kind.«

Gwen bedachte sie mit einem schwachen Lächeln. »Oh, Fran, ich hoffe, du hast recht. Aber ich hätte doch sicher davon gehört, falls es wahr wäre?«

»Vielleicht, vielleicht auch nicht. Doch ich wünschte, du hättest dich mir eher anvertraut oder irgendwem davon erzählt.«

»Jeder hätte mir eine Affäre unterstellt, genau wie du auch. Das Kind wäre nirgendwo akzeptiert worden.«

»Es tut mir leid. Das war voreilig.«

»Ganz recht, und jeder andere hätte ebenso vorschnell geurteilt. Es würde Laurence vernichten, wenn er annehmen müsste, ich hätte so kurz nach unserer Hochzeit mit einem anderen Mann geschlafen.«

»Jedenfalls muss es in seinem Stammbaum liegen. Wir beide wissen, dass es nicht aus unserer Familie kommt.«

»Wissen wir das wirklich?«, seufzte Gwen.

Fran legte den Kopf schräg und wurde nachdenklich. »Wenn ich nach England zurückkehre, werde ich alles tun, um das herauszufinden.«

Gwen sah ihre Cousine forschend an. »Aber du glaubst trotzdem, dass es von Laurence' Seite kommt?«

»Ich weiß es nicht. Aber ich bin überzeugt, dass du mit ihm sprechen solltest.«

»Das kann ich nicht. Nicht ohne einen Beweis in den Händen. Laurence würde sofort eine Affäre vermuten. Er würde mir nie verzeihen.«

»Du hast wohl nicht besonders viel Vertrauen in seine Liebe?«

Gwen zögerte kurz. »Er liebt mich. Aber die Dinge sind hier nun einmal so. Die Scham. Die Schande … Es wäre das Ende für uns als Familie. Ich würde ihn verlieren, ich würde mein Zuhause verlieren und meinen Sohn.« Sie musste schlucken, und Fran nahm sie in die Arme.

»Da ist noch etwas.«

»Lass dir Zeit.«

Sie schluckte und kämpfte die aufsteigenden Tränen nieder. »Verity hat etwas geahnt und droht nun, es Laurence zu erzählen, sollte ich ihn nicht überreden können, ihr wieder Taschengeld zu zahlen.«

»Meine Güte, das ist Erpressung! Dann hat sie dich genau da, wo sie dich immer haben wollte. Wenn du einlenkst, wird sie weitere Forderungen stellen. Sie wird nicht aufhören, Gwennie. Du wirst für den Rest deines Lebens Angst vor dieser niederträchtigen Person haben.« Damit erhob sich Fran und riss das Fenster auf. »Herrgott, ich brauche Luft!«

»Hat es angefangen zu regnen?«

»Es ist windig. Aber du hast dich zu lange im Haus eingeigelt, du bist schrecklich blass. Wir brauchen beide frische Luft. Lass uns etwas unternehmen! Einen Spaziergang. Du, ich, Hugh und seine Schwester mit dem Rollstuhl. Ich nehme an, die Kinder wissen nichts davon?«

In dem Moment fing Liyoni an zu husten und wurde wach, und während Gwen ihr beruhigende Worte zumurmelte und ihre Stirn fühlte, dachte sie über Frans Rat nach. Ihre Cousine hatte recht. Ihr blieb nichts anderes übrig, als mit Laurence zu sprechen, bevor Verity es tat. Doch der Gedanke, es ohne einen Beweis zu tun, der ihre Geschichte untermauerte, machte sie ganz schwindlig.

Einige Tage später, als sie gerade das Frühstück beendeten, traf das erste Päckchen Tee ein. Laurence öffnete die Postsendung und hielt es hoch. Es sah phänomenal aus, besser als im Entwurf.

»Ich finde, die Arbeit deines Mannes macht sich sehr gut auf dem Päckchen«, sagte er zu Fran. »Ich hoffe, wir sehen ihn bald einmal zum Essen.«

Gwen und ihre Cousine wechselten einen erstaunten Blick.

»Danke, Laurence«, begann Fran. »Das bedeutet mir wirklich viel. Ich weiß, du …«

Doch Laurence hob die Hand. »Ich würde mich glücklich schätzen, Mr. Ravasinghe in unserem Haus willkommen zu heißen. Es tut mir wirklich leid, dass wir seine Ausstellung in New York verpasst haben. Wir werden die nächste unter keinen Umständen versäumen, ganz gleich, wo sie stattfinden mag, nicht wahr, Gwen?«

Ihr gelang ein Lächeln, doch sie war verwirrt. Weshalb hatte sich seine Haltung Savi gegenüber so plötzlich geändert? Und wieso wirkte er so gedämpft?

Nach dem Frühstück schlug Laurence einen Spaziergang vor, solange es nicht regnete. »Ich warte vor dem Haus auf euch«, sagte er zu Gwen.

Zuerst machte sie sich selbst ausgehfertig, dann ging sie zum Kinderzimmer hinüber, wo sie Liyoni im Bett sitzend vorfand. Sie malte einen Wasserfall.

»Sie kann nicht lange malen«, sagte Naveena. »Aber sie ist für zehn Minuten aufgestanden, um sich den See anzuschauen.«

»Das ist gut. Könnten Sie mir helfen, sie in den Rollstuhl zu setzen? Sie braucht ein bisschen frische Luft, bevor es wieder regnet.«

»Sie will den Wasserfall sehen.«

Seit Hugh zum ersten Mal von dem Wasserfall erzählt hatte, lag Liyoni damit allen in den Ohren.

»Das steht außer Frage, fürchte ich.«

Als Liyoni schließlich mit einer Decke über den Beinen in ihrem Rollstuhl saß, wollte Gwen sie nach draußen schieben. Doch beim Geräusch eines abfahrenden Wagens sah sie aus dem Fenster, und ihr Herz machte einen Satz. Verity. Sie musste gekommen sein, um ihre Drohung wahr zu machen. Gwen sah

Laurence vor der Terrasse auf und ab gehen und sich immer wieder durch die Haare fahren. Ihre Handflächen wurden feucht, und dabei stieg ein unerwartetes Gefühl in ihr auf: Erleichterung. Wenn es endlich vorbei wäre, würde es keine weiteren Lügen geben.

Laurence runzelte die Stirn, als er sie kommen sah, und sagte steif: »Lass das Kind hier auf der Veranda! Naveena kann es wieder hineinbringen. Wir werden den Hügel hinaufgehen.«

Den ganzen Weg nach oben sprach er kein Wort. Als sie die Hügelkuppe erreichten und sich umdrehten, fand sie die Aussicht so atemberaubend wie an ihrem ersten Morgen hier und jedes Mal danach. Alles glitzerte. Sie atmete die würzige Luft tief ein und betrachtete das leuchtende Grün der Teefelder, die sich inzwischen noch weiter erstreckten als damals. Sie sah die L-förmige Anlage des Hauses, dessen Rückseite parallel zum See verlief, mit der Käserei auf der rechten Seite und dem Hof, von dem der Weg zu den hohen Bäumen führte.

»War das vorhin Verity?«, fragte sie schließlich.

Er antwortete nicht, sondern nickte nur.

»Was hat sie gewollt?

»Ihr Taschengeld natürlich.«

»Laurence, ich …«

»Falls es dir nichts ausmacht«, unterbrach er sie, »möchte ich gerade nicht über meine Schwester sprechen.«

Eine Pause folgte. Gwen atmete tief durch und wandte sich wieder der Aussicht zu.

»Es ist wunderschön, nicht wahr?«, sagte er. »Der schönste Ort auf der Welt. Aber bist du in diesem Moment glücklich, Gwendolyn?«

»Glücklich?«

»Ich meine, da McGregor die Geschäfte führt und ich so häufig in Colombo bin.«

»Natürlich bin ich glücklich.«

»Aber irgendetwas beschäftigt dich doch, nicht wahr? Es ist, als würde ich dich nicht mehr kennen.«

Gwen seufzte erschöpft. Dies mochte die beste Gelegenheit sein, ihm die Wahrheit zu sagen. Als sie verstohlen zu ihm aufsah, verlor sie beinahe die Fassung, denn er wirkte ungeheuer traurig. Worüber mochte er mit Verity gesprochen haben?

»Es ist nicht wegen Christina, oder?«, fragte er sanft und zog sie an sich. »Dafür gibt es wirklich keinen Grund.« Einen Arm um ihre Taille gelegt, strich er mit den Fingern durch ihr Haar.

Sie blickte unsicher zu ihm auf.

Er sah ihr in die Augen. »Wirklich nicht, Liebling, es …«

Gwen unterbrach ihn. »In New York versicherte sie mir, das zwischen euch sei schon vorbei gewesen, bevor ich herkam.«

»Wie ich dir gesagt habe.«

»Und ich habe ihr geglaubt. Tatsächlich jedoch wollte sie dich noch, sogar neulich, nicht wahr?«

»Neulich?«

»In New York. Ging es bei dem Telefonat nicht genau darum?«

Er blickte verwirrt. »Welches Telefonat?«

»Kurz bevor wir an unserem letzten Abend zu Bett gegangen sind.«

»Liebling, der Anruf kam nicht von Christina. Es war Verity, die mich angerufen hat.«

Gwen trat einen Schritt zurück und starrte ihn an. »Aber Christina hat gesagt, sie habe gehofft, nach unserer Hochzeit deine Geliebte bleiben zu können.«

Er verzog das Gesicht. »Das stand außer Diskussion. Ich weiß, dass sie den Eindruck erwecken wollte, es sei noch etwas zwischen uns. Sie provoziert eben gern. Doch ich schwöre dir, nach unserer Hochzeit hatte sie bei mir keine Chance mehr.«

Gwen fühlte Tränen hinter den Lidern brennen.

»Deshalb bin ich nach unserer Hochzeit vorausgereist. Um das ein für alle Mal zu beenden.«

»Also nicht aus geschäftlichen Gründen?«

»Sie hat mir gutgetan nach der Sache mit Caroline. Ich war

ein Wrack. Christina hat mich wieder aufgerichtet. Ich musste die Affäre sanft beenden.«

»Hast du sie geliebt?«

»Ich habe sie sehr gemocht, aber es war keine Liebe.«

»Wieso warst du mir gegenüber dann so distanziert, nachdem wir hier angekommen waren?«

»Weil ich dich liebte und Angst hatte.«

»Wovor?«

»Ich hatte Caroline verloren. Damals dachte ich, ich hätte keine zweite Chance verdient. Ich hatte Angst, auch dich zu verlieren.«

Sie wischte sich die Tränen ab und rieb sich dann die Stirn, wo sich neue Kopfschmerzen ankündigten. Dies war der Moment. Nun war sie an der Reihe. Er wollte ihr über die Wange streichen, doch sie fing seine Hand ab und setzte zum Reden an. Dann jedoch zögerte sie. Und in diesem Augenblick wurde ihr klar, dass sie es nicht fertigbrachte.

Die Welt war still. Nur eine Krähe krächzte irgendwo. Enttäuscht über ihre Feigheit, sog sie den holzigen Geruch der Bäume ein und versuchte nachzudenken. Sie konnte es nicht sagen und dann zusehen, wie alles zerfiel. Er vertraute ihr, vertraute ihr seine geheimsten Gefühle an, seine Ängste, seine Bedürfnisse, seine Trauer. Dann fiel ihr etwas ein, das sie ihn fragen wollte.

»Warum hast du gegen einen Besuch Savis auf einmal nichts mehr einzuwenden?«

Er atmete tief durch. »Möglicherweise hatte ich unrecht, was ihn betrifft, das ist alles.«

Sie sah ihn von der Seite an, und sein Gesichtsausdruck beunruhigte sie. Er litt. »Was bedrückt dich?«

Er schluckte und drehte sich weg.

Sie musste an Frans Rat denken, Laurence die Wahrheit zu sagen. Sosehr sie sich wünschte, das Lügen möge ein Ende haben, musste sie doch warten, bis ein Beweis gefunden war.

Sie fasste ihn an der Schulter und war sich mit einem Mal sicher, dass Verity ihre Drohung nicht wahr gemacht hatte. Wenn Laurence Bescheid wüsste, würde er sie sicher nicht so liebevoll behandeln. »Tatsächlich habe ich überlegt, dass es besser wäre, Verity wieder Taschengeld zu zahlen«, sagte sie. »Sie wird ganz offensichtlich nicht zu ihrem Mann zurückkehren, und von irgendetwas muss sie schließlich leben.«

Er schenkte ihr ein schiefes Lächeln. »Was kümmert dich das? Nach allem, was sie getan hat …«

»Sie ist und bleibt deine Schwester. Wir könnten zur Bedingung machen, dass sie von jetzt an in eurem Haus in England lebt.«

Donner grollte, und sie sah zum Himmel auf.

Er nickte langsam. »Sobald unsere Marke etwas abwirft, wäre das möglich. Aber wie du weißt, ist das Haus in Yorkshire vermietet.«

»Nun, sobald der Mietvertrag ausläuft, könnte sie gehen.«

Gwen blickte erneut zu den Wolken auf, dann sah sie auf ihre Füße. Es war beinahe November und spät für den Beginn des Monsuns. Sie stieß die Schuhspitze in die Erde.

»Ich habe gestern einen Brief erhalten. Die Mieter würden sich über eine Verlängerung des Vertrages freuen.«

Sie beschloss, nicht lockerzulassen. »Gäbe es einen Weg, Verity das Taschengeld zu zahlen, bevor das Geschäft etwas abwirft?«

Er schenkte ihr einen langen nachdenklichen Blick. »Ich könnte einen Kredit aufnehmen, wenn du glaubst, dass es unbedingt nötig ist.«

Gwen zögerte. Sie wollte nicht, dass Laurence weitere Schulden machte, bevor die neue Marke etabliert war, aber es wäre eine Möglichkeit, Verity loszuwerden und sich Zeit zu erkaufen.

Laurence sah auf. »Komm jetzt, wir sollten uns beeilen. Der Regen ist da. Wir können auch später noch über Verity sprechen.«

34

März 1934

Der Monsun war lange vorbei, und das Wetter zeigte sich von seiner schönsten Seite. Laurence war in den vergangenen Monaten viel gereist und hatte McGregor die Geschäfte überlassen, mit dem Gwen gleichwohl selten zu tun gehabt hatte. Wann immer Laurence zu Hause war, wirkte er verschlossen. Ihn schien etwas zu beschäftigen. Wenn sie ihn danach fragte, antwortete er ausweichend. Vieles bereite ihm Sorgen, angefangen bei den gefallenen Teepreisen und den deshalb aufgegebenen Plantagen über die Unruhen im Land bis hin zu der beunruhigenden Ausbreitung der Malariamücke.

Fran und Savi hielten sich derweil in Colombo auf, bis sie entschieden hätten, wo sie sich niederlassen wollten. Verity hatte sich, hochzufrieden, wieder Taschengeld zu erhalten, bei Freunden in Kandy einquartiert und wartete darauf, dass der Mietvertrag für das Haus in England auslief. Das verschaffte Gwen eine Atempause, zumindest bis Verity wieder mit neuen Forderungen ankommen würde.

Unterdessen hatte Fran mit Savi gesprochen, und Gwen stimmte schließlich zu, sich mit ihnen in Nuwara Eliya zu treffen, solange Laurence noch fort war. Zunächst jedoch wollte Savi allein mit Gwen sprechen. Zu diesem Anlass hatten sie sich am dortigen See verabredet. Sie hätte sich gern davor gedrückt, wusste aber, dass es unerlässlich war.

Er trat mit ausgestreckter Hand auf sie zu.

Sie nahm sie nicht, sondern blickte zu Boden.

»Wie stehen die Dinge in Colombo?«, brachte sie mit Mühe heraus, sah ihn aber nicht an. »Wir waren neulich Zeugen eines Aufruhrs.«

Eine Pause trat ein, und während sie weiterhin starr dastand, hörte sie ihn seufzen. Als sie endlich aufblickte, fiel ihr gleich der angespannte Ausdruck um seine Augen auf.

»Es tut mir so leid«, sagte sie.

Ihm war anzusehen, dass er Ärger zurückhielt.

»Als Fran es mir erzählt hat, war ich entsetzt. Ich dachte, wir seien Freunde, Gwen. Wie konnten Sie glauben, ich würde Ihnen so etwas antun?«

Heiße Scham stieg in ihr auf, weshalb sie erneut zu Boden sah.

»Ich wusste nicht, was ich glauben soll.«

»Und trotzdem haben Sie das von mir angenommen. Um Himmels willen, Gwen! Können Sie mich nicht wenigstens ansehen?«

Gwen blickte auf und war erschüttert, als sie seinen Schmerz sah.

Er knackte mit den Fingerknöcheln und schwieg.

In der angespannten Atmosphäre suchte sie nach Worten, während ihr alles durch den Kopf ging, was zwischen ihnen vorgefallen war.

»Ich wollte gewiss nicht so von Ihnen denken«, beteuerte sie. »Mir war dabei ganz elend, aber ich konnte mir nicht erklären, wie es sonst hätte passieren können. Es tut mir so leid.«

»Oh, Gwen.«

Einen Moment lang war sie wütend, doch mehr auf sich selbst als auf ihn. »Inzwischen liebe ich Liyoni, wissen Sie? Und bereue zutiefst, dass ich sie weggegeben habe. Können Sie sich vorstellen, wie das ist? Auch nur im Entferntesten?«

»Wäre sie weiß gewesen, hätten Sie das nicht getan.«

»Das ist ungerecht. Wenn sie weiß wäre, hätte es für mich keinen Zweifel gegeben, dass sie Laurence' Tochter ist.«

Savi seufzte. »Er hat mich nie gemocht. Ich weiß nicht, warum.«

»Er ist ein vernünftiger Mann.«

»Nicht, wenn es um mich geht.«

Sie streckte eine Hand nach ihm aus, doch er nahm sie nicht, sondern trat ans Ufer. Gwen schluckte hastig und beobachtete, wie sich ein Schwarm Vögel in ihrer Nähe niederließ. Als Savi abrupt herumfuhr, flogen sie auf und stoben über den See davon.

»Sie müssen all die Jahre durch die Hölle gegangen sein. Warum haben Sie nie mit mir gesprochen?«

»Damals war ich jung und sehr erschrocken. Ich wusste nicht, wie ich mich verhalten sollte. Ich war erst so kurze Zeit hier und kannte Sie kaum.«

Sie sah seine Halsader pochen, während sie auf eine Antwort wartete. Als keine kam, fuhr sie fort.

»Ich fand Sie charmant. Mehr als charmant, wenn ich ehrlich bin. Laurence war mir gegenüber so kühl. Ich fühlte mich einsam. Aber später, nachdem Liyoni zur Welt gekommen war, habe ich Sie gehasst.«

»Sollte ich Ihnen einen Grund dazu gegeben haben, tut es mir leid«, sagte er traurig.

Gwen begegnete seinem Blick. Sie war von seiner Aufrichtigkeit überzeugt, wusste jedoch ihre eigenen Gefühle noch nicht zu bewältigen: ihre große Erleichterung, weil er nicht Liyonis Vater war, und die Zerknirschung, weil sie so schlecht über ihn gedacht hatte.

Ihm standen Tränen in den Augen, während er sie anlächelte.

»Wollen wir einen Schlussstrich darunter ziehen? Ich bin mit Ihrer Cousine verheiratet, also ein Familienmitglied. Können wir nicht wieder Freunde sein?«

»Das wäre schön.«

Als er die Arme ausbreitete, ging sie darauf ein, zitternd und weinend. Nach der Umarmung wischte sie sich die Tränen ab, und er gab ihr einen sanften Handkuss.

»Wenn ich irgendetwas tun kann … zum Beispiel das Geburtsregister durchsuchen oder die Zeitungsarchive in Colombo. Vielleicht finde ich etwas, das Aufschluss über Liyonis Abstammung gibt. Oder, besser gesagt, über die von Laurence.«

Sie lächelte. »Danke. Ich bin dir so dankbar. Ich kann gar nicht ausdrücken, wie viel mir das bedeutet. Es tut mir so leid.«

»Ich muss zugeben, ich habe mich gewundert, warum wir uns so selten über den Weg gelaufen sind, und du schienst nicht du selbst zu sein, als ich damals mit Verity bei euch war.«

»Sie hat dich nur mitgebracht, um mir zuzusetzen.«

»Ich glaube, du solltest mit der Aya sprechen. Häufig wissen langjährige Bedienstete mehr über eine Familie als manches Familienmitglied.«

Der Wind wehte ihr die Haare ins Gesicht, und sie strich sich mit den Fingern die zerzausten Strähnen aus der Stirn.

»Ich glaube nicht, dass Naveena etwas weiß. Sie war es schließlich, die mich überredet hat, Liyoni in das Dorf zu bringen.«

»Ich verstehe. Nun ja, die Suche könnte einige Zeit in Anspruch nehmen. Solche Familiengeheimnisse werden meist wohl gehütet. Ich habe gute Kontakte, und falls da etwas zu finden ist, wird es mir nicht entgehen. Ich werde es dich wissen lassen, sobald ich etwas Stichhaltiges habe.«

»Ich danke dir.«

»Was hältst du jetzt von einem Lunch? Fran erwartet uns.«

»Danke, aber ich würde mich gern eine Weile ans Ufer setzen.«

Er legte die Handflächen vor der Brust aneinander und verneigte sich leicht, genau wie damals bei ihrer ersten Begegnung. Sie schien schon so lange zurückzuliegen.

Nachdem er gegangen war und diese Last von ihr genommen hatte, war ihr beinahe schwindlig. Auf welchem Umweg es dahin gekommen war! Hätten Fran und Savi sich nicht kennengelernt und geheiratet, wäre der Verdacht nicht ausgeräumt worden. Da sie nun Gewissheit hatte, blieb nur noch, damit an Laurence heranzutreten. Er musste erfahren, dass Liyoni seine Tochter war. Aber sollte sie sofort mit ihm sprechen? Oder warten, bis bewiesen war, dass es in seiner Familie ceylonesisches Blut gab?

Sie dachte darüber nach. Es war besser zu warten. Als der Wind auffrischte, zog sie den Schal enger um die Schultern. Kaum zu glauben, dass dieser Tag gekommen war. Doch bei aller Freude, nicht mehr diesen Hass auf Savi zu verspüren, blieb die Tatsache, dass sie ihre Tochter weggegeben hatte. Sie setzte sich auf die Bank und sah zu, wie sich die Bäume am anderen Ufer im Wind bogen. Sie fühlte sich so einsam wie noch nie.

Als sie und auch Laurence wieder zu Hause waren, erfuhren sie, dass ihre Marke seit Dezember gute Verkaufszahlen verzeichnete und der Gewinn trotz der niedrigen Teepreise wahrscheinlich zufriedenstellend ausfallen würde. Christina hatte ein ermunterndes Telegramm aus Amerika geschickt. Es könne nur aufwärtsgehen, schrieb sie. Zum ersten Mal hörte Gwen Christinas Namen, ohne nervös zu werden.

Hugh war über das Wochenende nach Hause gekommen. Er hatte sich damit abgefunden, dass Liyoni nicht mehr draußen mit ihm spielen oder im See schwimmen konnte, und saß stundenlang bei ihr, las ihr vor oder löste mit ihr Kreuzworträtsel.

Nun fand Gwen die beiden in einer Ecke des Kinderzimmers, wo sie kichernd und offensichtlich glücklich zusammensaßen. Sie waren nun beide acht Jahre alt und hätten unterschiedlicher nicht aussehen können: Hugh gut gebaut und groß für sein Alter, Liyoni zierlich und schön. Ihre Tochter sah ihr von Monat zu Monat ähnlicher. Ihr Englisch hatte sich verbessert, und sie sprach beinahe akzentfrei. Und da Verity fort war, konnte Gwen endlich freien Herzens Zeit mit beiden Kindern verbringen.

»Was macht ihr zwei?«, fragte sie lächelnd.

»Malen, Mummy«, antwortete Hugh.

»Darf ich mal sehen?«

Er schob ihr zwei Blätter hin. Hugh hatte ein ziemlich gutes Flugzeug zustande gebracht, einen Typ aus dem Weltkrieg.

»Das ist ein deutsches«, erklärte er.

»Sehr hübsch.«

Liyoni hatte wieder einen Wasserfall gemalt.

»Sie malt immer Wasserfälle, Mummy.«

»Ja.«

»Kannst du nicht mal mit ihr hingehen, Mummy? Nur ein Mal«, bettelte er.

»Ich bin nicht gekommen, um über Wasserfälle zu reden, Schatz, sondern um euch zu sagen, dass ihr euch die Hände waschen sollt. Wir essen gleich zu Mittag.«

»Darf Liyoni mit uns essen?«

»Du weißt doch, dass sie mit Naveena isst.«

»Ja, aber ich finde das ungerecht.«

»Findest du das, ja? Nun, vielleicht solltest du beim Essen mit deinem Vater darüber sprechen.«

»Na gut, Mummy, du hast gewonnen«, meinte er grinsend.

Gwen hatte sich nie daran gewöhnen können, in Laurence' Zimmer zu schlafen, und darum kam er meistens in ihres. Eines Nachts, bevor er wieder verreisen musste, war er besonders zärtlich zu ihr. Nachdem sie sich geliebt hatten, gab er ihr einen Kuss auf die Lippen und streichelte ihre Wange. Dabei hatte er Tränen in den Augen.

»Du weißt, du kannst mir alles sagen, Gwen.«

»Natürlich. Du mir auch.«

Er schloss die Augen, aber sie sah, dass sein Kinn ein wenig zitterte.

Sie hatten beschlossen, die Kerze ausbrennen zu lassen, und Gwen starrte in dem flackernden Licht an die Decke. In Gedanken war sie bei seiner Bemerkung. Wäre es doch besser, ihm jetzt die Wahrheit zu sagen, ohne etwas Konkretes in der Hand zu haben? Zaghaft begann sie erst einmal, über Hugh zu sprechen. Laurence murmelte noch etwas dazu, und kurz darauf war er eingeschlafen. Eine Weile lauschte sie seinem ruhigen Atem, dann drehte sie sich auf die Seite und zog die Knie an.

Mitten in der Nacht wurden sie von leisem Schluchzen geweckt. Es kam aus dem Kinderzimmer. Gwen tastete nach dem

Lichtschalter der Nachttischlampe, schlug die Decke zurück und stand auf. Sie sah auf die Uhr. Es war drei. Sie warf sich einen Morgenmantel über und zog sich dicke Socken an.

Vorsichtig berührte sie Laurence an der Schulter. »Ich gehe zu ihr. Du hast morgen eine lange Fahrt vor dir.«

Er brummte und drehte sich auf die andere Seite.

Im Kinderzimmer stand Naveena an Liyonis Bett. »Ihr Bein schmerzt, Lady.«

Gwen beugte sich über ihre Tochter.

»Ziehen Sie mir den Sessel heran, Naveena! Ich werde sie auf den Schoß nehmen. Heute möchte ich ihr die Beine selbst massieren.«

Während Gwen sich mit dem Kind zurechtsetzte, ging Naveena an den Schrank und holte die Flasche mit dem stark duftenden Öl. Sie goss Gwen eine kleine Menge davon in die Hand.

»Reiben Sie behutsam, Lady. Sanft wie ein Schmetterling.«

»Das werde ich, keine Sorge.« Gwen hatte Naveena einige Male beim Massieren zugesehen und wusste, wie wenig Druck sie ausüben durfte.

Liyoni wimmerte und hustete vor sich hin, aber als Gwen ihr die Beine massierte, sang sie dabei ganz leise, und allmählich schloss Liyoni die Augen und schlief ein. Da Gwen sie nicht wecken wollte, blieb sie für den Rest der Nacht in dem Sessel sitzen und merkte erst, als Laurence im Morgengrauen hereinkam, wie steif sie geworden war.

»Ich bringe dir Tee«, sagte er und stellte die Tasse auf das Tischchen. »Du musst todmüde sein.«

»Mir ist vor allem kalt.«

»Lass mich die Kleine ins Bett legen. Darf ich?« Er schaute sie so besorgt an, dass sie nur nicken konnte.

Nachdem Liyoni unter ihrer Decke lag, bat er Naveena um eine Wolldecke für seine Frau.

Gwen stand auf und streckte sich. Ihr schien jeder Muskel wehzutun. Sie legte den Finger an die Lippen. »Komm, lass uns hinausgehen!«

»Ich werde den Arzt rufen, wenn du möchtest.«

»Nein. Er kann ohnehin nichts tun. Er hat mir ein starkes Schmerzmittel für sie gegeben. Ich soll es sparsam einsetzen, bis …« Sie schluckte den Kloß, der in ihrer Kehle saß, hinunter. »Sie war eine bewundernswerte Schwimmerin.«

Er legte den Arm um sie und begleitete sie in ihr Zimmer. »Ich werde Dr. Partridge trotzdem anrufen, wenn du nichts dagegen hast. Ich fürchte, ich muss sehr früh aufbrechen, um den Zug zu erwischen. Aber vorher würde ich dir gern etwas zeigen.«

»Liebling, bitte, kann das warten? Ich bin so müde, ich möchte noch ein, zwei Stunden schlafen.«

Dr. Partridge meinte, es sei an der Zeit, Liyoni eine höhere Dosis Schmerzmittel zu verabreichen. »Nicht ständig, aber wenn Sie es für nötig halten, zögern Sie nicht.«

»Es wird nicht mehr besser werden, nicht wahr?«

Er schüttelte den Kopf.

»Wie lange noch?«, fragte Gwen und sah ihm dabei in die Augen.

»Das lässt sich unmöglich voraussagen. Sie könnte es noch eine Weile schaffen … Andererseits … Kann sie noch stehen?«

»Ja.«

Mit dem Begreifen kam ein Gefühl der Ruhe über sie. Nun, da nur noch so wenig Zeit blieb, würde sie Laurence gleich nach seiner Rückkehr die Wahrheit sagen. Doch vorher wollte sie für Liyoni noch eines tun.

Nachdem Dr. Partridge gegangen war, brachte Gwen ihre Tochter in ihr eigenes Zimmer, setzte sie in den Sessel am Fenster und holte ihr etwas Frisches zum Anziehen. Liyoni klatschte in die Hände, als sie das Kleid sah, mit dem Gwen zurückkam. Es war das hellrote mit der Lochstickerei, das Naveena ihr aus einem alten von Gwen genäht hatte. Dazu gab es auch einen roten Schal, den sie sehr mochte, und rote Strümpfe, die sie in den Gummistiefeln trug.

Nachdem Liyoni angezogen war, ging Gwen nach draußen und schaute nach, ob der Daimler schon wieder vor der Tür stand, denn McGregor hatte Laurence damit zum Bahnhof fahren sollen. Tatsächlich parkte er da, und die Schlüssel steckten im Zündschloss. Sie nahm sie vorsichtshalber an sich.

Ins Zimmer zurückgekehrt, traf sie Naveena bei Liyoni an. »Meinen Sie, ich tue das Richtige?«, fragte sie.

Naveena nickte langsam. »Ein Mal soll sie ihn sehen.«

Gwen fuhr los. Sie hoffte, die Abzweigung zu finden, die Verity ihr einmal gezeigt hatte, als sie ihr das Fahren beigebracht hatte.

Es war ein spontaner Entschluss gewesen, aber sie bereute es nicht, nun mit Liyoni unterwegs zu sein. Ihre Tochter hatte so oft darum gebeten, und solange sie Vorsicht walten ließ, würde nichts passieren. Sie dachte an Liyonis Zeit auf der Plantage. »Ich fliege!«, hatte sie immer gerufen, wenn sie im Wasser gewesen und losgeschwommen war. Und es war ihre Eigenart gewesen, sich vor Freude zu drehen wie ein Derwisch.

Derart in Gedanken versunken, hätte Gwen beinahe die Abzweigung verfehlt. Am blassen Himmel standen vereinzelte Wolkenfetzen, und es ging ein leichter Wind. Sie hielt an und kurbelte das Fenster herunter, damit die frische Luft hereinwehte. Es roch nach Minze und Eukalyptus, und das Summen der Insekten war zu hören. Dann fuhr sie sehr langsam den gefurchten, steinigen Weg entlang, um dem Kind das Holpern erträglich zu machen.

»Lehn dich hinaus, Liyoni«, sagte sie. »Riechst du das Wasser schon? Es kann nicht mehr weit sein.«

Das Mädchen streckte den Kopf hinaus, und Gwen sah die dunklen Haare wehen. Kurz darauf hörte man den Wasserfall rauschen. Sie waren fast da.

»Hörst du ihn?«, rief sie und drehte den Kopf. Liyoni strahlte vor Freude.

Nachdem Gwen den Wagen abgestellt hatte, stieg sie aus und ging, um die Beifahrertür zu öffnen.

»Näher darf ich nicht heranfahren.«

Sie lehnte sich neben die Tür, während Liyoni seitlich auf ihrem Sitz saß und dem Rauschen lauschte. Nach einer Weile tippte sie an Gwens Hand und unterbrach sie in ihren Gedanken. Gwen beugte sich zu ihr hinunter, um sie verstehen zu können.

»Ich kann ihn nicht sehen. Darf ich aussteigen?«

Gwen überlegte. Liyoni konnte zwar noch für zehn Minuten laufen oder stehen, aber der Arzt hatte gesagt, jeder längere Gebrauch der Beine werde Schmerzen auslösen.

»Nein, das ist zu gefährlich.«

»Bitte. Nur ein bisschen näher. Bitte!« Liyoni schaute sie flehend an.

»Das ist keine gute Idee. Schau einfach von hier aus!«

»Ich werde auch ganz vorsichtig sein.«

Als Gwen ihren sehnsüchtigen Blick sah, gab sie nach. Das mochte für Liyoni die letzte Gelegenheit sein, das Wasser fallen zu sehen.

»Also gut. Aber du musst dich von mir festhalten lassen. Ich werde dich zu einer Stelle tragen, wo du mehr siehst.«

Das Wasser hatte den Steilfelsen hufeisenförmig ausgewaschen, sodass man schon ein Stückchen vor dem Abgrund eine Hälfte des Wasserfalls sehen konnte. Gwen blieb weit genug vom Rand entfernt, um auf sicherem Grund zu stehen.

»Rühr dich nicht und halte dich fest. Schau, da drüben, Liyoni!«, sagte sie und zeigte auf eine Stelle nur wenige Schritte entfernt. »Da ist der Boden rissig und abbruchgefährdet.«

»Ich bin vorsichtig.«

Gwen schaute zum Himmel. Die Sonne war gerade hinter Wolken verschwunden. Es roch nach feuchter Vegetation, Erde und nach etwas Eigentümlichem, das vom Wasser selbst ausging. Mineralien, dachte Gwen, oder etwas anderes, das der Fluss mitführt. Sie hörte ein Geräusch hinter sich und blickte über die Schulter, aber da waren nur zwei Affen, die von einem Baum zum nächsten sprangen.

»Du liebst Wasser, nicht wahr?« Gwen griff ihr fester um die Taille.

Liyoni blickte zu ihr hoch. Ihre Wangen waren vor Freude gerötet.

Ein paar Minuten lang schaute Gwen zur Felswand gegenüber, wo das Wasser tosend in den Teich stürzte, in dem Caroline und Thomas ertrunken waren. Der Teich selbst war von hier aus nicht zu sehen, und Gwen konnte sich die weiße Gischt dort unten nur vorstellen. Wie verzweifelt musste Caroline gewesen sein!

In dem Moment warf Liyoni freudig kichernd den Kopf zurück und reckte die Arme über sich. Ein Windstoß erfasste ihren roten Schal und riss ihn weg. Als Gwen sich nach vorn beugte, um ihn noch zu erwischen, ließ sie Liyoni für einen Augenblick los. Die Sonne trat zwischen den Wolken hervor, und in der blendenden Helligkeit blickte Gwen in die gleißende Sturzflut. Eine zweite Windbö blies ihr Sand ins Gesicht, während sie mit halbem Ohr Motorengeräusche wahrnahm. Halb blind griff sie nach Liyoni, aber die war ein paar Schritte davongelaufen.

Gerade als Gwen wieder klar sehen konnte, drehte sich Liyoni der Sonne zu und erschrak, weil ein neuerlicher Windstoß sie erfasste. Sie schwankte. Mit dem Rücken zum Abgrund machte sie, offenbar verwirrt, einen Schritt rückwärts statt vorwärts. Gwen streckte die Arme nach ihr aus, aber Liyoni taumelte unter dem Druck des Windes weiter rückwärts, und das rote Kleid blähte sich hinter ihr.

In diesem Augenblick fühlte Gwen die ganze Kraft ihrer Liebe zu diesem Kind, eine überwältigende, unerschütterliche Liebe.

Liyoni fiel nach vorn auf die Knie.

»Bleib unten«, rief Gwen und kroch ihrerseits auf allen vieren auf sie zu.

Der Wind hatte sich gelegt. Und plötzlich war Laurence da. Er hob Liyoni auf und trug sie zum Wagen. Atemlos vor Schreck ließ Gwen den Kopf sinken. Es war knapp gewesen. Sie stand auf und rannte auf Laurence zu.

»Gib sie mir!«, rief sie, dann schlang sie die Arme um ihr zitterndes Kind.

Niemand hatte ihr gesagt, dass man als Mutter so uneingeschränkt liebte und so tief um seine Kinder bangte und wie erschütternd es war, beides gleichzeitig zu durchleben. In ihrem Hinterkopf keimte ein kleiner, schrecklicher Gedanke auf. Hätte sie gerade den Mut gehabt, sich in den Abgrund zu werfen, wäre alles vorbei gewesen. Das jahrelange Schuldgefühl, die Angst, die Selbstverachtung. Alles. Und dann war der Gedanke verstummt.

Doch Laurence musste es ihr angesehen haben.

»Nein, Gwen. Denk an dein anderes Kind.«

Noch taumelnd von dem Schock, hörte sie seine Stimme wie aus weiter Ferne. »Was hast du gesagt?«

»Ich sagte, denk an dein anderes Kind.«

Sie starrte ihn an. Alles wurde still. Es war ein einsamer Moment, in dem sie den Wind auf ihrer Haut spürte. Sie blickte in die Umgebung, registrierte jede Einzelheit, ohne wirklich da zu sein. Das Gras sah anders aus, schien sich im Wind ungewöhnlich langsam zu bewegen. Und die Insekten und die Vögel schwebten kaum merklich von einem Baum zum anderen. Gwen fühlte sich unnatürlich heiter, als hätte die Welt beschlossen, sie von ihrem Schmerz zu erlösen. Aber der Schmerz war nicht vergangen. Und als sie das Wasser wieder tosen hörte, kehrte er mit Wucht zurück.

Sie sah Laurence an. »Du weißt es?«

Er nickte.

»Seit wann?«

»Noch nicht lange.«

»Ich dachte, du seist auf dem Weg nach Colombo.«

Laurence schüttelte den Kopf. Er wirkte hölzern und bedrückt. »Ich musste mit dir reden. Ich konnte mich nicht überwinden wegzufahren. Komm, im Kofferraum liegen Decken.

Ich bringe euch beide zurück. Den Laster kann ich später mit Nick holen.«

Sie drehte sich noch einmal zu der Stelle um, wo Liyoni und sie gestanden hatten, und zitterte bei dem Gedanken, was hätte passieren können. Während Laurence die Decken holte, streichelte sie Liyoni über die Wangen und flüsterte all die Dinge, die sie nie zu sagen gewagt hatte: wie sehr sie es bereute und sich wünschte, sie möge ihr verzeihen. Sie wiederholte es in einem fort. Und obwohl ihre kleine Tochter sicher nicht alles verstand, sah sie Gwen in die Augen und brachte ein kleines Lächeln zustande.

Als Laurence mit den Decken kam, blickte Gwen zu ihm auf. »Ich war leichtsinnig. Ich hätte nicht mit ihr herfahren dürfen, aber sie wollte so gern den Wasserfall sehen.«

»Das ist nur der Schreck. Es geht ihr gleich besser. Du hast dich weit genug von der Kante ferngehalten. Durch den Wind kam es dir schlimmer vor, als es tatsächlich war. Ihr wart nicht ernsthaft in Gefahr. Komm, lass uns einsteigen und von hier verschwinden!«

Er nahm ihr Liyoni aus dem Arm und drückte sie an sich, dann setzte er sie auf die Rückbank und strich ihr sanft übers Haar.

»Alles in Ordnung, meine Kleine«, sagte er.

Am Himmel kreischte ein Vogel, und Gwen entsann sich des Schals in ihrer Hand. Sie hielt ihn in die Höhe und ließ los. Er wurde vom Wind erfasst, drehte sich und flog wie ein roter Papierdrachen schlingernd auf den Abgrund zu, wo er unvermeidlich in die Tiefe fallen würde. Einen Moment lang hob er sich flatternd von dem glitzernden Wasser ab, dann verschwand er außer Sicht.

35

Fünf Wochen später, an einem wunderschönen Maimorgen, starb Liyoni friedlich im Schlaf. Gwen hatte die meiste Zeit bei ihr am Bett gesessen, ihr die Stirn gestreichelt und sie gekühlt. Hinterher wusch sie sie zusammen mit Naveena und bürstete ihr die Haare. Danach versank Gwen in ihrem Kummer und zog sich von allem und jedem zurück. Sie glaubte nicht, dass sie sich je wieder normal fühlen würde.

Kurz nach der Rückkehr vom Wasserfall hatte Laurence ihr erzählen wollen, wie er erfahren hatte, dass Liyoni seine Tochter war. Aus den Familienunterlagen, sagte er, aber Gwen war durch Liyonis körperlichen Verfall so mitgenommen, dass sie nicht imstande war, sich Einzelheiten anzuhören. »Später«, sagte sie, »erzähl es mir später.« Dann brach sie in Tränen aus und rannte in ihr Zimmer, um mit ihrer quälenden Reue allein zu sein.

Nun, nach Liyonis Tod, bereute sie umso mehr, dass sie erst so spät entdeckt hatte, wie sehr sie ihre Tochter liebte. Nie wieder würde sie ihr Haar berühren, nie wieder ihre Stimme hören, und sie würde nicht mehr gutmachen können, was sie getan hatte. Das war das Schlimmste von allem. Der Schmerz über den Verlust ließ keinen Moment nach. Dass sie leben sollte, während ihre Tochter tot war, erschien ihr paradox. Wie der schreckliche Streich einer gleichgültigen Welt.

Naveena bahrte Liyoni in einem langen weißen Kleid im Kinderzimmer auf. Gwen stand ein paar Schritte entfernt in benommenem Schweigen. Mehrere Diener kamen herein und legten Blumen um das Mädchen. Sogar McGregor erschien, und als er das Zimmer betrat, schnürte es Gwen die Kehle zu, denn er war kreideweiß. Sie schluckte den Kloß hinunter und trat an das Bett. McGregor sah sie an und streckte ihr mit schmerzerfüllter Miene die Hand entgegen. So hatte sie ihn noch nie gesehen. Vielleicht fühlte er sich an den Tag erinnert, als man Thomas zur letzten Ruhe hatte betten müssen.

Als sie zu guter Letzt allein war, berührte sie die Wange ihrer Tochter, die kalt und bleich war, und hieß den Schmerz als ihre gerechte Strafe willkommen. Sie küsste Liyoni auf die Stirn, strich ihr ein letztes Mal über die Haare, dann floh sie mit stockendem Atem aus dem Raum.

Hugh ließen sie darüber im Dunkeln. Laurence hielt es für besser, ihn noch einige Wochen im Internat zu lassen und es ihm erst zu sagen, wenn er in den Ferien heimkehrte. Als am nächsten Tag die Beerdigung stattfand, war Hugh also nicht dabei.

Gwen ging wie betäubt den Weg entlang, den der Gärtner frei geschnitten hatte, zu dem Platz, wo schon Thomas begraben lag. Beim Anblick des dunklen Lochs, das auf Liyonis Sarg wartete, wurde sie fast ohnmächtig. Naveena ging neben ihr und stützte sie. Das Gesicht der alten Kinderfrau gab wenig preis. Gwen fragte sich, was in ihr vorging, und ihr schoss durch den Kopf, dass alle Diener lernten, ein unbewegtes Gesicht zu machen.

Als der Sarg ins Grab gesenkt wurde, musste Gwen an sich halten, um nicht hinterherzuspringen. Stattdessen kniete sie sich an den Rand und warf einen Strauß Gänseblümchen hinein, der mit hohlem Klang in der Tiefe landete. Sie blickte auf und hörte die Wellen am Seeufer schwappen. Das war es, was sie retten würde. Liyonis See.

»Ich würde gern schwimmen gehen«, sagte sie zu Laurence, der ihr half, sich aufzurichten.

Er sprach mit Naveena, dann begleitete er Gwen in ihr Zimmer. Still sah er zu, wie sie sich auszog, um in den Badeanzug zu schlüpfen. Sie hatte Mühe, sich des schlecht sitzenden Unterrocks zu entledigen. Als es geschafft war, ging er in sein Zimmer, zog sich um und kam sie abholen.

Das Wasser war kalt.

»Wenn du erst einmal schwimmst, wird dir schnell warm«, sagte er. »Wollen wir zur Insel hinüber?«

Sie ging weiter hinein und begann mit den Schwimmbewegungen, und ihr war, als könnte sie ewig weiterschwimmen. Auf halber Strecke wollte Laurence sie dazu bewegen, sich auf der Insel auszuruhen. Sie willigte ein, doch als sie schließlich aus dem Wasser stiegen, war es durch den Wind viel zu kalt, um am Ufer zu sitzen. Sie schaute hinüber zu ihrem Haus, dem Ort, den sie liebte und an dem sie solche Ängste ausgestanden hatte.

»Lass uns zum Bootshaus schwimmen«, schlug Laurence vor. »Ich habe Naveena vorhin gebeten, dort Feuer zu machen und Handtücher und Tee hinzubringen.«

Gwen nickte. Zurück schwamm sie langsamer, da ihre Kräfte nachließen. Als sie Boden unter den Füßen spürte, gaben ihre Beine nach, und Laurence half ihr aus dem Wasser und die Stufen des Bootshauses hinauf.

Drinnen leckten die ersten Flammen über die Scheite, und sie setzte sich mit angezogenen Knien auf den Boden ans Feuer und streckte die Hände zum Wärmen aus. Er legte ihr ein großes flauschiges Handtuch um und rubbelte ihr mit einem kleinen die Haare trocken. Dabei lehnte sie sich gegen ihn, und endlich flossen die Tränen. Sie drehte sich zu ihm um und schluchzte an seiner Brust, wo sie sein Herz pochen fühlte. Sie weinte um ihr kleines Mädchen und um Laurence, der seine Tochter nicht hatte anerkennen können. Sie weinte, weil das Leben so immense Freude bringen und zugleich so grausame Schläge austeilen konnte, dass man darunter zusammenbrach.

Laurence strich ihr wohltuend über den Rücken. So verharrten sie eine ganze Weile. Und dann, als er ihr die Wangen abtupfte, fühlte sie sich um einigen Schmerz erleichtert und war dankbar für Laurence' Großzügigkeit.

Sie saßen beieinander auf dem Boden, Gwen schaute ins

Feuer, während er Tee einschenkte und einen Schuss Brandy hineingab.

»Ist das ein passender Moment zum Reden?«, fragte er.

Sie ließ sich mit der Antwort Zeit, und als sie bereit war, sah sie ihn an.

»Wie lange weißt du es schon?«

»Das mit Liyoni?«

Sie nickte. »Du wolltest es mir ja neulich schon erzählen.«

»Erinnerst du dich an das Paket? Das ich in deinem Beisein nicht öffnen wollte?«

»Daran habe ich gar nicht mehr gedacht.«

Er schwieg ein paar Augenblicke lang.

»Ich hatte mich kurz vorher an unseren Anwalt in England gewandt und ihn gebeten, sich Zugang zu einer kleinen Wohnung in unserem Haus zu verschaffen, die von der Vermietung ausgenommen war. Dort lagern viele alte Unterlagen. Sie stammen noch aus der Zeit, als meine Eltern einen Teil des Jahres in dem Haus verbrachten.«

»Was für Unterlagen?«

»Alte Familienpapiere. Meine Mutter mochte das Haus und hat sich immer darauf gefreut, sich dort zur Ruhe zu setzen. Darum hat sie die Sachen da aufbewahrt.«

Gwen nickte.

»Ich habe den Anwalt gebeten, sie mir zu schicken. Verity hatte die Unterlagen meiner Mutter einmal gesehen, ich aber nicht. Ich bin einer plötzlichen Eingebung gefolgt, weil Verity einmal angedeutet hatte, es gebe einiges in unserer Familie, von dem ich nichts wüsste. Damals habe ich ihr, offen gestanden, nicht geglaubt, mich dann jedoch gefragt, ob sich ein Hinweis darin finden ließe, dass Liyoni wirklich mit Naveena verwandt war. Ich wollte es genau wissen.«

»Was hast du entdeckt?«

»Fotos, Briefe, Urkunden … und ein dünnes, klein zusammengefaltetes Blatt Pergament … eine Heiratsurkunde, die die Eheschließung meines Urgroßvaters Albert bezeugte.«

Gwen wartete.

»Meine Urgroßmutter hieß Sukeena. Sie war keine Engländerin, nicht einmal Europäerin, sondern Singhalesin. Sie starb kurz nach der Geburt meiner Großmutter, und meine Eltern haben darüber nie ein Wort verloren.«

Endlich, dachte Gwen. Das ist die so lange verheimlichte Wahrheit. »Das heißt, Liyonis Hautfarbe kam von ihr?«

Er nickte. »Zweifellos. Hättest du es mir doch nur gesagt, Gwen, wir hätten es vielleicht gleich zu Anfang herausgefunden! Dann hätten wir unsere Tochter behalten können.«

Sie schüttelte den Kopf. »Wir waren frisch verheiratet und kannten einander kaum. Wenn ich dir das Kind gezeigt hätte, hättest du mich des Hauses verwiesen. Es wäre dir vielleicht nicht leichtgefallen, aber du hättest es getan. Du hättest geglaubt, ich wäre dir untreu gewesen.«

Er war blass geworden und wollte etwas erwidern, aber sie legte ihm den Finger an die Lippen. »Doch, es ist wahr«, sagte sie. »Wir wären gar nicht so weit gekommen, um nach einem anderen Grund zu suchen.«

Aus seinem Schweigen entnahm sie, dass er ihr recht gab, und sie blickten einander stumm an.

Er holte tief Luft. »Als ich Naveena überredet hatte zuzugeben, was ich aufgrund der Heiratsurkunde vermutete, gestand sie, dass du Zwillinge geboren hattest. Das war ein gutes Stück Arbeit, weißt du. Naveena ist dir gegenüber sehr loyal … Was musst du nur durchgemacht haben, all die Jahre! Ich bedauere das sehr.«

Gwen blinzelte die Tränen weg.

»Als Verity mit der Geschichte zu mir kam, Liyoni sei aus deiner Affäre mit Savi hervorgegangen, und ihr Taschengeld von mir forderte, da wusste ich schon, dass es nicht wahr war.«

»Doch du hast ihr das Geld gegeben und mich glauben lassen, sie bekäme es aufgrund meines Zuredens?«

Er nickte.

»Hatte Verity die Heiratsurkunde gesehen?«

»Ganz sicher. Aber ich wollte ihr nicht auf die Nase binden, dass ich die nun auch kannte, weil ich zuerst mit dir darüber sprechen wollte.« Er zog die Brauen zusammen. »Ich wusste nur nicht, wie ich das Gespräch beginnen sollte.«

Sie schüttelte den Kopf. »Verity kannte die Wahrheit und hat mich trotzdem erpresst. Warum brauchte sie so dringend Geld?«

»Weil sie nicht bei Alexander bleiben wollte, aus Angst, ein farbiges Kind zur Welt zu bringen.«

»Aber sie war in Savi verliebt?«

»Das glaube ich nicht. Sie dachte womöglich, in einer Mischehe, die in manchen Kreisen akzeptiert wird, würde das singhalesische Erbe unserer Familie eben nicht auffallen. Sie brauchte Geld, um unabhängig zu sein. Sie ist nicht so stark wie du, Gwen. An der Schande wäre sie zerbrochen. Als du auf ihre Erpressung nicht eingehen wolltest, kam sie zu mir.«

Gwen seufzte. »Ich bin ja darauf eingegangen. Ich habe dich gebeten, ihr das Taschengeld zu zahlen.«

»Aber Verity hat damit nicht mehr gerechnet.«

Nach kurzem Schweigen sagte Gwen: »Sie hat uns auch bestohlen, Laurence, indem sie die Haushaltsbücher manipulierte. Sie muss jahrelang Vorräte weiterverkauft haben, bis ich es ihr auf den Kopf zusagte.«

Er ließ den Kopf hängen. »Ich kann mich ihretwegen gar nicht genug entschuldigen.«

Gwen trank von ihrem Tee und dachte darüber nach.

Er blickte auf. »Ich habe es wohl schon an dem Tag geahnt, als ich Liyoni zum See getragen habe, wollte es aber nicht wahrhaben. Als die Geburtsurkunde vor mir lag und ich endlich die Augen aufmachte, sah ich, wie ähnlich sie dir war.«

Gwen wurde von Trauer übermannt. So würde es nun immer sein. Sie wusste nicht, ob sie das ertragen würde, und dennoch musste sie um Hughs willen die Kraft aufbringen.

»Was wird nun aus uns?«, fragte sie nach einiger Überwindung.

»Wir machen weiter. Nur du, ich und Naveena kennen die Wahrheit.«

»Und Verity.«

»Und ich schlage vor, Hugh erst davon zu erzählen, wenn er alt genug ist, das zu verstehen.«

»Vielleicht hast du recht. Obwohl ich glaube, er wäre nicht verwundert zu hören, dass seine Spielgefährtin seine Schwester gewesen ist.« Sie hielt einen Moment lang inne. »Was willst du wegen Verity unternehmen?«

»Was immer du für das Beste hältst, Gwen. Ich schäme mich für sie, doch ich kann mich nicht völlig von ihr abwenden. Sie ist sehr durcheinander, fürchte ich.«

Gwen hatte durchaus Mitgefühl für sie.

»Wir können nach England zurückkehren, wenn du möchtest«, schlug Laurence vor. »Es wird zwar noch ein paar Jahre dauern, bis Ceylon seine Unabhängigkeit erklärt, aber dann bliebe uns ohnehin keine andere Wahl.«

Sie sah ihn an und lächelte. »Ich habe einmal gesagt, wenn dein Herz an Ceylon hängt, dann will ich mit dir dort leben. Ceylon ist unser Zuhause. Vielleicht können wir die Arbeitsbedingungen tatsächlich verbessern. Lass uns hierbleiben, bis wir gezwungen sind, aufzugeben.«

»Ich werde tun, was ich kann, um die Vergangenheit wiedergutzumachen. Alles, was passiert ist.«

»Können wir den Weg zu den Gräbern von jetzt an frei halten, und von dort den Blick auf den See?«

Er nickte.

»Wir könnten Blumen pflanzen«, sagte sie mit belegter Stimme. »Orangefarbene Ringelblumen.«

Er nahm ihre Hand. Sie lehnte sich an ihn und schaute durchs Fenster auf den tiefen See, auf dem sich Wasservögel versammelten. Reiher, Ibisse, Störche.

»Aus den alten Papieren ging noch etwas hervor, das ich nicht gewusst habe.«

»Nun?«

»Naveenas Mutter und meine Großmutter waren Cousinen.«

Gwen war verblüfft. »Weiß Naveena das?«

»Ich nehme es nicht an.«

Sie schwiegen ein Weilchen.

»Sie hat bei uns ein gutes Leben gehabt«, sagte er dann.

»Ja.«

»Aber ich bin untröstlich, dass ich mit Liyoni so wenig Zeit verbracht habe.«

Gwen holte tief Luft. »Das tut mir sehr leid.«

»Ich mache dir keinen Vorwurf. Wenigstens war sie hier glücklich.«

»Es hätte so viel mehr sein können.«

Laurence schaute auf seine Füße, dann sagte er leise: »Es gibt noch eine Sache, und ich weiß nicht, ob du mir verzeihen kannst, dass ich es dir erst jetzt erzähle.«

Gwen schloss die Augen. Was konnte das noch sein?

»Ich habe mich zu sehr geschämt. Ich bereue das zutiefst. Es geht um Caroline.«

Sie sah ihn wieder an. »So?«

»Und um Thomas.«

An seinem Hals zuckte ein Muskel.

»Carolines Sohn, mein Sohn … Er hatte auch farbige Haut.«

Gwen fuhr sich an den Mund.

»Ich bereue, es dir verschwiegen zu haben. Das war es wohl, was Caroline in die Verzweiflung getrieben hat. Sie war eine schöne, sensible Frau, und ich hätte alles für sie getan, doch sie war emotional labil. Kurz nach seiner Geburt bekam sie Weinkrämpfe und Panikanfälle. So schlimm, dass sie regelrecht krank war. Ich habe nächtelang bei ihr gesessen, sie im Arm gehalten, sie zu trösten versucht … aber das war unmöglich. Nichts half. Du hättest ihren Blick sehen sollen, Gwen, es brach mir das Herz.«

»Hat sie mit dir gesprochen?«

»Nein. Obwohl ich versucht habe, sie zum Reden zu bewegen. Außerhalb der Familie wussten nur der Arzt und Naveena von Thomas. Vor der übrigen Dienerschaft haben wir ihn versteckt gehalten. Und McGregor sah natürlich, was los war, als er ihn aus dem Wasser gezogen hatte. Verity war zu Hause. Es war während der Schulferien.«

Gwen löste sich von ihm und schüttelte den Kopf. »Verity hat es auch gewusst?«

»Das hatte eine verheerende Wirkung auf sie.«

»Das erklärt manches.«

Er nickte. »Wahrscheinlich habe ich ihr deshalb so vieles durchgehen lassen.«

»Warum hat Naveena mir nichts davon gesagt?«

»Ich hatte sie gebeten, darüber zu schweigen.«

»Aber es war ihre Idee, Liyoni in das Dorf zu geben.«

»Sie hat miterlebt, wie es Caroline ergangen ist. Sie wollte sicher, dass du nicht den gleichen Weg gehst.« Er schloss für einen Moment die Augen. »Leider muss ich dir noch etwas sagen. Wie du siehst, ist alles meine Schuld.«

»Das stimmt nicht.«

»Ich fürchte, doch. Als ich Thomas zum ersten Mal sah, fühlte ich mich betrogen und beschuldigte Caroline, mit Savi eine Affäre gehabt zu haben, während sie ihm Modell saß. Sie stritt es ab, aber ich habe ihr nicht geglaubt.«

Gwen presste die Lippen aufeinander und kniff die Augen zu.

»Glaub mir, ich habe sie trotzdem geliebt. Ich habe alles versucht, um ihr zu helfen.«

Sie blickte ihn forschend an. »Gütiger Himmel, Laurence, gab es denn wirklich gar nichts, das ihr helfen konnte?«

»Ich habe alles versucht, wirklich. Sie hatte jedes Interesse am Leben verloren. Ich habe sie gewaschen, ich habe sie angezogen, ich habe ihr sogar das Kind an die Brust gelegt. Ich habe alles Erdenkliche getan, um sie aus der Verzweiflung zu befreien. Und dann dachte ich, es sei mir endlich gelungen, Gwen, denn kurz vor dem Ende schien sie sich so weit erholt zu haben, dass ich sie tagsüber allein lassen konnte …«

Er schluckte mühsam.

»Doch das war ein Irrtum. Das war der Tag gewesen, an dem sie sich das Leben nahm. Das Schlimme ist, dass ich ihr, selbst nachdem sie die Affäre abgestritten hat, nicht geglaubt habe. Dabei wäre das vielleicht das Entscheidende gewesen.«

Gwen begriff erst einen Augenblick später, was das hieß. »Du denkst, sie hat sich deswegen umgebracht?«

Er nickte. Seine Augen füllten sich mit Tränen. »Sie hatte die Wahrheit gesagt, und das erkannte ich erst durch die alte Heiratsurkunde. Ich wollte seinerzeit mit dir darüber sprechen, dir alles über Caroline und Thomas erzählen … Doch ich habe mich gefühlt, als hätte ich die beiden zu dem Teich geführt und hineingestoßen. Ich konnte mich nicht überwinden, es dir zu sagen.«

Gwen war völlig aufgewühlt. Sie sah, wie er mit aller Macht an sich hielt. Es dauerte eine ganze Weile, bis er fähig war weiterzureden.

»Wie soll ich damit leben, Gwen?«, fragte er mit zitternder Stimme. »Wie könntest du mir je verzeihen?«

Sie schüttelte den Kopf.

»Es ist nicht nur Carolines Tod. Sie glaubte, unser Kind mitnehmen zu müssen, weil sie mir nicht vertrauen konnte. Sie dachte, ich ließe es im Stich, ein winziges, hilfloses Wesen.«

Gwen hörte den Wind und die Wellen am Ufer und war niedergeschmettert.

Laurence nahm ihre Hand. »Ich weiß, ich hätte es dir gleich zu Anfang erzählen müssen. Aber ich war überzeugt, du würdest dich dann von mir abwenden.«

Sie entzog ihm ihre Hand und hielt einen Moment den Atem an. »Ja, Laurence, das hättest du tun müssen«, sagte sie bekümmert. Dann versagte ihr die Stimme. Hätte er ihr gleich zu Anfang von Thomas erzählt, hätte sie ihn trotzdem geheiratet?

»Es tut mir entsetzlich leid, dass du das alles allein durchmachen musstest. Und noch mehr, dass ich Caroline zu dieser Tat getrieben habe. Ich habe sie sehr geliebt.«

Gwen schloss die Augen. »Die arme Frau.«

»Kannst du mir verzeihen, dass ich dir das verheimlicht habe?«

Während sie darüber nachdachte, öffnete sie die Augen und sah ihn mit in die Hände gestütztem Kopf dasitzen. Er bot ein Bild der Verzweiflung. Sie schaute zu Boden. Was sollte sie antworten? Sie musste eine Entscheidung fällen, die das Ende bedeuten konnte. Ihr war jetzt vieles klar geworden, doch ihr gingen Bilder der Vergangenheit durch den Kopf, und ihre Trauer war so groß, dass sie nicht reagieren konnte.

Das Schweigen zog sich hin. Als sie schließlich aufblickte und die Trauer in Laurence' Gesicht sah, fiel ihr die Entscheidung leichter. Es war nicht an ihr, ihm zu verzeihen.

»Du hättest es mir erzählen müssen.«

Er sah sie an und schluckte mühsam.

»Aber es war ein Irrtum.«

Laurence zog die Brauen zusammen und nickte.

»Ich kann nichts sagen, das die Sache mit Caroline ändern würde. Du musst selbst einen Weg finden, damit zu leben. Aber du bist ein guter Mensch, Laurence, und dich selbst zu zerfleischen wird sie nicht wieder lebendig machen.«

Er streckte eine Hand nach ihr aus, doch sie nahm sie nicht gleich.

»Du bist nicht der Einzige, der einen schrecklichen Fehler begangen hat. Auch ich habe einen schrecklichen Fehler begangen. Ich habe meine Tochter weggegeben.« Ihre Lider brannten, und ihre Stimme überschlug sich. »Und jetzt ist sie tot.«

Sie sah ihm tief in die Augen, und dann nahm sie seine Hand. Gwen wusste, wie qualvoll es war, mit einer Schuld zu leben. Sie dachte an alles, was er durchgemacht hatte und was sie selbst durchgemacht hatte. An den Tag ihrer Ankunft in Ceylon und an die junge Frau, die an Deck des Schiffes gestanden hatte und dort Savi Ravasinghe zum ersten Mal begegnet war. Da hatte alles noch vor ihr gelegen, und weit und breit war kein Hinweis auf die erschreckende Zerbrechlichkeit des Glücks.

Sie erinnerte sich, welchen Frieden sie empfunden hatte, als sie in das rote, zerknitterte Gesicht ihres neugeborenen Sohnes geblickt hatte, und wie seine Fäustchen gezittert hatten, als er geschrien hatte. Und als wäre es gestern gewesen, hatte sie vor Augen, wie sie die Decke zurückschlug, in die Liyoni eingewickelt war, und empfand noch einmal ihre Bestürzung von damals.

Sie dachte an die jahrelangen Schuldgefühle und die Scham, aber auch an die glücklichen Momente und an die Schönheit Ceylons, die Zimt- und Blütendüfte, den funkelnden Tau der kühleren Jahreszeit, der sie in Hochstimmung versetzte, den Monsun mit den endlosen Regenschleiern und den Glanz auf den Teesträuchern nach dem Regen. Und dann kamen wieder die Tränen und mit ihnen ihre zärtlichste Erinnerung: Liyoni, die flink wie ein Fisch zu der Insel hinüberschwamm, sich im Wasser herumdrehte und sang. Völlig frei.

Liyoni würde eine riesige Lücke hinterlassen. Ihr Geist würde nicht einfach verschwinden. Das würde Gwen nicht zulassen.

Als Laurence ihr beruhigend übers Haar strich wie einem Kind, dachte sie an Caroline und fühlte plötzlich eine starke Verbundenheit. Und schließlich kam ihr der Augenblick in den Sinn, da sie die Hautfarbe ihrer Tochter zum ersten Mal nicht mehr wahrgenommen hatte. Sie spürte die warme Hand ihres Mannes und wusste, sie würde Liyonis letzte Worte für immer im Herzen tragen.

Ich liebe dich, Mama.

Das hatte sie am Abend vor ihrem Tod gesagt.

Gwen wischte sich die Tränen weg und lächelte, als sie eine Schar Vögel vom See auffliegen sah. Das Leben geht weiter, dachte sie. Möge Gott wissen, wie, aber es geht weiter. Und sie hoffte, vielleicht eines Tages sich selbst verzeihen zu können.

NACHWORT

Die Idee zu diesem Roman entstand, als meine Schwiegermutter, Joan Jefferies, über ihre Kindheit in Indien und Birma der Zwanziger- und frühen Dreißigerjahre nachsann und Geschichten erzählte, die sie von Familienmitgliedern gehört hatte, unter denen auch Teepflanzer in Indien und auf Ceylon gewesen waren. Ich begann, über das Verhältnis zu Menschen anderer Hautfarbe nachzudenken, besonders über die Vorurteile, welche die britischen Kolonialherren zur damaligen Zeit an den Tag legten.

Meine nächste Station war die Audiosammlung des Centre of South Asian Studies an der University of Cambridge, wo ich Aufnahmen aus einer Zeit fand, die sich so tief greifend von der unseren unterscheidet. Als ich die erste Rohfassung des Buches geschrieben hatte, reiste ich nach Sri Lanka. Während es Hatton, Dickoya und Nuwara Eliya wirklich gibt, ist die Plantage der Hoopers ein Amalgam aus verschiedenen Orten und in diesem Buch höher gelegen, als Hatton in Wirklichkeit liegt. Und obwohl ich in einem Pflanzerbungalow von Ceylon Tea Trails wohnte, der an einem See steht, war das natürlich nicht der erfundene See, den meine Figur Gwen so liebt.

Da lag es nahe, die Leser in die nebelverhangenen Berge über einer romantischen Teeplantage zu versetzen, in eine Zeit, in der meine Pflanzergattin ein außergewöhnliches und privilegiertes Leben geführt hätte. Gleichzeitig habe ich eine missliche Lage für sie geschaffen, die in starkem Kontrast dazu steht, die alle ihre Annahmen über Rassenunterschiede auf die Probe stellt und die kolonialistische Haltung hinterfragt, die solche Tragik auf sie herabbeschwören konnte.

Medizinisch ist es möglich, dass zwei unterschiedliche Väter zweieiige Zwillinge zeugen, und was die Geburt eines dunkelhäutigen Kindes bei einem augenscheinlich weißen Paar betrifft, ist der am besten dokumentierte Fall der von Sandra Laing, die weißen burischen Eltern im Südafrika der Fünfzigerjahre geboren wurde, die aber eine schwarze Hautfarbe hatte, dicht gelocktes Haar und andere typische Merkmale. Eine weiterführende Lektüre bieten *When She Was White: The True Story of a Family Divided by Race* von Judith Stone oder einige Abschnitte in *Who Are We – and Should It Matter in the 21st Century?* von Gary Younge.

In der Frühzeit der Kolonisierung war es recht verbreitet, dass ein Brite, der in Indien oder auf Ceylon arbeitete, sich eine einheimische Braut nahm, denn dadurch führten sie ein solides Leben und kamen besser mit den übrigen Einheimischen zurecht. Das änderte sich allerdings nach der Öffnung des Suezkanals im Jahr 1869. Als mehr unverheiratete weiße Frauen in die Kolonien reisten, um sich einen wohlhabenden Gatten zu suchen, wurden Nachkommen von Eltern verschiedener Hautfarbe immer weniger toleriert. Man sagte ihnen zudem nach, dass sie dem Empire nicht treu ergeben waren. Wer mit der Geschichte von Sri Lanka vertraut ist, wird bemerken, dass ich den Zeitpunkt einiger historischer Begebenheiten verlegt habe, damit sie sich besser in die Handlung einfügen. Eine davon war der Aufstand wegen der in der Schule gelehrten Sprache, eine andere die Schlacht der Blumen.

DANKSAGUNGEN

Ich stehe in der Schuld von Andrew Taylor bei Tea Trails, Sri Lanka, für seine informative Führung durch die Norwood Tea Factory, wo ich viel über Tee und die alten Plantagen auf Ceylon gelernt habe. Ohne die Leute bei Tea Trails, die uns eindrucksvoll vermittelt haben, wie das Leben in der Kolonialzeit gewesen sein mag, würde dieses Buch nicht existieren. Wir wohnten im schönen Castlereagh an einem See im Teeanbaugebiet, und fast jeden Tag steckte ich die Nase in ein Buch über Ceylon aus ihrer umfassenden Bibliothek. Einen besonderen Dank an unsere »Butler« und an Nadeera Weerasinghe, die mir die Pflanzen, Bäume und Vögel in den wunderschönen Teegärten erklärte. Dank an Sudarshan Jayasinghe und Mark Forbes in Colombo für seine Stadtführung und an das Personal des *The Galle Face Hotel* in Colombo. Ich möchte auch Nick Clark bei Experience Travel für die Sorgfalt und Aufmerksamkeit danken, mit der er die Reise geplant hat. Ich bin immer dankbar für die Vielfalt an Informationen, die man im Internet findet; besonders YouTube bietet fantastische visuelle Details über Sri Lanka in Vergangenheit und Gegenwart. Eine Lebenserinnerung war außerordentlich wertvoll für mich: *Round the Tea Totum – When Sri Lanka was Ceylon* von David Ebbles (AuthorHouse 2006) gab mir faszinierende Einblicke in das häusliche Leben auf einer Plantage, besonders die Gepflogenheiten vor dem Schlafengehen und die Reinigungsrituale. Nicht zuletzt aber gebührt mein wärmster Dank meinen unermüdlichen Agentinnen Caroline Hardman und Joanna Swainson, meiner fabelhaften Lektorin Venetia Butterfield und den Mitarbeitern bei Penguin, die so hart arbeiten, um ein Buch zu veröffentlichen.

Zu den Büchern, die ich bei den Recherchen zu diesem Roman besonders wichtig fand, gehören:

Dictionary of Sri Lankan English von Michael Meyler, www.mirisgala.net.

19th Century Newspaper Engravings von R. K. de Silva, Serendib Publications, London 1998.

Vintage Posters of Ceylon von Anura Saparamadu, W L H Skeen 7 Company, 2011.

Ceylon under the British von G. C. Mendis, Asian Educational Services Third Edition, 1951.

Sri Lankan Wildlife von Gehan de Silva Wijeyeratne, Bradt Travel Guides Ltd, UK 2007.

Sri Lanka in Pictures von Sara E. Hoffmann, TFCB, 2006.